哈哈英單 7000

諧音、圖像記憶單字書

周宗興 著

感謝

讓我有動力學英文的 J.K. Rowling
給我寫書點子的 Clarence
過程中幫助我的 Ben、Shary、鴻佑教練、KiKi、勝忠、俊國學長、Buffy和大貓
以及始終相信我的 Jason乾爸、Amy乾媽、小欣、Yoko 和咩比
幫忙推廣哈哈英單的親朋好友
還有長久以來支持哈哈英語角的粉絲們～

推薦序 沒有單字萬萬不能

許多參加多益測驗的考生都有單字量不足的問題，這個現象對於四年級生的我來講，有些不太能理解。在我們那個時代，背課文、記單字是求學生涯的一部分，上了大學老師使用原文書也是理所當然的。一般來講大部份的大學畢業生的英文單字量都在一萬字上下，多益測驗的常考單字大約是六千字，既然多益的考生多半是大學生，考生應該沒有單字問題才對。

2011年忠欣公司的同事，因緣際會認識了一位專門替英文單字畫漫畫的部落客KK，令我非常好奇，所以約了他聊聊他的創作動機與考生的單字問題，因為現在的課本講究的是口語溝通能力，也很少老師嚴格要求學生背單字與背書了，所以有很多學生的單字量是不足的，現代的同學有許多人就有這樣的困擾。KK愛畫漫畫，也熱愛英文，不僅懂網路，又有幽默感，當時他已經出版”搞笑行銷學”，也很熱血的開始了英單記憶的創作。那天我們聊得非常愉快，我也特別鼓勵他繼續畫下去，可是我心中有點懷疑他能堅持多久。沒想到光陰似箭，歲月如梭，上個月他告訴我已經完成高中7000英單創作，也準備好要出書了。

心中非常佩服他的熱情與毅力，我馬上跟KK要了書稿。書中的概念跟他的部落格、哈哈英語角完全相同，傳達學習是快樂的事。這本書採用諧音、圖像記憶法，能有效幫助讀者記憶英文單字，這個方法很有趣，也非常有效，他現在擁有的眾多粉絲就是最好的說明。而他自己為了證明這件事也考了兩次多益，KK第一次考870分，第二次考就進步到920分，聽力滿分。(編按：台灣大學生平均分數約五百多分)

雖然說單字不是萬能，可是沒有單字萬萬不能。
希望各位讀者能好好的利用這本書，
打好堅實的單字基礎，
再多讀幾本原文小說，
相信就可以拿到多益高分。

祝大家學習成功！

王星威

ETS TOEIC
台灣區總代理
忠欣公司 前董事 王星威

自序　故事是這樣開始的

大學畢業的時候，
我連哈利波特都看不懂，
我是說英文版的原文小說。

小受打擊的我開始自學英文，
研究各類學習方法。
其中英文單字的部分，
對我最有用的方法是**諧音圖像記憶法**。

透過泛聽、廣讀、背單字，
我也終於看完了七集的哈利波特。

然後我想看看自己的實力，
所以決定來考多益英文檢定。

我覺得多益，就像去棒球打擊練習場揮棒一樣，
希望自己至少可以擊中140km的球。

我考了兩次，都拿到**黃金證書**，
其中一次的聽力還拿到滿分。
大約像擊出場內全壘打那樣的開心。

這麼棒的單字記憶法，
當然要分享給為背單字所苦的英文學習者，
所以開始了我的寫書計劃。

諧音的部分挺快寫完，但畫插圖就久了。
一張A4紙如果畫12個小圖，
那麼我將近畫了快一包的A4紙。

不過呢，我老婆說畫風太不可愛了，
叫我重畫，我就開始重畫了……

邊畫邊忙別的事，也畫了近1年。
4千多張彩色圖稿，終於完成。

關於記憶法

記憶法(mnemonic)是一門科學。

比方福爾摩斯用的記憶殿堂，
是透過腦中的虛擬空間位置來幫助記憶。

我們的大腦透過連結來記憶

本書所使用的 諧音圖像記憶法，
則是透過已知來記憶未知。

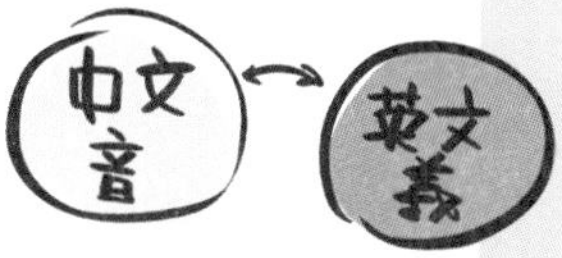

也就是將已知的中文諧音，透過聯想橋接締結，
與未知的英文單字字義連結，在頭腦裡產生捷徑迴路。
再加上趣味插畫，加強可親性與記憶印象。
彷彿思路上有了餅乾屑，可以幫忙導航。

諧音記憶的優點是，一定要知道單字的發音，
才能與諧音連結，所以不會發生你看得懂單字，
聽到時卻認不出來的狀況。

然而諧音記憶的弱項是，你可以分辨單字的意思，
但在拼字上可能會因為不熟練造成使用困難。

解決的辦法很簡單，就是“使用它”，
聽、說、讀、寫你背過的單字，
它就會變成你的。

當單字熟練之後，眼睛一掃到英文，
電光火石之間，腦中已自動轉換成中文。

記憶法的使用是一條捷徑，然而並不代表走捷徑不費吹灰之力。
捷徑不常走，是會長草的，所以還是需要複習。

最好的複習法還是一樣，“使用它”。

“研究表示記憶術可以提高記憶效率。在一個單詞記憶實驗中，
採用記憶術的學生比沒有採用記憶術的學生記得住更多的單詞。
這個試驗在不同的環境和年齡組中得到同樣的結論。”摘自維基百科

本書使用方法

本書收錄的單字源於大考中心所公佈“高中英文參考詞彙表”，
歸納了多國英文教科書的詞彙表，由易至難分成6個 Level，
俗稱高中7000單。

好消息是，事實上不用背到7000單。
因為在原始的詞彙表中，
比方 act、action、reaction 都算個別的單字。
本書將這些只是詞性或字首字尾的變化，
整理成同一組，在歸納分組後，約剩下4千餘字組。

因此單字前若有★號，表示它還有延伸字放在附錄頁，
記得要一起記憶。

學習步驟

1

先知道單字的發音，
不管是透過音標，
電子字典或是下頁
提到的字卡APP。

2

接下來再看諧音，
透過聯想之後，
將中文與英文結合。

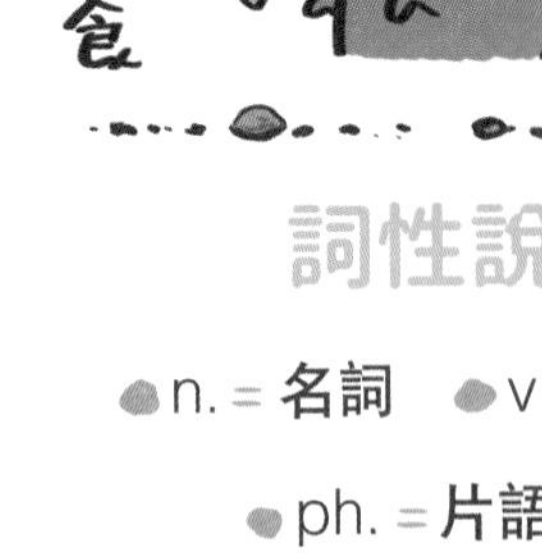

3

重複是必要的，忘記是為了牢牢記得。
複習並不是只看教科書，學習素材可以多樣化，
不管是英文小說、雜誌、漫畫、電影、美劇、
podcast等都強烈推薦，光看教科書是不夠的~

詞性說明 以下是書中所用詞性的英文縮寫

- n. = 名詞
- v. = 動詞
- adj. = 形容詞
- adv. = 副詞
- ph. = 片語
- aux. = 助動詞
- pron. = 代名詞
- prep. = 介系詞
- conj. = 連接詞
- int. = 感嘆詞

字卡APP的使用

Quizlet 是很讚的線上字卡平台，
作者將本書內的單字上傳到裡頭。
大家註冊自己的帳號後，
下載APP後並登入就能聽發音，
也可以透過字卡記憶練習。

登入步驟

首先在電腦或手機瀏覽器上輸入網址：http://quizlet.com
並註冊你的個人帳號。

註冊完成後，只要輸入以下網址：

https://quizlet.com/join/tChmGxQ3u (區分大小寫)

並按下「加入班級」按鈕

即完成加入哈哈英單7000的字卡群組。

接著下載 Quizlet 的 APP (iOS / android)，並登入剛剛註冊的帳號。
就能在智慧手機上，使用哈哈英單7000的字卡聽發音、或進行測驗。

(若有問題請到哈哈英語角粉絲團看登入教學影片喔~)

頁面簡介

來當朋友吧～

正所謂教學香腸...不！教學鄉長...不！是教學相長。
歡迎加FB，來跟作者當朋友～

哈哈英語角

“哈哈英語角”
是作者創立的英文學習粉絲團
每日一句搭配漫畫的常用句、
片語、單字，天天開心學英文～
不定期的演講訊息也將在這公佈喔！

爸鼻K

"爸鼻K”是周宗興個人的Page
會放一些自己的創作，
比方畫畫、文字、攝影、音樂、
生活小事等等有的沒有的～

https://goo.gl/jMOySf

哈哈的影音頻道
預計會有英文教學節目的推出
歡迎訂閱喔～

目錄

Well begun is half done.

LEVEL 01

a / an [ə / æn]
art. 一、單一

諧音 呃 / 嗯

聯想 呃、嗯，都是一個字，所以代表“一”

*able [`ebl̩]
adj. 能、可、會

諧音 矮爆

聯想 他真是矮爆了，不能夠灌籃

*about [ə`baut]
prep. 關於、對於

諧音 愛抱她

聯想 關羽（關於）愛抱她

above [ə`bʌv]
prep. 在‥上面、超過

諧音 餓飽

聯想 他很餓，吃太超過很飽

according to [ə`kɔrdɪŋ tu]
prep. 根據、按照

諧音 我苦等她

聯想 根據以往的經驗，都是我苦等她

across [ə`krɔs]
prep. adv. 橫越、穿過

諧音 我跨濕

聯想 為了跨過水溝，我的褲子濕了

*act [ækt]
v. n. 扮演、行動

諧音 愛哭

聯想 愛哭可以當演員

add [æd]
v. 添加、增加

諧音 愛的

聯想 他愛的就一直加

address [ə`drɛs]
n. 地址 v. 演講

諧音 兒醉死

聯想 兒子醉死了，忘記地址

*adult [ə`dʌlt]
adj. 成年的 n. 成年人

諧音 耳道

聯想 成人的耳道比較大

afraid [ə`fred]
adj. 害怕的、怕的

諧音 惡匪的

聯想 惡匪的威脅讓人害怕

*after [`æftɚ]
prep. 在...之後

諧音 愛撫它

聯想 愛它之後就要撫摸它

again [ə`gɛn]
adv. 再一次

諧音 耳根
聯想 他的耳根又再一次發炎了

against [ə`gɛnst]
prep. 反對、違反

諧音 我砍死他
聯想 因為他反對我，我失控砍死他

age [edʒ]
n. 年齡

諧音 野雞
聯想 一隻年紀大的野雞

ago [ə`go]
adv. 在...以前

諧音 耳垢
聯想 以前古代人有很多耳垢

*agree [ə`gri]
v. 同意

諧音 餓鬼
聯想 餓鬼同意不再糾纏

ahead [ə`hɛd]
adv. 在前、向前

拆解 a＋head（頭）＝一個頭
聯想 一股腦向前

*air [ɛr]
n. 空氣

諧音 矮兒
聯想 矮兒吸不到新鮮空氣

airplane / plane [ɛrplen / plen]
n. 飛機

諧音 譜戀
聯想 他倆在飛機上譜出一段戀曲

all [ɔl]
adj. 一切的、全部的

諧音 噢
聯想 噢，全部給我

allow [ə`lau]
v. 允許、准許

諧音 餌撈
聯想 這條河允許餌撈

almost [`ɔl͵most]
adv. 幾乎、差不多

拆解 al（全）+most（音似：摸）=全摸
聯想 幾乎被他全摸透

alone [ə`lon]
adj. 單獨的、獨自的

諧音 耳聾
聯想 耳聾的他單獨的走著

*along [ə`lɔŋ]

adv. prep. 沿著、順著

拆解 a+long（長）=一條長

聯想 沿著一條長路

already [ɔl`rɛdɪ]

adv. 已經、先前

拆解 al（音似old）+ready（音似lady）=老小姐

聯想 她已經是個老小姐了

also [`ɔlso]

adv. 也、亦

諧音 我手

聯想 他也跟我握手

always [`ɔlwez]

adv. 總是、經常

諧音 愛外食

聯想 她總是愛外食

among [ə`mʌŋ]

prep.在...之中、在...中間

諧音 阿嬤

聯想 阿嬤在我們全家福照片最中間

and [ænd]

conj. 和、及、與

諧音 閹的

聯想 閹的人和閹的人住在一起

*anger [`æŋgɚ]

n. v. 怒、生氣

諧音 閹割

聯想 閹割讓他感到生氣

animal [`ænəml̩]

n. 動物

諧音 愛能摸

聯想 有愛才能摸動物

another [ə`nʌðɚ]

adj. 另一、再一

諧音 額那熱

聯想 他的額頭那麼熱，再換另一個醫生吧！

answer [`ænsɚ]

n. v. 回答、答覆

諧音 顏色

聯想 他的回答有顏色

ant [ænt]

n. 螞蟻

諧音 按牠

聯想 螞蟻一按牠就死了

any [`ɛnɪ]

adj. 任一、每一

諧音 愛你

聯想 任何人當中我最愛你

ape [ep]
n. 大猩猩

諧音 野潑
聯想 野潑猴是大猩猩

***appear** [ə`pɪr]
v. 出現、顯露

拆解 a+ppear（音似屁兒）＝一個屁兒
聯想 一個屁兒就這樣出現了

apple [`æpl̩]
n. 蘋果

諧音 阿婆
聯想 阿婆給她一顆蘋果

April [`eprəl]
n. 四月

諧音 約婆了
聯想 四月清明節
約外婆掃墓了

is / are / am [ɪz / ɑr / æm]
aux. 是

諧音 椅子 / 啊 / 演
聯想 啊！他是演椅子

area [`ɛrɪə]
n. 面積、地區

諧音 挨雷啊
聯想 這塊地區不斷挨雷啊

***arm** [ɑrm]
n. 手臂

諧音 按
聯想 用手臂按住他

army [`ɑrmɪ]
n. 軍隊

諧音 阿咪
聯想 阿咪老師可對付一個軍隊

around [ə`raund]
adv. prep. 到處、四處

諧音 兒亂
聯想 兒子到處亂跑

***art** [ɑrt]
n. 藝術、美術

諧音 押它
聯想 藝術經紀人押它會漲價

***as** [æz]
adv. prep. 跟. . . 一樣地、同樣地

諧音 耳屎
聯想 每個人都有一樣地耳屎

ask [æsk]
v. 問、詢問

諧音 愛時刻
聯想 愛的時刻詢問愛意

at [æt]

prep. 在...地點

諧音 約他

聯想 約他在某一個點

August [`ɔgəst]

n. 八月

諧音 愛故事

聯想 小孩愛聽爸爸（8）說故事

aunt / auntie / aunty

[ænt / `ænti / `æntɪ]

n. 阿姨

諧音 暗啼

聯想 阿姨暗自哭啼

autumn [`ɔtəm]

n. 秋天

諧音 梧桐

聯想 秋天時梧桐葉開始掉落

away [ə`we]

adv. 離開

諧音 兒餵

聯想 兒子餵飽後長大了，就會離開

*baby [`bebɪ]

n. 嬰兒、寶貝

諧音 卑鄙

聯想 卑鄙的嬰兒

*back [bæk]

n. adv. 背部、後面

諧音 貝殼

聯想 寄居蟹背部有殼

*bad [bæd]

adj. 壞的、不好的

諧音 背的

聯想 運氣不好背的輸錢

bag [bæg]

n. 袋、提袋

諧音 背個

聯想 她總是背個提袋

*ball [bɔl]

n. 球、球狀體

諧音 爆

聯想 球被打爆了

banana [bə`nænə]

n. 香蕉

諧音 爸拿那

聯想 爸拿那根香蕉

band [bænd]

n. 樂團、樂隊

諧音 笨

聯想 玩band才不會變笨

***bank** [bæŋk]
n. 銀行

諧音 蚌殼
聯想 蚌殼裡有珍珠，就像一個銀行

bar [bɑr]
n. 酒吧、櫃檯

諧音 爸兒
聯想 爸和兒坐在吧檯喝酒

barber [`bɑrbɚ]
n. 理髮師

諧音 擺佈
聯想 任理髮師擺佈

***base** [bes]
n. 基、底、基礎

諧音 背詩
聯想 背詩是文學基礎

basket [`bæskɪt]
n. 籃、簍

諧音 揹死雞
聯想 他用籃子揹死雞

bat [bæt]
n. 球棒、蝙蝠

諧音 被他
聯想 用球棒打蝙蝠，結果被他咬

***bath** [bæθ]
n. 浴缸、洗澡

諧音 背濕
聯想 她的背濕了，只好去洗澡

***be** [bi]
v. 存在、存在、是
aux. 正在、被

諧音 逼
聯想 我正在現場被逼

beach [bitʃ]
n. 海灘

諧音 被親
聯想 他在海灘被親了

bear [bɛr]
n. 熊

諧音 揹兒
聯想 熊揹著兒子

beat [bit]
v. 打、擊

諧音 斃他
聯想 致命一擊斃了他

***beautiful** [`bjutəfəl]
adj. 美麗的、漂亮的

諧音 標得否
聯想 這藝術品太美了，標不標得否？

become [bɪˋkʌm]

v. 變成、成為

諧音 被砍

聯想 成為老大要小心被砍

***bed** [bɛd]

n. 床

諧音 背的

聯想 背的背後就是床

bee [bi]

n. 蜜蜂

諧音 避

聯想 遇到蜜蜂要避開

***before** [bɪˋfor]

prep. 在...以前

諧音 逼迫

聯想 以前的原住民受到逼迫

***begin** [bɪˋgɪn]

v. 開始、著手

諧音 逼緊

聯想 要考試了，老師開始逼很緊

behind [bɪˋhaɪnd]

prep. adv. 在...之後、在...後面

諧音 被駭

聯想 電腦在上網之後被駭了

***believe** [bɪˋliv]

v. 相信、信任

諧音 薄利

聯想 老闆相信薄利多銷

bell [bɛl]

n. 鐘、鈴

諧音 杯兒

聯想 杯兒倒過來就像鈴鐺

***belong** [bəˋlɔŋ]

v. 屬於、應歸入

諧音 暴龍

聯想 暴龍屬於肉食恐龍

below [bəˋlo]

adv. 在下面、到下面

諧音 被漏

聯想 沙子被漏到下面

best [bɛst]

adj. 最好的

諧音 貝石頭

聯想 貝石頭是最好的石頭

better [ˋbɛtɚ]

adj. 較好的

諧音 憋他

聯想 不要憋他比較好

between [bɪˋtwin]
prep. 在..之間

諧音 筆臀

聯想 筆夾在雙臀之間

*bicycle [ˋbaɪsɪk!]
n. 腳踏車

諧音 擺西口

聯想 腳踏車擺在車站西口

big [bɪg]
adj. 大的

諧音 屁股

聯想 他有一個大屁股

bird [bɝd]
n. 鳥

諧音 播的

聯想 剛播的種子被鳥吃了

birth [bɝθ]
n. 出生

諧音 不死

聯想 耶穌出生後就是不死的

bit [bɪt]
n. 一點

諧音 鼻頭

聯想 鼻頭有一點

bite [baɪt]
v. 咬

諧音 敗

聯想 他咬對手打敗對方

black [blæk]
n. 黑色 adj. 黑色的

諧音 不累渴

聯想 曬黑不累，但是很渴

*blood [blʌd]
n. 血

諧音 不辣的

聯想 不辣的穿著還是讓人血脈噴張

blow [blo]
v. 吹

諧音 薄露

聯想 穿薄露的衣服吹風

*blue [blu]
n. 藍色 adj. 藍色的、憂鬱的

諧音 不露

聯想 她包得緊緊的，完全不露，阿宅很是憂鬱

boat [bot]
n. 小船

諧音 抱她

聯想 傑克在船上抱她

*body [`badɪ]
n. 身體、肉體

諧音 扒弟

聯想 扒弟弟身體上的衣服

*bone [bon]
n. 骨頭

諧音 蹦

聯想 蹦蹦跳跳之後骨頭斷了

*book [buk]
n. 書本

諧音 不可

聯想 非讀書不可

born [bɔrn]
adj. 出生的、誕生的

諧音 崩

聯想 石頭崩開後，
悟空就出生了

both [boθ]
adj. 兩個…（都）

諧音 布施

聯想 布施是兩者都
受益的行為

bottom [`batəm]
n. 底部、下端

諧音 爸疼

聯想 爸爸的下面疼

bowl [bol]
n. 碗

諧音 飽

聯想 吃一碗就飽了

box [baks]
n. 箱、盒

諧音 拔可食

聯想 拔可食的果子放進箱子

*boy [bɔɪ]
n. 少年、男孩

諧音 薄衣

聯想 男孩穿薄衣

brave [brev]
adj. 勇敢的、英勇的

諧音 不累

聯想 勇敢的人總是說不累

*bread [brɛd]
n. 麵包

諧音 不裂的

聯想 法國麵包是撕不裂的

*break [brek]
v. 破壞、折斷、中止
n. 破裂、休息

諧音 不裂殼

聯想 殼很堅硬難打破，
是不裂殼

breakfast [`brɛkfəst]
n. 早餐

拆字 break＋fast＝休息快

聯想 休息時要快吃早餐

bridge [brɪdʒ]
n. 橋

諧音 不利舉

聯想 貨物太重不利舉，
要透過橋梁運送，縮短時間

bright [braɪt]
adj. 明亮的、發亮的

諧音 不來的

聯想 電不來的燈泡不亮

bring [brɪŋ]
v. 帶來、拿來

諧音 不吝

聯想 他不吝嗇的帶很多東西來

*brother [`brʌðɚ]
n. 兄弟

諧音 不拉的

聯想 那個拉鏈不拉的是兄弟

brown [braun]
n. 棕色 adj. 棕色的

諧音 不讓

聯想 遇到棕熊不讓路會死

*bug [bʌg]
n. 蟲子

諧音 八哥

聯想 八哥鳥最喜歡吃蟲

*build [bɪld]
n. 建築 v. 造

諧音 標的

聯想 標的會錢買房子

bus [bʌs]
n. 巴士、公車

諧音 罷駛

聯想 公車罷駛不開車

busy [`bɪzɪ]
adj. 忙碌的、繁忙的

諧音 逼急

聯想 逼急的事讓人忙

but [bʌt]
conj. 但是

諧音 把她

聯想 我想把她，
但是怕失敗

*butter [`bʌtɚ]
n. 奶油

諧音 扒她

聯想 扒她衣服，用奶油抹她

A B C D E F G H I J K L M N O P Q R S T U V W X Y Z

buy [baɪ]
v. 購買

諧音 敗
聯想 敗金女愛買衣服

by [baɪ]
prep. 被、由

諧音 拜
聯想 拜神明所賜，我才平安

cage [kedʒ]
n. 鳥籠、獸籠

諧音 可以擠
聯想 籠子可以擠很多鳥

***cake** [kek]
n. 蛋糕、糕餅

諧音 可以嗑
聯想 可以嗑掉一個蛋糕

***call** [kɔl]
v. 叫喊、呼叫

諧音 摳
聯想 打電話叫他過來幫我摳腳

camel [ˋkæm!]
n. 駱駝

諧音 卡毛
聯想 駱駝的鼻孔卡很多毛，沙才飛不進去

camera [ˋkæmərə]
n. 照相機、攝影機

諧音 卡沒啦
聯想 照相機記憶卡沒啦

camp [kæmp]
n. 露營、營地

諧音 看鋪
聯想 露營時，守衛負責看鋪

can [kæn]
aux. 能、會 n. 罐頭

諧音 啃
聯想 他能夠啃開罐子

candy [ˋkændɪ]
n. 糖果

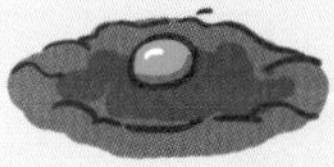

諧音 坑地
聯想 糖果掉在坑地

cap [kæp]
n. 無邊便帽、制服帽

諧音 蓋布
聯想 在頭上蓋布就是帽子

***car** [kɑr]
n. 汽車

諧音 卡
聯想 他開車卡卡的，很不順

card [kɑrd]
n. 卡片、名片

諧音 卡的
聯想 信用卡的額度很高

***care** [kɛr]
v. 關心、保護

諧音 K兒
聯想 因為關心才K兒子

***carry** [ˋkærɪ]
v. 攜帶

諧音 凱莉
聯想 凱莉總是帶著包包

***case** [kes]
n. 情況、箱子、案子

諧音 K死
聯想 這個案件中，他的狀況不好，被人用箱子K死了

cat [kæt]
n. 貓

諧音 可愛的
聯想 牠是一隻可愛的貓

catch [kætʃ]
v. 接住、抓住

諧音 開啟
聯想 開啟警報器後，小偷被抓住

cause [kɔz]
n. 原因、起因 v. 引起

諧音 寇至
聯想 逃跑的原因是因為寇至

cent [sɛnt]
n. 分（貨幣單位）

諧音 剩
聯想 他只剩下一分錢

center [ˋsɛntɚ]
n. 中心、中央

諧音 神祕
聯想 神祕總是在中央

***certain** [ˋsɝtən]
adj. 確實的、可靠的

諧音 射疼
聯想 確實射中才會疼

chair [tʃɛr]
n. 椅子

諧音 雀兒
聯想 雀兒站在椅子上

chance [tʃæns]
n. 機會、良機

諧音 槍死
聯想 戰場上被槍打死的機會不低

chart [tʃɑrt]
n. 圖、圖表

諧音 洽談

聯想 洽談的時候，用圖表解說

chase [tʃes]
v. 追逐、追捕

諧音 確實

聯想 追逐夢想要有確實的步驟

*check [tʃɛk]
v. 檢查、檢驗
n. 檢查、支票

諧音 竊客

聯想 警報器檢查是否
有偷竊的客人

*chick [tʃɪk]
n. 小雞、小妞

諧音 氣哭

聯想 小雞氣哭了

chief [tʃif]
n. 長官
adj. 等級最高的、為首的

諧音 欺負

聯想 高級的人才不被欺負

*child [tʃaɪld]
n. 小孩、兒童

諧音 猜我的

聯想 猜我的孩子是哪一個

Christmas [ˈkrɪsməs]
n. 聖誕節

諧音 貴死罵死

聯想 聖誕節禮物貴死
讓人罵死

church [tʃɝtʃ]
n. 教堂、禮拜堂

諧音 早起

聯想 星期天要早起上教堂

*city [ˋsɪtɪ]
n. 城市、都市

諧音 洗地

聯想 城市的街道要洗地

*class [klæs]
n. 課、上課、階級

諧音 可拉屎

聯想 上課時可拉屎，
只要舉手跟老師說

*clean [klin]
adj. 清潔的、乾淨的 v. 弄乾淨

諧音 克領

聯想 專門克服領子清潔

climb [klaɪm]
v. 爬、攀登

諧音 克耐

聯想 爬山要克服耐力

*clock [klɑk]
n. 時鐘

諧音 喀啦喀

聯想 時鐘發出喀啦喀的聲響

*close [kloz]
v. 關閉、結束 n. 結束
adj. 親近的 adv. 緊密地

諧音 克露濕

聯想 關上門才能克露濕

*cloud [klaud]
n. 雲

諧音 可繞的

聯想 飛機經過厚雲，是可以繞過的

*coast [kost]
n. 海岸、沿海地區

諧音 靠石頭

聯想 海岸邊靠石頭

coat [kot]
n. 外套、大衣

諧音 扣

聯想 穿外套要扣好

cocoa [ˋkoko]
n. 可可亞

諧音 渴渴

聯想 渴渴就要喝杯可可亞

*coffee [ˋkɔfi]
n. 咖啡

諧音 口啡

聯想 一口咖啡

cola [ˋkolə]
n. 可樂

諧音 可樂

聯想 喝了可樂，可喜可樂

cold [kold]
adj. 冷的、寒冷的

諧音 扣的

聯想 鈕扣扣的不牢就會冷

*color [ˋkʌlɚ]
n. 顏色、色彩

諧音 咖熱

聯想 咖啡熱的顏色很美

*come [kʌm]
v. 來、來到

諧音 看

聯想 看過來

*common [ˋkɑmən]
adj. 普通的、常見的

諧音 看門

聯想 房子有狗看門是很常見的

*continue [kən`tɪnju]

v. 繼續、持續

諧音 肯踢牛

聯想 這隻牛很兇，沒有人肯繼續踢牛

*cook [kuk]

v. 烹調、煮 n. 廚師

諧音 酷哥

聯想 奧立佛主廚是個酷哥

cookie ['kukɪ]

n. 餅乾

諧音 哭泣

聯想 因為吃不到餅乾而哭泣

cool [kul]

adj. 涼快的、酷

諧音 酷

聯想 他是個冷酷的人

corn [kɔrn]

n. 小麥、穀物、玉米

諧音 焢

聯想 焢玉米

correct [kə`rɛkt]

adj. 正確的、對的
v. 改正、責備

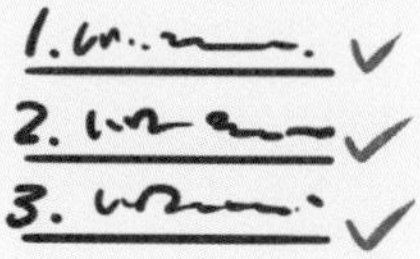

諧音 可列

聯想 正確的可列出來

*cost [kɔst]

n. 費用、成本 v. 花費

諧音 扣失

聯想 費用要扣失掉

*count [kaunt]

v. n. 計算、數

諧音 砍頭

聯想 計算錯誤就必須砍頭

*country [`kʌntrɪ]

n. 國家、鄉下、郊外

諧音 看炊

聯想 每個國家的鄉下都可以看到炊煙

course [kors]

n. 課程、科目

諧音 口試

聯想 課程結束後會有口試

*cover [`kʌvɚ]

v. 遮蓋、覆蓋

諧音 卡霧

聯想 玻璃卡霧視線就被遮蓋了

*cow [kau]

n. 母牛

諧音 靠

聯想 牛奶必須靠母牛分泌

crow [kro]
n. 烏鴉

諧音 骷髏
聯想 烏鴉站在骷髏上

cry [kraɪ]
v. 哭　n. 哭叫

諧音 快
聯想 她快哭了

cub [kʌb]
n. 幼獸、幼小

諧音 烤布
聯想 烤布丁給幼小的孩子吃

***cup** [kʌp]
n. 杯子

諧音 烤破
聯想 杯子被烤破了

cut [kʌt]
v. 切、割、剪

諧音 砍它
聯想 砍它切成一半

cute [kjut]
adj. 漂亮的、可愛的

諧音 翹
聯想 屁股很翹很可愛

daddy [ˋdædɪ] **/ dad** [dæd] **/ papa** [ˋpɑpə] **/ pop** [pɑp]
n. 爸爸

諧音 爹地 / 怕怕 / 拍拍
聯想 我的爹地當我怕怕
他就會拍拍我

***dance** [dæns]
v. n. 跳舞、舞蹈

諧音 電視
聯想 電視裡有人跳舞

***dangerous** [ˋdendʒərəs]
adj. 危險的

諧音 單腳拉屎
聯想 單腳拉屎是很危險的

dark [dɑrk]
adj. 暗、黑暗的

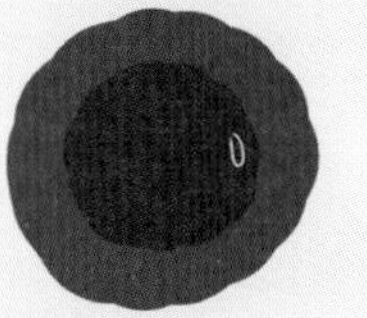

諧音 大顆
聯想 大顆的黑洞是暗的

***date** [det]
n. 日期、約會

諧音 爹的
聯想 爹的老婆與他約定日期
準備約會

***daughter** [ˋdɔtɚ]
n. 女兒

諧音 逗她
聯想 他最喜歡逗她女兒

***day** [de]
n. 日子

諧音 得
聯想 得把握每一天

***dead** [dɛd]
adj. 死的、枯的

諧音 跌的
聯想 他跌的死了

***deal** [dil]
n. 經營、交易

諧音 地油
聯想 地底的石油
是一筆大交易

dear [dɪr]
adj. 親愛的、可愛的

諧音 第二
聯想 親愛的女友是
他的第二生命

December [dɪˋsɛmbɚ]
n. 十二月

諧音 大三八
聯想 這個大三八12月天
這麼冷還穿迷你裙

***decide** [dɪˋsaɪd]
v. 決定

諧音 敵賽
聯想 決定與敵隊比賽

***deep** [dip]
adj. 深的

諧音 低暴
聯想 她穿低胸暴露，乳溝很深

deer [dɪr]
n. 鹿

諧音 遞餌
聯想 獵人遞餌給鹿吃

desk [dɛsk]
n. 書桌

諧音 爹時刻
聯想 爹時刻坐在書桌前

die [daɪ]
v. 死

諧音 呆
聯想 豬是呆死的

***different** [ˋdɪfərənt]
adj. 不同的

諧音 第一夫人
聯想 第一夫人與眾不同

***difficult** [ˋdɪfəˌkəlt]
adj. 困難的

諧音 弟赴考
聯想 弟赴京趕考，
沿途歷經困難

dig [dɪg]
v. 掘、挖

諧音 地割

聯想 地被割了，挖去很大一塊

dinner [`dɪnɚ]
n. 晚餐

諧音 叮嚀

聯想 媽媽叮嚀要回家吃晚餐

*direct [də`rɛkt]
adj. 直接的

諧音 大力

聯想 大力一點直接揮出去

*dirty [`dɝtɪ]
adj. 髒的、汙穢的

諧音 多涕

聯想 他流很多鼻涕，真髒

*discover [dɪs`kʌvɚ]
v. 發現、找到

諧音 大事Call我

聯想 有發現大事就call我

dish [dɪʃ]
n. 碟、盤、菜餚

諧音 弟媳

聯想 今天由弟媳婦洗盤子

*make [mek] / do [du]
v. 做、製作

諧音 沒殼 / 肚

聯想 寄居蟹沒殼幫它做一個，保護肚子

doctor [`dɑktɚ]
n. 醫生、博士（簡寫Dr.）

諧音 大苦頭

聯想 不看醫生就吃大苦頭

dog [dɔg]
n. 狗

諧音 逗狗

聯想 他喜歡玩球逗狗

doll [dɑl]
n. 玩偶、洋娃娃

諧音 逗兒

聯想 娃娃是逗兒用的

dollar [`dɑlɚ] / buck [bʌk]
n. 元

諧音 搭了 / 包客

聯想 背包客搭了飛機要花很多錢

*door [dor]
n. 門

諧音 抖

聯想 他躲在門後抖

dove [dʌv]
n. 鴿子

諧音 大夫
聯想 大夫親切的照顧這隻鴿子

***down** [daun]
n. 向下

諧音 當
聯想 他多科被當，只好向下留級

dozen [ˋdʌzn]
n. 一打、十二個

諧音 打人
聯想 葉問決定打人，
一打就是十二個

***draw** [drɔ]
v. 畫、繪製、拉

諧音 作
聯想 畫家透過作畫創作

dream [drim]
n. v. 夢

諧音 準
聯想 他夢到明牌相當準

***drink** [drɪŋk]
v. 飲、喝

諧音 圳渴
聯想 口渴在大圳喝水

***drive** [draɪv]
v. 開車、兜風

諧音 踹
聯想 開車就是踹

***dry** [draɪ]
adj. 乾的、乾燥的

諧音 做愛
聯想 太久不做愛感情會乾燥

***duck** [dʌk]
n. 鴨子

諧音 蛋殼
聯想 鴨子從蛋殼中破出

***during** [ˋdjurɪŋ]
prep. 在…的整個期間

諧音 丟人
聯想 在當兵期間偷跑真是丟人

each [itʃ]
adj. pron. 各、每一個

諧音 疫區
聯想 每一隻豬都可能來自疫區

eagle [ˋigl̩]
n. 老鷹

諧音 魚鉤
聯想 老鷹的嘴像魚鉤

*ear [ɪr]
n. 耳

諧音 一耳

聯想 人有兩耳，一邊一耳

early [`ɝlɪ]
adj. adv. 早期的、早先的

諧音 耳力

聯想 人的早期耳力都很好

earth [ɝθ]
n. 地球

諧音 餓死

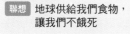

聯想 地球供給我們食物，
讓我們不餓死

ease [iz]
n. 容易、舒適
v. 減輕、放鬆

諧音 醫師

聯想 醫師減輕病患疼痛

*east [ist]
n. 東方

諧音 義獅頭

聯想 義獅頭來自東方

easy [`izɪ]
adj. 容易的、不費力的

諧音 一級

聯想 要考一級檢定很簡單

eat [it]
v. 吃

諧音 益

聯想 吃飯有益健康

edge [ɛdʒ]
n. 邊緣

諧音 越級

聯想 越過邊緣就是越級

egg [ɛg]
n. 蛋

諧音 噎個

聯想 噎個蛋在口中會窒息

*eight [et]
adj. 八的　n. 八

諧音 愛他

聯想 愛他就要八著他

either [`iðɚ]
adj. （兩者之中）任一的

諧音 依了

聯想 他愛雙胞胎，
不管誰的要求都依了

elephant [`ɛləfənt]
n. 大象

諧音 A了粉

聯想 大象A了粉多水果吃

eleven [ɪ`lɛvn]

adj. 十一的 n. 十一

聯想 7-11的 eleven

*else [ɛls]

adv. 其他、另外

諧音 愛老師

聯想 除了父母他最愛老師

*end [ɛnd]

n. 末端、結局

諧音 安的

聯想 最後的結局是平安的

English [`ɪŋglɪʃ]

adj. 英國的 n. 英語

諧音 英國力行

聯想 英語是英國力行推廣的語言

enough [ə`nʌf]

adj. 足夠的、充足的

諧音 一懦夫

聯想 夠了！我不是一個懦夫

*enter [`ɛntɚ]

v. 進入

諧音 閹他

聯想 閹他才可以進去後宮

*equal [`ikwəl]

adj. 相等的、相當的

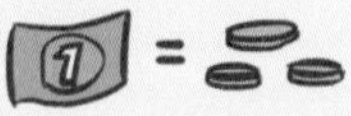

諧音 一塊

聯想 一塊美金相當於約 30 塊台幣

even [`ivən]

adv. 甚至、平均
adj. 一致的、平的

諧音 腋溫

聯想 甚至要量腋下的平均溫度

evening [`ivnɪŋ]

n. 傍晚、晚上

諧音 壓門鈴

聯想 晚上的時候不要壓門鈴

*ever [`ɛvɚ]

adv. 從來、至今

諧音 愛不

聯想 愛從來不能勉強

every [`ɛvrɪ]

adj. 每一、每個

諧音 愛餵

聯想 妹妹最愛餵每隻小狗了

*examine [ɪg`zæmɪn]

v. 檢查、審查

諧音 一個柵門

聯想 每一個柵門都要審查

example [ɪg`zæmp!]
n. 例子、範本

諧音 一個產婆
聯想 一個產婆示範如何接生

***except** [ɪk`sɛpt]
prep. 除…之外

諧音 一個紗布
聯想 除了一個紗布之外，什麼都沒帶

***eye** [aɪ]
n. 眼睛

諧音 愛
聯想 他的眼睛充滿愛

***face** [fes]
n. 臉、面孔

諧音 費事
聯想 每天洗臉很費事

***fact** [fækt]
n. 事實

諧音 法課
聯想 司法課上，教授說事實最重要

factory [`fæktərɪ]
n. 工廠

諧音 非可炊
聯想 工廠裡禁止生火，食物非可炊

***fall** [fɔl]
n. 秋天 v. 掉落

諧音 腐
聯想 秋天葉子掉落後腐化

false [fɔls]
adj. 不正確的、錯誤的

諧音 否事
聯想 否事就是錯誤的事

family [`fæməlɪ]
n. 家庭、家人

諧音 肥貓咪
聯想 我們家養了一隻肥貓咪

fan [fæn]
n. 扇子、粉絲

諧音 焚
聯想 粉絲用扇子扇走焚悶

***far** [fɑr]
adj. 遠的、遙遠的

諧音 法
聯想 法國離我們太遠了

***farm** [fɑrm]
n. 農場、飼養場 v. 耕作

諧音 飯
聯想 米飯來自農田裡

fast [fæst]
adj. 快的、迅速的

諧音 發誓偷
聯想 他發誓快速偷東西

fat [fæt]
adj. 肥胖的

諧音 肥頭
聯想 肥胖的頭

***father** [ˋfɑðɚ]
n. 父親

諧音 發的
聯想 這個紅包是父親發的

***fear** [fɪr]
n. v. 害怕、恐懼

諧音 肥鵝
聯想 肥鵝害怕被宰

February [ˋfɛbrʊˌɛrɪ]
n. 二月

諧音 發布了耶
聯想 年終獎金在2月發布了耶

***feed** [fid]
n. v. 餵養、飼養

諧音 廢的
聯想 廢的人一直要人餵養

***feel** [fil]
v. n. 摸、觸、感覺

諧音 肥油
聯想 他讓人感覺一身肥油

few [fju]
adj. 很少數的、幾乎沒有的

諧音 飛躍
聯想 少數的鯉魚能飛躍龍門

***fight** [faɪt]
v. n. 打仗、攻擊

諧音 非愛他
聯想 攻擊並非愛他

fill [fɪl]
v. 裝滿、充滿

諧音 廢油
聯想 肚子裝滿廢油

final [ˋfaɪnl̩]
adj. 最後的、最終的

諧音 廢孬
聯想 廢孬的他最後放棄了

find [faɪnd]
v. 找到、尋得

諧音 汎愛的
聯想 汎愛的他尋得真愛

*fine [faɪn]
adj. 好的、優秀的

諧音 粉愛

聯想 他粉愛好東西

finger [ˋfɪŋgɚ]
n. 手指

諧音 分割

聯想 哆啦 A 夢手分割就有手指了

finish [ˋfɪnɪʃ]
v. n. 結束、完成

諧音 肥女婿

聯想 肥女婿生命就此結束

*fire [faɪr]
n. 火

諧音 父愛兒

聯想 父愛兒像火一樣溫暖

first [fɝst]
n. 第一 adj. 第一的
adv. 首先

諧音 服侍他

聯想 服侍他是第一要務

*fish [fɪʃ]
n. 魚

諧音 費洗

聯想 鱗片多的魚費洗

*five [faɪv]
n. 五 adj. 五的

諧音 佛愛

聯想 佛愛就是五倫相親相愛

floor [flor]
n. 地板、樓層

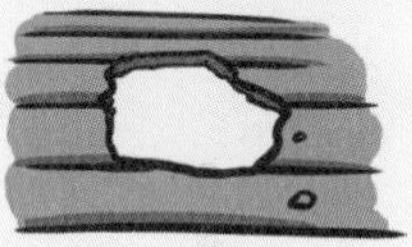

諧音 腐露

聯想 腐露的地板

*flower [ˋflauɚ]
n. 花

諧音 服老

聯想 不服老的阿媽頭戴鮮花

*fly [flaɪ]
n. 蒼蠅 v. 飛

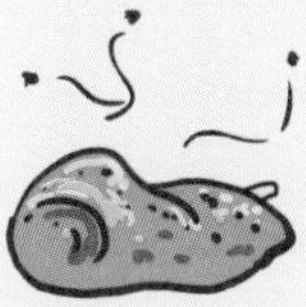

諧音 腐來

聯想 蒼蠅遇到腐肉就飛來

*fog [fɑg]
n. 霧

諧音 髮固

聯想 燙髮的濕氣讓頭髮固定

*follow [ˋfɑlo]
v. 跟隨

諧音 發落

聯想 跟隨命令的發落

A B C D E F G H I J K L M N O P Q R S T U V W X Y Z

food [fud]
n. 食物、食品

諧音 付的

聯想 付錢的食物才能吃

*foot [fut]
n. 腳、足

諧音 赴

聯想 行腳赴約

*for [fɔr]
prep. 為、為了、往、向

諧音 赴歐

聯想 為了旅遊赴歐

*force [fors]
n. 力量 v. 強迫

諧音 富士

聯想 富士山帶給日本人力量

*foreign [ˋfɔrɪn]
adj. 外國的

諧音 富林

聯想 富蘭克林是一個外國人

forest [ˋfɔrɪst]
n. 森林

拆解 fo(r) + rest（休息）

聯想 森林是讓人休息的

*forget [fɚˋgɛt]
v. 忘記

諧音 付給

聯想 忘記付錢給店員

fork [fɔrk]
n. 叉子、耙

諧音 婦科

聯想 被叉子叉到卻跑去看婦科

*four [for]
n. 四 adj. 四的

諧音 福厚

聯想 福厚就不怕「四」不吉利

*free [fri]
adj. 免費的、自由的、不受控制的

諧音 福利

聯想 免費的點心是福利

*fresh [frɛʃ]
adj. 新鮮的

諧音 飛行

聯想 飛行對他來說很新鮮

Friday [ˋfraɪˏde]
n. 星期五

諧音 富老爹

聯想 富老爹星期五下班後要放鬆一下

*friend [frɛnd]
n. 朋友

諧音 浮濫的

聯想 朋友亂交太多是浮濫的

frog [frɑg]
n. 青蛙

諧音 浮老疙

聯想 浮老疙的青蛙

from [frɑm]
prep. 從…起、始於

諧音 放

聯想 放學時間從四點半開始

*front [frʌnt]
n. 前面、正面 adj. 前面的
v. 朝向

諧音 方

聯想 前方就是前面

fruit [frut]
n. 水果

諧音 福祿

聯想 多吃水果得福祿

full [ful]
adj. 滿的、充滿的

諧音 富兒

聯想 富兒的口袋滿滿都是錢

*fun [fʌn]
n. 娛樂、樂趣

諧音 飯

聯想 吃飯讓人快樂

game [gem]
n. 遊戲

諧音 幹勁

聯想 玩game讓他有幹勁

*garden [`gɑrdn]
n. 花園、庭院

諧音 假燈

聯想 庭院放了盞假燈

gas [gæs]
n. 瓦斯、氣體

諧音 假死

聯想 聞到瓦斯他呈現假死狀態

*general [`dʒɛnərəl]
adj. 一般的 n. 將軍、上將

諧音 賊腦

聯想 一般而言，賊腦的人
當不上將軍

get [gɛt]
v. 獲得、得到

諧音 給他

聯想 給他，他就能得到

A B C D E F G H I J K L M N O P Q R S T U V W X Y Z

ghost [gost]
n. 鬼、幽靈
諧音 狗屎
聯想 那個鬼，踩到狗屎

***gift** [gɪft]
n. 禮物、天賦
諧音 姊夫他
聯想 姊夫他送我禮物

girl [gɝl]
n. 女孩
諧音 各摟
聯想 左右各摟一個女孩

give [gɪv]
v. 給、送給
諧音 繼父
聯想 她媽決定改嫁，
給她一個繼父

glad [glæd]
adj. 高興的、快活的
諧音 鼓裂
聯想 他太高興了，
把鼓都打裂了

***glass** [glæs]
n. 玻璃
諧音 割裂死
聯想 被玻璃割裂死

go [go]
v. 去、離去
諧音 購
聯想 去購物

***god** [gɑd]
n. 上帝、神像
諧音 尬的
聯想 互尬的神

gold [gold]
n. 黃金
諧音 購得
聯想 黃金是由銀樓購得

***good** [gʊd]
adj. 好的、令人滿意的
諧音 固的
聯想 堅固的就是好的

goodbye / bye-bye
[gʊd`baɪ / `baɪ͵baɪ]
int. 再見
諧音 拜
聯想 拜別就是掰掰

goose [gus]
n. 鵝
諧音 故事
聯想 鵝媽媽說故事

grand [grænd]
adj. 偉大的、崇高的

諧音 管的
聯想 偉大的人管的很多

***grass** [græs]
n. 草

諧音 割死
聯想 農夫看到雜草
就將它割死

gray / grey [gre]
n. 灰色 adj. 灰色的

諧音 鬼類
聯想 鬼類是灰色的

great [gret]
adj. 巨大的、偉大的

諧音 跪他
聯想 看到偉大的人就要跪他

***green** [grin]
n. 綠色 adj. 綠色的

諧音 古林
聯想 這座古林綠意盎然

***ground** [graund]
n. 地面、土地

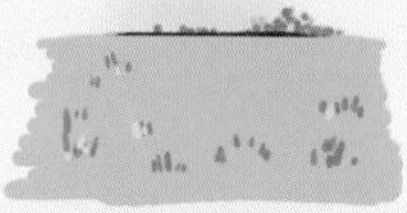

諧音 廣的
聯想 廣大的土地

group [grup]
n. 群、組、團體

諧音 姑婆
聯想 姑婆組成一個進香團

***grow** [gro]
v. 成長、生長

諧音 骨肉
聯想 骨肉會生長

guess [gɛs]
v. n. 猜測、推測

諧音 假釋
聯想 律師猜測他可以假釋

guest [gɛst]
n. 客人

諧音 解釋它
聯想 向客人解釋它的功能

***guide** [gaɪd]
n. v. 嚮導、指南

諧音 蓋的
聯想 嚮導解說蓋的建築

gun [gʌn]
n. 槍、砲

諧音 槓
聯想 他們隨身帶槍槓上了

A B C D E F G H I J K L M N O P Q R S T U V W X Y Z

*hair [hɛr]
n. 頭髮

諧音 黑鵝

聯想 這隻黑鵝的頭髮很柔順

half [hæf]
n. adj. 一半、二分之一

諧音 好夫

聯想 好夫的另一半是好妻

ham [hæm]
n. 火腿

諧音 漢

聯想 漢堡夾火腿

*hand [hænd]
n. 手

諧音 汗

聯想 流手汗

happen [ˋhæpən]
v. 發生

諧音 黑盆

聯想 黑盆發生靈異現象，半夜會哭

happy [ˋhæpɪ]
adj. 高興的

諧音 黑皮

聯想 黑皮膚的人樂天知足，很快樂

*hard [hɑrd]
adj. 硬的、堅固的

諧音 河岸的

聯想 河岸的堤防必須堅固

hat [hæt]
n. 帽子

諧音 黑頭

聯想 黑頭戴了頂帽子

*hate [het]
v. 仇恨、厭惡

諧音 恨他

聯想 她恨他討厭他

*have [hæv]
v. 有、擁有

諧音 海服

聯想 她夢想擁有一件海服

*head [hɛd]
n. 頭

諧音 黑的

聯想 黑人的頭是黑的

*health [hɛlθ]
n. 健康

諧音 黑黝實

聯想 黑黝實的身體就是健康

***heart** [hɑrt]
n. 心臟

諧音 哈她
聯想 哈她所以心臟怦怦跳

***heat** [hit]
v. 把…加熱、使暖 n. 熱度

諧音 洗得
聯想 水太熱了，她洗得全身都紅了

heavy [`hɛvɪ]
adj. 重的、沉的

諧音 黑鮪魚
聯想 黑鮪魚是相當重的魚

hello [hə`lo]
int. 哈囉

諧音 哈囉

***help** [hɛlp]
v. 幫忙

諧音 嘿喔！跑！
聯想 嘿喔！跑！啦啦隊幫忙加油

***here** [hɪr]
n. adv. 這裡

諧音 戲兒
聯想 這齣戲兒會在這裡開演

***high** [haɪ]
adj. 高的

諧音 嗨
聯想 大夥玩得很嗨

hill [hɪl]
n. 小山、丘陵

諧音 嬉遊
聯想 周末到小山丘嬉遊

***history** [`hɪstərɪ]
n. 歷史

拆解 his-s+story=他的故事
聯想 他的故事就是歷史

hit [hɪt]
v. 打

諧音 細藤
聯想 用細藤打人

***hold** [hold]
v. 握著、抓住

諧音 厚的
聯想 握住厚的書

hole [hol]
n. 洞

諧音 厚耳
聯想 厚耳有個耳洞

A B C D E F G H I J K L M N O P Q R S T U V W X Y Z

A B C D E F G H I J K L M N O P Q R S T U V W X Y Z

holiday [ˋhɑlə͵de]
n. 節日、假日

諧音 好樂迪
聯想 去好樂迪唱歌度過假日

***home** [hom]
n. 家

諧音 哄
聯想 家裡總是鬧哄哄

***hope** [hop]
v. n. 希望、盼望

諧音 後跑
聯想 跑者希望向後跑跑完全程

horse [hɔrs]
n. 馬

諧音 厚實
聯想 厚實的馬

hot [hɑt]
adj. 熱的

諧音 哈特
聯想 哈利波特很火熱

***hour** [aur]
n. 小時

諧音 熬
聯想 粥要熬一小時

***house** [haus]
n. 房子

諧音 好事
聯想 有房子住是好事

***how** [hau]
adv. 怎樣、如何 n. 方法

諧音 號
聯想 爸爸示範如何上大號

huge [hjudʒ]
adj. 龐大的、巨大的

諧音 秀肌
聯想 猛男秀出巨大的肌肉

hundred [ˋhʌndrəd]
n. adj. 一百

諧音 喊醉
聯想 喝100%的酒就喊醉

***hungry** [ˋhʌŋgrɪ]
adj. 飢餓的

諧音 很貴
聯想 飢餓的代價很貴

hurt [hɝt]
v. 受傷

諧音 鶴頭
聯想 鶴頭歪一邊大概受傷了

husband [ˋhʌzbənd]
n. 丈夫

諧音 好死板

聯想 他的丈夫好死板

*ice [aɪs]
n. 冰

諧音 礙事

聯想 在冰上走路很礙事

idea [aɪˋdiə]
n. 點子

諧音 愛的

聯想 情人節要有愛的點子

if [ɪf]
conj. 如果

諧音 衣服

聯想 如果衣服濕了，就脫掉

important [ɪmˋpɔrtnt]
adj. 重要的

諧音 引爆點

聯想 知道引爆點是很重要的

*in [ɪn]
prep. 在…之內

諧音 硬

聯想 硬的刀子插進蛋糕

inch [ɪntʃ]
n. 英吋

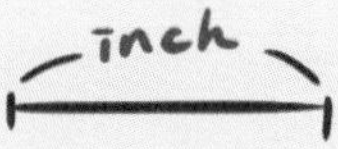

諧音 英吋

聯想 1英吋＝2. 54公分

inside [ˋɪnˋsaɪd]
n. adj. 內部、裡面

諧音 硬塞

聯想 母親硬塞包子進我的背包裡

interest [ˋɪntərɪst]
n. 興趣、關注

諧音 飲醉死他

聯想 喝酒固然有趣，
但飲醉死他

iron [ˋaɪɚn]
n. 鐵

諧音 愛恩

聯想 鋼鐵是上帝愛的恩賜

jam [dʒæm]
n. 果醬

諧音 濺

聯想 被果醬濺得滿身

January [ˋdʒænjʊˌɛrɪ]
n. 一月

諧音 接你兒女

聯想 1月1日跨完年要接你兒女

job [dʒɑb]
n. 工作

諧音 膠布
聯想 他的工作是賣膠布

join [dʒɔɪn]
v. 參加

諧音 就贏
聯想 有你加入我們就贏

joke [dʒok]
n. 玩笑

諧音 舊瞌
聯想 舊的笑話讓人打瞌睡

*joy [dʒɔɪ]
n. 歡樂、高興

諧音 酒意
聯想 微醺的酒意很開心

*juice [dʒus]
n. 果汁

諧音 酒食
聯想 不愛酒食只喝果汁

July [dʒu`laɪ]
n. 七月

諧音 就來
聯想 等到7月暑假就來

jump [dʒʌmp]
v. 跳、跳躍

諧音 這樣跑
聯想 這樣跑可以跳很高

June [dʒun]
n. 六月

諧音 進入
聯想 進入6月就是盛夏了

just [dʒʌst]
adv. 正好、只是
adj. 正直的

諧音 駕駛它
聯想 公車司機只是駕駛它不擁有它

*keep [kip]
v. 保持

諧音 氣飽
聯想 氣球的氣飽了就可以保持下去

key [ki]
n. 鑰匙

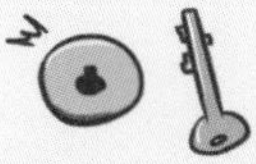

諧音 器
聯想 鑰匙是開門的器具

kick [kɪk]
v. 踢

諧音 氣哭
聯想 被踢所以氣哭

*kid [kɪd]
n. 小孩

諧音 泣的

聯想 涕泣的小孩

kill [kɪl]
v. 殺死、宰

諧音 汽油

聯想 為了汽油爭奪而殺戮

kind [kaɪnd]
n. 種類 adj. 親切的

諧音 看愛的

聯想 看愛的商品種類就買走

*king [kɪŋ]
n. 國王

諧音 金

聯想 金正恩是北韓的王

kiss [kɪs]
n. v. 吻

諧音 氣勢

聯想 初吻要有氣勢

kitchen [`kɪtʃɪn]
n. 廚房

諧音 起勁

聯想 奧立佛在廚房忙得正起勁

kite [kaɪt]
n. 風箏

諧音 開

聯想 螞蟻決定開風箏上空中

kitten / kitty [`kɪtn / `kɪtɪ]
n. 小貓

諧音 泣涕

聯想 泣涕的小貓

knee [ni]
n. 膝蓋

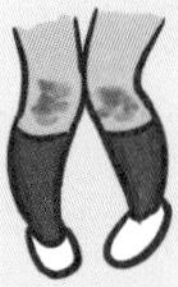

諧音 泥

聯想 跪下後他的膝蓋沾滿泥土

knife [naɪf]
n. 刀

諧音 耐斧

聯想 刀必須耐得住斧頭砍劈

know [no]
v. 知道、了解

諧音 no

聯想 不知道

lack [læk]
v. n. 缺少、沒有

諧音 拉客

聯想 缺少客人就要出門拉客

lady [ˋledɪ]
n. 女士、夫人

諧音 淚滴
聯想 這位女士滿臉淚滴

lake [lek]
n. 湖

諧音 累渴
聯想 又累又渴，在湖邊喝水

lamb [læm]
n. 小羊

諧音 爛布
聯想 爛布包住小羊

lamp [læmp]
n. 燈

諧音 浪波
聯想 浪波中只看的到一盞燈

***land** [lænd]
n. 陸地、土地 v. 登陸

諧音 爛的
聯想 小兒子只分到爛的地

***large** [lɑrdʒ]
adj. 大的

諧音 蠟炬
聯想 蠟燭燒完只剩一大塊蠟炬

last [læst]
v. 持續、最後
adj. adv. 最後的

諧音 辣死他
聯想 辣椒後勁十足最後辣死他

***late** [let]
adj. 遲的、晚的

諧音 累
聯想 工作到這麼晚當然很累

***laugh** [læf]
v. 笑

諧音 熱敷
聯想 熱敷的時候她忍不笑了

***law** [lɔ]
n. 法律

諧音 漏
聯想 奸商專門鑽法律漏洞

***lay** [le]
v. 放、擱置、下蛋

諧音 累
聯想 母雞下蛋很累，
要好好安置她

lazy [ˋlezɪ]
adj. 懶惰

諧音 累積
聯想 懶惰功課累積很多

*lead [lid]
v. 引導、指揮
n. 指導、領先

諧音 利得

聯想 理專帶領客戶增加利得

leaf [lif]
n. 葉子

諧音 禮服

聯想 她的禮服用葉子裝飾

*learn [lɝn]
v. 學習

諧音 認

聯想 她認真學習

least [list]
adj. 最小的、最少的

諧音 立石頭

聯想 立石頭最少要立十顆

leave [liv]
v. 離開

諧音 離府

聯想 包大人離開開封府

left [lɛft]
adj. 左方的 n. 左邊
v. leave過去式

諧音 老夫

聯想 老夫帶一把「左」輪槍離開了

leg [lɛg]
n. 腿

諧音 淚割

聯想 車禍含淚割了腿

*less [lɛs]
adj.較小的、較少的

諧音 累死

聯想 體力較少的會累死

lesson [ˋlɛsn]
n. 功課、課業

諧音 來生

聯想 來生要好好做功課

let [lɛt]
v. 允許、讓

諧音 壘

聯想 教練讓我盜壘

letter [ˋlɛtɚ]
n. 信、函件

諧音 淚投

聯想 含淚投了一封信

level [ˋlɛvl̩]
n. 水準、等級

諧音 禮物

聯想 這個禮物的等級很高

A B C D E F G H I J K L M N O P Q R S T U V W X Y Z

*lie [laɪ]
v. n. 撒謊

諧音 賴

聯想 長鼻子海盜說了謊又想賴

*life [laɪf]
n. 生命、生活

諧音 來福

聯想 生活來福就可以過得舒服

*light [laɪt]
n. 光 adj. 光亮、輕的

諧音 來頭

聯想 發光的這位來頭不小

*like [laɪk]
v. 喜歡 prep. 像

諧音 來口

聯想 喜歡抽菸的他，
不時來上一口

lily [ˋlɪlɪ]
n. 百合

諧音 粒粒

聯想 一粒粒的百合花種子

*line [laɪn]
n. 繩、線

諧音 耐

聯想 繩子必須有耐力

lion [ˋlaɪən]
n. 獅子

諧音 雷王

聯想 獅子是叫聲如雷的王者

*lip [lɪp]
n. 嘴唇

諧音 力破

聯想 親嘴太大力嘴唇破掉

list [lɪst]
n. 表、名冊

諧音 歷史冊

聯想 名字被登在歷史名冊上

*listen [ˋlɪsn]
v. 聽

諧音 厲聲

聯想 聽怪物的厲聲叫喊

little [ˋlɪtl̩]
adj. 小的

諧音 理頭

聯想 小的孩子要理頭髮

*live [lɪv]
v. 活著、居住

諧音 立

聯想 立基的地方就是居住的地方

*long [lɔŋ]
adj.長的、遠的

諧音 龍

聯想 龍有著長長的身體，可以活很久

*look [luk]
v. 看

諧音 入口

聯想 在入口東張西望

lot [lɑt]
n. 很多、多數

諧音 拉它

聯想 很多人都會拉它

*loud [laud]
adj. 大聲的、響亮的

諧音 落得

聯想 雷電落得很大聲

*love [lʌv]
v. n. 愛

諧音 老夫

聯想 老夫老妻相親相愛

*low [lo]
adj. 低的、矮的

諧音 露

聯想 褲子穿太低屁股露出來

*lucky [`lʌkɪ]
adj. 幸運的

諧音 拉起

聯想 成績幸運的被拉起

*lunch [lʌntʃ]
n. 午餐

諧音 爛去

聯想 午餐放太久，已經爛去

*machine [mə`ʃin]
n. 機器

諧音 馬遜

聯想 因為馬遜馬力不夠，只好用機器代替

mad [mæd]
adj. 發瘋的、抓狂的

諧音 罵的

聯想 被罵得抓狂了

*mail [mel]
n. 郵件

諧音 沒有

聯想 沒有收到mail

make [mek]
v. 做、製造

諧音 沒課

聯想 沒課不知道要做什麼

*man [mæn]
n. 男人、人

諧音 蠻

聯想 野蠻的男人

many [ˋmɛnɪ]
adj. 許多的

諧音 美女

聯想 許多的美女

map [mæp]
n. 地圖

諧音 沒跑

聯想 沒帶地圖所以沒跑

March [mɑrtʃ]
n. 三月

諧音 馬騎

聯想 三月下小雨，浪漫把馬騎

market [ˋmɑrkɪt]
n. 市場

諧音 媽去的

聯想 菜市場是媽去的

marry [ˋmærɪ]
v. 娶、嫁、和...結婚

諧音 瑪莉

聯想 瑪莉終於娶到了公主

*master [ˋmæstɚ]
n. 名家、大師

諧音 罵死他

聯想 大師罵死他

match [mætʃ]
v. 配對

諧音 沒去

聯想 沒去無法配對

matter [ˋmætɚ]
n. 事情、問題

諧音 眉頭

聯想 李組長眉頭一皺，
發覺事情並不單純

May [me]
n. 五月

諧音 梅

聯想 五月梅雨季

may [me]
aux. 可能、也許

諧音 魅

聯想 她也許是熟女，
但還是有魅力

*mean [min]
v. 意思是 adj. 刻薄的

諧音 命

聯想 尋找生命的意義

meat [mit]
n. 肉

諧音 蜜桃
聯想 蜜桃的肉真是甜美

***meet** [mit]
v. 遇到、碰上

諧音 蜜
聯想 熊遇到蜂蜜

***middle** [ˋmɪdḷ]
adj. 中間的

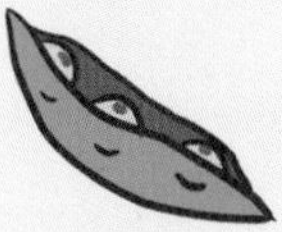

諧音 米豆
聯想 豆莢的中間就是米豆

***mile** [maɪl]
n. 英里、哩

諧音 賣藕
聯想 這位老婦走了好幾里賣藕

milk [mɪlk]
n. 牛奶

諧音 沒有渴
聯想 沒有渴就不要喝牛奶

***mind** [maɪnd]
n. 頭腦、心智
v. 注意、介意

諧音 埋的
聯想 埋在心智裡的記憶

minute [ˋmɪnɪt]
n. 分（鐘）、會議記錄

諧音 命令他
聯想 老闆命令他每分鐘做記錄

***miss** [mɪs]
v. 遺漏、思念
n. 小姐（M大寫）

諧音 迷失
聯想 他一時迷失，錯過這位思念已久的小姐了

moment [ˋmomənt]
n. 瞬間、片刻

諧音 摸門
聯想 在摸門的瞬間，發現油漆未乾

***mommy / mom / mother**
[ˋmɑmɪ / mɑm / ˋmʌðɚ]
n. 媽媽、媽咪

諧音 媽咪 / 忙 / 媽的
聯想 媽咪忙媽的家事

Monday [ˋmʌnde]
n. 星期一

諧音 慢點
聯想 星期一還沒醒，慢點開始工作

money [ˋmʌnɪ]
n. 錢

諧音 瞞你
聯想 瞞你偷藏私房錢

monkey [ˋmʌŋkɪ]
n. 猴子

諧音 茫去

聯想 猴子喝酒茫去

*month [mʌnθ]
n. 月

諧音 慢駛

聯想 慢駛了一個月才到目的地

moon [mun]
n. 月球、月光

諧音 悶

聯想 狼人看到月亮總是悶

*more [mor]
adj. 更多的

諧音 墨

聯想 墨汁請多倒一點

morning [ˋmɔrnɪŋ]
n. 早晨、上午

諧音 摸您

聯想 早上你不起床，
我就摸你摳你

*most [most]
adj. 最多的

諧音 摸石頭

聯想 摸石頭最多顆

*mountain [ˋmauntn]
n. 山

諧音 慢登

聯想 面對高山要慢登

mouse [maus]
n. 老鼠

諧音 冒失

聯想 冒失的老鼠

mouth [mauθ]
n. 嘴

諧音 冒舌

聯想 嘴巴打開就會冒舌

*move [muv]
v. 移動、搬動

諧音 木

聯想 搬木頭

movie [ˋmuvɪ]
n. 電影

諧音 末位

聯想 坐在最末位看電影

much [mʌtʃ]
adv. adj. 許多、大量的

諧音 罵妻

聯想 有太多男人喜歡罵妻

*mud [mʌd]
n. 泥漿

諧音 冒的

聯想 冒的泥漿

mug [mʌg]
v. 搶劫

諧音 馬哥

聯想 馬哥是搶劫犯

*music [ˋmjuzɪk]
n. 音樂

諧音 毛即刻

聯想 挑到好音樂，
毛即刻豎起

must [mʌst]
aux. 必須 n. 必要的事
adj. 必須的

諧音 磨石它

聯想 菜刀必須磨石它

*name [nem]
n. 名字、姓名

諧音 唸

聯想 記新名字要多唸幾次

*nation [ˋneʃən]
n. 國民、國家

諧音 內心

聯想 他的內心都是為了國家

nature [ˋnetʃɚ]
n. 自然

諧音 拿翹

聯想 驕傲的人拿翹很自然

*near [nɪr]
adv. adj. 近的

諧音 逆耳

聯想 接近忠臣就會
聽到逆耳之言

*neck [nɛk]
n. 脖子

諧音 內科

聯想 脖子痛看內科

*need [nid]
v. 需要

諧音 你的

聯想 我要你的愛

*never [ˋnɛvɚ]
adv. 從未

諧音 奶無

聯想 這位乳母從未奶無

*new [nju]
adj. adv. 新的、新鮮的

諧音 牛油

聯想 牛油要新才新鮮

next [ˋnɛkst]
adj. 緊鄰的 adv. 接下來
n. 下一個人或物 prep. 靠近

諧音 那顆石頭
聯想 下一個要搬的是那顆石頭

nice [naɪs]
adj. 好的

諧音 耐濕
聯想 衣服有相當好的耐濕功能

***night** [naɪt]
n. 晚上

諧音 奶頭
聯想 夜裡，乳牛的奶頭要收好

***nine** [naɪn]
n. 九 adj. 九的

諧音 奶
聯想 保久奶

***no** [no] adj. adv. n. 沒有
nope [nop] adv. 沒有

諧音 挪
聯想 沒有就是被挪走了

noise [nɔɪz]
n. v. 聲響、吵鬧聲

諧音 鬧意思
聯想 鬧意思發出吵鬧聲

noon [nun]
n. 正午、中午

諧音 弄溫
聯想 中午的太陽弄溫大地

***north** [nɔrθ]
n. 北、北方

諧音 鬧事
聯想 北方蠻族鬧事

***nose** [noz]
n. 鼻子

諧音 弄濕
聯想 弄濕鼻子

not [nɑt]
adv. 不

諧音 那頭
聯想 不是那頭是這頭

***note** [not]
n. v. 筆記

諧音 腦頭
聯想 筆記腦頭的靈感

nothing [ˋnʌθɪŋ]
pron. 沒什麼 n. 微不足道的人、物
adv. 一點也不

諧音 哪行
聯想 什麼都沒有哪行

*notice [`notɪs]

n. v. 公告、注意

諧音 腦提示

聯想 公告是給腦提示

November [no`vɛmbɚ]

n. 十一月

諧音 腦變薄

聯想 11 月沒什麼假期，讓我腦變薄

*now [nau]

n. adj. adv. 現在、目前

諧音 鬧

聯想 現在不要鬧

*number [`nʌmbɚ]

n. 號碼、數字

諧音 難報

聯想 號碼太難報了，請大聲一點

*nurse [nɝs]

n. 護士

諧音 認識

聯想 我想認識正妹護士

ocean [`oʃən]

n. 海洋

諧音 歐行

聯想 歐洲之行坐船穿過海洋

October [ɑk`tobɚ]

n. 十月

諧音 愛國投報

聯想 愛國的光輝十月投報國家

of [ɑv]

prep. 關於、來自…的

諧音 阿福

聯想 關於小夫，最早被稱做阿福

*off [ɔf]

prep. adv. 切斷、關掉、取消

諧音 歐夫

聯想 她因為歐夫而取消婚約

*office [`ɔfɪs]

n. 辦公室

諧音 啊！肥死

聯想 啊！一直待在辦公室會肥死。

often [`ɔfən]

adv. 常常、時常

諧音 兒糞

聯想 母親時常清理兒糞

oil [ɔɪl]

n. 油

諧音 歐油

聯想 歐洲的橄欖油

A B C D E F G H I J K L M N O P Q R S T U V W X Y Z

old [old]
adj. 老的

諧音 嘔的
聯想 老人嘔的氣沖沖

on [ɑn]
adv. adj. prep. 在…上

諧音 安
聯想 安在神明桌上

once [wʌns]
adv. n. 一次、一回、一旦

諧音 萬事
聯想 這一次萬事拜託了

one [wʌn]
n. 一 adj. 一個的
prep. 一個人

諧音 萬
聯想 萬中選一練武奇才

only [ˋonlɪ]
adj. 唯一的、僅有的

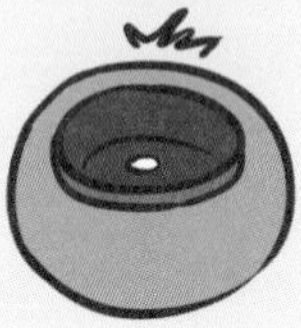

諧音 甕裡
聯想 甕裡只有一粒米

open [ˋopən]
v. n. 打開

諧音 all噴
聯想 打開香檳all噴

or [ɔr]
conj. 或者、還是

諧音 偶而
聯想 偶而她穿比基尼，
或是穿連身泳衣

orange [ˋɔrɪndʒ]
n. 柳橙、橘色
adj. 橘色的

諧音 我戀橘
聯想 我最喜歡橘子了

***order** [ˋɔrdɚ]
n. v. 訂購、秩序

諧音 我的
聯想 訂了就是我的，要有順序

***other** [ˋʌðɚ]
adj. 另一個的、其他的
pron. 另一個人、物

諧音 啊！惹
聯想 啊！惹到其他人

our(s) [ˋaur]
pron. 我們的

諧音 拗耳
聯想 我們一起拗耳朵

***out** [aut]
adv. adj. 出外、出局

諧音 奧
聯想 奧客請出去

*over [ˋovɚ]
prep. 在之上、超過 adv. 在上方、過分 adj. 結束的

諧音 我爸

聯想 我爸地位在我們之上

*own [on]
adj. 自己的 v. 擁有

諧音 甕

聯想 這個甕是他本人所有的

page [pedʒ]
n. 頁數

諧音 配給

聯想 每個人都配給到幾頁資料

*paint [pent]
n. v. 畫、繪畫

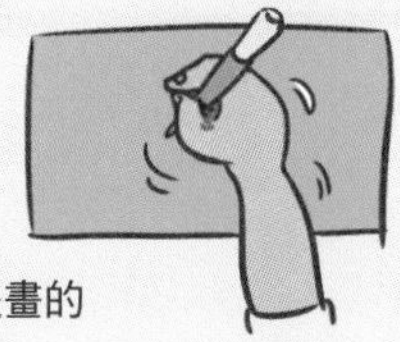

諧音 片頭

聯想 這部電影的片頭是畫的

pair [pɛr]
n. 一對、一雙

諧音 配額

聯想 戰時的鞋子配額是每人一雙

pants [pænts]
n. 褲子

諧音 騙子

聯想 那個騙子只穿了一條褲子

paper [ˋpepɚ]
n. 紙

諧音 賠破

聯想 紙破了要賠破

parent(s) [ˋpɛrənt]
n. 父母

諧音 培人

聯想 父母為國家培育人才

park [pɑrk]
n. 公園 v. 停車

諧音 怕刻

聯想 車停在公園怕被刻

*part [pɑrt]
n. 一部分、部分

諧音 怕它

聯想 這部分很簡單不需要怕它

party [ˋpɑrtɪ]
n. 聚會、派對

諧音 趴體

聯想 在派對上喝醉，全都趴體

*pass [pæs]
v. 前進、通過

諧音 怕死

聯想 怕死的人就pass

A B C D E F G H I J K L M N O P Q R S T U V W X Y Z

*past [pæst]

adj. 過去的 n. 過去
prep. 經過

諧音 怕死他

聯想 過去大家都怕死他，但他已洗心革面

*pay [pe]

v. 支付、補償
n. 報酬、賠償

諧音 賠

聯想 付錢賠款

*pen [pɛn]

n. 筆

諧音 騙

聯想 筆跡是假的，他騙人

people [ˋpipḷ]

n. 人們

諧音 皮破

聯想 烈日讓人們皮破

perhaps [pɚˋhæps]

adv. n. 大概、或許

諧音 皮黑布施

聯想 甘地也許皮黑但他布施

*person [ˋpɝsn̩]

n. 人

諧音 剖生

聯想 現代人們大多剖腹生

*pet [pɛt]

n. 寵物

諧音 陪她

聯想 寵物可以陪她

*piano [pɪˋæno]

n. 鋼琴

諧音 培養腦

聯想 彈鋼琴可以培養腦

*picture [ˋpɪktʃɚ]

n. 畫像、圖片

諧音 皮球

聯想 這是一張皮球的圖片

pie [paɪ]

n. 派、餡餅

諧音 派

聯想 他被派去外送派

piece [pis]

n. 一個、一張、一片

諧音 批示

聯想 批示寫在一張紙上

pig [pɪg]

n. 豬

諧音 皮革

聯想 豬皮革很好吃

*place [ples]
n. 位置 v. 放置

諧音 曝劣勢

聯想 躲在明顯的地方曝劣勢

plan [plæn]
n. 計劃、方案

諧音 不練

聯想 計畫不能光說不練

*plant [plænt]
n. 植物、農作物

諧音 泡爛

聯想 大雨泡爛了植物

*play [ple]
v. 玩耍、遊戲

諧音 不累

聯想 玩遊戲時感覺不累

*please [pliz]
int. 請

諧音 不禮失

聯想 常說請才不禮失

*pocket [`pɑkɪt]
n. 口袋

諧音 扒去它

聯想 口袋要關好才不會被扒手扒去它

poetry [`poɪtrɪ]
n. 詩、詩歌

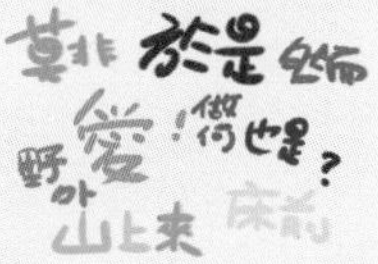

諧音 破碎

聯想 破碎的文字組成一首詩

point [pɔɪnt]
n. 觀點 v. 指出

諧音 頗硬

聯想 他態度頗硬的指出觀點

*police [pə`lis]
n. 警察

諧音 魄力勢

聯想 警察要有魄力氣勢

pond / pool [pɑnd / pul]
n. 池塘

諧音 胖的 / 潑

聯想 胖的人掉進池塘水潑出來

*poor [pur]
adj. 貧窮的、缺乏的

諧音 破

聯想 窮人總是穿著破衣服

*pop [pɑp]
v. 發出砰聲、突然出現
n. 砰的一聲 adj. 流行的

諧音 爆破

聯想 砰的一聲爆破了

***position** [pə`zɪʃən]
n. 位置、地點

諧音 破記性
聯想 破記性使他記不清楚位置

***possible** [`pasəb!]
adj. 可能的

諧音 怕死豹
聯想 遇到一隻怕死豹是可能的

***power** [`pauə]
n. 權力、力量

諧音 拋我
聯想 想拋我需要很大的力量

***practice** [`præktɪs]
v. n. 實行、練習

諧音 破題型
聯想 多練習便能破解題型

***prepare** [prɪ`pɛr]
v. 準備

諧音 呸沛
聯想 準備打擊前，他會先
呸沛吐口水

pretty [`prɪtɪ]
adj. 漂亮的、美麗

諧音 胚體
聯想 陶瓷的胚體相當美麗

***price** [praɪs]
n. 價格、價錢

諧音 牌示
聯想 牌示上有價格

***print** [prɪnt]
v. n. 印、印刷

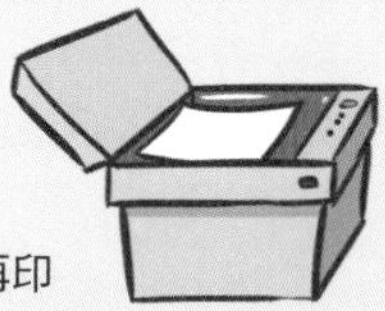

諧音 鋪印
聯想 列印就是把紙鋪上再印

problem [`prɑbləm]
n. 問題

諧音 頗笨
聯想 阿呆頗笨無法解決問題

prove [pruv]
v. 證明、證實

諧音 暴
聯想 她透過暴露證明
自己的好身材

***public** [`pʌblɪk]
adj. 公眾的 n. 公眾

諧音 跑步立刻
聯想 英九在公眾面前
立刻秀了一段跑步

pull [pul]
v. 拉、拖、牽

諧音 撲
聯想 小狗撲向前，卻被拉住

purple [ˋpɝp!]
n. 紫色

諧音 婆婆
聯想 婆婆穿全身紫色

purpose [ˋpɝpəs]
n. 目的、意圖

諧音 破寶石
聯想 她的目的是這顆破寶石

push [pʊʃ]
v. 推、推進

諧音 補習
聯想 補習就是要將成績往前推

put [put]
v. 放、擺

諧音 葡萄
聯想 媽媽將葡萄放在盤子上

queen [ˋkwin]
n. 女王

諧音 困
聯想 女王被困在宮中

***question** [ˋkwɛstʃən]
n. 問題

諧音 窺視性
聯想 窺視性是一個大問題

quick [kwɪk]
adj. 快的、迅速的

諧音 快口
聯想 快口的人講話很快

quiet [ˋkwaɪət]
adj. 安靜的、沈默的

諧音 快餓
聯想 快餓的人一餓就沈默

quite [kwaɪt]
adv. 相當

諧音 快逃
聯想 洪水來的相當急，
大家快逃

***race** [res]
n. 比賽、人種

諧音 瑞士
聯想 不同人種聚集在
瑞士比賽

radio [ˋredɪˏo]
n. 收音機

諧音 淚滴油
聯想 聽收音機使我淚滴油

***railroad** [ˋrelˏrod]
n. 鐵路

諧音 旅遊路
聯想 這條鐵道是旅遊路線

***rain** [ren]
v. 下雨 n. 雨水

諧音 臉
聯想 臉上都是雨水

raise [rez]
v. 舉起、抬起

諧音 劣勢
聯想 克服劣勢舉起槓鈴

rat [ræt]
n. 老鼠

諧音 亂逃
聯想 亂逃的老鼠

reach [ritʃ]
v. 抵達、到達

諧音 離去
聯想 抵達後離去

read [rid]
v. 讀、閱讀

諧音 綠的
聯想 看書休息要看綠的

ready [ˋrɛdɪ]
adj. 準備好

諧音 落地
聯想 球員一準備好，球就落地

***real** [ˋriəl]
adj. 真的

諧音 理由
聯想 說真的理由，不要說謊

***reason** [ˋrizn]
n. 理由、原因

諧音 理真
聯想 理由必須真實

***receive** [rɪˋsiv]
v. 收到、接受

諧音 入席
聯想 收到邀請才能入席

red [rɛd]
n. 紅色

諧音 銳的
聯想 銳利的刀刺出紅色的血

remember [rɪˋmɛmbɚ]
v. 記得

諧音 禮貌伯
聯想 禮貌伯記得禮貌

***report** [rɪˋport]
n. v. 報告、報導

諧音 禮炮
聯想 記者報導現場放出禮炮

*rest [rɛst]
n. v. 休息

諧音 累死

聯想 累死了要休息一下

return [rɪˋtɝn]
v. 返回

諧音 離攤

聯想 買菜離攤就不能退回

rice [raɪs]
n. 米飯

諧音 來食

聯想 今天家裡煮飯記得來食

*rich [rɪtʃ]
adj. 有錢的、富有的

諧音 立起

聯想 心中立起富有的夢

ride [raɪd]
v. 騎馬、乘車

諧音 來到

聯想 騎士騎馬來到

*right [raɪt]
adj. 正確地、右邊的

諧音 如來祂

聯想 如來祂是正確的

ring [rɪŋ]
n. 戒指

諧音 零

聯想 戒指的形狀像零

*rise [raɪz]
v. 上升、提高

諧音 弱矮子

聯想 弱矮子的身高提高不少

river [ˋrɪvɚ]
n. 河流

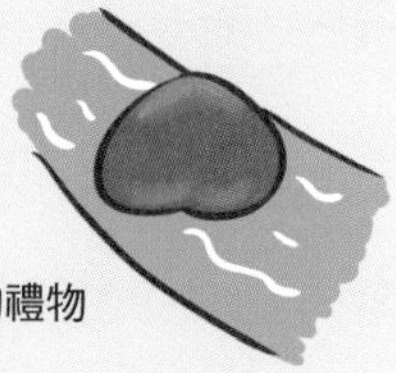

諧音 禮物

聯想 桃太郎是河流帶來的禮物

*road [rod]
n. 路、道路

諧音 弱的

聯想 這條路是脆弱的

robot [ˋrobət]
n. 機器人

諧音 蘿蔔頭

聯想 蘿蔔頭的機器人

rock [rɑk]
v. 搖動

諧音 亂靠

聯想 歌迷在搖滾區亂靠

***roll** [rol]
v. 滾動、打滾

諧音 落
聯想 滾動的落石不會生苔

roof [ruf]
n. 屋頂、車頂

諧音 魯夫
聯想 魯夫在屋頂上

room [rum]
n. 房間

諧音 入問
聯想 入房間前要先問

rooster [`rustɚ]
n. 公雞

諧音 老是逃
聯想 這隻公雞鬥敗後老是逃

root [rut]
n. 根、地下莖

諧音 露頭
聯想 植物的根有露頭

rope [rop]
n. 繩、索

諧音 亂跑
聯想 用繩子綁住才不會亂跑

rose [roz]
n. 玫瑰花

諧音 老師
聯想 他愛上女老師，送她玫瑰花

***round** [raund]
adj. 圓的

諧音 老王的
聯想 老王的內褲花紋是圓的

row [ro]
n. 一列、一排

諧音 樓
聯想 一列樓房

rub [rʌb]
v. 擦、磨擦

諧音 肉薄
聯想 肉薄要多擦乳液

rubber [`rʌbɚ]
n. 橡膠

諧音 裸剝
聯想 裸剝橡膠樹可以取得橡膠

***rule** [rul]
n. v. 規則、規定、統治

諧音 鹿兒
聯想 遵守規則，不要餵食鹿兒

*run [rʌn]
v. 跑、奔

諧音 亂

聯想 亂跑

sad [sæd]
adj. 悲哀的、傷心的

諧音 傻的

聯想 被罵傻的讓人傷心

*safe [sef]
adj. 安全

諧音 殺夫

聯想 她為了安全才會殺夫

sail [sel]
n. v. 航行

諧音 卸油

聯想 航行的船卸油

sell [sɛl] n. v. 賣、推銷
sale [sel] n. 賣、推銷

諧音 誰有

聯想 誰有錢就賣誰

*salt [sɔlt]
n. 鹽

諧音 瘦

聯想 鹽吃太多會瘦

same [sem]
adj. 同樣的

諧音 善

聯想 每個人同樣都有顆善心

sand [sænd]
n. 沙

諧音 散的

聯想 一盤散的沙

Saturday [`sætɚde]
n. 星期六

諧音 賽球day

聯想 星期六是賽球天

*save [sev]
v. 救、挽救

諧音 誰無

聯想 誰無父母，請你救救他們

*say [se]
v. 說、講

諧音 誰

聯想 誰說的

*scare [skɛr]
v. 驚嚇、恐懼

諧音 死界

聯想 死界讓人恐懼

A B C D E F G H I J K L M N O P Q R S T U V W X Y Z

*scene [sin]
n. 景色、景象

諧音 幸

聯想 有幸看到這樣的景色

*school [skul]
n. 學校

諧音 師顧

聯想 學童由學校老師照顧

sea [si]
n. 海、海洋

諧音 汐

聯想 風吹海洋產生潮汐

season [ˋsizn]
n. 季節

諧音 稀珍

聯想 四季有各種稀珍景色

seat [sit]
n. 座位

諧音 席

聯想 座位就是席位

*second [ˋsɛkənd]
n. 第二名 adj. 第二的
adv. 第二

諧音 小看

聯想 不要小看第二名

*see [si]
v. 看見、看到

諧音 戲

聯想 看戲

seed [sid]
n. 種子

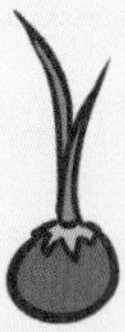

諧音 細的

聯想 種子會長出細細的草

self [sɛlf]
n. 自身、自己

諧音 少婦

聯想 少婦自己逛街購物

send [sɛnd]
v. 發送、寄

諧音 剩的

聯想 剩的就寄出去

*sense [sɛns]
n. v. 感官、感覺

諧音 深思

聯想 深思的感覺很好

sentence [ˋsɛntəns]
n. 句子

諧音 省點事

聯想 寫一個句子可以省點事

September [sɛp`tɛmbɚ]
n. 九月

諧音 少不甜包
聯想 9月9登高少不了吃甜包

***serve** [sɝv]
v. 為…服務

諧音 賒
聯想 這裡不提供賒賬服務

***set** [sɛt]
v. 放、置

諧音 誰偷
聯想 誰偷了放置在這的東西

***seven** [`sɛvn]
n. 七 adj. 七的

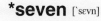

諧音 賽門
聯想 賽門犯了七年之癢

several [`sɛvərəl]
adj. 幾個的、數個的

諧音 誰無肉
聯想 誰無肉的請舉手

shake [ʃek]
v. 搖動、震動

諧音 蟹殼
聯想 蟹殼搖來搖去

shall [ʃæl]
aux. 將、會

諧音 消
聯想 擦了軟膏，將會消腫

shape [ʃep]
n. 形狀

諧音 嚇跑
聯想 怪物的影子形狀
嚇跑了大家

shark [`ʃɑrk]
n. 鯊魚

諧音 下口
聯想 鯊魚皮太硬，很難下口

***sharp** [ʃɑrp]
adj. 銳利的、尖的

諧音 夏普
聯想 夏普的電視很銳利

sheep [ʃip]
n. 羊、綿羊

諧音 細胞
聯想 抽取羊的細胞DNA複製羊

sheet [ʃit]
n. 床單、薄片

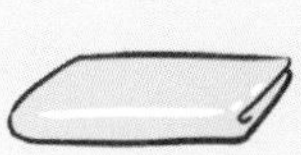

諧音 細的
聯想 這片床單的質料是很細的

*shine [ʃaɪn]
n. 光 v. 照耀

諧音 相

聯想 照相需要光線

ship [ʃɪp]
n. 船、艦

諧音 細刨

聯想 船身需要細刨

*shirt [ʃɝt]
n. 襯衫

諧音 恤

聯想 T恤是襯衫的簡易型

shoe(s) [ʃu]
n. 鞋

諧音 嗅

聯想 小狗喜歡嗅鞋子

*shop [ʃɑp]
n. 商店

諧音 瞎婆

聯想 瞎婆開的商店

shore [ʃor]
n. 岸

諧音 小鵝

聯想 湖岸有小鵝游泳

*short [ʃɔrt]
adj. 短的、矮的

諧音 熟透

聯想 在短時間內熟透

shot [ʃɑt]
v. 射擊、開槍

諧音 嚇他

聯想 開槍嚇他

shoulder [ˋʃoldɚ]
n. 肩膀

諧音 羞的

聯想 她羞的肩膀都縮起來

shout [ʃaut]
v. 呼喊、喊叫

諧音 笑得

聯想 我笑得大叫

show [ʃo]
n. 表演

諧音 秀

聯想 一起去看時裝秀

*shut [ʃʌt]
v. 關上、閉上

諧音 瞎

聯想 閉上眼睛扮演瞎子

shy [ʃaɪ]
adj. 怕羞的、羞怯的

諧音 曬

聯想 曬內褲讓人好害羞

sick [sɪk]
adj. 生病的

諧音 矽咳

聯想 得了矽肺病一直咳

*side [saɪd]
n. 邊、面、側

諧音 曬的

聯想 旁邊曬的變黑

*sight [saɪt]
n. 視覺、視線

諧音 塞

聯想 前方的物品塞住我的視線

silly [`sɪlɪ]
adj. 愚蠢的、糊塗的

諧音 犀利

聯想 他假裝犀利，事實愚蠢

silver [`sɪlvɚ]
n. 銀

諧音 稀而富

聯想 稀少而富有價值的銀

*simple [`sɪmpl̩]
adj. 簡單的

諧音 新波

聯想 新的一波浪潮是簡單生活

since [sɪns]
prep. 自從、此後

諧音 心死

聯想 自從回來後，她就心死了

*sing [sɪŋ]
v. 唱歌

諧音 星

聯想 唱歌當歌星

sir [sɝ]
n. 閣下、長官

諧音 色

聯想 他的長官很色

sister [`sɪstɚ]
n. 姐妹

諧音 洗濕頭

聯想 姊姊正在浴室洗濕頭

sit [sɪt]
v. 坐

諧音 繫

聯想 繫安全帶就坐

A B C D E F G H I J K L M N O P Q R S T U V W X Y Z

***six** [sɪks]
n. 六 adj. 六的

諧音 細刻石
聯想 六顆細刻石

size [saɪz]
n. 尺寸、大小

諧音 塞實
聯想 塞子尺寸必須準確塞實

***skill** [ˋskɪl]
n. 技術、技巧

諧音 司機
聯想 當司機要有優良的技巧

***skin** [skɪn]
n. 皮膚

諧音 濕巾
聯想 濕巾蓋在皮膚上

sky [skaɪ]
n. 天空

諧音 濕蓋
聯想 天空像一個濕的蓋子

***sleep** [slip]
v. 睡覺

諧音 十里坡
聯想 在十里坡睡覺

slow [slo]
adj. 慢的、緩緩的

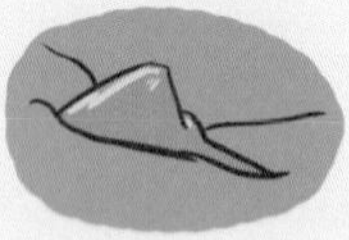

諧音 石露
聯想 石頭慢慢露出

***small** [smɔl]
adj. 小的、小型的

諧音 石磨
聯想 小石磨

smart [smɑrt]
adj. 聰明的、伶俐的

諧音 師罵他
聯想 老師罵他不夠聰明

smell [smɛl]
v.嗅、聞

諧音 食麵喔
聯想 聞味道就知道今天食麵喔

smile [smaɪl]
v. 微笑

諧音 試mic
聯想 試麥克風時要微笑

***smoke** [smok]
n. 煙 v. 抽煙

諧音 詩墨客
聯想 詩人墨客抽著煙

snake [snek]
n. 蛇

諧音 肆虐

聯想 蛇群肆虐

*snow [sno]
n. 雪

諧音 濕鬧

聯想 丟雪球，濕鬧一陣

so [so]
conj. 因此、所以

諧音 瘦

聯想 因為失戀所以瘦

soap [sop]
n. 肥皂

諧音 手泡

聯想 搓肥皂手有泡泡

soda [`sodə]
n. 蘇打、汽水

諧音 蘇打

聯想 蘇打是製作汽水的原料

sofa [`sofə]
n. 沙發

諧音 沙發

*soft [sɔft]
adj. 柔軟的

諧音 少婦

聯想 少婦有著柔軟的身體

soil [sɔɪl]
n. 泥土、土地

諧音 燒油

聯想 地上油田被縱火燒油

*some [sʌm]
adj. 某一、某個

諧音 沙門

聯想 某些人會出家遁入沙門

*son [sʌn]
n. 兒子

諧音 散

聯想 兒子很散，幾乎不念書

song [sɔŋ]
n. 歌曲

諧音 鬆

聯想 唱歌要放鬆

soon [sun]
adv. 不久、很快地

諧音 瞬

聯想 瞬間就是很快

sorry [`sɑrɪ]
adj. 感到抱歉的、感到遺憾的
int. 對不起
諧音 受累
聯想 為受累的感到抱歉

soul [sol]
n. 靈魂、心靈
諧音 壽
聯想 靈魂在的話就會長壽

sound [saund]
n. 聲音、響聲
諧音 善的
聯想 善的聲音就是音樂

soup [sup]
n. 湯
諧音 食物泡
聯想 食物泡湯很好吃

sour [`saur]
adj. 酸的
諧音 騷兒
聯想 酸味聞起來有點騷兒味

***south** [sauθ]
n. 南方
諧音 燒死
聯想 雪人被南方的夏天燒死

***space** [spes]
n. 空間
諧音 十倍室
聯想 空間很大可以蓋十倍室

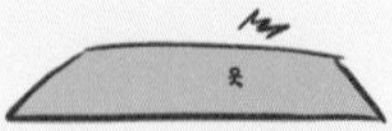

***speak** [spik]
v. 說話、講話
諧音 死閉渴
聯想 嘴巴死閉會渴，你還是說話吧

***special** [`spɛʃəl]
adj. 特別的、專門的
諧音 濕背秀
聯想 特別的濕背秀

speech [spitʃ]
n. 演說、演講
諧音 誓必去
聯想 發誓必去演講

***spell** [spɛl]
v. 拼字、拼寫
諧音 死背
聯想 要拼出這麼多單字，
死背太辛苦

spend [spɛnd]
v. 花錢、花費
諧音 死扁
聯想 老公亂花錢老婆死扁

spoon [spun]
n. 湯匙

諧音 死不問
聯想 沒有湯匙卻死不問

***sport** [sport]
n. 運動

諧音 時報
聯想 運動新聞可以在時報看見

spring [sprɪŋ]
n. 春天

諧音 鼠不應
聯想 春天鼠不應，因為
他們都睡著了

***stair** [stɛr]
n. 樓梯

諧音 死爹兒
聯想 她爹摔下樓梯，
所以她死爹兒

***stand** [stænd]
v. 站立

諧音 屎蛋
聯想 站著被丟屎蛋

star [stɑr]
n. 星

諧音 十大
聯想 十大巨星

start [stɑrt]
v. 開始、著手

諧音 試打鬥
聯想 開始試打鬥

***state** [stet]
n. 狀況、州、國家、政府

諧音 死對頭
聯想 候選人的死對頭
正視察各州狀況

***station** [ˋsteʃən]
n. 車站

諧音 死德性
聯想 醉漢在火車站的死德性

stay [ste]
v. 停留、留下

諧音 時代
聯想 披頭四停留在
那美好的時代

step [stɛp]
n. 腳步

諧音 試代步
聯想 我送他電動車試代步

still [stɪl]
adv. 還、仍舊
adj. 寂靜的、平靜的

諧音 濕地遊
聯想 這次的濕地遊依舊平靜

stone [ston]
n. 石頭

諧音 石洞
聯想 山上有個石頭蓋的石洞

stop [stɑp]
v. 停止

諧音 濕大砲
聯想 濕大砲危險，停止使用

***store** [stor]
n. 店舖

諧音 食多
聯想 食多的人常往商店跑

story [ˋstorɪ]
n. 故事

諧音 死道理
聯想 故事說的常是死道理

strange [strendʒ]
adj. 陌生的

諧音 四川劇
聯想 觀眾對四川劇很陌生

street [strit]
n. 街道

諧音 死罪
聯想 在街上殺人是死罪

strong [strɔŋ]
adj. 強壯的

諧音 實壯
聯想 結實精壯

student [ˋstjudnt]
n. 學生

諧音 失掉膽
聯想 學生嚇的失掉膽

study [ˋstʌdɪ]
v. 學習、研究
n. 研究、論文

諧音 石大地
聯想 研究岩石大地科學

stupid [ˋstjupɪd]
adj. 愚蠢的、笨的

諧音 屎丟壁
聯想 拿屎丟壁很愚蠢

such [sʌtʃ]
adj. 這樣的、此類的

諧音 灑去
聯想 將肥料以這樣的方式灑去

sugar [ˋʃugɚ]
n. 糖、甜

諧音 小哥
聯想 小哥的歌聲甜美

summer [ˋsʌmɚ]
n. 夏天

諧音 扇毛
聯想 夏天熱要扇毛

*sun [sʌn]
n. 陽光

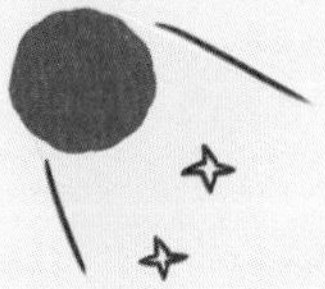

諧音 閃
聯想 陽光閃爍

*super [ˋsupɚ]
adj. 超、超級

諧音 書包
聯想 書包超級重

*sure [ʃur]
adj. 確信的、一定的

諧音 小二兒
聯想 店小二兒確定客官點的菜

surprise [sɚˋpraɪz]
n. v. 驚奇、詫異

諧音 射牌子
聯想 射中牌子讓人驚奇

swim [swɪm]
v. 游泳

諧音 濕吻
聯想 游泳時濕吻

*table [ˋtebḷ]
n. 桌子

諧音 太薄
聯想 這片桌子太薄

*tail [tel]
n. 尾巴

諧音 貼有
聯想 屁股貼有一根尾巴

take [tek]
v. 拿、取

諧音 太渴
聯想 太渴拿了一罐飲料

tale [tel]
n. 故事、傳說

諧音 帖
聯想 故事帖

*talk [tɔk]
v. n. 講話、談話

諧音 頭殼
聯想 頭殼想嘴巴說

tall [tɔl]
adj. 高大的

諧音 偷
聯想 高的手長可以偷蘋果

A B C D E F G H I J K L M N O P Q R S T U V W X Y Z

***taste** [test]
n. v. 味覺、品味

諧音 甜食
聯想 品嚐甜食

taxi [`tæksɪ]
n. 計程車

諧音 太可惜
聯想 沒搭到計程車太可惜

tea [ti]
n. 茶

諧音 替
聯想 以茶代替酒

***teach** [titʃ]
v. 教、講授

諧音 提起
聯想 教學時提起例子

***tell** [tɛl]
v. 告訴、講述、說

諧音 舔咬
聯想 舔咬耳朵偷偷告訴他

ten [tɛn]
n. 十 adj. 十的

諧音 疼
聯想 葉問打十個給他疼

than [ðæn]
conj. 比、比較

諧音 練
聯想 功夫有練比沒練好

***thank** [θæŋk]
v. 感謝

諧音 山歌
聯想 唱山歌感謝對方

thing [θɪŋ]
n. 物、東西

諧音 遜
聯想 這玩意真是太遜了

***think** [θɪŋk]
v. 想、思索

諧音 心口
聯想 想像要與心口合一

***third** [θɝd]
n. 第三 adj. 第三的

諧音 色的
聯想 請給我三色的豆花

though [ðo]
conj. 雖然、儘管
adv. 然而

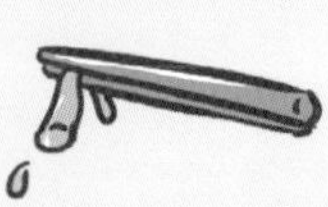

諧音 肉
聯想 雖然沒肉塊但肉絲也不錯

thousand [`θauznd]
n. 千、數千 adj. 一千的

諧音 稍冷

聯想 海拔一千公尺的氣溫稍冷

three [θri]
n. 三 adj. 三的

諧音 俗麗

聯想 戴三個耳環相當俗麗

throw [θro]
v. 投、擲、抛、丟

諧音 食肉

聯想 丟鮮魚給食肉鱷魚吃

Thursday [`θɝzde]
n. 星期四

諧音 射死爹

聯想 不吉利星期四，
不小心射死爹

thus [ðʌs]
adv. 因此、這樣

諧音 鎖匙

聯想 因此，鎖匙要好好保管

ticket [`tɪkɪt]
n. 票、券

諧音 涕泣

聯想 弄丟票所以涕泣

tie [taɪ]
n. 領帶

諧音 太

聯想 太太幫忙繫領帶

tiger [`taɪgɚ]
n. 老虎

諧音 泰國

聯想 泰國老虎

time [taɪm]
n. 時間

諧音 太忙

聯想 沒時間的人太忙

tiny [`taɪnɪ]
adj. 極小的、微小的

諧音 抬女

聯想 抬女只要一點力氣

*tire [taɪr]
v. 疲倦 n. 輪胎

諧音 太餓

聯想 太餓所以疲倦

today [tə`de]
n. 今天

諧音 吐袋

聯想 今天要搭機，所以自備吐袋

A
B
C
D
E
F
G
H
I
J
K
L
M
N
O
P
Q
R
S
T
U
V
W
X
Y
Z

***together** [tə`gɛðɚ]
adv. 一起、共同、協力

諧音 土雞熱
聯想 土雞熱了一起吃

tomorrow [tə`mɔro]
n. 明天

諧音 頭毛亂
聯想 頭毛亂，我預約明天去剪髮

tone [ton]
n. 音調、語調

諧音 痛
聯想 她的口氣讓我心痛

tonight [tə`naɪt]
n. 今晚

諧音 吐奶
聯想 嬰兒在今晚吐奶

too [tu]
adv. 也、太

諧音 禿
聯想 他也太禿了

tool [tul]
n. 工具

諧音 兔兒
聯想 要抓兔兒必須有工具

top [tɑp]
n. 最高程度、頂點

諧音 踏步
聯想 踏步時腳要抬到最高

total [`totl̩]
adj. 全部的 n. 總數
v. 合計為

諧音 偷偷
聯想 全部偷偷吃完了

touch [tʌtʃ]
v. 觸摸、碰到

諧音 他娶
聯想 觸摸到她的心，所以他娶了她

toward [tə`wɔrd]
prep. 向、朝

諧音 吐我
聯想 向著我吐我口水

town [taun]
n. 鎮、市鎮

諧音 探母
聯想 四郎決定回鄉探母

toy [tɔɪ]
n. 玩具

諧音 逃獄
聯想 玩具總動員逃獄了

train [tren]
n. 火車

諧音 穿

聯想 火車穿越山洞

tree [tri]
n. 樹

諧音 翠綠

聯想 翠綠的樹

trip [trɪp]
n. 旅行

諧音 睡飽

聯想 旅行前必須睡飽

*trouble [`trʌb!]
n. v. 煩惱、麻煩

諧音 刷爆

聯想 卡如果刷爆就麻煩了

true [tru]
adj. 真實的 n. 真實
adv. 真實地

諧音 觸

聯想 真實的觸感

*try [traɪ]
n. v. 試圖、努力

諧音 踹

聯想 試著踹踹看

Tuesday [`tjuzde]
n. 星期二

諧音 挑食天

聯想 星期二不是挑食天

tummy [`tʌmɪ]
n. 肚子、胃

諧音 大米

聯想 吃大米，老鼠的肚子鼓了起來

*turn [tɝn]
v. 轉動、旋轉

諧音 藤

聯想 樹藤在樹幹繞轉

*two [tu]
n. 二 adj. 二的

諧音 吐

聯想 他餓（2）到吐了

uncle [`ʌŋk!]
n. 叔叔

諧音 安靠

聯想 阿姨安靠在叔叔身上

*under [`ʌndɚ]
prep. 在…下面、在…下方

諧音 安的

聯想 躲在桌子下面是安的

A B C D E F G H I J K L M N O P Q R S T U V W X Y Z

*understand [ˌʌndɚˋstænd]
v. 理解、懂

諧音 安的食店

聯想 消費者了解這間是安的食店

unit [ˋjunɪt]
n. 單位、單元

諧音 油膩

聯想 這麼多單位的肥肉太油膩

until / till [ənˋtɪl / tɪl]
prep. 直到…時、到…為止

諧音 暗啼

聯想 暗啼直到睡著

*up [ʌp]
adv. prep. 向上、往上

諧音 啊！砲

聯想 抬頭向上看，說:啊！砲

us [ʌs]
pron. 我們

諧音 耳屎

聯想 我們每個人都有耳屎

*use [juz]
v. 用、使用

諧音 誘使

聯想 敵人使用賤招誘使我們

*vegetable [ˋvɛdʒətəb!]
n. 蔬菜

諧音 餵雞太飽

聯想 這些蔬菜用來餵雞太飽

very [ˋvɛrɪ]
adv. 非常、很 adj. 正是、僅僅

諧音 味蕾

聯想 主廚的味蕾非常靈敏

*view [vju]
n. 視力、視野

諧音 無慾

聯想 無慾的人眼中無一物

*visit [ˋvɪzɪt]
v. 參觀、拜訪

諧音 危機

聯想 家庭訪問產生危機

*voice [vɔɪs]
n. 聲音

諧音 烏魚絲

聯想 吃烏魚絲的聲音很誘人

*wait [wet]
v. 等、等待

諧音 為她

聯想 為她，楊過等了18年

walk [wɔk]
v. 走、散步

諧音 襪扣
聯想 走路時，吊帶襪扣必須扣好

wall [wɔl]
n. 牆壁、圍牆、城牆

諧音 窩
聯想 窩必須有牆

want [wɑnt]
v. 要、想要

諧音 萬頭
聯想 主人想要購買萬頭羊

*war [wɔr]
n. 戰爭

諧音 握
聯想 握手後就不會有戰爭

*warm [wɔrm]
adj. 溫暖的、暖和的

諧音 甕
聯想 甕要關緊才能保持溫暖

wash [wɑʃ]
v. 洗

諧音 襪洗
聯想 襪子要洗乾淨

waste [west]
v. 浪費、濫用

諧音 餵食牠
聯想 餵食牠真是太浪費了

watch [wɑtʃ]
n. 錶 v. 觀看、注視

諧音 望去
聯想 一眼望去大家不斷看錶

*water [ˋwɔtɚ]
n. 水

諧音 窪透
聯想 窪透出水

*way [we]
n. 通路、道路

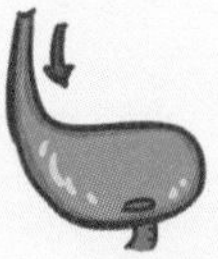

諧音 胃
聯想 食道可以通到胃

*weak [wik]
adj. 弱的、虛弱的

諧音 畏渴
聯想 你這麼畏渴真是太弱了

wear [wɛr]
v. 穿著、戴著

諧音 餵鵝
聯想 餵鵝時她會穿吊帶褲

weather [ˋwɛðɚ]
n. 天氣

諧音 威了

聯想 在冷天氣出門太威了

wedding [ˋwɛdɪŋ]
n. 婚禮

諧音 未訂

聯想 正確的婚禮日期未定

Wednesday [ˋwɛnzde]
n. 星期三

諧音 問事天

聯想 星期三是廟公的問事天

*week [wik]
n. 週、一星期

諧音 胃口

聯想 這星期胃口很好

*weigh [we]
v. 稱…的重量

諧音 餵

聯想 餵太多就變重

welcome [ˋwɛlkəm]
v. 歡迎

拆字 well-l＋come＝好來

聯想 好來就是歡迎

well [wɛl]
adv. 很好地、滿意地
int. 好吧 adj. 好的

諧音 鮪油

聯想 鮪魚油是好的油

*west [wɛst]
n. 西方

諧音 衛士

聯想 西方的神殿由衛士看守

whether [ˋhwɛðɚ]
conj. 哪一個、任一個

諧音 為了

聯想 不管為了什麼，都不能犯罪

which [hwɪtʃ]
pron. adj. 哪一個、哪一些

諧音 委屈

聯想 哪一些覺得很委屈請舉手

while [hwaɪl]
conj. 雖然、儘管
n. 一會兒

諧音 外窩

聯想 儘管他看似老實，
卻跟小三有外窩

white [hwaɪt]
n. 白色 adj. 白色的

諧音 壞的

聯想 變白色發霉就是壞的

*whole [hol]
adj. 全部的

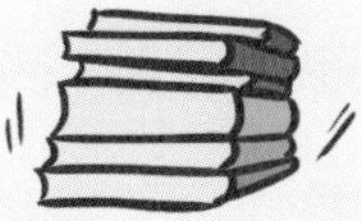

諧音 厚

聯想 書全部疊起來就很厚

*who [hu]
pron. 誰

諧音 護

聯想 誰來保護我啊？

*wide [waɪd]
adj. 寬闊的、寬鬆的

諧音 外島

聯想 外島相當寬闊

wife [waɪf]
n. 妻子、太太

諧音 外夫

聯想 老婆不能有外夫

*win [wɪn]
v. 贏得、獲得

諧音 問

聯想 不懂要問才會贏

*wind [waɪnd]
n. 風

諧音 溫的

聯想 夏天的風是溫的

window [ˋwɪndo]
n. 窗戶

諧音 蚊逗

聯想 蚊子在窗邊逗留

wine [waɪn]
n. 酒

諧音 歪

聯想 喝了酒走路就會歪

winter [ˋwɪntɚ]
n. 冬天

諧音 暈頭

聯想 冬天的冷風吹得人暈頭

wish [wɪʃ]
v. n. 希望

諧音 維繫

聯想 我希望維繫我們的感情

*with [wɪð]
prep. 與…一起

諧音 威勢

聯想 大家一起就有威勢

woman [ˋwumən]
n. 女人

諧音 我們

聯想 我們是女人

***wood** [wud]
n. 木頭、木柴

諧音 屋的
聯想 木屋的木頭

word [wɝd]
n. 詞、單字

諧音 我的
聯想 單字背了就是我的

***work** [wɝk]
v. n. 工作

諧音 我渴
聯想 不停工作我渴

world [wɝld]
n. 世界

諧音 沃的
聯想 世界是肥沃的

worm [wɝm]
n. 蟲

諧音 嗡
聯想 蟲子嗡嗡亂飛

worry [ˋwɝɪ]
v. 擔心

諧音 窩裡
聯想 兔子擔心窩裡的小孩

***worse** [wɝs]
adj. 更壞的、更差的

諧音 握屎
聯想 握屎真是再糟糕不過了

***write** [raɪt]
v. 寫下、書寫

諧音 無賴
聯想 無賴連字都不會寫

wrong [rɔŋ]
adj. 錯誤的、不對的

諧音 亂按
聯想 密碼亂按當然顯示錯誤

***yam** [jæm]
n. 山藥、馬鈴薯

諧音 醃
聯想 醃馬鈴薯

***year** [jɪr]
n. 年

諧音 夜蛾
聯想 這種夜蛾可以活一年

yellow [ˋjɛlo]
n. 黃色 adj. 黃色的

諧音 野騾
聯想 這匹野騾是黃毛的

yesterday [ˋjɛstɚde]
adv. n. 昨天

諧音 也是他爹

聯想 昨天來的也是他爹

yet [jɛt]
adv. 還沒、已經

諧音 頁

聯想 小華尚未讀到這一頁

*young [jʌŋ]
adj. 年輕的

諧音 樣

聯想 年輕的樣子

yucky [ˋjʌkɪ]
adj. 討人厭的、噁心的

諧音 押去

聯想 我討厭他，把他押去大牢

yummy [ˋjʌmɪ]
adj. 好吃的、美味的

諧音 芽米

聯想 胚芽米真是好吃

zero [ˋzɪro]
n. 零 adj. 零的

諧音 雞簍

聯想 雞簍裡的雞數量是零

zoo [zu]
n. 動物園

諧音 辱

聯想 獅子被關在動物園是種侮辱

Practice makes perfect.

LEVEL 02

***ability** [ə`bɪlətɪ]
n. 能力、能耐

諧音 我逼老弟
聯想 我逼老弟加強他的能力

abroad [ə`brɔd]
adv. 在國外、到國外
n. 海外

諧音 我爆的
聯想 他出國的新聞是我爆料的

***absence** [`æbsns]
n. 缺席、缺少

諧音 阿伯生事
聯想 警察不在阿伯就生事

***accept** [ək`sɛpt]
v. 接受、領受

諧音 愛可散布
聯想 每個人都接受愛，愛可散布

active [`æktɪv]
adj. 積極的、勤奮的、活躍的

諧音 矮可踢
聯想 積極練習足球，就算矮可踢

addition [ə`dɪʃən]
n. 加、附加

諧音 愛得深
聯想 每天增加的感情讓我們愛得深

***advance** [əd`væns]
v. 推進、提高
n. 前進、增高

諧音 愛的吻濕
聯想 愛的吻濕提高熱情

affair [ə`fɛr]
n. 事件、事務、風流事

諧音 耳廢
聯想 爆炸事件讓他的耳廢了

aid [ed]
v. n. 幫助、支援

諧音 愛的
聯想 幫助人是愛的舉動

aim [em]
v. 瞄準、針對
n. 瞄準、目標

諧音 按
聯想 瞄準了就可以按下扳機

alarm [ə`lɑrm]
n. 警報 v. 報警、打擾

諧音 耳爛
聯想 警報器聲音大到耳朵都爛了

album [`ælbəm]
n. 相簿、專輯

諧音 愛兒本
聯想 媽媽幫孩子準備的相簿是愛兒本

almond [ˋɑmənd]
n. 杏仁

諧音 牙門
聯想 咬了杏仁斷了牙門

alphabet [ˋælfə͵bɛt]
n. 字母表

諧音 愛罰背
聯想 老師最愛罰背學生字母表

although [ɔlˋðo]
conj. 儘管

諧音 偶露
聯想 儘管她身材不好，她還是偶露

amount [əˋmaunt]
n. 總數、總額 v. 合計

諧音 阿嬤
聯想 每個人總共有兩個阿嬤

ancient [ˋenʃənt]
adj. 古代的

諧音 愛心
聯想 古代俠士是很有愛心的

ankle [ˋæŋk!]
n. 腳踝

諧音 暗溝
聯想 她的腳踝卡在暗溝

apartment [əˋpɑrtmənt]
n. 公寓

諧音 兒爬得慢
聯想 這間公寓樓層太高，兒爬得慢

appearance [əˋpɪrəns]
n. 出現、顯露

諧音 餓疲冷濕
聯想 孤兒顯露出餓疲冷濕

appetite [ˋæpə͵taɪt]
n. 食慾、胃口

諧音 矮破胎
聯想 縱使坐在矮破胎，胃口還是很好

***apply** [əˋplaɪ]
v. 應用、實施、申請

諧音 我不賴
聯想 在學問的應用上，我不賴

apron [ˋeprən]
n. 圍裙

諧音 愛噴
聯想 做菜時醬汁愛噴，請穿圍裙

***argue** [ˋɑrgju]
v. 爭論、辯論

諧音 愛叫
聯想 愛叫的人就喜歡爭論

***arrange** [ə`rendʒ]

v. 整理

諧音 二年級

聯想 二年級要自己整理書包

arrest [ə`rɛst]

v. n. 逮捕、拘留

諧音 惡劣事

聯想 犯了惡劣事被逮捕

arrive [ə`raɪv]

v. 到達、到來

諧音 二來

聯想 再次抵達就是二來

arrow [`æro]

n. 箭

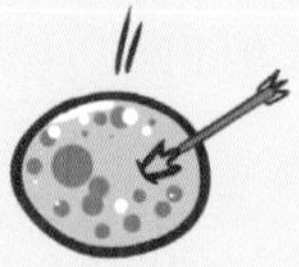

諧音 月落

聯想 箭頭射落了月亮

article [`ɑrtɪkḷ]

n. 文章

諧音 愛提告

聯想 愛提告的教授說
又有人抄他文章

assistant [ə`sɪstənt]

n. 助理 adj. 輔助的

諧音 噁心試膽

聯想 助理很可憐，
需要噁心試膽

attack [ə`tæk]

v. n. 攻擊

諧音 鵝太渴

聯想 鵝太渴了，攻擊拿飲料的遊客

attention [ə`tɛnʃən]

n. 注意

諧音 鵝天性

聯想 鵝天性隨時注意四周

avoid [ə`vɔɪd]

v. 避開

諧音 愛貿易

聯想 愛貿易可以避開經濟蕭條

***bake** [bek]

v. 烘、烤

諧音 貝殼

聯想 我們在海邊烤貝殼

balcony [`bælkənɪ]

n. 包廂、陽台

諧音 爸看你

聯想 爸爸在陽台看你

bamboo [bæm`bu]

n. 竹子

諧音 頒布

聯想 政府頒布這些竹子不能亂砍

barbecue [`bɑrbɪkju]
n. v. 烤肉、BBQ

諧音 爸鼻Q

聯想 烤肉爸鼻烤的比較Q

bark [bɑrk]
v. 吠叫 n. 吠聲

諧音 罷口

聯想 這隻狗不斷狂吠不罷口

basement [`besmənt]
n. 地下室

諧音 被濕悶

聯想 地下室裡的被子又濕又悶

*basic [`besɪk]
adj. 基礎的、基本的

諧音 悲喜刻

聯想 人生的基礎就是夾雜著悲喜時刻

battle [`bæt!]
n. 戰鬥、戰役

諧音 霸頭

聯想 霸頭發起戰鬥

bead [bid]
n. 念珠、珠子項鍊

諧音 碧的

聯想 念珠顏色是綠碧的

bean [bin]
n. 豆子

諧音 餅

聯想 豆子餅

beard [bɪrd]
n. 鬍鬚、山羊鬍

諧音 蔽耳的

聯想 耶誕老人的鬍子太多，是蔽耳的

beef [bif]
n. 牛肉

諧音 斃斧

聯想 斃斧殺了牛

beep [bip]
n. 嗶嗶聲 v. 吹警笛

諧音 逼迫

聯想 警察逼迫的哨子嗶嗶響

beer [bɪr]
n. 啤酒

諧音 逼兒

聯想 不可以逼兒喝啤酒

beetle [`bit!]
n. 甲蟲

諧音 鼻頭

聯想 鼻頭上的甲蟲

beg [bɛg]
v. 乞討、請求

諧音 杯鍋
聯想 放杯鍋乞求施捨

***belief** [bɪˋlif]
n. 相信、信任

諧音 暴力夫
聯想 暴力夫得不到信任

belt [bɛlt]
n. 腰帶、帶狀物

諧音 備有
聯想 車子備有安全帶

bench [bɛntʃ]
n. 長椅

諧音 搬去
聯想 長椅搬去公園

bend [bɛnd]
v. 使彎曲、折彎
n. 彎曲

諧音 變得
聯想 湯匙變得彎曲

bet [bɛt]
n. v. 打賭

諧音 背
聯想 運氣背不要打賭

beyond [bɪˋjɑnd]
prep. 超越 adv. 此外
n. 遠處

諧音 保養
聯想 保養可以超越年齡限制

bill [bɪl]
n. 帳單、法案、票據
v. 付款

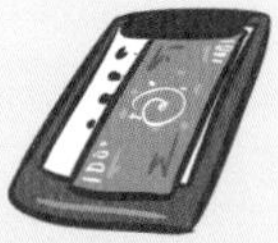

諧音 幣
聯想 帳單可以用錢幣付款

bind [baɪnd]
v. 捆、綁

諧音 絆
聯想 被綁住的繩子絆倒

bitter [ˋbɪtɚ]
adj. 苦的

諧音 筆頭
聯想 筆頭舔起來苦苦的

blank [blæŋk]
adj. 空白的

諧音 不認可
聯想 他的學歷不被認可，該欄空白

blind [blaɪnd]
adj. 瞎的、盲的

諧音 不來暗的
聯想 眼盲心不盲，不來暗的

*board [bord]
n. 木板、告示牌、委員會

諧音 薄的

聯想 這片木板是薄的

boil [bɔɪl]
v. 沸騰、開、滾

諧音 爆油

聯想 沸騰了開始爆油

*bomb [bɑm]
n. 炸彈

諧音 半跛

聯想 士兵在炸彈爆炸受傷後半跛

bony [`bonɪ]
adj. 骨的、削瘦的

諧音 抱你

聯想 瘦得連女生都可以抱你

borrow [`bɑro]
v. 借

諧音 把鑼

聯想 把鑼借走了

boss [bɔs]
n. 老闆

諧音 博士

聯想 老闆是個博士

bother [`bɑðɚ]
v. 煩擾、打攪

諧音 拔它

聯想 拔它就是打擾它

bottle [`bɑtḷ]
n. 瓶子

諧音 八頭

聯想 八頭羊換瓶子

bow [bo]
n. 弓、蝴蝶結

諧音 抱

聯想 綁蝴蝶結的女戰士抱著弓

bowling [`bolɪŋ]
n. 保齡球

諧音 保齡

聯想 保齡球

brain [bren]
n. 腦袋

諧音 不練

聯想 不練的話，頭腦會變遲鈍

branch [bræntʃ]
n. 樹枝、分公司

諧音 變曲

聯想 這樹幹的分支變曲了

brand [brænd]
n. 品牌

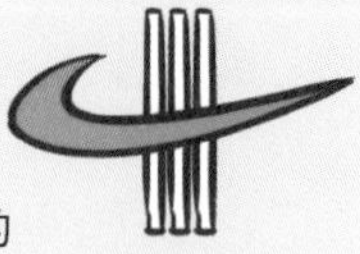

諧音 不爛的
聯想 好的品牌是歷久不爛的

brick [brɪk]
n. 磚塊

諧音 不利刻
聯想 磚塊不利雕刻

***brief** [brif]
adj. 簡略的 n. 簡報

諧音 布禮服
聯想 布禮服廠商會做簡短的簡報

***broad** [brɔd]
adj. 寬的、廣闊的

諧音 播的
聯想 播種在寬廣的田地

brunch [brʌntʃ]
n. 早午餐

拆解 breakfast＋lunch＝早午餐

brush [brʌʃ]
n. 刷子 v. 刷、刷牙、擦掉

諧音 不洗
聯想 不洗澡，只好用刷子刷

bun [bʌn]
n. 小圓餅

諧音 半
聯想 一半小圓餅

bundle [`bʌnd!]
v. 捆成 n. 包裹、大批

諧音 絆倒
聯想 他被門邊的包裹絆倒

burn [bɝn]
v. n. 發熱、燒焦

諧音 笨
聯想 他太笨了，烤肉都燒焦了

burst [bɝst]
v. n. 爆炸、破裂

諧音 爆石頭
聯想 炸彈爆石頭

business [`bɪznɪs]
n. 生意、商業

諧音 逼死女士
聯想 商業環境逼死女士

button [`bʌtn]
n. 鈕子

諧音 巴疼
聯想 他被鈕子彈到下巴，下巴疼

cabbage [ˋkæbɪdʒ]
n. 甘藍菜

諧音 烤焙機
聯想 放甘藍菜進烤焙機

cable [ˋkeb!]
n. 纜、索、鋼索

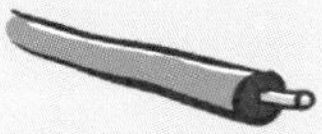

諧音 可以包
聯想 電纜可以包橡膠

cafeteria [͵kæfəˋtɪrɪə]
n. 自助餐廳

諧音 咖啡提力啊
聯想 在自助餐廳喝咖啡，提神更提力啊!

calendar [ˋkæləndɚ]
n. 日曆

諧音 可以扔的
聯想 舊日曆是可以扔的

calm [kɑm]
adj. 鎮靜的、沉著的

諧音 看
聯想 偵探安靜沉著的察看

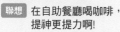

cancel [ˋkæns!]
v. 刪去、劃掉
n. 刪除

諧音 減少
聯想 鐵路因為旅客減少而被刪除

cancer [ˋkænsɚ]
n. 癌症

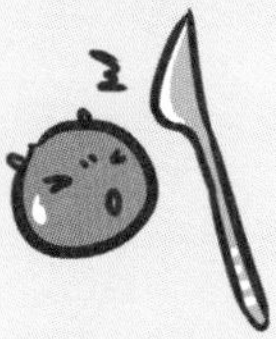

諧音 砍捨
聯想 砍捨癌細胞

candle [ˋkænd!]
n. 蠟燭、燭光

諧音 看到
聯想 看到蠟燭燭光

captain [ˋkæptɪn]
n. 船長、艦長、隊長

諧音 可不等
聯想 遲到機長可不等人

carpet [ˋkɑrpɪt]
n. 地毯

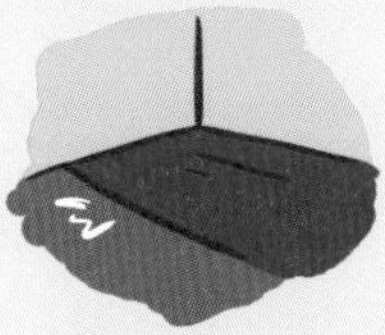

諧音 靠壁
聯想 地毯靠牆壁

carrot [ˋkærət]
n. 胡蘿蔔

諧音 烤肉
聯想 烤肉配蘿蔔

cartoon [kɑrˋtun]
n. 卡通

諧音 卡通

***cash** [kæʃ]
n. 現金

諧音 可喜
聯想 能賺現金真是可喜可賀

cassette [kə`sɛt]
n. 卡式磁帶

諧音 可洗的
聯想 卡帶是可以洗掉聲音的

castle [`kæsl̩]
n. 城堡

諧音 咳嗽
聯想 城堡傳來咳嗽的聲音

***cave** [kev]
n. 洞穴、洞窟

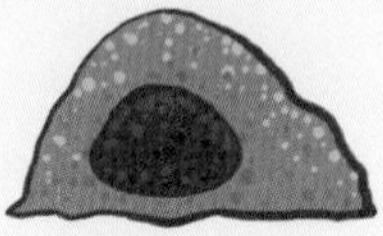

諧音 坑
聯想 洞穴就是坑

ceiling [`silɪŋ]
n. 天花板

諧音 西歐林
聯想 天花板木材用的是西歐林木

***cell** [sɛl]
n. 細胞、密室

諧音 稀有
聯想 稀有的細胞

central [`sɛntrəl]
adj. 中心的、中央的

諧音 山丘
聯想 山丘的中間

century [`sɛntʃurɪ]
n. 世紀、一百年

諧音 山水
聯想 這幅山水已經存在好幾世紀

cereal [`sɪrɪəl]
n. 麥片 adj. 穀類的

諧音 喜瑞兒
聯想 早餐我都吃喜瑞兒玉米片

chalk [tʃɔk]
n. 粉筆

諧音 翹課
聯想 老師用粉筆寫上不准翹課

***change** [tʃendʒ]
v. n. 改變、更改

諧音 拳擊
聯想 拳擊須不斷出拳，改變方位

***character** [`kærɪktɚ]
n. 品質、人格

諧音 可立刻逃
聯想 他的人格是遇到困難可立刻逃

*charge [tʃɑrdʒ]
v. n. 索價

諧音 恰吉

聯想 這個恰吉娃娃要價不便宜

cheap [tʃip]
adj. 便宜的、廉價的

諧音 棄保

聯想 保金太便宜了，
嫌犯決定棄保潛逃

cheat [tʃit]
v. n. 欺騙、騙取

諧音 氣頭

聯想 爸爸因為被欺騙了，
正在氣頭上

*chemical [ˋkɛmɪk!]
adj. 化學的 n. 化學製品

諧音 可滅口

聯想 軍事化學武器，
可用來滅口

chess [tʃɛs]
n. 西洋棋

諧音 確實

聯想 榮恩的西洋棋術確實高竿

chin [tʃɪn]
n. 下巴

諧音 親

聯想 親下巴

chocolate [ˋtʃɑkəlɪt]
n. 巧克力

諧音 巧克力

*choice [tʃɔɪs]
n. 選擇、抉擇

諧音 求運勢

聯想 選擇抽籤求運勢

chopstick [ˋtʃɑp͵stɪk]
n. 筷子

諧音 掐死弟

聯想 嫌犯用筷子掐死弟

*circle [ˋsɝk!]
n. 圓圈、循環
v. 畫圈、盤旋

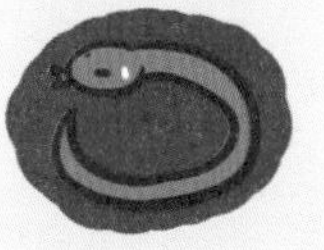

諧音 蛇烤

聯想 蛇烤後會圍成一圈

*claim [klem]
n. v. 要求

諧音 可憐

聯想 可憐的寡婦要求國賠

clap [klæp]
v. n. 拍手、鼓掌

諧音 可拉炮

聯想 典禮中除了鼓掌，還可拉炮

*classic [`klæsɪk]

adj. 經典的、古典的
n. 名著

諧音 刻了石刻

聯想 刻了石刻成為經典

claw [klɔ]

n. 爪子、鉗、螯
v. 用爪子抓

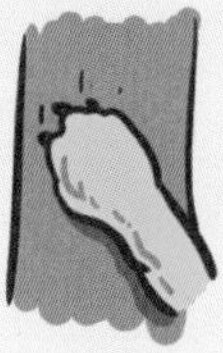

諧音 扣牢

聯想 爪子扣牢樹幹

clay [kle]

n. 黏土、泥土

諧音 可累

聯想 清理這堆黏土可累人了

clerk [klɝk]

n. 辦事員、職員

諧音 渴熱渴

聯想 職員工作渴熱渴

clever [`klɛvɚ]

adj. 聰明的、伶俐的

諧音 烤獵物

聯想 聰明的獵人烤獵物

climate [`klaɪmɪt]

n. 氣候

諧音 可來霉

聯想 潮濕的氣候可來霉

*cloth [klɔθ]

n. 布、織物、衣

諧音 摳露絲

聯想 布料被手指摳露出絲線

clown [klaun]

n. 小丑

諧音 哭鬧

聯想 小丑又哭又鬧

club [klʌb]

n. 俱樂部、會、社

諧音 俱樂部

coach [kotʃ]

n. 教練

諧音 考區

聯想 每個考區都有一個教練

coal [kol]

n. 煤炭

諧音 苦兒

聯想 苦兒從小賣煤炭過活

cock [kɑk]

n. 公雞

諧音 可口

聯想 公雞是很可口的料理

***roach** [rotʃ]
n. 蟑螂

諧音 老區
聯想 住在老區蟑螂會比較多

coin [kɔɪn]
n. 硬幣、錢幣

諧音 摳贏
聯想 他用錢幣摳刮刮樂摳贏了

***collect** [kəˋlɛkt]
v. 收集、採集

諧音 可累
聯想 拾荒婆婆收集廢紙可累了

comb [kom]
n. 梳子

諧音 空
聯想 梳子有空隙

***comfortable** [ˋkʌmfɚtəb!]
adj. 舒適的、舒服的

拆解 康福＋桌子（table）
聯想 康福的桌子真是舒適

***company** [ˋkʌmpənɪ]
n. 公司、商號、同伴

諧音 看板女
聯想 看板女郎在拳擊公司工作

***compare** [kəmˋpɛr]
v. n. 比較、對照

諧音 看賠
聯想 比較賠率後，分析師看賠

***complain** [kəmˋplen]
v. 抱怨、發牢騷

諧音 敢不練
聯想 學員向教練抱怨櫻木敢不練

***complete** [kəmˋplit]
adj. 全部的、完成的、完美的
v. 完成

諧音 砍不利
聯想 完成工作後，
斧頭已經砍不利

***computer** [kəmˋpjutɚ]
n. 電腦

諧音 敢不要它
聯想 電腦，沒人敢不要它

confirm [kənˋfɝm]
v. 證實、確認

諧音 看分
聯想 看分數確認成績

conflict [ˋkɑnflɪkt]
n. 衝突、抵觸

諧音 砍福利
聯想 同事們因為砍福利而起衝突

Confucius [kən`fjuʃəs]

n. 孔子

諧音 恐非小事

聯想 孔子擔心的事恐非小事

*congratulation [kən͵grætʃə`leʃən]

n. 恭喜、祝賀

諧音 看鬼舊旅行

聯想 恭喜您獲邀參加看鬼舊旅行

*consider [kən`sɪdɚ]

v. 考慮、細想

諧音 看細的

聯想 考慮就是看細的地方

contact [`kantækt]

n. 接觸、聯絡
adj. 接觸的

諧音 看大哥

聯想 看大哥前要先聯繫

*contain [kən`ten]

v. 包含、容納

諧音 看田

聯想 農夫的工作包含看田

*control [kən`trol]

v. n. 控制、支配、管理

諧音 砍錯

聯想 老大要控制小弟不要砍錯人

*convenient [kən`vinjənt]

adj.合宜的、方便的

諧音 看迷你

聯想 看迷你的電視真方便

*conversation [͵kanvɚ`seʃən]

n. 會話、談話

諧音 看我血型

聯想 看我血型之後我們聊天

*copy [`kapɪ]

n. v. 拷貝

諧音 拷貝

聯想 拷貝一堆試卷

corner [`kɔrnɚ]

n. 角、街角

諧音 摳那

聯想 摳那個角落

cotton [`katn]

n. 棉花

諧音 卡痰

聯想 棉花使他卡痰

cough [kɔf]

n. v. 咳嗽

諧音 口服

聯想 在咳嗽時，可以口服藥劑

county [`kaʊntɪ]
n. 縣

諧音 勘地
聯想 風水師在縣交界勘地

couple [`kʌp!]
n.（一）對、（一）雙、夫婦
v. 連接

諧音 靠婆
聯想 靠媒人婆媒合一對新人

***courage** [ˌkɝɪdʒ]
n. 膽量、勇氣

諧音 苦力激
聯想 老師苦力激他產生勇氣

court [kort]
n. 法庭、法院

諧音 扣他
聯想 法庭內法官決定扣他

cousin [`kʌzn]
n. 堂（表）兄弟、堂（表）姐妹

諧音 靠生
聯想 靠阿姨生了表姐表哥

crab [kræb]
n. 蟹、蟹肉

諧音 跨步
聯想 螃蟹喜歡跨步走

crane [kren]
n. 鶴 v. 伸長脖子看

諧音 睏
聯想 這隻鶴睏了

crayon [`kreən]
n. 蠟筆、炭筆

諧音 塊暗
聯想 用炭筆可以擦出大塊暗部

crazy [`krezɪ]
adj. 瘋狂的、蠢的

諧音 竊雞
聯想 竊雞是瘋狂的行為

***create** [krɪ`et]
v. 創造、創作

諧音 苦愛
聯想 苦愛創造出奇蹟

crime [kraɪm]
n. 罪行

諧音 苛賴蠻
聯想 苛刻無賴野蠻的人容易犯罪

crisis [`kraɪsɪs]
n. 危機、緊急關頭

諧音 快死一死
聯想 面臨危機時他
卻希望快死一死

crop [krɑp]
n. 作物、莊稼

諧音 快飽

聯想 吃農作物讓小鳥很快飽

*cross [krɔs]
n. 十字形 v. 越過、交叉、反對
adj. 發怒的、交叉的

諧音 過世

聯想 過世葬在十字架之下

crow [kro]
n. 烏鴉

諧音 骷髏

聯想 烏鴉站在骷髏上

crowd [kraud]
n. 人群、一堆
v. 塞滿

諧音 客繞的

聯想 客人排隊環繞的人群

*cruel [ˋkruəl]
adj. 殘忍的、殘酷的

諧音 苦肉

聯想 苦肉計是殘忍的

culture [ˋkʌltʃɚ]
n. 文化

諧音 哭笑

聯想 讓人哭笑不得的文化

cure [kjur]
v. n. 治療

諧音 救兒

聯想 媽媽請求醫生救兒，治療他

*curious [ˋkjurɪəs]
adj. 好奇的、渴望知道的

諧音 瞧老鼠

聯想 大家好奇的瞧老鼠

curtain [ˋkɝtn]
n. 窗簾

諧音 刻騰

聯想 刻騰在窗簾上

*custom [ˋkʌstəm]
n. 習俗、慣例

諧音 考試單

聯想 老師習慣將考試單放在抽屜

damage [ˋdæmɪdʒ]
n. v. 損害、損失

諧音 打美軍

聯想 打美軍造成很大傷害

*data [ˋdetə]
n. 資料、數據

諧音 逮他

聯想 警察看檔案逮他

dawn [dɔn]
n. 黎明、拂曉 v. 破曉

諧音 動

聯想 萬物在黎明開始活動

*deaf [dɛf]
adj. 聾的

諧音 大夫

聯想 這位大夫專治聾的人

debate [dɪˋbet]
n. v. 辯論、討論

諧音 敵備

聯想 辯論時要攻敵不備

debt [dɛt]
n. 債、借款

諧音 貸

聯想 貸就是借款

decision [dɪˋsɪʒən]
n. 決定、決心

諧音 敵西進

聯想 敵人決定西進攻打

*decorate [ˋdɛkəˌret]
v. 裝飾、修飾

諧音 爹可累

聯想 為了裝潢爹可累

degree [dɪˋgri]
n. 程度、等級

諧音 地貴

聯想 等級越高地越貴

delay [dɪˋle]
v. n. 延遲、耽擱

諧音 地雷

聯想 為了繞過地雷，
延遲了時程

delicious [dɪˋlɪʃəs]
adj. 美味的、香噴噴的

諧音 地利熟食

聯想 趁地利之便吃美味熟食

deliver [dɪˋlɪvɚ]
v. 投遞、運送

諧音 遞禮物

聯想 傳遞禮物

*dentist [ˋdɛntɪst]
n. 牙醫

諧音 等替死

聯想 沒人想讓牙醫拔牙，
都等替死鬼

*deny [dɪˋnaɪ]
v. 否定、否認、拒絕

諧音 滴奶

聯想 乳牛拒絕滴奶

A B C D E F G H I J K L M N O P Q R S T U V W X Y Z

department [dɪ`pɑrtmənt]
n. 部門

諧音 低爬得慢

聯想 位階低在政府部門爬得慢

*depend [dɪ`pɛnd]
v. 相信、依賴

諧音 底片

聯想 以前的攝影師相當依賴底片

depth [dɛpθ]
n. 深度、厚度

諧音 地寶石

聯想 往下挖一定的深度，可以挖到地寶石

*describe [dɪ`skraɪb]
v. 描寫、描繪

諧音 地是塊寶

聯想 作者描寫地是塊寶

desert [`dɛzɚt / dɪ`zɝt]
n. 沙漠 v. 捨棄

諧音 爹捨

聯想 爹捨棄了我，將我拋棄在沙漠中

*design [dɪ`zaɪn]
n. v. 設計、構思

諧音 地塞

聯想 土地小容易塞，要好好設計

*desire [dɪ`zaɪr]
v. n. 渴望、要求

諧音 抵債兒

聯想 渴望贏錢，讓兒子成為抵債兒

dessert [dɪ`zɝt]
n. 甜點

諧音 滴這兒

聯想 奶油要滴這兒，甜點才會好吃

*detect [dɪ`tɛkt]
v. 發現、察覺

諧音 地鐵口

聯想 進入地鐵口會有安全檢查

dew [dju]
n. v. 露水

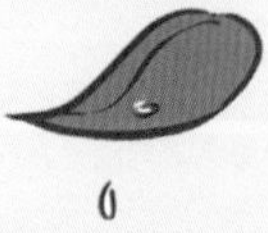

諧音 滴

聯想 清晨的葉面滴下露水

dial [`daɪəl]
n. v. 打電話給

諧音 呆喔

聯想 他真是呆喔！連撥電話也不會

diamond [`daɪəmənd]
n. 鑽石

諧音 怠慢

聯想 對買鑽石的客戶不能怠慢

diary [ˋdaɪərɪ]
n. 日記、日誌

諧音 帶兒累

聯想 媽媽將帶兒累的辛苦寫在日記

dictionary [ˋdɪkʃən͵ɛrɪ]
n. 字典、辭典

諧音 地心哪裡

聯想 在字典中可以查地心在哪裡

dinosaur [ˋdaɪnə͵sɔr]
n. 恐龍

諧音 呆腦獸

聯想 恐龍腦容量不大，是呆腦獸

*direction [dəˋrɛkʃən]
n. 方向、指導

諧音 多累心

聯想 班長要多累心指揮方位

*discuss [dɪˋskʌs]
v. 討論、商談

諧音 地師考試

聯想 地理老師討論考試範圍

display [dɪˋsple]
v. n. 陳列、展出

諧音 大師不累

聯想 大師不累的列出所有作品

*distance [ˋdɪstəns]
n. 距離、路程

諧音 地勢凍死

聯想 距離這麼高的地勢容易凍死

*divide [dəˋvaɪd]
v. 劃分

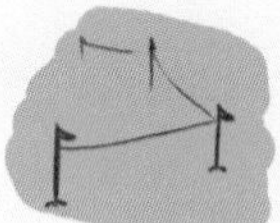

諧音 地歪的

聯想 地歪的要重新劃分

dizzy [ˋdɪzɪ]
adj. 頭暈目眩的

諧音 低級

聯想 低級的電影讓人頭暈眼花

dolphin [ˋdɑlfɪn]
n. 海豚

諧音 多糞

聯想 海豚是多糞的動物

donkey [ˋdɑŋkɪ]
n. 驢

諧音 當騎

聯想 驢子當馬騎

dot [dɑt]
n. 點、小圓點

諧音 大豆

聯想 大豆遠看就是一小點

A
B
C
D
E
F
G
H
I
J
K
L
M
N
O
P
Q
R
S
T
U
V
W
X
Y
Z

double [ˋdʌbḷ]

adj. 兩倍的、雙人的
adv. 雙倍的 n. 兩倍

諧音 打爆

聯想 用兩倍的力氣將對方打爆

*doubt [daut]

v. n. 懷疑、不相信

諧音 到頭

聯想 到頭來他還是被懷疑

doughnut [ˋdo͵nʌt]

n. 甜甜圈

諧音 多拿吃

聯想 多拿點甜甜圈吃

drag [dræg]

v. 拉、拖

諧音 拽狗

聯想 壞主人死命的拽狗

*dragon [ˋdrægən]

n. 龍

諧音 追根

聯想 追根究柢，我們是龍的傳人

*drama [ˋdrɑmə]

n. 戲劇、劇本

諧音 抓馬

聯想 抓馬的戲很精彩

drawer [ˋdrɔɚ]

n. 抽屜

諧音 桌兒

聯想 桌的兒子就是抽屜

*dress [drɛs]

n. 禮服 v. 給...穿衣服

諧音 綴飾

聯想 裙子上有綴飾

drop [drɑp]

v. 落下、下降

諧音 桌布

聯想 桌布突然掉下來

*drug [drʌg]

n. 藥

諧音 抓個

聯想 到中藥行抓個藥

drum [drʌm]

n. 鼓

諧音 轉

聯想 鼓手轉鼓棒

dull [dʌl]

adj. 晦暗的、無光澤的

諧音 痘

聯想 滿臉的青春痘使她臉上無光

dumb [dʌm]
adj. 沈默寡言的、啞的、笨的

諧音 淡

聯想 淡泊名利的他沉默寡言

dumpling [`dʌmplɪŋ]
n. 湯糰、餃子

諧音 蛋不淋

聯想 我的餃子不要淋蛋

duty [`djutɪ]
n. 責任、義務、職務、稅

諧音 丟梯

聯想 弄丟梯子要負責找回來

*earn [ɝn]
v. 賺得、掙得

諧音 恩

聯想 神施恩於我，讓我賺錢

earthquake [`ɝθ͵kwek]
n. 地震

諧音 餓死鬼

聯想 地震讓該國多了許多餓死鬼

education [͵ɛdʒu`keʃən]
n. 教育、培養

諧音 愛就可行

聯想 教育只要有愛就可行

*effect [ɪ`fɛkt]
n. 效果、影響

諧音 而肥

聯想 說話不算話的影響是食言而肥

effort [`ɛfɚt]
n. 努力、盡力

諧音 安撫牠

聯想 我努力的安撫牠

*elder [`ɛldɚ]
n. 長者、前人
adj. 年紀大的、從前的

諧音 愛我的

聯想 家裡的長輩是愛我的

*elect [ɪ`lɛkt]
v. 選舉、推選

諧音 異類

聯想 勇於出來選舉的候選人都是異類

*element [`ɛləmənt]
n. 元素

諧音 唉！老悶

聯想 背元素周期表就是，唉!老悶

elevator [`ɛlə͵vetɚ]
n. 電梯

諧音 爺老為他

聯想 爺爺老了為他裝電梯

*emotion [ɪ`moʃən]
n. 感情、情感

諧音 一摸心

聯想 他一摸心，發現對她尚有感情

enemy [`ɛnəmɪ]
n. 敵人、仇敵

諧音 野人妹

聯想 野人妹是敵人

*energy [`ɛnɚdʒɪ]
n. 活力、幹勁

諧音 愛能激

聯想 愛能激起活力

*enjoy [ɪn`dʒɔɪ]
v. 欣賞、享受

諧音 飲酒

聯想 享受飲酒的樂趣

entire [ɪn`taɪr]
adj. 全部的、整個的

諧音 陰颱

聯想 陰颱席捲整個台灣

envelope [`ɛnvə͵lop]
n. 信封

諧音 按不牢

聯想 這信封的封口按不牢

*environment [ɪn`vaɪrənmənt]
n. 環境、四周狀況

諧音 因為悶

聯想 因為悶所以出去走走

*eraser [ɪ`resɚ]
n. 板擦、橡皮擦

諧音 醫雷射

聯想 醫雷射就像橡皮擦

error [`ɛrɚ]
n. 錯誤、失誤

諧音 A了

聯想 A了公家錢是個錯誤

especially [ə`spɛʃəlɪ]
adv. 特別、尤其

諧音 餓死被修理

聯想 特別的是死者
不是餓死是被修理

*event [ɪ`vɛnt]
n. 事件、大事

諧音 異變

聯想 異變是大事件

exact [ɪg`zækt]
adj. 確切的、精確的

諧音 一個炸客

聯想 密報精確地指出
有一個炸彈客

***excellent** [`ɛksḷənt]
adj. 出色的、傑出的、優等的

諧音 一個神人
聯想 一個神人就是出色的人

***excite** [ɪk`saɪt]
v. 刺激、使興奮

諧音 一個賽
聯想 一個比賽讓大家興奮

excuse [ɪk`skjuz]
v. 原諒

諧音 一哥囚室
聯想 一哥被關囚室等待原諒

exercise [`ɛksɚ͵saɪz]
n. v. 運動、鍛鍊

諧音 一個小骰子
聯想 玩一個小骰子能運動到手指

***exist** [ɪg`zɪst]
v. 存在

諧音 一個浴室
聯想 套房存在一個浴室

***expect** [ɪk`spɛkt]
v. 預計、預期

諧音 一個十倍
聯想 預期買一個股票可以賺十倍

***expense** [ɪk'spɛns]
n. 費用

諧音 一個十磅
聯想 這個東西的費用一個十磅

***experience** [ɪk`spɪrɪəns]
n. 經驗、體驗

諧音 一哥死逼李安
聯想 沒經驗的一哥死逼李安要求加戲

***expert** [`ɛkspɝt]
n. 專家、能手

諧音 也可識破
聯想 專家也可識破真假

***explain** [ɪk`splen]
v. 解釋、說明

拆字 ex（疑口釋）＋plain（平原）
聯想 攤平一切疑問就是解釋

***express** [ɪk`sprɛs]
v. 表達、陳述

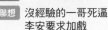

諧音 一個北市
聯想 市長表達他心中只有一個北市

extra [`ɛkstrə]
adj. 額外的、外加的

諧音 一個事做
聯想 兼差額外找個一個事做

*brow [brau]
n. 額頭、眉毛

諧音 不露

聯想 她修瀏海，讓額頭與眉毛不露出

*fail [fel]
n. 不及格
v. 失敗、不及格、缺乏

諧音 廢油

聯想 偷賣廢油的廠商是不及格的

*fair [fer]
adj. 公正的、公平的

諧音 肥鵝

聯想 公平的交易不當肥鵝

famous [`feməs]
adj. 著名的、出名的

諧音 非漠視

聯想 著名的事物不被漠視

fault [fɔlt]
n. 缺點、毛病

諧音 否的

聯想 否的就是缺點

*favor [`fevɚ]
n. 偏愛、贊成、恩惠
v. 支持、偏愛

諧音 飛舞

聯想 人們偏愛飛舞的彩蝶

fee [fi]
n. 酬金、費用

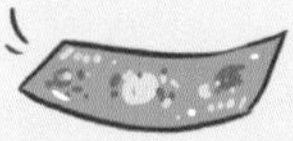

諧音 費

聯想 費用

fellow [`fɛlo]
n. 男人、傢伙、夥伴
adj. 同伴的

諧音 肥佬

聯想 這傢伙是肥佬

fence [fɛns]
n. 柵欄、籬笆

諧音 憤世

聯想 村民用籬笆將那個憤世的人隔開

festival [`fɛstəv!]
n. 節日、喜慶日

諧音 飛獅頭

聯想 嘉年華會中將表演飛獅頭

fever [`fivɚ]
n. v. 發燒、發熱

諧音 飛吻

聯想 飛吻讓人發燒

field [fild]
n. 原野、田地、運動場地

諧音 飛躍的

聯想 飛躍的羚羊跑過田野

figure [`figjɚ]
n. 數字、圖解、外形、人物
v. 計算、認為、估計

諧音 費解
聯想 計算數字讓人費解

film [film]
n. 軟片、電影 v. 拍攝電影

諧音 複印
聯想 底片請拿去複印

firm [fɝm]
adj. 穩固的、牢固的

諧音 奮
聯想 堅強的人奮起的意念堅硬如石

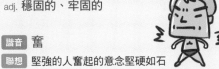

***fit** [fit]
adj. 適合的、健康的
n. v. 適合、合身

諧音 飛頭
聯想 飛頭造型很適合他

fix [fiks]
v. 修理

諧音 費事
聯想 修這麼舊的機器真是費事

flag [flæg]
n. 旗

諧音 富饒國
聯想 富饒國的國旗正在飄揚

***flash** [flæʃ]
v. n. 閃光、閃爍

諧音 斧雷戲
聯想 斧雷戲充滿刀光劍影

flat [flæt]
adj. 平的 adv. 平直地、斷然地
n. 平面、洩氣輪胎

諧音 父累的
聯想 父累的躺平在床上

flood [flʌd]
n. 洪水、水災

諧音 腹拉的
聯想 肚子痛，腹拉得像洪水一樣

flour [flaur]
n. 麵粉

諧音 父老兒
聯想 這一袋麵粉，是要
留給父老兒吃的

flow [flo]
v. n. 流動

諧音 浮樓
聯想 浮樓四處流動

flu [flu]
n. 流行性感冒

諧音 婦孺
聯想 婦孺容易感冒

flute [flut]
n. 長笛、橫笛

諧音 福祿

聯想 吹長笛祝賀福祿

focus [`fokəs]
n. v. 焦點、聚焦

諧音 赴考試

聯想 集中精神讀書，準備赴考試

*fool [ful]
n. 蠢人、傻瓜、笨蛋

諧音 付我

聯想 笨蛋付我太多錢

forgive [fɚ`gɪv]
v. 原諒、寬恕

諧音 否記

聯想 否記就是沒記恨，也就是原諒

*form [fɔrm]
n. 形狀、種類、表格
v. 形成、成立

諧音 風

聯想 風的形狀無法預測

formal [`fɔrm!]
adj. 形式上的、禮節上的

諧音 撫摸

聯想 大庭廣眾下撫摸，不合乎禮節

former [`fɔrmɚ]
adj. 從前的、早前的

諧音 斧磨

聯想 古早的斧頭需要磨

fox [fɑks]
n. 狐狸

諧音 發顆屎

聯想 狡猾的狐狸發顆屎

frank [fræŋk]
adj. 坦白的、直率的

諧音 浮濫

聯想 他坦白的說太浮濫

*freezer [`frizɚ]
n. 冷藏箱、冰箱

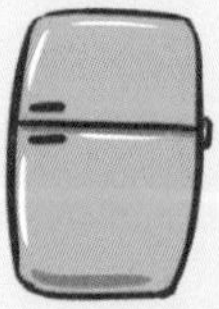

諧音 福利社

聯想 福利社有冰箱

*fright [fraɪt]
n. 驚嚇、恐怖 v. 嚇唬

諧音 腐癩

聯想 腐癩聽起來很恐怖

*function [`fʌŋkʃən]
n. 功能、作用、函數
v. 運作

諧音 放心

聯想 心臟功能正常，請放心

*further [ˋfɝðɚ]
adj. 更遠的、另外的

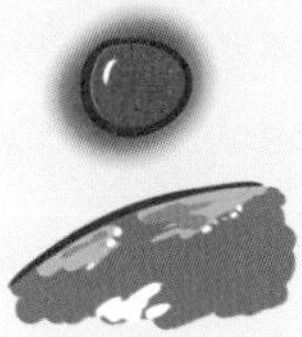

諧音 輻熱

聯想 輻射熱能可以傳得更遠

future [ˋfjutʃɚ]
n. 未來、將來

諧音 飛球

聯想 未來發明了飛球

gain [gen]
v. 得到、獲得
n. 獲得、獲利

諧音 更

聯想 更努力才可以獲得成功

garage [gəˋrɑʒ]
n. 車庫

諧音 給亂擠

聯想 車子給亂擠在車庫

garbage [ˋgɑrbɪdʒ]
n. 垃圾、剩菜

諧音 哥筆記

聯想 哥哥的筆記被當垃圾丟掉

gate [get]
n. 出入口、門道

諧音 接

聯想 出入口可以接到另個空間

*gather [ˋgæðɚ]
v. 收集、使聚集

諧音 加收

聯想 奸商加收費用，聚集財富

*generous [ˋdʒɛnərəs]
adj. 慷慨的、大方的

諧音 姐若老死

聯想 姐若老死，願意
慷慨的將財產捐出

*gentle [ˋdʒɛntl̩]
adj. 溫和的、和善的

諧音 剪頭

聯想 阿姨溫柔的幫他剪頭髮

*geography [dʒɪˋɑgrəfɪ]
n. 地理學、地形

諧音 擠壓過非

聯想 板塊移動擠壓過非洲

giant [ˋdʒaɪənt]
adj. 巨人、巨大的

諧音 宅昂

聯想 巨大的宅第昂然

giraffe [dʒəˋræf]
n. 長頸鹿

諧音 飢餓懦夫

聯想 長頸鹿是個飢餓懦夫

glove [glʌv]
n. 手套

諧音 古老婦

聯想 古老婦都戴手套

glue [glu]
n. 膠水

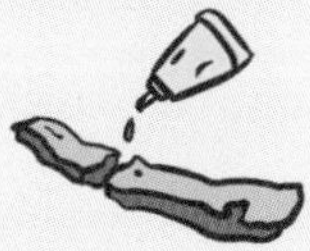

諧音 古路

聯想 這條古路柔腸寸斷需要黏一下

goal [gol]
n. 目的、目標、球門
v. 射門得分

諧音 Go！

聯想 向著目標GoGoGo!

goat [got]
n. 山羊

諧音 垢頭

聯想 垢頭山羊

golden [`goldn]
adj. 金的、金黃色的

諧音 鍋燈

聯想 這個鍋燈是金子打造的

golf [gɑlf]
n. 高爾夫球

諧音 高爾夫

聯想 打高爾夫球

*govern [`gʌvɚn]
v. 統治、管理

諧音 哥們

聯想 清朝統治下，皇帝將在阿哥們當中選出

*grade [gred]
n. 等級、級別

諧音 跪的

聯想 下級遇到上級是要下跪的

*grape [grep]
n. 葡萄

諧音 龜跑

聯想 龜跑的慢是因為沿途吃葡萄

greedy [`gridɪ]
adj. 貪食的、貪婪的

諧音 貴的

聯想 貪婪的人都挑貴的

*greet [grit]
v. 問候、迎接、招呼

諧音 鼓勵

聯想 掌聲鼓勵迎接客人

*guard [gɑrd]
n. 哨兵、守衛
v. 守衛、看守

諧音 尬的

聯想 要與對手對尬的守衛

guava [`gwɑvə]
n. 番石榴

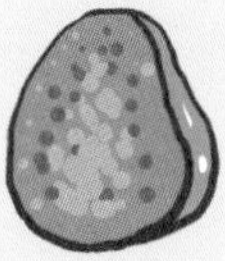

諧音 瓜肉

聯想 番石榴的瓜肉

guitar [gɪ`tɑr]
n. 吉他

諧音 吉他

guy [gaɪ]
n. 傢伙、朋友

諧音 丐

聯想 這傢伙可是丐幫幫主

*habit [`hæbɪt]
n. 習慣

諧音 黑筆頭

聯想 習慣性的咬著黑筆頭

*hall [hɔl]
n. 會堂、大廳

諧音 候

聯想 約在大廳等候

*hamburger [`hæmbɝgɚ]
n. 漢堡

諧音 漢堡哥

聯想 愛吃漢堡的漢堡哥

hammer [`hæmɚ]
n. 鐵鎚、鎯頭

諧音 和睦

聯想 和睦共處，不要拿槌子互搥

handkerchief [`hæŋkɚˏtʃɪf]
n. 手帕

諧音 汗可輕撫

聯想 攜帶手帕，流汗可輕撫

handle [`hænd!]
n. 把手、操作、掌控

諧音 很抖

聯想 他掌控把手的手很抖

handsome [`hænsəm]
adj. 英俊的、帥氣的

諧音 很深

聯想 帥氣的人有很深的輪廓

*hang [hæŋ]
v. 把. . . 掛起

諧音 旱

聯想 乾旱的時候要掛雨天娃娃

*height [haɪt]
n. 高度、海拔

諧音 害他

聯想 爬太高害他得了高山症

hen [hɛn]
n. 母雞

諧音 哼

聯想 這隻母雞會哼歌!!

*hero [ˋhɪro]
n. 英雄、勇士

諧音 奚落

聯想 英雄不怕敵人的奚落

hide [haɪd]
v. 把. . . 藏起來、隱藏

諧音 駭的

聯想 驚駭的躲起來

hip [hɪp]
n. 臀部、屁股

諧音 嬉皮

聯想 嬉皮不怕屁股髒，
坐在馬路上

*hippopotamus [ˏhɪpəˋpɑtəməs]
n. 河馬

諧音 吸飽趴的模式

聯想 河馬呈現吸飽趴的模式

hire [haɪr]
v. 租借、雇用
n. 租用、租金

諧音 害兒

聯想 僱用童工是害兒的行為

hobby [ˋhɑbɪ]
n. 癖好、嗜好

諧音 哈比

聯想 哈比人的愛好就是
喝酒吃東西

*honest [ˋɑnɪst]
adj. 誠實的、正直的

諧音 啊難事

聯想 啊！誠實不說謊是難事

*honey [ˋhʌnɪ]
n. 蜂蜜

諧音 哈你

聯想 哈你哈很久了，送你蜂蜜

hop [hɑp]
v. 跳過、躍過

諧音 好潑

聯想 跳來跳去好活潑

*hospital [ˋhɑspɪtḷ]
n. 醫院

諧音 合適鼻頭

聯想 到醫院整形換合適鼻頭

*host [host]
n. 主人、主持人
v. 主持、招待

諧音 厚實

聯想 身為主人要有厚實的肩膀

*hotel [ho`tɛl]
n. 旅館、飯店

諧音 好貼喔

聯想 旅館的床單真是好貼喔

hum [hʌm]
v. 發出嗡聲、哼聲
n. 嗡嗡聲、哼哼聲

諧音 哼

聯想 蜜蜂的嗡嗡聲像在哼歌

humble [`hʌmb!]
adj. 謙遜的、謙恭的

諧音 漢堡

聯想 店員謙恭的將漢堡送過來

*humid [`hjumɪd]
adj. 潮濕的

諧音 小米的

聯想 小米的酒不能
放在潮濕的環境

humor [`hjumɚ]
n. 幽默感

諧音 秀毛

聯想 他以為脫上衣
秀毛是幽默的

*hunt [hʌnt]
v. 追獵、獵取

諧音 悍的

聯想 獵人剽悍的獵殺獵物

hurry [`hɝɪ]
v. 趕緊、催促
n. 急忙、渴望

諧音 喝哩

聯想 大家催促我快把酒喝哩

*ignore [ɪg`nor]
v. 不理會、忽視

諧音 一股腦

聯想 父親一股腦的工作，
忽視了小孩

ill [ɪl]
adj. 生病的、壞的
adv. 冷酷地、困難地 n. 不幸

諧音 疫嘔

聯想 疫嘔就是生病又嘔吐

imagine [ɪ`mædʒɪn]
v. 想像

諧音 憶魔境

聯想 愛麗絲回憶魔境一切，
都是想像

importance [ɪm`pɔrtns]
n. 重要、重大

諧音 運砲彈

聯想 運砲彈注意安全是很重要的

*improve [ɪm`pruv]
v. 改進、改善

諧音 影曝

聯想 數位相機改進了
影像曝光的問題

A B C D E F G H I J K L M N O P Q R S T U V W X Y Z

***include** [ɪn`klud]
v. 包括、包含

諧音 影庫的
聯想 影庫的庫藏，包含各種的影片

***increase** [ɪn`kris]
v. 增大、增加

諧音 銀貴死
聯想 物價不斷增加，銀貴死

***independence** [ˌɪndɪ`pɛndəns]
n. 獨立、自主

諧音 影帝片等死
聯想 參加獨立影展的影帝片等死

***indicate** [`ɪndəˌket]
v. 指示、指出

諧音 硬地殼
聯想 研究指出硬地殼下是岩漿

***industry** [`ɪndəstrɪ]
n. 工業、企業

諧音 贏大死罪
聯想 工業環境只想贏是大死罪

***influence** [`ɪnfluəns]
n. 影響、作用

諧音 因父認識
聯想 因父認識官員所以有影響力

ink [ɪŋk]
n. 墨水

諧音 硬殼
聯想 這個墨水瓶是硬殼的

insect [`ɪnsɛkt]
n. 昆蟲

諧音 蠅血口
聯想 蒼蠅的血盆大口吃了昆蟲

***insist** [ɪn`sɪst]
v. 堅持

諧音 應繫
聯想 堅持應該繫上安全帶

instance [`ɪnstəns]
n. 例子

諧音 運勢但是
聯想 例子告訴我們靠運勢但是也要靠自己

instant [`ɪnstənt]
adj. 立即的、即刻的

諧音 硬屎彈
聯想 硬屎彈必須立刻洗乾淨

instrument [`ɪnstrəmənt]
n. 器具、樂器

諧音 硬是戳門
聯想 拿著工具硬是戳門

interview [`ɪntɚ͵vju]
v. 會見、面試

諧音 癮頭不要

聯想 面試有抽菸癮頭不要錄用

*introduce [͵ɪntrə`djus]
v. 介紹、引見

諧音 櫻桃吊飾

聯想 商人從國外引入櫻桃吊飾

*invent [ɪn`vɛnt]
v. 發明、創造

諧音 贏面

聯想 懂得創造發明的人贏面較大

*invitation [͵ɪnvə`teʃən]
n. 邀請

諧音 迎我貼心

聯想 門口歡迎我真貼心

island [`aɪlənd]
n. 島

諧音 矮人

聯想 島上有矮人

item [`aɪtəm]
n. 項目、品項

諧音 挨疼

聯想 記不起這些項目，學徒就挨疼

jacket [`dʒækɪt]
n. 夾克

諧音 夾克

jam [dʒæm]
v. 塞緊、擠滿、即興演奏
n. 果醬、塞住、困境

諧音 濺

聯想 塞太滿的果醬濺的到處都是

jazz [dʒæz]
n. 爵士樂

諧音 爵士

聯想 爵士喜歡聽爵士樂

jeans [dʒinz]
n. 牛仔褲

諧音 浸濕

聯想 洗牛仔褲前要先浸濕

jeep [dʒip]
n. 吉普車

諧音 吉普

聯想 吉普車

jog [dʒɑg]
v. n. 慢跑、輕搖

諧音 家狗

聯想 家狗會一起慢跑

joint [dʒɔɪnt]
n. 關節、接合點
v. 連接 adj. 連接的

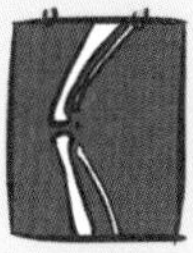

諧音 照影
聯想 X光照影在關節接點

judge [dʒʌdʒ]
v. 審判、判決
n. 法官、審判員

諧音 夾具
聯想 大人審判上了夾具

ketchup [ˋkɛtʃəp]
n. 番茄醬

諧音 可以加堡
聯想 番茄醬可加進漢堡裡

kindergarten [ˋkɪndɚˏgɑrtn]
n. 幼稚園

諧音 請到假單
聯想 小華在幼稚園請到假單

knock [nɑk]
n. v. 敲、擊、打

諧音 那殼
聯想 敲著那殼

*knowledge [ˋnɑlɪdʒ]
n. 知識、學問

諧音 哪裡居
聯想 房價貴，哪裡居是個學問

koala [koˋɑlə]
n. 無尾熊

諧音 可愛啦
聯想 無尾熊就是可愛啦

lane [len]
n. 小路、巷、弄

諧音 連
聯想 巷弄連到大馬路

language [ˋlæŋgwɪdʒ]
n. 語言

諧音 懶鬼記
聯想 懶鬼記語言的方法很輕鬆

lantern [ˋlæntɚn]
n. 燈籠

諧音 爛燈
聯想 燈籠破掉了，是個爛燈

*lap [læp]
n. 膝部、重疊部分

諧音 拉破
聯想 膝部的褲管被拉破了

legal [ˋligl̩]
adj. 合法的、正當的

諧音 理夠
聯想 理夠就是合法的

*lemon [ˋlɛmən]
n. 檸檬

諧音 檸檬

lend [lɛnd]
v. 借出、貸款

諧音 斂的

聯想 高利貸借錢是斂財的行為

*length [lɛŋθ]
n. 長度

諧音 練射

聯想 練射時，射出最長距離

leopard [ˋlɛpɚd]
n. 美洲豹

諧音 獵豹

聯想 美洲豹是一種獵豹

lettuce [ˋlɛtɪs]
n. 萵苣

諧音 累體適

聯想 累體適合吃萵苣生菜

*library [ˋlaɪˏbrɛrɪ]
n. 圖書館

諧音 來不累

聯想 到圖書館看書來不累

lick [lɪk]
v. 舔、舐

諧音 粒顆

聯想 在舔拭時，舌面的粒顆是味蕾

lid [lɪd]
n. 蓋子

諧音 利的

聯想 罐頭蓋子是銳利的

*limit [ˋlɪmɪt]
n. 界線、限制 v. 限制

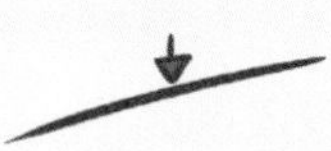

諧音 釐米

聯想 界限只有幾釐米

link [lɪŋk]
n. v. 連接、結合

諧音 鄰可

聯想 磁鐵相鄰可以連結

*liquid [ˋlɪkwɪd]
n. 液體
adj. 液體的、透明的

諧音 理虧的

聯想 商品流出液體店家是理虧的

loaf [lof]
n. （一條）麵包、遊蕩
v. 遊蕩

諧音 老父

聯想 老父帶著麵包在外面閒逛

local [ˋlok!]
adj. 當地的、鄉土的
n. 本地人

諧音 入口
聯想 當地的食物比較好入口

*locate [loˋket]
v. 把...設置在、找出

諧音 樓可以
聯想 設置大樓可以出租

*lock [lɑk]
v. n. 鎖

諧音 拉客
聯想 他因為公然拉客被鎖起來

log [lɔg]
n. 原木、記錄

諧音 漏個
聯想 盤點記錄漏個原木數量

*lone [lon]
adj. 孤單的、寂寞的

諧音 籠
聯想 關在籠裡相當寂寞

*lose [luz]
v. 失去、輸掉、浪費

諧音 落失
聯想 落失就是失去

magazine [ˌmægəˋzin]
n. 雜誌

諧音 沒個勁
聯想 沒個勁的翻著雜誌

*magic [ˋmædʒɪk]
n. 魔術

諧音 妹飢渴
聯想 對正妹感到飢渴，
不斷秀魔術

*main [men]
adj. 主要的、最重要的
n. 要點、管道

諧音 麵
聯想 北方人的主食是麵

*maintain [menˋten]
v. 維持、堅持、供養

諧音 麵店
聯想 麵店維持復古風格

*male [mel]
n. 男性

諧音 妹偶
聯想 妹妹的配偶是男性

mandarin [ˋmændərɪn]
n. 中國官話（大寫）、柑橘

諧音 慢得你
聯想 外國人說普通話
慢得你快發瘋了

mango [ˋmæŋgo]
n. 芒果

諧音 芒果

manner [ˋmænɚ]
n. 禮貌、態度、方法

諧音 美哪
聯想 稱讚人「美哪」，是種禮貌

mark [mɑrk]
n. 痕跡、記號
v. 標示、記錄

諧音 碼刻
聯想 跑幾碼刻在這裡做記號

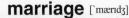

marriage [ˋmærɪdʒ]
n. 結婚

諧音 媽立即
聯想 一畢業媽立即與爸爸結婚

mask [mæsk]
n. 面具、面膜

諧音 媽時刻
聯想 媽媽時刻都戴著面膜

***mass** [mæs]
n. 團、塊

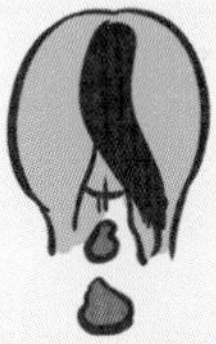

諧音 馬屎
聯想 馬屎一團一團的落下

mat [mæt]
n. 小地毯、墊子

諧音 妹她
聯想 妹她在胸部墊了胸墊

match [mætʃ]
n. 比賽、對手、火柴

諧音 沒趣
聯想 在沒趣的點火柴比賽
找到對手

mate [met]
n. 同伴、伙伴

諧音 寐的
聯想 寐的伙伴就是室友

material [məˋtɪrɪəl]
n. 材料、原料

諧音 沒聽理由
聯想 沒聽理由就將材料丟掉

meal [mil]
n. 膳食、一餐

諧音 米油
聯想 用米油煮了一餐

means [minz]
n. 手段、方法、財產

諧音 民事
聯想 耍手段獲取財產，
被告上民事法庭

*measure [`mɛʒɚ]

v. n. 測量、計量

諧音 媒介

聯想 尺是測量的媒介

*medicine [`mɛdəsn]

n. 藥、內服藥

諧音 沒得生

聯想 沒得生只好去婦產科領藥

melody [`mɛlədɪ]

n. 美妙的音樂、旋律

諧音 美樂蒂

聯想 兔子美樂蒂會唱出悅耳的歌曲

*melon [`mɛlən]

n. 瓜、甜瓜

諧音 沒籠

聯想 甜瓜沒籠可以裝，只好用手抱

*member [`mɛmbɚ]

n. 成員、會員

諧音 免報

聯想 會員免報名費

*memory [`mɛmərɪ]

n. 記憶、記憶力

諧音 美魔女

聯想 記憶力好的美魔女

menu [`mɛnju]

n. 菜單

諧音 美妞

聯想 美妞送上菜單

*message [`mɛsɪdʒ]

n. 訊息、消息

諧音 沒戲劇

聯想 電視顯示沒戲劇的訊息

metal [`mɛtḷ]

n. 金屬、合金

諧音 沒頭

聯想 沒頭的騎士穿著金屬的盔甲

*meter [`mitɚ]

n. 公尺

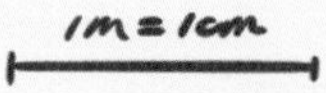

諧音 米

聯想 一米就是一公尺

method [`mɛθəd]

n. 方法、辦法

諧音 美色的

聯想 透過美色的方法誘惑對方

metro [`mɛtro]

n. 地下鐵

諧音 沒坐

聯想 沒坐地下鐵

*million [ˋmɪljən]
n. 百萬、無數
adj. 百萬的

諧音 迷戀

聯想 迷戀百萬金錢

mine [maɪn]
n. 礦脈 v. 開採
pron. 我的

諧音 脈

聯想 礦脈是我所有的

minus [ˋmaɪnəs]
prep. 減去 adj. 負的
n. 負號、不足

諧音 賣女士

聯想 賣給女士的價格打折減去零頭

mirror [ˋmɪrɚ]
n. 鏡子、反映 v. 反射

諧音 脈絡

聯想 鏡子反射出皮膚蒼老的脈絡

*mix [mɪks]
v. n. 混和

諧音 米可食

聯想 混合的米可食

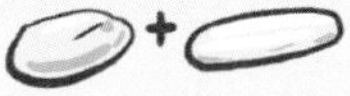

*military [ˋmɪlə͵tɛrɪ]
adj. 軍隊的、軍人的
n. 軍隊、軍人

諧音 迷熱拖累

聯想 迷熱拖累了軍隊的作戰

*modern [ˋmɑdɚn]
adj. 現代的、近代的

諧音 摩登

聯想 摩登大樓就是現代感的大樓

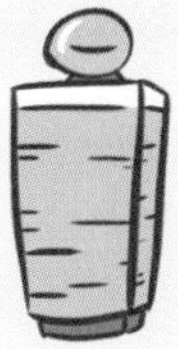

*monster [ˋmɑnstɚ]
n. 怪物、妖怪

諧音 毛獅頭

聯想 毛獅頭是隻怪獸

mosquito [məsˋkito]
n. 蚊子

諧音 漠視起痘

聯想 漠視蚊子就起痘

moth [mɔθ]
n. 蛾、蛀蟲

諧音 摸屎

聯想 摸到飛蛾的屎

model [ˋmɑdḷ]
n. 模特兒、典型

諧音 模特兒

聯想 模特兒是美女的典型

mule [mjul]
n. 騾子

諧音 妙

聯想 騾子是很妙的動物

*multiply [ˋmʌltəplaɪ]

v. 相乘

拆解 multi（音似帽T）+ply（玩）

聯想 帽T是玩帽子與T恤相乘的結果

museum [mjuˋzɪəm]

n. 博物館

諧音 卯盡

聯想 卯盡全力進入博物館

nail [nel]

n. 釘子、指甲 v. 釘牢

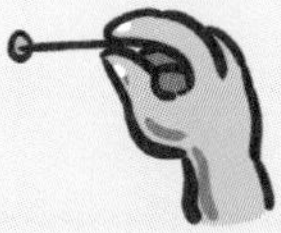

諧音 捏有

聯想 手上捏有釘子

naked [ˋnekɪd]

adj. 裸體的

諧音 那區

聯想 那區是女湯，泡湯必須全裸

napkin [ˋnæpkɪn]

n. 餐巾

諧音 拿布巾

聯想 請拿布巾給我擦嘴

narrow [ˋnæro]

adj. 狹窄的

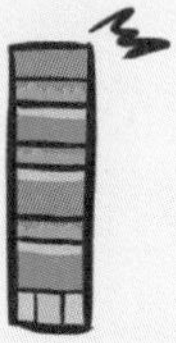

諧音 那樓

聯想 那樓很狹窄

*natural [ˋnætʃərəl]

adj. 自然的、天然的
n. 天然物、天才

諧音 拿翹

聯想 最近的食品市場都以天然的拿翹

naughty [ˋnɔtɪ]

adj. 頑皮的、淘氣的

諧音 鬧踢

聯想 鬧踢的小孩真是頑皮

neat [nit]

adj. 整潔的、工整的、純的

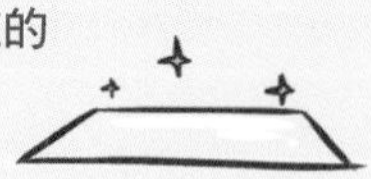

諧音 泥的

聯想 地板相當乾淨，沒有汙泥的痕跡

*necessary [ˋnɛsəˏsɛrɪ]

adj. 必要的、必需的 n. 必需品

諧音 那射手裡

聯想 球交到那射手裡是必須的

needle [ˋnid!]

n. 針

諧音 你抖

聯想 你拿針不要抖

negative [ˋnɛgətɪv]

v. 否定的、消極的
n. 否定

諧音 那個體悟

聯想 那個體悟是消極的

A B C D E F G H I J K L M N O P Q R S T U V W X Y Z

***neighbor** [ˋnebɚ]
n. 鄰居

諧音 內伯
聯想 內伯不只是親戚，也是鄰居

neither [ˋniðɚ]
conj. 兩者都不 pron.（兩者之中）無一個
conj. 既不…也不 adv. 也不

諧音 你惹
聯想 不准你惹小弟，
也不准惹小妹

nephew [ˋnɛfju]
n. 姪兒、外甥

諧音 那富有
聯想 那富有的姪子

nest [nɛst]
n. 巢、窩、穴 v. 築巢

諧音 捏死牠
聯想 等牠一出巢穴就捏死牠

***net** [nɛt]
n. 網、陷阱、網狀系統
v. 網羅、編網

諧音 內頭
聯想 森林內頭，蜘蛛結了
超大的網

niece [nis]
n. 姪女

諧音 女士
聯想 那位女士是我姪女

nod [nɑd]
v. n. 點頭、打盹

諧音 懦的
聯想 這小孩怯懦的點點頭

noodle [ˋnud!]
n. 麵條

諧音 滷豆
聯想 滷豆配麵條

***novel** [ˋnɑv!]
n. 小說

諧音 南無
聯想 南無阿彌陀佛的小說

nut [nʌt]
n. 堅果

諧音 那頭
聯想 堅果必須從那頭剝開

***obey** [əˋbe]
v. 服從、聽從

諧音 all背
聯想 聽老師的全部（all）背下來

***object** [ˋɑbdʒɪkt]
n. 物體、目標 v. 反對

諧音 啊!不解
聯想 目標是分析這個
物體，啊!不解

A B C D E F G H I J K L M N O P Q R S T U V W X Y Z

*occur [ə`kɝ]
v. 發生、出現

諧音 耳廓

聯想 他的耳廓被發現有對講機

official [ə`fɪʃəl]
adj. 官方的、公務上的

諧音 有肥水

聯想 官方的工程有肥水撈

onion [`ʌnjən]
n. 洋蔥

諧音 安寧

聯想 洋蔥可以獲得安寧

opinion [ə`pɪnjən]
n. 意見、主張

諧音 我劈你

聯想 你有意見的話，我就劈你

*organ [`ɔrgən]
n. 器官

諧音 鵝肝

聯想 鵝肝是可以吃的器官

oven [`ʌvən]
n. 爐、灶、烤箱

諧音 按溫

聯想 烤爐要按溫度按鈕

*offer [`ɔfɚ]
v. 給予、出價、貢獻
n. 提供、報價

諧音 我付

聯想 公司有提供補助，這餐我付

omit [o`mɪt]
v. 遺漏、刪去

諧音 all謎

聯想 被刪掉的全都（all）是謎

*operate [`ɑpə͵ret]
v. 操作、經營、動手術

諧音 愛不累

聯想 當愛情運轉時，
是愛不累的

*ordinary [`ɔrdn͵ɛrɪ]
adj. 通常的、平常的

諧音 我的腦力

聯想 我的腦力很平常

*organize [`ɔrgə͵naɪz]
v. 組織、安排

諧音 我跟那一隻

聯想 我跟那一隻一起組織進攻

*owl [aul]
n. 貓頭鷹

諧音 嗷喔

聯想 貓頭鷹的叫聲就是嗷喔

ox [ɑks]
n. 牛

諧音 壓可死
聯想 牛這麼大隻，被壓可能會死

***pack** [pæk]
n. 包、包裹

諧音 扒客
聯想 扒手扒了客人的包裹

***pain** [pen]
n. 疼痛、痛苦、努力
v. 使痛苦

諧音 騙
聯想 受騙的她相當痛苦

pajamas [pəˋdʒæməs]
n. 睡衣

諧音 袍加帽子
聯想 袍加帽子的睡衣

palm [pɑm]
n. 手掌、手心

諧音 胖
聯想 哆啦A夢的手掌很胖

pan [pæn]
n. 平底鍋

諧音 盤
聯想 平底鍋食物倒進盤子

panda [ˋpændə]
n. 貓熊

諧音 胖大
聯想 貓熊就是胖大

papaya [pəˋpaiə]
n. 木瓜

諧音 拍拍壓
聯想 選木瓜的訣竅就是拍拍壓

pardon [ˋpɑrdn]
v. n. 抱歉、饒恕

諧音 怕等
聯想 她怕對方等太久，
先打電話說抱歉

parrot [ˋpærət]
n. 鸚鵡

諧音 拍落
聯想 拍落一隻鸚鵡

particular [pəˋtɪkjələ]
adj. 特殊的、特別的

諧音 坡堤秋了
聯想 坡堤秋了有特別的風景

passenger [ˋpæsndʒə]
n. 乘客、旅客

諧音 爬升機
聯想 乘客搭乘的是爬升機

paste [pest]
n. 漿糊、麵團
v. 黏、塗

諧音 噴濕的
聯想 要黏貼紙張要用噴濕的噴膠

pat [pæt]
v. 輕拍、稱讚
n. 輕拍 adj. 適當的

諧音 佩
聯想 因為佩服而拍肩讚揚他

path [pæθ]
n. 小徑、小路

諧音 陪侍
聯想 小路上有僕人陪侍

patient [`peʃənt]
n. 病人 adj. 有耐心的

諧音 陪行
聯想 看護陪行病人必須有耐心

pattern [`pætɚn]
n. 樣本、花樣

諧音 配燈
聯想 配燈的花樣很多種

***peace** [pis]
n. 和平

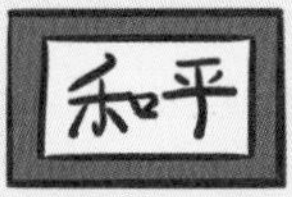

諧音 批示
聯想 總理批示和平原則

peach [pitʃ]
n. 桃子

諧音 屁曲
聯想 桃子很像屁股的曲線

peanut [`pi͵nʌt]
n. 花生

諧音 皮挪
聯想 皮挪開後就可以吃花生

pear [pɛr]
n. 洋梨

諧音 配額
聯想 西洋梨子相當罕見，進口有配額

penguin [`pɛngwɪn]
n. 企鵝

諧音 偏滾
聯想 企鵝在冰上走偏滾來滾去

pepper [`pɛpɚ]
n. 胡椒粉

諧音 皮薄
聯想 皮薄的雞腿需要灑胡椒粉

per [pɚ]
prep. 經、由、靠、每一

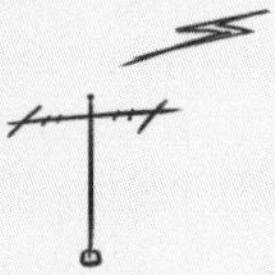

諧音 波
聯想 經由電波傳遞

***perfect** [ˋpɝfɪkt]
adj. 完美的、理想的

諧音 頗肥
聯想 楊貴妃頗肥，
身材相當完美

period [ˋpɪrɪəd]
n. 時期、期間

諧音 疲累的
聯想 半夜期間工作
會感到相當疲累的

***photo** [ˋfoto]
n. 照片

諧音 佛頭
聯想 照片中是將拍賣的佛頭

phrase [frez]
n. 片語、成語

諧音 富理字
聯想 成語就是富有道理的字

pick [pɪk]
v. 挑選、採摘 n. 選擇

諧音 匹克
聯想 奧林匹克運動會挑選最強選手

picnic [ˋpɪknɪk]
n. 野餐

諧音 痞客女客
聯想 這場野餐痞客女客都歡迎

pigeon [ˋpɪdʒɪn]
n. 鴿子

諧音 疲倦
聯想 疲倦的鴿子

pile [paɪl]
n. 堆、一堆 v. 堆積

諧音 排
聯想 東西排成一堆

pillow [ˋpɪlo]
n. 枕頭

諧音 屁露
聯想 坐在枕頭屁股露出

pin [pɪn]
n. 大頭針、別針
v. 釘住、別上

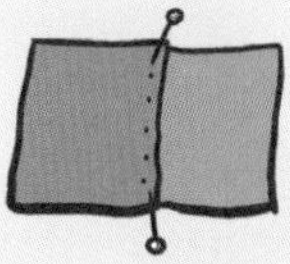

諧音 拼
聯想 拼布用大頭針別起來

pineapple [ˋpaɪn͵æpḷ]
n. 鳳梨、菠蘿

拆解 pine（拍）＋apple（蘋果）
聯想 用手拍蘋果，卻拍到鳳梨

ping-pong [ˋpɪŋ͵pɑŋ]
n. 乒乓球、桌球

諧音 乒乓
聯想 乒乓球即桌球

pink [pɪŋk]
n. 粉紅色 adj. 粉紅色的

諧音 蘋顆

聯想 粉紅色的蘋果一顆

*pipe [paɪp]
n. 導管、煙斗、笛子
v. 輸送、吹奏、尖叫

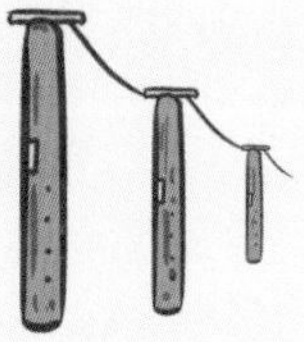

諧音 派播

聯想 透過管線派播訊號

*pitch [pɪtʃ]
n. 場地、投球、音調
v. 投擲

諧音 脾氣

聯想 投手在球場耍脾氣，
說話的音調很高

pizza [`pitsə]
n. 比薩

諧音 比薩

plain [plen]
n. 平原 adj. 明白的、樸素的
adv. 完全地、清楚地

諧音 坡連

聯想 平原邊的山坡連到天邊

planet [`plænɪt]
n. 行星

諧音 破爛泥

聯想 這顆行星上充滿破爛泥

plate [plet]
n. 盤子、盆、碟

諧音 破裂

聯想 破裂的盤子

platform [`plæt͵fɔrm]
n. 月台、平臺

諧音 曝烈風

聯想 月台上曝烈風很冷

*pleasant [`plɛzənt]
adj. 愉快的、舒適的

諧音 不累人的

聯想 旅行是令人愉快不累人的

*plus [plʌs]
prep. 加 n. 加號、附加物、好處

諧音 不辣死

聯想 辣椒粉不要加太多
才不會辣死

*poem [`poɪm]
n. 詩

諧音 澎

聯想 內心澎湃的寫了一首詩

*poison [`pɔɪzn]
n. 毒藥

諧音 破醫生

聯想 破醫生給錯了毒藥

policy [`palәsɪ]
n. 政策、方針

諧音 怕熱洗

聯想 政策是怕熱洗澡
不能吹冷氣

polite [pә`laɪt]
adj. 有禮貌的

諧音 撲來

聯想 歌迷們瘋狂撲來，
沒有禮貌

*popular [`papjәlɚ]
adj. 受歡迎的、民眾的、通俗的

諧音 泡不要熱

聯想 泡冷泉不要熱相當受歡迎

pork [pork]
n. 豬肉

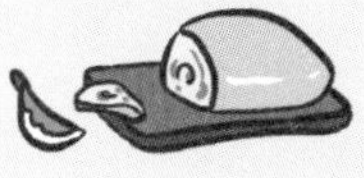

諧音 剖割

聯想 豬肉剖割後變成豬肉片

*port [port]
n. 港口、左舵 adj. 左舵的

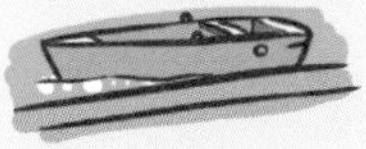

諧音 泊

聯想 停泊在港口

*pose [poz]
n. 樣子、姿勢
v. 擺姿勢、假裝

諧音 迫使

聯想 長官迫使小兵維持固定姿勢

positive [`pazәtɪv]
adj. 樂觀的、確實的、積極的
n. 正面

諧音 胖身體

聯想 胖身體卻是樂觀的

*post [post]
n. 郵寄、職位、崗位、杆子
v. 郵寄、分發、發佈

諧音 破石頭

聯想 竟然有人寄了破石頭給我

pot [pat]
n. 罐、壺、鍋

諧音 怕

聯想 罐子怕摔破

potato [pә`teto]
n. 馬鈴薯

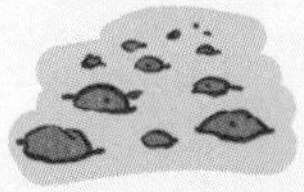

諧音 播太多

聯想 馬鈴薯播種播太多

pound [paund]
n. 磅、重擊 v. 猛擊

諧音 胖的

聯想 胖的人比別人多好幾磅

*praise [prez]
n. v. 表揚、稱讚

諧音 陪子

聯想 媽媽陪子接受表揚

***pray** [pre]
v. 祈禱、祈求

諧音 陪
聯想 當你禱告時，神就陪在你身邊

***prefer** [prɪˋfɝ]
v. 寧可、偏好

諧音 皮膚
聯想 女人偏好細緻的皮膚

***present** [ˋprɛznt]
adj. 在場的、現在的
n. 禮物、現在 v. 呈獻、贈送

諧音 配贈
聯想 出席者都會配贈禮物

***president** [ˋprɛzədənt]
n. 總統、總裁

諧音 陪著等
聯想 總統護衛在一旁陪著等

***press** [prɛs]
v. 按、壓 n. 媒體

諧音 不淚濕
聯想 受到媒體的壓迫，她不淚濕

pride [praɪd]
n. v. 自豪、得意

諧音 派的
聯想 外派的官員相當自豪

***prince** [prɪns]
n. 王子

諧音 平實
聯想 相當平實的王子

***principal** [ˋprɪnsəp!]
adj. 主要的
n. 校長、資金

諧音 平射炮
聯想 校長說主要的資金都拿去買平射炮

***prison** [ˋprɪzn]
n. 監獄 v. 監禁

諧音 陪審
聯想 陪審團決定將他送入監獄

private [ˋpraɪvɪt]
adj. 個人的、私人的

諧音 排外
聯想 私人的排外聚會

***produce** [prəˋdjus]
v. 生產、製造

諧音 婆吊飾
聯想 婆婆生產吊飾

***progress** [ˋprɑgrɛs]
v. 前進、進步 n. 進步

諧音 迫龜駛
聯想 迫龜速駕駛前進

*project [prə`dʒɛkt]

n. 計劃、方案 v. 投擲、計劃

諧音 迫接

聯想 老師強迫我接下這項計畫

*promise [`pramɪs]

n. v. 承諾、諾言

諧音 派密使

聯想 總統承諾派密使與鄰國開會

*pronounce [prə`nauns]

v. 發. . . 的音

諧音 頗難適

聯想 法文的發音東方人頗難適應

propose [prə`poz]

v. 提議、提出、求婚

諧音 婆迫使

聯想 婆婆提議迫使他兒子求婚

*protect [prə`tɛkt]

v. 保護、防護

諧音 破鐵

聯想 用破鐵來保護公主

proud [praud]

adj. 驕傲的

諧音 跑的

聯想 跑的很驕傲

provide [prə`vaɪd]

v. 提供

諧音 破矮的

聯想 島主僅提供了破矮的草屋

pudding [`pudɪŋ]

n. 布丁

諧音 布丁

pump [pʌmp]

n. 幫浦 v. 打氣

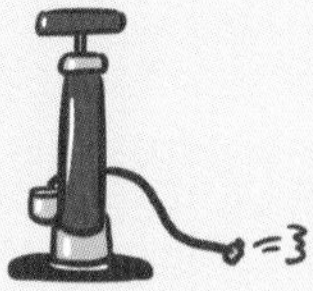

諧音 幫浦

聯想 用幫浦打氣

pumpkin [`pʌmpkɪn]

n. 南瓜

諧音 胖筋

聯想 這個南瓜面具又胖又冒青筋

*punish [`pʌnɪʃ]

v. 罰、懲罰

諧音 怕女婿

聯想 丈母娘怕女婿被定罪

pupil [`pjup!]

n. 小學生、弟子

諧音 漂泊

聯想 孔子的學生總是跟著他漂泊

puppet [ˋpʌpɪt]
n. 木偶、玩偶

諧音 豹皮的
聯想 這隻玩偶的衣服是豹皮做的

puppy [ˋpʌpɪ]
n. 小狗、幼犬

諧音 趴皮
聯想 小狗總是頑皮的趴在地上

purse [pɝs]
n. 錢包

諧音 波斯
聯想 來自波斯的錢包

puzzle [ˋpʌzḷ]
n. 難題、謎
v. 迷惑、苦思

諧音 扒走
聯想 謎題揭開了，錢是被扒走的

***quality** [ˋkwɑlətɪ]
n. 品質

諧音 誇了弟
聯想 老師誇了弟作業品質優良

quantity [ˋkwɑntətɪ]
n. 量、數量

諧音 寬的堤
聯想 建了寬的堤，
雨量再大也不怕

quarter [ˋkwɔrtɚ]
n. 四分之一

諧音 鍋的
聯想 這份麻辣鍋是四人份的

quit [kwɪt]
v. 退出、辭職

諧音 愧
聯想 他因為慚愧而辭職

quiz [kwɪz]
n. v. 測驗、提問

諧音 筷子
聯想 測驗外國人用筷子的比賽

rabbit [ˋræbɪt]
n. 兔子

諧音 累斃
聯想 累斃的兔子

range [rendʒ]
n. 範圍 v. 排列

諧音 練肌
聯想 練肌的範圍從胸肌到腹肌

rapid [ˋræpɪd]
adj. 快的、迅速的、動作快的
n. 急流

諧音 亂比的
聯想 他快速的手語是亂比的

rare [rɛr]
adj. 稀有的、罕見的

諧音 銳耳
聯想 順風耳的銳耳聽力是很罕見的

rather [ˋræðɚ]
adv. 相當、頗、有點兒

諧音 拉了
聯想 這匹馬拉了相當重的貨物

***realize** [ˋrɪəˏlaɪz]
v. 領悟、了解

諧音 老而來子
聯想 老而來子特別疼是可以理解的

recent [ˋrisnt]
adj. 最近的、近來的

諧音 驪聲
聯想 近期又到了畢業季，驪聲不捨

***record** [ˋrɛkɚd]
n. 唱片、紀錄
v. 錄音、紀錄

諧音 裡扣的
聯想 警局裡扣的都是盜版唱片、犯罪紀錄

rectangle [rɛkˋtæŋg!]
n. 矩形、長方形

諧音 雷霆狗
聯想 這隻雷霆狗住在方形狗屋裡

***refrigerator** [rɪˋfrɪdʒəˏretɚ]
n. 冰箱、冷凍庫

諧音 老飛機裡頭
聯想 這架老飛機裡頭，竟然配有冰箱

***refuse** [rɪˋfjuz]
v. 拒絕、拒受

諧音 禮服有屎
聯想 禮服有屎，拒絕穿

***regard** [rɪˋgɑrd]
v. 把...看作、注重
n. 關心、關係、問候

諧音 例假
聯想 歐洲人相當看重例假

***region** [ˋridʒən]
n. 地區、行政區域

諧音 離境
聯想 他被驅逐出這個區域，今天離境

***regular** [ˋrɛgjəlɚ]
adj. 有規律的、固定的

諧音 勒腳肉
聯想 纏足的古代女性，必須定期勒腳肉

reject [rɪˋdʒɛkt]
v. 拒絕、抵制

諧音 理解
聯想 對被拒絕感到理解

*relation [rɪ`leʃən]
n. 關係、親戚

諧音 勞累心

聯想 父親勞累心繫工作，與孩子關係疏離

*repeat [rɪ`pit]
v. n. 重複

諧音 老皮

聯想 腳上的老皮不斷的重複增生

reply [rɪ`plaɪ]
v. n. 回答、答覆

諧音 老派

聯想 官方的回答向來老派

*require [rɪ`kwaɪr]
v. 需要

諧音 離開

聯想 他需要她，離不開她

*respect [rɪ`spɛkt]
v. 敬重、尊敬
n. 方面、尊敬

諧音 老十倍

聯想 尊敬老十倍的人是必須的

responsible [rɪ`spɑnsəbl̩]
adj. 需負責任的、認真負責的

諧音 累死辦時報

聯想 辦報人累死辦時報，是有責任的象徵

*restaurant [`rɛstərənt]
n. 餐廳

諧音 累死偷懶

聯想 累死偷懶不想煮飯，吃餐廳

result [rɪ`zʌlt]
n. v. 發生、結果

諧音 泥沼

聯想 踏錯結果陷入泥沼

*rock [rɑk]
n. 岩石、搖滾樂 v. 搖晃

諧音 落刻

聯想 將雕刻刀落刻在岩石上

role [rol]
n. 角色

諧音 露

聯想 這個角色需要露

royal [`rɔɪəl]
adj. 皇室的

諧音 老爺

聯想 老爺有著皇室的血統

rude [rud]
adj. 粗魯的、無禮的、天然的

諧音 魯的

聯想 粗魯的人

rush [rʌʃ]
v. n. 衝、奔、闖

諧音 亂洗

聯想 軍人的戰鬥澡就是急促亂洗

sailor [`selɚ]
n. 船員、水手

諧音 血熱

聯想 血熱的人才能當水手

salad [`sæləd]
n. 沙拉

諧音 沙拉

sample [`sæmp!]
n. 樣品 v. 抽樣 adj. 樣品的

諧音 山砲

聯想 這些山砲只是樣品

sandwich [`sændwɪtʃ]
n. 三明治

諧音 散的委屈

聯想 這些三明治散的委屈

*satisfy [`sætɪs͵faɪ]
v. 使滿意、使滿足

諧音 傻弟釋懷

聯想 感到滿意的傻弟釋懷

*sauce [sɔs]
n. 調味醬、醬汁 v. 加醬料

諧音 壽司

聯想 壽司沾醬油

*science [`saɪəns]
n. 科學

諧音 曬銀飾

聯想 科學研究指出，曬銀飾可以去汙

scissors [`sɪzɚz]
n. 剪刀

諧音 細緻

聯想 這種傳統剪刀製作相當細緻

score [skor]
n. 成績、樂譜 v. 得分

諧音 試過

聯想 試過才有成績

screen [skrin]
n. 螢幕 v. 掩護

諧音 試棍

聯想 拿螢幕來試棍

*search [sɝtʃ]
v. n. 搜尋

諧音 捨棄

聯想 邊搜尋邊捨棄

*secret [`sikrɪt]

n. 秘密 adj. 秘密的

諧音 稀貴

聯想 秘密藏著稀貴的寶物

*section [`sɛkʃən]

n. 部分、區域、部門

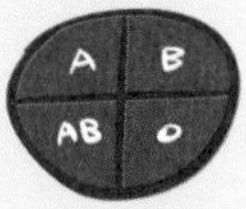

諧音 血型

聯想 血型分成四個部分，
A、B、AB、O型

*select [sə`lɛkt]

v. 選擇、挑選 adj. 精選的
n. 優等品

諧音 涉獵

聯想 博士對選擇的科目
要多所涉獵

semester [sə`mɛstɚ]

n. 半學年、一學期

諧音 所沒事的

聯想 一學期後，所沒事的
假期稱為寒暑假

*separate [`sɛpə͵ret]

v. 分隔、分割

諧音 血破裂

聯想 分割之後血破裂

serious [`sɪrɪəs]

adj. 嚴重的、危急的、認真的

諧音 戲累而死

聯想 影帝因為嚴重的
軋戲，戲累而死

share [ʃɛr]

v. 分享、均分
n. 股份、一份

諧音 血

聯想 分享血就是捐血

shelf [ʃɛlf]

n. 架子

諧音 西服

聯想 架子上都是今年最流行的西服

shell [ʃɛl]

n. 殼、果殼 v. 去殼

諧音 蟹

聯想 蟹殼

shock [ʃɑk]

n. v. 衝擊、震驚

諧音 下課

聯想 沒寫完考卷的他對
下課感到震驚

shoot [ʃut]

v. n. 發射、拍攝

諧音 咻

聯想 咻的一聲，開了一槍

shower [`ʃauɚ]

n. v. 淋浴、陣雨

諧音 小兒

聯想 小兒在淋浴

shrimp [ʃrɪmp]
n. 蝦

諧音 瞬跑

聯想 小蝦子很難抓，瞬間就跑了

*sign [saɪn]
v. 簽名 n. 標識

諧音 曬

聯想 簽名後要曬乾

*silence [`saɪləns]
n. 無聲、寂靜 v. 使安靜
int. 安靜！

諧音 曬冷死

聯想 無聲的北極曬太陽才不冷死

*silk [sɪlk]
n. 蠶絲、絲 adj. 絲的

諧音 細口

聯想 蠶寶寶細口吐出絲

*similar [`sɪmələ-]
adj. 相像的、類似的

諧音 戲沒落

聯想 傳統戲沒落在各國都有類似的情形

*single [`sɪŋg!]
adj. 單一的、孤單的、單身的
n. 單身

諧音 姓郭

聯想 姓郭的同學只有一個他

sink [sɪŋk]
v. 下沈 n. 水槽

諧音 新殼

聯想 手機裝了新殼卻掉落

skirt [skɝt]
n. 裙子、襯裙

諧音 詩歌

聯想 穿裙子唱詩歌的少女

*slender [`slɛndə-]
adj. 修長的、苗條的、纖細的

諧音 失戀的

聯想 失戀的她很快就瘦下來了

*slide [slaɪd]
v. n. 滑動

諧音 死賴

聯想 死賴不想滑下水池

snack [snæk]
n. 點心

諧音 室內可

聯想 室內可以吃點心

snail [snel]
n. 蝸牛

諧音 濕黏

聯想 蝸牛相當濕黏

soccer [ˋsɑkɚ]

n. 足球

諧音 沙坑

聯想 足球被踢進沙坑

***social** [ˋsoʃəl]

adj. 社會的、社交的

諧音 手秀

聯想 社交禮儀要將手秀出來握手

sock [sɑk]

n. 短襪 v. 猛擊

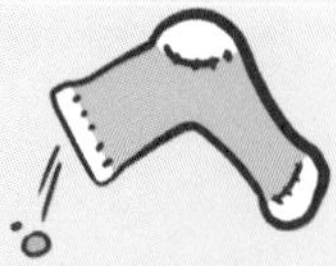

諧音 沙顆

聯想 沙顆跑進襪子裡

soldier [ˋsoldʒɚ]

n. 士兵、軍人

諧音 守舊

聯想 軍人是守舊派

***solution** [səˋluʃən]

n. 解答、方法、溶解

諧音 射鹿心

聯想 獵鹿的方法就是射鹿心

sort [sɔrt]

n. 種類、品種 v. 分類

諧音 瘦的

聯想 瘦的種類賣得比較好

***source** [sors]

n. 根源、來源

諧音 熟食

聯想 熟食來源是攤販

***soybean** [sɔɪbin]

n. 大豆

諧音 瘦醫病

聯想 我太瘦醫病時，
醫生囑咐我多吃大豆

speed [spid]

n. 速度、快速
v. 加速、快進

諧音 獅避

聯想 遇到獅子要用最快速度避開

spider [ˋspaɪdɚ]

n. 蜘蛛

諧音 死白的

聯想 被蜘蛛嚇得死白的臉

spinach [ˋspɪnɪtʃ]

n. 菠菜

諧音 死逼女婿

聯想 丈母娘死逼女婿和
她一起吃菠菜

***spirit** [ˋspɪrɪt]

n. 精神、心靈

諧音 勢必累

聯想 精神不好肉體勢必累

*spot [spɑt]
n. 地點、汙點、職位
v. 弄髒、認出

諧音 石壩

聯想 地圖上有石壩的地點

spread [sprɛd]
v. n. 攤開、延伸

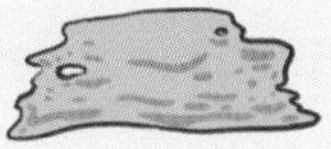

諧音 撕皮

聯想 撕皮後將把它們攤開晾乾

spring [sprɪŋ]
n. 彈簧、彈力、活力、春天
v. 彈起

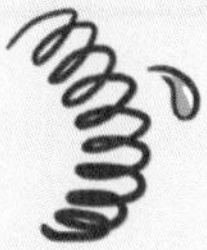

諧音 濕不硬

聯想 春天一到，彈簧只要潮濕就不硬

square [skwɛr]
n. 正方形、方塊、廣場
adj. 方形的、公正的

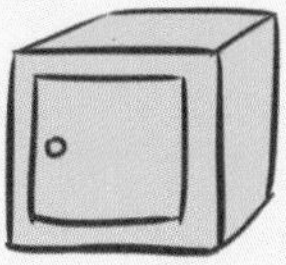

諧音 石櫃

聯想 石櫃的形狀是方的

squirrel [`skwɝəl]
n. 松鼠

諧音 食果肉

聯想 松鼠是食果肉的動物

stage [stedʒ]
n. 舞台、戲劇
v. 上演

諧音 時代劇

聯想 時代劇的舞台

stamp [stæmp]
n. 郵票、圖章、印花
v. 貼郵票、蓋章

諧音 書店

聯想 郵票可以在書店買到

standard [`stændɚd]
n. 標準、規格
adj. 標準的

諧音 十點到

聯想 上班時間標準是十點到

steak [stek]
n. 牛排

諧音 死爹渴

聯想 死爹渴望吃牛排

steal [stil]
v. n. 偷、竊取

諧音 死敵友

聯想 死敵友偷了東西

*steam [stim]
n. 蒸汽、精力 v. 蒸

諧音 濕頂

聯想 蒸汽機是由濕氣頂出動能

steel [stil]
n. 鋼鐵 adj. 鋼鐵的 v. 鋼化

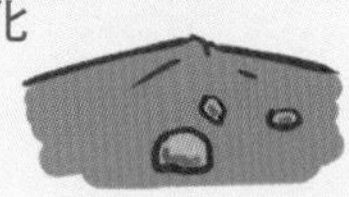

諧音 石地有

聯想 這塊石地有鋼鐵礦藏

*stick [stɪk]
n. 枝條、手杖
v. 戳、釘住、黏貼

諧音 死敵嗑

聯想 白蟻是樹枝的死敵，牠們會嗑洞

stomach [ˋstʌmək]
n. 胃

諧音 死打罵

聯想 死打罵造成胃痛

*storm [stɔrm]
n. 暴風雨 v. 猛攻、起風暴

諧音 石洞

聯想 暴風雨一來，我們就躲在石洞內

stove [stov]
n. 火爐、暖爐

諧音 食豆腐

聯想 食豆腐可以用火爐烤

*straight [stret]
adj. 筆直的、正直的
adv. 直接地、正直地 n. 直

諧音 是醉的

聯想 他沒辦法走直線，因為他是醉的

stranger [ˋstrendʒɚ]
n. 陌生人

諧音 四川姐

聯想 這位四川姐是個陌生人

straw [strɔ]
n. 稻草、麥稈、吸管

諧音 失措

聯想 看到稻草人讓她驚慌失措

strawberry [ˋstrɔbɛrɪ]
n. 草莓

諧音 施作薄利

聯想 草莓的施作只能賺薄利

stream [strim]
n. 小河、流動、光線
v. 流動

諧音 十吋

聯想 這條小溪寬僅十吋

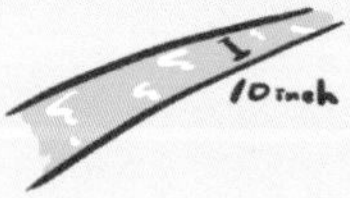

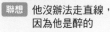

stretch [strɛtʃ]
v. n. 伸直、展開

諧音 死吹氣

聯想 氣球死吹氣後展開

strict [strɪkt]
adj. 嚴格的、嚴厲的

諧音 死罪苛

聯想 秦法相當嚴格，死罪苛刻

strike [straɪk]
v. n. 打、攻擊

諧音 死踹

聯想 他被對方死踹，打倒在地

string [strɪŋ]
n. 線、弦、一串 v. 串起

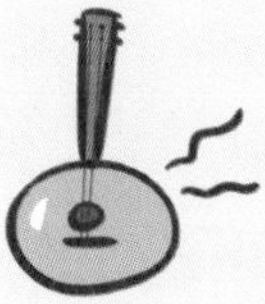

諧音 失準

聯想 樂器的弦如果沒調整，聲音就失準

struggle [ˋstrʌgl̩]
v. n. 奮鬥、掙扎

諧音 死抓狗

聯想 衛生所人員死抓狗，狗群使勁抵抗

*subject [ˋsʌbdʒɪkt]
n. 主題
adj. 易受…的、受支配的

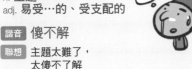

諧音 傻不解

聯想 主題太難了，太傻不了解

subtract [səbˋtrækt]
v. 縮減、去掉

諧音 紗布垂

聯想 太長讓紗布垂下，可以減掉

*succeed [səkˋsid]
v. 成功、繼承

諧音 射可喜的

聯想 成功射門就是射可喜的

sudden [ˋsʌdn]
adj. 突然的、意外的

諧音 撒旦

聯想 突然間撒旦出現了!!

*suit [sut]
n. （一套）衣服 v. 適合

諧音 素的

聯想 買了一套素的但合適的衣服

*supply [səˋplaɪ]
v. n. 供給、提供

諧音 收派

聯想 信件的收派由郵局提供服務

*survive [sɚˋvaɪv]
v. 在...之後生存、從...中逃生

諧音 少愛

聯想 少愛是無法生存下去的

swallow [ˋswɑlo]
n. 燕子 v. 吞嚥

諧音 食蛙肉

聯想 這隻燕子吞食蛙肉

swan [swɑn]
n. 天鵝

諧音 失望

聯想 失望的醜小鴨變成了天鵝

sweater [ˋswɛtɚ]
n. 毛衣

諧音 示威的

聯想 毛衣上寫了示威的標語

sweep [swip]
v. 清掃、打掃

諧音 侍衛僕

聯想 侍衛僕負責打掃現場

swing [swɪŋ]
v. 搖擺、懸掛
n. 擺動、鞦韆

諧音 詩韻

聯想 李白的詩韻，
節奏像搖擺的蘆葦

***symbol** [ˋsɪmb!]
n. 象徵、標誌

諧音 新包

聯想 揹新包包象徵很有錢

talent [ˋtælənt]
n. 天才、天資

諧音 鐵人

聯想 天才是腦袋上的鐵人

tangerine [ˋtændʒəˌrin]
n. 橘子

諧音 甜橘林

聯想 甜橘林種橘子

tank [tæŋk]
n. 坦克、槽

諧音 坦克

聯想 坦克內有油槽

tape [tep]
n. 膠帶、磁帶、貼布
v. 捆綁、錄音

諧音 貼布

聯想 貼布是膠帶的一種

target [ˋtɑrgɪt]
n. 靶子、攻擊目標
v. 把...當目標

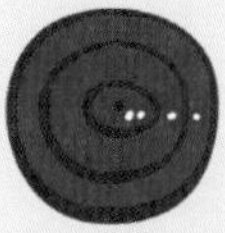

諧音 打擊

聯想 靶子是我們射擊的目標

task [tæsk]
n. 任務、工作

諧音 大石刻

聯想 搬運大石刻的任務

team [tim]
n. 隊、組、班

諧音 挺

聯想 自己的隊伍當然要相挺

tear [tɛr]
v. 撕開、流淚
n. 撕、眼淚

諧音 涕兒

聯想 流淚的涕兒，
撕了他的OK繃

***teen** [tin]
n. 青少年 adj. 青少年的

諧音 聽

聯想 青少年最需要被傾聽

*telephone [`tɛlə͵fon]

n. 電話

諧音 貼了封

聯想 電話貼了封條不能打

*television [`tɛlə͵vɪʒən]

n. 電視、TV

諧音 貼了未經

聯想 電視貼了未經允許不能看

temple [`tɛmp!]

n. 寺廟、神殿

諧音 添補

聯想 信眾捐錢添補蓋廟的資金

tennis [`tɛnɪs]

n. 網球

諧音 彈泥濕

聯想 網球從土堆彈起泥濕

tent [tɛnt]

n. 帳篷

諧音 天體

聯想 住在帳篷可以夜觀天體

*term [tɝm]

n. 期限、學期、專有名詞、關係

諧音 藤

聯想 藤的生長有期限

*test [tɛst]

n. v. 測試、考察

諧音 帖試

聯想 帖試是一種通訊測驗

*terrible [`tɛrəb!]

adj. 恐怖的

諧音 鐵老婆

聯想 娶了鐵老婆相當恐怖

*text [tɛkst]

n. 文字、本文

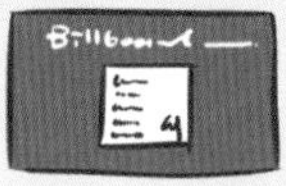

諧音 貼口試

聯想 口試名單貼在公佈欄

*theater [`θɪətɚ]

n. 劇場、電影院

諧音 戲兒多

聯想 電影院就是戲兒多

therefore [`ðɛr͵for]

adv. 因此、所以

諧音 勒惡夫

聯想 憤怒的妻子因此勒惡夫

thick [θɪk]

adj. 厚的、粗的、濃的
adv. 厚厚地、強烈地

諧音 吸夠

聯想 樹木吸夠養分自然粗壯

thief [θif]
n. 賊、小偷

諧音 戲服

聯想 小偷偷了她的戲服

thin [θɪn]
adj. 薄的、細的、瘦的

諧音 遜

聯想 他的手太細了，很遜

*thirsty [ˋθɝstɪ]
adj. 口渴的、乾旱的

諧音 攝氏提

聯想 氣溫攝氏提高的效果，讓大家都口渴

throat [θrot]
n. 咽喉、喉嚨

諧音 縮頭

聯想 烏龜縮頭讓喉嚨不見了

*through [θru]
prep. 穿過、由於、遍佈 adv. 穿過、徹底 adj. 直達的、完成的

諧音 輸入

聯想 海外商品透過飛機運送輸入

thumb [θʌm]
n. 拇指

諧音 散佈

聯想 嫌犯的拇指指紋散佈在現場

thunder [ˋθʌndɚ]
n. 雷聲 v. 打雷

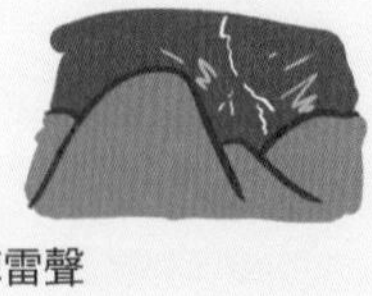

諧音 山的

聯想 山的另一邊傳來陣陣雷聲

*tip [tɪp]
n. 頂端、小費、提示、輕推 v. 輕觸、給小費

諧音 踢爆

聯想 踢爆前端服務員收小費

*title [ˋtaɪtl̩]
n. 標題、題目

諧音 抬頭

聯想 一抬頭就可以看到標題

toast [tost]
n. 土司、敬酒
v. 烤麵包、敬酒

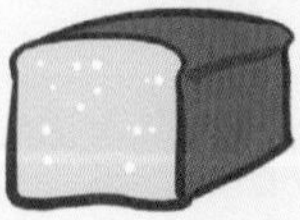

諧音 土司

toe [to]
n. 腳趾

諧音 透

聯想 地板的冰涼透過腳趾往上傳

tofu [ˋtofu]
n. 豆腐

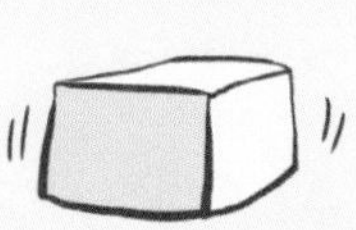

諧音 豆腐

toilet [`tɔɪlɪt]
n. 廁所、洗手間

諧音 逃逸了

聯想 新娘從廁所逃逸了

tomato [tə`meto]
n. 番茄

諧音 偷摸到

聯想 夜賊偷摸到幾顆番茄

tongue [tʌŋ]
n. 舌頭

諧音 疼

聯想 喝湯喝太快會讓舌頭燙疼

tooth [tuθ]
n. 牙齒

諧音 吐實

聯想 為了讓嫌犯吐實，
警察打他打得牙齒都掉了

topic [`tɑpɪk]
n. 主題、話題

諧音 逃避

聯想 這名政客不斷逃避話題

*tour [tur]
n. v. 旅行、巡迴

諧音 吐

聯想 在這段山區旅行的過程，
她暈車吐了

towel [`tauəl]
n. 毛巾

諧音 套

聯想 她將自己套在毛巾裡

tower [`tauɚ]
n. 塔樓、高樓

諧音 逃兒

聯想 想逃兒!把她關進塔頂

track [træk]
n. 追蹤、足跡、小徑、軌道
v. 追蹤

諧音 爪刻

聯想 爪刻在地上就是足跡

*trade [tred]
n. 貿易、商業
v. 交易、交換

諧音 脆的

聯想 古董貿易商交易脆的商品

*tradition [trə`dɪʃən]
n. 傳統

諧音 鋤地行

聯想 傳統的農夫對鋤地很行

traffic [`træfɪk]
n. 交通 v. 通行、交易

諧音 坐飛鴿

聯想 拇指姑娘透過坐飛鴿交通

trap [træp]
n. 陷阱、圈套 v. 誘捕

諧音 錯步
聯想 只要踏錯步，就會被陷阱夾住

***travel** [ˋtrævl̩]
n. v. 旅行

諧音 託付
聯想 旅行中，媽媽將孩子託付給導遊

***treasure** [ˋtrɛʒɚ]
n. 財富 v. 珍愛、珍藏

諧音 垂涎
聯想 旁人垂涎富翁的珍寶

***treat** [trit]
v. 對待、看作、請客 n. 請客

諧音 垂頭
聯想 臣子垂頭將皇帝視為天神

triangle [ˋtraɪˏæŋgl̩]
n. 三角形

諧音 採因果
聯想 算命師採因果說，你們之間是三角關係

trick [trɪk]
n. 詭計、把戲 v. 哄騙
adj. 有訣竅的

諧音 醉哥
聯想 醉哥踏入對方的騙局

trousers [ˋtraʊzɚz]
n. 褲子、長褲

諧音 超熱死
聯想 在夏天穿長褲真是超熱死

truck [trʌk]
n. 卡車

諧音 車殼
聯想 卡車的車殼相當重

trumpet [ˋtrʌmpɪt]
n. 喇叭、小號

諧音 穿皮衣
聯想 小喇叭手穿著帥氣的皮衣

***trust** [trʌst]
v. n. 信任、信賴

諧音 錯事
聯想 信任對方不會做錯事

***truth** [truθ]
n. 實話、真相

諧音 處死
聯想 不說實話就處死

tube [tjub]
n. 管、筒

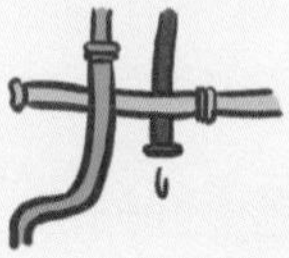

諧音 條佈
聯想 下水道條佈各種管線

tunnel [`tʌn!]
n. 隧道、坑道

諧音 偷拿

聯想 礦工在礦坑偷拿黃金

turkey [`tɝkɪ]
n. 火雞

諧音 偷雞

聯想 在火雞場偷雞

turtle [`tɝt!]
n. 海龜

諧音 偷偷

聯想 海龜偷偷在沙坑下了蛋

*type [taɪp]
v. 打字 n. 種類、字型

諧音 太破

聯想 這台電腦太破，打字時沒有多種字型可以選擇

typhoon [taɪ`fun]
n. 颱風

諧音 颱風

ugly [`ʌglɪ]
adj. 醜的、難看的

諧音 噁蛤蠣

聯想 她覺得噁蛤蠣很醜

umbrella [ʌm`brɛlə]
n. 雨傘

諧音 俺不來啦

聯想 雨傘被偷，俺不來啦

uniform [`junə͵fɔrm]
adj. 相同的 n. 制服

諧音 要你縫

聯想 制服破了要你縫

usual [`juʒuəl]
adj. 通常的

諧音 右腳

聯想 黃金右腳通常用右腳踢球

vacation [ve`keʃən]
n. 假期

諧音 微開心

聯想 小假期就是微開心

valley [`vælɪ]
n. 山谷

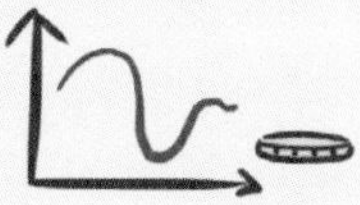

諧音 微利

聯想 在景氣低谷，微利時代終於來臨

*value [`vælju]
n. 價格、重要性
v. 估價、重視

諧音 外流

聯想 價格資料外流了

*victory [ˋvɪktərɪ]

n. 勝利

諧音 萬歲

聯想 勝利者高呼萬歲

*video [ˋvɪdɪˏo]

n. 錄影帶

諧音 威的喔

聯想 這個錄影帶很威的喔

*village [ˋvɪlɪdʒ]

n. 村莊、村民

諧音 霧裡居

聯想 在這座山上的村莊，
村民在霧裡居

*violin [ˏvaɪəˋlɪn]

n. 小提琴

諧音 為兒練

聯想 父親為了幫孩子圓夢，
為兒練小提琴

vocabulary [vəˋkæbjəˏlɛrɪ]

n. 字彙、語彙

諧音 我拷貝羅列

聯想 我拷貝羅列出所有字彙

volleyball [ˋvalɪˏbɔl]

n. 排球

諧音 無力球

聯想 排球發球手竟發出
一顆無力球

*vote [vot]

n. v. 選舉、投票

諧音 我誤投

聯想 選舉投票時，
我誤投給對方

waist [west]

n. 腰部

諧音 餵食

聯想 不要再餵食蛋糕給她，
她的腰好粗

*wake [wek]

v. 醒來、叫醒

諧音 胃口

聯想 餐前酒是為了
叫醒你的胃口

wallet [ˋwalɪt]

n. 皮夾、錢包

諧音 哇哩!

聯想 哇哩!我的錢包忘記帶

*wave [wev]

n. 波浪 v. 揮舞

諧音 微霧

聯想 微霧中，波浪裡的
美人魚揮舞著手

weapon [ˋwɛpən]

n. 武器、兵器

諧音 微胖

聯想 性感是微胖的她
最佳武器

*wed [wɛd]
v. 娶、嫁、與...結婚

諧音 偎的

聯想 依偎的兩人決定結婚

wet [wɛt]
adj. 濕的、潮濕的
v. 弄濕 n. 濕氣

諧音 鮪頭

聯想 鮪魚頭還是濕的

whale [hwel]
n. 鯨魚

諧音 洄游

聯想 鯨魚會在海洋間洄游

*wheel [hwil]
n. 輪子、車輪

諧音 穢油

聯想 輪子要定期保養，
才不會有穢油

whisper [`hwɪspɚ]
v. n. 低語、耳語

諧音 會識破

聯想 在這裡講悄悄話會被識破

*width [wɪdθ]
n. 寬度、寬闊

諧音 威勢

聯想 秦皇陵的寬度綿延數里，
威勢十足

*wild [waɪld]
adj. 野生的、瘋狂的、荒涼的
n. 荒地 adv. 狂暴地

諧音 外圍的

聯想 柵欄外圍的動物是野生的

*will [wɪl]
aux. 將 n. 意志、遺囑

諧音 委由

聯想 這個寶物將委由我保管

wing [wɪŋ]
n. 翅膀

諧音 蚊蠅

聯想 蚊蠅都有翅膀

wire [waɪr]
n. 金屬線

諧音 歪

聯想 歪的樹枝可以用
鐵絲綁好

*wise [waɪz]
adj. 有智慧的、聰明的

諧音 外子

聯想 外子相當聰明

wolf [wulf]
n. 狼

諧音 握斧

聯想 獵人手中握斧，
準備擊殺野狼

*wonder [`wʌndɚ]

n. 驚奇 v. 納悶 adj. 非凡的

諧音 彎的

聯想 看到彎的湯匙讓她大感驚奇

wool [wul]

n. 羊毛

諧音 臥

聯想 臥在羊毛被上

*worth [wɝθ]

adj. 有價值 n. 價值

諧音 舞獅

聯想 舞獅相當有文化價值

wound [waund]

n. 創傷、傷口 v. 使受傷

諧音 熨斗

聯想 她手上的傷口是被熨斗所燙傷

*yard [jɑrd]

n. 院子

諧音 芽的

聯想 院子是植物發芽的地方

*youth [juθ]

n. 青少年

諧音 幼獅

聯想 青少年的獅子就是幼獅

zebra [`zibrə]

n. 斑馬

諧音 籬笆

聯想 斑馬被關在籬笆內

*develop [dɪ`vɛləp]

v. 成長、開發

諧音 弟為了跑

聯想 弟為了跑步，開發訓練課程

NOTE

Actions speak louder than words.

LEVEL 03

aboard [ə`bord]
adv. prep. 船（飛機、車）上、上船（飛機、車）

諧音 耳播的

聯想 耳朵聽到廣播上機通知

*accident [`æksədənt]
n. 事故、意外

諧音 矮射彈

聯想 一個意外讓高射砲變矮射彈

*account [ə`kaunt]
n. 帳目、解釋
v. 視為、報價、解釋

諧音 又砍單

聯想 對方又砍單，讓我們的帳目賠錢

accurate [`ækjərɪt]
adj. 準確的

諧音 愛哭淚

聯想 算命師準確的說出她的個性，愛哭淚

ache [ek]
v. n. 疼痛

諧音 唉!靠

聯想 唉!靠在岩石上好痛

*achieve [ə`tʃiv]
v. 達到、完成

諧音 而去

聯想 她達到目的，就轉身而去

*addition [ə`dɪʃən]
n. 附加、加法

諧音 愛迪生

聯想 愛迪生的發明附加了許多新的功能

*admire [əd`maɪr]
v. 欽佩、欣賞

諧音 餓的賣

聯想 為了餓的人而賣家產，受人欽佩

admit [əd`mɪt]
v. 承認、容許

諧音 我的蜜

聯想 黑熊承認這是我的蜜

adopt [ə`dɑpt]
v. 採取、採納、收養

諧音 毆打跑

聯想 警方採取毆打跑強盜的策略

*advantage [əd`væntɪdʒ]
n. 有利條件、優點、利益
v. 有利於、獲利

諧音 我的免體積

聯想 電子書的優點是，我的免體積

*adventure [əd`vɛntʃɚ]
n. 探險、投機 v. 冒險

諧音 我的面笑

聯想 出發去探險讓我的面笑

*advertise [`ædvɚ͵taɪz]
v. 做廣告、公布

諧音 愛的我呆子

聯想 愛廣告的我是呆子

*advice [əd`vaɪs]
n. 勸告、忠告

諧音 我的外痔

聯想 醫生勸我割掉我的外痔

*affect [ə`fɛkt]
v. 影響、對...發生作用、假裝

諧音 耳廢

聯想 爆炸對他的影響就是耳廢

afford [ə`ford]
v. 提供、給予、買得起、有餘裕

諧音 餓否

聯想 你餓否?我們可以提供食物

*agriculture [`ægrɪ͵kʌltʃɚ]
n. 農業、農耕

拆解 agri（音似愛國）＋culture（文化）＝農業

聯想 農業是愛國的文化

alley [`ælɪ]
n. 小巷、胡同、小徑

諧音 阿里

聯想 拳王阿里在巷子裡揍人

*amaze [ə`mez]
v. 使驚奇

諧音 兒美姿

聯想 兒子的美姿讓人驚奇

ambassador [æm`bæsədɚ]
n. 大使、使節

諧音 萬不捨得

聯想 大使要出國就任讓家人萬不捨得

*ambition [æm`bɪʃən]
n. 雄心、抱負 v. 有野心

諧音 暗逼心

聯想 他暗逼對方退位，野心很大

angel [`endʒ!]
n. 天使

諧音 暗救

聯想 天使是會暗救凡人的神

angle [`æŋg!]
n. 角度、立場

諧音 安固

聯想 要安固建築必須算對角度

*announce [ə`nauns]
v. 宣布、發布、聲稱

諧音 惡鬧事

聯想 惡徒鬧事政府宣布戒嚴

apparent [əˋpærənt]
adj. 表面的、外觀的、明顯的

諧音 我騙人
聯想 外觀整型手術後，
我騙人說我很年輕

appeal [əˋpil]
v. 呼籲、訴諸、上訴
n. 呼籲、吸引力、上訴

諧音 鱷皮油
聯想 環保團體呼籲不要
再使用鱷皮油

appreciate [əˋpriʃɪˏet]
v. 欣賞、感謝、體會

諧音 兒皮鞋
聯想 送兒子皮鞋，他很感激

approach [əˋprotʃ]
v. 接近、處理
n. 接近、通道、方法

諧音 我撲去
聯想 為了接近她，我撲去她面前

***approve** [əˋpruv]
v. 贊成、同意、批准

諧音 我暴露
聯想 我的身材好，大家都
贊成我暴露

aquarium [əˋkwɛrɪəm]
n. 水族箱、魚缸

諧音 餌塊離岸
聯想 水族箱內，餌塊離岸
馬上被吃光

arithmetic [əˋrɪθmətɪk]
n. 算術、估算 adj. 算術的

諧音 我累死莫提課
聯想 算術課真是麻煩，
我累死莫提課

arrival [əˋraɪv!]
n. 到達、到來

諧音 兒來否
聯想 兒子到達前，母親
一直問:「兒來否?」

ash [æʃ]
n. 灰燼、骨灰、蒼白

諧音 愛惜
聯想 如果不愛惜，地球
有一天會化成灰

***assist** [əˋsɪst]
v. 幫助、協助、促進

諧音 我喜事
聯想 我辦喜事大家來幫忙

athlete [ˋæθlit]
n. 運動員、體育家

諧音 愛實力
聯想 教練在挑選運動員愛實力

attempt [əˋtɛmpt]
v. n. 試圖、企圖

諧音 我擔保
聯想 我擔保她的信用，
試圖為她說項

attitude [ˋætətjud]

n. 態度、意見

諧音 矮的跳

聯想 矮的跳還是可以搶到籃板球，這就是態度

*attract [əˋtrækt]

v. 吸引

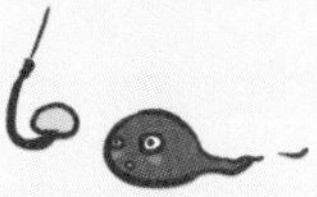

諧音 餌捉蝌

聯想 用餌吸引捉蝌蚪

audience [ˋɔdɪəns]

n. 聽眾、觀眾、讀者

諧音 愛電視

聯想 這些觀眾愛看電視

*author [ˋɔθɚ]

n. 作者、作家

諧音 喉舌

聯想 作者以筆當喉舌

automatic [ˌɔtəˋmætɪk]

adj. 自動的、習慣性的

諧音 我都沒停

聯想 說到自動起床，這幾年我都沒停

automobile / auto [ˋɔtəməˌbɪl / ˋɔto]

n. 汽車

諧音 我偷摸被毆

聯想 看到這輛高級車，我偷摸被毆

available [əˋveləb!]

adj. 可用的、可得到的、有空的

諧音 我為了抱

聯想 我為了抱得美人歸，可用的人脈都用上了

avenue [ˋævəˌnju]

n. 大街、大道

諧音 愛吻妞

聯想 香榭大道上我看到了愛吻妞

average [ˋævərɪdʒ]

n. 平均、一般
adj. 平均的、一般的 v. 平均為

諧音 愛無累計

聯想 我的愛是平均的，愛無累計

award [əˋwɔrd]

n. 獎品、獎狀
v. 授與、判給

諧音 我握的

聯想 我握的是獎品

*aware [əˋwɛr]

adj. 知道的、察覺的、明智的

諧音 噁味兒

聯想 美食家察覺噁味兒

awful [ˋɔful]

adj. 可怕的、嚇人的

諧音 毆佛

聯想 歐打佛像真是太可怕了

ax / axe [æks / æks]
n. 斧、斧頭 v. 劈砍

諧音 我刻石

聯想 我刻石是用這根斧頭

bacon [`bekən]
n. 燻豬肉、培根

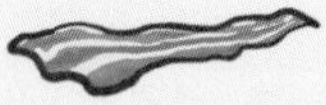

諧音 培根

bacteria [bæk`tɪrɪə]
n. 細菌

諧音 悲苦涕淚兒

聯想 細菌感染就是悲苦涕淚兒

badminton [`bædmɪntən]
n. 羽毛球

諧音 白的枚運動

聯想 羽毛球就是白的一枚球運動

baggage [`bægɪdʒ]
n. 行李、裝備

諧音 被聚集

聯想 行李被聚集在大廳

bait [bet]
n. 餌 v. 引誘、逗弄

諧音 備妥

聯想 備妥魚餌準備釣魚

balance [`bæləns]
n. 均衡、協調、天平
v. 使平衡、相稱、抵銷

諧音 被冷死

聯想 如果溫度不協調的話，魚會被冷死

bandage [`bændɪdʒ]
n. 繃帶 v. 包紮

諧音 綁地雞

聯想 爺爺隨手用繃帶綁地雞

bang [bæŋ]
n. 砰聲、猛擊
v. 砰砰作響、猛擊 int. 砰！

諧音 砰

聯想 砰的一聲炸彈爆炸

***bare** [bɛr]
adj. 裸的、光禿的、無修飾的
v. 赤裸、揭露

諧音 臂兒

聯想 裸著上半身露出臂兒

barn [bɑrn]
n. 穀倉、馬房、牛舍

諧音 搬

聯想 搬東西進穀倉

barrel [`bærəl]
n. 大桶、大量 v. 裝桶

諧音 把肉

聯想 把肉放進大桶子

bay [be]
n. 灣、咆哮 v. 吠叫

諧音 貝

聯想 海灣的沙灘上有許多貝類

beam [bim]
v. 流露、照射、堆滿笑容
n. 光線、笑容、電波、橫樑

諧音 繽

聯想 他的臉上繽發出笑容

beast [bist]
n. 野獸

諧音 必死的

聯想 遇到這種野獸是必死的

beggar [`bɛgɚ]
n. 乞丐

諧音 背個

聯想 背個補丁包袱的就是乞丐

belly [`bɛlɪ]
n. 腹部、肚子、胃、食慾
v. 鼓起

諧音 杯裡

聯想 杯裡粥全喝下肚了

beneath [bɪ`niθ]
prep. adv. 在…之下、向下、低於

諧音 鼻泥屎

聯想 鼻子下有鼻泥屎

*benefit [`bɛnəfɪt]
n. 利益、津貼 v. 有益、受惠

諧音 別浪費

聯想 別浪費食物，多吃有益健康

berry [`bɛrɪ]
n. 莓果

諧音 百蕊

聯想 百蕊花朵可以長成
數十粒莓果

Bible [`baɪb!]
n. 聖經

諧音 百部

聯想 教堂有百部聖經

billion [`bɪljən]
n. 十億（美）、萬億（英）、大量
adj. 十億的、大量的

諧音 逼領

聯想 歹徒逼領了他數十億

bingo [`bɪŋgo]
n. 賓果遊戲 int. 太棒了

諧音 賓果

biscuit [`bɪskɪt]
n. 小麵包、軟餅、淡褐色
adj. 淡褐色的

諧音 比士吉

聯想 比士吉是一種小圓餅

blame [blem]

v. n. 責備、指責

諧音 暴斂

聯想 媒體指責獨裁者暴斂

blanket [ˋblæŋkɪt]

n. 毛毯 v. 覆蓋
adj. 總括的

諧音 不冷軀

聯想 蓋上毯子才不冷軀

bleed [blid]

v. 流血

諧音 不利

聯想 雖然這刀不利，
還是會讓人流血

*bless [blɛs]

v. 為...祝福、保佑、讚美

諧音 不累死

聯想 祝福你不累死

bold [bold]

adj. 英勇的、無畏的

諧音 豹的

聯想 他有豹的勇氣

boot [but]

n. 靴子

諧音 布頭

聯想 布頭做成的靴子

blouse [blauz]

n. 短上衣、短衫

諧音 布牢製

聯想 這是他的母親用布
牢製的短衫

border [ˋbɔrdɚ]

n. 邊緣、鑲邊、邊境
v. 圍住、鑲邊

諧音 剝的

聯想 沿著香蕉邊緣剝的皮

*bore [bor]

v. 煩擾、鑽孔 n. 孔

諧音 駁

聯想 一直反駁使人煩惱

brake [brek]

n. 煞車、阻礙、約束
v. 煞車、約束

諧音 不立刻

聯想 踩煞車使車子不立刻衝出去

brass [bræs]

n. 黃銅、銅器、銅管樂器
adj. 黃銅的

諧音 博士

聯想 她是主修銅管樂器的博士

bravery [ˋbrevərɪ]

n. 勇敢、勇氣、壯觀

諧音 不累武力

聯想 勇氣是他的不累武力

breast [brɛst]
n. 乳房、胸部、心情

諧音 哺乳累死

聯想 母親透過胸部哺乳累死

***breath** [brɛθ]
n. 呼吸、氣息、微風

諧音 不累死

聯想 呼吸使人類不累死

breeze [briz]
n. 微風、和風、謠傳
v. 吹著微風

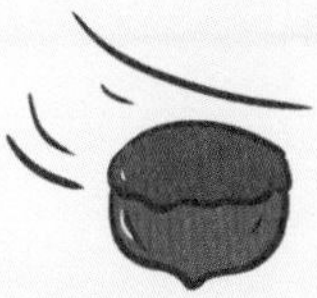

諧音 補栗子

聯想 微風吹來，又是補栗子的時節

bride [braɪd]
n. 新娘

諧音 不來的

聯想 新娘逃跑了，她不會來的

brilliant [`brɪljənt]
adj. 光輝的、傑出的

諧音 不要臉

聯想 這個不要臉的男人，
臉上發出得意的光芒

brook [bruk]
n. 小河、小溪

諧音 不渴

聯想 他不渴，不去小溪喝水

broom [brum]
n. 掃帚 v. 掃除

諧音 不論

聯想 不論去哪裡，哈利
總是帶著他的掃帚

brow [brau]
n. 額頭、眉毛、面容

諧音 不露

聯想 她從不露出她的額頭

bubble [`bʌb!]
n. 氣泡、泡影
v. 沸騰、冒泡

諧音 啵啵

聯想 香檳傳來啵啵的聲響

bucket [`bʌkɪt]
n. 水桶、提桶、大量

諧音 抱起

聯想 抱起一桶洋酒

bud [bʌd]
n. 芽 v. 發芽

諧音 扒得

聯想 將竹筍外皮扒得只剩芽

budget [`bʌdʒɪt]
n. 預算 v. 編預算 adj. 低廉的

諧音 爸擠

聯想 爸爸擠出預算

buffalo [ˋbʌfl̩ˏo]
n. 水牛

諧音 拔腐肉
聯想 禿鷹拔水牛的腐肉吃

buffet [ˋbʌfɪt]
n. 自助餐

諧音 爸肥
聯想 爸爸吃自助餐太肥

bulb [bʌlb]
n. 球莖、燈泡

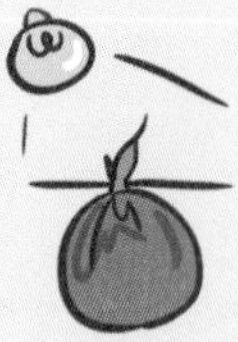

諧音 播布
聯想 將球莖播布進土裡，並用燈泡照射

***bull** [bul]
n. 公牛

諧音 布偶
聯想 公牛的布偶

bullet [ˋbulɪt]
n. 子彈

諧音 不理
聯想 他不理對方送來的恐嚇子彈

bump [bʌmp]
v. 碰、撞、重擊
n. 重擊、腫塊 adv. 突然地

諧音 棒破
聯想 球棒打破了球

bunch [bʌntʃ]
n. 一群、一束
v. 串起、突出

諧音 搬去
聯想 這一群人將一束束花搬去貨車

burden [ˋbɝdn]
n. 重負、重擔 v. 負擔

諧音 薄擔
聯想 他用這根薄擔挑起重擔

burglar [ˋbɝglɚ]
n. 夜賊 v. 偷竊

諧音 被告了
聯想 這名夜賊失風遭捕被告了

bury [ˋbɛrɪ]
n. 埋葬、安葬、專心於

諧音 悲淚
聯想 埋葬他後，家屬悲淚不已

bush [buʃ]
n. 灌木叢、鬍子 v. 叢生

諧音 不洗
聯想 住灌木叢的野人，滿臉鬍子就是不洗

buzz [bʌz]
v. 嗡嗡叫 n. 嗡嗡聲

諧音 八隻
聯想 八隻蜜蜂嗡嗡叫個不停

*cab [kæb]

n. 計程車

諧音 靠泊

聯想 計程車靠泊在路邊

cabin [`kæbɪn]

n. 小屋、客艙

諧音 咳病

聯想 他因為咳病而在小屋休養

campus [`kæmpəs]

n. 校園、校區
adj. 校園的

諧音 看博士

聯想 想看博士可以到校園裡看

cane [ken]

n. 甘蔗、莖、手杖
v. 杖打

諧音 啃

聯想 蟲子啃著甘蔗的莖

canoe [kə`nu]

n. 獨木舟 v. 划獨木舟

諧音 渴尿

聯想 坐在獨木舟上又渴又想尿尿

canyon [`kænjən]

n. 峽谷

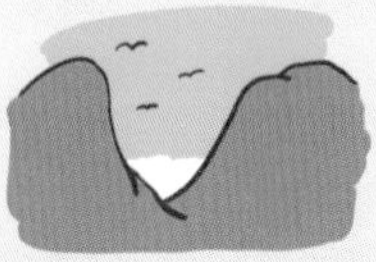

諧音 看鳥

聯想 很多人會到這個溪谷看鳥

*capable [`kepəb!]

adj. 有能力、能夠...的

諧音 可以播佈

聯想 有能力的氣象員，
可以播佈氣象

*capital [`kæpət!]

n. 首都、資本
adj. 資本的、首位的

諧音 可被偷

聯想 首都的金庫放了主要的
資本，可被偷

*capture [`kæptʃɚ]

v. n. 俘虜、吸引、記錄

諧音 銬捕去

聯想 警長將他銬捕去

carpenter [`kɑrpəntɚ]

n. 木工、木匠

諧音 刻板頭

聯想 這個木工的工作是刻板頭

carriage [`kærɪdʒ]

n. 四輪馬車、車廂、運輸

諧音 可累計

聯想 坐馬車的費用可累計後
再付清

cast [kæst]

v. 投擲、投射
n. 投擲、演員陣容

諧音 K石頭

聯想 向遠處K了一顆石頭

casual [ˋkæʒuəl]
adj. 偶然的、隨便的
n. 臨時工、便服

諧音 靠腳
聯想 隨便的坐姿靠腳

caterpillar [ˋkætɚ͵pɪlɚ]
n. 毛毛蟲

諧音 卡頭皮了
聯想 毛毛蟲卡在頭皮了

cattle [ˋkæt!]
n. 牛、牲口

諧音 卡頭
聯想 牛頭卡住了

catsup [ˋkætsəp]
n. 果醬、番茄醬

諧音 可以加
聯想 蛋包飯可以加番茄醬

***celebrate** [ˋsɛlə͵bret]
v. 慶祝、頌揚

諧音 少了暴力
聯想 戰後民眾都在慶祝少了暴力

centimeter [ˋsɛntə͵mitɚ]
n. 公分

諧音 孫的眉頭
聯想 孫的眉頭只有幾公分

ceramic [səˋræmɪk]
adj. 陶器的、陶藝的
n. 陶瓷

諧音 燒糯米殼
聯想 這個陶器的製程要燒糯米殼去烘

chain [tʃen]
n. 鏈條、一串、連鎖店
v. 拴住、束縛

諧音 牽
聯想 用鍊子牽一串珍珠吊飾

challenge [ˋtʃælɪndʒ]
n. v. 挑戰

諧音 掐冷雞
聯想 挑戰掐冷雞比賽

***champion** [ˋtʃæmpɪən]
n. 冠軍

諧音 全拼
聯想 要得冠軍就必須要全拼

channel [ˋtʃæn!]
n. 頻道、水道、方向
v. 傳輸、開導

諧音 切腦
聯想 科學家切腦將不同神經連結改變頻道

chapter [ˋtʃæptɚ]
n. 章、回

諧音 敲破頭
聯想 作家為了寫一章而敲破頭

charm [tʃɑrm]
n. 魅力、符咒
v. 吸引、施法

諧音 搶
聯想 她的魅力真是太搶眼了

*chat [tʃæt]
v. n. 聊天

諧音 洽
聯想 洽談兼聊天

cheek [tʃik]
n. 臉頰、腮幫子

諧音 親一口
聯想 在她的臉頰親一口

*cheer [tʃɪr]
v. n. 歡呼、喝采、高興

諧音 企鵝
聯想 這隻企鵝真是高興

cheese [tʃiz]
n. 乳酪、起司

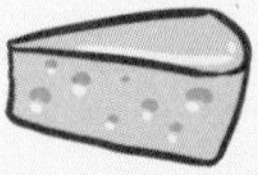

諧音 起司

cherry [`tʃɛrɪ]
n. 櫻桃

諧音 切了
聯想 切了櫻桃吃

chest [tʃɛst]
n. 胸膛、箱子

諧音 砌石頭
聯想 表演者在胸口砌石頭

chew [tʃu]
v. n. 咀嚼

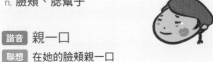

諧音 咀
聯想 咀嚼後才能吞下去

chill [tʃɪl]
n. 寒冷、掃興
adj. 冷的 v. 變冷

諧音 秋
聯想 秋天寒冷的風襲來

chimney [`tʃɪmnɪ]
n. 煙囪

諧音 清理
聯想 煙囪要好好清理

chip [tʃɪp]
n. 碎片、洋芋片、瑕疵
v. 削、造成缺口

諧音 切片
聯想 洋芋切成薄片就是洋芋片

choke [tʃok]
v. 窒息、堵塞、抑制
n. 窒息

諧音 揪口
聯想 他窒息了，用手揪口

chop [tʃɑp]
v. 砍劈 n. 排骨、砍劈

諧音 敲破

聯想 用柴刀砍敲破木頭

cigarette [ˌsɪgəˋrɛt]
n. 香菸

諧音 吸個累

聯想 不斷抽菸吸個累

circus [ˋsɝkəs]
n. 馬戲團

諧音 掃狗屎

聯想 馴獸師要在表演後掃狗屎

*civil [ˋsɪvl̩]
adj. 市民的、彬彬有禮的、文明的

諧音 習武

聯想 佛山的市民習武，但彬彬有禮

click [klɪk]
n. 卡嗒聲、喀嚓聲
v. 發出喀嚓聲

諧音 可立刻

聯想 按下滑鼠可立刻發出卡嗒聲

client [ˋklaɪənt]
n. 委託人、客戶

諧音 客攬

聯想 客攬之後就成為客戶

*clinic [ˋklɪnɪk]
n. 診所、門診

諧音 口內科

聯想 口內科可以到診所就診

clip [klɪp]
n. 修剪、迴紋針
v. 修剪、刪去、夾住

諧音 可理簿

聯想 用夾子分類夾住筆記簿，可理簿

clue [klu]
n. 線索、跡象 v. 提供線索

諧音 口錄

聯想 警方從嫌犯口錄中，找到線索

coconut [ˋkokəˌnət]
n. 椰子

諧音 口渴哪

聯想 口渴哪!好想喝椰子水

collar [ˋkɑlɚ]
n. 衣領、項圈

諧音 卡熱

聯想 衣領卡住很熱

college [ˋkɑlɪdʒ]
n. 大學、學院

諧音 考了解

聯想 大學測驗考了解課程的深淺

*colony [ˋkɑlənɪ]
n. 殖民地

諧音 砍了你

聯想 殖民地的官員一不高興就會砍了你

*column [ˋkɑləm]
n. 專欄、圓柱

諧音 看人

聯想 專欄貼在圓柱上讓人看

*combine [kəmˋbaɪn]
v. 結合、聯合

諧音 乾杯

聯想 乾杯之後，結為好友

comma [ˋkɑmə]
n. 逗號、停頓、間歇

諧音 卡毛

聯想 梳頭過程因為卡毛而停頓

*command [kəˋmænd]
v. n. 命令

諧音 口罵的

聯想 老闆開口罵的是命令句

*commercial [kəˋmɝʃəl]
adj. 商業的、商務的
n. 商業廣告

諧音 可漫燒

聯想 商業就是要讓話題可漫燒

committee [kəˋmɪtɪ]
n. 委員會

諧音 可命題

聯想 大考測驗只有委員會的人可命題

*communicate [kəˋmjunə͵ket]
v. 傳遞、傳播、溝通

諧音 看沒能解

聯想 看沒能解的問題，要溝通理解

*compete [kəmˋpit]
v. 競爭、對抗、比賽

諧音 砍劈

聯想 伐木競賽考驗砍劈技巧

complex [ˋkɑmplɛks]
adj. 複雜的、合成的
n. 複合物、綜合設施

諧音 看不累死

聯想 這問題看不懂累死，太複雜了

*concern [kənˋsɝn]
n. 關心、關係
v. 關心、關於

諧音 看神

聯想 母親關心兒子到處看神問事

concert [ˋkɑnsɚt]
n. 音樂會、和諧 v. 協調

諧音 感受它

聯想 音樂會是要進去感受它的和諧

*conclude [kən`klud]
v. 結束、斷定、達成協議

諧音 看骷髏頭

聯想 偵探看骷髏頭而推斷出結論

*condition [kən`dɪʃən]
n. 情況、狀態、環境、條件

諧音 勘地形

聯想 教授勘地形視察地質情況

cone [kon]
n. 圓錐體

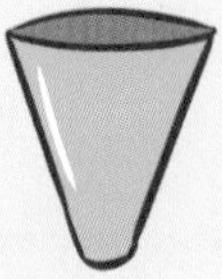

諧音 空

聯想 這個圓錐體是中空的

*confident [`kɑnfədənt]
adj. 確信的、有自信的

諧音 肯負擔

聯想 他有自信並肯負擔接下的任務

*confuse [kən`fjuz]
v. 使困惑、混淆

諧音 看費思

聯想 密碼看了費思量，都混淆了

*connect [kə`nɛkt]
v. 連接、連結、聯想

諧音 肯黏

聯想 雙方肯黏就可以相互連接

conscious [`kɑnʃəs]
adj. 神志清醒的、有知覺的、故意的

諧音 看血絲

聯想 看到自己的血絲，馬上清醒了

constant [`kɑnstənt]
adj. 固定的、不變的 n. 常數

諧音 看死瞪

聯想 看死瞪就是固定不變的看著

*continent [`kɑntənənt]
n. 大陸、陸地

諧音 看透難

聯想 江山如此多嬌，要看透很難

*contract [`kɑntrækt]
n. 契約、合同
v. 承包、訂約、收縮

諧音 看錯

聯想 看錯合約就糟了

cop [kɑp]
n. 警察

諧音 寇跑

聯想 賊寇跑了警察追

couch [kautʃ]
n. 長沙發、睡椅

諧音 靠軀

聯想 她靠軀在長沙發上

*coward [ˋkauɚd]
n. 懦夫、膽怯者 adj. 膽小的

諧音 靠我的

聯想 這個懦夫什麼都靠我的

cradle [ˋkredl̩]
n. 搖籃、發源地、支架
v. 撫育

諧音 快抖

聯想 快抖搖籃，否則嬰兒會哭

*crash [kræʃ]
v. n. 碰撞、倒下

諧音 快死

聯想 猛烈碰撞後快死了

crawl [krɔl]
v. n. 爬行、蠕動

諧音 擴

聯想 嬰兒靠爬行擴展地域

*creative [krɪˋetɪv]
adj. 創造的、有創造力的

諧音 可愛的夫

聯想 可愛的夫總是送老婆有創意的禮物

creature [ˋkritʃɚ]
n. 生物、動物

諧音 鬼笑

聯想 魔獸是一種會鬼笑的生物

*credit [ˋkrɛdɪt]
n. 信用、聲譽、功勞
v. 相信、歸於

諧音 可抵

聯想 累積的信用點數可抵消費額

creep [krip]
v. n. 躡手躡足地走、匍匐而行

諧音 快砲

聯想 要匍匐前進才不會被快砲打到

crew [kru]
n. 一群人、工作人員、機員、船員

諧音 酷

聯想 一群人一起玩就是酷

cricket [ˋkrɪkɪt]
n. 蟋蟀

諧音 怪奇

聯想 蟋蟀是一種怪奇的生物

criminal [ˋkrɪmənl̩]
adj. 犯罪的、犯法的 n. 罪犯

諧音 快沒落

聯想 快沒落的區域有許多犯罪事件

crisp / crispy [krɪsp / ˋkrɪspɪ]
adj. 酥脆的、清脆的

諧音 塊絲

聯想 炸地瓜保留塊絲，相當酥脆

A
B
C
D
E
F
G
H
I
J
K
L
M
N
O
P
Q
R
S
T
U
V
W
X
Y
Z

crown [kraun]

n. 王冠 v. 加冕

諧音 冠

聯想 國王戴著皇冠

crunchy [ˋkrʌntʃi]

adj. 發嘎吱聲的、易碎的

諧音 砍去

聯想 易碎的木頭被樵夫砍去

crutch [krʌtʃ]

n. 枴杖、支架、依靠 v. 支持

諧音 跨去

聯想 撐著拐杖向前跨去

*current [ˋkɝənt]

adj. 現在的、流行的
n. 趨勢、電流、流動

諧音 可人的

聯想 可人的美少女是現在的流行趨勢

*cycle [ˋsaɪkḷ]

n. 週期、循環、一圈、腳踏車
v. 循環

諧音 賽狗

聯想 賽狗要讓牠們圍著圈圈跑

dairy [ˋdɛrɪ]

n. 乳牛場、乳品 adj. 牛奶的

諧音 代理

聯想 代理這間乳牛場的乳品

dam [dæm]

n. 水壩、水堤 v. 築壩、控制

諧音 擋

聯想 水壩擋住了水

dare [dɛr]

aux. 竟敢 v. 膽敢 n. 挑戰

諧音 爹兒

聯想 你竟敢跟爹兒這樣說話

darling [ˋdɑrlɪŋ]

n. 心愛的人 adj. 親愛的

諧音 達令

聯想 心愛的人隨時達令

dash [dæʃ]

v. n. 猛撞、急衝

諧音 打戲

聯想 武打戲需要撞來撞去

decade [ˋdɛked]

n. 十年

諧音 大顆的

聯想 十年才能長成大顆的珍珠

deck [dɛk]

n. 甲板、底板、平台

諧音 地殼

聯想 地殼是地球的甲板

***define** [dɪˋfaɪn]

v. 解釋、定義、規定

諧音 地方

聯想 地理師給每個地方下定義

delivery [dɪˋlɪvərɪ]

n. 投遞、傳送、交貨、分娩

諧音 遞禮物

聯想 聖誕老人的工作是傳遞禮物

***democracy** [dɪˋmɑkrəsɪ]

n. 民主、民主主義

諧音 打莫可惜

聯想 革命是邁向民主的過程，打莫可惜

deposit [dɪˋpɑzɪt]

n. 存款、押金、堆積
v. 放置、沈澱、存款

諧音 打包寄

聯想 你可以將存款打包寄放在銀行

destroy [dɪˋstrɔɪ]

v. 毀壞、破壞

諧音 地勢錯移

聯想 地震後，地勢錯移摧毀一個村莊

detail [ˋditel]

n. 細節、詳情

諧音 剔透

聯想 水晶的細節相當剔透

***determine** [dɪˋtɝmɪn]

v. 決定、判決

諧音 大頭們

聯想 重大議題都由大頭們決定

devil [ˋdɛv!]

n. 魔王、撒旦

諧音 大霧

聯想 起大霧時，就可能有魔王要出現

***dialogue** [ˋdaɪəˏlɔg]

n. 對話、交談

諧音 呆老哥

聯想 聽呆老哥的對話真是爆笑

diet [ˋdaɪət]

n. 飲食、食物 v. 節食

諧音 帶妥

聯想 登山前要記得帶妥食物

***diligent** [ˋdɪlədʒənt]

adj. 勤勉的、勤奮的

諧音 盯了緊

聯想 老闆盯了緊，大家勤勉的工作

dim [dɪm]

adj. 微暗的、暗淡的
v. 變暗

諧音 盯

聯想 盯著微暗的天空

dime [daɪm]
n. 一角硬幣、十分錢

諧音 帶

聯想 帶了一角硬幣

dine [daɪn]
v. 進餐、用餐

諧音 待

聯想 招待大家用餐

dip [dɪp]
v. 浸、泡、掏、下沈
n. 浸泡、調味醬、下沈

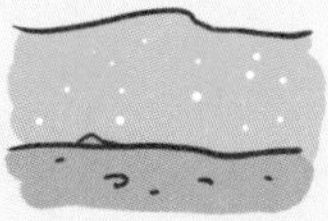

諧音 地皮

聯想 地皮因為海水倒灌，全浸入海底

*disappoint [ˌdɪsə`pɔɪnt]
v. 使失望

諧音 地掃不贏

聯想 清潔比賽地掃不贏，真讓人失望

*disco [`dɪsko]
n. 小舞廳、迪斯可音樂

諧音 踢死狗

聯想 古早的舞廳被戲稱踢死狗

discount [`dɪskaunt]
n. 折扣、打折 v. 打折

諧音 低死砍

聯想 低死砍的折扣

disease [dɪ`ziz]
n. 疾病 v. 生病

諧音 帝急死

聯想 妃子生病皇帝急死

*disk / disc [dɪsk]
n. 唱片、光碟

諧音 第一時刻

聯想 第一時刻燒光碟

ditch [dɪtʃ]
n. 壕溝、渠道 v. 拋棄、挖掘

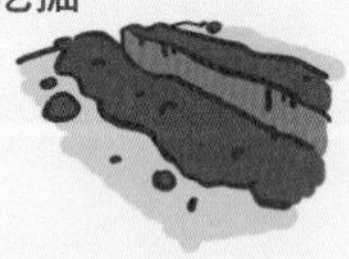

諧音 地區

聯想 這個地區要挖壕溝

dive [daɪv]
v. n. 跳水、潛水、俯衝

諧音 代父

聯想 木蘭決定代父跳水

dodge [dɑdʒ]
v. n. 閃開、躲開

諧音 躲擊

聯想 躲開攻擊

dock [dɑk]
n. 碼頭、港口 v. 停泊

諧音 duck（鴨子）

聯想 港口聚集許多鴨子

domestic [də`mɛstɪk]
adj. 家庭的、國內的 n. 僕人

諧音 大妹死去

聯想 大妹死去是家裡的事

dose [dos]
n.（藥物）一劑、一服
v. 服藥

諧音 都食

聯想 一服藥劑要都吞食

drain [dren]
v. 排出、曬乾、耗盡
n. 排水、排水管、消耗

拆解 d（滴）＋rain（雨）＝排乾

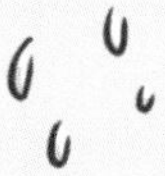

drape [drep]
n. 窗簾、褶邊
v. 覆蓋、垂掛

諧音 綴

聯想 窗簾綴飾

drip [drɪp]
v. n. 滴下、滴水

諧音 墜

聯想 她的眼淚墜下

drown [draun]
v. 淹死、淹沒、壓過、沈沒

諧音 轉

聯想 他在漩渦中轉不停，不幸淹死

drowsy [`drauzɪ]
adj. 昏昏欲睡的、懶散的、呆滯的

諧音 早起

聯想 早起讓人昏昏欲睡

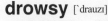

due [dju]
adj. 應支付的、欠的、到期的、因為
n. 應付款 adv. 正（方位）

諧音 調

聯想 他調錢來應急，支付欠款

dump [dʌmp]
v. 傾倒、傾銷、猛地拋下
n. 垃圾場

諧音 彈砲

聯想 彈砲不斷拋下

*dust [dʌst]
n. 灰塵、塵土

諧音 大石頭

聯想 大石頭激起很多塵土

eager [`igɚ]
adj. 熱切的、渴望的

諧音 一個

聯想 一個熱切的心

echo [`ɛko]
n. v. 回聲、回響

諧音 愛哭

聯想 愛哭的她激起了回聲

***edit** [ˋɛdɪt]
v. 編輯、校訂、剪輯

諧音 頁訂的
聯想 頁訂的工作就是編輯

***educate** [ˋɛdʒə͵ket]
v. 教育

諧音 愛教給的
聯想 教育就是愛教給的

***efficient** [ɪˋfɪʃənt]
adj. 效率高的、有能力的、有效的

諧音 易肥性
聯想 腸胃吸收好的人有易肥性

elbow [ˋɛlbo]
n. 肘部 v. 擠進

諧音 凹部
聯想 手臂凹的部分就是手肘

***electric** [ɪˋlɛktrɪk]
adj. 電的、導電的、發電的

諧音 一老啜泣哭
聯想 停電時，一個老人啜泣哭

emergency [ɪˋmɝdʒənsɪ]
n. 緊急情況、突發事件

諧音 移美金洗
聯想 經濟犯緊急移美金洗錢

emperor [ˋɛmpərɚ]
n. 皇帝

諧音 眼波
聯想 皇帝的眼波相當強勢

***emphasize** [ˋɛmfə͵saɪz]
v. 強調、著重

諧音 安撫嫂子
聯想 小弟強調他只是安撫嫂子，沒有不軌

***employ** [ɪmˋplɔɪ]
v. n. 雇用、使用

諧音 贏暴利
聯想 雇用低薪勞工可以贏暴利

empty [ˋɛmptɪ]
adj. 空的 v. 使成為空

諧音 按不停
聯想 房子是空的，但郵差按鈴按不停

***engage** [ɪnˋgedʒ]
v. 訂婚、從事、吸引、占用、預定

諧音 應嫁雞
聯想 訂婚後，應嫁雞隨雞

***engine** [ˋɛndʒən]
n. 引擎

諧音 引擎

*envy [`ɛnvɪ]
n. v. 嫉妒、羨慕

諧音 厭惡

聯想 他厭惡自己嫉妒又羨慕

escape [ə`skep]
v. 逃跑、避免
n. 逃跑、漏出

諧音 餓死街跑

聯想 不想餓死街頭，難民偷跑逃出

evil [`iv!]
adj. 邪惡的 n. 邪惡

諧音 異物

聯想 這個異物有邪惡的力量

*exhibition [ˏɛksə`bɪʃən]
n. 展覽

諧音 一個自閉心

聯想 一個自閉心的他，
決定出去參加展覽

exit [`ɛksɪt]
n. 出口、通道 v. 出去

諧音 一個戲

聯想 一個戲院一定要有出口

*explode [ɪk`splod]
v. 爆炸、爆發、激增

諧音 一顆屎爆了

聯想 一顆屎爆了就是屎爆炸

extreme [ɪk`strim]
adj. 末端的、極端的
n. 極端、極度

諧音 一個死罪

聯想 最重的極刑就是一個死罪

fable [`feb!]
n. 寓言、無稽之談 v. 虛構

諧音 飛豹

聯想 關於一隻飛豹的寓言故事

fade [fed]
v. 凋謝、褪去、漸弱

諧音 肥的

聯想 唐朝以後，肥的美女
潮流已褪去

faint [fent]
adj. 頭暈的、昏厥的
v. n. 昏厥

諧音 忿的

聯想 她氣忿的感到頭暈

fairy [`fɛrɪ]
n. 小妖精、仙女 adj. 小妖精的、
優雅的、幻想的

諧音 飛離

聯想 仙女就這樣飛離

*faith [feθ]
n. 信念、信任、
保證、信仰

諧音 廢死

聯想 廢死的信念

A B C D E F G H I J K L M N O P Q R S T U V W X Y Z

fake [fek]
v. 偽造、假裝
n. 冒牌貨、騙子 adj. 假的

諧音 廢

聯想 偽造文書而被廢

*familiar [fəˋmɪljɚ]
adj. 熟悉的、親近的

諧音 肥牡蠣

聯想 肥牡蠣是台灣人所熟悉的食物

*fans [fæn]
n. 狂熱愛好者、粉絲

諧音 粉絲

*fancy [ˋfænsɪ]
n. 想像力、愛好 v. 想像、喜好
adj. 別緻的、高度技巧的

諧音 歡喜

聯想 歡喜的事物就是愛好

fare [fɛr]
n. 票價、交通費

諧音 費

聯想 交通費

*fashion [ˋfæʃən]
n. 流行、時尚、方式

諧音 飛行

聯想 飛行在當代是很時尚的事

fasten [ˋfæsn]
v. 綁牢、繫緊

諧音 發生

聯想 要綁牢才不會有意外發生

fate [fet]
n. 命運、天命、毀滅

諧音 廢

聯想 廢人的命運就是廢

faucet / tap [ˋfɔsɪt / tæp]
n. 水龍頭

諧音 撫洗 / 太胖

聯想 轉開水龍頭，撫洗太胖的雙手

fax [fæks]
n. 傳真、傳真機
v. 傳真

諧音 發考試

聯想 老師透過傳真發考試成績

feather [ˋfɛðɚ]
n. 羽毛 v. 用羽毛裝飾

諧音 飛了

聯想 這根羽毛飛了

feature [fitʃɚ]
n. 特徵、特色、特寫
v. 以...為特色、由...主演

諧音 發笑

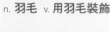

聯想 他的特徵讓人發笑

*file [faɪl]

n. 文件、檔案
v. 歸檔、提出

諧音 發郵

聯想 請將這封文件發郵

fist [fɪst]

n. 拳頭

諧音 非死

聯想 如果他出拳就非死不可

*flame [flem]

n. 火焰、火舌 v. 燃燒

諧音 浮煉

聯想 浮煉就是火焰

flavor [`flevɚ]

n. 味道、風味、香料
v. 調味

諧音 馥禮物

聯想 馥禮物就是味道很香的禮物

flea [fli]

n. 跳蚤

諧音 浮力

聯想 跳蚤有浮力可在空中停留

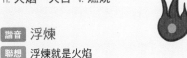

flesh [flɛʃ]

n. 肌肉、果肉、肉體

諧音 膚累洗

聯想 肉體肌膚累了就洗澡

float [flot]

v. 漂浮

諧音 浮囉

聯想 冰山漂浮囉

flock [flɑk]

n. 群、人群、群眾
v. 聚集

諧音 福佬客

聯想 福佬客是一群飄洋過海的族群

*fold [fold]

v. 摺疊、對摺 n. 摺疊

諧音 付我的

聯想 付我的一疊錢

*folk [fok]

n. 人們、成員
adj. 民間的、通俗的

諧音 父哥

聯想 父哥姐妹都是我的家族成員

fond [fɑnd]

adj. 喜歡的、愛好的

諧音 泛的

聯想 他喜好的事物相當廣泛的

*forth [forθ]

adv. 向前

諧音 赴試

聯想 秀才決定向前赴試

***fortune** [ˋfɔrtʃən]
n. 財富、好運

諧音 付錢
聯想 有財富的人付錢

***found** [faund]
v. 建立、建設

諧音 奮鬥
聯想 奮鬥是建設的根本精神

fountain [ˋfauntɪn]
n. 泉水、噴泉、飲水機

諧音 翻騰
聯想 翻騰的泉水

***frequent** [ˋfrikwənt]
adj. 時常的、頻繁的

諧音 肥睏
聯想 肥胖的人睏死時常發生

***frustrate** [ˋfrʌsˌtret]
v. 挫敗、阻撓 adj. 受挫的

諧音 付死罪
聯想 接連的挫敗使他交付死罪

fry [fraɪ]
v. 油煎、油炸 n. 油炸物

諧音 肥來
聯想 油炸煎炒是肥起來的原因

fund [fʌnd]
n. 資金、基金 v. 提供資金

諧音 煩的
聯想 被資金煩的

fur [fɝ]
n. 軟毛、毛皮

諧音 孵
聯想 剛孵出來的小雞已有軟毛

***furniture** [ˋfɝnɪtʃɚ]
n. 傢俱

諧音 婦女笑
聯想 看到精緻的傢俱婦女就笑

gallon [ˋgælən]
n. 加侖

諧音 加侖

gamble [ˋgæmbḷ]
v. n. 賭博、打賭、投機

諧音 賤步
聯想 賭博的時後用賤步出老千

***gang** [gæŋ]
n. 一幫、一群、幫派
v. 成群結黨

諧音 奸
聯想 這幫奸人成群結黨

gap [gæp]
n. 缺口、間隔、峽谷、分歧

諧音 加跑

聯想 必須要加速跑過這段缺口

garlic [`gɑrlɪk]
n. 大蒜

諧音 咖哩烤

聯想 咖哩烤大蒜

*gas [gæs]
n. 瓦斯

諧音 假死

聯想 瓦斯讓他呈現假死狀態

gesture [`dʒɛstʃɚ]
n. 姿勢、手勢 v. 做手勢

諧音 駕駛瞧

聯想 駕駛瞧著交通警察的手勢開車

glance [glæns]
v. 看一下、一瞥
n. 一瞥、閃爍

諧音 狗臉濕

聯想 匆匆一瞥發現狗臉濕了

*global [`globl̩]
adj. 全球的、球狀的、全面的

諧音 國羅布

聯想 全球有許多國羅布其上

*glory [`glorɪ]
n. 光榮、燦爛
v. 驕傲、狂喜

諧音 國力

聯想 強大的國力使人光榮

gossip [`gɑsəp]
n. v. 閒話、八卦

諧音 家施暴

聯想 家施暴最好不要八卦

gown [gaun]
n. 禮服、長袍、睡袍

諧音 宮

聯想 宮廷裡的女士都要穿禮服

grab [græb]
v. n. 攫取、抓取

諧音 刮捕

聯想 歹徒刮捕錢財時，被抓住了

*gradual [`grædʒuəl]
adj. 逐漸的、逐步的

諧音 瓜酒

聯想 逐步的釀造瓜酒

grain [gren]
n. 穀粒、穀物、紋理
v. 使成粒狀

諧音 穀粒

聯想 穀粒的觸感很粗糙

*gram [græm]

n. 克

諧音 估籃

聯想 評估一籃要幾克

grasp [græsp]

v. n. 抓牢、握緊、領會

諧音 果實

聯想 抓緊一手果實

grin [grɪn]

v. n. 露齒而笑

諧音 古靈

聯想 古靈精怪的她露齒而笑

*grocery [ˋgrosərɪ]

n. 雜貨店、雜貨食品

諧音 故事裡

聯想 故事裡的主角生在雜貨店

gum / chewinggum [gʌm / tʃuɪŋgʌm]

n. 口香糖、泡泡糖

諧音 尷

聯想 為了避免尷尬，他不停的嚼著口香糖

gymnasium / gym [dʒɪmˋnezɪəm / dʒɪm]

n. 健身房、體育館

諧音 進那間

聯想 走進那間健身房

harbor [ˋhɑrbɚ]

n. 港灣、海港、避難所
v. 停泊、懷有、庇護

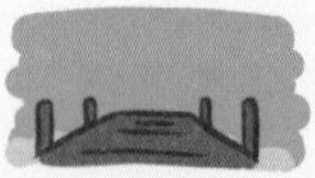

諧音 河埠

聯想 河埠就是河的港口

*harm [hɑrm]

v. n. 損傷、傷害

諧音 憾

聯想 傷害讓人感到遺憾

harvest [ˋhɑrvɪst]

n. v. 收穫、獲得

諧音 好味

聯想 收穫的莊稼真好味

*hasty [ˋhestɪ]

adj. 匆忙的、倉促的

諧音 害死他

聯想 倉促的行動會害死他

hatch [hætʃ]

v. 孵出、策劃
n. 孵化、一窩

諧音 鶴妻

聯想 鶴妻孵出小鶴

hawk [hɔk]

n. 老鷹

諧音 厚殼

聯想 老鷹攻擊烏龜的厚殼

hay [he]
n. 乾草

諧音 黑
聯想 黑色的乾草

heal [hil]
v. 治癒

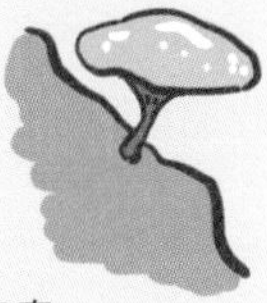

諧音 稀有
聯想 稀有的天山雪蓮可以治癒疾病

heap [hip]
n. 一堆、堆積 v. 堆積、裝滿

諧音 吸附
聯想 吸塵器吸附一堆髒汙

***heaven** [ˋhɛvən]
n. 天堂

諧音 黑門
聯想 通過這扇黑門
之後就是天堂

heel [hil]
n. 腳跟

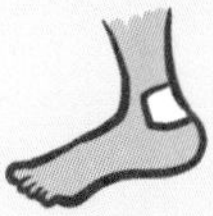

諧音 吸油
聯想 保養時連腳後跟都用吸油面紙

hell [hɛl]
n. 地獄

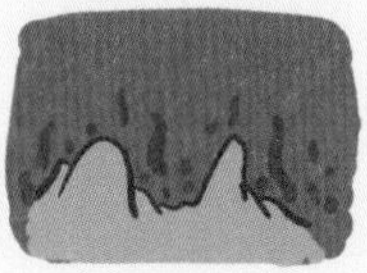

諧音 黑黝
聯想 黑黝黝的地獄

helmet [ˋhɛlmɪt]
n. 頭盔、安全帽

諧音 黑又美
聯想 這頂安全帽黑又美

***hesitate** [ˋhɛzəˏtet]
v. 躊躇、猶豫

諧音 孩子爹
聯想 孩子爹對打不打孩子
感到相當猶豫

hike [haɪk]
v. n. 遠足

諧音 海口
聯想 我們將遠足至出海口

hint [hɪnt]
n. v. 暗示

諧音 遜的
聯想 老闆娘暗示喝
這麼少是很遜的

hive [haɪv]
n. 蜂巢

諧音 駭物
聯想 蜂巢對一般人而言是駭物

hollow [ˋhɑlo]
adj. 中空的 adv. 空洞地
n. 洞、山谷

諧音 好弱
聯想 這根梁柱是中空的，好弱

holy [ˋholɪ]
adj. 神聖的

諧音 厚禮
聯想 農民獻上神聖的厚禮

horn [hɔrn]
n. 角、喇叭、警笛

諧音 轟
聯想 吹奏角樂器會發出轟聲

***horror** [ˋhɑlo]
n. 震驚、恐懼

諧音 活肉
聯想 野人生吃活肉真是讓人震驚

hug [hʌg]
v. n. 擁抱

諧音 好客
聯想 好客的他緊緊擁抱客人

humorous [ˋhjumərəs]
adj. 幽默的、詼諧的

諧音 幽默師
聯想 幽默的老師

hush [hʌʃ]
v. 使沈默、使安靜、掩蓋
n. 沈默、寂靜

諧音 呼吸
聯想 安靜到只可以聽到呼吸聲

hut [hʌt]
n. 小屋

諧音 hot
聯想 很熱的小屋

***identity** [aɪˋdɛntətɪ]
n. 身分、相同人（物）、特性

諧音 愛定到底
聯想 癡情漢的特性就是，愛定到底

***image** [ˋɪmɪdʒ]
n. 影像、圖像

諧音 演默劇
聯想 只有影像就是演默劇

immediate [ɪˋmidɪɪt]
adj. 立即的、即刻的

諧音 影迷的愛
聯想 影迷的愛立即展現

***impress** [ɪmˋprɛs]
v. 給...極深的印象、銘記

諧音 硬配飾
聯想 這些硬配飾給人
相當做作的印象

indeed [ɪnˋdid]
adv. 真正地、確實 int. 真的

諧音 影帝
聯想 影帝的演技相當確實

individual [ˌɪndəˋvɪdʒuəl]
adj. 個人的、個體的
n. 個人

諧音 姻締未久

聯想 姻締未久，個人的習慣要互相包容

inferior [ɪnˋfɪrɪɚ]
adj. 低等的、下級的 n. 屬下

諧音 鷹飛離兒

聯想 鷹飛離兒，使小鷹的地位低下

*inform [ɪnˋfɔrm]
v. 通知、告知

諧音 應奉

聯想 通知上寫士兵應奉長官之令

*injure [ˋɪndʒɚ]
v. 傷害、損害

諧音 陰招

聯想 他的陰招傷害了對手

inn [ɪn]
n. 小旅館、客棧

諧音 迎

聯想 小旅館歡迎客人

innocent [ˋɪnəsnt]
adj. 無罪的、清白的、天真的

諧音 贏了勝

聯想 官司贏了勝利證明清白

*inspect [ɪnˋspɛkt]
v. 檢查、審查

諧音 應識別

聯想 檢查過程應識別證件

instead [ɪnˋstɛd]
adv. 反而、卻、作為替代

諧音 硬是逮

聯想 警方不相信他的證詞，卻硬是逮捕他

*instruction [ɪnˋstrʌkʃən]
n. 說明書、教學、命令

諧音 硬是說可行

聯想 說明書寫錯了，卻硬是說可行

*interrupt [ˌɪntəˋrʌpt]
v. 打斷講話、打擾

諧音 硬偷亂跑

聯想 硬偷亂跑闖進來，打斷我們的談話

*investigate [ɪnˋvɛstəˌget]
v. 調查、研究

諧音 因為死結

聯想 因為死結所以更要仔細調查

ivory [ˋaɪvərɪ]
n. 象牙、象牙色
adj. 象牙的、象牙色的

諧音 哀無淚

聯想 象牙的走私真讓人哀無淚

jail [dʒel]
n. 監獄 v. 監禁

諧音 街友

聯想 警察把這個街友送進監牢裡

jar [dʒɑr]
n. 罐、鐔、震動
v. 震動、軋軋作響

諧音 家

聯想 家裡要放罐頭以備不時之需

jaw [dʒɔ]
n. 下巴

諧音 架

聯想 他的下巴打架時被擊中一拳

*jealous [ˋdʒɛləs]
adj. 妒忌的

諧音 加了屎

聯想 廚師因為妒忌
就在菜中加了屎

jelly [ˋdʒɛlɪ]
n. 果凍、膠狀物 v. 結凍

諧音 膠粒

聯想 草莓果凍呈現膠粒狀

jet [dʒɛt]
v. 噴射 n. 噴射、噴射機

諧音 濺的

聯想 水管中的噴射物，
濺的我全身的濕了

*jewel [ˋdʒuəl]
n. 寶石

諧音 珠兒

聯想 這顆珠兒可是寶石

*journal [ˋdʒɝnḷ]
n. 日報、期刊、日誌

諧音 揭腦

聯想 這期的期刊是探討
揭腦手術過程

journey [ˋdʒɝnɪ]
n. 旅行

諧音 解膩

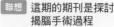

聯想 旅行可以為無聊生活解膩

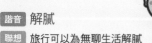

jungle [ˋdʒʌŋgḷ]
n. 叢林

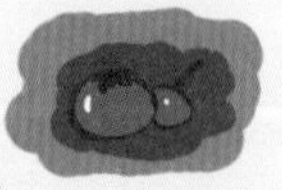

諧音 漿果

聯想 叢林中可以找到許多漿果

junk [dʒʌŋk]
n. 假貨、廢話、垃圾

諧音 張口

聯想 他張口就是廢話

*justice [ˋdʒʌstɪs]
n. 正義、公平、司法、法官

諧音 絞死踢死

聯想 正義不止是絞死踢死壞人

kangaroo [ˌkæŋgəˋru]
n. 袋鼠

諧音 看個路

聯想 在澳洲開車要看個路，才不會撞上袋鼠

kettle [ˋkɛt!]
n. 水壺

諧音 K頭

聯想 用水壺K對方頭

kidney [ˋkɪdnɪ]
n. 腎臟

諧音 妻女

聯想 為了妻女所以賣腎

kit [kɪt]
n. 成套工具、工具箱

諧音 器

聯想 器具要成套放在工具箱才好整理

kneel [nil]
v. 跪下

諧音 女友

聯想 他跪下對著女友求婚

knight [naɪt]
n. 騎士 v. 封爵

諧音 耐

聯想 騎士必須要很有耐力

knit [nɪt]
v. n. 編織

諧音 膩

聯想 她已經對編織感到有點膩

knob [nɑb]
n. 球形突出物、瘤、旋鈕

諧音 那包

聯想 他頭上那包突出物顯示他被K

knot [nɑt]
n. 繩結、蝴蝶結 v. 打結

諧音 那頭

聯想 在最後那頭打個結

label [ˋleb!]
n. 貼紙、商標、標記
v. 貼標籤、列為

諧音 禮包

聯想 禮包要貼上商標貼紙

lace [les]
n. 花邊、飾帶

諧音 累飾

聯想 蕾絲就是累飾

ladder [ˋlædɚ]
n. 梯子

諧音 拉的

聯想 可以拉的梯子

laundry [ˋlɔndrɪ]
n. 洗衣店、洗衣房

諧音 爛醉
聯想 他在洗衣房中爛醉

lawn [lɔn]
n. 草坪、草地

諧音 隆
聯想 那一塊隆起的草皮需要修剪

leak [lik]
n. 漏洞、裂縫 v. 滲漏、洩漏

諧音 裂殼
聯想 雞蛋裂殼就有了裂痕

leap [lip]
v. n. 跳躍

諧音 力跑
聯想 力跑後再跳躍

leather [ˋlɛðɚ]
n. 皮革 adj. 皮革的

諧音 勒的
聯想 他脖子上的傷是給皮革勒的

***leisure** [ˋliʒɚ]
n. 閒暇 adj. 空閒的

諧音 裡歇
聯想 閒暇時間她總在裡頭歇著

lens [lɛnz]
n. 透鏡、鏡片、鏡頭

諧音 認識
聯想 透過鏡片認識世界

***liberal** [ˋlɪbərəl]
adj. 自由的、心胸寬闊的、開明的 n. 自由主義者

諧音 力搏
聯想 自由的鬥士將力搏黑暗勢力

limb [lɪm]
n. 肢、臂、大樹枝

諧音 林
聯想 樹林的大樹枝

linen [ˋlɪnən]
n. 亞麻布 adj. 亞麻的

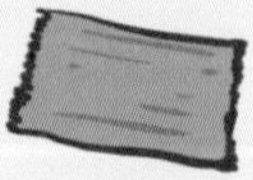

諧音 林嫩
聯想 樹林嫩葉可以製作亞麻

litter [ˋlɪtɚ]
n. 雜亂、廢棄物 v. 弄亂

諧音 理頭
聯想 理了一頭亂髮

***load** [lod]
n. 裝載、負擔、工作量
v. 下載、裝載、充滿

諧音 露的
聯想 檔案讓人下載的就是外露的

lobby [`lɑbɪ]
n. 大廳

諧音 邋鄙

聯想 邋鄙之人不能進大廳

lobster [`lɑbstɚ]
n. 大螯蝦、龍蝦

諧音 老捕食牠

聯想 老捕食牠會造成龍蝦絕跡

lollipop [`lɑlɪˌpɑp]
n. 棒棒糖

諧音 老了怕

聯想 老了怕沒牙，不吃棒棒糖了

*loose [lus]
adj. 鬆散的、寬鬆的
v. 解開、釋放

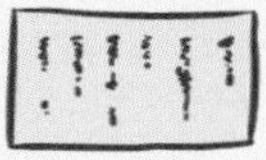

諧音 如詩

聯想 鬆散的文字如詩一般

lord [lɔrd]
n. 貴族、閣下、上帝（大寫）

諧音 肉的

聯想 貴族才可以吃肉的

luggage [`lʌgɪdʒ]
n. 行李

諧音 拉聚集

聯想 導遊要大家把行李拉聚集

lullaby [`lʌləˌbaɪ]
n. 催眠曲

諧音 老了掰

聯想 催眠曲爺爺早忘光了，
老了只好硬掰

lung [lʌŋ]
n. 肺

諧音 爛

聯想 抽菸肺會爛掉

*magnet [`mægnɪt]
n. 磁鐵

諧音 每個你

聯想 我想像磁鐵一般吸引每個你

maid [med]
n. 侍女、少女

諧音 美的

聯想 美的侍女

*major [`medʒɚ]
adj. 主要的、主修的
n. 主修、重要人物 v. 主修

諧音 媒介

聯想 導電主要的媒介是金屬

mall [mɔl]
n. 大型購物中心

諧音 摸

聯想 癡漢在購物中心偷摸少婦

*manage [ˋmænɪdʒ]

v. 管理、經營、設法

諧音 美女居

聯想 好的宿舍管理就會有美女居

manners [ˋmænɚz]

n. 禮貌、規矩

諧音 沒老師

聯想 他沒禮貌或許是沒老師教

marble [ˋmɑrb!]

n. 大理石 adj. 大理石的

諧音 抹布

聯想 大理石要用抹布擦

march [mɑrtʃ]

v. 行進、行軍 n. 行軍、遊行、三月（大寫）

諧音 馬騎

聯想 遊行隊伍行進中有騎士將馬騎

marvelous [ˋmɑrvələs]

adj. 不可思議的

諧音 媽不老實

聯想 媽不老實這件事真不可思議

*mathematics / math

[ˌmæθəˋmætɪks / mæθ]

n. 數學

諧音 沒事莫提課

聯想 數學課讓人頭痛，沒事莫提課

*mature [məˋtjur]

adj. 成熟的、成年人的

v. 成熟

諧音 摸球

聯想 成熟的人才可以摸球

mayor [ˋmeɚ]

n. 市長、鎮長

諧音 沒惡

聯想 沒惡的人才可以當市長

meadow [ˋmɛdo]

n. 草地、牧草地

諧音 美稻

聯想 草地中間種了美稻

medal [ˋmɛd!]

n. 獎章、勳章

諧音 枚朵

聯想 枚朵獎章都是有價值的

*medium / media [ˋmidɪəm / ˋmidɪə]

n. 媒介物、媒體

諧音 媒體

melt [mɛlt]

v. n. 融化、溶解

諧音 沒有

聯想 雪人融化之後就沒有了

mend [mɛnd]
v. 修理、修補
n. 痊癒、修繕處

諧音 棉的

聯想 裁縫師修補這件棉的衣服

*mental [ˋmɛnt!]
adj. 精神的、心理的

諧音 悶頭

聯想 悶頭不高興是心理的疾病

*merchant [ˋmɝtʃənt]
n. 商人、零售商 adj. 商業的

諧音 沒錢

聯想 商人不能沒錢

merry [ˋmɛrɪ]
adj. 歡樂的、愉快的

諧音 沒淚

聯想 沒淚就是愉快的

*mess [mɛs]
n. 骯髒、困境、食堂
v. 弄髒、搗亂、供餐

諧音 霉濕

聯想 霉濕的食堂堆滿髒亂的餐具

microphone / mike
[ˋmaɪkrəˏfon / maɪk]
n. 擴音器、麥克風

諧音 麥克風

*might [maɪt]
n. 力量、威力 aux. 可能、可以（may過去式）

諧音 脈

聯想 人脈可以是力量

*mill [mɪl]
n. 磨坊、麵粉廠
v. 碾碎、研磨

諧音 米油

聯想 這座磨坊也有賣米油

*miner [ˋmaɪnɚ]
n. 礦工

諧音 賣肉

聯想 礦工是一種賣肉賣生命的工作

*minor [ˋmaɪnɚ]
adj. 較小的、較少的
n. 未成年人

諧音 脈絡

聯想 注意微小的脈絡

*miracle [ˋmɪrək!]
n. 奇蹟

諧音 彌勒果

聯想 種出彌勒果真是奇蹟

*misery [ˋmɪzərɪ]
n. 痛苦、不幸

諧音 沒實力

聯想 沒實力會招致痛苦

missile [`mɪs!]
n. 飛彈、導彈
adj. 可發射的

諧音 枚射
聯想 飛彈一枚一枚發射

***mission** [`mɪʃən]
n. 使命、任務 v. 派遣

諧音 秘性
聯想 隱秘性的任務

mist [mɪst]
n. 霧 v. 起霧

諧音 迷失
聯想 走在霧中容易迷失

mob [mɑb]
n. 暴民、烏合之眾
v. 圍攻

諧音 魔暴
聯想 惡魔暴民出動了

***mobile** [`mobɪl]
adj. 可動的、移動式的 n. 汽車

諧音 莫擺油
聯想 汽車行駛莫擺油，移動碰撞很危險

***moist** [mɔɪst]
adj. 潮濕的、含淚的

諧音 摸魚濕
聯想 摸魚容易潮濕

monk [mʌŋk]
n. 修道士、僧侶

諧音 盲客
聯想 這位盲客是個僧侶

mood [mud]
n. 心情、心境

諧音 漠的
聯想 她的心情是漠然的

mop [mɑp]
n. 拖把 v. 拖地

諧音 抹布
聯想 抹布是拖把的兄弟

moral [`mɔrəl]
adj. 道德的 n. 道德

諧音 末路
聯想 道德敗亡就是人類末路

***motor** [`motɚ]
n. 馬達、發動機

諧音 馬達

***murder** [`mɝdɚ]
n. v. 謀殺、凶殺

諧音 悶的
聯想 這起凶殺案，受害者是被悶死的

*muscle [ˋmʌs!]
n. 肌肉

諧音 馬瘦

聯想 馬瘦但肌肉發達

mushroom [ˋmʌʃrum]
n. 蘑菇

諧音 麻死冷

聯想 吃了毒蘑菇，症狀是麻死冷

*mystery [ˋmɪstərɪ]
n. 神祕、祕密

諧音 密使醉

聯想 密使醉了讓秘密外流

nanny [ˋnænɪ]
n. 保姆

諧音 奶娘

聯想 奶娘就是保母

nap [næp]
n. 打盹兒、午睡 v. 小睡

諧音 耐跑

聯想 這位跑者相當耐跑，
還可以邊跑邊打盹

native [ˋnetɪv]
adj. 天生的、本土的
n. 本地人、原住民、原生動植物

諧音 耐踢

聯想 他是天生的格鬥家相當耐踢

*navy [ˋnevɪ]
n. 海軍

諧音 那尾

聯想 海軍抓住了那尾鯊魚

*nerve [nɝv]
n. 神經、焦躁 v. 鼓動

諧音 冷敷

聯想 神經緊張時可以冷敷

noble [ˋnob!]
adj. 高貴的、貴族的 n. 貴族

諧音 腦部

聯想 貴族唐吉訶德的腦部有問題

*normal [ˋnɔrm!]
adj. 正常的 n. 標準

諧音 冷漠

聯想 女孩對運動感到冷漠
是正常的

nun [nʌn]
n. 修女、尼姑

諧音 喃

聯想 修女喃喃的禱告

oak [ok]
n. 橡樹、橡木

諧音 歐客

聯想 歐客喜歡橡木家具

A B C D E F G H I J K L M N O P Q R S T U V W X Y Z

*observe [əb`zɝv]
v. 看到、注意到

諧音 愛不捨

聯想 看到兩條狗愛不捨讓人動容

obvious [`ɑbvɪəs]
adj. 明顯的、顯著的

諧音 我不迷失

聯想 這陷阱太明顯了，我不迷失

*occasion [ə`keʒən]
n. 場合、時機

諧音 我開心

聯想 有這麼好的場合我開心

odd [ɑd]
adj. 奇特的、古怪的、奇數的

諧音 阿達

聯想 阿達是古怪的人

opportunity [ˌɑpɚ`tjunətɪ]
n. 機會、良機

諧音 阿婆聽了聽

聯想 阿婆聽了聽認為機會難得

*opposite [`ɑpəzɪt]
adj. 相反的、對面的
n. 對立面 prep. 在...對面

諧音 我包機

聯想 我包機飛到對面去

optimistic [ˌɑptə`mɪstɪk]
adj. 樂觀的

諧音 愛不停迷失

聯想 愛不停迷失的他
卻是很樂觀的

*origin [`ɔrədʒɪn]
n. 起源、由來、出身

諧音 我入境

聯想 我入境被問來自哪個國家

*orphan [`ɔrfən]
n. 孤兒

諧音 二分

聯想 她從小與父母二分成了孤兒

owe [o]
v. 欠債、歸功於、給予

諧音 毆

聯想 他因欠債而被毆

pad [pæd]
n. 墊子、襯墊 v. 填塞

諧音 趴的

聯想 用來趴的墊子

pail [pel]
n. 桶、提桶

諧音 配油

聯想 每戶能有一桶配油

pal [pæl]
n. 夥伴、好友

諧音 跑
聯想 好友一起跑步

palace [`pælɪs]
n. 皇宮、宮殿

諧音 爬累死
聯想 皇宮這麼雄偉爬累死

pale [pel]
adj. 蒼白的、灰白的
v. 變蒼白

諧音 賠
聯想 他賠上了青春，
蒼白了頭髮

panic [`pænɪk]
n. 恐慌、驚慌
adj. 恐慌的 v. 使恐慌

諧音 怕你哭
聯想 我超怕你哭

parade [pə`red]
n. v. 行進、遊行

諧音 跑壘
聯想 全壘打跑壘行進時可以慢慢跑

paradise [`pærə͵daɪs]
n. 天堂

諧音 跑了呆子
聯想 從天堂跑了的就是呆子

parcel [`pɑrs!]
n. 小包、包裹
v. 分配、包裹

諧音 扒手
聯想 扒手偷了小包裹

***participate** [pɑr`tɪsə͵pet]
v. 參加、參與

諧音 拍體色胚
聯想 這個拍體色胚阿宅
參加正妹外拍團

patience [`peʃəns]
n. 耐心、毅力

諧音 培訓
聯想 軍人培訓需要毅力

pause [pɔz]
n. v. 暫停、中斷、猶豫

諧音 破紙
聯想 列印時如果破紙，機器會暫停

***pave** [pev]
v. 鋪、築

諧音 佩服
聯想 鋪這麼美的磁磚真讓人佩服

paw [pɔ]
n. 爪子 v. 抓

諧音 刨
聯想 動物用爪子刨土

pay [pe]
n. 薪水 v. 付款

諧音 賠
聯想 賠錢付款

***pea** [pi]
n. 豌豆

諧音 屁
聯想 豌豆吃多會放屁

peak [pik]
n. 山頂、山峰
v. 登峰 adj. 最高的

諧音 劈開
聯想 劈開山峰

pearl [pɝl]
n. 珍珠

諧音 破凹
聯想 這顆珍珠摔到了，破凹

peel [pil]
v. 削皮、剝開 n. 果皮

諧音 皮油
聯想 削去的皮，可以榨皮油

***peep** [pip]
v. n. 窺、偷看

諧音 癖
聯想 他有偷窺癖，喜歡偷看人洗澡

penny [`pɛnɪ]
n. 一便士、一分硬幣

諧音 便宜你
聯想 便宜你一分錢

***perform** [pɚ`fɔrm]
v. 履行、執行、演出

諧音 跑鋒
聯想 美式足球的跑鋒執行
教練的達陣指令

***permit** [pɚ`mɪt]
v. 允許、許可

諧音 保密
聯想 保密的話我就
允許你的要求

***persuade** [pɚ`swed]
v. 說服、勸服

諧音 破碎的
聯想 他說服我買下
破碎的豆腐

***pest** [pɛst]
n. 害蟲

諧音 噴死
聯想 看到害蟲就噴死

pickle [`pɪk!]
n. 醃菜、泡菜 v. 醃製

諧音 皮摳
聯想 先將辣椒皮摳掉，
醃成剝皮辣椒

pill [pɪl]
n. 藥丸、藥片

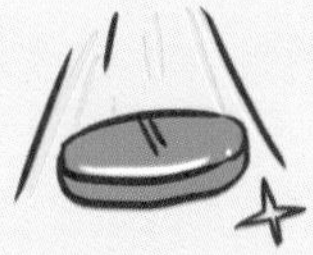

諧音 庇佑

聯想 吞下這顆藥丸可以庇佑你

pilot [`paɪlət]
n. 領航員、飛行員、領導人
adj. 引導的 v. 領航

諧音 派了

聯想 上天派來了領導人

pine [paɪn]
n. 松樹 v. 消瘦、痛苦、渴望

諧音 爬矮

聯想 松鼠喜歡爬矮松樹

pint [paɪnt]
品脫（容量名）

諧音 品脫

pit [pɪt]
n. 窪坑、凹處、礦井
v. 變凹、對立

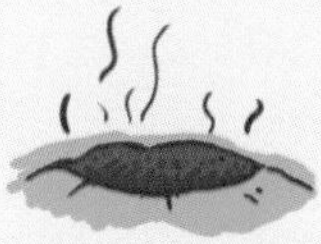

諧音 劈

聯想 閃電劈開了一個坑

pity [`pɪtɪ]
n. v. 憐憫、同情

諧音 屁踢

聯想 我很同情你的屁被踢

plastic [`plæstɪk]
adj. 塑膠的、可塑的、整形的
n. 塑膠

諧音 賠了濕地

聯想 蓋塑膠廠會賠了濕地

*plenty [`plɛntɪ]
n. 豐富、充足
adj. 很多的

諧音 普天地

聯想 普天地的資源相當豐富

plug [plʌg]
n. 塞子 v. 塞住

諧音 砲口

聯想 砲口被人給塞住了

plum [plʌm]
n. 洋李、梅子

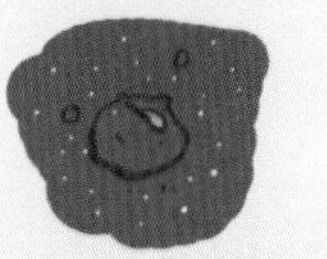

諧音 泡爛

聯想 梅子小心不要泡爛了

plumber [`plʌmɚ]
n. 水管工

諧音 胖貓

聯想 這隻胖貓的工作是水管工

pole [pol]
n. 竿子、極地

諧音 破

聯想 竿子插破在極地上

A B C D E F G H I J K L M N O P Q R S T U V W X Y Z

A B C D E F G H I J K L M N O P Q R S T U V W X Y Z

*politics [`palətɪks]

n. 政治

諧音 怕了啼

聯想 搞政治不能怕了啼

poll [pol]

n. v. 投票、選舉、民調

諧音 普

聯想 普選要大家選賢與能

*pollute [pə`lut]

v. 汙染、弄髒

諧音 破爐

聯想 破爐爆炸汙染了環境

pony [`ponɪ]

n. 小馬

諧音 潑泥

聯想 小馬潑泥玩得都髒了

popular / pop [`papjələ˞ / pap]

adj. 大眾的、流行的

諧音 跑票了

聯想 現在開始流行跑票了

porcelain / china [`pɔrslɪn / `tʃaɪnə]

n. 瓷器

諧音 寶石藍 / 彩藍

聯想 寶石藍和彩藍都是瓷器的顏色

portion [`porʃən]

n. 部分 v. 分配

諧音 剖心

聯想 剖心的一部分作樣本

portrait [`portret]

n. 肖像、畫像、描繪

諧音 破碎

聯想 這是一張破碎的肖像

pottery / ceramic [`patərɪ / sə`ræmɪk]

n. 陶器

諧音 拍大力 / 燒了米殼

聯想 將陶土拍大力，再燒了米殼烘烤，就成了陶器

pour [por]

v. n. 倒、灌

諧音 潑

聯想 倒茶時她潑了滿桌

powder [`paudə˞]

n. 粉末

諧音 拋得

聯想 魔法師將粉末往空中拋得很高

precious [`prɛʃəs]

adj. 貴重的、寶貝的

諧音 配手飾

聯想 這個配手飾是我的寶貝

pretend [prɪ`tɛnd]
v. 佯裝、假裝 adj. 假裝的

諧音 皮蛋

聯想 他假裝皮蛋很好吃

*prevent [prɪ`vɛnt]
v. 防止、預防

諧音 屁悶

聯想 防止屁悶就打開窗戶

previous [`priviəs]
adj. 先前的、以前的 adv. 先前

諧音 排外食

聯想 在周末之前我都排外食，假日才自己開伙

primary [`praɪˌmɛrɪ]
adj. 首要的、主要的

諧音 拍美女

聯想 拍美女是我最主要的任務

probable [`prɑbəb!]
adj. 可能發生的、可信的
n. 可能的事

諧音 破包包

聯想 這個破包包很可能是古董

*process [`prɑsɛs]
n. 過程、步驟 v. 加工、處理
adj. 加工的

諧音 潑血絲

聯想 手術的過程不斷潑血絲

*product [`prɑdəkt]
n. 產品、結果、作品

諧音 頗大顆

聯想 她手指上的新產品頗大顆

*profit [`prɑfɪt]
n. 利潤、盈利
v. 有益、獲利

諧音 破費

聯想 利潤太低會讓人破費

program [`progræm]
n. 計畫、方案、節目
v. 程式編碼、安排節目

諧音 破關

聯想 按著計畫就能破關

*promote [prə`mot]
v. 晉升、促進

諧音 潑墨

聯想 他的潑墨畫不斷進步升級

proof [pruf]
n. 證據、物證 v. 校對、驗證
adj. 不能穿透的

諧音 潑婦

聯想 潑婦提出證據說她先生外遇

*proper [`prɑpɚ]
adj. 適合的、適當的

諧音 跑步

聯想 跑步是適當的運動

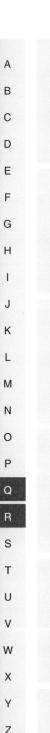

pub [pʌb]
n. 酒吧

諧音 怕吧

聯想 一個女生獨自去pub，會怕吧

punch [pʌntʃ]
v. n. 用拳猛擊

諧音 胖軀

聯想 他有著胖軀，不怕被猛打

*pure [pjur]
adj. 純淨的、潔淨的、完全的

諧音 漂

聯想 漂白後就變純淨了

pursue [pɚ`su]
v. 追趕、追捕

諧音 保釋

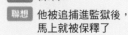

聯想 他被追捕進監獄後，
馬上就被保釋了

*quarrel [`kwɔrəl]
n. v. 爭吵、不和

諧音 哭囉

聯想 爭吵後她就哭囉

queer [kwɪr]
adj. 奇怪的、古怪的
v. 破壞

諧音 竊兒

聯想 偷竊兒的生活是很奇怪的

*quote [kwot]
v. 引用、引述、報價
n. 引言、引號、報價

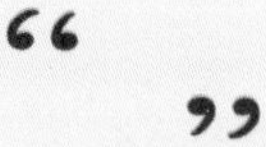

諧音 括

聯想 括號內可以用來引述

radar [`redɑr]
n. 雷達

諧音 雷達

*rag [ræg]
n. 破布、抹布

諧音 亂割

聯想 他將布料亂割，
都成了破布

raisin [`rezn]
n. 葡萄乾

諧音 累人

聯想 葡萄乾的製作過程很累人

rank [ræŋk]
n. 等級、階層
v. 分等級、排列

諧音 認可

聯想 長官認可後就升等級

rate [ret]
n. 比率、費用、等級
v. 估價、列為

諧音 累

聯想 算樂透彩的中獎
比率是很累的

raw [rɔ]
adj. 生的、未加工的

諧音 肉
聯想 生的肉不能貿然吃

ray [re]
n. 光線、熱線、電流

諧音 銳
聯想 中午的光線很銳利

razor [`rezɚ]
n. 剃刀

諧音 雷射
聯想 剃刀像雷射一樣銳利

***recognize** [`rɛkəg͵naɪz]
v. 認出、承認、賞識

諧音 雷砍孬子
聯想 雷神認出不孝子，所以雷砍孬子

***reduce** [rɪ`djus]
v. 減少、縮小

諧音 理掉
聯想 理掉頭髮可以減少髮量

regret [rɪ`grɛt]
v. n. 懊悔

諧音 禮跪
聯想 他禮跪並痛哭感到懊悔

relate [rɪ`let]
v. 有關、涉及、講述

諧音 連累
聯想 他因涉及弊案而遭連累

***relax** [rɪ`læks]
v. 放鬆

諧音 勞累
聯想 勞累後需要放鬆一下

***release** [rɪ`lis]
v. n. 釋放、解放、發行

諧音 老淚濕
聯想 被釋放後他老淚濕

***rely** [rɪ`laɪ]
v. 依靠、依賴、信賴

諧音 離依賴
聯想 小孩離不開依賴母親的照顧

***religion** [rɪ`lɪdʒən]
n. 宗教

諧音 離經
聯想 離經叛道的宗教是邪派

***remain** [rɪ`men]
v. 繼續存在、逗留、剩下

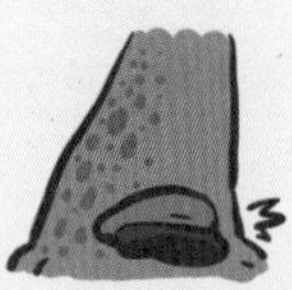

諧音 裡面
聯想 愛麗絲依然逗留在樹洞裡面

A B C D E F G H I J K L M N O P Q R S T U V W X Y Z

remote [rɪ`mot]
adj. 遙遠的、遙控的、冷漠的

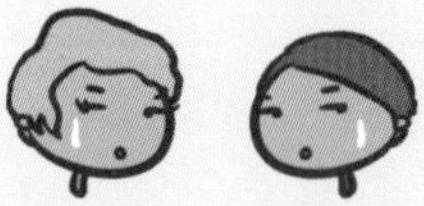

諧音 冷漠

聯想 兩人相隔這麼遠當然會冷漠

*rent [rɛnt]
v. 出租 n. 租金

諧音 廉

聯想 廉價出租

repair [rɪ`pɛr]
v. n. 修理、修補

諧音 理賠

聯想 透過保險理賠修補汽車

*represent [ˌrɛprɪ`zɛnt]
v. 代理、陳述、象徵、扮演

諧音 理賠人

聯想 作為理賠人代表，我要公開說話

request [rɪ`kwɛst]
n. v. 要求、請求

諧音 理虧

聯想 他自知理虧，請求原諒

*reserve [rɪ`zɝv]
v. 儲備、預約、保留
n. 儲備物、保護區

諧音 吝嗇

聯想 吝嗇的他保留所有金錢

*resist [rɪ`zɪst]
v. 抵抗、反抗

諧音 離席

聯想 為了反抗而離席

*respond [rɪ`spɑnd]
v. 回答、反應

諧音 老吃飯

聯想 他老吃飯不回應

*restrict [rɪ`strɪkt]
v. 限制、約束

諧音 領死罪

聯想 他被限制自由，領死罪

*reveal [rɪ`vil]
v. n. 揭幕、揭開

諧音 禮遇

聯想 主席在開幕現場受到相當禮遇

ribbon [`rɪbən]
n. 緞帶、絲帶
v. 用緞帶裝飾

諧音 離崩

聯想 禮物用緞帶纏住才不會離崩

rid [rɪd]
v. 使擺脫

諧音 離的

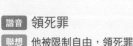

聯想 他倆分離的心甘情願，擺脫舊情

riddle [`rɪd!]
n. 謎語 v. 解謎、出謎

諧音 理兜

聯想 他說話像謎語，理兜不起來

ripe [raɪp]
adj. 成熟的、醇美的

諧音 禮炮

聯想 30年禮炮是成熟的醇酒

risk [rɪsk]
n. 危險、風險 v. 冒險

諧音 累時刻

聯想 工作勞累時刻，要注意危險

roar [ror]
v. n. 吼叫、喧嘩

諧音 肉兒

聯想 獅子肚子餓了，不停吼叫想吃肉兒

roast [rost]
v. n. 烤、炙、烘

諧音 肉絲

聯想 今晚可以吃烤肉絲

*rob [rɑb]
v. 搶劫、劫掠

諧音 濫捕

聯想 搶劫很可惡，但不能濫捕無辜

robe [rob]
n. 長袍、罩袍

諧音 肉搏

聯想 肉搏前拳王穿著長袍

rocket [`rɑkɪt]
n. 飛彈、火箭
v. 往前衝、猛漲

諧音 爛機頭

聯想 火箭撞爛機頭

roll [rol]
n. v. 轉動、滾動

諧音 樓

聯想 從樓上滾下來

*romantic [rə`mæntɪk]
adj. 浪漫的

諧音 羅曼蒂克

*rot [rɑt]
v. n. 腐爛、腐壞

拆解 和rat老鼠差一個字

聯想 老鼠喜歡腐爛的食物

*rough [rʌf]
adj. 粗糙的、粗略的 adv. 粗略地
n. 草圖 v. 變粗糙

諧音 亂敷

聯想 亂敷臉會讓皮膚粗糙的

A B C D E F G H I J K L M N O P Q R S T U V W X Y Z

*routine [ru`tin]

n. 例行公事、慣例、排舞
adj. 日常的、一般的

諧音 路停

聯想 路邊停車的開單是例行工作

*rug [rʌg]

n. 小地毯

諧音 亂搞

聯想 小狗在小地毯上亂搞

rumor [`rumɚ]

n. 謠言、謠傳 v. 謠傳

諧音 乳摸

聯想 有一個乳摸的謠言

*rust [rʌst]

n. 鐵鏽 v. 生鏽

諧音 熱濕的

聯想 熱濕的環境會讓金屬生鏽

sack [sæk]

n. 麻袋、一袋、解雇
v. 裝袋、解雇

諧音 紗可

聯想 麻紗可以織成粗布袋

sake [sek]

n. 目的

諧音 寫歌

聯想 寫歌的目的是為了創作

salary [`sælərɪ]

n. 薪水 v. 給薪水

諧音 少了淚

聯想 薪水少了就流淚

sausage [`sɔsɪdʒ]

n. 香腸、臘腸

諧音 手洗雞

聯想 手洗雞後我們要做雞肉香腸

scale [skel]

n. 刻度、比率、級別、規模
v. 攀登、繪製

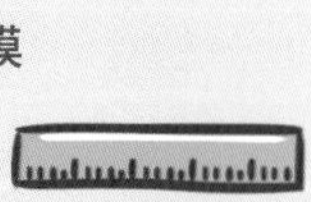

諧音 實際

聯想 實際的刻度還要經過換算

*scarce [skɛrs]

adj. 缺乏的、不足的

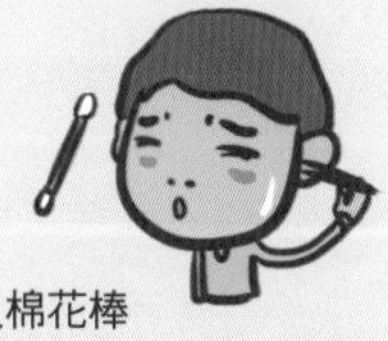

諧音 死夾耳屎

聯想 死夾耳屎是因為缺乏棉花棒

scarf [skɑrf]

n. 圍巾

諧音 師掛夫

聯想 老師幫師丈掛了一條圍巾

scatter [`skætɚ]

v. n. 分散

諧音 四開的

聯想 分散四開的煙火相當壯麗

schedule [`skɛdʒul]
n. 時間表、清單 v. 安排

諧音 是該走

聯想 看看行程表我們是該走了

scoop [skup]
n. 勺子、獨家新聞
v. 用勺舀、搶先

諧音 思古樸

聯想 木勺子是我思古樸的作品

scout [skaut]
n. 斥候、偵察兵、童子軍
v. 偵察

諧音 私告

聯想 偵察兵私告敵方情報

scream [skrim]
v. 尖叫、放聲大哭
n. 尖叫

諧音 死酷靈

聯想 看到死酷靈忍不住放聲尖叫

*screw [skru]
n. 螺絲釘 v. 擰

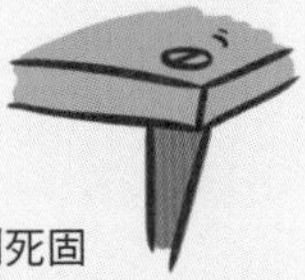

諧音 死固

聯想 必須用螺絲釘將桌子鎖到死固

scrub [skrʌb]
v. n. 擦洗、揉

諧音 絲瓜布

聯想 用絲瓜布擦洗

seal [sil]
n. 印章、圖章
v. 密封、蓋章

諧音 稀有

聯想 象牙印章是稀有動物的絕版品

*security [sɪ`kjurətɪ]
n. 安全、保證、債券

諧音 搜救梯

聯想 搜救梯有安全的功能

seek [sik]
v. 尋找、探索、企圖

諧音 溪口

聯想 我們在溪口尋找蝦子

seize [siz]
v. 抓住、捉住

諧音 吸蛭

聯想 抓住了吸血水蛭

seldom [`sɛldəm]
adj. 很少的、難得的
adv. 不常、很少

諧音 少的

聯想 這棵樹的樹葉少的可憐

*sew [so]
v. 縫合、縫製

諧音 颼

聯想 颼的一聲，布料就車縫完成

***sex** [sɛks]
n. 性別、性

諧音 血可試
聯想 血液可測試性病

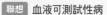

***shade** [ʃed]
n. 陰涼處 v. 遮蔽

諧音 歇的
聯想 陰涼處是可以暫歇的

shallow [ˋʃælo]
adj. 淺薄的、膚淺的

諧音 瞎囉
聯想 她竟然愛上這樣淺薄的人，眼睛瞎囉

***shame** [ʃem]
n. v. 羞恥、羞愧

諧音 炫
聯想 她內衣外穿還覺得炫，真不知羞恥

shampoo [ʃæmˋpu]
n. 洗髮精、洗髮

諧音 香瀑
聯想 洗髮精洗完頭髮會香得像瀑布

***shave** [ʃev]
v. 剃去毛髮、刮鬍子
n. 剃刀、修面

諧音 削膚
聯想 刮鬍子有點像在削膚

shepherd [ˋʃɛpɚd]
n. 牧羊人、牧羊犬、牧師
v. 帶領

諧音 嚇跑的
聯想 狼是被牧羊犬嚇跑的

shovel [ˋʃʌv!]
n. 鏟子、鐵鍬 v. 鏟起

諧音 朽物
聯想 考古學家用鐵鍬挖到朽物

shrink [ʃrɪŋk]
v. 收縮、縮短

諧音 休克
聯想 血管收縮後會造成休克

sigh [saɪ]
v. n. 嘆氣、嘆息

諧音 塞
聯想 因為腸子塞住而歎氣

sin [sɪn]
n. 罪孽、罪惡 v. 犯罪

諧音 性
聯想 無節制的性是罪惡的

***sincere** [sɪnˋsɪr]
adj. 衷心的、真誠的

諧音 欣喜
聯想 我真誠的感到欣喜

sip [sɪp]
v. n. 啜飲

諧音 吸

聯想 吸飲料就是啜飲

situation [ˌsɪtʃuˋeʃən]
n. 處境、狀況

諧音 是酒也行

聯想 危急的狀況沒酒精，是酒也行

*ski [ski]
n. v. 滑雪

諧音 四季

聯想 南極四季都可以滑雪

skyscraper [ˋskaɪˌskrepɚ]
n. 摩天樓

拆解 sky（天空）+scraper（音似瑰寶）=天空瑰寶

聯想 摩天樓是天空瑰寶

*slave [slev]
n. 奴隸

諧音 死累

聯想 奴隸工作到死累

sleeve [sliv]
n. 袖子、袖套

諧音 失禮

聯想 穿無袖襯衫很失禮

slice [slaɪs]
n. 薄片、切片
v. 切下

諧音 撕來

聯想 撕來一片土司

slope [slop]
n. 傾斜、坡度
v. 傾斜

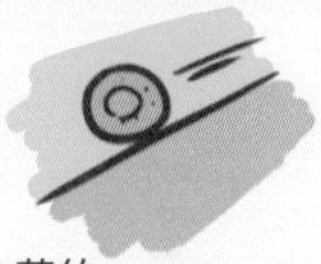

諧音 失落

聯想 我的硬幣就是在個斜坡失落的

smooth [smuð]
adj. 光滑的、平順的
adv. 光滑地 v. 使光滑

諧音 濕慕絲

聯想 用濕慕絲可以讓頭髮滑順

snap [snæp]
v. 猛咬、斷裂、頂撞、斥責

諧音 死嚙飽

聯想 鯊魚突然猛咬人，死嚙飽

*solid [ˋsɑlɪd]
adj. 固體的、結實的
n. 固體

諧音 手裡的

聯想 手裡的磚塊是實心的

sore [sor]
adj. 痛的、引起反感的、傷心的 n. 身體上的痛處

諧音 手兒

聯想 手兒痛

*sorrow [ˋsɑro]

n. 悲痛、悲傷
v. 悲痛、懊悔

諧音 灑落

聯想 因為悲痛而灑落淚水

spade [sped]

n. 鏟、鍬、黑桃 v. 鏟

諧音 石碑

聯想 用鏟子鏟起石碑

spaghetti [spəˋgɛtɪ]

n. 義大利麵

諧音 食飽雞啼

聯想 義大利麵食飽剛好雞啼

*spice [spaɪs]

n. 香料、香氣、風味
v. 加香料

諧音 失敗食

聯想 香料加太多是一種失敗食

*spill [spɪl]

v. 溢出、濺出

諧音 濕壁

聯想 水壩水溢出來讓壩壁濕了

spin [spɪn]

v. 旋轉、紡紗 n. 旋轉

諧音 石餅

聯想 石餅不斷旋轉

splash [splæʃ]

v. n. 濺、潑

諧音 濕潑了洗

聯想 用水濕潑了洗比較省水

spoil [spɔɪl]

v. 寵壞、弄糟、腐敗

諧音 需保育

聯想 被寵壞的獼猴尚需保育

sprain [spren]

n. v. 扭傷

拆解 sp（春）+rain（雨）

聯想 春雨路滑扭傷腳

*spray [spre]

n. 浪花、噴霧 v. 噴灑

諧音 濕沛

聯想 用噴霧噴水可讓臉部濕沛

spy [spaɪ]

n. 間諜 v. 偵察

諧音 失敗

聯想 他的偵察任務失敗了

squeeze [skwiz]

v. n. 榨、擠、壓、緊握

諧音 死龜子

聯想 他的手擠死一隻死龜子

stab [stæb]
v. n. 刺、戳

諧音 死大伯

聯想 搶匪用刀刺死大伯

*stable [ˋstebḷ]
adj. 穩定的、牢固的、可靠的
n. 馬廄

拆解 s（石）+table（桌）=穩定的

聯想 石桌非常的穩定

staff [stæf]
n. 職員、工作人員

諧音 士大夫

聯想 士大夫是朝廷的職員

stale [stel]
adj. 不新鮮的、厭倦的

諧音 死爹

聯想 死爹的她，厭倦人生

stare [stɛr]
v. 盯、凝視 n. 注視

諧音 飾蝶兒

聯想 大家盯著裝飾的蝶兒

starve [stɑrv]
v. 挨餓

諧音 食討無

聯想 乞丐食討無就會挨餓

statue [ˋstætʃu]
n. 雕像、塑像

諧音 石得敲

聯想 石得敲打成雕像

steady [ˋstɛdɪ]
adj. 穩固的、平穩的
v. 使平穩、鎮定

諧音 是爹地

聯想 給我穩定生活的是爹地

steep [stip]
adj. 陡峭的 v. 浸泡
n. 陡坡、浸泡

諧音 濕地坡

聯想 濕地坡太過陡

stereo [ˋstɛrɪo]
n. 立體音響、立體聲
adj. 立體聲的

諧音 是得利用

聯想 立體聲這麼好聽，是得利用

stiff [stɪf]
adj. 硬的、挺的 adv. 僵硬地

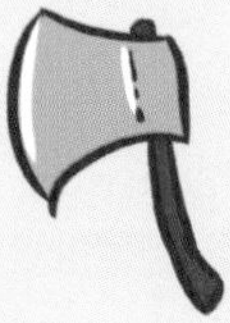

諧音 石地斧

聯想 石地斧是相當硬的武器

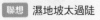

*sting [stɪŋ]
v. 刺、螫、叮 n. 刺、刺痛

諧音 死叮

聯想 蜜蜂對我的手死叮

stir [stɝ]
v. 攪拌、攪動 n. 轟動

諧音 濕搗

聯想 濕搗藥材後倒入鍋中攪拌

stitch [stɪtʃ]
n. 一針、針線 v. 縫、繡

諧音 實地區

聯想 衣服縫合處的堅實地區必須針線結實

stocking [ˋstɑkɪŋ]
n. 長襪

諧音 絲踏進

聯想 美女穿長絲襪踏進家裡

stool [stul]
n. 凳子

諧音 石柱

聯想 石柱旁有一個凳子

*strategy [ˋstrætədʒɪ]
n. 戰略、策略

諧音 失措的計

聯想 沒有策略就只是失措的計

*strength [strɛŋθ]
n. 力量、強度、長處

諧音 死喘

聯想 會死喘表示力氣不夠

strip [strɪp]
v. 剝去、拆卸、剝奪
n. 條帶

諧音 死醉

聯想 死醉的他，被扒光衣服

structure [ˋstrʌktʃɚ]
n. 結構、構造

諧音 石桌可敲

聯想 石桌可敲表示結構很穩固

stubborn [ˋstʌbɚn]
adj. 倔強的、頑固的

諧音 是他笨

聯想 這麼頑固是他笨

studio [ˋstjudɪˌo]
n. 工作室

諧音 是屌的喔

聯想 杰倫的音樂工作室是屌的喔

stuff [stʌf]
n. 物品、東西

諧音 石大釜

聯想 石大釜是很舊的東西

*style [staɪl]
n. 風格

諧音 時代喔

聯想 這個風格是舊時代喔

*substance [`sʌbstəns]

n. 物質、實質、主旨

諧音 修補石凳

聯想 修補這個石凳需要相同的物質

*suburb [`sʌbɝb]

n. 郊區

諧音 散步兒

聯想 郊區是適合散步兒的地區

suck [sʌk]

v. 吸、吮

諧音 沙咳

聯想 沙咳不出來，只好用吸管吸

suffer [`sʌfɚ]

v. 遭受、經歷、忍受

諧音 娑婆

聯想 娑婆世界讓人遭受苦難

sufficient [sə`fɪʃənt]

adj. 足夠的、充分的

諧音 少費心

聯想 我們的錢很充足，少費心

*suggest [sə`dʒɛst]

v. 建議、提議

諧音 紹介

聯想 紹介就是建議認識

suicide [`suə͵saɪd]

n. v. 自殺

諧音 輸而殺

聯想 賭博輸而自殺

*sum [sʌm]

n. v. 總數、加總

諧音 算

聯想 加總需要運算

suppose [sə`poz]

v. 猜想、期望

諧音 所報失

聯想 他正猜想著所報失的行李掉在哪

survey [sɚ`ve]

v. n. 考察、研究、測量

諧音 設備

聯想 研究調查設備

*suspect [sə`spɛkt]

v. 察覺、懷疑、猜想

諧音 瘦十倍

聯想 我發現暑假過後她瘦十倍

swear [swɛr]

v. 發誓、宣誓

諧音 侍衛

聯想 侍衛發誓保衛國家

sweat [swɛt]
n. 汗水 v. 流汗

諧音 示威
聯想 示威者流了很多汗

swell [swɛl]
v. 腫脹、驕傲
n. 鼓起、增大

諧音 死餵油
聯想 死餵油會讓人腫脹

swift [swɪft]
adj. 快速的、快捷的
adv. 迅速地

諧音 侍衛斧頭
聯想 侍衛斧頭揮舞得相當快速

switch [swɪtʃ]
n. v. 開關

諧音 水氣
聯想 這是水氣的開關

sword [sord]
n. 劍、刀

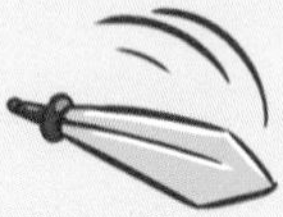

諧音 掃到
聯想 被劍掃到會要人命的

***system** [`sɪstəm]
n. 體系、系統

諧音 戲時段
聯想 電視戲時段由系統控制

tack [tæk]
n. 圖釘、方針
v. 釘、附加

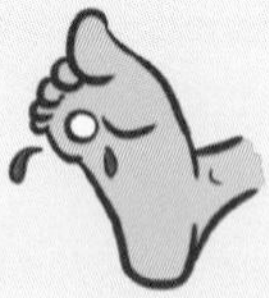

諧音 踏顆
聯想 踏顆大頭釘腳會流血

tag [tæg]
n. 牌子、標籤
v. 加標籤

諧音 大狗
聯想 這隻大狗的項圈上掛著狗牌

tailor [`telɚ]
n. 裁縫師 v. 縫製

諧音 太熱
聯想 裁縫師在太熱的環境工作

tame [tem]
adj. 馴養的、馴服的
v. 馴養、制伏

諧音 舔
聯想 小狗被馴養後會舔人

tap [tæp]
n. 水龍頭 v. 輕拍、輕敲

諧音 踏破
聯想 踏破水龍頭被敲頭

tax [tæks]
n. 稅金

諧音 大哥死
聯想 大哥死後被課了遺產稅

tease [tiz]
v. 戲弄、逗弄
n. 戲弄、挑逗者

諧音 體姿

聯想 用體姿逗弄人

***technic** [ˋtɛknɪk]
n. 技術、技巧
adj. 工藝的、技術的

諧音 天可你可

聯想 技術只要鍛鍊學習，天可你可成功

***temper** [ˋtɛmpɚ]
n. 情緒、性情、脾氣
v. 鍛鍊

諧音 天爆

聯想 他的性情天生就很火爆

temporary [ˋtɛmpəˏrɛrɪ]
adj. 臨時的、暫時的
n. 臨時工

諧音 填飽我了

聯想 這頓飯暫時填飽我了

***tend** [tɛnd]
v. 走向、趨向、照料

諧音 天的

聯想 上天的趨向難以預測
要好好照料作物

tender [ˋtɛndɚ]
adj. 柔嫩的、溫柔的

諧音 舔得

聯想 牠舔得很溫柔

territory [ˋtɛrəˏtorɪ]
n. 領土、版圖

諧音 貼了圖裡

聯想 領土範圍貼在地圖裡

***theory** [ˋθiərɪ]
n. 學說、理論

諧音 學了累

聯想 這麼多種學說學了真累

thread [θrɛd]
n. 線、頭緒

諧音 碎的

聯想 線索都是破碎的，
無從調查

***threat** [θrɛt]
n. 威脅、恐嚇

諧音 啐的

聯想 啐的一聲，對方威脅的
吐口水

tickle [ˋtɪk!]
v. 呵癢、使發癢

諧音 體摳

聯想 體摳讓人發癢

tide [taɪd]
n. 潮汐、潮水 v. 潮流

諧音 汰的

聯想 沙灘讓潮水汰的很乾淨

A B C D E F G H I J K L M N O P Q R S T U V W X Y Z

tidy [ˋtaɪdɪ]
adj. 整齊的、井然的 v. 收拾

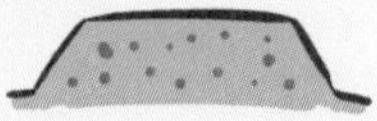

諧音 台地
聯想 台地是一片整齊平坦的高地

***tight** [taɪt]
adj. 緊的、緊身的、緊湊的
adv. 緊緊地

諧音 抬它
聯想 抬它前要綁緊

timber [ˋtɪmbɚ]
n. 木材

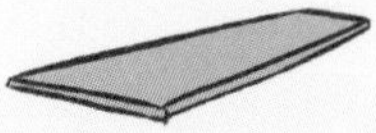

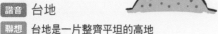

諧音 挺薄
聯想 這些木材挺薄的

tissue [ˋtɪʃu]
n. 紙巾、面紙

諧音 涕羞
聯想 他流鼻涕，羞的用面紙擦拭

tobacco [təˋbæko]
n. 菸草、香菸

諧音 他罷口
聯想 知道吸菸會罹癌後，他罷口

ton [tʌn]
n. 公噸、很重的分量

諧音 疼
聯想 被一噸重拳打到會疼

tortoise [ˋtɔrtəs]
n. 烏龜

諧音 偷偷時
聯想 烏龜偷偷的時候爬上岸

toss [tɔs]
v. n. 拋、扔

諧音 投石
聯想 投石頭就是丟石頭

tow [to]
v. n. 拖、拉、牽引

諧音 拖
聯想 牛可以拖車

***trace** [tres]
n. v. 跟蹤、追蹤

諧音 追失
聯想 忍者追蹤敵人時追失了

trash [træʃ]
n. 廢物、垃圾

諧音 挫屎
聯想 挫屎要當廢物處理

tray [tre]
n. 盤子、托盤

諧音 炊
聯想 將食材放上托盤，再以小火慢炊

*tremble [`trɛmb!]
v. n. 發抖、震顫

諧音 喘爆

聯想 喘爆的他不斷發抖

trend [trɛnd]
n. v. 趨勢、傾向

諧音 穿的

聯想 她穿的衣服相當吻合環保趨勢

*tribe [traɪb]
n. 部落、種族

諧音 穿太薄

聯想 有些種族的傳統服裝都穿太薄

tricky ['trɪkɪ]
adj. 狡猾的、棘手的、微妙的

諧音 吹氣

聯想 河豚的身體吹氣後相當棘手

troop [trup]
n. 軍隊、部隊
v. 集合

諧音 拖砲

聯想 部隊拖砲攻擊城鎮

*tropical [`trɑpɪk!]
adj. 熱帶的

諧音 抓鼻孔

聯想 熱帶的天氣讓我過敏，不斷抓鼻孔

trunk [trʌŋk]
n. 大皮箱、樹幹、軀幹

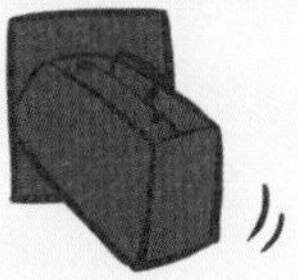

諧音 窗口

聯想 哈利從窗口遞過行李箱

tub [tʌb]
n. 桶、木盆

諧音 太薄

聯想 這個木桶太薄了

tug [tʌg]
v. n. 拉、拖、競爭

諧音 塌

聯想 用力拉塔，塔塌了

tulip [`tjuləp]
n. 鬱金香

諧音 突然

聯想 她突然收到一朵鬱金香

tumble [`tʌmb!]
v. n. 跌倒、滾下、墜落、暴跌

諧音 躺布

聯想 滾落的他恰巧躺在一塊布上

tummy [`tʌmɪ]
n. 肚子、胃

諧音 湯米

聯想 肚子餓喝湯米

tune [tjun]
n. 曲調、協調、音調
v. 調音、調整
諧音 跳
聯想 這樣的曲調讓人想跳舞

tutor [`tjutɚ]
n. 家教
諧音 禿頭
聯想 新來的家教是個禿頭

twig [twɪg]
n. 細枝、神經
諧音 腿擱
聯想 把腿擱在桌上一會兒後，神經都麻了

twin [twɪn]
n. 雙胞胎
adj. 孿生的、非常相似的
諧音 頭暈
聯想 雙胞胎真讓人頭暈

twist [twɪst]
v. n. 扭轉、扭傷、曲解
諧音 頹勢
聯想 扭轉頹勢

***union** [`junjən]
n. 結合、聯邦、工會
諧音 安寧
聯想 組成聯邦合而為一才能獲得安寧

***universe** [`junə͵vɝs]
n. 宇宙、全世界
諧音 幽靈武士
聯想 宇宙間有幽靈武士出沒

upset [ʌp`sɛt]
v. 攪亂、煩亂、翻倒
adj. 翻倒的、煩亂的
諧音 愛迫脅
聯想 老師愛迫脅真讓人心煩意亂

***vacant** [`vekənt]
adj. 空白的、空缺的
諧音 未刊
聯想 這個事件報紙未刊是空白的

van [væn]
n. 小貨車
諧音 飯麵
聯想 送餐貨車會將飯麵送來

vanish [`vænɪʃ]
v. 消失、消逝
諧音 免你洗
聯想 免洗餐具免你洗，自動消失

***vary** [`vɛrɪ]
v. 使不同、使多樣化
諧音 歪理
聯想 歪人使用多種歪理

vase [ves]
n. 花瓶

諧音 位置
聯想 那個花瓶擺在最顯眼的位置

vehicle [ˋviɪk!]
n. 交通工具、車輛

諧音 胃口
聯想 大車子不符合女生的胃口

verse [vɝs]
n. 詩、韻文

諧音 無師
聯想 天才詩人是無師自通的

vest [vɛst]
n. 背心、馬甲

諧音 胃死
聯想 馬甲勒太緊害她差點胃死

***victim** [ˋvɪktɪm]
n. 犧牲者、受害者

諧音 胃口淡
聯想 受害者相當難過，胃口淡

***violence** [ˋvaɪələns]
n. 暴力

諧音 不愛爛事
聯想 我討厭暴力，不愛爛事

violet [ˋvaɪəlɪt]
n. 紫羅蘭

諧音 不愛理他
聯想 每天送上紫羅蘭，但女生就是不愛理他

***vision** [ˋvɪʒən]
n. 視力、視覺、洞察力

諧音 微鏡
聯想 顯微鏡可以看到很細的視野

vitamin [ˋvaɪtəmɪn]
n. 維他命、維生素

諧音 維他命
聯想 維他命可以維持人的性命

vivid [ˋvɪvɪd]
adj. 鮮明的、強烈的

諧音 明明的
聯想 明明的就是鮮明的

volume [ˋvɑljəm]
n. 冊、體積、音量、大量

諧音 武林
聯想 武林秘笈有相當多冊

wag [wæg]
v. n. 搖擺、搖動

諧音 娃狗
聯想 娃娃狗走起路搖搖擺擺

A B C D E F G H I J K L M N O P Q R S T U V W X Y Z

wage [wedʒ]
n. 報酬 v. 從事、發動

諧音 危機
聯想 沒有報酬收入是危機

wagon [ˋwægən]
n. 四輪馬車

諧音 我趕
聯想 我趕路時會搭馬車

wander [ˋwɑndɚ]
v. n. 漫遊、閒逛、迷路

諧音 彎道
聯想 他在彎道上漫遊

warn [wɔrn]
v. 警告、告誡

諧音 望聞
聯想 望聞問切後，中醫師會告誡病患

wax [wæks]
n. 蠟

諧音 滑濕
聯想 剛上完蠟的地板滑濕

***wealth** [wɛlθ]
n. 財富、財產

諧音 為兒死
聯想 為了財富他可以為兒死

weave [wiv]
v. 編織、搖晃前進
n. 織法

諧音 舞衣服
聯想 編織舞衣服

***web** [wɛb]
n. 蜘蛛網、網狀物

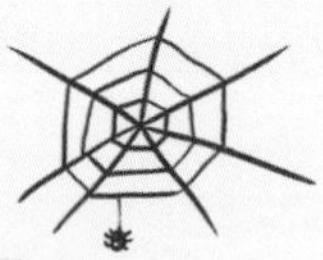

諧音 餵飽
聯想 蜘蛛會結網抓蟲餵飽自己

weed [wid]
n. 雜草、野草
v. 除草、清除

諧音 萎的
聯想 這些野草都是枯萎的

weep [wip]
v. n. 哭泣、流淚

諧音 外婆
聯想 想起外婆我就流淚

wheat [hwit]
n. 小麥

諧音 回頭
聯想 回頭看見小麥田

whip [hwɪp]
v. 抽打、鞭打
n. 鞭子、抽打

諧音 回跑
聯想 不能回跑，否則會被鞭打

whistle [`hwɪs!]
n. 哨子、警笛 v. 吹哨子

諧音 揮手
聯想 警察邊吹哨子邊揮手

wicked [`wɪkɪd]
adj. 敗壞的、邪惡的、淘氣的

諧音 危機的
聯想 敗壞的風氣是有危機的

willow [`wɪlo]
n. 柳樹

諧音 偎柳
聯想 他依偎在柳樹旁

wink [wɪŋk]
v. n. 眨眼

諧音 問
聯想 她眨眼要對方不要問了

wipe [waɪp]
v. 揩乾、擦淨

諧音 外潑
聯想 外潑的水要擦乾

wrap [ræp]
v. 包、裹

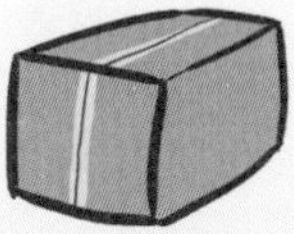

諧音 亂跑
聯想 包裹要包好才不會亂跑

wrist [rɪst]
n. 手腕

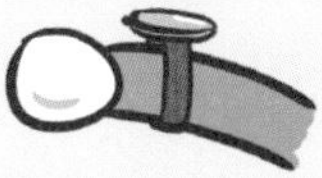

諧音 瑞士的
聯想 手腕帶著瑞士的錶

x-ray [`ɛks`re]
n. X射線、X光

諧音 X光

yawn [jɔn]
n. v. 呵欠

諧音 呀呵
聯想 他呀呵一聲打了個呵欠

yell [jɛl]
v. n. 叫喊、吼叫

諧音 耶呦
聯想 啦啦隊員們耶呦叫喊著

yolk [jok]
n. 蛋黃

諧音 油烤
聯想 油烤蛋黃很好吃

***zipper** [`zɪpɚ]
n. 拉鍊 v. 拉拉鍊

諧音 擠破
聯想 拉鍊被擠破了

God helps those who help themselves.

LEVEL 04

abandon [ə`bændən]
v. 丟棄、放棄、放縱
n. 放縱

諧音 兒半蹲

聯想 看不慣兒子亂丟棄玩具，要兒半蹲

abdomen [`æbdəmən]
n. 腹部

諧音 餓飽肚悶

聯想 餓太久了，肚子不舒服，餓飽肚悶

absolute [`æbsə͵lut]
adj. 純粹的、完全的
n. 絕對

諧音 阿伯收入

聯想 阿伯收入完全交給老婆

absorb [əb`sɔrb]
v. 吸收

諧音 愛僕瘦爆

聯想 愛僕腸胃吸收不好，瘦爆

*abstract [`æbstrækt]
adj. 抽象的、深奧的
n. 摘要、抽象

諧音 愛不實作

聯想 愛不實作只能算抽象的愛

*academic [͵ækə`dɛmɪk]
adj. 大學的、學院的
n. 教授、學者

諧音 愛課點名

聯想 大學老師愛在課堂上點名

accent [`æksɛnt]
n. 重音、口音、強調
v. 重讀、強調

諧音 拗口聲

聯想 某些國家的口音，拗口聲很難發音

*access [`æksɛs]
v. 進入、使用
n. 接近、入口

諧音 愛可寫詩

聯想 愛可寫詩進入文學世界

accountant [ə`kauntənt]
n. 會計師

諧音 二勘探得

聯想 會計師必須二勘報表才能探得真實數字

accuracy [`ækjərəsɪ]
n. 正確、準確

諧音 我瞧偶戲

聯想 我瞧偶戲，服裝的正確性很重要

*accuse [ə`kjuz]
v. 指控、控告

諧音 兒翹死

聯想 母親指控兒翹死是兇殺

acid [`æsɪd]
adj. 酸的

諧音 愛吸的

聯想 酸梅汁是許多人愛吸的

A B C D E F G H I J K L M N O P Q R S T U V W X Y Z

*acquaint [ə`kwent]

v. 使認識、使熟悉

諧音 愛睏

聯想 已經熟悉操作機器的他，顯得愛睏

*acquire [ə`kwaɪr]

v. 取得、獲得、學到

諧音 餓鬼兒

聯想 餓鬼兒取得食物

acre [`ekɚ]

n. 英畝、土地

諧音 椰殼

聯想 椰殼掉在土地上

*adapt [ə`dæpt]

v. 適應、改編

諧音 握大砲

聯想 砲兵手握大砲，適合狙擊敵軍

adequate [`ædəkwɪt]

adj. 能滿足的、足夠的、適當的

諧音 愛的貴

聯想 愛她很貴的，需要足夠的金錢

adjective [`ædʒɪktɪv]

n. 形容詞 adj. 形容詞的

諧音 愛及體膚

聯想 身體髮膚受之父母，是形容愛要擴及體膚

*adjust [ə`dʒʌst]

v. 調整、改變...以適應

諧音 我的駕駛

聯想 我的駕駛調整排檔以適應路況

admission [əd`mɪʃən]

n. 進入許可、入場券、承認

拆解 ad（愛的）+mission（任務）=愛的任務

聯想 他要執行愛的任務，獲得進入許可

adverb [`ædvɚb]

n. 副詞 adj. 副詞的

諧音 矮的巫婆

聯想 矮的巫婆前往赴死（音似副詞）

*agency [`edʒənsɪ]

n. 經銷商、代理商

諧音 愛精細

聯想 經銷商愛代理精細的商品

*aggressive [ə`grɛsɪv]

adj. 侵略的、好鬥的

諧音 惡鬼襲

聯想 好鬥的惡鬼來襲

*alcohol [`ælkə͵hɔl]

n. 酒精、酒

諧音 我課後

聯想 我課後會和同學喝個小酒

alert [ə`lɝt]
adj. 警覺的 v. 通知、報警
n. 警戒

諧音 餓了

聯想 獅子餓了要小心警戒

*allowance [ə`lauəns]
n. 津貼、零用錢 v. 發津貼

諧音 二老仍是

聯想 雖我已成年，家中二老仍是給我零用錢

aluminum [ə`lumɪnəm]
n. 鋁

諧音 我那麼冷

聯想 我那麼冷，你還開鋁窗

a. m. / am / A. M. / AM
abbr. 午前

拆解 am＝一個M（一個麥當勞）

聯想 午前買一個麥當勞才有折扣

amateur [`æmə͵tʃur]
n. 業餘愛好者、外行

諧音 演莫笑

聯想 臨時演員演戲莫笑

amid / amidst [ə`mɪd / ə`mɪdst]
prep. 在…中間

諧音 阿妹／阿密特

聯想 阿妹／阿密特總是站在舞台中央

*amuse [ə`mjuz]
v. 使歡樂、給...提供娛樂

諧音 鵝妙事

聯想 鵝說妙事使大家歡樂

*analysis [ə`næləsɪs]
n. 分析、解析

諧音 我拿了稀釋

聯想 我拿了稀釋後的樣本作分析

ancestor [`ænsɛstɚ]
n. 祖宗、祖先

諧音 安息死者

聯想 祭拜祖先是希望安息死者

*anniversary [͵ænə`vɝsərɪ]
n. 週年紀念 adj. 週年紀念的

諧音 按禮物收禮

聯想 週年慶的時候，他們會按禮物等級收禮

*annoy [ə`nɔɪ]
v. 惹惱、使生氣

諧音 我腦溢

聯想 這件事真是氣得我腦溢血

*anxiety [æŋ`zaɪətɪ]
n. 焦慮、掛念

諧音 硬栽我踢

聯想 明明不是我卻硬栽我踢，真讓我焦慮

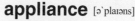

*apologize [ə`pɑlə͵dʒaɪz]
v. 道歉、認錯

諧音 我怕了債

聯想 我怕了債主，只好跟他道歉

appliance [ə`plaɪəns]
n. 器具、設備

諧音 我拍人是

聯想 我拍人是用單眼相機的專業設備

applicant [`æpləkənt]
n. 申請人

諧音 唉!不忍看

聯想 今年申請人的素質實在是，唉!不忍看

application [͵æplə`keʃən]
n. 應用、運用、申請

諧音 愛不可行

聯想 面對頑劣的罪犯，運用愛不可行

*appoint [ə`pɔɪnt]
v. 任命、指派

諧音 我頗硬

聯想 對指派的任務我頗硬

appreciation [ə͵priʃɪ`eʃən]
n. 欣賞、感謝

諧音 我不洗也行

聯想 我沒流汗，我不洗也行，感謝關心

*appropriate [ə`proprɪ͵et]
adj. 適當的 v. 撥款、占用

諧音 兒頗配於

聯想 兒頗配於這位美人

*arch [ɑrtʃ]
n. 拱門、牌樓 v. 使成弧形

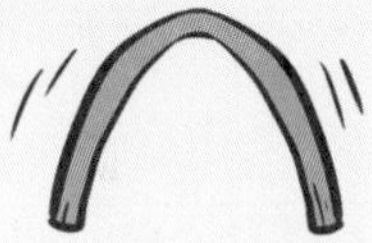

諧音 壓曲

聯想 製作木拱門可用力將木條壓出曲線

arms [ɑrmz]
n. 武器

諧音 暗示

聯想 歹徒暗示自己手上有大批武器

arouse [ə`rauz]
v. 喚起、使奮發

諧音 我烙炙

聯想 我烙炙圖騰在身上，意圖奮起

article [`ɑrtɪk!]
n. 文章

諧音 愛啼哭

聯想 看了感動的文章就愛啼哭

*artificial [͵ɑrtə`fɪʃəl]
adj. 人工的、人造的、做作的

諧音 我的廢手

聯想 我的廢手斷了，只好裝一條人工手

A B C D E F G H I J K L M N O P Q R S T U V W X Y Z

aspect [ˋæspɛkt]
n. 方面、方向、外觀

諧音 俺是北的
聯想 俺是北方的人

aspirin [ˋæspərɪn]
n. 阿斯匹靈、止痛藥

諧音 阿斯匹靈

***assemble** [əˋsɛmb!]
v. 集合、召集

諧音 我先報
聯想 這次的集合，我先報名了

***assign** [əˋsaɪn]
v. 分配、分派

諧音 耳塞
聯想 每個人都分配到一副耳塞

***associate** [əˋsoʃɪˏet]
n. 夥伴、聯合
adj. 有關聯的、夥伴的

諧音 要熟悉也
聯想 夥伴要先要熟悉彼此也

assume [əˋsjum]
v. 假定為、認為、承擔

諧音 耳順
聯想 孔子認為人六十耳順

***assurance** [əˋʃurəns]
n. 保證

諧音 我小認識
聯想 我們小就認識，
所以幫他做保證

athletic [æθˋlɛtɪk]
adj. 運動的、運動員的

諧音 愛死了踢
聯想 跆拳道的運動員愛死了踢人

ATM / automatic teller machine
n. 提款機

拆解 automatic（自動）teller（說話者）machine（機器）
聯想 自動答應的機器即提款機

atmosphere [ˋætməsˏfɪr]
n. 大氣、氣氛

諧音 我頭毛施肥
聯想 大氣降雨幫我頭毛施肥

***atom** [ˋætəm]
n. 原子

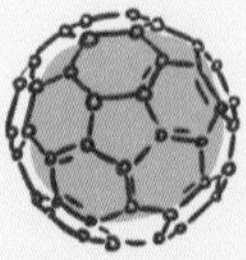

諧音 愛碳
聯想 我愛碳原子

***attach** [əˋtætʃ]
v. 裝上、貼上、指派、附屬

諧音 我貼去
聯想 我貼去信封10元郵票

*audio [ˋɔdɪˏo]
adj. 聽覺的、聲音的
n. 音響裝置、聲音

諧音 耳道有

聯想 耳道有傳遞聲音的作用

awkward [ˋɔkwɚd]
adj. 笨拙的、不熟練的

諧音 貳過的

聯想 他行事笨拙，總是貳過的犯錯，與顏回天差地別

bald [bɔld]
adj. 禿頭的

諧音 薄的

聯想 他的頭髮是薄的，幾乎禿頭

ballet [ˋbæle]
n. 芭蕾舞

諧音 芭蕾

bargain [ˋbɑrgɪn]
n. v. 協議

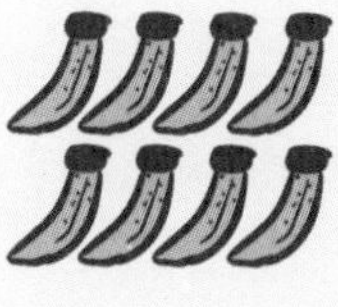

諧音 八根

聯想 協議換了八根香蕉

barrier [ˋbærɪr]
n. 障礙物、路障

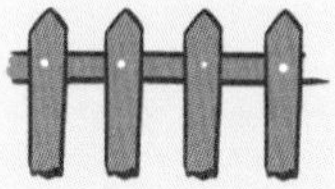

諧音 笆籬

聯想 笆籬對外來者是路障

basin [ˋbesn]
n. 盆

諧音 杯身

聯想 杯身可以放進盆裡洗乾淨

battery [ˋbætərɪ]
n. 電池

諧音 被偷哩

聯想 機器人的電池被偷哩，無法動彈

beak [bik]
n. 鳥嘴

諧音 閉口

聯想 叫那隻烏鴉嘴閉口

*biography [baɪˋɑgrəfɪ]
n. 傳記

諧音 白鵝高飛

聯想 關於一隻白鵝高飛的傳記

*biology [baɪˋɑlədʒɪ]
n. 生物學

諧音 白鵝老雞

聯想 白鵝與老雞都是生物學的範疇

blade [bled]
n. 刀身、劍身

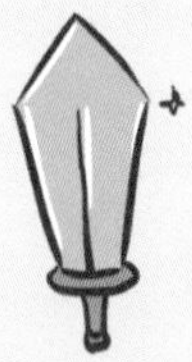

諧音 不裂的

聯想 金剛不裂的刀

blend [blɛnd]

v. n. 混和、混雜

諧音 補臉的

聯想 這面膜與中藥混合，是補臉的

blink [blɪŋk]

v. n. 閃爍、眨眼睛

諧音 不連看

聯想 燈光閃爍，瞇著眼
不要連看燈泡

*bloom [blum]

n. 花 v. 開花

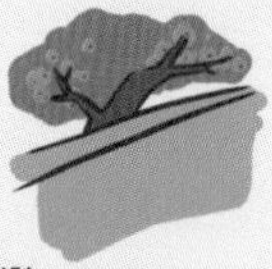

諧音 不倫

聯想 紅杏開花出牆就是不倫戀

blush [blʌʃ]

v. n. 臉紅

諧音 不老實

聯想 他因為不老實而臉紅

boast [bost]

v. n. 自吹自擂、誇耀

諧音 不實的

聯想 這個業務不實的自吹自擂

bond [bɑnd]

n. 聯結、聯繫 v. 結合

諧音 綁的

聯想 綁在一起的就是連結的

bounce [bauns]

v. n. 彈起、彈回

諧音 蹦死

聯想 這隻蚱蜢跳下後，
彈了幾下就蹦死

bracelet [ˋbreslɪt]

n. 手鐲

諧音 白皙肉

聯想 她的手鐲襯托她的白皙肉

brassiere / bra [brəˋzɪr / brɑ]

n. 胸罩

諧音 不拉下 / 不拉

聯想 胸罩不能隨便拉下

breed [brid]

v. 孵卵、繁殖 n. 品種

諧音 哺育的

聯想 繁殖就是哺育的

bridegroom / groom

[ˋbraɪdˌgrum / grum]

n. 新郎

諧音 不來的滾 / 滾

聯想 新郎不來的就滾

broil [brɔɪl]

v. n. 烤、炙

諧音 撥油

聯想 烤肉前先撥點油在肉上

brutal [`brutḷ]
adj. 殘忍的、冷酷的

諧音 哺乳頭

聯想 咬哺乳頭相當殘忍

bulletin [`bulətɪn]
n. 公報、公告 v. 公告

諧音 不理聽

聯想 消息已經公告在了
大家還是不理聽

cabinet [`kæbənɪt]
n. 櫥、櫃、內閣
adj. 內閣的、私下的

諧音 可幫你

聯想 整齊的櫥櫃可幫你分類文書

*calculate [`kælkjəˌlet]
v. 計算

諧音 看就累

聯想 複雜的計算我一看就累

calorie [`kælərɪ]
n. 卡、卡路里（熱量單位）

諧音 卡路里

campaign [kæm`pen]
n. v. 戰役、活動

諧音 看片

聯想 觀眾看片偏好戰爭
或是競爭的片子

candidate [`kændədet]
n. 候選人

諧音 肯德爹

聯想 肯德爹決定參選

capacity [kə`pæsətɪ]
n. 容量、容積

諧音 可怕少提

聯想 這個袋子的容量很可怕，
少提

cape [kep]
n. 披肩、斗篷、海角

諧音 可以包

聯想 披肩可以包住肩膀

career [kə`rɪr]
n. 職業 adj. 職業的

諧音 考慮

聯想 他正在考慮換職業

carve [kɑrv]
v. 雕刻、切開

諧音 刻膚

聯想 雕刻時，他的刀不小心刻膚

*catalogue / catalog [`kætəlɔg]
n. 目錄 v. 編入

諧音 開頭老顧

聯想 目錄開頭是給
老顧客的優惠

cease [sis]

n. v. 停止、終止

諧音 汐止

聯想 汐止是潮汐停止的地方

cement [sɪ`mɛnt]

n. 水泥 v. 黏牢

諧音 錫門

聯想 水泥牆上有一道錫門

chamber [`tʃembɚ]

n. 房間、寢室、會場
adj. 室內的

諧音 輕薄

聯想 她在房間內被輕薄了

*charity [`tʃærətɪ]

n. 慈悲、施捨、慈善

諧音 缺樓梯

聯想 慈悲的他看災民缺樓梯，二話不說馬上捐

cherish [`tʃɛrɪʃ]

v. 撫育、愛護

諧音 切肉絲

聯想 母親切肉絲撫育孩子

chirp [tʃɝp]

n. 啁啾聲 v. 發唧唧聲

諧音 秋播

聯想 秋播時，可以聽見昆蟲發的唧唧聲

chore [tʃor]

n. 家庭雜務、例行工作

諧音 糗

聯想 家務事讓外人看見真糗

*chorus [`korəs]

n. 合唱團、合唱、齊聲
v. 合唱

諧音 口試

聯想 要加入合唱團必須要口試

cigar [sɪ`gɑr]

n. 雪茄煙

諧音 雪茄

cinema [`sɪnəmə]

n. 電影院、電影

諧音 醒了嗎

聯想 在電影院睡著了，醒了嗎?

*civilian [sɪ`vɪljən]

n. 平民、百姓 adj. 平民的

諧音 捨為人

聯想 他雖是平民，卻捨己為人

*clarify [`klærə͵faɪ]

v. 澄清、淨化

諧音 扣了入肺

聯想 空氣清靜機扣了灰塵避免入肺

clash [klæʃ]
v. 發出鏗鏘聲、衝突
n. 碰撞聲、衝突

諧音 敲鑼戲
聯想 敲鑼戲會拿著鑼互相碰撞

cliff [klɪf]
n. 懸崖、峭壁

諧音 刻利斧
聯想 溪水像刻利斧劈出懸崖

climax [`klaɪmæks]
n. 頂點、最高點、高潮
v. 到頂點

諧音 看來沒死
聯想 他從最頂端跳下，
看來沒死

clumsy [`klʌmzɪ]
adj. 笨拙的、愚笨的

諧音 可爛極
聯想 新夥計態度可爛極了，
手腳又笨拙

coarse [kors]
adj. 粗的、粗糙的

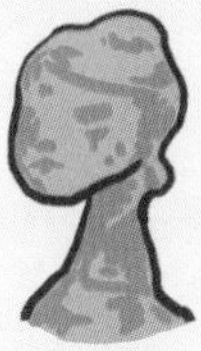

諧音 刻蝕
聯想 在風的刻蝕下，
女王頭的臉很粗糙

code [kod]
n. 規則、代號、密碼 v. 編碼

諧音 扣的
聯想 這是軍方扣下來的密碼

collapse [kə`læps]
v. n. 倒塌

諧音 可拉炮
聯想 此城可拉炮攻打，
使其崩潰

***comedy** [`kɑmədɪ]
n. 喜劇

諧音 看墓地
聯想 這是一齣看墓地的喜劇

***comment** [`kɑmɛnt]
n. v. 註釋、評註

諧音 啃麵
聯想 美食家啃麵後，
作出評論

***commit** [kə`mɪt]
v. 犯罪、承認、交付

諧音 口密
聯想 他承認犯下洩漏口密的罪

community [kə`mjunətɪ]
n. 社區、社會、公眾

諧音 看莫提
聯想 在險惡的社會中
看見惡人莫提

***complicate** [`kɑmplə͵ket]
v. 使複雜化

諧音 看不了解
聯想 複雜的東西看不了解

A B C D E F G H I J K L M N O P Q R S T U V W X Y Z

*compose [kəm`poz]
v. 組成、作（詩、曲）

諧音 看寶石

聯想 看寶石的組成辨別好壞

*concentrate [`kɑnsɛn͵tret]
v. 集中、聚集

諧音 看山水

聯想 這次的旅遊景點集中在看山水

*concept [`kɑnsɛpt]
n. 概念、觀點

諧音 幹細胞

聯想 醫學界對幹細胞的觀點很正面

concrete [`kɑnkrit]
adj. 有形的、具體的、混凝土的
n. 具體物、混凝土 v. 凝固

諧音 空軌

聯想 混凝土製的空中軌道

*conductor [kən`dʌktɚ]
n. 領導者、管理人、指揮、車掌

諧音 看大頭

聯想 領導的事要看公司裡的大頭

*conference [`kɑnfərəns]
n. 會議、討論會

諧音 看法是

聯想 會議的目地是要看大家的看法

*confess [kən`fɛs]
v. 坦白、供認

拆解 con（肯）＋fess（音似face）

聯想 肯面對坦白

*confine [kən`faɪn]
v. 限制、局限

諧音 看犯

聯想 獄卒看犯人要限制他的自由

congress [`kɑŋgrəs]
n. 大會、立法機關、國會（大寫）

諧音 控國事

聯想 國家會議的目的在於調控國事

conjunction [kən`dʒʌŋkʃən]
n. 連接詞、結合

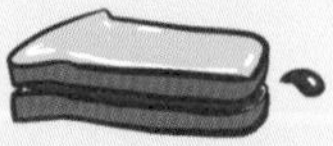

諧音 果醬性

聯想 果醬的黏性可以用來黏接

*conquer [͵kɑŋkɚ]
v. 攻克、戰勝

諧音 坎坷

聯想 身世坎坷的劉備終於攻克徐州

*conscience [`kɑnʃəns]
n. 良心、道義心

諧音 感性

聯想 有良心的人相當感性

*consequence [ˋkɑnsəˏkwɛns]
n. 結果、後果

諧音 看習慣

聯想 他倆看習慣彼此，
結果就結婚了

*consist [kənˋsɪst]
v. 組成、構成

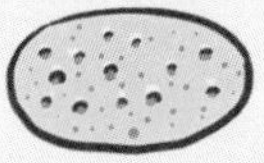

諧音 空隙

聯想 海綿由許多空隙組成

consonant [ˋkɑnsənənt]
adj. 符合的、一致的
n. 子音

諧音 感受冷

聯想 冬天大家一致感受冷

*construct [kənˋstrʌkt]
v. 建造、構成

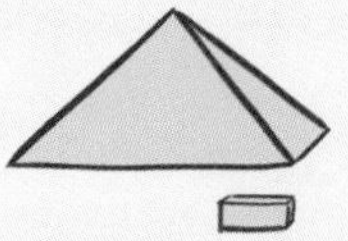

諧音 砍石作

聯想 金字塔必須砍石作

*consult [kənˋsʌlt]
v. 商量

諧音 看手

聯想 讓相命師看手商量未來

*consume [kənˋsjum]
v. 消耗、耗盡

諧音 砍燒

聯想 森林在被砍燒後消耗殆盡

*content [kənˋtɛnt]
n. 內容、滿足 adj. 滿足的

諧音 看燈

聯想 看書的內容要有看燈

contrary [ˋkɑntrɛrɪ]
adj. 相反的、對立的
n. 相反、反面 adv. 相反地

諧音 砍錯了

聯想 要砍對立的一方，
不要砍錯了

contrast [ˋkɑnˏtræst]
n. 對比、對照

諧音 看錯失

聯想 對照正確答案來看錯失

*contribute [kənˋtrɪbjut]
v. 捐款、捐助、貢獻

諧音 關說不要

聯想 捐款關說不要來找我

*convention [kənˋvɛnʃən]
n. 習俗、會議、大會

諧音 肯變性

聯想 一般人傳統上不肯變性

convey [kənˋve]
v. 運送、搬運、傳播

諧音 趕位

聯想 運送人員十萬火急的趕位

A
B
C
D
E
F
G
H
I
J
K
L
M
N
O
P
Q
R
S
T
U
V
W
X
Y
Z

convince [kən`vɪns]
v. 使信服、說服

諧音 看病事
聯想 看病事要讓病患信服

***cooperate** [ko`ɑpə͵ret]
v. 合作、協作

諧音 苦阿婆累
聯想 她的子女不願合作，苦阿婆累

cope [kop]
v. 競爭、對付 n. 長袍

諧音 寇跑
聯想 對付山賊，使寇跑

copper [`kɑpɚ]
n. 銅

諧音 卡波
聯想 銅是良導體不會卡電波

cord [kɔrd]
n. 細繩、粗線

諧音 釦耳的
聯想 釦耳的細繩

cork [kɔrk]
n. 軟木、瓶塞
v. 堵住、抑制 adj. 軟木的

諧音 口渴
聯想 她感到口渴，拔開瓶子軟木塞喝水

***correspond** [͵kɔrɪ`spɑnd]
v. 符合、一致、通信

諧音 扣了十磅
聯想 他減肥扣了十磅，讓重量與標準相符

costume [`kɑstjum]
n. 服裝、裝束 v. 給穿上

諧音 考試挑
聯想 空姐考試挑人很注重服裝

cottage [`kɑtɪdʒ]
n. 農舍、小屋

諧音 擴地基
聯想 主人決定幫農舍擴地基

council [`kaʊnsl̩]
n. 議會、協調會

諧音 看守
聯想 議會看守政府

courteous [`kɝtjəs]
adj. 謙恭的、有禮的

諧音 摳的耳屎
聯想 有禮貌的人會將摳的耳屎丟進垃圾桶

crack [kræk]
v. 爆裂、破裂 n. 裂痕

諧音 瓜殼
聯想 瓜果掉落後瓜殼破裂

*craft [kræft]
n. 工藝、手藝

諧音 果腹

聯想 他透過他的手工藝果腹

cram [kræm]
v. 把...塞進、死記硬背
n. 擁擠

諧音 困難

聯想 她已經死記硬背了，還是很困難

cripple [ˋkrɪp!]
n. 跛子、殘廢 v. 損壞、癱瘓

諧音 跪跑

聯想 那個跛子被追，只好跪跑

critic [ˋkrɪtɪk]
n. 批評家、評論家

諧音 哭啼

聯想 那餐廳被評論家嫌棄，老闆只能哭啼

crush [krʌʃ]
v. n. 壓碎、弄皺

諧音 可亂洗

聯想 反正衣服已經被弄皺了，可亂洗

cube [kjub]
n. 立方體、骰子

諧音 橋堡

聯想 橋堡是立方體的形狀

cucumber [ˋkjukəmbɚ]
n. 黃瓜、胡瓜

諧音 Q寬薄

聯想 那片黃瓜又Q又寬又薄

cue [kju]
n. 提示、訊號 v. 提示

諧音 敲

聯想 當他敲桌子，是在提示暗號

cunning [ˋkʌnɪŋ]
adj. 狡猾的、奸詐的

諧音 看你

聯想 狐狸會在遠處狡猾的看你

curl [kɝl]
n. 捲毛、捲曲
v. 捲曲

諧音 可凹

聯想 捲餅可凹成曲狀

curse [kɝs]
v. n. 詛咒

諧音 渴死

聯想 巫師詛咒他渴死

curve [kɝv]
n. 曲線、弧線 v. 彎曲

諧音 克服

聯想 想投出完美的曲線球，需要努力克服

cushion [ˋkuʃən]
n. 墊子、坐墊、緩衝器

諧音 苦行
聯想 苦行的僧人打坐不坐墊子

damn [dæm]
v. 罵...該死
n. 咒罵、一點點 int. 該死！

諧音 電
聯想 竟然被電到，真該死

damp [dæmp]
adj. 有濕氣的、潮濕的
n. 濕氣 v. 使潮濕、沮喪

諧音 蛋破
聯想 蛋破造成桌面潮濕

***declare** [dɪˋklɛr]
v. 宣佈、聲明、申報

諧音 敵潰了
聯想 總統正式宣布敵潰了

defeat [dɪˋfit]
v. 戰勝、擊敗
n. 失敗、擊敗

諧音 敵匪
聯想 我們戰勝了敵匪

***defend** [dɪˋfɛnd]
v. 防禦、保衛

諧音 堤防
聯想 蓋堤防可以防禦洪水來襲

delicate [ˋdɛləkət]
adj. 易碎的、嬌貴的

諧音 跌了磕頭
聯想 那骨董花瓶很嬌貴的，跌了磕頭

delight [dɪˋlaɪt]
n. 欣喜、高興 v. 高興

諧音 抵賴
聯想 因為抵賴成功而欣喜不已

demand [dɪˋmænd]
n. v. 要求、請求

諧音 怠慢
聯想 要滿足他的要求，不要怠慢

***demonstrate** [ˋdɛmənˏstret]
v. 論證、證明、展示、示威

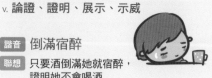

諧音 倒滿宿醉
聯想 只要酒倒滿她就宿醉，證明她不會喝酒

***dense** [dɛns]
adj. 密集的、稠密的

諧音 電絲
聯想 電線裡有密集的電絲

***depress** [dɪˋprɛs]
v. 沮喪、消沈、蕭條

諧音 弟賠死
聯想 弟賠死，我的心情也跟著沮喪

deserve [dɪ`zɝv]
v. 應受、該得

諧音 地設

聯想 他倆天造地設，應該獲得祝福

desperate [`dɛspərɪt]
adj. 絕望的、渴望的

諧音 大色胚

聯想 渴望的大色胚鋌而走險偷摸別人

*despite [dɪ`spaɪt]
n. 怨恨 prep. 儘管

諧音 第十敗

聯想 儘管第十敗了也不可懷有怨恨

*destruction [dɪ`strʌkʃən]
n. 破壞、毀滅

諧音 地勢錯殼性

聯想 地勢錯殼性導致地震毀滅

*device [dɪ`vaɪs]
n. 設備、儀器

諧音 地白石

聯想 透過設備偵測地白石

diaper [`daɪəpɚ]
n. 尿布

諧音 帶兒怕

聯想 媽媽帶兒怕沒尿布

*digest [daɪ`dʒɛst]
v. 消化食物、領悟 n. 文摘

諧音 待嚼時刻

聯想 食物消化中，處於待嚼時刻

digital [`dɪdʒɪtḷ]
adj. 數位的

諧音 低級偷

聯想 數位駭客是低級偷

dignity [`dɪgnətɪ]
n. 尊嚴、莊嚴

諧音 帝國輪替

聯想 帝國輪替還是不失尊嚴

diploma [dɪ`plomə]
n. 畢業證書、執照、獎狀

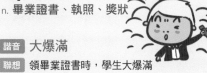

諧音 大爆滿

聯想 領畢業證書時，學生大爆滿

diplomat [`dɪpləmæt]
n. 外交官

諧音 遞補沒他

聯想 今年外交官的選派，遞補沒他

disaster [dɪ`zæstɚ]
n. 災害、災難

諧音 底壓石頭

聯想 悟空陷入山底壓石頭，真是一場災難

discipline [ˋdɪsəplɪn]
n. 紀律、風紀、懲戒
v. 訓練、訓導

諧音 地掃不贏

聯想 清潔比賽地掃不贏，是因為紀律不佳

disguise [dɪsˋgaɪz]
n. v. 假扮、偽裝

諧音 弟飾蓋子

聯想 尾牙玩角色扮裝，弟飾蓋子

disgust [dɪsˋgʌst]
n. v. 作嘔

諧音 帝式架勢

聯想 他做作的帝式架勢令人作嘔

dispute [dɪˋspjut]
v. n. 爭論、爭執

諧音 敵死飆

聯想 爭論當中，敵死飆髒話

*distinct [dɪˋstɪŋkt]
adj. 明確的、難得的

諧音 地史停課

聯想 老師難得明確的宣布地史停課

*distinguish [dɪˋstɪŋgwɪʃ]
v. 區別、辨識

諧音 弟是金龜婿

聯想 弟是金龜婿，非常好辨識

*distribute [dɪˋstrɪbjut]
v. 分發、分配

諧音 弟媳穿薄的

聯想 天很冷，他卻分配給弟媳穿薄的

district [ˋdɪstrɪkt]
n. 轄區、行政區

諧音 地勢脆

聯想 這個轄區的地勢脆弱

*disturb [dɪsˋtɝb]
v. 妨礙、打擾

諧音 丟屎偷跑

聯想 丟屎後偷跑，妨礙人

divine [dəˋvaɪn]
adj. 神性的、天賜的、極美的
v. 占卜、預言

諧音 帝王

聯想 帝王是上天選派的

divorce [dəˋvors]
v. n. 離婚

諧音 都無視

聯想 夫婦都無視對方存在，導致離婚

*dominant [ˋdɑmənənt]
adj. 佔優勢的、支配的

諧音 大魔人

聯想 這個區域由大魔人所支配

dormitory / dorm [ˋdɔrmə͵torɪ / dɔrm]
n. 學生宿舍

諧音 多麼圖利

聯想 宿舍收費這麼高，多麼圖利

doze [doz]
v. n. 打瞌睡、打盹

諧音 豆子

聯想 豆子吃太多太飽了，忍不住打盹起來

*dread [drɛd]
v. n. 懼怕、擔心

諧音 得罪

聯想 她怕會得罪人

drift [drɪft]
v. n. 漂流、遊蕩

諧音 醉父

聯想 醉父一天到晚遊蕩在外，四處漂流

drill [drɪl]
n. 鑽頭 v. 在. . . 上鑽孔

諧音 錐油

聯想 工人用鑽頭錐油

durable [ˋdjurəb!]
adj. 經久的、耐用的

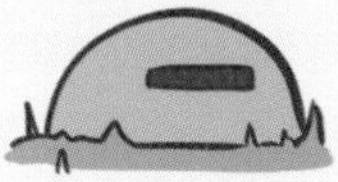

諧音 碉堡

聯想 經久耐用的碉堡

DVD / digital video disk
abbr. 多功能數位光碟片

拆解 Digital（數位）＋Video（錄像）＋Disc（磁盤）

dye [daɪ]
n. 染料、染色 v. 染色

諧音 待

聯想 染色過程需要耐心等待

dynamic [daɪˋnæmɪk]
adj. 動態的、動力的、有生氣的

諧音 逮那謎客

聯想 警察出動逮那謎客

dynasty [ˋdaɪnəstɪ]
n. 王朝、朝代

諧音 待那獅啼

聯想 待那獅啼聲響起就表示即將改朝換代

*economic [͵ikəˋnɑmɪk]
adj. 經濟上的、經濟學的

諧音 一顆腦沒夠

聯想 經濟學是大學問，一顆腦沒夠，需要智囊團

elastic [ɪˋlæstɪk]
adj. 有彈性的 n. 橡皮圈

諧音 硬拉是挺的

聯想 硬拉是挺的表示很有彈性

A B C D E F G H I J K L M N O P Q R S T U V W X Y Z

elegant [ˋɛləgənt]
adj. 優雅的、精緻的

諧音 月老跟
聯想 月老優雅的跟在情人旁邊

eliminate [ɪˋlɪməˏnet]
v. 排除、消滅

諧音 印泥抹你的
聯想 印泥抹你的手，擦掉就好

***embarrass** [ɪmˋbærəs]
v. 使窘、使不好意思

諧音 因被褥濕
聯想 因被褥濕，被發現我尿床，真不好意思

embassy [ˋɛmbəsɪ]
n. 大使館

諧音 菸不息
聯想 大使館裡菸不息

emerge [ɪˋmɝdʒ]
v. 浮現、出現

諧音 隱沒跡
聯想 隱沒跡在水退後浮現

empire [ˋɛmpaɪr]
n. 帝國、大企業

諧音 安排
聯想 一個帝國的形成經過嚴密的安排

encounter [ɪnˋkaʊntɚ]
v. n. 遭遇、遇到

諧音 因看到
聯想 他因看到兇手真面目，遭遇危險

***endure** [ɪnˋdjʊr]
v. 忍耐、忍受

諧音 硬掉
聯想 忍受冷天氣全身硬掉了

enormous [ɪˋnɔrməs]
adj. 巨大的、龐大的

諧音 引入門市
聯想 店長希望能將龐大的人潮引入門市

entertain [ˏɛntɚˋten]
v. 使歡樂、款待

諧音 櫻桃糖
聯想 在歡樂的聚會上，主人端出櫻桃糖款待賓客

***enthusiasm** [ɪnˋθjuzɪˏæzəm]
n. 熱情、熱忱

諧音 印書的愛心
聯想 他熱情慷慨解囊，提供免費印書的愛心

***equip** [ɪˋkwɪp]
v. 裝備、配備

諧音 一塊
聯想 潛水配備放在一塊

era [ˋɪrə]
n. 時代、年代、紀元

諧音 遺落

聯想 遺落的時代

errand [ˋɛrənd]
n. 差使、任務

諧音 夜輪的

聯想 大夜班的工作是夜輪的

escalator [ˋɛskəˏletɚ]
n. 電扶梯

諧音 也是可憐他

聯想 搭建電扶梯也是可憐他

essay [ˋɛse]
n. 散文、隨筆

諧音 易寫

聯想 散文是比較易寫的

*essential [ɪˋsɛnʃəl]
adj. 必要的、本質的
n. 要素、本質

諧音 一生求

聯想 他一生求的無非是生活本質上的安定

*establish [əˋstæblɪʃ]
v. 建立、創辦

諧音 我是大伯女婿

聯想 我是大伯女婿，並接下他一手創辦的企業

*estimate [ˋɛstəˏmet]
v. n. 估計、估量

諧音 耳屎特密的

聯想 那傢伙耳屎特密的，醫生估計他快要聽不見了

evaluate [ɪˋvæljuˏet]
v. 估價、評價

諧音 一位老爺

聯想 那一位老爺對這幅畫進行估價

eve [iv]
n. 前夕

諧音 衣服

聯想 過年前夕都會準備好新衣服

*evidence [ˋɛvədəns]
n. 證據、明顯 v. 證明

諧音 藥物毒死

聯想 證據顯示他是被藥物毒死的

*exaggerate [ɪgˋzædʒəˏret]
v. 誇張、誇大

諧音 一個大叫累

聯想 一個大叫累，真是太誇張了

exhaust [ɪgˋzɔst]
v. 抽空、耗盡 n. 排出、排氣管

諧音 一個重石頭

聯想 為了搬一個重石頭，耗盡力氣

*expand [ɪk`spænd]
v. 擴展、擴大、展開

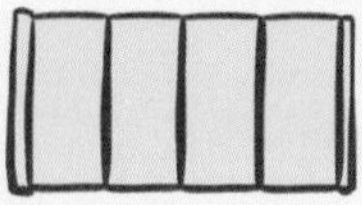

諧音 一個石板

聯想 那面牆是由一個石板擴展開來的

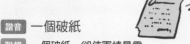

*explore [ɪk`splor]
v. 探測、探勘

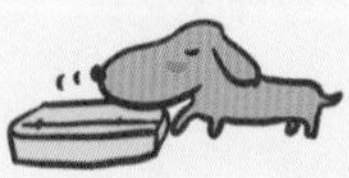

諧音 一狗識破

聯想 一狗識破行李箱探測到毒品

*expose [ɪk`spoz]
v. 使暴露於、揭露

諧音 一個破紙

聯想 一個破紙，卻使軍情暴露

*extend [ɪk`stɛnd]
v. 伸長、擴展

諧音 一個石墊的

聯想 一個石墊的功能是，讓身高伸長

*facility [fə`sɪlətɪ]
n. 能力、設備、容易

諧音 複習聊天

聯想 複習聊天可以溫習所學技術

fame [fem]
n. 聲譽、名望 v. 聞名

諧音 糞

聯想 他視名聲如糞土

farewell [`fɛr`wɛl]
int. 再會!別了!

諧音 飛吻

聯想 輕輕道聲再會了!並送上一個飛吻

fatal [`fet!]
adj. 命運的、致命的

諧音 肥頭

聯想 豬八戒命中注定是個肥頭

feast [fist]
n. 盛宴、筵席

諧音 費時的

聯想 準備一頓宴席還蠻費時的

ferry [`fɛrɪ]
n. v. 擺渡

諧音 費力

聯想 船夫擺渡是很費力的工作

*fertile [`fɝt!]
adj. 多產的、繁殖力強的

諧音 婦道

聯想 古時候的婦道人家都是相當多產的

fetch [fɛtʃ]
v. 拿來、取物

諧音 飛去

聯想 小狗興奮的飛去把球給取回來

fiction [ˋfɪkʃən]
n. 小說、虛構

諧音 非可信

聯想 小說是虛構的，非可信

fierce [fɪrs]
adj. 兇猛的、猛烈的

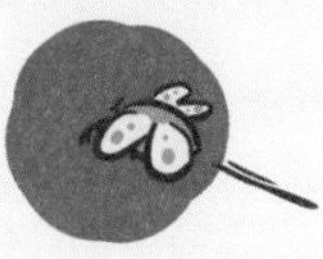

諧音 飛蛾死

聯想 飛蛾死，是因為撲向猛烈的火裡

*finance [faɪˋnæns]
n. 財政、金融 v. 融資、籌資

諧音 非難事

聯想 只要有心鑽研，財金知識也並非難事

flatter [ˋflætɚ]
v. 諂媚、奉承

諧音 服了他

聯想 這麼諂媚真是服了他

*flee [fli]
v. 逃走

諧音 浮力

聯想 忍者運用了水的浮力迅速逃走

flexible [ˋflɛksəb!]
adj. 可彎曲的、有彈性的

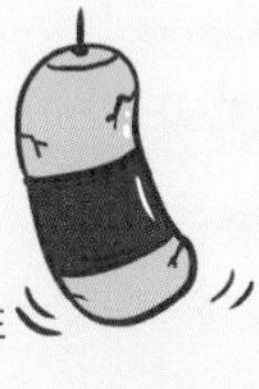

諧音 廢裂沙包

聯想 這個廢裂沙包還很有彈性

*fluent [ˋfluənt]
adj. 流利的、流暢的

諧音 夫人

聯想 夫人操著流利的英語

flunk [flʌŋk]
v. 不及格 n. 失敗

諧音 浮濫

聯想 不及格是因為翹課太浮濫

flush [flʌʃ]
v. 臉紅、興奮、湧流
n. 沖洗、興奮、旺盛

諧音 膚辣死

聯想 他的肌膚因為辣死而通紅

foam [fom]
n. 泡沫 v. 起泡

諧音 縫

聯想 細縫冒出了泡沫

forbid [fɚˋbɪd]
v. 禁止、妨礙

諧音 扶壁的

聯想 滑冰是禁止扶壁的

forecast [ˋforˏkæst]
v. n. 預測、預報

諧音 付給師

聯想 為了預測吉凶，付給算命師很多錢

***formula** [ˋfɔrmjələ]

n. 公式、奶粉、慣用語句、客套話

諧音 貨沒啦

聯想 因為奶粉貨沒啦，老闆只好公式化的跟他客套幾句

***fragrance** [ˋfregrəns]

n. 芬芳、香氣

諧音 非給潤絲

聯想 為了要讓頭髮保持柔順芳香，非給潤絲不可

frost [frɑst]

n. 霜、冰凍、冷淡
v. 結霜、受凍

諧音 膚濕

聯想 霜雪讓皮膚濕了

fuel [ˋfjuəl]

n. 燃料

諧音 肥油

聯想 肥油可以當作點燈燃料

fundamental [ˌfʌndəˋmɛnt!]

adj. 基礎的、根本的
n. 基本原則、綱要

諧音 方的饅頭

聯想 方的饅頭是其他各種改良饅頭的基礎

furious [ˋfjuərɪəs]

adj. 狂怒的、狂暴的、喧鬧的

諧音 妃兒惹事

聯想 因為妃兒惹事，皇上氣得大發雷霆

fossil [ˋfɑs!]

n. 化石、頑固的人
adj. 化石的、守舊的

諧音 發售

聯想 珍貴的化石將在月底正式發售

***frame** [frem]

n. 架構、骨架
v. 建構、制定

諧音 分連

聯想 骨架可以分開也可以連起來

frown [fraun]

v. n. 皺眉、表示不滿

諧音 煩惱

聯想 他正皺眉煩惱著

***fulfill** [fulˋfɪl]

v. 執行、服從

諧音 付費喔

聯想 要我執行手術，請先付費喔

funeral [ˋfjunərəl]

n. 喪葬、葬儀

諧音 非懦弱

聯想 我並非懦弱，實在是喪葬的場合太感傷了

gallery [ˋgælərɪ]

n. 畫廊、美術館

諧音 給了力

聯想 美術館的展出真是給了力

gaze [gez]
v. n. 凝視、注視

諧音 戒指
聯想 注視著這枚戒指

gear [gɪr]
n. 齒輪、工具
v. 上齒輪、適應、啟動

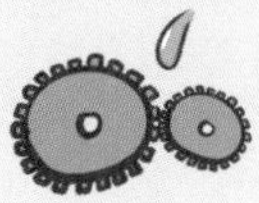

諧音 機油
聯想 齒輪可以加機油

***gene** [dʒin]
n. 基因、遺傳因子

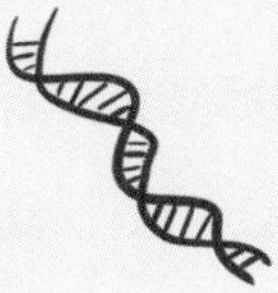

諧音 基因

genius [ˋdʒinjəs]
n. 天才、天資

諧音 接鳥屎
聯想 他反應極快，
很有接鳥屎的天賦

genuine [ˋdʒɛnjuɪn]
adj. 真的、真誠的

諧音 真你問
聯想 我說的是真的，不信你問

germ [dʒɝm]
n. 細菌、起源

諧音 菌
聯想 疾病大多起源于細菌

gigantic [dʒaɪˋgæntɪk]
adj. 巨人的、巨大的

諧音 腳跟踢客
聯想 他使出巨大的腳跟踢客

giggle [ˋgɪg!]
v. n. 咯咯地笑、傻笑

諧音 嘰咕
聯想 嘰咕嘰咕的逗得嬰兒咯咯地笑

ginger [ˋdʒɪndʒɚ]
n. 生薑

諧音 金酒
聯想 那瓶金酒是加入
生薑醸製而成的

glide [glaɪd]
v. n. 滑動、滑翔

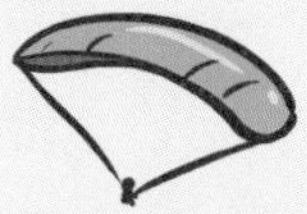

諧音 雇來的
聯想 雇來的滑翔翼在天空滑翔

glimpse [glɪmps]
n. v. 瞥見、一瞥

諧音 哥臉潑濕
聯想 偷偷一瞥，哥臉就被潑濕

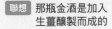

***grace** [gres]
n. 優美、優雅 v. 增光

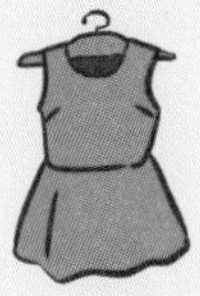

諧音 貴死
聯想 那件洋裝真是優雅，
但貴死了

gracious [`greʃəs]
adj. 親切的、和藹的、優美的

諧音 搞笑時
聯想 老闆在搞笑時格外的親切

***grammar** [`græmɚ]
n. 文法

諧音 龜毛
聯想 英文文法有時相當的龜毛

***grateful** [`gretfəl]
adj. 感謝的、感激的

諧音 貴婦
聯想 貴婦總是心存感激

grave [grev]
n. 墓穴、死亡
v. 雕刻、銘記

諧音 鬼物
聯想 雕刻好的墓穴跑出鬼物

***greasy** [`grizɪ]
adj. 油污的、油膩的

諧音 鼓勵洗
聯想 媽媽需要鼓勵洗沾滿油污的鍋子

***grief** [grif]
n. 悲痛、不幸

諧音 孤離夫
聯想 離家的孤離夫暗自悲傷著

grind [graɪnd]
v. n. 磨碎、碾碎

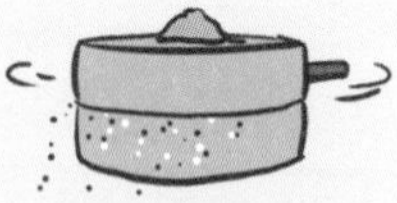

諧音 穀爛
聯想 麵粉的製造需要研磨至穀爛

guarantee [ˌgærən`ti]
n. 保證書、保證、擔保品、保證人 v. 保證

諧音 加冷氣
聯想 保證書會加在冷氣外殼上

guilt [gɪlt]
n. 有罪、內疚

諧音 譏友
聯想 他因為譏友的行為而感到內疚不已

gulf [gʌlf]
n. 海灣、鴻溝、漩渦

諧音 果腹
聯想 海灣的海鳥吃水草果腹

halt [hɔlt]
n. v. 暫停、停止

諧音 候
聯想 請他先在外候著

harmonica [hɑr`mɑnɪkə]
n. 口琴

諧音 含牡蠣殼
聯想 他含牡蠣殼，假裝在吹口琴

harmony [ˋhɑrmənɪ]
n. 和睦、融洽

諧音 合莫逆

聯想 我倆相處融洽，合為莫逆

harsh [hɑrʃ]
adj. 粗糙的、殘酷的、刺耳的

諧音 猴戲

聯想 這真是粗糙的猴戲

helicopter [ˋhɛlɪkɑptɚ]
n. 直升機

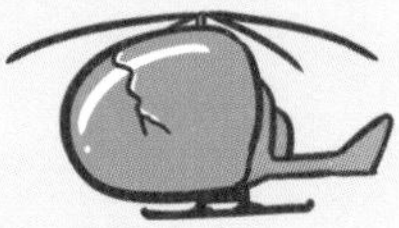

諧音 壞了考不到

聯想 直升機壞了，就考不到駕照

herd [hɝd]
n. 畜牧 v. 放牧

諧音 鶴的

聯想 這是一個鶴的畜牧場

hook [huk]
n. 鉤、掛鉤 v. 勾住

諧音 虎克

聯想 虎克船長的手是鉤子

*horizon [həˋraɪzn]
n. 地平線、範圍、視野

諧音 和愛人

聯想 我和愛人一起看地平線

hose [hoz]
n. 軟管、水管

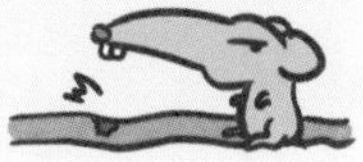

諧音 耗子

聯想 耗子咬斷了軟管

hurricane [ˋhɝɪˏken]
n. 颶風、暴風雨

諧音 火箭

聯想 火箭發射時遇到了暴風雨

hydrogen [ˋhaɪdrədʒən]
n. 氫

諧音 號最輕

聯想 氫氣號稱是最輕的氣體，可用來灌氣球

idiom [ˋɪdɪəm]
n. 慣用語、成語

諧音 一定

聯想 作家寫文章一定會用成語

idle [ˋaɪdḷ]
adj. 無所事事的、閒置的
v. 閑晃、虛度

諧音 愛抖

聯想 無所事事的愛抖腳

idol [ˋaɪdḷ]
n. 偶像

諧音 愛躲

聯想 偶像怕被歌迷認出，愛躲

*illustrate [ˋɪləstret]
v. 說明、圖解

諧音 一流說嘴

聯想 一流說嘴透過圖解說明

*imitate [ˋɪməˏtet]
v. 模仿

諧音 以貌代他

聯想 化妝以貌代替他就是模仿

*immigrant [ˋɪməgrənt]
n. 移民 adj. 移入的

諧音 淫魔滾

聯想 移民審查淫魔不准入境，滾！

impact [ˋɪmpækt]
v. 衝擊、撞擊

諧音 硬碰

聯想 硬碰硬的衝擊力很大

imply [ɪmˋplaɪ]
v. 暗指、暗示

諧音 銀牌

聯想 裁判暗示得到銀牌

*incident [ˋɪnsədnt]
n. 事件、事變

諧音 影射燈

聯想 影射燈爆炸是一個意外事件

infant [ˋɪnfənt]
n. 嬰兒 adj. 嬰兒的

諧音 嬰煩

聯想 嬰兒哭起來也是很煩

*infect [ɪnˋfɛkt]
v. 傳染、感染、污染

諧音 蠅飛

聯想 蒼蠅亂飛造成污染

inflation [ɪnˋfleʃən]
n. 自滿、通貨膨脹

諧音 硬飛行

聯想 飛行員自信過度膨脹，
天氣不佳硬飛行

ingredient [ɪnˋgridɪənt]
n. 組成部分、原料、要素

諧音 驗糕點

聯想 驗糕點的成分加以檢驗分析

*initial [ɪˋnɪʃəl]
adj. 開始的、最初的

諧音 應你說

聯想 開場白應該由你說

innocence [ˋɪnəsns]
n. 無罪、清白、天真

諧音 應了聲

聯想 嫌犯應了聲申訴無罪

*inspire [ɪn`spaɪr]
v. 鼓舞、激勵、吸氣

諧音 贏失敗

聯想 親友的鼓舞使我打贏失敗

*install [ɪn`stɔl]
v. 任命、就職、設置

諧音 運石頭

聯想 剛上任的工頭，
運石頭裝置在花園

instinct [`ɪnstɪŋkt]
n. 本能、天性

諧音 硬死叮

聯想 蜜蜂禦敵本能就是硬死叮

insult [`ɪnsʌlt]
v. n. 侮辱、羞辱

諧音 影射

聯想 記者的不當影射
汙辱了當事人

insurance [ɪn`ʃurəns]
n. 保險、保險費

諧音 應收人士

聯想 保險契約上的保金
應收人士是我

*intellect [`ɪnt!͵ɛkt]
n. 智力、才智

諧音 櫻桃類

聯想 多吃櫻桃類的食品
對智力有幫助

*intend [ɪn`tɛnd]
v. 想要、打算

諧音 陰天

聯想 陰天讓我的打算無法實行

*intense [ɪn`tɛns]
adj. 強烈的、熱情的

諧音 硬舔拭

聯想 熱情的小狗對我硬舔拭

*interact [͵ɪntə`rækt]
v. 互相作用、互動

諧音 因他亂哭

聯想 我們的互動因他亂哭而觸礁

*interfere [͵ɪntɚ`fɪr]
v. 妨礙、衝突、介入

諧音 因他廢

聯想 這次的會談因他妨礙而廢

intermediate [͵ɪntɚ`midɪət]
adj. 中間的、居中的
n. 中間人

諧音 引刀抹掉他

聯想 劊子手引刀抹掉
他的脖子中間部位

internet [`ɪntɚ͵nɛt]
n. 網際網路

諧音 贏頭腦

聯想 網路的智慧可能贏過頭腦

***interpret** [ɪn`tɝprɪt]

v. 解釋、說明、口譯

諧音 硬頭皮

聯想 英文弱的他硬著頭皮解釋翻譯

***intimate** [`ɪntəmɪt]

adj. 親密的、熟悉的、精通的
n. 至交

諧音 櫻桃妹

聯想 櫻桃妹熟悉櫻桃

intonation [ˌɪnto`neʃən]

n. 語調、聲調

諧音 音多哪行

聯想 說話聲調要和緩，音多哪行

***invade** [ɪn`ved]

v. 侵入、侵略

諧音 引味道

聯想 糖果的吸引味道，讓螞蟻入侵

***invest** [ɪn`vɛst]

v. 投資、耗費

諧音 應為事

聯想 投資是投資者的為所應為事

***involve** [ɪn`vɑlv]

v. 使捲入、牽涉、專注

諧音 應我負

聯想 我也捲入其中，這事應我負責

***isolate** [`aɪsḷˌet]

v. 孤立、脫離

諧音 愛說累

聯想 新人因為愛說累而被孤立

itch [ɪtʃ]

n. v. 癢

諧音 疫區

聯想 進入疫區會讓人發癢

junior [`dʒunjɚ]

adj. 年紀較輕的 n. 小伙子

諧音 就尿

聯想 年輕小鬼不懂事，總是想尿就尿

keen [kin]

adj. 熱心的、敏銳的、鋒利的

諧音 勤

聯想 熱心的他相當勤勞

labor [`lebɚ]

n. 勞動、勞工 v. 勞動

諧音 累爆

聯想 勞工工作超出工時而累爆

laboratory / lab [`læbrəˌtorɪ / læb]

n. 實驗室、研究室

諧音 老伯偷了

聯想 老伯偷了實驗室的機密

lag [læg]
v. n. 走得慢、延遲、落後

諧音 賴狗

聯想 這隻賴狗走路很慢

launch [lɔntʃ]
v. 發射、發起
n. 發射、發行

諧音 隆起

聯想 火箭在發射後隆起

lean [lin]
v. 傾斜、倚靠 n. 傾斜

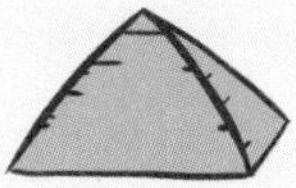

諧音 陵

聯想 金字塔陵墓呈現傾斜狀

*lecture [`lɛktʃɚ]
n. v. 授課、演講

諧音 立刻翹

聯想 課堂點完名，我立刻翹課

*legend [`lɛdʒənd]
n. 傳說、傳奇故事

諧音 獵金

聯想 賞金獵人的獵金傳奇流傳許久

license [`laɪsns]
n. 許可、執照、牌照
v. 許可

諧音 來送死

聯想 沒有執照就想開車，根本是來送死

*literary [`lɪtəˌrɛrɪ]
adj. 文學的、文藝的

諧音 裡頭累了

聯想 心裡頭累了可以用文學的手法表現感情

loan [lon]
n. v. 借出、貸款

諧音 融

聯想 融資就是將錢借給別人

*logic [`lɑdʒɪk]
n. 邏輯、推理

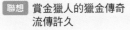

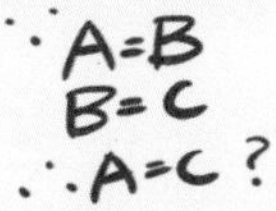

諧音 邏輯

lotion [`loʃən]
n. 化妝水、乳液

諧音 柔性

聯想 柔性的潤膚乳

lousy [`lauzɪ]
adj. 差勁的、討厭的、不潔的

諧音 老肌

聯想 老肌的狀況很糟糕

*loyal [`lɔɪəl]
adj. 忠誠的、忠心的

諧音 老幼

聯想 他們一家老幼都對家族很忠心

A B C D E F G H I J K L M N O P Q R S T U V W X Y Z

lunar [ˋlunɚ]
adj. 月的、陰曆的、蒼白的

諧音 擄人
聯想 月圓當晚，狼人會出來擄人

***luxury** [ˋlʌkʃərɪ]
n. 奢侈品、奢華

諧音 牢固鎖裡
聯想 奢侈品都被牢固的鎖在保險箱裡

madam / ma'am [ˋmædəm]
n. 夫人、太太

諧音 買蛋
聯想 夫人上街去買蛋

***magnificent** [mægˋnɪfəsənt]
adj. 壯麗的、宏偉的

諧音 美國人富盛
聯想 美國人富盛，開創壯麗的一頁

makeup [ˋmekˏʌp]
n. 化妝

諧音 眉膏
聯想 化妝時，她在眉毛塗上眉膏

***manual** [ˋmænjuəl]
adj. 手工的 n. 手冊

諧音 慢扭
聯想 手冊上寫罐頭可以用手慢慢扭開

marathon [ˋmærəˏθɑn]
n. 馬拉松賽跑

諧音 馬拉松

***margin** [ˋmɑrdʒɪn]
n. 邊緣、極限、利潤
v. 加邊框、加註

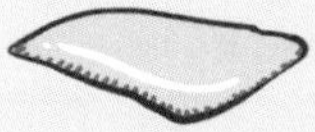

諧音 毛巾
聯想 毛巾的邊緣要洗乾淨

maximum [ˋmæksəməm]
n. 最大量、最大數
adj. 最大的

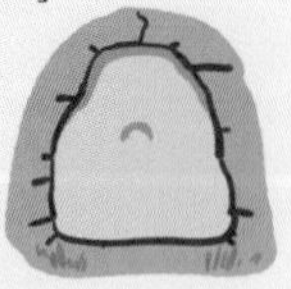

諧音 墓室門
聯想 墓室門要用最厚最重的石塊製作

***mechanic** [məˋkænɪk]
n. 機械工、修理工

諧音 莫可奈何
聯想 機械工如果說機器壞了要換新，也莫可奈何

mercy [ˋmɝsɪ]
n. 慈悲、憐憫

諧音 母性
聯想 慈悲心是人類的母性

mere [mɪr]
adj. 僅僅的、只不過的

諧音 米
聯想 僅僅只剩一點米

merit [ˋmɛrɪt]
n. 優點、美德、功績

諧音 美麗

聯想 美德使人美麗

microscope [ˋmaɪkrəˏskop]
n. 顯微鏡

諧音 毛摳蝨狗

聯想 用顯微鏡可以看到
狗毛摳下的蝨子

mild [maɪld]
adj. 溫和的、溫柔的

諧音 麥油的

聯想 麥油的質地很溫和

minimum [ˋmɪnəməm]
n. 最小量、最小數
adj. 最小的

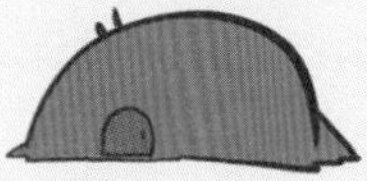

諧音 迷你門

聯想 迷你門是給最小的矮人過的

*minister [ˋmɪnɪstɚ]
n. 部長、大臣

諧音 命令使者

聯想 部長才有權力命令使者

*mischief [ˋmɪstʃɪf]
n. 頑皮、淘氣

諧音 沒事欺負

聯想 淘氣的小男孩沒事就欺負同學

mislead [mɪsˋlid]
v. 把. . . 帶錯方向、誤導

諧音 沒實力的

聯想 沒實力的領袖會將
大家帶入歧途

moderate [ˋmɑdərɪt]
adj. 中等的、適度的、穩健的

諧音 磨豆類

聯想 磨豆類製品要用中等的力道

modest [ˋmɑdɪst]
adj. 謙虛的、審慎的、端莊的

諧音 沒多事的

聯想 她是個沒多事的人，
謙虛是大家對她的評語

monitor [ˋmɑnətɚ]
n. 班長、監視器
v. 監控

諧音 沒腦偷

聯想 裝了監視器後，
小偷就沒腦偷東西了

monument [ˋmɑnjəmənt]
n. 紀念碑、紀念塔

諧音 瑪瑙門

聯想 這座瑪瑙門是一座紀念碑

*mow [mo]
v. 割（草）

諧音 抹

聯想 他取刀對敵人脖子一抹，
割掉了首級

A B C D E F G H I J K L M N O P Q R S T U V W X Y Z

murmur [`mɝmɚ]

n. 低語聲
v. 低語

諧音 默默

聯想 默默低語

mustache [`mʌstæʃ]

n. 鬍子

諧音 毛是大鬍

聯想 關羽的長毛是大鬍

mutual [`mjutʃuəl]

adj. 相互的、彼此的

諧音 媒妁

聯想 媒妁之言介紹彼此認識

neglect [nɪg`lɛkt]

v. n. 忽視、忽略

諧音 你過累

聯想 你過累而忽視健康

*negotiate [nɪ`goʃɪˏet]

v. 談判、協商

諧音 淋狗血

聯想 對方竟然在談判的過程淋狗血

*nuclear [`njuklɪɚ]

adj. 核心的、核能的

拆解 nu（新）＋clear（乾淨）

聯想 乾淨的新能源即是核能

nylon [`naɪlɑn]

n. 尼龍

諧音 尼龍

obstacle [`ɑbstək!]

n. 障礙、妨礙

諧音 我抱石頭

聯想 我抱石頭放在路中間當阻礙

obtain [əb`ten]

v. 得到、獲得

諧音 阿伯添

聯想 阿伯添得一子，獲得疼愛

*occupy [`ɑkjəˏpaɪ]

v. 佔領、佔據

諧音 我可派

聯想 我可派勁旅前往占領該城

*offend [ə`fɛnd]

v. 冒犯、觸怒、違反

諧音 我犯

聯想 我犯了大忌，觸怒龍顏

opera [`ɑpərə]

n. 歌劇

諧音 我跑啦

聯想 歌劇實在太無聊，所以我跑啦

oral [ˋorəl]
adj. 口頭的、口述的、口部的
n. 口試

諧音 污辱

聯想 他用口頭污辱我

orbit [ˋɔrbɪt]
n. 運行軌道 v. 環繞

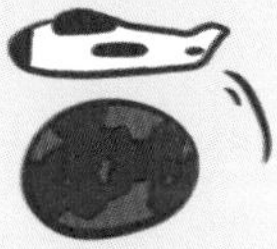

諧音 務必

聯想 務必遵照軌道飛行

orchestra [ˋɔrkɪstrə]
n. 管弦樂隊

諧音 我可是坐

聯想 聽管弦樂隊表演，
我可是坐正中央

oval [ˋov!]
adj. 卵形的、橢圓形的

諧音 我握

聯想 我手握了卵形的石頭

oxygen [ˋɑksədʒən]
n. 氧氣

諧音 我吸進

聯想 我吸進氧氣後覺得很舒服

pace [pes]
n. 一步、步法 v. 踱步

諧音 陪侍

聯想 宮女亦步亦趨的陪侍在旁

panel [ˋpæn!]
n. 嵌板、儀表板

諧音 趴腦

聯想 駕駛趴腦在儀表板上

parachute [ˋpærə͵ʃut]
n. 降落傘

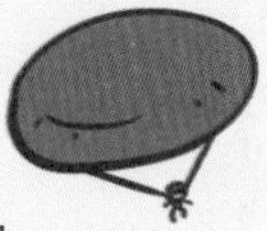

諧音 派落襲

聯想 將軍派降落傘兵落襲該地

paragraph [ˋpærə͵græf]
n. 段落

諧音 派了官府

聯想 皇帝寫了一段御旨，
派了官府將士聽命

participle [ˋpɑrtəsəp!]
n. 分詞

諧音 跑道數步

聯想 跑道距離數步，
分段起跑（分詞）

passive [ˋpæsɪv]
adj. 被動的、消極的

諧音 怕死

聯想 被動的他相當怕死

pasta [ˋpɑstə]
n. 義大利麵、麵糰

諧音 拍濕打

聯想 義大利麵糰在製作前
要拍濕打

A
B
C
D
E
F
G
H
I
J
K
L
M
N
O
P
Q
R
S
T
U
V
W
X
Y
Z

pebble [ˋpɛb!]
n. 小卵石 v. 鋪石頭

諧音 皮薄

聯想 腳皮薄的人不要
踏上小卵石

peculiar [pɪˋkjuljɚ]
adj. 奇怪的、罕見的

諧音 破腳鐐

聯想 奇怪的破腳鐐

pedal [ˋpɛd!]
n. 踏板 v. 踩踏板

諧音 別抖

聯想 踩踏板的時候要注意別抖

peer [pɪr]
v. 盯著看 n. 同事

諧音 屁兒

聯想 最愛偷看美女同事的屁兒

penalty [ˋpɛn!tɪ]
n. 處罰、罰款

諧音 騙老弟

聯想 我因為騙老弟而被處罰

*percent [pɚˋsɛnt]
n. 百分比

諧音 爬山

聯想 我們爬山進度已達百分之九十

perfume [ˋpɝfjum]
n. 香味、香水 v. 散發香氣

諧音 頗芳香

聯想 這瓶香水頗芳香

permanent [ˋpɝmənənt]
adj. 永久的、永恆的

諧音 泡沫難

聯想 泡沫難以持久，
無法永遠的存在

*pessimistic [ˌpɛsəˋmɪstɪk]
adj. 悲觀的

諧音 怕死沒事涕

聯想 這個悲觀主義者，
怕死沒事就哭涕

petal [ˋpɛt!]
n. 花瓣

諧音 配頭

聯想 拿了許多花瓣配頭髮

phenomenon [fəˋnɑməˌnɑn]
n. 現象、奇蹟、傑出人才

諧音 不那麼冷

聯想 聖嬰現象使今年冬天不那麼冷

*philosopher [fəˋlɑsəfɚ]
n. 哲學家

諧音 父老說佛

聯想 這裡的父老說佛，
都是哲學家

*physical [ˋfɪzɪkḷ]
adj. 身體的、物質的、物理的

諧音 肥仔狗

聯想 肥仔狗的身體太胖

*physics [ˋfɪzɪks]
n. 物理學

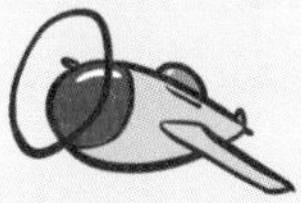

諧音 飛機可是

聯想 飛機可是運用物理學才得以起飛

pioneer [ˏpaɪəˋnɪr]
n. 拓荒者、先鋒

諧音 叛逆兒

聯想 叛逆兒長大成了拓荒者

pirate [ˋpaɪrət]
n. 海盜、劫掠者

諧音 拍了

聯想 強尼戴普拍了海盜之後就爆紅

plot [plɑt]
n. 陰謀、情節、布局
v. 密謀、策劃

諧音 破了

聯想 軍師破了對方的陰謀

plural [ˋplurəl]
adj. 複數的 n. 複數

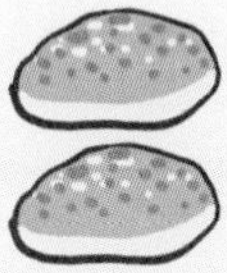

諧音 波蘿

聯想 波蘿麵包一次買兩個就有打折

p. m. / PM
abbr. 下午

諧音 皮影

聯想 下午陽光西斜後，可以開始玩皮影戲

polish [ˋpɑlɪʃ]
v. n. 磨光、擦亮

諧音 暴力洗

聯想 用暴力洗車，可以洗得閃閃發亮

portray [porˋtre]
v. 畫畫、描繪

諧音 潑水

聯想 畫水彩畫時，會先在紙上潑水

*possess [pəˋzɛs]
v. 擁有、持有

諧音 破戒事

聯想 一個和尚擁有妻子是破戒事

*precise [prɪˋsaɪs]
adj. 精確的、準確的

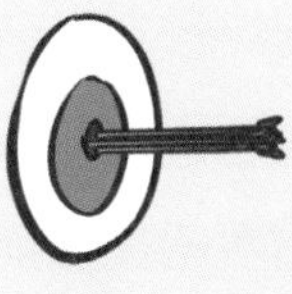

諧音 破賽事

聯想 射箭隊以精準的箭法打破賽事紀錄

*predict [prɪˋdɪkt]
v. 預言、預料

諧音 卜敵

聯想 卜卦料敵是軍師的預言本事

*pregnancy [`prɛgnənsɪ]
n. 懷孕、豐富

諧音 陪艱難事

聯想 孕婦的情緒不定，相陪艱難事

*preserve [prɪ`zɝv]
v. 保存、保護

諧音 配色

聯想 只要良好的保存，畫作的配色就能持久

*prime [praɪm]
adj. 最初的、原始的 n. 最初、精華
v. 灌注、準備

諧音 破壞

聯想 宇宙的初始來自於大爆炸大破壞

privacy [`praɪvəsɪ]
n. 隱退、隱私

諧音 拍我洗

聯想 不准拍我洗澡，這是我的隱私

privilege [`prɪv!ɪdʒ]
n. 特權、殊榮
v. 給予特權

諧音 派我立即

聯想 皇上有特權享用美食，派我立即準備

*profession [prə`fɛʃən]
n. 職業、專業

諧音 頗費心

聯想 要學成這門技術為業頗費心

*prominent [`prɑmənənt]
adj. 突出的、卓越的

諧音 頗賣弄

聯想 他對所達到的卓越功績頗為賣弄

prompt [prɑmpt]
adj. 敏捷的、及時的
v. 鼓勵、提示

諧音 破浪

聯想 教練鼓勵選手，破浪需要敏捷的預估準確風向

*prosper [`prɑspɚ]
v. 繁榮、昌盛

諧音 播世博

聯想 媒體大篇幅播世博新聞，象徵繁榮

protein [`protiɪn]
n. 蛋白質
adj. 含蛋白質的

諧音 波挺

聯想 波挺是因為蛋白質吸收良好

*psychology [saɪ`kɑlədʒɪ]
n. 心理學

諧音 賽狗邏輯

聯想 賽狗邏輯上是心理學的範疇

*publish [`pʌblɪʃ]
v. 出版、頒布

諧音 跑步旅行

聯想 出版跑步旅行的新書

pursuit [pɚ`sut]
v. 追蹤、追求

諧音 樸素
聯想 她追求的是樸素的生活

quake [kwek]
v. n. 震動、顫抖

諧音 潰
聯想 潰堤後，大地震動，居民顫抖

quilt [kwɪlt]
n. 被子、被褥

諧音 快要
聯想 快要被子不然就賣光了

***rage** [redʒ]
n. v. 狂怒、肆虐

諧音 雷擊
聯想 雷擊肆虐大地

rebel [rɪ`bɛl]
v. 造反、反叛 n. 反叛者
adj. 反抗的

諧音 呂布
聯想 呂布毫無忠誠，不斷造反

reception [rɪ`sɛpʃən]
n. 接待、接受、接待會

諧音 禮謝心
聯想 接待客人的時候
要有禮謝心

recipe [`rɛsəpɪ]
n. 處方、食譜

諧音 雷射筆
聯想 廚師用雷射筆為大家
講解食譜秘方

recite [ri`saɪt]
v. 背誦、朗誦、敘述

諧音 裡塞
聯想 往頭腦裡塞東西就是背誦

***recreation** [ˌrɛkrɪ`eʃən]
n. 消遣、娛樂

諧音 雷鬼也行
聯想 放點音樂當娛樂吧，
雷鬼也行

***refer** [rɪ`fɝ]
v. 認為…、起於、提及、參考

諧音 雷父
聯想 古代人將打雷歸因於雷父

***reflect** [rɪ`flɛkt]
v. 反映、表現

諧音 利斧裂
聯想 砍到石頭反映造成利斧裂

***refugee** [ˌrɛfju`dʒi]
n. 難民、流亡者

諧音 老夫子
聯想 老夫子成了難民

*register [`rɛdʒɪstɚ]

n. v. 登記、註冊

諧音 累積石頭

聯想 累積石頭後要登記

relative [`rɛlətɪv]

n. 親戚 adj. 比較的

諧音 淚老涕

聯想 這兩家親戚太愛比較，常常爭吵到淚老涕

reluctant [rɪ`lʌktənt]

adj. 不情願的、勉強的

諧音 臨老嘆

聯想 他不甘願被送入養老院，臨老嘆

*remark [rɪ`mɑrk]

v. n. 談到、評論

諧音 淚滿哭

聯想 談到他的母親他就淚滿哭

remedy [`rɛmədɪ]

n. v. 治療、補救

諧音 林木地

聯想 這塊林木地需要樹醫生的治療

reputation [͵rɛpjə`teʃən]

n. 名譽、名聲

諧音 呂布貼心

聯想 呂布雖然名譽不佳，但對貂蟬很貼心

rescue [`rɛskju]

v. n. 援救、營救

諧音 力施救

聯想 超人正前往全力施救

*resemble [rɪ`zɛmbl̩]

v. 像、類似

諧音 立正步

聯想 軍人的立正步都很相像

*resign [rɪ`zaɪn]

v. 放棄、辭去

諧音 離散

聯想 職員辭職後離散了

*resolution [͵rɛzə`luʃən]

n. 決心、解析度、解決、堅毅

諧音 淚鎖辱行

聯想 她淚鎖辱行，決心復仇

*restore [rɪ`stor]

v. 恢復

諧音 累死透

聯想 累死透的他，明天就恢復了

retain [rɪ`ten]

v. 保留、留住、記住

諧音 犁田

聯想 犁田可以保持田地養分

*retire [rɪ`taɪr]
v. 退休、退出

諧音 老態

聯想 顯露老態的他決定退休

retreat [rɪ`trit]
n. v. 撤退

諧音 裡吹

聯想 當颱風往裡吹，
鄉長下令撤退

revenge [rɪ`vɛndʒ]
v. n. 報仇

諧音 熱吻跡

聯想 看到脖子被種草莓的
熱吻跡，決定報仇

*revise [rɪ`vaɪz]
v. n. 修訂、校訂

諧音 累壞

聯想 新書的校訂工作
真是把他給累壞

*revolution [ˌrɛvə`luʃən]
n. 革命、變革、公轉、循環

諧音 力務履行

聯想 革命救國方針，力務履行

reward [rɪ`wɔrd]
n. v. 報答、獎賞

諧音 禮物

聯想 這是獎賞下來的禮物

*rhyme [raɪm]
n. 押韻、韻文
v. 押韻、作詩

諧音 賴

聯想 歌詞如果有押韻，
聽起來就很不賴

ruin [`ruɪn]
v. 毀滅、崩壞
n. 毀滅、遺跡

諧音 露營

聯想 露營時遇到地震，
天崩地裂

rural [`rurəl]
adj. 農村的、田園的、鄉村風的

諧音 乳酪

聯想 那塊乳酪充滿了
濃濃的鄉村風味

sacrifice [`sækrəˌfaɪs]
n. 牲禮、犧牲
v. 犧牲、獻祭

諧音 殺客法事

聯想 土人殺客當法事的祭品

satellite [`sæt!ˌaɪt]
n. 衛星

諧音 誰偷來的

聯想 這個衛星電視是誰偷來的

scold [skold]
v. n. 責罵、叱責

諧音 是狗

聯想 被罵是狗

scratch [skrætʃ]
v. 抓、搔 n. 抓痕
adj. 碰巧的、湊合的

諧音 死刮去
聯想 他因癢猛抓而死刮去皮膚

***sculpture** [`skʌlptʃɚ]
n. 雕刻品 v. 雕刻

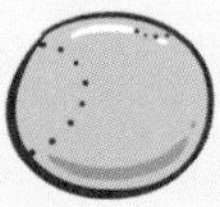

諧音 石刻皮球
聯想 石刻皮球是這次雕刻作品的主題

***gull** [gʌl]
n. 海鷗、笨蛋 v. 欺騙

諧音 咕
聯想 海鷗最喜歡咕咕叫

senior [`sinjɚ]
adj. 年長的、高級的
n. 前輩、學長

諧音 新妞
聯想 新妞感覺是熟女，有點年紀了

settler [`sɛtlɚ]
n. 移民、公道伯

諧音 殺了
聯想 美國移民被印地安人殺了

***severe** [sə`vɪr]
adj. 嚴重的、劇烈的

諧音 射歪
聯想 箭射歪是很嚴重的事

shelter [`ʃɛltɚ]
n. 遮蓋物、避難所
v. 庇護、躲避

諧音 小偷
聯想 難民被安置在避難所中，沒想到還是遭小偷

shift [ʃɪft]
v. 轉移、替換
n. 轉移、輪班

諧音 戲服
聯想 演員要換戲服

shrug [ʃrʌg]
v. n. 聳肩

諧音 涮鍋
聯想 女友說想吃涮涮鍋，他無奈的聳聳肩

shuttle [`ʃʌt!]
n. 梭子 v. 穿梭

諧音 刷頭
聯想 刷頭來回穿梭著替我清潔齒縫

site [saɪt]
n. 地點、場所

諧音 賽
聯想 比賽的地點在運動場

sketch [skɛtʃ]
n. v. 速寫、素描

諧音 速擷取
聯想 速寫就是要快速的擷取

*sledge / sled [slɛdʒ / slɛd]
n. 雪橇

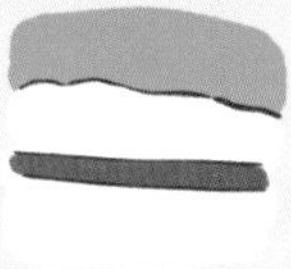

諧音 撕裂

聯想 雪橇撕裂了雪地

slogan [`slogən]
n. 口號、標語

諧音 是老梗

聯想 這句口號已是老梗

sneeze [sniz]
n. v. 噴嚏

諧音 濕女子

聯想 濕女子打噴嚏

sob [sɑb]
v. 嗚咽、啜泣 n. 啜泣

諧音 紗布

聯想 妹妹因包著紗布的傷口疼痛，
忍不住啜泣

socket [`sɑkɪt]
n. 插座 v. 插入插座

諧音 燒起

聯想 插座燒了起來

solar [`solɚ]
adj. 太陽的、日光的

諧音 瘦啦

聯想 他整天在太陽光下工作，
所以瘦啦

sophomore [`sɑfmor]
n. 大學、高中的二年級學生

諧音 灑粉末

聯想 二年級生在新生頭上灑粉末

souvenir [`suvə͵nɪr]
n. 紀念品

諧音 濕吻女兒

聯想 濕吻女兒當作紀念品

spare [spɛr]
v. 分出、節約、去掉
n. 多的、備用的、節約的

諧音 十倍

聯想 老闆希望你能騰出
十倍的時間來工作

*spark [spɑrk]
n. 火花、閃耀 v. 點燃、發動

諧音 十八顆

聯想 十八顆煙火

sparrow [`spæro]
n. 麻雀

諧音 屎排落

聯想 麻雀屎排落

spear [spɪr]
n. 矛、魚叉 v. 刺、戳

諧音 死斃

聯想 被矛刺中，死斃

species [ˋspiʃiz]
n. 種類、品種

諧音 師逼習

聯想 老師逼我學習各種學問

*splendid [ˋsplɛndɪd]
adj. 有光彩的、燦爛的、華麗的

諧音 試白蘭地

聯想 試白蘭地口味，
表情都很燦爛

split [splɪt]
v. 劈開、切開
n. 裂痕、分割 adj. 分裂的

諧音 石霹靂

聯想 石頭霹靂一閃被劈開了

status [ˋstetəs]
n. 地位、身分、情況

諧音 是大的事

聯想 女性地位的重視是大的事

stem [stɛm]
n. 莖、樹幹、家系、工具的柄

諧音 死藤

聯想 死藤原是樹的莖

strive [straɪv]
v. 努力、苦幹、抗爭

諧音 試踹

聯想 比賽前，他相當努力試踹

stroke [strok]
v. n. 擊、敲、筆畫

諧音 實作課

聯想 木工實作課上，
先畫線再敲打

surf [sɝf]
n. 海浪、浪花
v. 衝浪、上網

諧音 色膚

聯想 衝浪可以曬出小麥色的肌膚

*surgeon [ˋsɝdʒən]
n. 外科醫生

諧音 收驚

聯想 外科醫生嚇壞了，去收驚

surrender [səˋrɛndɚ]
n. v. 投降、自首

諧音 手軟的

聯想 嫌犯投降時是嚇到手軟的

sway [swe]
v. n. 搖動、搖擺、支配

諧音 侍衛

聯想 侍衛必須忠心耿耿，
不能搖擺

syllable [ˋsɪləbl̩]
n. 音節

諧音 吸了飽

聯想 發出長音節前，
需將氣吸了飽

*sympathy [`sɪmpəθɪ]
n. 同情心

諧音 心頗繫

聯想 有同情心的她，
心頗繫於窮苦孩童

symphony [`sɪmfənɪ]
n. 交響樂

諧音 興奮你

聯想 交響樂表演真是
興奮死你

syndrome [`sɪn͵drom]
n. 症狀

諧音 形狀

聯想 因為生病而變了形狀

syrup [`sɪrəp]
n. 糖漿、果汁

諧音 吸入跑

聯想 蝴蝶吸入糖漿後就跑了

*telegram [`tɛlə͵græm]
n. 電報 v. 發電報

諧音 逃了官

聯想 電報指出對方將領逃了官

telescope [`tɛlə͵skop]
n. 望遠鏡

諧音 貼了石膏

聯想 頑皮的弟弟在望遠鏡上
貼了石膏

*tense [tɛns]
adj. 拉緊的、繃緊的
v. 拉緊

諧音 探視

聯想 要進監獄探視之前，
心情是相當緊繃的

terror [`tɛrɚ]
n. 恐怖、驚駭

諧音 太熱

聯想 地獄太熱，真是恐怖

theme [θim]
n. 話題、題目

諧音 信

聯想 他還沒想好這封信
要聊些什麼話題

thorough [`θɝo]
adj. 徹底的、完全的

諧音 輸囉

聯想 他徹底的輸囉

timid [`tɪmɪd]
adj. 膽小的、易受驚的

諧音 聽命的

聯想 他只是膽小聽命的小兵

*tolerate [`tɑlə͵ret]
v. 忍受

諧音 拖了累

聯想 她被拖了累，忍受冤屈

A B C D E F G H I J K L M N O P Q R S T U V W X Y Z

tomb [tum]

n. 墓碑、墳地
v. 埋葬

諧音 屯

聯想 屯土是為了蓋墓地

tough [tʌf]

adj. 堅韌的、頑固的

諧音 踏斧

聯想 他的腳皮堅韌，可以踏斧

*tragedy [`trædʒədɪ]

n. 悲劇

諧音 吹直笛

聯想 聽他吹直笛真是悲劇

*transfer [træns`fɝ]

v. 轉換、調動

諧音 船師傅

聯想 船師傅並非固定，
會轉調其他艘船

*translate [træns`let]

v. 翻譯、轉化

諧音 傳世類的

聯想 傳世類的經典作品大多被
翻譯成多國語言

tremendous [trɪ`mɛndəs]

adj. 巨大的、極大的

諧音 催眠大師

聯想 催眠大師有巨大的影響力

*triumph [`traɪəmf]

n. v. 大勝利

諧音 川府

聯想 這次攻下川府，
是我軍大勝利

twinkle [`twɪŋkḷ]

v. n. 閃爍、閃耀

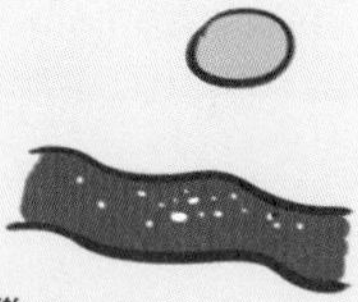

諧音 川溝

聯想 川溝的水在月光下閃爍

unique [ju`nik]

adj. 唯一的、獨一無二的
n. 獨一無二的人（事）

諧音 么女

聯想 么女可是獨一無二的

urban [`ɝbən]

adj. 城市的

諧音 兒搬

聯想 兒搬到城市去居住了

*urge [ɝdʒ]

v. 催促、力勸、驅策
n. 強烈欲望

諧音 餓極

聯想 餓極的客人催促上菜

vain [ven]

adj. 愛虛榮的、自負的、徒然的

諧音 舞宴

聯想 虛榮的人喜歡參加舞宴

vast [væst]
adj. 廣闊的、巨大的

諧音 威勢

聯想 這座巨大的城堡相當有威勢

*verb [vɝb]
n. 動詞

諧音 惡伯

聯想 惡伯動不動就動手動腳

vessel [ˋvɛs!]
n. 船、艦、血管

諧音 未鎖

聯想 間諜偷偷開走未鎖的船艦

vinegar [ˋvɪnɪgɚ]
n. 醋

諧音 味哪夠

聯想 這碗酸辣湯味哪夠，多加點醋

*violate [ˋvaɪə͵let]
v. 違反、違背

諧音 外務累

聯想 他為外務累，而違反公司規定

*virgin [ˋvɝdʒɪn]
n. 處女、未婚女子
adj. 處女的、純潔的、初次的

諧音 未經

聯想 未經人事就是處女

virus [ˋvaɪrəs]
n. 病毒

諧音 外露屍

聯想 外露屍要小心病毒傳染

*vital [ˋvaɪt!]
adj. 生命的、生氣勃勃的、重要的
n. 重要器官、要害

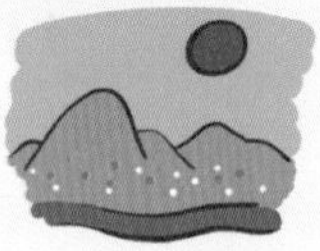

諧音 外頭

聯想 外頭的世界是生氣勃勃的

volcano [vɑlˋkeno]
n. 火山

諧音 我苦惱

聯想 火山即將爆發，我苦惱是否要搬家

*volunteer [͵vɑlənˋtɪr]
n. 自願者、義工

諧音 無人提

聯想 水桶無人提我自願

vowel [ˋvauəl]
n. 母音

諧音 哇喔

聯想 哇喔!我的媽（母）

voyage [ˋvɔɪdʒ]
n. v. 航海、航行

諧音 我也去

聯想 這次的航行，我也去

walnut [ˋwɔlnət]

n. 核桃、核桃樹

諧音 握拿

聯想 手中握拿一顆核桃

welfare [ˋwɛlˏfɛr]

n. 福利、幸福 adj. 福利的

諧音 餵兒肥

聯想 母親覺得餵兒肥就是幸福

***wit** [wɪt]

n. 機智、風趣

諧音 威

聯想 機智的孔明真是太威了

witch / wizard [wɪtʃ / ˋwɪzɚd]

n. 女巫/巫師

諧音 委屈 / 偎著

聯想 女巫和巫師只能委屈偎著

witness [ˋwɪtnɪs]

n. 目擊者、證人
v. 目擊、證明

諧音 未偷女士

聯想 見證人說他未偷女士的包包

wreck [rɛk]

n. 遇難、殘骸
v. 失事、破壞

諧音 雷烤

聯想 落雷烤焦樹木，只剩殘骸

wrinkle [ˋrɪŋk!]

n. 皺紋、困難
v. 起皺紋

諧音 凝固

聯想 這油凝固後竟然起了皺紋

yogurt [ˋjogɚt]

n. 酸奶、優格

諧音 優格

zone [zon]

n. 地帶、地區

諧音 種

聯想 這個區域適合種植作物

NOTE

Constant dropping wears the stone.

LEVEL 05

abide [ə`baɪd]
v. 忍受、容忍、滯留

諧音 二敗
聯想 教練因無法容忍二敗而大怒

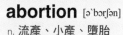

abolish [ə`bɑlɪʃ]
v. 廢除、廢止

諧音 二部歷史
聯想 第二部歷史被廢止，僅留第一部傳世

abortion [ə`bɔrʃən]
n. 流產、小產、墮胎

諧音 我不生
聯想 流產後的夫人說我不生了

abrupt [ə`brʌpt]
adj. 突然的、意外的

諧音 誤爆
聯想 炸彈突然誤爆，嚇壞大家

absurd [əb`sɝd]
adj. 不合理的、荒謬的

諧音 阿伯說的
聯想 阿伯說的真是太荒謬了

***abundant** [ə`bʌndənt]
adj. 充足的、富裕的

諧音 我半擔
聯想 我只要半擔糧食就很充足了

ace [es]
n. 王牌 adj. 一流的

諧音 夜市
聯想 士林夜市是夜市中的王牌

acne [`æknɪ]
n. 青春痘、粉刺

諧音 愛哭女
聯想 愛哭女的臉上滿是青春痘

***adolescent** [ˌæd!`ɛsnt]
n. 青少年 adj. 青春期的

諧音 愛到來生
聯想 青少年很單純，一愛就想愛到來生

adore [ə`dor]
v. 崇拜、愛慕

諧音 耳朵
聯想 他相當崇拜杰倫，一有他的消息就張開耳朵

agenda [ə`dʒɛndə]
n. 議程

諧音 耳尖的
聯想 耳尖的我聽到了議程中的機密

agony [`ægənɪ]
n. 極度痛苦、苦惱

諧音 愛苦膩
聯想 愛情真是太苦膩了，讓人痛苦不已

aisle [aɪl]
n. 通道

諧音 唉喔

聯想 唉喔，我在狹窄的
通道被撞了一下

algebra [ˋældʒəbrə]
n. 代數

諧音 凹我幾把

聯想 他的代數很強，
賭博時凹我幾把

*alien [ˋelɪən]
adj. 外國的、外國人的
n. 外國人、外星人

諧音 矮人

聯想 這個矮人肯定是外國人

*allergy [ˋælɚdʒɪ]
n. 過敏症、反感

諧音 噁老雞

聯想 噁!我對老雞過敏，不能吃

alligator [ˋæləˌgetɚ]
n. 短吻鱷

諧音 咬了該頭

聯想 這隻鱷魚咬了該頭豬的腳

*ally [əˋlaɪ]
n. 同盟國、盟友
v. 結盟

諧音 我來

聯想 我來是為了結盟的

*alter [ˋɔltɚ]
v. 改變、修改

諧音 毆他

聯想 毆他也改變不了事實啊

altitude [ˋæltəˌtjud]
n. 高度、海拔、高處

諧音 我偷跳

聯想 我偷跳下高度很高的瀑布

*ample [ˋæmpḷ]
adj. 大量的、豐富的

諧音 煙波

聯想 大量的霧氣在江面形成煙波

anchor [ˋæŋkɚ]
n. 錨、主播
v. 固定、停泊、主持

諧音 暗扣

聯想 船靠岸時必須下錨，
暗扣住海底

anthem [ˋænθəm]
n. 聖歌、讚美詩、國歌

諧音 安神

聯想 聖歌有安神的作用

antique [ænˋtik]
adj. 古代的、年代久遠的
n. 古董

諧音 菸蒂

聯想 這個菸蒂年代久遠，
已經驗不出DNA

A B C D E F G H I J K L M N O P Q R S T U V W X Y Z

*applaud [əˋplɔd]

v. 鼓掌、喝采、稱讚

諧音 我拍的

聯想 鼓掌是我拍的手

*apt [æpt]

adj. 恰如其分、聰明的、
有. . . 傾向的

諧音 愛僕

聯想 我的愛僕舉止恰當，並聰明

arena [əˋrinə]

n. 競技場、比賽場

諧音 無力拿

聯想 競技場的刀真是太重了，
我無力拿

armor [ˋɑrmɚ]

n. 盔甲
v. 抵禦、穿盔甲

諧音 按摩

聯想 穿盔甲真是太累，
脫下後我要按摩

ascend [əˋsɛnd]

v. 登高、上升

諧音 而升

聯想 賽前揖攘而升才有禮貌

ass [æs]

n. 屁股、驢子

諧音 噁死

聯想 雞屁股真是噁死

assault [əˋsɔlt]

n. v. 攻擊、襲擊

諧音 惡獸

聯想 我們必須抵抗惡獸的攻擊

asset [ˋæsɛt]

n. 財產、資產

諧音 愛惜

聯想 富人愛惜自己的財產

*astonish [əˋstɑnɪʃ]

v. 使吃驚、使驚訝

諧音 耳屎他女婿

聯想 耳屎他也有女婿，
真讓人驚訝

astray [əˋstre]

adv. 離開正道、迷路
adj. 離開正道的、迷路的

諧音 我死罪

聯想 離開正途的我死罪

*astronaut [ˋæstrəˌnɔt]

n. 太空人

諧音 我是豬腦

聯想 我是豬腦，竟想當太空人

auxiliary [ɔgˋzɪljərɪ]

adj. 輔助的 n. 助手

諧音 阿哥左右你

聯想 他只是輔佐你，
別讓阿哥左右你

awe [ɔ]
n. v. 敬畏

諧音 毆

聯想 壞人透過毆打使人敬畏

bachelor [`bætʃəlɚ]
n. 單身漢

諧音 抱歉了

聯想 這場派對只有單身漢能參加，抱歉了

badge [bædʒ]
n. 徽章、標誌 v. 授勳

諧音 疤跡

聯想 身上的疤跡就是戰士的徽章

ballot [`bælət]
n. v. 投票選舉、選票

諧音 表露

聯想 他表露想參加選舉

ban [bæn]
n. v. 禁止、禁令

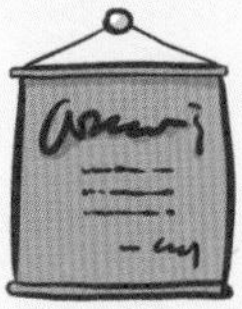

諧音 頒

聯想 頒布禁令

bandit [`bændɪt]
n. 強盜、土匪

諧音 貶低

聯想 羅賓漢被貶低成鄉野強盜

banner [`bænɚ]
n. 旗幟、橫幅標題

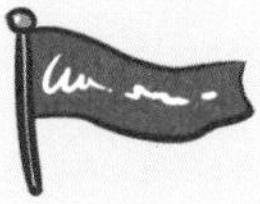

諧音 編了

聯想 他為我們編了旗幟

banquet [`bæŋkwɪt]
n. 宴會 v. 宴請

諧音 辦燴

聯想 辦燴宴請使節

barbarian [bɑr`bɛrɪən]
n. 野蠻人

諧音 爸扁人

聯想 爸扁人，真是野蠻人

barbershop [`bɑrbɚ͵ʃɑp]
n. 理髮店

諧音 巴脖下

聯想 我去理髮店，將下巴脖子下的毛剃乾淨

barren [`bærən]
adj. 荒蕪的、無益的、不生育的
n. 荒漠

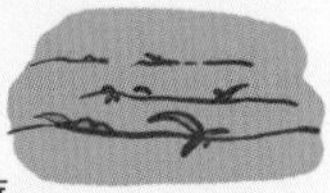

諧音 擺爛

聯想 擺爛不耕種造成土地荒蕪

bass [`bes]
n. 低音 adj. 低音的

諧音 悲事

聯想 悲事戲劇適合搭配低音的配樂

batch [bætʃ]
n. 一批、一組

諧音 拔起
聯想 拔起一批玉米

batter [ˋbætɚ]
v. 連續猛擊、搗毀

諧音 扁他
聯想 葉問使出連續技扁他

bazaar [bəˋzɑr]
n. 市場、商店街

諧音 爆炸
聯想 這個商店街突然爆炸

behalf [bɪˋhæf]
n. 代表、利益

諧音 被害
聯想 律師代表被害者的利益

bid [bɪd]
v. 命令、吩咐、出價
n. 出價、企圖

諧音 逼的
聯想 他被逼的努力執行命令

blacksmith [ˋblæk͵smɪθ]
n. 鐵匠

拆解 black（黑）＋
smith（使命是）
聯想 鐵匠黑手的使命是鍛造鋼鐵

blast [blæst]
n. v. 爆炸、爆破

諧音 爆辣
聯想 爆辣辣椒在嘴巴裡爆炸

blaze [blez]
n. 火焰、光輝
v. 燃燒、閃耀

諧音 不理智
聯想 放火燒山是不理智的

bleach [blitʃ]
v. 漂白 n. 漂白、漂白劑

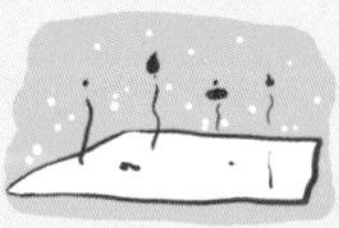

諧音 不離去
聯想 汙漬不離去只好漂白

blizzard [ˋblɪzɚd]
n. 大風雪、暴風雪

諧音 不利遮
聯想 風雪太大了，
不利遮容易走光

blond / blonde [blɑnd]
adj. 亞麻色的、金黃色的、白皙的
n. 白膚金髮碧眼的女人

諧音 不染的
聯想 她的金色頭髮不是染的

blot / stain [blɑt / sten]
n. 沾汙、漬
v. 弄髒

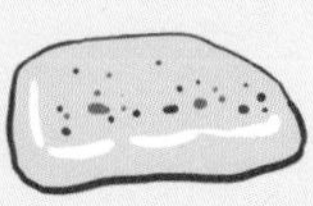

諧音 疤／屎點
聯想 棉被上的菸疤和屎點都是沾汙

blur [blɝ]
n. v. 模糊

諧音 伯樂

聯想 伯樂的眼睛近視模糊，看不到千里馬

bog [bɑg]
n. 沼澤、泥沼
v. 陷入泥沼

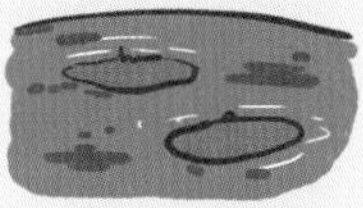

諧音 壩溝

聯想 壩溝裡都是泥沼

bolt [bolt]
n. 門閂、閃電、逃跑
v. 閂上、脫口而出、衝出

諧音 抱頭

聯想 正在偷門閂的賊，一看到閃電就抱頭鼠竄

bonus [ˋbonəs]
n. 獎金、額外津貼

諧音 不鬧事

聯想 給員工獎金他們才不鬧事

boom [bum]
n. 隆隆聲、繁榮、暴漲
v. 發隆隆聲、激增、興旺

諧音 崩

聯想 山崩炸後發出隆隆聲

booth [buθ]
n. 商攤、小亭

諧音 不濕

聯想 下雨躲在小亭內才不濕

bosom [ˋbuzəm]
n. 胸懷 v. 懷抱
adj. 知心的

諧音 波神

聯想 她的心胸寬大，不愧是波神

botany [ˋbɑtənɪ]
n. 植物學

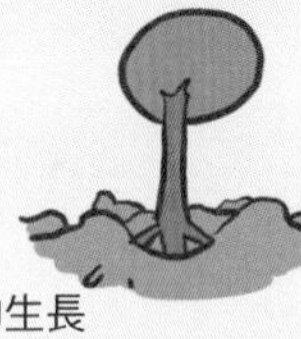

諧音 扒點泥

聯想 扒點泥可以了解植物的生長

boulevard [ˋbuləˏvɑrd]
n. 林蔭大道

諧音 補路吧

聯想 這條林蔭大道坑坑洞洞，補路吧

*bound [baʊnd]
n. 邊界、跳躍、彈回
adj. 綑綁的 v. 跳躍、彈回

諧音 綁的

聯想 綁著布袋的腳，跳過邊界

bowel [ˋbaʊəl]
n. 腸、深處

諧音 飽

聯想 我吃太飽了，腸子好痛

*boxer [ˋbɑksɚ]
n. 拳擊手

諧音 不捨

聯想 拳擊手的太太不捨他滿臉傷

***brace** [bres]

n. 支柱、括號
v. 支撐、激勵

諧音 不累死

聯想 找個架子來支撐才不累死

braid [bred]

n. 辮子、織帶 v. 編織

諧音 不累的

聯想 母親每天總是不累的幫我編辮子

bribe [braɪb]

n. v. 賄賂

諧音 擺佈

聯想 行賄後他就任你擺佈

bronze [brɑnz]

n. 銅 adj. 銅的

諧音 斑漬

聯想 挖出的青銅器上有斑漬

brooch [brotʃ]

n. 女用胸針

諧音 不漏氣

聯想 戴上胸針讓她不漏氣

brood [brud]

n. 一窩雛鳥、所有孩子
v. 孵蛋、沈思

諧音 哺的

聯想 嗷嗷待哺的一窩鳥

broth [brɔθ]

n. 肉湯

諧音 補食

聯想 有肉湯我們就可以補食一頓

browse [brauz]

v. 瀏覽、翻閱
n. 瀏覽

諧音 報紙

聯想 爸爸喜歡隨意瀏覽報紙

bruise [bruz]

n. v. 傷痕、擦傷

諧音 不治

聯想 傷痕不治療就變成疤痕

bulge [bʌldʒ]

n. v. 腫脹、凸起

諧音 飽極

聯想 他吃得飽極了，肚子都凸起

***bulk** [bʌlk]

n. 體積、大量、大塊

諧音 爆口

聯想 他吃太大一口，就爆口了

***bureau** [`bjuro]

n. 政府機構的局、司、署、處

諧音 標了

聯想 政府機關的局處工程，被我們標了

butcher [ˋbutʃɚ]
n. 肉販

諧音 包切
聯想 肉販除了賣肉還包切肉

cactus [ˋkæktəs]
n. 仙人掌

諧音 卡顆頭死
聯想 頭卡進一顆仙人掌，必死，就是卡顆頭死

calf [kæf]
n. 小牛

諧音 咖膚
聯想 這隻小牛的膚色是咖啡色

calligraphy [kəˋlɪgrəfɪ]
n. 書法、筆跡

諧音 可立刻飛
聯想 大師的潑墨書法畫，可立刻飛

canal [kəˋnæl]
n. 運河、河渠 v. 開鑿運河

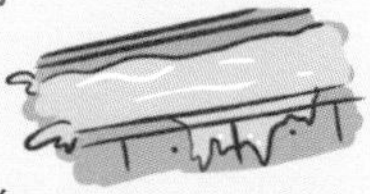

諧音 可惱
聯想 運河又氾濫，真是可惱

cannon [ˋkænən]
n. 大砲、火砲 v. 砲轟

諧音 加農
聯想 用加農砲擊落對方

carbon [ˋkɑrbən]
n. 碳

諧音 刻板
聯想 大家對碳的刻板印象是會汙染地球

carnation [kɑrˋneʃən]
n. 康乃馨

諧音 康乃馨

carnival [ˋkɑrnəvḷ]
n. 嘉年華、狂歡節

諧音 嘉年華

carp [kɑrp]
n. 鯉魚 v. 吹毛求疵

諧音 烤吧
聯想 我們來烤鯉魚吧

carton [ˋkɑrtn]
n. 紙盒

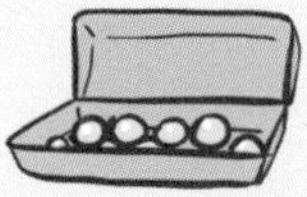

諧音 烤蛋
聯想 烤蛋是用紙盒裝

cathedral [kəˋθidrəl]
n. 大教堂 adj. 大教堂的

諧音 可細做
聯想 西方的大教堂可精緻細做，一蓋就是數百年

*caution [ˋkɔʃən]

n. v. 小心、謹慎

諧音 可行

聯想 行動前必須謹慎，評估可行性

celery [ˋsɛlərɪ]

n. 芹菜

諧音 沙拉類

聯想 芹菜可歸在沙拉類

cello [ˋtʃɛlo]

n. 大提琴

諧音 敲鑼

聯想 這是一場大提琴與敲鑼的合奏

*Celsius [ˋsɛlsɪəs]

adj. 百分度的、攝氏的

諧音 稍息

聯想 天氣攝氏溫度這麼熱，我們先稍息

ceremony [ˋsɛrə͵monɪ]

n. 儀式、典禮

諧音 謝了母女

聯想 這場母姊會典禮是為了謝了母女

certificate [sɚˋtɪfəkɪt]

n. 證明書、執照

諧音 掃地付給

聯想 只要掃地乾淨，我們就付給執照

*chairperson / chairman

[ˋtʃɛr͵pɝsn / ˋtʃɛrmən]

n. 主席

拆解 椅子（chair）＋人（person）

聯想 唯一可以坐在椅子上的人就是主席

chant [tʃænt]

n. 聖歌、曲子

v. 詠唱、呼喊

諧音 勸

聯想 聖歌有勸人為善的內涵

chef [ʃɛf]

n. 主廚、大師傅

諧音 師傅

聯想 餐廳的師傅即是主廚

chestnut [ˋtʃɛs͵nʌt]

n. 栗子

諧音 秋是拿

聯想 秋天是拿栗子吃的好季節

chili [ˋtʃɪlɪ]

n. 辣椒

諧音 淒厲

聯想 紅番椒真是太辣了，他叫得好淒厲

chimpanzee [͵tʃɪmpænˋzi]

n. 黑猩猩

諧音 清盤機

聯想 黑猩猩真是太會吃了，請叫他清盤機

chubby [`tʃʌbɪ]
adj. 圓胖的、豐滿的

諧音 翹屁

聯想 臀部豐滿的她老愛翹屁

cite [saɪt]
v. 引用

諧音 篩

聯想 篩選後的資料才可引用

clam [klæm]
n. 蛤蜊、蚌

諧音 嗑爛

聯想 蚌殼被水鳥嗑爛了

clan [klæn]
n. 家族、部落

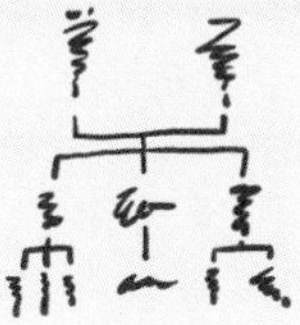

諧音 可聯

聯想 家族可以透過族譜聯繫

clasp [klæsp]
v. 緊抱、扣住
n. 鉤子、擁抱

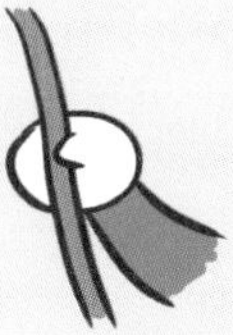

諧音 可拉實

聯想 只要手緊握繩索，
就可拉實

clause [klɔz]
n. 條款、子句

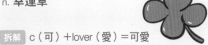

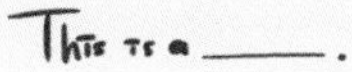

諧音 克漏字

聯想 句子的克漏字填空

cling [klɪŋ]
v. 黏著、依附、堅持

諧音 可領

聯想 黏著金主可領錢

clover [`klovɚ]
n. 幸運草

拆解 c（可）+lover（愛）=可愛

聯想 可愛的幸運草

cluster [`klʌstɚ]
n. 群、組、聚集
v. 聚集

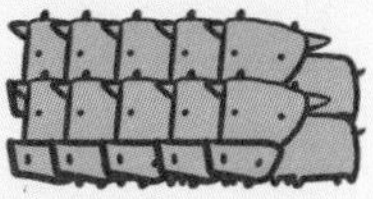

諧音 可拉十頭

聯想 他們一組人可拉十頭牛

clutch [klʌtʃ]
v. 抓住、攫取
n. 爪子、抓住

諧音 銬起

聯想 被抓住後他的雙手被銬起

cocoon [kə`kun]
n. 蟲繭、卵袋 v. 包住

諧音 可困

聯想 蟲繭可將敵人困在外頭

coil [kɔɪl]
v. 捲 n. 一繞

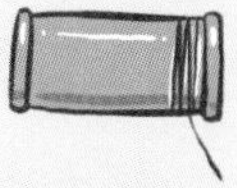

諧音 靠右

聯想 捲線時要靠右開始捲

colonel [ˋkɝnl̩]
n. 上校

諧音 苦惱

聯想 上校正為用兵苦惱

combat [ˋkɑmbæt]
n. v. 戰鬥

諧音 看扁

聯想 不戰鬥會被看扁

comet [ˋkɑmɪt]
n. 彗星

諧音 可美

聯想 彗星劃破天際，可美了

commodity [kəˋmɑdətɪ]
n. 商品、日用品

諧音 可慢到提

聯想 提貨時不用太趕，可慢到提

*communist [ˋkɑmjuˏnɪst]
n. 共產主義者 adj. 共產主義的

諧音 看門女士

聯想 那位看門女士也是
忠貞共產黨員

compact [kəmˋpækt]
adj. 緊密的、小巧的、簡潔的
v. 壓緊、使簡潔

諧音 嵌配

聯想 瑞士刀將所有功能
緊密嵌配成一體

compass [ˋkʌmpəs]
n. 羅盤、指南針 v. 圖謀

拆解 com（音似：可）+
pass（通過）

聯想 看著指南針即可順利通過

compel [kəmˋpɛl]
v. 強迫

諧音 肯賠油

聯想 伊拉克不肯賠油，
美軍強迫出兵

compliment [ˋkɑmpləmənt]
n. v. 讚美、恭維

諧音 扛婆門

聯想 扛老婆婆過門獲得讚美

compound [ˋkɑmpaund]
n. 混合物 v. 混合

諧音 可拌

聯想 兩種原料可拌成混合物

*comprehend [ˏkɑmprɪˋhɛnd]
v. 理解、領會、包含

諧音 肯不恨

聯想 她肯不恨是因為理解他的苦衷

comrade [ˋkɑmræd]
n. 夥伴、同志

諧音 牽累

聯想 戰友同志間原本就是互相牽累

conceal [kən`sil]
v. 隱蔽、隱藏

諧音 乾洗

聯想 衣服可透過乾洗隱藏汙垢

conceive [kən`siv]
v. 構想、想像

諧音 看戲

聯想 看戲是種美好的想像

condemn [kən`dɛm]
v. 責難、判刑

諧音 看店

聯想 看店竟然睡著，
應受責備

*consent [kən`sɛnt]
v. n. 同意、贊成

諧音 肯生

聯想 老婆懷孕了，
她同意肯生

*conserve [kən`sɝv]
v. 保存、節省

諧音 砍奢

聯想 節省的人會砍掉奢華的花費

*console [kən`sol]
n. 控制台 v. 安慰

諧音 看守

聯想 他奉命看守危險的控制台，
大家趕緊安慰他

contagious [kən`tedʒəs]
adj. 傳染性的

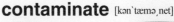

諧音 敢舔就死

聯想 接觸傳染病若敢舔就死

contaminate [kən`tæmə͵net]
v. 弄髒、汙染

諧音 看天莫奈

聯想 環境受汙染
真是看天莫奈

*contemplate [`kɑntɛm͵plet]
v. 思量、考慮、注視

諧音 砍單賠

聯想 老闆考慮之後，
決定砍單賠錢

contemporary [kən`tɛmpə͵rɛrɪ]
adj. 當代的 n. 當代人

諧音 看天破裂

聯想 當代的臭氧層破洞，
看天破裂

contempt [kən`tɛmpt]
n. 輕視、蔑視

諧音 看店破

聯想 看店破被輕視

contend [kən`tɛnd]
v. 爭奪、對抗

諧音 砍疼

聯想 對抗當中被砍很疼

convert [kən`vɝt]
v. 轉變、變換

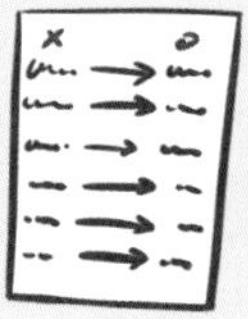

諧音 勘誤

聯想 勘誤表會刊載轉變的內容

*convict [kən`vɪkt]
v. 判決

諧音 堪慰

聯想 法官的判決堪慰被害者

coral [`kɔrəl]
n. 珊瑚 adj. 珊瑚的

諧音 骷髏

聯想 珊瑚礁是珊瑚的骷髏

*corporation [ˌkɔrpə`reʃən]
n. 法人、股份公司

諧音 可不履行

聯想 對公司有害的政策，可不履行

corridor [`kɔrɪdɚ]
n. 走廊、通道

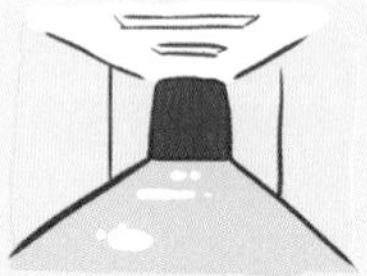

諧音 廓道

聯想 廓道即寬闊的走廊

*corrupt [kə`rʌpt]
adj. 腐敗的、貪汙的
v. 腐敗、墮落

諧音 寇亂

聯想 寇亂危害，政府腐敗

*counsel [`kaunsḷ]
n. v. 商議、勸告

諧音 看手

聯想 相命師看手後對我提出勸告

cozy [`kozɪ]
adj. 舒適的、愜意的
n. 保溫罩

諧音 摳己

聯想 癢的時候摳自己很舒服的

coupon [`kupɑn]
n. 優待券

諧音 苦盼

聯想 主婦苦盼優待券的發送

creak [krik]
v. 發出嘎吱聲 n. 嘎吱聲

諧音 鬼口

聯想 鬼口發出嘎吱聲響

creek [krik]
n. 小溪

諧音 潰口

聯想 小溪有了潰口便淹水

crib [krɪb]
n. 抄襲、嬰兒床 v. 抄襲

諧音 窺

聯想 偷窺別人的考卷就是抄襲

crocodile [ˋkrɑkəˏdaɪl]
n. 鱷魚

諧音 誇口逮
聯想 獵人誇口逮鱷魚

crouch [ˋkrautʃ]
v. n. 蹲伏、彎腰

諧音 哭泣
聯想 他彎腰低頭哭泣

crunch [krʌntʃ]
v. n. 嘎吱作響

諧音 砍去
聯想 一刀砍去，木頭嘎吱作響

crystal [ˋkrɪstḷ]
n. 水晶 adj. 水晶的

諧音 怪石頭
聯想 這顆怪石頭是水晶

cuisine [kwɪˋzin]
n. 烹飪、菜餚

諧音 苦心
聯想 菜餚需要苦心烹飪

curb [kɝb]
n. 勒馬繩、限制、路邊
v. 控制

諧音 苛薄
聯想 苛薄的主人強勒馬繩

curriculum [kəˋrɪkjələm]
n. 課程

諧音 課內考人
聯想 全部課程將從課內抽出考人

curry [ˋkɝɪ]
n. 咖哩

諧音 咖哩

dart [dɑrt]
v. 投擲 n. 飛鏢

諧音 打他
聯想 忍者投擲飛鏢暗器打他

dazzle [ˋdæzḷ]
v. 使目眩、使眼花 n. 燦爛

諧音 大晝
聯想 大晝的日光使人目眩

decay [dɪˋke]
v. n. 腐朽、腐爛

諧音 打開
聯想 盜墓者打開墓穴，
發現所有東西都已腐朽

deceive [dɪˋsiv]
v. 欺騙、蒙蔽

諧音 敵戲
聯想 我們被敵戲弄欺騙了

*delegate [ˋdɛləgɪt]
v. 授權、指派

諧音 遞了給

聯想 我將授權書遞了給手下，並指派負責人

despair [dɪˋspɛr]
n. v. 絕望

諧音 敵十倍

聯想 他因為敵是我方十倍而絕望

despise [dɪˋspaɪz]
v. 鄙視、看不起

諧音 敵失敗

聯想 不能因為敵失敗而看不起對方

destination [ˌdɛstəˋneʃən]
n. 目的地、終點

諧音 大師的旅行

聯想 大師的旅行終點站是故鄉

*destiny [ˋdɛstənɪ]
n. 命運

諧音 大事逃匿

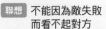

聯想 不能遇到大事就逃匿，要面對你的命運

devour [dɪˋvaur]
v. 狼吞虎嚥、吃光

諧音 弟飽

聯想 弟弟狼吞虎嚥吃飽了

discard [dɪsˋkɑrd]
v. 拋棄、丟棄

諧音 笛是假

聯想 這支笛是假的，給我扔了

disciple [dɪˋsaɪpḷ]
n. 信徒、追隨者

諧音 地塞爆

聯想 領地內塞爆了追隨者

*discriminate [dɪˋskrɪməˌnet]
v. 區別、辨別

諧音 大師看莫內

聯想 大師看莫內名畫可以辨別真假

*dispense [dɪˋspɛns]
v. 免除、分發、執行、配藥

諧音 代駛賓士

聯想 司機代駛賓士，免除自己開車的辛苦

distress [dɪˋstrɛs]
n. v. 悲痛、苦惱

諧音 弟死罪

聯想 他為了弟死罪而悲痛萬分

*document [ˋdɑkjəmənt]
n. 公文、文件

諧音 搭救忙

聯想 律師為找救命文件搭救忙

dormitory [ˋdɔrmə͵torɪ]
n. 宿舍

諧音 怎麼脫離
聯想 怎麼脫離宿舍是個問題

dough [do]
n. 生麵糰

諧音 搗
聯想 麵糰做成麵條前要先搗麵

drape [drep]
n. 簾、幔 v. 懸垂

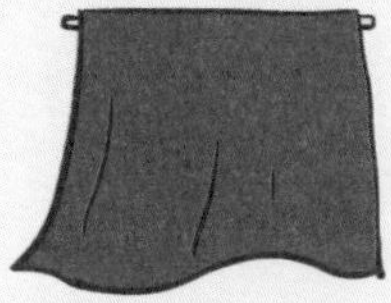

諧音 墜布
聯想 墜布就是將布懸掛在空中

dusk [dʌsk]
n. 薄暮、黃昏 adj. 微暗的

諧音 大時刻
聯想 黃昏往往是一個大時刻

dwarf [dwɔrf]
n. 矮子、侏儒 adj. 矮小的

諧音 刀斧
聯想 這個矮子手握刀斧

***dwell** [dwɛl]
v. 居住、想、思索

諧音 隊友
聯想 打球時隊友都住在一起

eclipse [ɪˋklɪps]
n. 月蝕、遮蔽
v. 遮蔽、使失色

諧音 一口立飽食
聯想 月亮被天狗咬一口立飽食，就是月蝕

eel [il]
n. 鰻魚

諧音 魚油
聯想 鰻魚的魚油很有價值

ego [ˋigo]
n. 自我、自尊心

諧音 藝高
聯想 他藝高人膽大，相當自我

elaborate [ɪˋlæbərɪt]
v. 精心製作、詳述
adj. 精緻的、詳盡的

諧音 一老杯
聯想 師傅詳細描述這製作精細的一老杯

elevate [ˋɛlə͵vet]
v. 抬起、上升、提高

諧音 移了位
聯想 熱氣球向上移了位

endeavor [ɪnˋdɛvɚ]
v. n. 努力

諧音 贏的我
聯想 努力造就贏的我

enterprise [ˋɛntɚˌpraɪz]
n. 企業、事業

諧音 迎頭牌子
聯想 企業創業，最希望能迎頭趕上成為知名牌子

erect [ɪˋrɛkt]
adj. 直立的、垂直的
v. 樹立、建立

諧音 一蕊
聯想 一蕊鮮花直立

***erupt** [ɪˋrʌpt]
v. 噴出、爆發

諧音 溢亂
聯想 火山爆發溢亂

escort [ˋɛskɔrt]
n. 護衛隊、護送 v. 護送

諧音 也是狗
聯想 這次參與護衛隊的也是狗

estate [ɪsˋtet]
n. 地產、財產、身分

諧音 一世貸
聯想 買地產要謹慎，否則一世都為貸款煩惱

esteem [ɪsˋtim]
n. v. 尊重、尊敬

諧音 醫師叮嚀
聯想 醫師叮嚀贏得病患的尊敬

***eternal** [ɪˋtɝnḷ]
adj. 永久的、永恆的

諧音 一偷拿
聯想 一偷拿東西將成為永久的烙印

***ethic** [ˋɛθɪk]
adj. 倫理的、道德的 n. 倫理

諧音 愛惜
聯想 倫理叫我們要愛惜倫常之禮

***exceed** [ɪkˋsid]
v. 超過、勝過

諧音 一口吸的
聯想 聲樂家一口吸的氣超出所有人

exclude [ɪkˋsklud]
v. 把...排除在外、不包括、逐出

諧音 一個事故
聯想 警方排除謀殺，說是一個事故

***execute** [ˋɛksɪˌkjut]
v. 實施、執行、處死

諧音 愛說教
聯想 執行的人愛說教，下面的人很煩心

exile [ˋɛksaɪl]
n. v. 流放、流亡

諧音 一國災
聯想 一國災難會有許多人流亡

*external [ɪk`stɝnəl]
adj. 外面的、表面的 n. 外形

諧音 義式特濃

聯想 外頭賣的義式特濃咖啡很提神

extinct [ɪk`stɪŋkt]
adj. 熄滅的、絕種的

諧音 一個死定

聯想 如果生物只剩一個，那就絕種了

eyelash / lash [`aɪˌlæʃ / læʃ]
n. 眼睫毛

拆解 eye（眼）+lash（淚洗）=眼淚洗

聯想 眼淚洗時，睫毛有淚珠

eyelid [`aɪˌlɪd]
n. 眼皮、眼瞼

諧音 愛理

聯想 他的眼皮閉上愛理不理

fabric [`fæbrɪk]
n. 織品、布料、構造

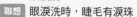

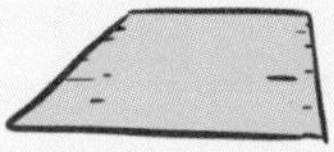

諧音 非不可

聯想 布料是服裝原料，非要不可

fad [fæd]
n. 一時的流行、風尚

諧音 肥的

聯想 唐朝曾一度流行肥的女生

Fahrenheit [`færənˌhaɪt]
adj. 華氏的
n. 華氏溫度計、華氏

諧音 飛輪海

聯想 飛輪海是中華姓氏（華氏）

*fascinate [`fæsnˌet]
v. 迷住、使神魂顛倒

諧音 非是你

聯想 我被你迷住了，新娘非是你不可

fatigue [fə`tig]
n. v. 疲勞、勞累

諧音 肥體積

聯想 肥體積的人容易勞累

*federal [`fɛdərəl]
adj. 聯邦政府的、國家的

諧音 飛到囉

聯想 我搭機飛到聯邦共和國囉

feeble [fib!]
adj. 虛弱的、無力的

諧音 肺薄

聯想 肺薄的人呼吸很虛弱

*fiance [ˌfiən`se]
n. 未婚夫

諧音 非俺婿

聯想 雖然他們是未婚夫妻，但還沒結婚就非俺婿

fiber [ˋfaɪbɚ]
n. 纖維、素質

諧音 非布
聯想 纖維製成紗線布料前，非布

fiddle [ˋfɪdl̩]
n. 小提琴 v. 撥弄

諧音 發抖
聯想 她緊張到不斷發抖撥弄小提琴

filter [ˋfɪltɚ]
n. 濾器 v. 過濾

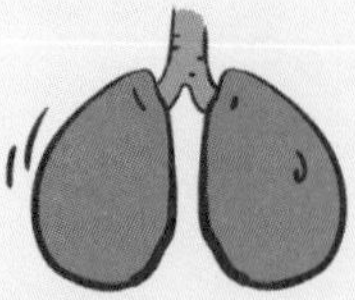

諧音 肺淘
聯想 肺有淘汰廢氣的過濾作用

fin [fɪn]
n. 鰭、鰭狀物

諧音 奮
聯想 小魚用鰭奮力划水

flake [flek]
n. 薄片、火花 v. 成薄片

諧音 飛鴿
聯想 飛鴿傳書只能傳薄片大小的信紙

flap [flæp]
v. n. 拍打、拍擊

諧音 膚辣
聯想 被他拍打後，我的肌膚辣得像火燒

flaw [flɔ]
n. v. 裂隙、裂縫

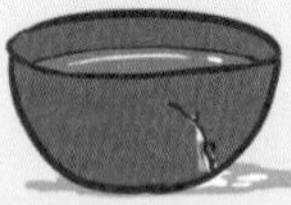

諧音 釜漏
聯想 大釜有了裂痕，會漏水

***flick** [flɪk]
n. v. 輕打、輕彈

諧音 膚立刻
聯想 被她的手指輕彈，我的耳朵立刻紅起來

flip [flɪp]
v. n. 擲硬幣、輕拋、翻轉

諧音 菲力
聯想 菲力牛排在烤的時候需要翻轉

foe [fo]
n. 敵人、仇敵

諧音 佛
聯想 佛沒有敵人

foil [fɔɪl]
n. 箔、金屬薄片 v. 鋪上箔片

諧音 敷油
聯想 在錫箔紙上敷油

format [ˋfɔrmæt]
n. 版本、型式 v. 格式化

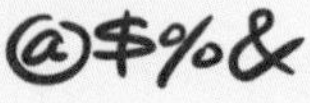

諧音 符碼
聯想 符碼有固定版本

foul [faul]
adj. 骯髒的、犯規的
n. 犯規 v. 弄髒

諧音 犯
聯想 他打球真髒又犯規了

fraction [ˋfrækʃən]
n. 片段、碎片

諧音 負心
聯想 負心漢讓我的心破成碎片

frantic [ˋfræntɪk]
adj. 發狂似的、狂暴的

諧音 煩地
聯想 他煩地都發狂了

freight [fret]
n. 貨物、運費、運輸
v. 裝貨、運貨

諧音 費
聯想 運送貨物需要運費

fume [fjum]
n. 煙、憤怒 v. 冒煙、發怒

諧音 憤
聯想 聞到難聞的氣味而感到憤怒

fury [ˋfjurɪ]
n. 狂怒、暴怒

諧音 飆淚
聯想 狂怒的他飆淚了

fuse [fjuz]
n. 保險絲、熔化、熔合
v. 熔化、熔合

諧音 沸值
聯想 當到達沸值，保險絲就熔化了

fuss [fʌs]
n. v. 忙亂、大驚小怪

諧音 法事
聯想 辦法事不需要大驚小怪

gallop [ˋgæləp]
n. v. 疾馳、飛跑

諧音 加農砲
聯想 急速運送加農砲到戰場

garment [ˋgɑrmənt]
n. 服裝、衣著 v. 穿衣

諧音 家門
聯想 出了家門要穿得體的衣服

gasp [gæsp]
v. n. 倒抽一口氣、喘氣

諧音 假死
聯想 他假死前先倒抽一口氣

gay [ge]
adj. 同性戀的、豔麗的、快樂的、放蕩的 n. 同性戀

諧音 假愛
聯想 他對異性只是假愛，他愛的是同性

gender [ˋdʒɛndɚ]
n. 性別

諧音 尖的
聯想 孕婦肚子尖尖的會生男的

geometry [dʒɪˋɑmətrɪ]
n. 幾何學

諧音 擠壓摸嘴
聯想 透過擠壓摸嘴來詮釋幾何學

glacier [ˋgleʃɚ]
n. 冰河

諧音 姑息
聯想 姑息溫室效應是冰川溶解的主因

glare [glɛr]
v. 注視 n. 強光、注視

諧音 各壘
聯想 投手怒目注視著各壘上的跑者

gleam [glim]
n. v. 微光、閃光

諧音 古靈
聯想 古靈精怪的她眼中發出光芒

glee [gli]
n. 快樂、歡欣

諧音 蛤蠣
聯想 蛤蠣快樂的張開

glitter [ˋglɪtɚ]
v. n. 閃閃發光、閃爍

諧音 鼓勵他
聯想 老師鼓勵他使他閃閃發光

***gloom** [glum]
n. 黑暗、陰暗 v. 變暗、憂鬱

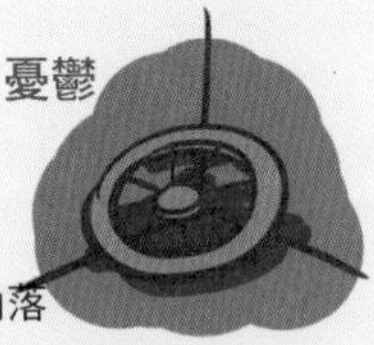

諧音 古輪
聯想 古輪被放在陰暗的角落

gnaw [nɔ]
v. 咬、嚙、折磨

諧音 鬧
聯想 老鼠亂咬亂鬧使人煩惱

gobble [ˋgɑbḷ]
v. 狼吞虎嚥、咯咯叫
n. 咯咯叫聲

諧音 家暴
聯想 逃離家暴的他狼吞虎嚥吃著食物

gorge [gɔrdʒ]
v. 狼吞虎嚥
n. 峽谷、狼吞虎嚥

諧音 狗急
聯想 為了食物狗急跳過峽谷

gorgeous [ˋgɔrdʒəs]
adj. 燦爛的、華麗的

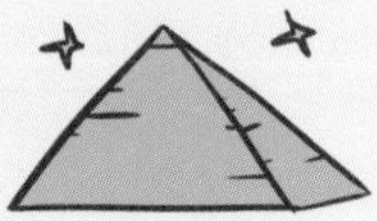

諧音 古蹟是
聯想 古蹟是非常華麗的文物

gorilla [gəˋrɪlə]
n. 大猩猩

諧音 夠力啦

聯想 請大猩猩當打手
一定夠力啦

gospel [ˋgɑsp!]
n. 福音、信條
adj. 福音的

諧音 就是寶

聯想 福音就是寶

grant [grænt]
v. 同意、准予
n. 同意、准予、補助金

諧音 管他

聯想 管他的爺爺同意讓他出遊

gravity [ˋgrævətɪ]
n. 地心引力、嚴重性、嚴肅

諧音 怪物提

聯想 怪物提重物不在意地心引力

graze [grez]
v. n. 放牧、擦傷

諧音 跪姿

聯想 放牧的羊吃草時呈現跪姿，
擦傷了膝蓋

grease [gris]
n. 油脂、潤滑油 v. 塗油

諧音 貴死

聯想 這種潤滑油真是貴死了

greed [grid]
n. 貪心、貪婪

諧音 貴的

聯想 貪心的人吃東西都挑貴的

grim [grɪm]
adj. 無情的、嚴厲的、可怕的

諧音 滾

聯想 無情的老闆要他滾

grip [grɪp]
n. v. 緊握、緊咬

諧音 姑婆

聯想 虎姑婆握住小朋友的手

groan [gron]
n. v. 呻吟聲、哼聲

諧音 鼓弄

聯想 在按摩師鼓弄下，
他發出呻吟

gross [gros]
adj. 噁心的、下流的、總的
n. 總額

諧音 裹屎

聯想 全身裹屎真噁心

grumble [ˋgrʌmb!]
v. n. 抱怨、牢騷

諧音 管爆

聯想 媽媽愛發牢騷，
什麼都管到爆

gulp [gʌlp]
v. n. 大口吃喝、吞嚥

諧音 咕嚕

聯想 咕嚕一聲他大口吞下

gust [gʌst]
n. 一陣強風 v. 吹強風

諧音 告示

聯想 一陣強風吹飛了告示

gut [gʌt]
n. 勇氣、膽量、腸子
adj. 本質的

諧音 角頭

聯想 角頭要有勇氣擔當

gypsy [ˋdʒɪpsɪ]
n. 吉普賽人、流浪者

諧音 吉普賽

hail [hel]
v. n. 歡呼

諧音 嘿呦

聯想 嘿呦!大家一起歡呼

handicap [ˋhændɪˏkæp]
n. v. 障礙

諧音 汗滴卡

聯想 汗滴讓動作卡住，是個障礙

harness [ˋhɑrnɪs]
n. 馬具、安全帶
v. 上馬具、控制

諧音 害你死

聯想 騎馬鞍具沒綁好會害你死

haul [hɔl]
v. n. 拖、拉

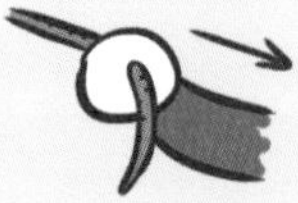

諧音 後

聯想 拖或拉的方向都是向後

haunt [hɔnt]
v. 常出沒於、騷擾、縈繞

諧音 喊他

聯想 鬼魂常出沒喊他

hedge [hɛdʒ]
n. 籬笆 v. 圍住

諧音 火雞

聯想 火雞被圍在籬笆裡

heed [hid]
n. v. 留心、注意

諧音 繫的

聯想 心繫的情人總是留意著對方

heir [ɛr]
n. 繼承人

諧音 愛兒

聯想 愛兒是他的繼承人

hence [hɛns]
adv. 因此

諧音 很濕

聯想 因為下雨所以很濕

herald [ˋhɛrəld]
n. 傳令官、先驅 v. 宣布

諧音 海螺

聯想 傳令官吹海螺通報

herb [hɝb]
n. 草本植物、藥草

諧音 喝飽

聯想 藥草喝飽病就好

hermit [ˋhɝmɪt]
n. 隱士、遁世者

諧音 喝米

聯想 隱士沒錢度日只能喝米

hijack [ˋhaɪˏdʒæk]
v. 搶奪、劫持 n. 劫持

諧音 嗨！傑克

聯想 歹徒說：嗨！傑克。就搶劫他

hiss [hɪs]
n. 嘶嘶聲 v. 發嘶嘶聲

諧音 嘻嘶

聯想 蛇會發出嘻嘶聲

hoarse [hors]
adj. 嘶啞的、粗啞的

諧音 喉若死

聯想 喉若死會讓聲音沙啞

hockey [ˋhɑkɪ]
n. 曲棍球

諧音 好激

聯想 曲棍球是好激烈的運動

honk [hɔŋk]
n. 雁鳴聲、汽車喇叭聲
v. 按喇叭

諧音 轟

聯想 喇叭會發出轟轟聲

hood [hud]
n. 頭巾、兜帽
v. 戴上風帽、加罩

諧音 唬的

聯想 他頭戴怪獸頭巾，唬的大夥一愣一愣

hoof [huf]
n. 蹄 v. 步行

諧音 護膚

聯想 動物的蹄也需要護膚

hostage [ˋhɑstɪdʒ]
n. 人質、抵押品

諧音 獲釋逃機

聯想 人質獲釋逃機

*hostile [ˋhɑstɪl]
adj. 敵人的、敵意的

諧音 禍事多

聯想 敵方攻來禍事多

hound [haund]
n. 獵犬 v. 緊追、騷擾

諧音 悍的

聯想 獵犬必須是強悍的

hover [ˋhʌvɚ]
v. n. 盤旋、徘徊

諧音 哈我

聯想 他很哈我，在外徘徊不去

howl [haul]
v. n. 嗥叫、怒吼

諧音 嚎

聯想 狼的嚎叫真可怕

hurl [hɝl]
v. n. 猛力投擲

諧音 喝

聯想 大喝一聲，他將手榴彈猛力向前投去

hymn [ˋhɪm]
n. 讚美詩、聖歌
v. 唱讚歌

諧音 信

聯想 相信聖歌得永生

idiot [ˋɪdɪət]
n. 白癡

諧音 愚弟

聯想 愚弟是白癡

immense [ɪˋmɛns]
adj. 巨大的、廣大的

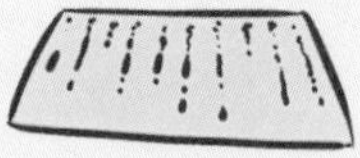

諧音 印滿詩

聯想 廣大的布上印滿詩

imperial [ɪmˋpɪrɪəl]
adj. 帝國的

諧音 應包羅

聯想 帝國的收藏品應包羅萬象

impose [ɪmˋpoz]
v. 強加、徵稅、占便宜

諧音 硬迫子

聯想 父親硬迫子出門賺錢

impulse [ˋɪmpʌls]
n. 衝動、刺激

諧音 硬破勢

聯想 衝動使他硬破勢突圍

incense [ˋɪnsɛns]
n. 香、焚香時的煙
v. 激怒、使大怒

諧音 迎神時

聯想 迎神時需焚香，否則神明會大怒

index [ˋɪndɛks]

n. 索引、指數、食指
v. 編入索引、指示

諧音 引提示

聯想 索引提示所需資料

*indignant [ɪnˋdɪgnənt]

adj. 憤怒的

諧音 影帝嫩

聯想 影評說影帝嫩，讓他十分憤怒

induce [ɪnˋdjus]

v. 引誘、勸

諧音 引導使

聯想 引誘即是透過誘餌引導使其靠近

indulge [ɪnˋdʌldʒ]

v. 沈迷於、滿足

諧音 隱躲進

聯想 他沉迷於電玩，隱躲進網咖

infinite [ˋɪnfənɪt]

adj. 無限的、無邊的
n. 無限

諧音 應分你

聯想 資源無限，他應分你多一點

inherit [ɪnˋhɛrɪt]

v. 繼承

諧音 因襲了

聯想 他繼承因襲了父親的一切

*inquire [ɪnˋkwaɪr]

v. 訊問、調查

諧音 應快

聯想 案件調查應快進行，證據才能保全

*institute [ˋɪnstətjut]

n. 學會、協會 v. 創立

諧音 硬是得挑

聯想 我們硬是得挑一個協會加入

intuition [ˌɪntjuˋɪʃən]

n. 直覺、洞察力

諧音 應天於行

聯想 直覺便是應天於行

isle [aɪl]

n. 小島

諧音 愛遊

聯想 我們的蜜月旅行將在小島愛遊

issue [ˋɪʃju]

v. 發布 n. 議題、發行

諧音 貽笑

聯想 發布這樣的刊物真是貽笑大方

ivy [ˋaɪvɪ]

n. 常春藤

諧音 矮萎

聯想 常春藤都枯死矮萎了

jack [dʒæk]
n. 男孩、千斤頂
v. 舉起重物

諧音 傑克
聯想 傑克這個大男孩
可以舉起重物

jade [dʒed]
n. 翡翠、玉

諧音 借的
聯想 夫人說手上的翡翠是借的

janitor [ˋdʒænɪtɚ]
n. 守衛、守門人

諧音 見你偷
聯想 守門人看見你偷東西

jasmine [ˋdʒæsmɪn]
n. 茉莉花

諧音 真是美
聯想 茉莉花真是美

jaywalk [ˋdʒeˏwɔk]
v. 橫越馬路

拆解 Jay走路
聯想 Jay為躲避狗仔而橫越馬路

jeer [dʒɪr]
v. n. 嘲笑、嘲弄

諧音 譏兒
聯想 親友譏兒嘲笑他

jingle [ˋdʒɪŋg!]
n. 叮噹聲 v. 發出叮噹聲

諧音 經過
聯想 聖誕老人經過時
會有鈴鐺聲

jolly [ˋdʒalɪ]
adj. 快活的、高興的

諧音 酒裡
聯想 酒裡有讓人快活的物質

jug [dʒʌg]
n. 水罐、壺

諧音 加夠
聯想 水壺裡的水要加夠

jury [ˋdʒurɪ]
n. 陪審團

諧音 家累
聯想 當陪審團很累，
最好不要有家累

juvenile [ˋdʒuvən!]
adj. 青少年的 n. 青少年

諧音 舊煩惱
聯想 少年總會有一些舊煩惱

kin [kɪn]
n. 家族、親戚
adj. 親戚關係的

諧音 金
聯想 韓國很多家族都姓金

kindle [ˋkɪndḷ]

v. 點燃、照亮

諧音 金刀

聯想 拔起金刀，點燃戰火

lad [læd]

n. 男孩、少年

諧音 邋遢

聯想 小男孩總是邋遢

lame [lem]

adj. 跛腳的、瘸的
v. 使跛腳

諧音 憐

聯想 跛腳讓人憐惜

laser [ˋlezɚ]

n. 雷射

諧音 雷射

*latitude [ˋlætə͵tjud]

n. 緯度、自主權

諧音 懶的調

聯想 緯度畫好後，就懶的調了

layer [ˋleɚ]

n. 階層、地層 v. 堆疊

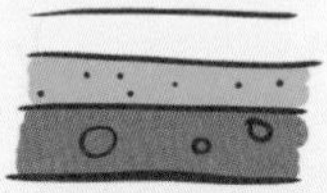

諧音 累而

聯想 地層是一層一層累積而疊

*league [lig]

n. 同盟、聯盟

諧音 立國

聯想 與同伴組成同盟，
方是立國之本

*legislation [͵lɛdʒɪsˋleʃən]

n. 制定法律、立法

拆解 leg+is+lation（累心）=
腿就是累心

聯想 立法需要跑腿累心，
立法累就是累心

lest [lɛst]

conj. 唯恐、擔心

諧音 累死

聯想 他這樣操勞，唯恐累死

lieutenant [luˋtɛnənt]

n. 中尉、官員

諧音 擄天難

聯想 要擄得敵軍中尉，比登天難

lime [laɪm]

n. 萊姆、石灰

諧音 來磨

聯想 我們來磨萊姆汁

limp [lɪmp]

v. 一瘸一拐地走 n. 跛行

諧音 臨坡

聯想 受傷的他一瘸一拐
臨坡往上走

linger [ˋlɪŋɡɚ]
v. 持續、徘徊

諧音 凝固
聯想 油持續一陣子才凝固

lizard [ˋlɪzɚd]
n. 蜥蜴

諧音 立著
聯想 立著的蜥蜴

locust [ˋlokəst]
n. 蝗蟲

諧音 蠕嗑死
聯想 蝗蟲大軍蠕動
嗑死所有食物

lodge [lɑdʒ]
n. 小屋、守衛室、旅社
v. 提供住宿、寄宿、存放

諧音 拉鋸
聯想 工人們正拉鋸蓋小木屋

lofty [ˋlɔftɪ]
adj. 崇高的

諧音 老夫地
聯想 老夫地位崇高

logo [ˋlɑɡo]
n. 標誌

諧音 撈夠
聯想 名牌的LOGO讓他撈夠本

lottery [ˋlɑtərɪ]
n. 獎券、彩票

諧音 樂透
聯想 中了獎券就樂透

lotus [ˋlotəs]
n. 蓮花

諧音 露頭濕
聯想 蓮花露頭濕

lumber [ˋlʌmbɚ]
n. 木材

諧音 爛爆
聯想 這批木材真是爛爆

lump [lʌmp]
n. 團、塊 v. 結塊、弄一團
adj. 塊狀的

諧音 亂拋
聯想 他將一團泥土亂拋

maiden [ˋmedn]
n. 少女、處女
v. 未婚的、新的

諧音 妹等
聯想 妹等好久嫁不出去，
還是未婚的少女

***majesty** [ˋmædʒɪstɪ]
n. 雄偉、壯麗、權威、
陛下（大寫）

諧音 莫叫獅啼
聯想 莫叫獅啼，太雄偉了

mammal [ˋmæm!]
n. 哺乳動物

諧音 沒毛

聯想 哺乳動物的胸部沒毛才能哺乳

manifest [ˋmænəˏfɛst]
adj. 明白的、清楚的
v. 表示、證明

諧音 沒你費事

聯想 沒你費事我的思緒清楚多了

mansion [ˋmænʃən]
n. 大廈、大樓

諧音 慢行

聯想 路過大樓風大，要慢行

maple [ˋmep!]
n. 楓樹

諧音 每波

聯想 每波寒流都會讓楓樹落葉

*marine [məˋrin]
adj. 海的、海生的
n. 海軍陸戰隊、海運

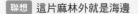

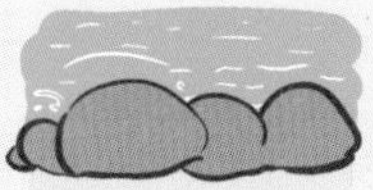

諧音 麻林

聯想 這片麻林外就是海邊

*marshal [ˋmɑrʃəl]
n. 元帥、司儀 v. 引領、排列

諧音 馬上

聯想 騎在馬上帶領的就是元帥

marvel [ˋmɑrv!]
n. 驚奇的人事物 v. 驚奇

諧音 魔物

聯想 這些魔物真讓人感到驚奇

masculine [ˋmæskjəlɪn]
adj. 男子的 n. 男性

諧音 沒事救人

聯想 有男子氣概的他沒事就救人

mash [mæʃ]
n. 糊狀物 v. 搗碎

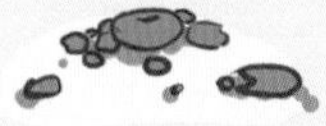

諧音 磨細

聯想 綠豆搗碎之後再慢慢磨細

massage [məˋsɑʒ]
n. v. 按摩、推拿

諧音 馬殺雞

mayonnaise [ˏmeəˋnez]
n. 蛋黃醬、美乃滋

諧音 美乃滋

menace [ˋmɛnɪs]
n. v. 威脅、恐嚇

諧音 罵女士

聯想 這個狂徒罵女士威脅對方

mermaid [`mɝ͵med]
n. 美人魚

諧音 貌美的
聯想 美人魚是貌美的

***migrant** [`maɪgrənt]
adj. 移居的、流浪的
n. 移民、候鳥

諧音 買罐頭
聯想 移民的他思念家鄉味買很多罐頭

mingle [`mɪŋgḷ]
v. 混合、使相混

諧音 名狗
聯想 這隻名狗是混合兩種狗生的

mint [mɪnt]
n. 薄荷、鑄幣廠 v. 創造、製幣
adj. 薄荷的、嶄新的

諧音 茗
聯想 薄荷茶是茗品

miser [`maɪzɚ]
n. 吝嗇鬼、守財奴

諧音 買賒
聯想 買東西必賒賬的他很吝嗇

moan [mon]
n. 呻吟聲 v. 呻吟

諧音 夢
聯想 她在作夢時呻吟

mock [mɑk]
v. n. 嘲弄、嘲笑

諧音 墨客
聯想 騷人墨客總被時人嘲笑

mode [mod]
n. 模式、方法

諧音 摸的
聯想 iPhone的操作模式是用摸的

modify [`mɑdə͵faɪ]
v. 更改、修改

諧音 磨到壞
聯想 磨到壞的機器需要修改

mold [mold]
n. 模型 v. 影響、塑造

諧音 磨的
聯想 陶器模型是磨出來的

molecule [`mɑlə͵kjul]
n. 分子

諧音 毛球
聯想 毛球是纖維分子摩擦勾結而成

monarch [`mɑnɚk]
n. 君主

諧音 瑪瑙
聯想 君王有數不盡的瑪瑙

mortal [`mɔrt!]
adj. 會死的、致死的 n. 凡人

諧音 魔頭

聯想 遇到魔頭會死人的

moss [mɔs]
n. 苔蘚、地衣

諧音 摸濕

聯想 苔癬一摸就濕

mound [maund]
n. 土墩、土堤 v. 堆起

諧音 漫的

聯想 土堤可以阻止河水四漫的慘況

*mourn [morn]
v. 哀痛、哀悼

諧音 默

聯想 沈默的哀痛

mumble [`mʌmb!]
v. n. 含糊地說、咕噥著說

諧音 饅包

聯想 含著饅頭包子講話含糊

muse [mjuz]
v. n. 沈思、冥想

諧音 繆思

聯想 繆思女神會在你沈思時給予靈感

mustard [`mʌstɚd]
n. 芥末

諧音 麻舌頭

聯想 吃了芥末麻舌頭

mutter [`mʌtɚ]
v. n. 嘀咕、咕噥

諧音 罵他

聯想 她低聲抱怨罵他

mutton [`mʌtn]
n. 羊肉

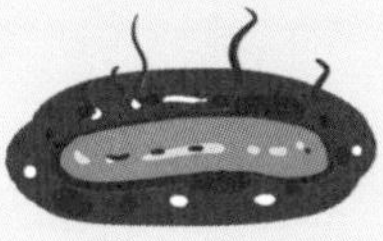

諧音 麻燙

聯想 麻辣燙羊肉

*myth [mɪθ]
n. 神話

諧音 迷思

聯想 神話都是迷思

nag [næg]
v. n. 糾纏不休、不斷嘮叨

諧音 那個

聯想 那個人不斷嘮叨，真的很那個

naive [nɑ`iv]
adj. 天真的、幼稚的

諧音 腦迂

聯想 天真的人真是腦迂

nasty [ˋnæstɪ]
adj. 齷齪的、使人難受的

諧音 拿屍體
聯想 拿屍體讓人難受

nibble [ˋnɪbl̩]
v. n. 一點點地咬

諧音 嚙飽
聯想 老鼠小口咬也能嚙飽

nickel [ˋnɪkl̩]
n. 鎳、五分錢

諧音 鎳夠
聯想 鎳夠的話就可以製造錢幣

***nominate** [ˋnɑmə͵net]
v. 提名、任命

諧音 那麼累
聯想 提名的工作怎麼那麼累

novice [ˋnɑvɪs]
n. 新手、初學者

諧音 孬威勢
聯想 只有新人才有這麼孬的威勢

nude [njud]
adj. 裸的 n. 裸體

諧音 妞的
聯想 妞的裸體很養眼

oar [or]
n. 槳 v. 划

諧音 鷗兒
聯想 海鷗兒停在船槳上

oasis [oˋesɪs]
n. 綠洲

諧音 我愛吸食
聯想 我愛吸食綠洲上的椰子水

oath [oθ]
n. 誓言、誓約

諧音 我誓
聯想 我誓言不變

oatmeal [ˋot͵mil]
n. 燕麥粉、燕麥片

諧音 歐米
聯想 燕麥片是歐洲的米

oblong [ˋɑblɔŋ]
adj. 橢圓形的、矩形的
n. 橢圓形、矩形

諧音 我包弄
聯想 我包弄禮物成矩形與橢圓形

obstinate [ˋɑbstənɪt]
adj. 頑固的、固執的

諧音 愛不屬於你的
聯想 愛不屬於你的，就不要頑固追求

octopus [ˋɑktəpəs]
n. 章魚

諧音 我可逃跑

聯想 遇到深海大章魚時，我可逃跑

odds [ɑds]
n. 機會、可能性

諧音 押注

聯想 押注要看機率

odor [ˋodɚ]
n. 氣味、香氣、臭氣

諧音 嘔的

聯想 這作嘔的氣味真難聞

olive [ˋɑlɪv]
n. 橄欖 adj. 橄欖的

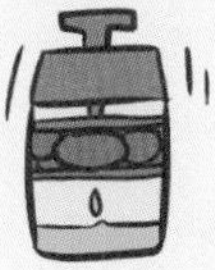

諧音 壓力

聯想 透過壓力榨橄欖油

orchard [ˋɔrtʃɚd]
n. 果園

諧音 我家的

聯想 我家的果園

*orient [ˋorɪənt]
n. 東方 adj. 東方的

諧音 歐戀

聯想 歐洲人對東方有一種迷戀

ornament [ˋɔrnəmənt]
n. 裝飾品 v. 裝飾

諧音 我腦門

聯想 我腦門掛著異國的裝飾品

ostrich [ˋɑstrɪtʃ]
n. 駝鳥

諧音 誤是醉雞

聯想 看到駝鳥我誤以為是醉雞

ounce [auns]
n. 盎司（單位）

諧音 盎司

oyster [ˋɔɪstɚ]
n. 牡蠣、蠔

諧音 烏魚吃牠

聯想 烏魚吃牠，卻被牡蠣夾傷

ozone [ˋozon]
n. 臭氧

諧音 歐棕

聯想 臭氧層破後，歐洲白人被曬成棕色

pacific [pəˋsɪfɪk]
adj. 和解的、愛好和平的、平靜的 n. 太平洋（大寫）

諧音 破是非

聯想 破是非之後就太平了

paddle [ˋpæd!]

n. 槳 v. 划槳

諧音 怕抖

聯想 划槳怕抖

paradox [ˋpærəˏdɑks]

n. 自相矛盾的議論

諧音 怕了大師

聯想 我真怕了大師，
發表似是而非的議論

pane [pen]

n. 窗玻璃片、窗格、鑲板
v. 鑲板

諧音 片

聯想 窗戶上的玻璃是一片片

parallel [ˋpærəˏlɛl]

adj. 平行的、相同的
n. 平行線

諧音 怕勞累

聯想 與你並行是因為怕你勞累

parlor [ˋpɑrlɚ]

n. 客廳、起居室

諧音 趴了

聯想 客廳趴了一隻狗

particle [ˋpɑrtɪk!]

n. 微粒、顆粒

諧音 扒體摳

聯想 扒體摳會有汙垢微粒

pastry [ˋpestrɪ]

n. 糕點、酥皮點心

諧音 配水

聯想 麵糰配水就可做點心

patch [pætʃ]

n. v. 補丁、補片

諧音 趴乞

聯想 滿身補丁的乞丐，
趴著乞討

patent [ˋpætnt]

n. 專利 adj. 專利的
v. 給予、取得專利

諧音 賠單

聯想 如果違反專利權，
就要賠客戶單了

*patriot [ˋpetrɪət]

n. 愛國者

諧音 賠罪

聯想 愛國者以死明志賠罪

patrol [pəˋtrol]

n. v. 巡邏、偵察

諧音 跑錯

聯想 巡邏隊跑錯地方

patron [ˋpetrən]

n. 贊助者、老顧客

諧音 賠錢

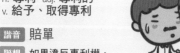

聯想 贊助者最怕賠錢

peacock [ˋpikɑk]
n. 孔雀

諧音 皮烤

聯想 孔雀皮烤焦了

peck [pɛk]
v. n. 啄

諧音 貝殼

聯想 這隻水鳥在啄貝殼

*peddler [ˋpɛdlɚ]
n. 小販、兜售者

諧音 拍到了

聯想 周刊拍到了毒品販子的交易

peg [pɛg]
v. 釘、衣夾 n. 釘子

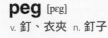

諧音 配個

聯想 一塊木板配四個釘子

penetrate [ˋpɛnəˏtret]
v. 穿過、刺入、看透、滲透

諧音 片能鎚

聯想 釘子穿過木片能用鎚敲打

perceive [pɚˋsiv]
v. 察覺、感知

諧音 剖析

聯想 經過剖析，她終於察覺真相

perch [pɝtʃ]
n. 棲木 v. 暫歇、棲息

諧音 跑去

聯想 這隻鳥跑去樹上棲息

*peril [ˋpɛrəl]
n. 危險 v. 危及

諧音 騙囉

聯想 被人騙囉相當危險

*persist [pɚˋsɪst]
v. 堅持、固執、持續

諧音 不惜

聯想 他相當堅持，不惜以死相逼

pier [pɪr]
n. 碼頭、防波堤

諧音 闢

聯想 這裡將開闢成碼頭

pilgrim [ˋpɪlgrɪm]
n. 香客、朝聖者、旅人

諧音 屁滾

聯想 寺廟的高度嚇的
朝聖者屁滾尿流

pillar [ˋpɪlɚ]
n. 柱子

諧音 劈了

聯想 工匠劈了樹木做柱子

A B C D E F G H I J K L M N O P Q R S T U V W X Y Z

A
B
C
D
E
F
G
H
I
J
K
L
M
N
O
P
Q
R
S
T
U
V
W
X
Y
Z

pimple [`pɪmp!]

n. 丘疹、面皰

諧音 瓶包

聯想 這瓶抗痘洗面乳是瓶包裝

pinch [pɪntʃ]

v. n. 捏、擰、夾痛

諧音 騙取

聯想 她捏紅手臂，騙取同情

piss [pɪs]

v. n. 小便、撒尿

諧音 屁濕

聯想 小便不小心屁股濕了

pistol [`pɪst!]

n. 手槍

諧音 劈石頭

聯想 他用手槍劈石頭

plague [pleg]

n. 瘟疫 v. 受災

諧音 曝烈夠

聯想 日光曝烈夠的地方，
就不會被瘟疫傳染

pledge [plɛdʒ]

n. v. 保證、典當

諧音 賠了雞

聯想 他保證會典當賠了雞

plow [plau]

n. v. 犁、耕田

諧音 僕勞

聯想 牛就像奴僕，勞動犁田

pluck [plʌk]

v. n. 採、摘、拔

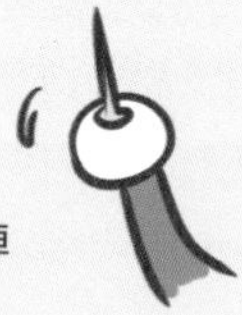

諧音 不牢固

聯想 這釘子不牢固，一拔就掉

plunge [plʌndʒ]

v. n. 投入、降下、跳入、驟降

諧音 跑籃機

聯想 跑籃練習機，
可以練習上籃將球投入

poke [pok]

v. n. 戳、捅

諧音 破殼

聯想 小雞從蛋殼裡不斷戳，
破殼而出

poultry [`poltrɪ]

n. 家禽

諧音 潑水

聯想 對著家禽潑水

polar [`polɚ]

adj. 北極的、南極的、極地的

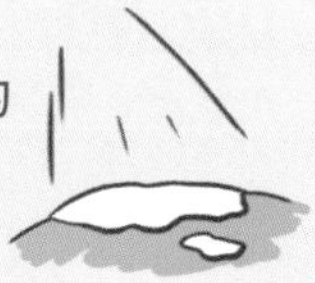

諧音 破了

聯想 臭氧層破了，讓南北極的
紫外線量大增

porch [portʃ]

n. 門廊、入口處

諧音 潑漆

聯想 受害者在入口處潑漆抗議

potential [pə`tɛnʃəl]

adj. 潛在的、可能的 n. 潛力

諧音 砲彈手

聯想 他有當砲彈手的潛力

prairie [`prɛrɪ]

n. 大草原、牧場

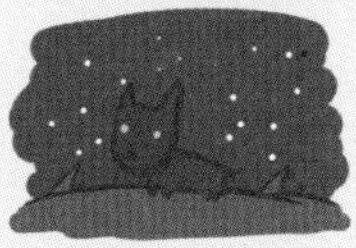

諧音 半夜裡

聯想 半夜裡，大草原會出現夜行動物

prevail [prɪ`vel]

v. 勝過、戰勝、流行

諧音 保衛

聯想 我們在保衛戰中戰勝對方

prey [pre]

n. 獵物、犧牲品、捕食
v. 捕食、掠奪

諧音 配

聯想 我們晚餐要獵捕一些野味來配菜

prick [prɪk]

v. n. 刺穿、戳穿、刺痛

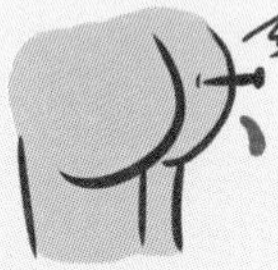

諧音 屁股

聯想 釘子刺進屁股

prior [`praɪɚ]

adv. 在前 adj. 在前的、優先的

諧音 拍我

聯想 先前記者拍我的照片被公布了

prop [prɑp]

n. 支柱、支撐 v. 支撐

諧音 破布

聯想 破洞只能先用破布支撐

prophet [`prɑfɪt]

n. 先知、預言家

諧音 破費

聯想 預言家預言她會破費

proportion [prə`porʃən]

n. 比例、比率

諧音 寶寶性

聯想 寶寶性別比率各半

*prospect [`prɑspɛkt]

n. 預期、前景、景色
v. 探勘

諧音 破十倍

聯想 我們預期這次的銷售額可以破十倍

*province [`prɑvɪns]

n. 省、州

諧音 派文書

聯想 省與省之間常有官派文書往來

A B C D E F G H I J K L M N O P Q R S T U V W X Y Z

prune [prun]
v. 修剪、修整
n. 梅乾

諧音 盆

聯想 盆栽的梅子枝葉要定時修剪

puff [pʌf]
v. 吹氣 n. 吹氣、泡芙

諧音 泡芙

聯想 泡芙就像餅乾吹了氣

pulse [pʌls]
n. 脈搏 v. 跳動

諧音 跑死

聯想 他的脈搏超快的，顯然跑到死

purchase [`pɝtʃəs]
v. n. 購買

諧音 迫切

聯想 購買食物是對我們最迫切的

pyramid [`pɪrəmɪd]
n. 金字塔、三角錐

諧音 拼老命

聯想 金字塔是奴隸拼老命蓋的

quack [kwæk]
n. 呱呱聲、騙子 v. 吹噓

諧音 呱呱

聯想 醜小鴨不停呱呱呱

quart [kwɔrt]
n. 夸脫

諧音 夸脫

聯想 英美容量單位，一夸脫等於兩品脫

quiver [`kwɪvɚ]
v. n. 顫抖、抖動

諧音 快浮

聯想 魁地奇球賽裡的快浮會抖動

rack [ræk]
n. 架子、掛物架

諧音 來客

聯想 來客會先看到架上的產品

radish [`rædɪʃ]
n. 蘿蔔

諧音 老弟媳

聯想 老弟媳有一雙蘿蔔腿

radius [`redɪəs]
n. 半徑

諧音 淚滴耳屎

聯想 淚滴耳屎落在活動半徑之內

rally [`rælɪ]
v. n. 集合、重整

諧音 來臨

聯想 要大家全部來臨就是集合

ranch [ræntʃ]
n. 大牧場、大農場
v. 經營牧場

諧音 亂騎
聯想 頑童在大牧場亂騎馬

rascal [ˋræsk!]
n. 流氓、無賴、淘氣鬼

諧音 路死狗
聯想 流氓生涯的終點就像路死狗

ratio [ˋreʃo]
n. 比率

諧音 累瘦
聯想 因為勞累變瘦的比率頗高

rattle [ˋræt!]
n. 咯咯聲 v. 發出咯咯聲、騷擾、惱怒

諧音 亂投
聯想 他們在神社亂投錢幣，發出咯咯聲

realm [rɛlm]
n. 王國、領土、領域、範圍

諧音 累人
聯想 要治理偌大的領土是很累人的

reap [rip]
v. 收割、獲得

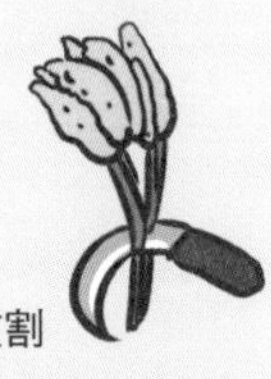

諧音 利破
聯想 用銳利鐮刀割破稻梗就是收割

rear [rɪr]
v. 撫養、飼養 n. 後面

諧音 驢兒
聯想 飼養驢兒，背後可以載重物

reckless [ˋrɛklɪs]
adj. 不注意的、魯莽的

諧音 立刻累死
聯想 魯莽亂跑的人立刻累死

reckon [ˋrɛkən]
v. 計算、測量、認為、覺得

諧音 列看
聯想 計算後，將所有數字列出來看

***recommend** [ˌrɛkəˋmɛnd]
v. 推薦、介紹、建議

諧音 來客麵
聯想 美食家建議來客麵吃

reef [rif]
n. 暗礁、沙洲

諧音 利斧
聯想 暗礁如同利斧一般危險

reel [ril]
n. 一捲 v. 繞

諧音 旅遊
聯想 我們將旅遊過程拍成一捲影片

reign [ren]
n. v. 統治

諧音 淚眼

聯想 被敵國統治真讓人淚眼婆娑

rejoice [rɪ`dʒɔɪs]
v. 慶祝、歡樂

諧音 入主儀式

聯想 入主儀式氣氛相當歡樂

relic [`rɛlɪk]
n. 遺物、遺風、遺跡

諧音 淚立刻

聯想 看見母親遺物，淚立刻流下

reptile [`rɛpt!]
n. 爬蟲動物

諧音 亂跑太油

聯想 爬蟲動物會亂跑身上又太油

*resent [rɪ`zɛnt]
v. 憤慨、怨恨

諧音 雷神

聯想 雷神對世人大感憤怒

resort [rɪ'zɔrt]
n. 度假勝地、訴諸
v. 求助於、依靠

諧音 離索

聯想 依靠旅遊地離群索居獲得休息

resume [rɪ`zjum]
v. 重新開始、繼續

諧音 如今

聯想 事到如今我們只好重新開始了

retort [rɪ`tɔrt]
v. n. 反擊、報復、回嘴

諧音 裡頭

聯想 往裡頭打就是反擊

reverse [rɪ`vɝs]
v. n. 顛倒、反轉
adj. 相反的

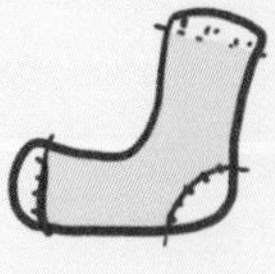

諧音 裡外示

聯想 將襪子反轉可以讓它的裡外示人

*revive [rɪ`vaɪv]
v. 甦醒、復原

諧音 例外

聯想 這個植物人能甦醒是例外

revolve [rɪ`vɑlv]
v. 旋轉、自轉

諧音 禮物

聯想 他的禮物是旋轉木馬

rhinoceros / rhino
[raɪ`nɑsərəs / `raɪno]
n. 犀牛

諧音 來鬧死路樹／來鬧

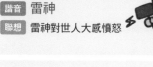

聯想 這隻犀牛跑來鬧，還害死路樹

rib [rɪb]
n. 肋骨、排骨

諧音 利補

聯想 排骨湯有利補身體虛寒

ridge [rɪdʒ]
n. 屋脊、山脊

諧音 累積

聯想 山脊是經過千萬年的累積而成

*ridiculous [rɪ`dɪkjələs]
adj. 可笑的、荒謬的

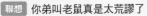

諧音 你弟叫老鼠

聯想 你弟叫老鼠真是太荒謬了

rifle [`raɪfl̩]
n. 步槍、來福槍

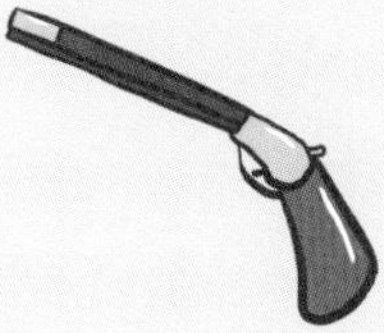

諧音 來福

聯想 來福槍是步槍的一種

*rigid [`rɪdʒɪd]
adj. 堅硬的、嚴格的

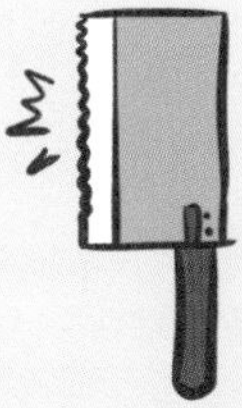

諧音 利鋸的

聯想 這是堅硬的利鋸鋸的

rim [rɪm]
n. 圓形物的邊緣
v. 鑲邊

諧音 輪

聯想 輪子的邊緣

rip [rɪp]
v. 撕、扯 n. 裂口

諧音 裂包

聯想 撕開包裝就是裂包

ripple [`rɪpl̩]
n. v. 漣漪

諧音 雷波

聯想 雷波會產生漣漪

*rival [`raɪvl̩]
n. 競爭者、敵手
adj. 競爭的

諧音 來武

聯想 來動武的就是我的敵人

robin [`rɑbɪn]
n. 知更鳥

諧音 路邊

聯想 路邊有一隻知更鳥

robust [rə`bʌst]
adj. 強健的、茁壯的

諧音 挪巴士

聯想 這個強壯的力士可以挪巴士

rod [rɑd]
n. 棒子、拷打

諧音 落得

聯想 他落得被棒打的下場

rubbish [ˋrʌbɪʃ]
n. 垃圾、廢物 v. 抨擊

諧音 老敝屣
聯想 老敝屣就像垃圾一樣

rumble [ˋrʌmb!]
v. n. 隆隆響、咕嚕

諧音 亂步
聯想 恐龍亂步隆隴聲

rustle [ˋrʌs!]
v. n. 沙沙作響

諧音 囉嗦
聯想 樹葉的沙沙聲真是囉嗦

sacred [ˋsekrɪd]
adj. 神的、宗教的

諧音 殺鬼的
聯想 神是可以殺鬼的

saddle [ˋsæd!]
n. 馬鞍 v. 裝馬鞍、負擔

諧音 殺倒
聯想 戰士掉落馬鞍被敵軍殺倒

saint [sent]
n. 聖徒 adj. 聖人般的

諧音 聖
聯想 聖徒擁有神聖的氣質

salmon [ˋsæmən]
n. 鮭魚 adj. 鮭魚肉色的

諧音 紗門
聯想 用紗門捕鮭魚

salute [səˋlut]
v. n. 行禮、致敬

諧音 受辱
聯想 他未對我敬禮，我感覺受辱

sanctuary [ˋsæŋktʃu͵ɛrɪ]
n. 聖殿、修道院、庇護所

諧音 山丘野里
聯想 山丘野里有修道院

sandal [ˋsænd!]
n. 涼鞋

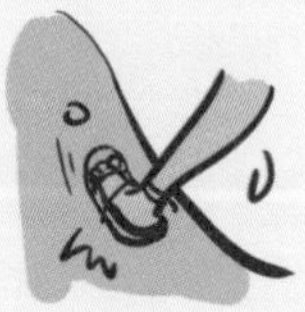

諧音 山陡
聯想 山陡不適合穿涼鞋

savage [ˋsævɪdʒ]
adj. 凶猛的、殘酷的
n. 野蠻人

諧音 殺無懼
聯想 凶猛的人殺無懼

scan [skæn]
v. n. 細看、瀏覽、掃描

諧音 事件
聯想 法官仔細審視這個事件

scandal [`skænd!]
n. 醜聞

諧音 使尖刀
聯想 這是兄弟使尖刀互刺的醜聞

scar [skɑr]
n. 疤、傷痕 v. 留疤

諧音 施加
聯想 施加苦刑會造成傷疤

scent [sɛnt]
n. 氣味 v. 嗅出、察覺

諧音 鹹的
聯想 鹹魚味道是鹹的

scheme [skim]
n. 計劃、方案

諧音 使勁
聯想 委員對這項法案很使勁

scorn [skɔrn]
n. v. 輕蔑、藐視

諧音 視孔
聯想 視孔斜看就是藐視

scramble [`skræmb!]
v. n. 爬行、攀爬、爭奪

諧音 死灌爆
聯想 喝酒被死灌爆，
酒醉滿地爬

scrap [skræp]
n. 碎片、小塊、垃圾、片段
v. 廢棄

諧音 絲瓜破
聯想 絲瓜破成碎片

scrape [skrep]
v. n. 刮、擦、擦傷

諧音 絲瓜布
聯想 用絲瓜布擦盤子

scroll [skrol]
n. 卷軸 v. 捲起

諧音 思古
聯想 卷軸可以發思古之幽情

segment [`sɛgmənt]
n. 部分 v. 分割

諧音 寫歌慢
聯想 寫歌慢，只好先寫曲的部分

sergeant [`sɑrdʒənt]
n. 中士、警官

諧音 殺進
聯想 中士帶兵殺進敵方大營

series [`siriz]
n. 連續、系列

諧音 系列詩
聯想 他將發表一系列詩作

sermon [ˋsɝmən]
n. 佈道、說教

諧音 射門

聯想 教練教選手射門

shabby [ˋʃæbɪ]
adj. 破爛的、破舊的

諧音 下婢

聯想 下婢穿著破舊的衣服

shatter [ˋʃætɚ]
v. n. 粉碎、砸碎

諧音 瞎的

聯想 瞎的人撞碎了花瓶

sheriff [ˋʃɛrɪf]
n. 警長

諧音 修理夫

聯想 警長就是修理夫

shield [ʃild]
n. 盾、護罩 v. 保護

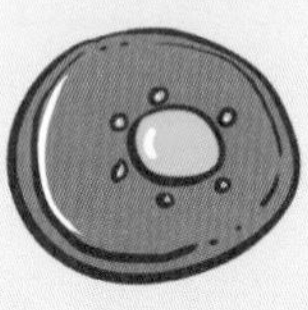

諧音 稀有的

聯想 這個盾牌是很稀有的

shiver [ˋʃɪvɚ]
v. n. 發抖、打顫

諧音 血汙

聯想 看到血汙讓人發抖

shove [ʃʌv]
v. n. 推、撞

諧音 相撲

聯想 相撲是一項互相推撞的運動

shred [ʃrɛd]
n. 碎片、破布 v. 切碎

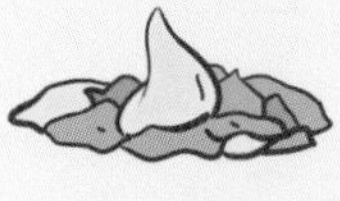

諧音 碎的

聯想 這些是碎的布

shriek [ʃrik]
v. n. 尖叫、喊叫

諧音 史瑞克

聯想 史瑞克讓人尖叫

shrine [ʃraɪn]
n. 神廟、聖壇 v. 奉祀

諧音 衰

聯想 衰的時候可以去廟裡拜拜

shrub [ʃrʌb]
n. 矮樹、灌木

諧音 樹播

聯想 這些樹播種後
可以長成灌木

shudder [ˋʃʌdɚ]
v. n. 發抖、戰慄

諧音 嚇的

聯想 他嚇的不斷發抖

simmer [ˋsɪmɚ]
v. 煨、燉
n. 激化、即將沸騰

諧音 細慢

聯想 細火慢燉

skeleton [ˋskɛlətn]
n. 骨骼、骨架、概略
adj. 骨骼的

諧音 死卡了疼

聯想 老人的骨架死卡了疼

skull [skʌl]
n. 頭蓋骨、頭骨

諧音 石膏

聯想 石膏做的頭骨

slam [slæm]
v. 猛地關上、猛撞

諧音 石爛

聯想 一撞石頭就爛了

slap [slæp]
n. v. 摑擊、掌擊

諧音 死老婆

聯想 死老婆摑他巴掌

slaughter [ˋslɔtɚ]
n. v. 屠宰、屠殺

諧音 食肉的

聯想 食肉的人會宰殺畜牲

slay [sle]
v. 殺死、殺害

諧音 撕裂

聯想 兇手殺害被害者後，將其撕裂

sloppy [ˋslɑpɪ]
adj. 稀薄的、凌亂的、草率的

諧音 屎拉畢

聯想 屎拉畢發現是稀薄的

*slump [slʌmp]
v. n. 倒下、陷落

諧音 濕爛炮

聯想 濕爛炮無法升空而落下

sly [slaɪ]
adj. 狡猾的、狡詐的

諧音 耍賴

聯想 狡猾的人會耍賴

smash [smæʃ]
v. n. 粉碎、打碎

諧音 是馬戲

聯想 胸口碎大石是馬戲

snarl [snɑr!]
v. n. 吠、咆哮

諧音 嘶鬧

聯想 小狗不乖會嘶鬧亂叫

snatch [snætʃ]
v. n. 奪走、奪得

諧音 誓拿去

聯想 選手發誓拿去冠軍

*sneak [snik]
v. 偷溜 n. 溜走、鬼祟的人

諧音 濕泥可

聯想 濕泥可以用來溜走

sniff [snɪf]
v. n. 嗅、聞

諧音 侍女服

聯想 阿宅喜歡聞侍女服

*snore [snor]
v. n. 打鼾

諧音 試挪

聯想 可以試著挪動打鼾的人

soak [sok]
v. n. 浸泡、浸漬

諧音 縮殼

聯想 烏龜泡進水裡就縮殼

sober [`sobɚ]
adj. 清醒的、認真的
v. 醒酒、清醒

諧音 瘦伯

聯想 瘦伯相當冷靜，不容易喝醉

*sole [sol]
adj. 單獨的、唯一的
n. 鞋底

諧音 獸

聯想 野獸單獨的狩獵

solemn [`sɑləm]
adj. 嚴肅的、莊重的

諧音 撒冷

聯想 耶路撒冷是一座
莊重的宗教聖城

*sovereign [`sɑvrɪn]
n. 君主、元首
adj. 最高的、至尊的

諧音 收服人

聯想 君主必須要以德收服人

sow [so]
v. 播種、散佈

諧音 收

聯想 要先播種才能收獲

*spectacle [`spɛktək!]
n. 奇觀、眼鏡

諧音 十倍刻的狗

聯想 戴上眼鏡可以看到
十倍刻的狗

spine [spaɪn]
n. 脊椎、骨氣

諧音 失敗

聯想 脊椎骨刺手術失敗了

sponge [spʌndʒ]
n. 海綿

諧音 濕胖擠

聯想 海綿濕胖可以擠

sprint [sprɪnt]
v. n. 奮力而跑、衝刺

諧音 死拼

聯想 選手死命拼衝刺

spur [spɝ]
n. 馬刺、刺激
v. 策馬、鞭策

諧音 施暴

聯想 騎士用馬刺踢馬是施暴

squash [skwɑʃ]
v. n. 壓扁

諧音 蝨過細

聯想 蝨子身體過細，要壓扁才會死

squat [skwɑt]
v. n. 蹲下 adj. 蹲著的

諧音 試呱

聯想 扮演青蛙的我決定蹲下，試呱一下

stack [stæk]
n. 一堆、乾草堆 v. 堆疊

諧音 石大顆

聯想 石大顆可以堆在一起

stagger [ˋstægɚ]
n. v. 蹣跚、猶豫

諧音 死大個兒

聯想 死大個兒走路搖搖晃晃

stain [sten]
v. 沾污、染污 n. 汙點

諧音 屎點

聯想 被屎點玷汙了

stake [stek]
n. 棍子、股份

拆解 s（實）＋take（拿）

聯想 實拿棍子保護股份

stalk [stɔk]
v. n. 偷偷靠近、追蹤

諧音 神偷

聯想 神偷悄悄靠近保險櫃

stall [stɔl]
n. 欄、攤位、隔間
v. 關入畜舍、熄火

諧音 石頭

聯想 馬廄是用石頭蓋的

stanza [ˋstænzə]
n. 詩的一節、一局、一期

諧音 師等著

聯想 大師等著念詩

A
B
C
D
E
F
G
H
I
J
K
L
M
N
O
P
Q
R
S
T
U
V
W
X
Y
Z

startle [ˋstɑrtḷ]

v. n. 驚嚇、驚奇

諧音 師打頭

聯想 老師打頭，害她嚇一跳

***statistics** [stəˋtɪstɪks]

n. 統計、統計學

諧音 十大天使逃課

聯想 統計過後，
共有十大天使逃課

steer [stɪr]

v. 掌舵、駕駛
n. 指點

諧音 死敵

聯想 死敵駕駛著戰鬥機

stern [stɝn]

adj. 嚴格的、嚴厲的

諧音 死瞪

聯想 老師嚴厲的死瞪

stew [stju]

v. 煮、燉、燜、極度不安
n. 燉肉、不安

諧音 失調

聯想 因為天氣悶熱失調
顯得極度不安

***steward** [ˋstjuwɚd]

n. 男服務員 v. 管理

諧音 事多

聯想 服務員的事多，很忙

stink [stɪŋk]

v. 發惡臭、名聲臭、遭透
n. 臭氣

諧音 死定

聯想 海鮮發出惡臭就是死定了

stock [stɑk]

n. 庫存、股票 v. 貯存、進貨
adj. 庫存的、平凡的

諧音 史塔克

聯想 鋼鐵人史塔克的股票大漲

stoop [stup]

v. n. 屈身、彎腰

諧音 十度坡

聯想 彎腰十度的坡度

stout [staut]

adj. 矮胖的、結實的、頑強的

諧音 拾稻

聯想 拾稻需要健壯的身體

***strain** [stren]

v. n. 拉緊、伸張

諧音 試穿

聯想 明明太小，她還是
使勁的拉緊試穿

strait [stret]

n. 海峽、困境

諧音 死罪

聯想 清朝時要偷渡過
海峽可是死罪

strand [strænd]
n. 線繩、海灘、河岸
v. 擱淺

諧音 試穿的

聯想 在海灘舉行綁帶比基尼試穿活動

strap [stræp]
n. 皮帶、鞭打
v. 捆綁、抽打

諧音 死抓

聯想 死抓著皮帶不放

stray [stre]
v. 迷路、流浪 adj. 迷路的
n. 流浪者

諧音 死醉

聯想 死醉後就迷路了

streak [strik]
n. 條紋、光線、礦脈
v. 疾駛、留下條紋

諧音 死罪可

聯想 死罪可能穿條紋的囚服

stride [straɪd]
v. n. 邁大步走

諧音 是跩的

聯想 邁大步走的姿態是跩的

stripe [straɪp]
n. 條紋、斑紋、線條

諧音 死踹跑

聯想 條紋斑馬死踹跑

stroll [strol]
v. n. 散步、溜達、緩步走

諧音 失措

聯想 散步走失驚慌失措

stumble [ˋstʌmbḷ]
v. 絆倒、踉蹌、結巴
n. 絆倒、錯誤

諧音 誰擔保

聯想 老人家如果絆倒了，誰來擔保

stump [stʌmp]
n. 殘幹、跺腳
v. 砍去、踱步走

諧音 適當

聯想 這株殘幹剛好用來當椅子，很適當

stun [stʌn]
v. 使昏迷、大吃一驚
n. 昏迷、驚歎的事物

諧音 實彈

聯想 被實彈打昏了

sturdy [ˋstɝdɪ]
adj. 健壯的、結實的

諧音 試戳地

聯想 試戳地後發現這塊地很結實

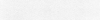

stutter [ˋstʌtɚ]
v. n. 結巴、口吃

諧音 舌打顫

聯想 舌打顫就是口吃

submit [səb`mɪt]

v. 服從、提交

諧音 少包米

聯想 夥計提交年終庫存，竟然少包米

***substitute** [`sʌbstə͵tjut]

n. 代替人、物、品 v. 代替

諧音 殺不死的跳

聯想 殺不死的蟑螂跳過，後面還有很多替補

sulfur [`sʌlfɚ]

n. 硫磺

諧音 說法

聯想 有一種說法是硫磺可以治香港腳

summon [`sʌmən]

v. 傳喚、請求、召集

諧音 扇門

聯想 傳喚人來開扇門

surge [sɝdʒ]

n. v. 波濤、澎湃

諧音 設計

聯想 設計需要有澎湃的熱情

suspend [sə`spɛnd]

v. 懸掛、中止

諧音 殺十遍

聯想 殺十遍的罪犯被掛在城牆上

sustain [sə`sten]

v. 支撐、支持、忍受

諧音 砂石填

聯想 橋墩透過砂石填來支撐

swamp [swɑmp]

n. 沼澤

v. 陷入、淹沒

諧音 死網破

聯想 沼澤裡的魚死網破

swarm [swɔrm]

n. 群、蜂群

v. 擠滿、成群

諧音 十萬

聯想 十萬大軍的蜂群

tackle [`tæk!]

n. 滑車、用具

v. 處理、解決

諧音 大勾

聯想 用大勾來對付

tan [tæn]

n. v. 鞣皮、曬成棕褐色

諧音 炭

聯想 曬得跟炭一樣

tangle [`tæŋg!]

v. n. 糾結、糾纏

諧音 探戈

聯想 跳探戈就是要二個人糾纏在一起

tar [tɑr]
n. 柏油、瀝青
v. 以焦油覆蓋、玷污

諧音 踏

聯想 柏油路才剛鋪好，卻一腳踏上去

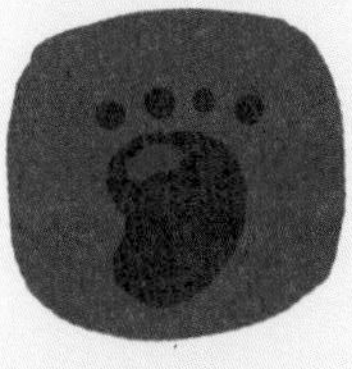

tart [tɑrt]
adj. 酸的、辛辣的
n. 餡餅

諧音 塌的

聯想 塌掉的酸餅

taunt [tɔnt]
n. v. 辱罵、嘲笑

諧音 痛透

聯想 遭受辱罵心裡透痛

tavern [`tævɚn]
n. 酒館、客棧

諧音 他們

聯想 他們約在那家小酒館

tempo [`tɛmpo]
n. 速度、拍子

諧音 彈譜

聯想 他彈譜的時候，拍子很準

*tempt [tɛmpt]
v. 引誘、誘惑、打動

諧音 彈波

聯想 她的彈波相當引誘人

tenant [`tɛnənt]
n. 房客、住戶
v. 租賃

諧音 天冷

聯想 天冷房客就會待在家裡

tentative [`tɛntətɪv]
adj. 試驗性的、嘗試的、不確定的

諧音 田的地

聯想 田的地試種新作物

terrace [`tɛrəs]
n. 大陽臺、露臺

諧音 太熱溼

聯想 太熱溼的露台

thigh [θaɪ]
n. 大腿

諧音 曬

聯想 夏天曬大腿

thorn [θɔrn]
n. 刺、棘、惱人的事

諧音 松

聯想 松果有刺

*thrill [θrɪl]
v. n. 興奮、激動

諧音 水喔

聯想 觀眾就興奮大喊，水喔

throne [θron]
n. 君權、王位
v. 登基

諧音 使弄
聯想 這個王位是他一手使弄得來的

throng [θrɔŋ]
n. 人群、擁擠
v. 群聚、湧入

諧音 送
聯想 人群擁擠為他送行

thrust [θrʌst]
v. n. 推、刺、插

諧音 戳死他
聯想 老大要戳死他

tick [tɪk]
n. 滴答聲、勾號
v. 發滴答聲

諧音 滴科
聯想 時鐘會有滴科聲

tile [taɪl]
n. 瓷磚、牆磚 v. 鋪磚

諧音 太油
聯想 瓷磚打蠟太油

tilt [tɪlt]
v. n. 傾斜、翹起

諧音 掉頭
聯想 看見路面傾斜，我們馬上掉頭

tin [tɪn]
n. 錫、罐頭

諧音 叮
聯想 敲打罐頭會有叮叮聲

tiptoe [ˋtɪpˏto]
n. 腳尖

諧音 踢破頭
聯想 居然被腳尖踢破頭

toad [tod]
n. 蟾蜍

諧音 吐得
聯想 看到癩蛤蟆害他吐得滿地

toil [tɔɪl]
n. 辛苦、勞累 v. 苦幹

諧音 拖油
聯想 他是辛苦媽媽的拖油瓶

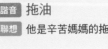

token [ˋtokən]
n. 標誌、代幣 adj. 象徵的
v. 象徵

諧音 偷看
聯想 賭神偷看對手還有多少籌碼

torch [tɔrtʃ]
n. 火炬、火把

諧音 偷去
聯想 營地外的火把竟然讓人給偷去

torment [ˋtɔr͵mɛnt]
v. 痛苦、糾纏

諧音 頭悶
聯想 因頭悶而相當苦惱

torrent [ˋtɔrənt]
n. 奔流、洪流

諧音 拖人
聯想 洪流將人拖走

torture [ˋtɔrtʃɚ]
n. v. 拷打、酷刑

諧音 頭球
聯想 把頭當球打的酷刑

toxic [ˋtɑksɪk]
adj. 有毒的

諧音 頭殼細
聯想 頭殼細的蛇是有毒的

traitor [ˋtretɚ]
n. 叛徒

諧音 搥他
聯想 叛徒就是要搥他

***tramp** [træmp]
v. n. 沈重地走、踩踏、流浪

諧音 穿破
聯想 旅者長途跋涉，
鞋子都穿破了

transparent [træns`pɛrənt]
adj. 透明的、清澈的、坦率的

諧音 穿絲白人
聯想 穿絲質衣服的白人，
像透明人

trench [trɛntʃ]
n. 溝渠
v. 挖溝、侵占

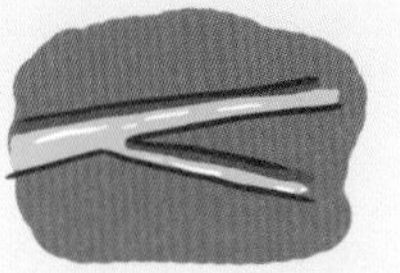

諧音 串起
聯想 溝渠串起水源

tribute [ˋtrɪbjut]
n. 進貢、貢獻

諧音 催逼
聯想 敵國催逼送上貢金

trifle [ˋtraɪf!]
n. 小事、瑣事
v. 戲弄、輕視

諧音 拆夥
聯想 她倆因為一點
小事就拆夥

trim [trɪm]
v. n. 修剪、削減、裝飾

諧音 吋
聯想 修剪院子後，寸草不生

triple [ˋtrɪp!]
adj. 三倍的 n. 三倍數
v. 成三倍

諧音 吹破
聯想 泡泡糖吹到三倍大，
吹破了

trot [trɑt]
n. v. 小跑、快步

諧音 操
聯想 跑步操練

trout [traut]
n. 鱒魚

諧音 炒的
聯想 鱒魚可以用炒的

tuck [tʌk]
v. 塞進、打摺、蓋住
n. 褶子

諧音 蛋殼
聯想 農夫將蛋殼塞進土裡當肥料

tuition [tju`ɪʃən]
n. 講授、教學、學費

諧音 圖一生
聯想 上補習班是圖一生的競爭力

tuna [`tunə]
n. 鮪魚、金鎗魚

諧音 禿腦
聯想 禿腦的鮪魚

***tyrant** [`taɪrənt]
n. 暴君、專制君主

諧音 太爛的
聯想 暴君是太爛的君王

umpire [`ʌmpaɪr]
n. 仲裁者、裁判 v. 裁判

諧音 安排
聯想 勝負結果就交由仲裁者去安排

utter [`ʌtɚ]
v. 發出聲音、說
adj. 完全的

諧音 按它
聯想 這個布偶按它會說話

vacuum [`vækjuəm]
n. 真空、空虛 v. 吸塵

諧音 味精
聯想 這是真空包裝的味精

vague [veg]
adj. 模糊的、曖昧的

諧音 薇閣
聯想 在薇閣有模糊不清的曖昧情愫

vanity [`vænətɪ]
n. 自負、虛榮心、虛幻

諧音 未能提
聯想 自負的他未能提起失敗

vapor [`vepɚ]
n. 水汽、蒸汽、煙霧
v. 汽化、蒸發

諧音 微泡
聯想 微氣泡飲料產生蒸汽

veil [vel]
n. 面紗、面罩
v. 遮掩

諧音 圍有
聯想 中東婦女圍有面紗

vein [ven]
n. 靜脈、血管、氣質、心情

諧音 憤
聯想 憤怒時血管會收縮

velvet [ˋvɛlvɪt]
n. 天鵝絨、絲絨
adj. 天鵝絨的

諧音 微有味
聯想 微微有味道的絲絨墊

verbal [ˋvɝbḷ]
adj. 言辭上的、言語的

諧音 法寶
聯想 作家的言語就是法寶

versus [ˋvɝsəs]
prep. 對、對抗（常略作vs.）

諧音 武士死
聯想 武士對抗忍者，
結果武士死

vertical [ˋvɝtɪkḷ]
adj. 垂直的、豎的
n. 垂直線

諧音 無敵狗
聯想 無敵狗可以垂直降落

veto [ˋvito]
n. v. 否決、反對

諧音 非多
聯想 投非的多，提案遭到否決

via [ˋvaɪə]
prep. 經由、通過

諧音 外耳
聯想 聲音經過外耳傳進耳膜

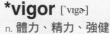

***vibrate** [ˋvaɪbret]
v. 顫動、共鳴

諧音 尾擺
聯想 鯨魚尾擺引起水花顫動

***vigor** [ˋvɪgɚ]
n. 體力、精力、強健

諧音 威哥
聯想 威哥很強壯

villain [ˋvɪlən]
n. 壞人、惡棍

諧音 威人
聯想 威脅人的壞人

***vine** [vaɪn]
n. 藤蔓 v. 爬藤

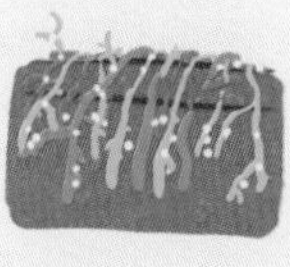

諧音 翻
聯想 花園中的藤蔓翻過
牆長到外頭去了

visa [`vizə]
n. 簽證 v. 加簽證

諧音 為啥
聯想 辦理簽證會問你為啥出國

vow [vau]
n. 誓言、誓約 v. 發誓

諧音 拗
聯想 她發誓過後卻又硬拗

wade [wed]
v. n. 涉水、跋涉

諧音 危的
聯想 獨自涉水是危險的

wail [wel]
v. n. 慟哭、嚎啕

諧音 圍毆
聯想 因為被圍毆而嚎啕大哭

ward [wɔrd]
n. 病房、牢房、監禁、被監護人 v. 避開

諧音 臥的
聯想 病房中臥的是被監護人

***ware** [wɛr]
n. 製品、物品
adj. 知道的

諧音 餵兒
聯想 現代的母親都餵兒人工製品

warrior [`wɔrɪɚ]
n. 武士、鬥士

諧音 武力
聯想 武士必須有強大武力

wary [`wɛrɪ]
adj. 小心翼翼的、警惕的

諧音 圍籬
聯想 小心的蓋圍籬防小偷

weary [`wɪrɪ]
adj. 疲倦的、厭煩的
v. 疲倦、厭煩

諧音 微累
聯想 微累就是疲倦的

***weird** [wɪrd]
adj. 怪誕的、神祕的

諧音 微噁的
聯想 微噁的食物真是太奇怪了

wharf [hwɔrf]
n. 碼頭、停泊處
v. 靠碼頭

諧音 貨付
聯想 貨物交付地點在碼頭

whine [hwaɪn]
v. n. 哀鳴、牢騷

諧音 外
聯想 小狗狗在門外哀鳴

whirl [hwɝl]
v. n. 旋轉、迴旋

諧音 渦

聯想 一失足掉進漩渦中不停旋轉

whisk [hwɪsk]
v. n. 攪動、揮動

諧音 餵食客

聯想 攪拌蛋黃的她是為了作飯餵食客

whiskey / whisky [`hwɪskɪ / `hwɪskɪ]
n. 威士忌酒

諧音 威士忌

*widow [`wɪdo]
n. 寡婦

諧音 微抖

聯想 寡婦哭泣時微微發抖

wig [wɪg]
n. 假髮

諧音 危機

聯想 面臨掉髮危機的他，選擇戴上假髮

wither [`wɪðɚ]
v. 枯萎、凋謝

諧音 萎謝

聯想 那朵花萎謝了

woe [wo]
n. 悲哀、悲痛、困難
int. 哎喲！唉！

諧音 臥

聯想 因為心情悲痛而臥倒在地

worship [`wɝʃɪp]
n. 崇拜、敬仰、禮拜儀式
v. 崇拜、愛慕

諧音 臥蓆

聯想 回教徒趴在臥蓆上禮拜

wreath [riθ]
n. 花圈、花環

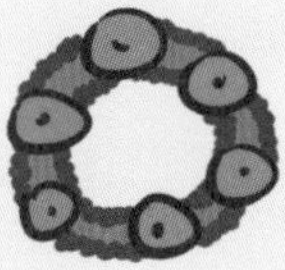

諧音 蕊飾

聯想 花圈是花蕊飾品

wring [rɪŋ]
v. 絞出、擰掉
n. 絞、擰、扭

諧音 擰

聯想 花力氣把濕毛巾擰乾

yacht [jɑt]
n. 快艇、遊艇

諧音 鴨頭

聯想 鴨頭快艇

yarn [jɑrn]
n. 紗線

諧音 癢

聯想 衣服內脫落的紗線會讓人皮膚癢

yeast [jist]
n. 酵母

諧音 益食
聯想 酵母有益飲食

yield [jild]
v. 產出、結果、屈服
n. 產量、利潤

諧音 育有的
聯想 育有的果樹結實累累

yoga [ˋjogə]
n. 瑜珈

諧音 瑜珈

zinc [zɪŋk]
n. 鋅

諧音 鋅可
聯想 鋅可保健身體

zoom [zum]
v. 發出嗡嗡聲、畫面推近拉遠
n. 嗡嗡聲、急遽上升、變焦鏡頭

諧音 潤
聯想 畫面拉近時臉會有圓潤效果

NOTE

Nothing is impossible for a willing heart.

LEVEL 06

*abbreviate [əˋbrivɪˏet]
v. 縮短、縮寫

諧音 我卑微

聯想 身高縮短，讓我卑微

*accelerate [ækˋsɛləˏret]
v. 增速、促進

諧音 愛咳嗽勞累

聯想 愛咳嗽勞累會加速老化

*accommodate [əˋkɑməˏdet]
v. 提供住宿、容納、適應

諧音 我看墓地

聯想 我去看墓地，
可以提供死後住宿

*accord [əˋkɔrd]
v. n. 一致、調解

諧音 誣控的

聯想 陪審團一致同意該
罪名是誣控的

*accumulate [əˋkjumjəˏlet]
v. 累積、積聚

諧音 我扣毛利

聯想 我扣毛利是為了累積資金

acute [əˋkjut]
adj. 尖銳的、嚴重的、急性的

諧音 峨峭

聯想 攀爬峨峭高山要
小心尖銳的岩石

*addiction [əˋdɪkʃən]
n. 沈迷、成癮

諧音 噁的心

聯想 吸毒成癮有作噁的心

*administer [ədˋmɪnəstɚ]
v. 管理、掌管、執行

諧音 我的命裡是頭

聯想 我的命裡是頭，
要負責管理手下

advocate [ˋædvəkɪt]
v. 主張、提倡
n. 提倡者、擁護者

諧音 愛的誤解

聯想 專家主張，愛的誤解要釐清

affirm [əˋfɝm]
v. 斷言、確認

諧音 兒糞

聯想 醫師透過兒糞確認病因

allocate [ˋæləˏket]
v. 分派、分配

諧音 愛若可以

聯想 愛若可以平均分配，
就不會有爭吵了

*ambiguous [æmˋbɪgjuəs]
adj. 含糊不清

諧音 俺必嚼耳屎

聯想 俺說話必嚼耳屎，
聽起來含糊不清

ambulance [ˋæmbjələns]
n. 救護車

諧音 俺不要人死

聯想 俺不要人死，
馬上叫救護車

ambush [ˋæmbuʃ]
n. v. 埋伏、伏擊

諧音 暗佈襲

聯想 暗佈下伏兵來襲擊對手

amiable [ˋemɪəb!]
adj. 和藹可親的、友好的

諧音 愛民胞

聯想 愛民胞的皇帝和藹可親

analects [ˌænəˋlɛkts]
n. 文選、論集

諧音 安南歷史

聯想 這是一部安南歷史的文選

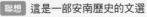

analogy [əˋnælədʒɪ]
n. 相似、比喻

諧音 安能了解

聯想 如果不用比喻，安能了解

*anchorman [ˋæŋkɚˏmæn]
n. 電視主播

諧音 按快門

聯想 主播還要負責按快門

anecdote [ˋænɪkˏdot]
n. 傳聞、軼事

諧音 挨你刀

聯想 傳聞他曾挨你刀

*animate [ˋænəˏmet]
v. 繪製動畫、賦予生命、激勵

諧音 按了沒

聯想 動畫的播放鍵按了沒

anonymous [əˋnɑnəməs]
adj. 匿名的、姓氏不明的

諧音 呃. . 那沒事

聯想 如果你不給我你的芳名，
呃. . 那沒事

antenna [ænˋtɛnə]
n. 觸角、觸鬚、天線

諧音 俺天然

聯想 張飛說，俺的觸鬚
是天然的

*anticipate [ænˋtɪsəˏpet]
v. 預期、預料

諧音 暗地色胚

聯想 沒人能預料到他
暗地裡是個色胚

antonym [ˋæntəˏnɪm]
n. 反義字

諧音 暗偷懶

聯想 他暗地偷懶，
沒有背反義字

apprentice [ə`prɛntɪs]

n. 學徒、徒弟 v. 當學徒

諧音 我盼大師

聯想 我盼大師能收我為學徒

approximate [ə`prɑksəmɪt]

adj. 大約的、接近的
v. 接近、估計

諧音 我破十米

聯想 跳高比賽，我大約跳破了十米

***arctic** [`ɑrktɪk]

adj. 北極的 n. 北極圈

諧音 愛哭啼

聯想 北極熊在北極冰融後，他們愛哭啼

arrogant [`ærəgənt]

adj. 傲慢的、自大的

諧音 矮老官

聯想 這個矮老官相當傲慢

artery [`ɑrtərɪ]

n. 動脈

諧音 藥水

聯想 藥水注射後會進入動脈

articulate [ɑr`tɪkjəlɪt]

adj. 發音清晰的
v. 清晰地發音

諧音 牙剔口內

聯想 牙剔口內或許可以讓口齒清晰

assassinate [ə`sæsɪn͵et]

v. 暗殺、詆毀

諧音 我殺死你

聯想 為了執行暗殺行動，我殺死你

assert [ə`sɝt]

v. 斷言、聲稱、維護

諧音 我說的

聯想 我說的就是我斷言的

***assess** [ə`sɛs]

v. 估價、評價

諧音 我寫是

聯想 估價後，我寫的是無價

asthma [`æzmə]

n. 氣喘

諧音 噁濕毛

聯想 噁濕毛會讓我氣喘

asylum [ə`saɪləm]

n. 避難、庇護所、收容所

諧音 我殺人

聯想 我殺了人，請讓我政治庇護

***attain** [ə`ten]

v. 達到、獲得 n. 成就

諧音 餓舔

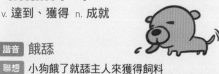

聯想 小狗餓了就舔主人來獲得飼料

attendant [ə`tɛndənt]
n. 服務員、參加者
adj. 伺候的、伴隨的

諧音 我天等

聯想 我天天等著空姐回來

attic [`ætɪk]
n. 閣樓

諧音 矮梯

聯想 這個矮梯可以上閣樓

auction [`ɔkʃən]
n. v. 拍賣

諧音 嘔心

聯想 接下來拍賣畫家
嘔心瀝血大作

authentic [ɔ`θɛntɪk]
adj. 可信的、真實的

諧音 我身體

聯想 我身體可是真實的存在

autograph [`ɔtə͵græf]
n. v. 簽名

諧音 我投掛付

聯想 我投遞掛號要付款簽名

autonomy [ɔ`tɑnəmɪ]
n. 自治、自治權

諧音 我投了明

聯想 為了爭取自治權，
我棄暗投了明

aviation [͵evɪ`eʃən]
n. 航空、飛行

諧音 也無野心

聯想 如果萊特兄弟也無野心，
人類就無法飛行

awesome [`ɔsəm]
adj. 令人驚歎的、令人敬畏的

諧音 歐神

聯想 歐神令人敬畏

barometer [bə`rɑmətɚ]
n. 氣壓計、指標

諧音 不老模特

聯想 志玲是不老模特的指標

beckon [`bɛkn]
v. 招手、召喚、吸引
n. 點頭

諧音 別看

聯想 別看，後頭有鬼
對你招手

*besiege [bɪ`sidʒ]
v. 圍攻、圍困

諧音 被襲擊

聯想 敵人圍攻，我們被襲擊

betray [bɪ`tre]
v. 背叛、出賣

諧音 背水

聯想 被友軍背叛，
我們面臨背水一戰

A
B
C
D
E
F
G
H
I
J
K
L
M
N
O
P
Q
R
S
T
U
V
W
X
Y
Z

beverage [ˋbɛvərɪdʒ]

n. 飲料

諧音 憋我立即

聯想 飲料喝太多憋太久
我立即衝去廁所

bias [ˋbaɪəs]

n. 偏見、偏向 adj. 斜的
adv. 偏斜地 v. 偏心

諧音 敗事

聯想 成事不足敗事有餘
是對他的偏見

binoculars [bɪˋnɑkjəlɚs]

n. 望遠鏡

諧音 被男瞧了

聯想 遠處有人持雙眼望遠鏡，
我被男瞧了

bizarre [bɪˋzɑr]

adj. 異常的

諧音 比薩

聯想 比薩斜塔異常的傾斜

bleak [blik]

adj. 荒涼的、冷酷的、無遮蔽的

諧音 別離苦

聯想 在這荒涼大漠，別離苦

blunder [ˋblʌndɚ]

n. 大錯 v. 犯錯

諧音 擺爛的

聯想 擺爛的大錯

blunt [blʌnt]

adj. 鈍的 v. 使鈍、減弱

諧音 不爛

聯想 這刀太鈍了，都切不爛

bondage [ˋbɑndɪdʒ]

n. 奴役、束縛

諧音 綁的雞

聯想 綁的雞被我所束縛

boost [bust]

n. v. 推動、促進、提高

諧音 布施

聯想 布施可推動人心向上

bout [baut]

n. 格鬥比賽、較量、一回

諧音 爆頭

聯想 在這場拳賽他被打爆頭

boycott [ˋbɔɪˌkɑt]

v. n. 聯合抵制

諧音 不依靠

聯想 我們不依靠外力，
將發動聯合抵制

brew [bru]

n. v. 釀造

諧音 Blue

聯想 愛情釀的酒聽起來
很憂鬱（Blue）

brink [brɪŋk]
n. 邊緣、懸崖

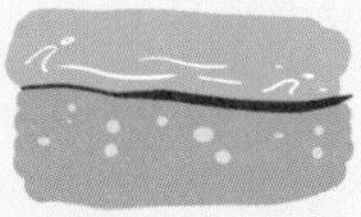

諧音 濱口

聯想 濱口即是江邊

brisk [brɪsk]
adj. 輕快的、活潑的、興旺的
v. 使輕快、活躍

諧音 百事可

聯想 百事可樂

brochure [bro`ʃur]
n. 小冊子

諧音 報銷

聯想 小冊子印錯日期，整批報銷

brute [brut]
n. 獸、畜生
adj. 畜生般的、殘忍的

諧音 捕鹿

聯想 捕鹿真是殘忍

buckle [`bʌk!]
n. 釦子 v. 扣住

諧音 包釦

聯想 包釦是釦子的一種

burial [`bɛrɪəl]
n. 葬禮、墓地
adj. 埋葬的、葬禮的

諧音 拜了喔

聯想 他去葬禮已經拜了喔

byte [baɪt]
n. 位元

諧音 白頭

聯想 八位元的電腦運算讓人等到白頭

caffeine [`kæfiɪn]
n. 咖啡因

諧音 咖啡因

calcium [`kælsɪəm]
n. 鈣

諧音 剋星

聯想 汽水造成骨質疏鬆，是鈣的剋星

canvas [`kænvəs]
n. 帆布、畫布、帳篷
adj. 帆布的

諧音 抗無濕

聯想 抗無濕的帳篷

capsule [`kæps!]
n. 膠囊、小盒子
adj. 概要的 v. 概括

諧音 咳嗽

聯想 咳嗽可以吃感冒膠囊

caption [`kæpʃən]
n. 字幕、標題、逮捕

諧音 可不行

聯想 看外國電影沒有字幕可不行

A B C D E F G H I J K L M N O P Q R S T U V W X Y Z

carbohydrate [ˋkɑrbəˋhaɪdret]
n. 碳水化合物、醣

諧音 嗑飯喝水
聯想 嗑飯喝水也會吸收碳水化合物

carol [ˋkærəl]
n. 頌歌、讚美詩
v. 歌頌

諧音 靠鑼
聯想 靠敲鑼伴奏唱聖歌

casualty [ˋkæʒjuəltɪ]
n. 傷亡死者、意外事故

諧音 快救體
聯想 快救傷亡人員的身體

catastrophe [kəˋtæstrəfɪ]
n. 大災難、大敗

諧音 渴到舌頭廢
聯想 渴到舌頭廢的大旱災

cater [ˋketɚ]
v. 承辦宴席

諧音 開導
聯想 大廚師將開導這次的宴席承辦

cavalry [ˋkævḷrɪ]
n. 騎兵、裝甲兵

諧音 靠武力
聯想 騎兵部隊是靠武力生存

cemetery [ˋsɛməˏtɛrɪ]
n. 公墓、墓地

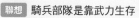

諧音 沙門太累
聯想 要管理墓地的沙門太累

champagne [ʃæmˋpen]
n. 香檳酒

諧音 香檳

chaos [ˋkeɑs]
n. 混亂

諧音 卡耳屎
聯想 耳孔卡耳屎，一團混亂

charcoal [ˋtʃɑrˏkol]
n. 木炭、炭筆
v. 用木炭畫

諧音 洽可
聯想 焦黑的木炭洽可用來當炭筆

chariot [ˋtʃærɪət]
n. 馬車 v. 駕馭

諧音 俏麗
聯想 俏麗的馬車

cholesterol [kəˋlɛstəˏrol]
n. 膽固醇

諧音 可累死我
聯想 背著膽固醇可累死我

chronic [ˋkrɑnɪk]
adj. 久病的、長期的

諧音 看你

聯想 我會長期來醫院看你照顧你

chuckle [ˋtʃʌk!]
n. v. 咯咯地笑

諧音 掐口

聯想 他掐口咯咯地笑

chunk [tʃʌŋk]
n. 大塊、厚片

諧音 嗆口

聯想 這麼一大塊肉塞進嘴裡，真嗆口

clamp [klæmp]
n. 螺絲鉗、夾子
v. 夾緊

諧音 喀爛

聯想 他的手被夾子喀爛了

clench [klɛntʃ]
v. n. 捏緊、握緊

諧音 可憐泣

聯想 她雙手握緊，可憐泣

clone [klon]
n. 翻版、複製、無性生殖

諧音 酷龍

聯想 複製出一隻酷龍

coffin [ˋkɔfɪn]
n. 棺材、靈柩
v. 入殮、收藏

諧音 擴墳

聯想 擴墳前要先挖出棺材

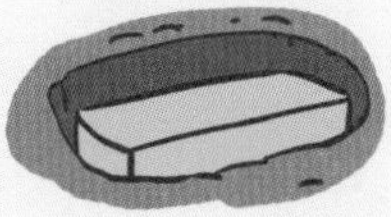

coherent [koˋhɪrənt]
adj. 合乎邏輯的、協調的

諧音 可惜懶

聯想 他身體協調，可惜太懶

*coincide [ˌkoɪnˋsaɪd]
v. 同時發生、相符

諧音 口硬塞

聯想 他的口同時硬塞兩塊麵包

*collide [kəˋlaɪd]
v. 碰撞、相撞

諧音 客來

聯想 客人來時撞到了桌子

colloquial [kəˋlokwɪəl]
adj. 口語的、會話的

諧音 口理虧

聯想 口語上的交談，他理虧

commence [kəˋmɛns]
v. 開始、著手

諧音 考面試

聯想 考面試我已經開始著手準備

compatible [kəm`pætəbḷ]
adj. 能共處的、適合的

諧音 可配的包
聯想 我要買一個可以配衣服的包

***compensate** [`kɑmpən͵set]
v. 補償、賠償

諧音 敢騙誰
聯想 你敢騙誰，就要補償他

compile [kəm`paɪl]
v. 編輯

諧音 刊排
聯想 刊排是編輯的工作

complexion [kəm`plɛkʃən]
n. 膚色、氣色、情況

諧音 看不了身
聯想 包得緊緊看不了身，
就不知道膚色

comprise [kəm`praɪz]
v. 組成、構成

諧音 看排字
聯想 看排字的組成可有相當多變化

concede [kən`sid]
v. 承認、讓步

諧音 看戲
聯想 他承認他偷跑去看戲

conceit [kən`sit]
n. 自滿、自負

諧音 可惜
聯想 他很優秀，可惜太自負

concession [kən`sɛʃən]
n. 讓步、特許

諧音 看血型
聯想 看他的血型，
是個會讓步的人

concise [kən`saɪs]
adj. 簡潔的、簡要的

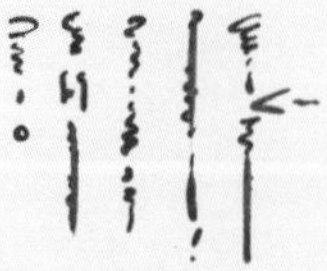

諧音 砍篩
聯想 文章砍篩後才會簡潔

condense [kən`dɛns]
v. 濃縮、縮短

諧音 看電視
聯想 看電視的濃縮小品

conform [kən`fɔrm]
v. 遵照、遵守、符合

諧音 肯奉
聯想 肯奉命即是遵照

conspiracy [kən`spɪrəsɪ]
n. 陰謀、謀叛

諧音 砍死別入席
聯想 這場宴會有陰謀，
會被砍死別入席

*contradict [ˌkɑntrə`dɪkt]

v. 反駁、矛盾

諧音 看錯的

聯想 對方反駁是我們看錯的

*controversial [ˌkɑntrə`vɝʃəl]

adj. 爭議的、可疑的

諧音 砍頭無效

聯想 砍頭無效?死刑存廢有很大爭議

*coordinate [ko`ɔrdnet]

v. 協調、同步
adj. 同等的

諧音 看我到來

聯想 看我到來，主人同步出來迎接

cordial [`kɔrdʒəl]

adj. 熱忱的、衷心的

諧音 考究

聯想 熱忱的他對學問很考究

core [kor]

n. 核心、精髓

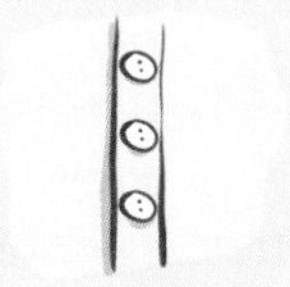

諧音 扣

聯想 扣子要扣在衣服中間

corpse [kɔrps]

n. 屍體、殘骸

諧音 寇曝屍

聯想 賊寇曝曬敵人的屍體

cosmetic [kɑz`mɛtɪk]

n. 化妝品
adj. 化妝的

諧音 看似美

聯想 塗了化妝品的她看似美女

cosmopolitan [ˌkɑzmə`pɑlətn]

adj. 國際性的、世界性的

諧音 可是莫怕了膽

聯想 國際上的衝突很多，可是莫怕了膽

counterpart [`kauntɚˌpɑrt]

n. 相像的人或物、契約副本

諧音 看得怕

聯想 他倆長得太像了，小孩子看得怕

covet [`kʌvɪt]

v. 垂涎、渴望、覬覦

諧音 口味

聯想 新的口味讓人垂涎

cramp [kræmp]

v. 約束、束縛
n. 鉗子、約束

諧音 看破

聯想 在這裡遭受束縛，他看破離去

*crook [kruk]

v. 彎曲 n. 鉤

諧音 誇口

聯想 他誇口能使湯匙彎曲

A
B
C
D
E
F
G
H
I
J
K
L
M
N
O
P
Q
R
S
T
U
V
W
X
Y
Z

crude [krud]
adj. 天然的、粗糙的、粗魯的

諧音 酷的

聯想 天生表情酷的他
被視為粗魯的

*cruise [kruz]
v. n. 巡航、航遊

諧音 苦事

聯想 會暈車的他視登船
航遊為苦事

*crumble [`krʌmbl̩]
v. 粉碎、弄碎

諧音 昆布

聯想 將昆布弄碎後
可以製成海苔

crust [krʌst]
n. 地殼、外殼、麵包皮

諧音 誇飾

聯想 世界末日地殼爆裂是誇飾法

*cumulate [`kjumjə͵let]
v. 堆積、累積
adj. 堆積的、累積的

諧音 可沒累

聯想 累積這麼多金錢，
他可沒累

*curricular [kə`rɪkjəlɚ]
adj. 課程的

諧音 可理解了

聯想 老師問課程的內容
可理解了

daffodil [`dæfədɪl]
n. 黃水仙花、淡黃色

諧音 大斧刀

聯想 用大斧刀砍下黃水仙

dandruff [`dændrəf]
n. 頭皮屑

諧音 瞪著膚

聯想 瞪著膚時，發現有頭皮屑

decent [`disnt]
adj. 合乎禮儀的、體面的、
親切的

諧音 低聲

聯想 她低聲說話，很合乎禮儀

decline [dɪ`klaɪn]
v. n. 下降、減少

諧音 低客來

聯想 餐廳低客來現象，
是營業額下降主因

*dedicate [`dɛdə͵ket]
v. 奉獻

諧音 大地給的

聯想 我們所有的一切都是
大地給的，要感恩奉獻

deem [dim]
v. 視作

諧音 訂

聯想 只要訂婚了就被視作一對

defect [dɪ`fɛkt]

n. 缺點、缺陷
v. 逃跑、脫離

諧音 呆肥

聯想 呆肥是他的缺點

deficiency [dɪ`fɪʃənsɪ]

n. 不足、缺乏

諧音 弟婦心虛

聯想 家中糧食不足，弟婦心虛

deliberate [dɪ`lɪbərɪt]

adj. 深思熟慮的、慎重的
v. 仔細考慮

諧音 低利不理

聯想 分析師深思熟慮後決定低利不理

delinquent [dɪ`lɪŋkwənt]

adj. 怠忽職守的、拖欠的
n. 青少年罪犯

諧音 叮嚀睏

聯想 長官叮嚀他別睏了，他依然怠忽職守

denounce [dɪ`nauns]

v. 指責、譴責

諧音 敵鬧事

聯想 總統指責敵鬧事

deprive [dɪ`praɪv]

v. 剝奪

諧音 底牌

聯想 他提早掀開底牌，剝奪了玩牌的樂趣

deputy [`dɛpjətɪ]

n. 代表、代理人
adj. 代理的

諧音 代標的

聯想 他是拍賣代標的代理人

derive [dɪ`raɪv]

v. 取得、源自

諧音 最愛物

聯想 她取得了最愛物

***descend** [dɪ`sɛnd]

v. 下降、下傾、來自於

諧音 地深的

聯想 地深的洞穴可以下降

detach [dɪ`tætʃ]

v. 脫離、拆卸、派遣

諧音 地場去

聯想 地面脫離了地心引力，地塌去

detain [dɪ`ten]

v. 耽擱、扣留

諧音 地毯

聯想 被地毯勾到而耽擱

deter [dɪ`tɝ]

v. 威懾住、嚇住

諧音 低頭

聯想 他因被嚇到而低頭

detergent [dɪˋtɝdʒənt]
n. 清潔劑 adj. 去污的

諧音 滴塗淨

聯想 滴塗淨可以使玻璃潔淨

deteriorate [dɪˋtɪrɪəˏret]
v. 惡化、墮落

諧音 滴涕落淚

聯想 因為狀況惡化而滴涕落淚

diabetes [ˏdaɪəˋbitiz]
n. 糖尿病

諧音 待斃死

聯想 糖尿病還猛吃甜點，待斃死

*diagnosis [ˏdaɪəgˋnosɪs]
n. 診斷、調查

諧音 待哥腦死

聯想 不請醫生診斷，
只能待哥腦死

diagram [ˋdaɪəˏgræm]
n. 圖表、圖解 v. 圖示

諧音 大官

聯想 我用圖表對大官作簡報

diameter [daɪˋæmətɚ]
n. 直徑

諧音 待我摸它

聯想 待我摸它就可以知道它的直徑

*dictate [ˋdɪktet]
v. 口述、命令

諧音 體貼

聯想 助教體貼的記下教授口述

dilemma [dəˋlɛmə]
n. 困境、進退兩難

諧音 得劣馬

聯想 得到劣馬讓人進退兩難

dimension [dɪˋmɛnʃən]
n. 尺寸、面積、規模

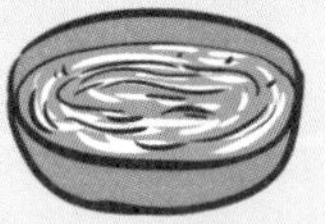

諧音 大麵線

聯想 大麵線的尺寸驚人

diminish [dəˋmɪnɪʃ]
v. 減少、縮減

諧音 地米粒細

聯想 收成減少，地米粒細

*discreet [dɪˋskrit]
adj. 謹慎的

諧音 地師貴

聯想 謹慎的人，地理師
很貴也要請他先看過

dismantle [dɪsˋmæntḷ]
v. 拆卸、拆開

諧音 遞酥饅頭

聯想 他拆開包裝，遞酥饅頭給我

dismay [dɪs`me]

n. v. 驚慌、沮喪

諧音 滴屎妹

聯想 遇到滴屎妹讓人驚慌

dispatch [dɪ`spætʃ]

v. n. 派遣、快遞

諧音 的士配去

聯想 快遞的物品已經情商的士配去

disperse [dɪ`spɝs]

v. 驅散、散播

諧音 地石破

聯想 地石破裂，馬上疏散人群

dissident [`dɪsədənt]

adj. 意見不同的、不贊成的

n. 不贊成者

諧音 弟死瞪

聯想 弟死瞪著他，顯然是不贊成的

dissuade [dɪ`swed]

v. 勸阻

諧音 敵侍衛

聯想 敵侍衛勸阻大軍的攻擊

distort [dɪs`tɔrt]

v. 扭曲、扭歪

諧音 地石頭

聯想 地石頭在地震後都扭曲了

***distraction** [dɪ`strækʃən]

n. 分心、困惑

諧音 地鼠吹口琴

聯想 地鼠吹口琴，讓人分心

***diverse** [daɪ`vɝs]

adj. 各式各樣的、多變化的

諧音 大巫師

聯想 大巫師有各式各樣的法術

doctrine [`dɑktrɪn]

n. 主義、學說

諧音 達傳

聯想 演說達傳主義學說

dome [dom]

n. 圓屋頂、圓蓋

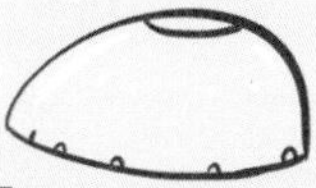

諧音 洞

聯想 巨蛋屋頂上方有一個洞

***donate** [`donet]

n. v. 捐獻、捐贈

諧音 都拿

聯想 捐獻的財物被壞人都拿走

doom [dum]

n. 判決、毀滅、世界末日

v. 判定、毀滅

諧音 蹲

聯想 法官判決他進牢裡蹲，真是世界末日

dosage [`dosɪdʒ]
n. 劑量

諧音 搗試劑

聯想 搗試劑的正確劑量很重要

drastic [`dræstɪk]
adj. 激烈的、極端的

諧音 抓屍體

聯想 這個電玩太猛了，竟然要抓屍體

dreary [`drɪərɪ]
adj. 沉悶的、陰鬱的

諧音 醉裡

聯想 只有在醉裡，她才能忘記沉悶的生活

drizzle [`drɪz!]
v. 下毛毛雨
n. 下毛毛雨

諧音 吹奏

聯想 毛毛雨是上天吹奏的短歌

*dual [`djuəl]
adj. 兩的、雙的
n. 雙數

諧音 屌喔

聯想 雙J一起跳舞，屌喔

dynamite [`daɪnə͵maɪt]
n. 炸藥 v. 炸毀

諧音 呆腦埋

聯想 那個呆腦竟然在自己家埋炸藥

ebb [ɛb]
n. v. 落潮、衰退

諧音 愛薄

聯想 愛薄，她的愛已經衰退

eccentric [ɪk`sɛntrɪk]
adj. 古怪的、反常的
n. 怪人

諧音 一口三嘴

聯想 一口可以吃掉他卻分三嘴，真古怪

ecology [ɪ`kɑlədʒɪ]
n. 生態學、環境

諧音 依靠了解

聯想 我們依靠對生態的了解生存下去

ecstasy [`ɛkstəsɪ]
n. 狂喜、出神、迷幻藥

諧音 一口食得喜

聯想 這迷幻藥很毒，一口食得喜，讓你狂喜

edible [`ɛdəb!]
adj. 可食的、食用的
n. 食品

諧音 噎的飽

聯想 噎的飽表示可以吃的

eligible [`ɛlɪdʒəb!]
adj. 適合的、合意的
n. 合格者

諧音 一粒即飽

聯想 飯糰是適合當郊遊的食品，一粒即飽

elite [e`lit]
n. 精英、優秀分子

諧音 夜裡

聯想 精英可是連夜裡都在工作

*eloquence [`ɛləkwəns]
n. 雄辯、流利的口才

諧音 贏了官司

聯想 靠著律師的雄辯，贏了官司

embark [ɪm`bɑrk]
n. v. 從事、著手、上機

諧音 硬拔

聯想 牙醫開始著手硬拔

*emigration [ˌɛmə`greʃən]
n. 移居

諧音 也沒歸心

聯想 移民後的他們也沒歸心

encyclopedia [ɪnˌsaɪklə`pidɪə]
n. 百科全書、大全

諧音 硬塞可匹敵

聯想 維基百科要贏百科全書，硬塞可匹敵

*enhance [ɪn`hæns]
v. 提高、加強

諧音 硬漢是

聯想 硬漢是不斷加強自己的人

epidemic [ˌɛpɪ`dɛmɪk]
adj. 流行性、傳染的
n. 傳染病

諧音 爺破歹命

聯想 爺爺破歹命得了傳染病

episode [`ɛpəˌsod]
n. 事件、一齣、插曲

諧音 阿婆說的

聯想 阿婆說的，這一集很好看

*emotional quotient
[ɪ`moʃən!`kwoʃənt]
abbr. 情感商數EQ

拆解 emotional（情感的）+ quotient（音似開心的）

聯想 開心的情感EQ高

erode [ɪ`rod]
v. 腐蝕、磨損

諧音 遺落的

聯想 遺落的的金屬已遭磨損

ethnic [`ɛθnɪk]
adj. 種族的、人種的

諧音 也是你

聯想 不同的種族也是你的家人

evacuate [ɪ`vækjuˌet]
v. 排除、撤離、避難

諧音 移位可為

聯想 移位可為撤出空間

A B C D E F G H I J K L M N O P Q R S T U V W X Y Z

*evolution [ˌɛvə`luʃən]
n. 發展、進化

諧音 野物旅行

聯想 野生動物的生命旅行就是進化

excerpt [`ɛksɝpt]
n. 摘錄、引用

諧音 愛可收

聯想 文章愛可收入就是引用

exclusive [ɪk`sklusɪv]
adj. 獨有的、排外的
n. 獨家新聞

諧音 一個故事

聯想 我有一個獨家故事要爆料

exert [ɪg`zɝt]
v. 盡力、運用

諧音 一個字兒

聯想 我對你只有一個字兒，就是盡心盡力

exotic [ɛg`zɑtɪk]
adj. 異國情調的、奇特的、外來的

諧音 一個雜的

聯想 一個雜的世界充滿異國風情

expedition [ˌɛkspɪ`dɪʃən]
n. 遠征、探險、遠征隊

諧音 一顆破敵心

聯想 遠征的隊伍有一顆破敵心

expel [ɪk`spɛl]
v. 趕走、排出、開除

諧音 遺失配偶

聯想 他趕走了妻子，遺失配偶

*expire [ɪk`spaɪr]
v. 期滿、終止、吐氣

諧音 一失敗

聯想 只要任務一失敗，計劃就終止

*explicit [ɪk`splɪsɪt]
adj. 詳盡的、清楚的、直率的

諧音 醫師必須

聯想 醫師必須詳盡的對病患說明

exquisite [`ɛkskwɪzɪt]
adj. 精美的、精緻的、劇烈的、敏銳的

諧音 義式貴細

聯想 這個精美的義式磁盤雖貴但細緻

extract [ɪk`strækt]
v. 摘錄、選用、提取

諧音 意思抓

聯想 摘錄就是按著意思抓出重點

fabulous [`fæbjələs]
adj. 極好的、驚人的

諧音 飛鏢老師

聯想 飛鏢老師有極好的射鏢技巧

faction [ˋfækʃən]
n. 派別、宗派、紀實小說

諧音 費心

聯想 領導者費心於派別間的鬥爭

faculty [ˋfæk!tɪ]
n. 能力、技能

諧音 法國踢

聯想 法國踢球的技能還不賴

famine [ˋfæmɪn]
n. 飢荒

諧音 發民

聯想 飢荒的時候，
發食物給人民

feasible [ˋfizəb!]
adj. 可行的、合理的

諧音 妃子抱

聯想 古代娶很多妃子
抱在身邊是可行的

fidelity [fɪˋdɛlətɪ]
n. 忠誠、精確

諧音 父打了弟

聯想 父打了弟，要弟忠誠

fling [flɪŋ]
v. n. 扔、丟

諧音 符令

聯想 道長將符令丟於惡鬼身上

formidable [ˋfɔrmɪdəb!]
adj. 可怕的、難以克服的、
巨大的

諧音 腐妹得抱

聯想 腐妹得抱，真是太可怕了

forsake [fɚˋsek]
v. 拋棄、屏除

諧音 腹瀉

聯想 不能因為小狗腹瀉就拋棄他

fortify [ˋfɔrtə͵faɪ]
v. 強化、增強

諧音 付的費

聯想 付的費會用來加強服務

foster [ˋfɔstɚ]
v. 養育、培養
adj. 養育的

諧音 服侍他

聯想 養育小孩就像是服侍他

fracture [ˋfræktʃɚ]
n. 破裂、斷裂
v. 使破裂、破壞

諧音 斧敲

聯想 樹木在斧敲後斷裂

*fragile [ˋfrædʒəl]
adj. 易碎的

諧音 負載

聯想 易碎品上不能負載重物

frail [frel]
adj. 虛弱的、易壞的

諧音 肥油
聯想 虛弱的他身上卻滿是肥油

fraud [frɔd]
n. 欺騙、騙子

諧音 負我的
聯想 你是負我的騙子

freak [frik]
adj. 怪異的
n. 畸形、怪誕

諧音 腐魚嗑
聯想 喜歡吃腐魚真是太怪異了

fret [frɛt]
v. n. 苦惱、侵蝕

諧音 負累
聯想 揹著這些負累真讓人苦惱

friction [`frɪkʃən]
n. 摩擦、爭執

諧音 飛行
聯想 飛行不能和空氣有太大的摩擦力

galaxy [`gæləksɪ]
n. 星系、銀河

諧音 加了個星
聯想 新星爆炸，銀河加了個星

***generate** [`dʒɛnəˌret]
v. 產生、造成

諧音 肩勞累
聯想 肩勞累產生痠痛

glamour [`glæmɚ]
n. 魅力、誘惑力
v. 迷惑、美化

諧音 高馬
聯想 人高馬大的模特兒相當有魅力

glisten [`glɪsn]
v. 閃耀、反光
n. 閃耀、閃光

諧音 隔離聲
聯想 電視機按了隔離聲，只剩閃光

***graph** [græf]
n. 圖表、圖解
v. 圖解

諧音 掛幅
聯想 圖表被作成掛幅懸掛於牆上

grill [grɪl]
n. 烤架 v. 烤（魚、肉）、炙燒

諧音 裹油
聯想 肉放到烤架前要先裹油

grope [grop]
v. n. 觸摸、暗中摸索

諧音 骨肉波
聯想 按摩就是觸摸骨肉波

guerrilla [gə`rɪlə]

n. 游擊戰、游擊隊
adj. 游擊隊的

諧音 過來啦

聯想 游擊隊過來啦!快逃!

habitat [`hæbə͵tæt]

n. 棲息地、產地

諧音 好逼他

聯想 獵人放火好逼他離開棲息地

*hacker ['hækɚ]

n. 駭客

諧音 駭客

*harass [`hærəs]

v. 煩惱、侵擾

諧音 禍亂事

聯想 侵擾是禍亂事

hazard [`hæzɚd]

n. 危險 v. 冒險

諧音 害者

聯想 害者對被害者相當危險

heritage [`hɛrətɪdʒ]

n. 遺產、傳統、繼承

諧音 獲利遞積

聯想 獲利遞積可作為遺產

heroin [`hɛro͵ɪn]

n. 海洛因

諧音 海洛因

hormone [`hɔrmon]

n. 荷爾蒙

諧音 荷爾蒙

humiliate [hju`mɪlɪ͵et]

v. 羞辱、丟臉

諧音 羞沒力也

聯想 瘦弱的他被羞辱，羞沒力也

hunch [hʌntʃ]

v. 隆起、弓起
n. 肉峰、厚片

諧音 很曲

聯想 駝背的他背隆起很曲

hurdle [`hɝdl̩]

n. 障礙、跨欄
v. 跨欄、克服

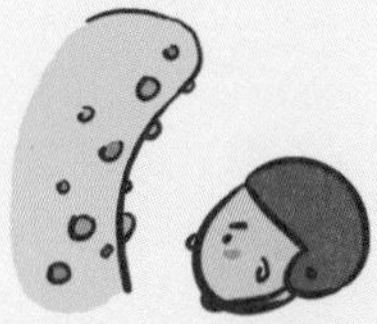

諧音 好陡

聯想 這障礙好陡

hygiene [`haɪdʒin]

n. 衛生

諧音 海淨

聯想 海淨去海邊玩才衛生

A B C D E F G H I J K L M N O P Q R S T U V W X Y Z

*hypocrisy [hɪˋpɑkrəsɪ]
n. 偽善、虛偽

諧音 好不可惜

聯想 沒想到他暗地裡這麼虛偽，好不可惜

hysteria [hɪsˋtɪrɪə]
n. 歇斯底里

諧音 歇斯底里

*illuminate [ɪˋluməˌnet]
v. 照亮、照射

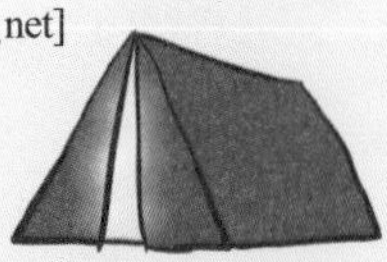

諧音 移入幕內

聯想 移入幕內，內有光可照射

immune [ɪˋmjun]
adj. 免疫的
n. 免疫者

諧音 疫苗

聯想 施打疫苗的人是免疫的

imperative [ɪmˋpɛrətɪv]
adj. 必要的、緊急的
n. 命令、必要的事

諧音 硬派了大夫

聯想 硬派了大夫進手術室，表示是緊急的

implement [ˋɪmpləmənt]
n. 工具、器具

諧音 硬破門

聯想 要硬破門需有特殊的工具

imposing [ɪmˋpozɪŋ]
adj. 壯觀的、氣勢宏偉的

諧音 鷹魄心

聯想 老大的鷹魄心是相當有氣勢的

incentive [ɪnˋsɛntɪv]
n. 刺激、動機
adj. 刺激的、鼓勵的

諧音 硬身體膚

聯想 硬身體膚需要刺激才會柔軟

incline [ɪnˋklaɪn]
v. 傾斜、屈身

諧音 硬扛來

聯想 他屈著身體將米硬扛來

inevitable [ɪnˋɛvətəbḷ]
adj. 不可避免的、必然的

諧音 硬要我偷跑

聯想 她硬要，我必然要偷跑

*infer [ɪnˋfɝ]
v. 推斷、推論

諧音 應付

聯想 福爾摩斯透過推論，應付警察

*ingenious [ɪnˋdʒinjəs]
adj. 精巧的、巧妙的

諧音 迎接女士

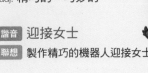

聯想 製作精巧的機器人迎接女士

*inhabit [ɪn`hæbɪt]
v. 定居於、棲息於

諧音 應貨比

聯想 定居前應貨比三家

inherent [ɪn`hɪrənt]
adj. 固有的、與生俱來的

諧音 因襲懶

聯想 懶熊與生俱來的
性格就是因襲懶

*inject [ɪn`dʒɛkt]
v. 注射、插入

諧音 應接

聯想 小孩應接種疫苗

*innovation [ˏɪnə`veʃən]
n. 改革、創新

諧音 鷹腦衛星

聯想 鷹腦衛星是新科技的創新

*intact [ɪn`tækt]
adj. 原封不動的、未受損傷的

諧音 硬鐵殼

聯想 硬鐵殼掉落後依舊毫髮無傷

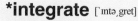

*integrate [`ɪntəˏgret]
v. 合併、融入

諧音 硬頭龜

聯想 硬頭龜無法融入本土族群當中

interval [`ɪntɚvḷ]
n. 間隔、距離

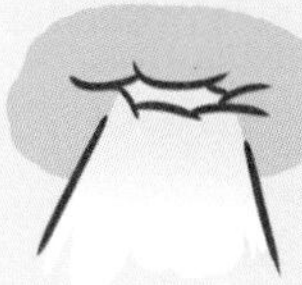

諧音 陰多霧

聯想 此地陰多霧，每間隔
一段時間就會放晴

*intervene [ˏɪntɚ`vin]
v. 插進、介入、干涉

諧音 硬偷吻

聯想 歌迷插入人群硬偷吻

intimidate [ɪn`tɪməˏdet]
v. 恐嚇、脅迫

諧音 應提莫待

聯想 被恐嚇，應該提出莫等待

*intrude [ɪn`trud]
v. 侵入、闖入、打擾

諧音 硬闖

聯想 對手打算硬闖，侵入總部

inventory [`ɪnvənˏtorɪ]
n. 存貨、目錄
v. 盤點

諧音 運晚拖累

聯想 存貨清單有錯，
因為運輸晚到拖累

*ironic [aɪ`rɑnɪk]
adj. 挖苦的、諷刺的

諧音 愛亂你

聯想 他不是故意挖苦你，
只是愛亂你

*irritate [ˋɪrəˏtet]

v. 惱怒、刺激

諧音 衣裸體

聯想 丈夫去看衣裸體的刺激讓妻子很煩惱

kernel [ˋkɝnl̩]

n. 果仁、核心

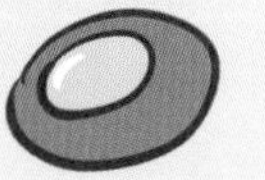

諧音 殼腦

聯想 殼的腦部就是果仁

lament [ləˋmɛnt]

v. n. 悔恨、悲歎

諧音 拉麵

聯想 這拉麵太難吃了，我很傷心

lava [ˋlɑvə]

n. 熔岩、岩漿

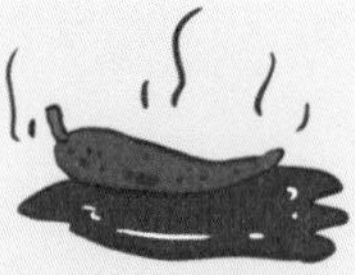

諧音 辣物

聯想 這辣物真是辣得像岩漿一樣

layman [ˋlemən]

n. 凡人、門外漢

拆解 lay（累）＋man＝會累的人

聯想 會累的人就是凡人

limousine / limo

[ˋlɪməˏzin / ˋlɪmo]

n. 豪華禮車

諧音 禮貌心、禮貌

聯想 搭乘豪華轎車必須要有禮貌心

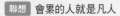

linguist [ˋlɪŋgwɪst]

n. 語言學家

諧音 練故事

聯想 語言學家用不同語言練故事

liter [ˋlitɚ]

n. 公升

諧音 裡頭

聯想 大罐保特瓶裡頭有一公升

lounge [laundʒ]

v. 倚、躺、閒蕩
n. 休息室、躺椅、閒蕩

諧音 懶居

聯想 他懶洋洋的居住在山上，整日躺著看風景

lunatic [ˋlunəˏtɪk]

n. 瘋子 adj. 瘋的

諧音 露那粒

聯想 這個瘋子很喜歡露那粒

lure [lur]

n. v. 誘惑

諧音 入餌

聯想 以美女入餌，誘惑我上鉤

lush [lʌʃ]

adj. 茂盛的、豐富的

諧音 拉稀

聯想 拉稀作肥料，可讓草木茂盛

lyric [ˋlɪrɪk]
n. 歌詞、抒情詩
adj. 抒情的
諧音 離淚歌
聯想 這首離淚歌的歌詞寫得真動人

malaria [məˋlɛrɪə]
n. 瘧疾
諧音 媽累拉
聯想 得瘧疾的媽媽又累又拉

manipulate [məˋnɪpjəˏlet]
v. 控制、操縱
諧音 沒腦不累
聯想 受到控制的人沒腦不累

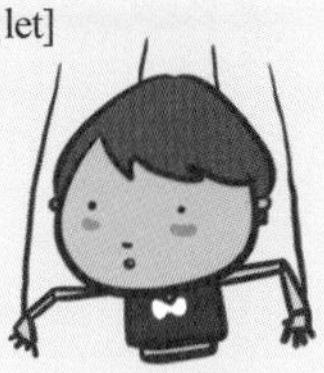

manuscript [ˋmænjəˏskrɪpt]
adj. 原稿的
n. 手稿
諧音 漫遊書櫃
聯想 我漫遊書櫃時發現作者原稿

mar [mɑr]
v. 毀損、玷污 n. 汙點
諧音 碼
聯想 被烙印符碼就是玷污

massacre [ˋmæsəkɚ]
n. v. 屠殺
諧音 莫斯科
聯想 莫斯科曾經發生大屠殺

mattress [ˋmætrɪs]
n. 床墊
諧音 妹醉死
聯想 妹妹醉死在床墊上

medieval [ˏmɪdɪˋivəl]
adj. 中世紀的、老式的
諧音 墓地妖物
聯想 怪獸石雕是中世紀的墓地妖物

***meditate** [ˋmɛdəˏtet]
v. 冥想、沈思、計劃
諧音 沒得提
聯想 他正在冥想，所以我沒得提

melancholy [ˋmɛlənˏkɑlɪ]
n. 憂鬱
adj. 憂鬱的
諧音 沒人肯理
聯想 憂鬱的他沒人肯理

mellow [ˋmɛlo]
adj. 成熟的、甘美多汁的
v. 成熟
諧音 梅肉
聯想 甜美多汁的梅肉

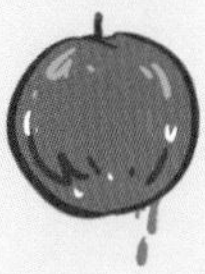

merge [mɝdʒ]
v. 合併
諧音 模具
聯想 將模具合併在一起

metaphor [ˋmɛtəfɚ]
n. 隱喻、象徵

諧音 摸頭髮

聯想 教練透過摸頭髮來象徵暗號

metropolitan [ˏmɛtrəˋpɑlətn]
adj. 大都會的
n. 大城市人

諧音 沒車怕了等

聯想 在大都市沒車怕了等

mimic [ˋmɪmɪk]
v. 戲弄、模仿

諧音 秘密客

聯想 秘密客喜歡模仿人的動作

momentum [moˋmɛntəm]
n. 動力、氣勢

諧音 莫慢頓

聯想 要維持動力就不要停下來，莫慢頓

monopoly [məˋnɑp!ɪ]
n. 獨佔、專賣

諧音 沒那魄力

聯想 他沒那魄力獨佔所有市場

*monotonous [məˋnɑtənəs]
adj. 單調的、無聊的

諧音 沒那頭腦

聯想 她沒那創意頭腦，生活單調

*morale [məˋræl]
n. 士氣、道德

諧音 沒落

聯想 道德觀念沒落了

motto [ˋmɑto]
n. 座右銘、格言

諧音 莫偷

聯想 莫偷，是他的座右銘

*mouthpiece [ˋmauθˏpis]
n. 發言人、樂器吹嘴

拆解 mouth（口）+piece（片段）

聯想 口說話語的片段就是發言人

municipal [mjuˋnɪsəp!]
adj. 市的、市立的、自治的

諧音 魅力四爆

聯想 市辦的煙火晚會魅力四爆

mute [mjut]
adj. 沈默的 v. 靜音

諧音 廟

聯想 進入廟裡要靜音

*narrate [næˋret]
v. 敘述

諧音 腦裡

聯想 他從腦裡找詞彙敘述故事

navel [ˋnevḷ]
n. 肚臍、中心

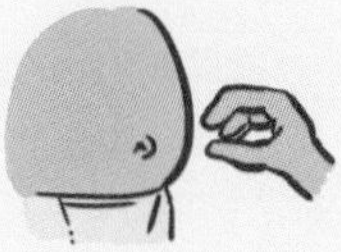

諧音 捏我

聯想 他亂捏我肚臍

neon [ˋniˏɑn]
n. 氖、霓虹燈

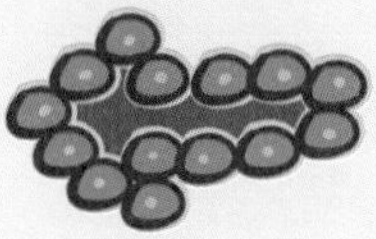

諧音 霓虹

聯想 霓虹燈內含氖

neutral [ˋnjutrəl]
adj. 中立的、持平的
n. 中立者

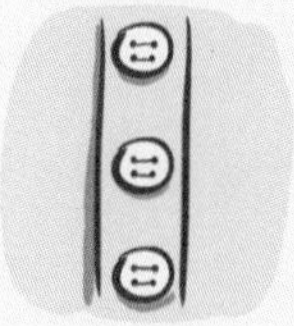

諧音 鈕作

聯想 鈕扣要作在正中間

norm [nɔrm]
n. 規範

諧音 弄

聯想 弄了規範出來

notorious [noˋtorɪəs]
adj. 惡名昭彰的

諧音 惱拖累而死

聯想 惡名昭彰的他氣惱拖累而死

*nourish [ˋnɝɪʃ]
v. 養育、培育

諧音 懦女婿

聯想 懦女婿靠著岳母的養育

nuisance [ˋnjusṇs]
n. 討厭的人事、麻煩事

諧音 牛神

聯想 牛鬼蛇神是討厭的人

oblige [əˋblaɪdʒ]
v. 迫使、幫忙

諧音 我不喇舌

聯想 就算迫使我，我也不喇舌

obscure [əbˋskjur]
adj. 模糊的、朦朧的
v. 變暗、混淆

諧音 阿伯失焦

聯想 阿伯老了眼睛朦朧的失焦

*oppress [əˋprɛs]
v. 壓迫、壓制

諧音 我迫使

聯想 我迫使下人熬夜工作

*option [ˋɑpʃən]
n. 選擇

諧音 愛不行

聯想 愛不行選擇太多人，只能找一個當伴

ordeal [ɔrˋdiəl]
n. 苦難、折磨

諧音 無敵

聯想 苦難中成長的他身手無敵

pact [pækt]
n. 契約、協定

諧音 罷課
聯想 學生協定共同罷課

pamphlet [`pæmflɪt]
n. 小冊子

諧音 篇幅裡
聯想 小冊子的篇幅裡有很多新內容

paralyze [`pærə͵laɪz]
v. 麻痺、癱瘓

諧音 趴了累死
聯想 他趴了累死，癱瘓了

parliament [`pɑrləmənt]
n. 議會、國會

諧音 拍了門
聯想 國會的門被鎖起來，拍了門還不給進去

pathetic [pə`θɛtɪk]
adj. 可憐的、可悲的

諧音 破碎涕
聯想 婚姻破碎涕哭，相當可悲

pedestrian [pə`dɛstrɪən]
adj. 徒步的、行人的
n. 行人

諧音 爬到死喘
聯想 他決定步行，結果卻爬到死喘

peninsula [pə`nɪnsələ]
n. 半島

諧音 判你輸啦
聯想 這次的半島路跑賽，判你輸啦

pension [`pɛnʃən]
n. 退休金、補助金
v. 發退休金

諧音 偏心
聯想 爸爸偏心，將退休金都留給他

perception [pɚ`sɛpʃən]
n. 知覺、認知、觀念

諧音 破碎心
聯想 破碎心的她知覺盡失

perspective [pɚ`spɛktɪv]
n. 態度、觀點、透視
adj. 透視的

諧音 破十倍踢
聯想 破十倍踢就是態度

petroleum [pə`trolɪəm]
n. 石油

諧音 跑車連
聯想 跑車連石油都沒得加

***pharmacy** [`fɑrməsɪ]
n. 藥房

諧音 髮莫洗
聯想 藥房說染髮完髮莫洗

phase [fez]
n. 階段、時期

諧音 痱子
聯想 每到夏日階段，他就長痱子

pierce [pɪrs]
v. 刺穿、穿過

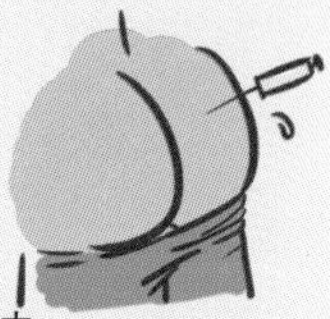

諧音 屁兒實
聯想 他的屁兒實，針都扎不進去

***piety** [ˋpaɪətɪ]
n. 虔誠、孝順

諧音 拜地
聯想 他虔誠拜地禱告

plight [plaɪt]
n. 困境、誓約 v. 保證

諧音 撲來
聯想 困境突然向他撲來，無法履行誓約

pneumonia [njuˋmonjə]
n. 肺炎

諧音 林默娘（媽祖）
聯想 感染肺炎而求助媽祖保佑

***poach** [potʃ]
v. 盜獵、侵占

諧音 跑去
聯想 他們跑去盜獵被抓

ponder [ˋpɑndɚ]
v. 沈思、默想

諧音 盤到
聯想 他將雙腳盤到腿上沉思

***precede** [priˋsid]
v. 在…之前發生、先於、高於

諧音 配戲
聯想 在戲開演之前要先配戲

predecessor [ˋprɛdɪˏsɛsɚ]
n. 前任、前輩

諧音 賠的誰收
聯想 前任賠的錢誰收尾

prejudice [ˋprɛdʒədɪs]
n. v. 偏見、歧視

諧音 呸，即敵視
聯想 呸，即敵視，也就是偏見

preliminary [prɪˋlɪməˏnɛrɪ]
adj. 預備的、初步的
n. 開端

諧音 陪你們腦力
聯想 計畫預備開始前，我先陪你們腦力激盪

premier [ˋprimɪɚ]
n. 首相
adj. 首要的、最早的

諧音 排名
聯想 首相最注重的是排名能否第一

A
B
C
D
E
F
G
H
I
J
K
L
M
N
O
P
Q
R
S
T
U
V
W
X
Y
Z

*prescribe [prɪ`skraɪb]
v. 指定、開藥方

諧音 配十塊

聯想 醫生開的藥方配十塊川七

prestige [prɛs`tiʒ]
n. 聲望、威望

諧音 龐勢體積

聯想 龐勢體積看起來比較有威望

presume [prɪ`zum]
v. 假設、推測、擅自

諧音 批准

聯想 擅自批准了公文

profound [prə`faund]
adj. 淵博的、深刻的

諧音 頗泛

聯想 他的知識淵博，興趣頗泛

*prohibit [prə`hɪbɪt]
v. 禁止

諧音 不許比

聯想 這裡禁止賭博，不許比大老二

prone [pron]
adj. 有...傾向的、易於的、傾斜的

諧音 碰

聯想 打麻將運氣很好，很容易於碰

propaganda [ˌprɑpə`gændə]
n. 宣傳

諧音 跑步簡單

聯想 跑步簡單是運動員宣傳慢跑的口號

*propel [prə`pɛl]
v. 推進

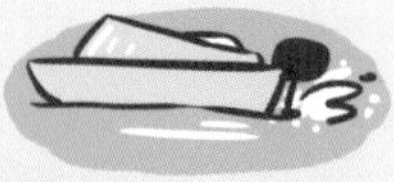

諧音 波排

聯想 遊艇的推波排水推進力十足

prose [proz]
n. 散文、平凡 v. 寫散文
adj. 散文的

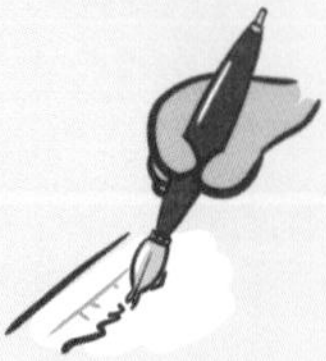

諧音 破事

聯想 作家能把一丁點的破事都寫成散文

*prosecute [`prɑsɪˌkjut]
v. 起訴、告發

諧音 迫唆教

聯想 檢察官對迫唆教犯罪的他起訴

provoke [prə`vok]
v. 挑釁、撩撥、誘導

諧音 泡我哥

聯想 她為了泡我哥，故意撩撥他

prowl [praul]
v. n. 覓食、徘徊、搜尋

諧音 咆

聯想 野生動物覓食時咆哮

punctual [ˋpʌŋktʃuəl]
adj. 準時的、正確的

諧音 棒球

聯想 練棒球要很準時

quench [kwɛntʃ]
v. 壓抑、抑制、撲熄

諧音 睏去

聯想 壓抑不住瞌睡蟲而睏去

***radiant** [ˋredjənt]
adj. 光芒四射的
n. 發光點

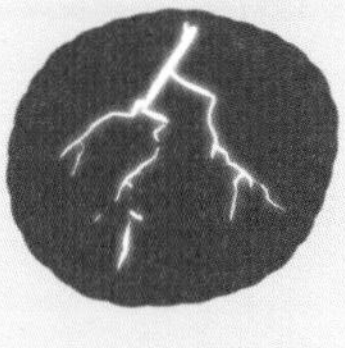

諧音 雷電

聯想 雷電真是光芒四射

radical [ˋrædɪk!]
adj. 基本的、極端的
n. 根部、基礎

諧音 落地扣

聯想 羽球落地就扣分是基本的規則

raft [ræft]
n. 木筏、救生艇
v. 乘木筏

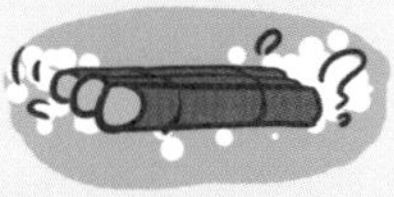

諧音 亂浮

聯想 木筏在江上亂浮

raid [red]
n. v. 襲擊、侵吞

諧音 雷的

聯想 雷的突然襲擊讓大家莫可奈何

random [ˋrændəm]
n. 隨機 adj. 隨機的

諧音 亂彈

聯想 亂彈來襲，會不會中槍很隨機

ransom [ˋrænsəm]
n. 贖金、贖回 v. 贖回

諧音 鍊繩

聯想 他兒子被鍊繩綁住，歹徒要求贖金

rash [ræʃ]
adj. 輕率的、衝動的
n. 大量、疹子

諧音 亂洗

聯想 洗澡輕率的亂洗，身上起了大量的疹子

rational [ˋræʃən!]
adj. 理性的、合理的
n. 合理的事物

諧音 理性腦

聯想 理性腦做事很有理性

ravage [ˋrævɪdʒ]
v. n. 荒蕪、毀滅、劫掠

諧音 亂遺跡

聯想 這片亂遺跡就這樣荒蕪了

rebellion [rɪˋbɛljən]
n. 反叛、造反、示威

諧音 亂斃人

聯想 亂軍造反亂斃人

A B C D E F G H I J K L M N O P Q R S T U V W X Y Z

recession [rɪ`sɛʃən]
n. 經濟衰退、後退

諧音 淚洗心

聯想 經濟衰退讓人以淚洗心

reconcile [`rɛkənsaɪl]
v. 和解、調解、調和

諧音 淚感謝

聯想 我調解雙方後，他們淚眼感謝

recruit [rɪ`krut]
v. 招募、聘用
n. 新兵、新手

諧音 離哭

聯想 徵召來的新兵與女友別離哭

recur [rɪ`tɝn]
v. 再發生、重新憶起

諧音 立刻

聯想 學習完要立刻重複複習

redundant [rɪ`dʌndənt]
adj. 多餘的、過剩的、累贅的

諧音 你等等

聯想 我們人力過剩，你等等再來應徵

*refine [rɪ`faɪn]
v. 精煉、提煉

拆解 re（理）＋fine（好）

聯想 重新整理好就是提煉

refund [rɪ`fʌnd]
v. 退還、歸還

諧音 離返

聯想 離開又返回，為了退還東西

regime [rɪ`ʒim]
n. 政體、政權

諧音 老金

聯想 北韓的政權控制在老金手裡

*rehearsal [rɪ`hɝsl̩]
n. 排練、試演

諧音 老胡說

聯想 在排演時他老胡說，不斷NG

rein [ren]
n. 韁繩、駕馭、控制
v. 駕馭、控制

諧音 鍊

聯想 他用鍊當韁繩控制騎馬

reinforce [ˌriɪn`fɔrs]
v. 增援、加強

拆解 rein（繮繩）＋force（力量）

聯想 加強捆綁繮繩的力量

relay [rɪ`le]
n. 接替、接力賽、輪班
v. 傳遞、重置

諧音 離壘

聯想 打者離壘讓代跑者接替

relevant [ˋrɛləvənt]

adj. 有關的、切題的

諧音 禮物爛

聯想 禮物爛跟你的人緣是有關的

relish [ˋrɛlɪʃ]

n. 滋味、佐料、愛好
v. 喜好、欣賞

諧音 利用利息

聯想 他愛利用利息吃好料

renaissance [rəˋnesns]

n. 新生、復活、文藝復興
adj. 文藝復興

諧音 累了省思

聯想 文藝復興是當時的人累了省思

render [ˋrɛndɚ]

v. 使成為、提出、歸還、處理

諧音 練到

聯想 表演必須練到熟練，使成為專業

renowned [rɪˋnaund]

adj. 有名的、有聲譽的

諧音 臨老的

聯想 他臨老時才成為有名的人

repress [rɪˋprɛs]

v. 壓抑、鎮壓

諧音 累排釋

聯想 壓抑不好，有累就排釋

reservoir [ˋrɛzɚˏvɔr]

n. 蓄水庫、倉庫、儲存

諧音 累死我

聯想 蓋這個貯水池真是累死我

retail [ˋritel]

n. v. 零售 adj. 零售的

諧音 離台

聯想 為了促銷零售而離台拓展生意

retaliate [rɪˋtælɪˏet]

v. 報復、報仇

諧音 你拖累

聯想 你拖累了他，他會不擇手段報復

retrieve [rɪˋtriv]

v. n. 收回、恢復、彌補、檢索

諧音 力催

聯想 政府力催要求收回土地

revenue [ˋrɛvəˏnju]

n. 收入、收益、稅收

諧音 累彎腰

聯想 為了收益而累彎腰

rhetoric [ˋrɛtərɪk]

n. 修辭、修辭學、雄辯、花言巧語

諧音 裡頭多意

聯想 作者的修辭手法，文章裡頭有多種意義

riot [ˋraɪət]
n. 暴亂、騷亂
v. 鬧事、暴動

諧音 賴惡偷
聯想 無賴兇惡偷盜引起騷亂

***rite** [raɪt]
n. 儀式、慣例

諧音 來頭
聯想 歡迎儀式浩大表示來客來頭不小

***rotate** [ˋrotet]
v. 旋轉、轉動、循環

諧音 輪替
聯想 遊樂園的旋轉咖啡杯輪替轉動

ruby [ˋrubɪ]
n. 紅寶石
adj. 紅寶石色的

諧音 如碧
聯想 紅寶石的光澤如碧

saloon [səˋlun]
n. 交誼廳、大廳、展覽場

諧音 沙龍
聯想 在沙龍交誼廳聊天

sanction [ˋsæŋkʃən]
n. v. 認可、批准、制裁

諧音 申請
聯想 制裁申請已經被批准了

sanctuary [ˋsæŋktʃʊˏɛrɪ]
n. 聖殿、寺院、避難所

諧音 山丘野里
聯想 山丘野里藏著避難所

sane [sen]
adj. 神智清楚的、明智的、健全的

諧音 神
聯想 神智清楚就是明智

sanitation [ˏsænəˋteʃən]
n. 公共衛生

諧音 誰能貼心
聯想 誰能貼心幫大家維護公共衛生

scope [skop]
n. 範圍、領域

諧音 事故
聯想 這個範圍是事故現場

***script** [skrɪpt]
n. 筆跡、手寫體、腳本

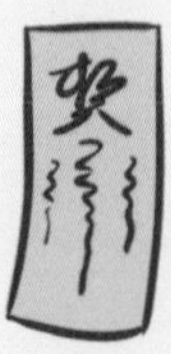

諧音 使鬼跑
聯想 道士手寫的符令可以使鬼跑

seduce [sɪˋdjus]
v. 引誘、誘使墮落

諧音 手釣
聯想 用手釣魚引誘上鉤

seminar [ˋsɛməˌnɑr]
n. 研討會

諧音 誰沒拿

聯想 誰沒拿研討會的講義

senator [ˋsɛnətɚ]
n. 參議員

諧音 誰能投

聯想 誰能投參議員的票

sequence [ˋsikwəns]
n. 連續、一串、次序、結果

諧音 習慣是

聯想 他的習慣是連續吃一串香腸

*serene [səˋrin]
adj. 安詳的、穩重的、晴朗的、平靜的

諧音 收斂

聯想 他的脾氣收斂後，穩重許多

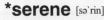

session [ˋsɛʃən]
n. 會議、期間、講習

諧音 誰行

聯想 立委在議會期間打架比誰行

shed [ʃɛd]
v. 流出、流下
n. 小屋、庫房

諧音 洩的

聯想 洩的水來自小屋的天花板

sheer [ʃɪr]
adj. 全然的、純粹的、透明的
adv. 全然地 n. 透明織物

諧音 稀有

聯想 純粹的黃金是很稀有的

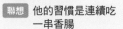

shilling [ˋʃɪlɪŋ]
n. 先令

諧音 先令

聯想 先令是英國的貨幣單位

shrewd [ʃrud]
adj. 精明的、狡猾的、機靈的

諧音 輸入的

聯想 輸入的密碼必須是精明難破解的

shun [ʃʌn]
v. 避開、迴避

諧音 閃

聯想 該迴避時就馬上閃人

silicon [ˋsɪlɪkən]
n. 矽

諧音 犀利抗

聯想 矽是犀利抗熱的材料

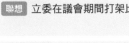

simultaneous [ˌsaɪm!ˋtenɪəs]
adj. 同時發生的、同步的

諧音 賽末電你腦死

聯想 比賽結束後，他同時被雷電成腦死

A B C D E F G H I J K L M N O P Q R S T U V W X Y Z

skeptical / sceptical [`skɛptɪk!]

adj. 懷疑的

諧音 是給的不太夠

聯想 兒子懷疑零用錢是給的不太夠

skim [skɪm]

v. 撇去、掠過、瀏覽

諧音 失禁

聯想 擦去失禁的尿漬

slang [slæŋ]

n. 俚語

諧音 試煉

聯想 理解俚語對外國人是個試煉

slash [slæʃ]

v. n. 砍擊、砍傷

諧音 使蠟熄

聯想 劍士出刀砍擊，
瞬間使蠟熄

slot [slɑt]

n. 狹縫、投幣口
v. 插入、塞進

諧音 死啦

聯想 只要將劍插入牠的身體，
牠就死啦

smack [smæk]

v. 打、拍擊

諧音 死罵客

聯想 死罵客人還打他耳光

smother [`smʌðɚ]

v. 窒息、悶死

諧音 死媽的

聯想 死媽的死因是窒息而死

smuggle [`smʌg!]

v. 走私、偷運

諧音 獅毛狗

聯想 這隻獅毛狗是走私進來的

snare [snɛr]

n. 陷阱、圈套
v. 捕捉

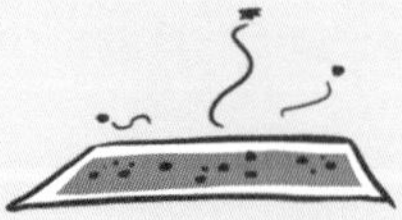

諧音 肆虐

聯想 為了對付肆虐的
蒼蠅而設下陷阱

sneer [snɪr]

v. n. 嘲笑、譏諷

諧音 是女兒

聯想 他笑兒子偷塗口紅
是女兒

soar [sor]

v. n. 飛舞、高飛、高漲

諧音 瘦兒

聯想 瘦兒輕盈的騰空飛舞

sodium [`sodɪəm]

n. 鈉

諧音 瘦點

聯想 為了跑步瘦點要多補充納

soothe [suð]
v. 安慰、撫慰、緩和

諧音 舒適

聯想 母親的撫慰讓他舒適

sophisticated [səˋfɪstɪˏketɪd]
adj. 世故的、老練的、複雜的

諧音 少婦是可以的

聯想 雖然這道菜很複雜，但老練的少婦是可以的

span [spæn]
n. 寬度、範圍 v. 橫跨

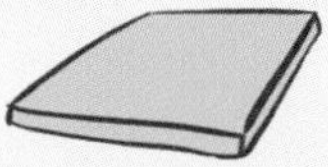

諧音 石板

聯想 這片石板的寬度相當廣

spectrum [ˋspɛktrəm]
n. 光譜、範圍

諧音 十倍可穿

聯想 加強色溫十倍，可穿過光譜可視範圍

speculate [ˋspɛkjəˏlet]
v. 思索、推測、投機

諧音 試別球類

聯想 她籃球不在行，思索試別球類

*sphere [sfɪr]
n. 球體、行星、領域

諧音 試飛

聯想 熱氣球試飛

spike [spaɪk]
n. 長釘 v. 刺穿

諧音 失敗

聯想 試著用長釘刺穿固定卻失敗

*spiral [ˋspaɪrəl]
n. 螺旋 v. 盤旋 adj. 盤旋的

諧音 失敗落

聯想 螺旋的竹蜻蜓失敗落下

sponsor [ˋspɑnsɚ]
n. 發起者、主辦人、贊助者
v. 發起、贊助

諧音 詩班社

聯想 神父是這個詩班社的發起人

spontaneous [spɑnˋtenɪəs]
adj. 自發的、自然的

諧音 食飯天然事

聯想 食飯天然事，大家都自發的想吃飯

spouse [spauz]
n. 配偶

諧音 施暴

聯想 配偶竟然對他施暴

sprawl [sprɔl]
v. 伸開四肢躺坐、笨拙的爬行

諧音 識破

聯想 變色龍想偷偷爬走，卻被識破

squad [skwad]
n. 班、小隊

諧音 士官的
聯想 士官的小隊

stammer [ˋstæmɚ]
v. n. 口吃、結巴

諧音 食道毛
聯想 他食道長毛，講話結才結巴

***staple** [ˋstep!]
n. 釘書針、主要、主題
adj. 主要的

諧音 書堆破
聯想 書堆破，相關主題可以用釘書針固定

starch [startʃ]
n. 澱粉

諧音 拾稻去
聯想 為了攝取充足的澱粉，咱們拾稻去

starvation [starˋveʃən]
n. 飢餓、挨餓

諧音 十大非刑
聯想 讓人活活餓死是十大非刑之一

stationery [ˋsteʃən͵ɛrɪ]
n. 文具、信紙

諧音 時代性年歷
聯想 時代性年歷是有用的文具

stature [ˋstætʃɚ]
n. 身高、身材

諧音 是打球
聯想 高壯的身材是打球的球員所追求

***stimulus** [ˋstɪmjələs]
n. 刺激、刺激品

諧音 死掉沒樂事
聯想 人生需要刺激，死掉就沒樂事了

strangle [ˋstræŋg!]
v. 勒死、扼殺、抑制

諧音 使穿過
聯想 犯人使繩子穿過他的頭，將他勒死

stunt [stʌnt]
n. 花招、噱頭、發育遲緩
v. 阻礙

諧音 實彈
聯想 神槍手表演實彈射擊

***subscribe** [səbˋskraɪb]
v. 捐款、簽名、訂購、同意

諧音 散佈十塊布
聯想 捐獻散佈十塊布

subsequent [ˋsʌbsɪ͵kwɛnt]
adj. 後來的、隨後的

諧音 紗布細細
聯想 紗布細細的綑，之後才不會感染

subtle [`sʌtl̩]
adj. 微妙的、機智的、精巧的、狡猾的

諧音 灑脫

聯想 微妙的情感纖細的心，讓人灑脫

*succession [sək`sɛʃən]
n. 連續、接續、繼任

諧音 誰可隨行

聯想 誰可隨行出國繼任要職

suffocate [`sʌfə͵ket]
v. 窒息、悶死

諧音 少婦咳

聯想 那位少婦咳不出來，差點窒息了

suite [swit]
n. 套房、隨從、系列

諧音 侍衛

聯想 侍衛站在套房門口

superb [su`pɝb]
adj. 宏偉的、華麗的、一流的

諧音 樹波

聯想 一大片樹林如波浪般相當的華麗

supersonic [͵supɚ`sɑnɪk]
adj. 超音波的、超音速的
n. 超音波、超音速

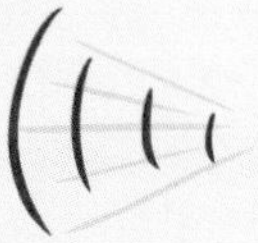

拆解 super＋sonic（聲音的）

聯想 超級聲音就是超音速的

*suspense [sə`spɛns]
n. 掛慮、擔心、未定、暫停

諧音 說十遍

聯想 因為很掛心所以說十遍

swap [swɑp]
v. n. 交換

諧音 絲襪破

聯想 妳的絲襪破了，我拿新的跟妳換

symmetry [`sɪmɪtrɪ]
n. 對稱

諧音 洗面嘴

聯想 洗面嘴的時候要對稱洗均勻

symptom [`sɪmptəm]
n. 症狀、徵兆

諧音 心不疼

聯想 還好他症狀輕微，心不疼

syndrome [`sɪn͵drom]
n. 症狀

諧音 形狀

聯想 說謊的症狀是鼻子會變形狀

synonym [`sɪnə͵nɪm]
n. 同義字

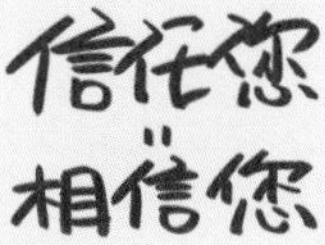

諧音 信任您

聯想 信任您與相信您是同義字

A B C D E F G H I J K L M N O P Q R S T U V W X Y Z

synthetic [sɪn`θɛtɪk]
adj. 綜合的、合成的
n. 合成物

諧音 心血滴口

聯想 恐怖電影裡的心血滴口是合成的

*tact [tækt]
n. 老練、機智

諧音 退可

聯想 機智的人懂的進可攻、退可守

tariff [`tærɪf]
n. 關稅、稅率、價目表

諧音 太離譜

聯想 這樣的稅率真是太離譜

tedious [`tidɪəs]
adj. 乏味的、厭煩的

諧音 剔弟耳屎

聯想 幫忙剔弟耳屎是相當乏味的工作

tempest [`tɛmpɪst]
n. 暴風雨、暴風雪、騷動

諧音 彈鼻屎

聯想 彈鼻屎造成騷動

*textile [`tɛkstaɪl]
n. 紡織品
adj. 紡織的

諧音 大時代

聯想 工業革命時，紡織品成就了一個大時代

theft [θɛft]
n. 偷竊

諧音 學府

聯想 監獄是教導偷竊的最高學府

*therapy [`θɛrəpɪ]
n. 治療、療法

諧音 誰熱斃

聯想 誰熱斃了，可以用刮痧民俗療法

*thereafter [ðɛr`æftɚ]
adv. 之後、此後

拆解 there（那裏）＋after（以後）

聯想 那裡以後就是之後

threshold [`θrɛʃold]
n. 門檻、開端、臨界

諧音 吹噓後

聯想 一陣吹噓後，他被門檻絆倒

*thrift [θrɪft]
n. 節儉、節約

諧音 說服他

聯想 爸爸很節儉，花錢要先說服他

thrive [θraɪv]
v. 興旺、繁榮

諧音 數來富

聯想 數錢來富就是繁榮興盛

throb [θrɑb]
v. n. 跳動、悸動

諧音 濕蘿蔔
聯想 濕蘿蔔突然跳了起來

toll [tol]
n. 通行費、鐘聲、
傷亡人數

諧音 透
聯想 付了寺廟的通行費，
聽到寺內透出的鐘聲

topple [ˋtɑp!]
v. 倒塌、推翻

諧音 踏破
聯想 巨人一腳踏破倒塌的圍牆

tornado [tɔrˋnedo]
n. 龍捲風

諧音 脫你的
聯想 龍捲風太強，
脫你的衣服

trait [tret]
n. 特徵、特性、一點

諧音 脆的
聯想 泡菜的口感特徵是脆的

***tranquil** [ˋtræŋkwɪl]
adj. 平靜的、安靜的

諧音 喘口
聯想 安靜的清閒午後喘口氣

***transit** [ˋtrænsɪt]
n. v. 運輸、通過、轉變

諧音 穿行
聯想 穿行過隧道後，
就可將貨物運送到碼頭

trauma [ˋtrɔmə]
n. 外傷、傷口、創傷

諧音 戳馬
聯想 戳馬而造成馬外傷

tread [trɛd]
v. n. 踩、踏

諧音 垂的
聯想 那位女士一直踩到
身上垂的長裙

treason [ˋtrizn]
n. 叛國罪、背叛、不忠

諧音 催生
聯想 叛國的計畫是
由他一手催生

trek [trɛk]
v. 長途跋涉
n. 移居、長途旅行

諧音 最渴
聯想 長途跋涉的人最渴

trigger [ˋtrɪgɚ]
n. 扳機、觸發器
v. 觸發

諧音 吹個
聯想 扣動扳機前，
他還囂張的吹個口哨

trivial [ˋtrɪvɪəl]
adj. 瑣碎的、微不足道的、淺薄的

諧音 吹飛兒
聯想 那些瑣碎的小事不花我吹飛兒之力

trophy [ˋtrofɪ]
n. 戰利品、勝利紀念品

諧音 戳飛
聯想 勇士一把長矛將對手戳飛，贏得戰利品

truant [ˋtruənt]
n. v. 曠課、逃學

諧音 突然
聯想 老師突然點名，於是被記曠課

truce [trus]
n. 停戰、休戰、終止

諧音 處死
聯想 因為擅自停戰而被處死

tuberculosis [tju͵bɝkjəˋlosɪs]
n. 結核病

諧音 吐飽就流血絲
聯想 結核病患吐飽就流血絲

tumor [ˋtjumɚ]
n. 腫瘤、腫塊

諧音 塗抹
聯想 在腫塊上塗抹藥膏

turmoil [ˋtɝmɔɪl]
n. 騷動、混亂

諧音 偷摸喲
聯想 有癡漢偷摸喲！引起了一陣騷動

ulcer [ˋʌlsɚ]
n. 潰瘍、腐敗

諧音 嘔澀
聯想 他因嘔吐造成乾澀而引起胃潰瘍

ultimate [ˋʌltəmɪt]
adj. 最後的、基本的
n. 終極、極限、基本

諧音 我倒楣
聯想 最後的又是我，我倒楣

unanimous [juˋnænəməs]
adj. 一致同意的

諧音 油哪能漠視
聯想 大家都同意，石油問題哪能漠視

undo [ʌnˋdu]
v. 解開、取消

諧音 按肚
聯想 按肚子來消除飢餓感

upbringing [ˋʌp͵brɪŋɪŋ]
n. 養育、教養

諧音 阿婆冰
聯想 阿婆靠賣冰養育孫兒們

uranium [ju`renɪəm]
n. 鈾

諧音 鈾來能
聯想 鈾來能，鈾可用作核能發電的燃料

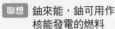

urine [`jurɪn]
n. 尿

諧音 要忍
聯想 突然想尿尿時要忍

usher [`ʌʃɚ]
n. 接待員 v. 迎接、招待

諧音 愛惜
聯想 接待員要愛惜客人

utensil [ju`tɛns!]
n. 器皿、用具

諧音 油燙手
聯想 廚房器具可以避免油燙手

***utility** [ju`tɪlətɪ]
n. 效用、公共事業
adj. 實用的

諧音 又踢了踢
聯想 爸爸上車前又踢了踢輪胎，確認它的效用

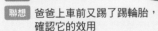

vaccine [`væksin]
n. 疫苗 adj. 疫苗的

諧音 微剋星
聯想 疫苗是病毒的微剋星

valiant [`væljənt]
adj. 英勇的 n. 勇敢的人

諧音 偉人
聯想 偉人是勇敢的人

***valid** [`vælɪd]
adj. 有根據的、有效的

諧音 威力
聯想 有根據的論點才有威力

vanilla [və`nɪlə]
n. 香草 adj. 香草的

諧音 聞你那
聯想 聞你後院那兒有香草味

***vend** [vɛnd]
v. 出售、販賣

諧音 分得
聯想 仲介分得出售的部分價錢

verge [vɝdʒ]
n. 邊緣
v. 處在邊緣

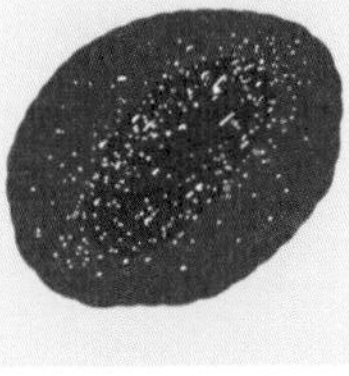

諧音 無極
聯想 宇宙的邊緣無極限

versatile [`vɝsət!]
adj. 多才多藝的、多功能的

諧音 舞獅頭
聯想 他相當多才多藝，還會舞獅頭

veteran [ˋvɛtərən]
n. 老兵、老手

諧音 肥的人
聯想 老兵通常都是肥的人

veterinarian / vet [ˏvɛtərəˋnɛrɪən / vɛt]
n. 獸醫

諧音 餵錯了那粒安
聯想 獸醫說餵錯了那粒藥是安全的

***vice** [vaɪs]
n. 邪惡 adj. 副的

諧音 壞死
聯想 邪惡的人都壞死了

***vocation** [voˋkeʃən]
n. 職業、才能、使命

諧音 我開心
聯想 能夠勝任這份職業，我開心

vogue [vog]
n. 流行、時尚

諧音 富歐革
聯想 流行的富歐洲皮革包

vomit [ˋvɑmɪt]
n. v. 嘔吐

諧音 蜂蜜
聯想 吃了壞掉的蜂蜜後開始嘔吐

vulgar [ˋvʌlgɚ]
adj. 粗俗的、大眾的
n. 庶民

諧音 汙垢
聯想 這個粗俗的庶民滿身汙垢

vulnerable [ˋvʌlnərəbl̩]
adj. 易受傷的

諧音 無腦婆
聯想 不要叫她無腦婆，她是容易受傷的女人

wardrobe [ˋwɔrdˏrob]
n. 衣櫥、衣櫃

諧音 我的囉
聯想 貴婦說，一整面的衣櫥都是我的囉

warranty [ˋwɔrəntɪ]
n. 保證書、擔保、授權

諧音 我輪替
聯想 保證書中擔保這份工作由我輪替

woo [wu]
v. 求愛、求婚

諧音 嗚
聯想 聽了感動的求愛告白，女孩嗚嗚哭了起來

wrench [rɛntʃ]
v. 猛扭、扭傷
n. 扳手

諧音 軟軀
聯想 柔軟的身軀可以扭轉

wrestle [ˋrɛs!]
v. n. 摔角、鬥爭、對付

諧音 勒索
聯想 他因勒索而與人搏鬥

Xerox [ˋzɪrɑks]
n. v. 複印、複製

諧音 你亂撕
聯想 你別亂撕，影印要花錢

yearn [jɝn]
v. 渴望、嚮往

諧音 癢
聯想 她熱切渴望去旅行，心中很癢

zeal [zil]
n. 熱心、熱誠

諧音 自由
聯想 熱誠的人熱愛自由

Learning makes life sweet.

附錄

able [`eb!] adj. 能、可、會
*en + able = **enable** [ɪn`eb!] v. 使能夠
*dis + able = **disable** [dɪs`eb!] v. 使失去能力

about [ə`baut] prep. 關於、對於
*where + abouts = **whereabouts** [`hwɛrə`baʊts]
adv. 在哪裡 v. 行蹤

act [ækt] v. n. 扮演、行動
*act + or = **actor** [`æktɚ] n. 男演員、演員
*act + ress = **actress** [`æktrɪs] n. 女演員
*act + ion = **action** [`ækʃən] n. 行動、行為
*act + ivity = **activity** [æk`tɪvətɪ] n. 活動、活動力、活躍
*act + ivist = **activist** [`æktəvɪst] n. 激進主義分子、行動主義者
*act + ual = **actual** [`æktʃʊəl] adj. 實際的、事實上的、現實的
*trans + action = **transaction** [træn`zækʃən]
n. 辦理、交易
*en + act = **enact** [ɪn`ækt] v. 扮演、發生、通過(法律)
*enact + ment = **enactment** [ɪn`æktmənt]
n. 法規、法令、(法律)制訂
*re + act = **react** [rɪ`ækt] v. 作用、反應
*react + ion = **reaction** [rɪ`ækʃən] n. 反應

adult [ə`dʌlt] adj. 成年的 n. 成年人
*adult + hood = **adulthood** [ə`dʌlthʊd] n. 成年期

after [`æftɚ] prep. 在...之後
*after + noon(午) = **afternoon** [`æftɚ`nun] n. 下午
*after + ward = **afterward** [`æftɚwɚd]
adv. 之後、以後

agree [ə`gri] v. 同意
*agree + ment = **agreement** [ə`grimənt]
n. 同意、協定
*disagree + ment = **disagreement** [ˌdɪsə`grimənt]
n. 不符、爭論
*agree + able = **agreeable** [ə`griəb!]
adj. 怡人的、欣然贊同的、符合的
*dis + agree = **disagree** [ˌdɪsə`gri]
v. 不一致、爭論、意見不合

air [ɛr] n. 空氣
*air + tight(緊) = **airtight** [`ɛrˌtaɪt] adj. 緊密的
*air + way = **airway** [`ɛrˌwe] n. 航空路線
*air + line = **airline** [`ɛrˌlaɪn] n. 航線
*air + port(港口) = **airport** [`ɛrˌport] n. 機場、航空站
*air + mail = **airmail** [`ɛrˌmel] n. 航空郵件

plane [plen] n. 飛機
*air + plane = **airplane** [`ɛrˌplen] n. 飛機
*air + craft = **aircraft** [`ɛrˌkræft] n. 飛機、飛艇

along [ə`lɔŋ] adv. prep. 沿著、順著
*along + side = **alongside** [ə`lɔŋ`saɪd]
adv. prep. 沿著、在旁邊

anger [`æŋgɚ] n. v. 怒、生氣
*anger - er + ry = **angry** [`æŋgrɪ] adj. 生氣的

any [`ɛnɪ] adj. 任一、每一
*any + body = **anybody** [`ɛnɪˌbɑdɪ]
pron. 誰、任何人 n. 重要的人
*any + one = **anyone** [`ɛnɪˌwʌn] pron. 誰、任何人
*any + how = **anyhow** [`ɛnɪˌhaʊ] adv. 無論如何、總之
*any + time = **anytime** [`ɛnɪˌtaɪm] adv. 任何時候、每次
*any + way = **anyway** [`ɛnɪˌwe] adv. 不管如何、反正
*any + where = **anywhere** [`ɛnɪˌhwɛr]
adv. n. 任何地方
*any + place = **anyplace** [`ɛnɪˌples] adv. 任何地方
*any + thing = **anything** [`ɛnɪˌθɪŋ] pron. 任何東西
n. 重要的人、事

appear [ə`pɪr] v. 出現、顯露
*dis + appear = **disappear** [ˌdɪsə`pɪr] v. 消失、不見

arm [ɑrm] n. 手臂
*arm + chair(椅子) = **armchair** [`ɑrmˌtʃɛr] n. 扶手椅

art [ɑrt] n. 藝術、美術
*art + istic = **artistic** [ɑr`tɪstɪk] adj. 藝術的
*art + ist = **artist** [`ɑrtɪst] n. 藝術家、大師

as [æz] adv. prep. 跟...一樣地、同樣地
*where + as = **whereas** [hwɛr`æz]
conj. 有鑑於、反之

baby [`bebɪ] n. 嬰兒、寶貝
*baby + sit = **baby-sit** [`bebɪˌsɪt] v. 當臨時保姆
*baby + sitter = **babysitter** [`bebɪsɪtɚ] n. 保姆

back [bæk] n. adv. 背部、後面
*back + ward = **backward** [`bækwɚd] adj. 向後的、反向的 adv. 向後
*back + ground = **background** [`bækˌgraʊnd]
n. 背景

bad [bæd] adj. 壞的、不好的
*bad + ly = **badly** [`bædlɪ]
adv. 壞地、邪惡地、嚴重地

ball [bɔl] n. 球、球狀體
*ball + oon = **balloon** [bə`lun] n. 氣球 v. 使膨脹
*base(壘) + ball = **baseball** [`bes͵bɔl] n. 棒球
*basket(籃子) + ball = **basketball** [`bæskɪt͵bɔl]
n. 籃球

bank [bæŋk] n. 銀行
*bank + er = **banker** [`bæŋkɚ] n. 銀行家
*bank + rupt = **bankrupt** [`bæŋkrʌpt] adj. 破產的
v. 破產 n. 破產者

base [bes] n. 基、底、基礎
*base - e + ic = **basic** [`besɪk] adj. 基本的

bath [bæθ] n. 浴缸、洗澡
*bath + e = **bathe** [beð] v. 浸入、浸洗、給...洗澡
*bath + room = **bathroom** [`bæθ͵rum] n. 浴室

be [bi] v. 存在、與分詞連用構成被動語態
*be + ing = **being** [`biɪŋ] n. 存在、生命、人

beautiful [`bjutəfəl] adj. 美麗的、漂亮的
*beautiful - iful + y = **beauty** [`bjutɪ]
n. 美麗、美人、好處
*beauty - y + ify = **beautify** [`bjutə͵faɪ] v. 美化、變美

bed [bɛd] n. 床
*bed + room = **bedroom** [`bɛd͵rʊm] n. 臥房

before [bɪ`for] prep. 在...以前
*before + hand = **beforehand** [bɪ`for͵hænd]
adv. 預先、提前 adj. 提前的

begin [bɪ`gɪn] v. 開始、著手
*begin + ner = **beginner** [bɪ`gɪnɚ]
n. 初學者、新手、創始人

believe [bɪ`liv] v. 相信、信任
*believe - e + able = **believable** [bɪ`livəb!]
adj. 可相信的

belong [bə`lɔŋ] v. 屬於、應歸入
*belong + ings = **belongings** [bə`lɔŋɪŋz]
n. 財產、家眷

bicycle [`baɪsɪk!] n. 腳踏車
*bicycle - cycle + ke = **bike** [baɪk] n. 腳踏車、摩托車

blood [blʌd] n. 血
*blood + y = **bloody** [`blʌdɪ] adj. 血污的、殺戮的

blue [blu] n. 藍色 adj. 藍色的、憂鬱的
*blue + s = **blues** [bluz] n. 憂鬱、藍調

body [`bɑdɪ] n. 身體、肉體
*body - y + ily = **bodily** [`bɑdɪlɪ] adj. 身體的、有形的 adv. 親身地、全體地
*body + guard(衛士) = **bodyguard** [`bɑdɪ͵gɑrd]
n. 保鑣
*no + body = **nobody** [`nobɑdɪ] n. 沒有人、小人物
*anti(音似:暗踢) + body = **antibody** [`æntɪ͵bɑdɪ]
n. 抗體
*anti + biotic = **antibiotic** [͵æntɪbaɪ`ɑtɪk] n. 抗生素

bone [bon] n. 骨頭
*back + bone = **backbone** [`bæk͵bon] n. 脊骨、支柱、毅力

book [bʊk] n. 書本
*book + case = **bookcase** [`bʊk͵kes] n. 書架

boy [bɔɪ] n. 少年、男孩
*boy + hood = **boyhood** [`bɔɪhʊd] n. 童年、少年

bread [brɛd] n. 麵包
*bread + th = **breadth** [brɛdθ] n. 寬度、幅度

break [brek] v. 打破、折斷
*break - eak + oke = **broke** [brok] v. break過去式
adj. 破產的
*break + down = **breakdown** [`brek͵daʊn] n. 故障、崩潰、衰竭
*break + through = **breakthrough** [`brek͵θru]
n. 突破
*break + up = **breakup** [`brek`ʌp] n. 中斷、分離、解體
*out + break = **outbreak** [`aʊt͵brek] n. 爆發、暴動

brother [`brʌðɚ] n. 兄弟
*brother + hood = **brotherhood** [`brʌðɚ͵hʊd]
n. 兄弟之情、同志

bug [bʌg] n. 蟲子
*lady + bug = **ladybug** [`ledɪ͵bʌg] n. 瓢蟲
*lady + bird = **ladybird** [`ledɪ͵bɝd] n. 瓢蟲

build [bɪld] n. 建築 v. 造
*build + ing = **building** [ˋbɪldɪŋ] n. 建築物、建築業

butter [ˋbʌtɚ] n. 奶油
*butter + fly = **butterfly** [ˋbʌtɚˏflaɪ] n. 蝴蝶

cake [kek] n. 蛋糕、糕餅
*pan(平底鍋) + cake = **pancake** [ˋpænˏkek] n. 煎餅

call [kɔl] v. 叫喊、呼叫
*re + call = **recall** [rɪˋkɔl] v. n. 回想、撤銷、召回

car [kɑr] n. 汽車
*car + t = **cart** [kɑrt] n. 推車
*car + go = **cargo** [ˋkɑrgo] n. 貨物

care [kɛr] v. 關心、保護
*care + ful = **careful** [ˋkɛrfəl] adj. 小心的、仔細的
*care + free = **carefree** [ˋkɛrˏfri] adj. 無憂無慮
*care + taker = **caretaker** [ˋkɛrˏtekɚ]
n. 照顧者、工友
*care + ss = **caress** [kəˋrɛs] n. 愛撫、擁抱、親吻

carry [ˋkærɪ] v. 攜帶
*carry - y + ier = **carrier** [ˋkærɪɚ] n. 運送人、搬運工

case [kes] n. 情況、箱子、案子
*suit + case = **suitcase** [ˋsutˏkes] n. 手提箱

certain [ˋsɝtən] adj. 確實的、可靠的
*certain + ty = **certainty** [ˋsɝtəntɪ] n. 確實、必然
*certain - ain + ify = **certify** [ˋsɝtəˏfaɪ] v. 證實、擔保

check [tʃɛk] v. 檢查、檢驗 n. 檢查、支票
*check + book = **checkbook** [ˋtʃɛkˏbʊk] n. 支票簿
*check + in = **check-in** [ˋtʃɛkˏɪn] n. 登記報到
*check + out = **check-out** [ˋtʃɛkˏaʊt]
n. 檢查、結帳離開
*check + up = **checkup** [ˋtʃɛkˏʌp] n. 檢查、核對

chick [tʃɪk] n. 小雞、小妞
*chick + en = **chicken** [ˋtʃɪkɪn] n. 雞、雞肉

child [tʃaɪld] n. 小孩、兒童
*child + hood = **childhood** [ˋtʃaɪldˏhʊd] n. 童年
*grand + child = **grandchild** [ˋgrændˏtʃaɪld]
n. 孫子、孫女
*child + ish = **childish** [ˋtʃaɪldɪʃ]
adj. 孩子的、孩子氣的
*child + like = **childlike** [ˋtʃaɪldˏlaɪk]
adj. 天真的、單純的
*step + child = **stepchild** [ˋstɛpˏtʃaɪld] n. 繼子、繼女

city [ˋsɪtɪ] n. 城市、都市
*city - ty + vic = **civic** [ˋsɪvɪk] adj. 城市的、公民的
*city - y + izen = **citizen** [ˋsɪtəzn] n. 市民、公民

class [klæs] n. 課、上課、階級
*class + ify = **classify** [ˋklæsəˏfaɪ]
v. 分類、歸納、分級
*class + ification = **classification** [ˏklæsəfəˋkeʃən]
n. 分類、類別

clean [klin] adj. 清潔的、乾淨的 v. 弄乾淨
*clean + er = **cleaner** [ˋklinɚ] n. 清潔工、吸塵器
*clean + se = **cleanse** [klɛnz] v. 清潔、淨化
*clean - n + r = **clear** [klɪr] adj. 清楚的、明亮的
*clear + ance = **clearance** [ˋklɪrəns]
n. 清除、空地、許可證、大拍賣

clock [klɑk] n. 時鐘
*clock + wise = **clockwise** [ˋklɑkˏwaɪz]
adj. adv. 順時針的、右旋的
*counter + clockwise = **counterclockwise**
[ˏkaʊntɚˋklɑkˏwaɪz] adj. adv. 逆時針的、自右向左的
*o' + clock = **o' clock** [əˋklɑk] adv. ...點鐘

close [kloz] v. 關閉、蓋上
*close + t = **closet** [ˋklɑzɪt] n. 壁櫥、碗櫥、衣櫥
*close - e + ure = **closure** [ˋkloʒɚ] n. v. 打烊、結束
*dis + close = **disclose** [dɪsˋkloz] v. 揭發、透露
*dis + closure = **disclosure** [dɪsˋkloʒɚ]
n. 揭發、透露
*en + closure = **enclosure** [ɪnˋkloʒɚ] n. 圍住、圍欄、附件
*en + close = **enclose** [ɪnˋkloz] v. 圍住、封入

cloud [klaud] n. 雲
*cloud + y = **cloudy** [ˋklaʊdɪ]
adj. 陰天的、多雲的、陰鬱的

coast [kost] n. 海岸、沿海地區
*coast + line = **coastline** [ˋkostˏlaɪn] n. 海岸線

coffee [ˋkɔfɪ] n. 咖啡
***café** [kæˋfe] n. 咖啡廳、小餐館

color [ˋkʌlɚ] n. 顏色、色彩
*color + ful = **colorful** [ˋkʌlɚfəl] adj. 多彩的、鮮豔的

come [kʌm] v. 來、來到
*in + come = **income** [ˋɪn͵kʌm]
n. 收入、收益、所得

common [ˋkɑmən] adj. 普通的、常見的
*common + place = **commonplace** [ˋkɑmən͵ples]
adj. 平凡的 n. 司空見慣的事

continue [kənˋtɪnju] v. 繼續、持續
*continue - e + al = **continual** [kənˋtɪnjʊəl] adj. 重複的、連續的
*continue - e + ous = **continuous** [kənˋtɪnjʊəs]
adj. 連續的、不斷的
*continue - e + ity = **continuity** [͵kɑntəˋnjuətɪ]
n. 連貫性、一連串、系列

cook [kuk] v. 烹調、煮
*cook + er = **cooker** [ˋkʊkɚ] n. 炊具、造謠者

cost [kɔst] n. 費用、成本
*cost + ly = **costly** [ˋkɔstlɪ] adj. 昂貴的、奢華的

count [kaunt] v. n. 計算、數
*count + able = **countable** [ˋkaʊntəb!] adj. 可數的
*count + er = **counter** [ˋkaʊntɚ] n. 計算者、櫃台、籌碼、相反 v. 反擊 adj. adv. 相反的

country [ˋkʌntrɪ] n. 國家、鄉下、郊外
*country + side = **countryside** [ˋkʌntrɪ͵saɪd]
n. 鄉間、農村

cover [ˋkʌvɚ] v. 遮蓋、覆蓋
*un + cover = **uncover** [ʌnˋkʌvɚ] v. 揭開、發現
*cover + age = **coverage** [ˋkʌvərɪdʒ]
n. 覆蓋範圍、保險項目、新聞報導
*re + cover = **recover** [rɪˋkʌvɚ] v. 恢復
*recover + y = **recovery** [rɪˋkʌvərɪ] n. 獲得、恢復

cow [kau] n. 母牛
*cow + boy = **cowboy** [ˋkaʊbɔɪ] n. 牛仔、牧童

cup [kʌp] n. 杯子
*cup + board = **cupboard** [ˋkʌbɚd] n. 櫥櫃

dance [dæns] v. n. 跳舞、舞蹈
*dance + 上er = **dancer** [ˋdænsɚ] n. 舞者

dangerous [ˋdendʒərəs] adj. 危險的
*dangerous - ous = **danger** [ˋdendʒɚ] n. 危險
*en + danger = **endanger** [ɪnˋdendʒɚ] v. 使遭危險

date [det] n. 日期、約會
*up + date = **update** [ʌpˋdet] v. 更新

daughter [ˋdɔtɚ] n. 女兒
*grand + daughter = **granddaughter** [ˋgræn͵dɔtɚ]
n. 孫女

day [de] n. 日子
*day - y + ily = **daily** [ˋdelɪ] adj. adv. 每日的 n. 日報
*day + break = **daybreak** [ˋde͵brek] n. 黎明、破曉

dead [dɛd] adj. 死的、枯的
*dead + line = **deadline** [ˋdɛd͵laɪn] n. 截止期限
*dead + ly = **deadly** [ˋdɛdlɪ] adj. adv. 致命的
*dead - d + th = **death** [dɛθ] n. 死亡、毀滅

deal [dil] n. 經營、交易
*deal + er = **dealer** [ˋdilɚ] n. 業者、商人、發牌者

decide [dɪˋsaɪd] v. 決定
*decide - de + sive = **decisive** [dɪˋsaɪsɪv]
adj. 決定性的、果斷的

deep [dip] adj. 深的
*deep + en = **deepen** [ˋdipən] v. 加深、變低沈

different [ˋdɪfərənt] adj. 不同的
*different - ent = **differ** [ˋdɪfɚ]
v. 不同、相異、意見不同
*different - t + ce = **difference** [ˋdɪfərəns]
n. 差別、差距
*in + different = **indifferent** [ɪnˋdɪfərənt]
adj. 不關心的、中立的
*in + difference = **indifference** [ɪnˋdɪfərəns]
n. 不關心、冷淡、不重要
*different + iate = **differentiate** [͵dɪfəˋrɛnʃɪ͵et]
v. 區別

difficult [ˋdɪfə͵kəlt] adj. 困難的
*difficult + y = **difficulty** [ˋdɪfə͵kʌltɪ]
n. 困難、困境、爭論

direct [dəˋrɛkt] adj. 直接的
*direct + ory = **directory** [dəˋrɛktərɪ]
n. 指南、電話簿、董事會 adj. 指導的

dirty [ˋdɝtɪ] adj. 髒的、污穢的
*dirty - y = **dirt** [dɝt] n. 髒汙、泥土、髒話

discover [dɪsˋkʌvɚ] v. 發現、找到

*discover + y = **discovery** [dɪsˋkʌvərɪ]
n. 發現、探索

make [mek] **/ do** [du] v. 做、製做
*do - o + eed = **deed** [did] n. 行為、行動、功績

door [dor] n. 門
*in + door = **indoor** [ˋɪn͵dor] adj. 室內的
*indoor + s = **indoors** [ˋɪnˋdorz] adv. 在室內
*door + step = **doorstep** [ˋdor͵stɛp] n. 門階
*door + way = **doorway** [ˋdor͵we] n. 出入口、門道

down [daun] n. 向下
*down + stairs = **downstairs** [͵daʊnˋstɛrz]
adj. adv. n. 樓下
*down + ward = **downward** [ˋdaʊnwɚd]
adj. adv. 向下的
*down + town = **downtown** [͵daʊnˋtaʊn]
adj. adv. n. 鬧區、精華地帶

draw [drɔ] v. 畫、繪製、拉
*draw - w + ft = **draft** [dræft]
n. 草稿、匯票、募集 v. 起草、徵選
*draw + back = **drawback** [ˋdrɔ͵bæk]
n. 缺點、障礙、撤回、退款
*draw + ing = **drawing** [ˋdrɔɪŋ]
n. 描繪、繪畫、提款、抽籤
*with + draw = **withdraw** [wɪðˋdrɔ]
v. 撤回、拉開、取消

drink [drɪŋk] v. 飲、喝
*drink - i + u = **drunk** [drʌŋk]
adj. 喝醉的 n. 酒鬼

drive [draɪv] v. 開車、兜風
*drive + er = **driver** [ˋdraɪvɚ] n. 司機
*drive + way = **driveway** [ˋdraɪv͵we] n. 車道、馬路

dry [draɪ] adj. 乾的、乾燥的
*dry - y + ought = **drought** [draʊt] n. 乾旱
*dry + er = **dryer** [ˋdraɪɚ] n. 烘乾機、吹風機

duck [dʌk] n. 鴨子
*duck + ling = **duckling** [ˋdʌklɪŋ] n. 小鴨子

during [ˋdjurɪŋ] prep. 在...的整個期間
*during - ing + ation = **duration** [djʊˋreʃən]
n. 期間、持續

ear [ɪr] n. 耳
*h + ear = **hear** [hɪr] v. 聽見、聽

east [ist] n. 東方
*east + ern = **eastern** [ˋistɚn] adj. 東方的、向東的

eight [et] n. 八
*eight + een = **eighteen** [ˋeˋtin] n. 十八 adj. 十八的
*eight + y = **eighty** [ˋetɪ] n. 八十 adj. 八十的

else [ɛls] adv. 其他、另外
*else + where = **elsewhere** [ˋɛls͵hwɛr] adv. 在別處

end [ɛnd] n. 末端、結局
*end + ing = **ending** [ˋɛndɪŋ] n. 結尾、結局

enter [ˋɛntɚ] v. 進入
*enter - er + rance = **entrance** [ˋɛntrəns]
n. 入口、進入、入學許可
*entrance - ance + y = **entry** [ˋɛntrɪ]
n. 進入、入口、參賽者、登記

equal [ˋikwəl] adj. 相等的、相當的
*equal + ity = **equality** [iˋkwɑlətɪ] n. 相等、平等
*equal - l + te = **equate** [ɪˋkwet] v. 相等、等同
*equal - l + tion = **equation** [ɪˋkweʃən]
n. 相等、方程式
*equal - al + ivalent = **equivalent** [ɪˋkwɪvələnt]
adj. 相等的、等值的 n. 相等物

ever [ˋɛvɚ] adv. 從來、至今
*for + ever = **forever** [fɚˋɛvɚ] adv. 永遠
*ever + green = **evergreen** [ˋɛvɚ͵grin]
adj. 常綠的 n. 萬年青
*what + ever = **whatever** [hwɑtˋɛvɚ]
pron. 任何事物、不管什麼 adj. 任何的
*what + soever = **whatsoever** [͵hwɑtsoˋɛvɚ]
adv. 絲毫
*when + ever = **whenever** [hwɛnˋɛvɚ]
conj. 每當 adv. 無論何時
*where + ver = **wherever** [hwɛrˋɛvɚ] conj. 無論何處
adv. 無論什麼地方
*who + ever = **whoever** [hʊˋɛvɚ] adv. 無論誰

examine [ɪgˋzæmɪn] v. 檢查、審查
*examine + e = **examinee** [ɪg͵zæməˋni]
n. 應試者、受檢查者
*examine + r = **examiner** [ɪgˋzæmɪnɚ]
n. 檢查人、審查員

*examine - e + ation = **examination** [ɪg͵zæmə`neʃən] n. 考試、檢查、審問

except [ɪk`sɛpt] prep. 除...之外
*except + ion = **exception** [ɪk`sɛpʃən] n. 例外
*except + ional = **exceptional** [ɪk`sɛpʃən!] adj. 例外的、優秀的
*except + ing = **excepting** [ɪk`sɛptɪŋ] prep. 除⋯之外 conj. 只是、要不是

eye [aɪ] n. 眼睛
*eye + sight = **eyesight** [`aɪ͵saɪt] n. 視力、視野

face [fes] n. 臉、面孔
*face - e + ial = **facial** [`feʃəl] adj. 臉部的 n. 美容
*pre + face = **preface** [`prɛfɪs] n. 前言
*sur + face =**surface** [`sɝfɪs] n. 表面

fact [fækt] n. 事實
*fact + or = **factor** [`fæktɚ] n. 要素

fall [fɔl] n. 秋天 v. 掉落
*fall - l + ter = **falter** [`fɔltɚ] v. 踉蹌、結巴、動搖 n. 猶豫、顫抖

far [fɑr] adj. 遠的、遙遠的
*far + ther = **farther** [`fɑrðɚ] adj. adv. 更遠

farm [fɑrm] n. 農場、飼養場、耕作
*farm + er = **farmer** [`fɑrmɚ] n. 農夫

father [`fɑðɚ] n. 父親
*grand + father = **grandfather** [`grænd͵fɑðɚ] n. 爺爺、外公
*step + father = **stepfather** [`stɛp͵fɑðɚ] n. 繼父

fear [fɪr] n. v. 害怕、恐懼
*fear + ful = **fearful** [`fɪrfəl] adj. 害怕的、可怕的

feed [fid] n. v. 餵養、飼養
*feed + back = **feedback** [`fid͵bæk] n. 回饋

feel [fil] v. n. 摸、觸、感覺
*feel + ing = **feeling** [`filɪŋ] n. 感覺、感情

fight [faɪt] v. n. 打仗、攻擊
*fight + er = **fighter** [`faɪtɚ] n. 戰士

fine [faɪn] adj. 好的、優秀的
*fine - e + ite = **finite** [`faɪnaɪt] adj. 有限的
*re + fine = **refine** [rɪ`faɪn] v. 提煉

fire [faɪr] n. 火
*fire + man = **fireman** [`faɪrmən] n. 救火員
*fire + work = **firework** [`faɪr͵wɝk] n. 煙火
*fire + cracker = **firecracker** [`faɪr͵krækɚ] n. 鞭炮
*fire + place = **fireplace** [`faɪr͵ples] n. 壁爐
*fire + proof = **fireproof** [`faɪr`pruf] adj. 防火的

fish [fɪʃ] n. 魚
*fish + erman = **fisherman** [`fɪʃɚmən] n. 漁夫
*fish + ery = **fishery** [`fɪʃərɪ] n. 漁業

five [faɪv] adj. n. 五
*five - ve + fteen = **fifteen** [`fɪf`tin] adj. 十五的 n. 十五
*five + ty = **fifty** [`fɪftɪ] adj. 五十的 n. 五十

flower [`flauɚ] n. 花
*flower - wer + urish = **flourish** [`flɝɪʃ] v. 茂盛、揮舞 n. 揮舞、炫耀

fly [flaɪ] n. 蒼蠅 v. 飛
*fly - y + utter = **flutter** [`flʌtɚ] v. n. 拍翅、飄動
*fly - y + ight = **flight** [flaɪt] n. 飛翔、班次、群

fog [fɑg] n. 霧
*fog + gy = **foggy** [`fɑgɪ] adj. 有霧的、多霧的

follow [`fɑlo] v. 跟隨
*follow + er = **follower** [`fɑləwɚ] n. 跟隨者、部下
*follow + ing = **following** [`fɑləwɪŋ] adj. 接著的 n. 追隨者 prep. 在...之後

foot [fut] n. 腳、足
*foot + ball = **football** [`fʊt͵bɔl] n. 足球
*bare + foot = **barefoot** [`bɛr͵fʊt] adj. adv. 赤腳的

for [fɔr] prep. 為、為了、往、向
*for + ward = **forward** [`fɔrwɚd] adv. 向前 adj. 前面的 n. 前鋒 v. 轉交

force [fors] n. v. 力、力量
*force - ce + t = **fort** [fort] n. 堡壘、要塞
*en + force = **enforce** [ɪn`fors] v. 強制、實施
*enforce + ment = **enforcement** [ɪn`forsmənt] n. 實施、強制

foreign [`fɔrɪn] adj. 外國的
*foreign + er = **foreigner** [`fɔrɪnɚ] n. 外國人

forget [fə`gɛt] v. 忘記
*forget + ful = **forgetful** [fə`gɛtfəl] adj. 健忘的

four [for] n. 四 adj. 四的
*four + teen = **fourteen** [`for`tin]
n. 十四 adj. 十四的
*four - u + ty = **forty** [`fɔrtɪ] n. 四十 adj. 四十的

free [fri] adj. 免費的、自由的、不受控制的
*free + dom = **freedom** [`fridəm] n. 自由
*free + way = **freeway** [`frɪ,we] n. 高速公路

fresh [frɛʃ] adj. 新鮮的
*fresh + man = **freshman** [`frɛʃmən] n. 新生、新人
*re + fresh = **refresh** [rɪ`frɛʃ] v. 使清新、吃點心

friend [frɛnd] n. 朋友
*friend + ly = **friendly** [`frɛndlɪ] adj. 友善的、親切的
*friend + ship = **friendship** [`frɛndʃɪp] n. 友誼

front [frʌnt] n. 前面、正面
*con + front = **confront** [kən`frʌnt] v. 面對、對抗
*confront + ation = **confrontation** [,kɑnfrʌn`teʃən]
n. 對質、對抗
*front + ier = **frontier** [frʌn`tɪr] n. 邊界

fun [fʌn] n. 娛樂、樂趣
*fun + ny = **funny** [`fʌnɪ] adj. 有趣的

garden [`gɑrdn] n. 花園、庭院
*garden + er = **gardener** [`gɑrdənə] n. 園丁

general [`dʒɛnərəl] adj. 一般的 n. 將軍、上將
*general + ize = **generalize** [`dʒɛnərəl,aɪz] v. 歸納、推論

gift [gɪft] n. 禮物、天賦
*gift + ed = **gifted** [`gɪftɪd] adj. 有天賦的

glass [glæs] n. 玻璃
*glass + es = **glasses** [`glæsɪz] n. 眼鏡
*glass + ware = **glassware** [`glæs,wɛr] n. 玻璃製品

god [gɑd] n. 上帝、神像
*god + dess = **goddess** [`gɑdɪs] n. 女神

good [gud] adj. 好的、令人滿意的
*good + s = **goods** [gʊdz] n. 商品、貨物

grass [græs] n. 草
*grass + y = **grassy** [`græsɪ] adj. 長草的、綠油油的
*grass + hopper = **grasshopper** [`græs,hɑpə] n. 蚱蜢、蝗蟲

green [grin] adj. 綠的
*green + house = **greenhouse** [`grin,haʊs] n. 溫室

ground [graund] n. 地面、土地
*under + ground = **underground** [`ʌndə,graʊnd]
n. 地下鐵 adj. 地下的

grow [gro] v. 成長、生長
*grow + th = **growth** [groθ] n. 生長、成長

guide [gaɪd] n. v. 嚮導、指南
*guide - e + ance = **guidance** [`gaɪdns]
n. 指導、咨詢
*guide + line = **guideline** [`gaɪd,laɪn] n. 準則、方針

hair [hɛr] n. 頭髮
*hair + dresser = **hairdresser** [`hɛr,drɛsə] n. 美髮師
*hair + cut = **haircut** [`hɛr,kʌt] n. 理髮
*hair + style / hair + do = **hairstyle / hairdo**
[`hɛr,staɪl / `hɛr,du] n. 髮型

hand [hænd] n. 手
*hand + ful = **handful** [`hændfəl] n. 一把、少量
*hand + y = **handy** [`hændɪ] adj. 便利的、靈巧的
*hand + writing = **handwriting** [`hænd,raɪtɪŋ]
n. 手寫、筆跡

hard [hɑrd] adj. 硬的、堅固的
*hard + ly = **hardly** [`hɑrdlɪ] adv. 艱難地、幾乎不
*hard + en = **harden** [`hɑrdn] v. 使變硬、堅強、冷酷
*hard + ship = **hardship** [`hɑrdʃɪp] n. 艱難
*hard + ware(製品) = **hardware** [`hɑrd,wɛr] n. 金屬製品、電腦硬體、設備
*hard + y = **hardy** [`hɑrdɪ] adj. 強壯的、大膽的

hate [het] v. 仇恨、厭惡
*hate + ful = **hateful** [`hetfəl] adj. 可恨的
*hate - e + red = **hatred** [`hetrɪd] n. 憎恨

have [hæv] v. 有、擁有
*be + have = **behave** [bɪ`hev] v. 表現、行為
*behave - e + ior = **behavior** [bɪ`hevjə] n. 行為

head [hɛd] n. 頭

*head + line = **headline** [ˋhɛd͵laɪn] n. 頭條、標題
*head + quarters = **headquarters** [ˋhɛdˋkwɔrtɚz] n. 總部
*over + head = **overhead** [ˋovɚˋhɛd] adj. adv. 在頭上的
*fore + head = **forehead** [ˋfɔr͵hɛd] n. 額頭

health [hɛlθ] n. 健康
*health + ful = **healthful** [ˋhɛlθfəl] adj. 有益健康的
*health + y = **healthy** [ˋhɛlθɪ] adj. 健康的、健全的

heart [hɑrt] n. 心臟
*heart + y = **hearty** [ˋhɑrtɪ] adj. 衷心的、熱情的

heat [hit] v. 把… 加熱、使暖 n. 熱度
*heat + er = **heater** [ˋhitɚ] n. 加熱器、暖氣機

help [hɛlp] v. 幫忙
*help + ful = **helpful** [ˋhɛlpfəl] adj. 有幫助的

here [hɪr] n. adv. 這裡
*here + after = **hereafter** [͵hɪrˋæftɚ] adv. 此後、死後 n. 將來

high [haɪ] adj. 高的
*high + way = **highway** [ˋhaɪ͵we] n. 公路
*high + ly = **highly** [ˋhaɪlɪ] adv. 高度地、非常地
*high + light = **highlight** [ˋhaɪ͵laɪt] n. v. 強調、照亮

history [ˋhɪstərɪ] n. 歷史
*history - y + ian = **historian** [hɪsˋtorɪən] n. 歷史學家
*history - y + ic = **historic** [hɪsˋtɔrɪk] adj. 歷史著名的
*history - y + ical = **historical** [hɪsˋtɔrɪk!] adj. 歷史的、史學的
*pre + historic = **prehistoric** [͵prihɪsˋtɔrɪk] adj. 史前的

hold [hold] v. 握著、抓住
*hold + er = **holder** [ˋholdɚ] n. 持有者、支架
*up + hold = **uphold** [ʌpˋhold] v. 舉起、支撐、贊同

home [hom] n. 家
*home + work = **homework** [ˋhom͵wɝk] n. 家庭作業
*home + sick = **homesick** [ˋhom͵sɪk] adj. 思鄉的
*home + town = **hometown** [ˋhomˋtaʊn] n. 家鄉
*home + land = **homeland** [ˋhom͵lænd] n. 家鄉、祖國

hope [hop] v. n. 希望、盼望
*hope + ful = **hopeful** [ˋhopfəl] adj. 充滿希望的、有希望的

hour [aʊr] n. 小時
*hour + ly = **hourly** [ˋaʊrlɪ] adj. adv. 每小時的

house [haʊs] n. 房子
*house + keeper = **housekeeper** [ˋhaʊs͵kipɚ] n. 管家
*house + hold = **household** [ˋhaʊs͵hold] n. 家人、家庭 adj. 家庭的
*house + wife = **housewife** [ˋhaʊs͵waɪf] n. 家庭主婦
*house + work = **housework** [ˋhaʊs͵wɝk] n. 家事
*house - e + ing = **housing** [ˋhaʊzɪŋ] n. 住宅、住房、遮蔽物

how [haʊ] adv. 怎樣、如何
*how + ever = **however** [haʊˋɛvɚ] conj. 然而 adv. 無論如何

hungry [ˋhʌŋgrɪ] adj. 飢餓的
*hungry - ry + er = **hunger** [ˋhʌŋgɚ] n. 飢餓、饑荒

ice [aɪs] n. 冰
*ice + box = **icebox** [ˋaɪs͵bɑks] n. 冰箱
*ice - e + y = **icy** [ˋaɪsɪ] adj. 結冰的、冰冷的
*ice + berg = **iceberg** [ˋaɪs͵bɝg] n. 冰山

idea [aɪˋdiə] n. 點子
*idea + l = **ideal** [aɪˋdiəl] adj. 理想的、想像的

in [ɪn] prep. 在...之內
*in + ner = **inner** [ˋɪnɚ] n. 內部 adj. 內部的、親密的
*in + to = **into** [ˋɪntu] prep. 到...裡、進入
*in + ternal = **internal** [ɪnˋtɝn!] n. 本質 adj. 內部的、國內的
*in + put = **input** [ˋɪn͵pʊt] n. v. 投入、輸入
*in + sert = **insert** [ɪnˋsɝt] v. 插入、嵌入
*in + ward = **inward** [ˋɪnwɚd] adj. 裡面的、內部的 n. 內部 adv. 向內

joy [dʒɔɪ] n. 歡樂、高興
*joy + ful = **joyful** [ˋdʒɔɪfəl] adj. 高興的
*joy + ous = **joyous** [ˋdʒɔɪəs] adj. 快樂的

juice [dʒus] n. 果汁
*juice - e + y = **juicy** [ˋdʒusɪ] adj. 多汁的

keep [kip] v. 保持
*keep + er = **keeper** [ˋkipɚ] n. 保管人、經營者、守衛

kid [kɪd] n. 小孩
*kid + nap = **kidnap** [`kɪdnæp] v. 誘拐、綁架

king [kɪŋ] n. 國王
*king + dom = **kingdom** [`kɪŋdəm] n. 王國

land [lænd] n. 陸地、土地
*land + mark = **landmark** [`lænd͵mɑrk] n. 地標、里程碑
*land + scape = **landscape** [`lænd͵skep] n. 風景、風景畫
*land + slide = **landslide** [`lænd͵slaɪd] n. 崩塌、山崩 (同mudslide)
*in + land = **inland** [`ɪnlənd] adj. adv. 內陸的 n. 內陸
*land + lord = **landlord** [`lænd͵lɔrd] n. 房東、旅館老闆、地主
*land + lady = **landlady** [`lænd͵ledɪ] n. 女房東、旅館女老闆、女地主

large [lɑrdʒ] adj. 大的
*large + ly = **largely** [`lɑrdʒlɪ] adv. 大部分地、大量地
*en + large = **enlarge** [ɪn`lɑrdʒ] v. 擴大、放大
*enlarge + ment = **enlargement** [ɪn`lɑrdʒmənt] n. 擴大、增補、放大

late [let] adj. 遲的、晚的
*late - e + ter = **latter** [`lætɚ] adj. 後面的、最近的
*late + ly = **lately** [`letlɪ] adv. 最近、不久前
*late + est = **latest** [`letɪst] adj. adv. 最新的、最近的、最遲的 n. 最新的事物

laugh [læf] v. 笑
*laugh + ter = **laughter** [`læftɚ] n. 笑聲

law [lɔ] n. 法律
*law + yer = **lawyer** [`lɔjɚ] n. 律師
*law + ful = **lawful** [`lɔfəl] adj. 合法的
*law + maker = **lawmaker** [`lɔ`mekɚ] n. 立法者
*out + law = **outlaw** [`aʊt͵lɔ] n. 歹徒、被放逐者 v. 宣告為非法、剝奪禁制

lay [le] v. 放、擱置、下蛋
*lay + out = **layout** [`le͵aʊt] n. 佈局、陳列

lead [lid] v. 帶導
*lead + er = **leader** [`lidɚ] n. 領導者、領袖
*leader + ship = **leadership** [`lidɚʃɪp] n. 領導地位、領導才能

learn [lɝn] v. 學習
*learn + ed = **learned** [`lɝnɪd] adj. 有學問的、學習的
*learn + ing = **learning** [`lɝnɪŋ] n. 學習、知識

less [lɛs] adj 較小的、較少的
*less + en = **lessen** [`lɛsn] v. 減少、變小
*un + less = **unless** [ʌn`lɛs] conj. 除非 prep. 除...外

lie [laɪ] v. n. 撒謊
*lie - e + ar = **liar** [`laɪɚ] n. 說謊者
*liar - r + ble = **liable** [`laɪəb!] adj. 須負法律責任的、容易...的、應受罰的

life [laɪf] n. 生命、生活
*life + time = **lifetime** [`laɪf͵taɪm] n. 一生 adj. 一生的
*life + boat = **lifeboat** [`laɪf͵bot] n. 救生艇
*life + guard = **lifeguard** [`laɪf͵gɑrd] n. 救生員、衛兵
*life + long = **lifelong** [`laɪf͵lɔŋ] adj. 終身的

light [laɪt] n. 光 adj. 光亮、輕的
*light + ning = **lightning** [`laɪtnɪŋ] n. 閃電 adj. 閃電的
*light + house = **lighthouse** [`laɪt͵haʊs] n. 燈塔
*light + en = **lighten** [`laɪtn] v. 使變亮、變淡
*en + lighten = **enlighten** [ɪn`laɪtn] v. 啟發、教育
*enlighten + ment = **enlightenment** [ɪn`laɪtnmənt] n. 啟發、啟蒙
*twi + light = **twilight** [`twaɪ͵laɪt] n. 薄暮、黃昏
*s + light = **slight** [slaɪt] adj. 輕微的、少量的

like [laɪk] v. 喜歡 prep.像
*like + ly = **likely** [`laɪklɪ] adj. adv. 很可能的
*dis + like = **dislike** [dɪs`laɪk] v. n. 不喜歡
*like + lihood = **likelihood** [`laɪklɪ͵hʊd] n. 可能性
*like + wise = **likewise** [`laɪk͵waɪz] adv. 同樣地、也
*a + like = **alike** [ə`laɪk] adj. adv. 一樣的、相像的

line [laɪn] n. 繩、線
*under + line = **underline** [͵ʌndɚ`laɪn] v. 在下面劃線、強調
*line + r = **liner** [`laɪnɚ] n. 班機、畫線者、眼線筆

lip [lɪp] n. 嘴唇
*lip + stick = **lipstick** [`lɪp͵stɪk] n. 口紅

listen [`lɪsn] v. 聽
*listen + er = **listener** [`lɪsnɚ] n. 聆聽者、聽眾

live [lɪv] v. 活著、居住
*live + ly = **lively** [`laɪvlɪ] adj. 活潑的、愉快的、鮮明的 adv. 活潑地
*live + r = **liver** [`lɪvɚ] n. 肝臟
*live + stock = **livestock** [`laɪv͵stɑk] n. 家畜
*a + live = **alive** [ə`laɪv] adj. 活著的、有活力的、敏感的、熱鬧的

long [lɔŋ] adj 長的、遠的
*pro + long = **prolong** [prə`lɔŋ] v. 延長、拉長
*long + evity = **longevity** [lɑn`dʒɛvətɪ] n. 長壽、壽命

look [luk] v. 看
*out + look = **outlook** [`aʊt͵lʊk] n. 觀點、景色、展望

loud [laud] adj. 大聲的、響亮的
*a + loud = **aloud** [ə`laʊd] adv. 大聲地

love [lʌv] v. n. 愛
*love + y = **lovely** [`lʌvlɪ] adj. 可愛的
*love + r = **lover** [`lʌvɚ] n. 愛人、愛好者
*be + loved = **beloved** [bɪ`lʌvɪd] adj. 心愛的 n. 心愛的人

low [lo] adj. 低的、矮的
*low + er = **lower** [`loɚ] adj. 較低的 v. 放下

lucky [`lʌkɪ] adj. 幸運的
*lucky - y = **luck** [lʌk] n. 幸運 v. 走運

lunch [lʌntʃ] n. 午餐
*lunch + eon = **luncheon** [`lʌntʃən] n. 午餐會

machine [mə`ʃin] n. 機器
*machine + ry = **machinery** [mə`ʃinərɪ] n. 機器、機械

mail [mel] n. 郵件
* e + mail = **email** [`imel] n. 電子郵件

man [mæn] n. 男人、人
*hu + man = **human** [`hjumən] n. 人類 adj. 人類的
*human + ity = **humanity** [hju`mænətɪ] n. 人性、人類
*human + itarian = **humanitarian** [hju͵mænə`tɛrɪən] n. 慈善家 adj. 博愛的
*man + kind = **mankind** [mæn`kaɪnd] n. 人類
*human + kind = **humankind** [`hjumən͵kaɪnd] n. 人類

master [`mæstɚ] n. 名家、大師
*master + piece = **masterpiece** [`mæstɚ͵pis] n. 傑作
*master + y = **mastery** [`mæstərɪ] n. 支配、優勢、熟練

may [me] aux. 可能、也許
*may + be = **maybe** [`mebɪ] adv. 大概、也許

mean [min] v. 意思是
*mean + ingful = **meaningful** [`minɪŋfəl] adj. 有意義的
*mean + ing = **meaning** [`minɪŋ] n. 意思、意義 adj. 意義深遠的
*mean + time = **meantime** [`min͵taɪm] n. adv. 同時、其間
*mean + while = **meanwhile** [`min͵hwaɪl] n. adv. 同時、其間
*a + while = **awhile** [ə`hwaɪl] adv. 片刻

meet [mit] v. 遇到、碰上
*meet + ing = **meeting** [`mitɪŋ] n. 會議、聚會

middle [`mɪd!] adj. 中間的
*middle - ddle + st = **midst** [mɪdst] n. 中間

mile [maɪl] n. 英里、哩
*mile + age = **mileage** [`maɪlɪdʒ] n. 總英哩數
*mile + stone = **milestone** [`maɪl͵ston] n. 里程碑

mind [maɪnd] n. 頭腦、心智
*re + mind = **remind** [rɪ`maɪnd] v. 想起、提醒
*remind + er = **reminder** [rɪ`maɪndɚ] n. 提醒者、催促函、提示

miss [mɪs] v. 遺漏、思念 n. 小姐（M大寫）
*miss - s + tress = **mistress** [`mɪstrɪs] n. 女主人
*mis + take = **mistake** [mɪ`stek] n. 錯誤 v. 弄錯
*miss + ing = **missing** [`mɪsɪŋ] adj. 缺掉的、失蹤的、不在的
*dis + miss = **dismiss** [dɪs`mɪs] v. 讓...離開、解散、去除

mommy / mom / mother [`mɑmɪ /mɑm/ `mʌðɚ] n. 媽媽、媽咪
*mother + hood = **motherhood** [`mʌðɚhʊd] n. 母性
*grand + mother = **grandmother** [`grænd͵mʌðɚ] n. 奶奶、外婆

*step + mother = **stepmother** [stɛp͵mʌðɚ] n. 繼母

month [mʌnθ] n. 月
*month + ly = **monthly** [`mʌnθlɪ] adj. adv. 每月的 n. 月刊

more [mor] adj. 更多的
*more + over = **moreover** [mor`ovɚ] adv. 並且

most [most] adj. 最多的
*most + ly = **mostly** [`mostlɪ] adv. 大多數地、主要地、一般
*ut + most = **utmost** [`ʌt͵most] adj. 最大的、最遠的 n. 極限

mountain [`mauntn] n. 山
*mountain + ous = **mountainous** [`maʊntənəs] adj. 多山的、巨大的
*mountain - ain = **mount** [maʊnt] v. 登上、爬上、騎上、架上

move [muv] v. 移動、搬動
*move + ment = **movement** [`muvmənt] n. 運動、活動
*move - e + able = **movable** [`muvəb!] adj. 可移動的
*re + move = **remove** [rɪ`muv] v. 移開、去除
*remove - e + al = **removal** [rɪ`muv!] n. 移動、去除
*move - ve + tive = **motive** [`motɪv] n. 動機 adj. 起動的
*loco(諧音:爐烤) + motive = **locomotive** [͵lokə`motɪv] n. 火車頭 adj. 移動的
*move - e + ie = **movie** [`muvɪ] n. 電影

mud [mʌd] n. 泥漿
*mud + dy = **muddy** [`mʌdɪ] adj. 泥濘的

music [`mjuzɪk] n. 音樂
*music + ian = **musician** [mju`zɪʃən] n. 音樂家
*music + al = **musical** [`mjuzɪk!] adj. 音樂的 n. 歌舞劇

name [nem] n. 名字、姓名
*name + ly = **namely** [`nemlɪ] adv. 那就是
*nick + name = **nickname** [`nɪk͵nem] n. 綽號、乳名 v. 起綽號
*name - ame + oun = **noun** [naʊn] n. 名詞
*pro + noun = **pronoun** [`pronaʊn] n. 代名詞

nation [`neʃən] n. 國民、國家
*nation + ality = **nationality** [͵næʃə`nælətɪ] n. 國籍、民族、獨立國
*national + ism = **nationalism** [`næʃən!ɪzəm] n. 民族主義
*nation + al = **national** [`næʃən!] adj. 國家的、民族的、國立的
*inter + national = **international** [͵ɪntɚ`næʃən!] adj. 國際性的、國際間的

near [nɪr] adv. adj. 近的
*near + by = **nearby** [`nɪr͵baɪ] adj. adv. 在附近
*near + ly = **nearly** [`nɪrlɪ] adv. 差不多、親密地

neck [nɛk] n. 脖子
*neck + lace = **necklace** [`nɛklɪs] n. 項鍊
*neck + tie = **necktie** [`nɛk͵taɪ] n. 領帶、領結

need [nid] v. 需要
*need + y = **needy** [`nidɪ] adj. 貧窮的

never [`nɛvɚ] adv. 從未
*never + theless = **nevertheless** [͵nɛvɚðə`lɛs] adv. 仍然、不過、然而

new [nju] adj. adv. 新的、新鮮的
*new + s = **news** [njuz] n. 新聞
*news + caster = **newscaster** [`njuz͵kæstɚ] n. 新聞主播、播報員
*news + paper = **newspaper** [`njuz͵pepɚ] n. 報紙
*news + cast = **newscast** [`njuz͵kæst] n. 新聞播報
*re + new = **renew** [rɪ`nju] v. 更新、復原

night [naɪt] n. 晚上
*night + mare = **nightmare** [`naɪt͵mɛr] n. 夢魘

nine [naɪn] n. 九
*nine + teen = **nineteen** [`naɪn`tin] n. 十九 adj. 十九的
*nine + ty = **ninety** [`naɪntɪ] n. 九十 adj. 九十的

no / nope [no / nop] adj. adv. n. 沒有
*no + r = **nor** [nɔr] conj.也不
*no + ne = **none** [nʌn] pron. 一點兒也沒 adv. 絕不
*none + theless = **nonetheless** [͵nʌnðə`lɛs] adv. conj. 但是、然而
*no + where = **nowhere** [`no͵hwɛr] adj. adv. 任何地方都不、不存在 n. 沒什麼地方、任何地方

noise [nɔɪz] n. v. 聲響、吵鬧聲
*noise - e + y = **noisy** [`nɔɪzɪ] adj. 吵鬧的

north [nɔrθ] n. 北、北方
*north + ern = **northern** [`nɔrðɚn] n. 北方的

nose [noz] n. 鼻子
*nose - e + tril = **nostril** [`nɑstrɪl] n. 鼻孔

note [not] n. v. 筆記
*note + book = **notebook** [`not͵bʊk]
n. 筆記本、筆電
*note - e + able = **notable** [`notəb!] adj. 顯著的
n. 名人

notice [`notɪs] n. v. 公告、注意
*notice + able = **noticeable** [`notɪsəb!]
adj. 顯而易見的、值得注意的
*notice - ce + fy = **notify** [`notə͵faɪ] v. 通知
*notice - ce + on = **notion** [`noʃən]
n. 概念、想法、意圖

now [nau] n. adj. 現在、目前
*now + adays = **nowadays** [`naʊə͵dez]
adv. n. 現今、當下

number [`nʌmbɚ] n. 號碼、數字
*number - ber + erous = **numerous** [`njumərəs]
adj. 許多的
*in + numerable = **innumerable** [ɪ`njumərəb!]
adj. 無數的
*out + number = **outnumber** [aʊt`nʌmbɚ]
v. 超過數量

nurse [nɝs] n. 護士
*nurse + ry = **nursery** [`nɝsərɪ] n. 育嬰室
*nurse - se + ture = **nurture** [`nɝtʃɚ] n. 營養品
v. 養育
*nurse - rse + trient = **nutrient** [`njutrɪənt] n. 營養的
adj. 營養品
*nutrient - ent + tion = **nutrition** [nju`trɪʃən] n. 營養、營養品
*nutrition - n + us = **nutritious** [nju`trɪʃəs]
adj. 有營養的

off [ɔf] prep. adv. 切斷、關掉、取消
*off + spring = **offspring** [`ɔf͵sprɪŋ]
n. 後代、幼獸、結果

office [`ɔfɪs] n. 辦公室
*office + r = **officer** [`ɔfəsɚ] n. 長官

order [`ɔrdɚ] n. v. 訂購、秩序
*dis + order = **disorder** [dɪs`ɔrdɚ]
n. v. 無秩序、混亂
*order + ly = **orderly** [`ɔrdɚlɪ] adj. 整齊的、愛整潔的 adv. 有秩序的

other [`ʌðɚ] adj. 另一個的、其他的
*other + wise = **otherwise** [`ʌðɚ͵waɪz] adv. 否則、除此之外

out [aut] adv. adj. 出外、出局
*out + side = **outside** [`aʊt`saɪd] n. 外面 adj. 外面的
adv. 在外面 prep. 在...外面
*out + door = **outdoor** [`aʊt͵dor] adj. 戶外的
*out + er = **outer** [`aʊtɚ] adj. 表面的、在外的
*out + line = **outline** [`aʊt͵laɪn] n. 外型、綱要
v. 畫出輪廓、概述
*out + come = **outcome** [`aʊt͵kʌm] n. 結果
*out + standing = **outstanding** [`aʊt`stændɪŋ]
adj. 顯著的、未償付的 n. 未付款
*out + do = **outdo** [͵aʊt`du] v. 超過
*out + going = **outgoing** [`aʊt͵goɪŋ] adj. 外出的
n. 出發
*out + put = **output** [`aʊt͵pʊt] n. v. 出產
*out + sider = **outsider** [`aʊt`saɪdɚ] n. 外人、門外漢
*out + skirts = **outskirts** [`aʊt͵skɝts] n. 郊區
*out + ward = **outward** [`aʊtwɚd] adj. adv. 向外的
n. 外面
*out + ing = **outing** [`aʊtɪŋ] n. 遠足
*out + let = **outlet** [`aʊt͵lɛt] n. 出口、折扣店

over [`ovɚ] prep. 在...之上
*over + pass = **overpass** [͵ovɚ`pæs] v. 越過、忽略
n. 天橋
*over + seas = **overseas** [`ovɚ`siz] adj. adv. 在海外
*over + coat = **overcoat** [`ovɚ͵kot] n. 外套
*over + come = **overcome** [͵ovɚ`kʌm]
v. 戰勝、克服
*over + look = **overlook** [͵ovɚ`lʊk] v. 眺望、看漏、寬容、監視
*over + night = **overnight** [`ovɚ`naɪt] adj. adv. 通宵、整夜的
*over + take = **overtake** [͵ovɚ`tek] v. 追上、壓倒
*over + throw = **overthrow** [͵ovɚ`θro]
v. 打倒、推翻
*over + all = **overall** [`ovɚ͵ɔl] adj. 全面的 n. 工作服
*over + do = **overdo** [͵ovɚ`du] v. 做太過分、過火

*over + eat = **overeat** [`ovɚ`it] v. 吃太飽
*over + flow = **overflow** [ˌovɚ`flo] v. 氾濫、充滿
*over + hear = **overhear** [ˌovɚ`hɪr] v. 無意中聽到、偷聽
*over + sleep = **oversleep** [`ovɚ`slip] v. 睡過頭
*over + whelm = **overwhelm** [ˌovɚ`hwɛlm] v. 戰勝、淹沒
*over + work = **overwork** [`ovɚ`wɝk] v. 工作過度

own [on] adj. 自己的
*own + er = **owner** [`onɚ] n. 物主、所有人
*owner + ship = **ownership** [`onɚˌʃɪp] n. 所有權

paint [pent] n. v. 畫、繪畫
*paint + er = **painter** [`pentɚ] n. 畫家
*paint + ing = **painting** [`pentɪŋ] n. 繪畫、上油漆

part [pɑrt] n. 一部分、部分
*part + ial = **partial** [`pɑrʃəl] adj. 部分的
*part + ly = **partly** [`pɑrtlɪ] adv. 部分地
*part + ner = **partner** [`pɑrtnɚ] n. 伙伴
*partner + ship = **partnership** [`pɑrtnɚˌʃɪp] n. 夥伴關係
*a + part = **apart** [ə`pɑrt] adv. 分開的、個別的
*de + part = **depart** [dɪ`pɑrt] v. 啟程、分開
*depart + ure = **departure** [dɪ`pɑrtʃɚ] n. 離開、出發

pass [pæs] v. 前進、通過
*pass + age = **passage** [`pæsɪdʒ] n. 經過、通道、通行證
*pass + word = **password** [`pæsˌwɝd] n. 密碼、暗號
*pass + port(港口) = **passport** [`pæsˌport] n. 護照
*pass + ion = **passion** [`pæʃən] n. 熱情
*passion + ate = **passionate** [`pæʃənɪt] adj. 熱情的
*com + passion = **compassion** [kəm`pæʃən] n. 同情
*compassion + ate = **compassionate** [kəm`pæʃənet] adj. 有同情心的 n. 同情心
*sur + pass = **surpass** [sɚ`pæs] v. 勝過
*tres + pass = **trespass** [`trɛspəs] v. n. 擅自進入、侵入

past [pæst] adj. 過去的
*past + ime = **pastime** [`pæsˌtaɪm] n. 消遣

pay [pe] v. 付、支付
*re + pay = **repay** [rɪ`pe] v. 償還、報答

pen [pɛn] n. 筆
*pen + cil = **pencil** [`pɛns!] n. 鉛筆

person [`pɝsn] n. 人
*person + al = **personal** [`pɝsn!] adj. 個人的
*person + ality = **personality** [ˌpɝsn`ælətɪ] n. 人格、個性
*person + nel = **personnel** [ˌpɝsn`ɛl] n. 員工、人事部

pet [pɛt] n. 寵物
*pet + ty = **petty** [`pɛtɪ] adj. 小的

piano [pɪ`æno] n. 鋼琴
*piano - o + ist = **pianist** [pɪ`ænɪst] adj. 鋼琴家

picture [`pɪktʃɚ] n. 畫像、圖片
*de + picture - ure = **depict** [dɪ`pɪkt] v. 描繪、描寫
*picture + sque = **picturesque** [ˌpɪktʃə`rɛsk] adj. 優美的、生動的

place [ples] n. 位置 v. 放置
*dis + place = **displace** [dɪs`ples] v. 移開、代替
*re + place = **replace** [rɪ`ples] v. 把...放回、取代
*replace + ment = **replacement** [rɪ`plesmənt] n. 代替、歸還

plant [plænt] n. 植物、農作物
*plant + ation = **plantation** [plæn`teʃən] n. 農場
*trans + plant = **transplant** [træns`plænt] v. 移植、移居

play [ple] v. 玩耍、遊戲
*play + er = **player** [`pleɚ] n. 遊戲者、運動員、演員
*play + ground = **playground** [`pleˌgraʊnd] n. 遊樂場、運動場
*play + ful = **playful** [`plefəl] adj. 嬉戲的、開玩笑的
*play + wright = **playwright** [`pleˌraɪt] n. 劇作家

please [pliz] int. 請
*please - se = **plea** [pli] n. 請求、藉口
*plea + d = **plead** [plid] v. 辯護、懇求
*dis + please = **displease** [dɪs`pliz] v. 使不高興

pocket [`pɑkɪt] n. 口袋
*pocket + book = **pocketbook** [`pɑkɪtˌbʊk] n. 皮夾、錢包、袖珍本
*pick + pocket = **pickpocket** [`pɪkˌpɑkɪt] n. 扒手

police [pə`lis] n. 警察
*police + man = **policeman** [pə`lismən] n. 警察

poor [pur] adj. 貧窮、缺乏
*poor - or + verty = **poverty** [`pɑvɚtɪ] n. 貧窮、貧困

pop [pɑp] v. n. 砰的一聲
*pop + corn = **popcorn** [`pɑp͵kɔrn] n. 爆米花

position [pə`zɪʃən] n. 位置、地點
*pre + position = **preposition** [͵prɛpə`zɪʃən] n. 介係詞

possible [`pɑsəb!] adj. 可能的
*possible - le + ility = **possibility** [͵pɑsə`bɪlətɪ] n. 可能性

power [`pauɚ] n. 權力、力量
*power + ful = **powerful** [`paʊɚfəl] adj. 強大的

practice [`præktɪs] v. 實行、練習
*practice - e + al = **practical** [`præktɪk!] adj. 實踐的、實用的

prepare [prɪ`pɛr] v. 準備
*prepare - e + ation = **preparation** [͵prɛpə`reʃən] n. 準備

price [praɪs] n. 價格、價錢
*price + less = **priceless** [`praɪslɪs] adj. 無價的、貴重的

print [prɪnt] v. n. 印、印刷
*print + er = **printer** [`prɪntɚ] n. 印表機

public [`pʌblɪk] adj. 公眾的
*re + public = **republic** [rɪ`pʌblɪk] n. 共和的
*republic + an = **republican** [rɪ`pʌblɪkən] adj. 共和國的
*public + ize = **publicize** [`pʌblɪ͵saɪz] v. 宣傳

question [`kwɛstʃən] n. 問題
*question - ion = **quest** [kwɛst] n. 尋找、追求
*quest - st + ry = **query** [`kwɪrɪ] n. v. 質問
*question + naire = **questionnaire** [͵kwɛstʃən`ɛr] n. 問卷

race [res] n. 比賽、人種
*race - e + ism = **racism** [`resɪzəm] n. 種族主義、種族歧視
*race - e + ial = **racial** [`reʃəl] adj. 人種的、種族的

railroad [`rel͵rod] n. 鐵路
*railroad - road = **rail** [rel] n. 鐵軌、欄杆

rain [ren] v. 下雨 n. 雨水
*rain + bow(弓) = **rainbow** [`ren͵bo] n. 彩虹
*rain + y = **rainy** [`renɪ] adj. 陰雨的、多雨的
*rain + fall = **rainfall** [`ren͵fɔl] n. 降雨

real [`riəl] adj. 真的
*real + ity = **reality** [ri`æləti] n. 現實
*real + istic = **realistic** [rɪə`lɪstɪk] adj. 現實的、逼真的
*real + ism = **realism** [`rɪəl͵ɪzəm] n. 現實性、現實主義

reason [`rizn] n. 理由、原因
*reason + able = **reasonable** [`riznəb!] adj. 合理的

receive [rɪ`siv] v. 收到、接受
*receive - ve + pt = **receipt** [rɪ`sit] n. 收到、收據
*receipt - eipt + ipient = **recipient** [rɪ`sɪpɪənt] n. 接受者 adj. 接受的
*receive + r = **receiver** [rɪ`sivɚ] n. 接收人、受話器

report [rɪ`port] n. v. 報告、報導
*report + er = **reporter** [rɪ`portɚ] n. 報告人、記者

rest [rɛst] n. v. 休息
*rest + room = **rest room** ph. 洗手間、休息室

rich [rɪtʃ] adj. 有錢的、富有的
*rich + es = **riches** [`rɪtʃɪz] n. 財產、富有
*en + rich = **enrich** [ɪn`rɪtʃ] v. 充實
*enrich + ment = **enrichment** [ɪn`rɪtʃmənt] n. 充實、豐富

right [raɪt] adj. 正確地、右邊的
*up + right = **upright** [`ʌp͵raɪt] adj. adv. 筆直的、正直的
*out + right = **outright** [`aʊt`raɪt] adj. adv. 全部、徹底的

rise [raɪz] v. 上升、提高
*a + rise = **arise** [ə`raɪz] v. 上升、產生

road [rod] n. 路、道路
*road - d + m = **roam** [rom] v. n. 漫步、漫遊

roll [rol] v. 滾動、打滾

*en + roll = **enroll** [ɪn`rol] v. 捲起、記錄
*enroll + ment = **enrollment** [ɪn`rolmənt] n. 登記

round [raund] adj. 圓的
*sur + round = **surround** [sə`raʊnd] v. 包圍 n. 圍繞物
*surround + ings = **surroundings** [sə`raʊndɪŋz] n. 環境、周圍的事物

rule [rul] n. v. 規則、規定、統治
*rule + r = **ruler** [`rulɚ] n. 統治者、尺

run [rʌn] v. 跑、奔
*run + ner = **runner** [`rʌnɚ] n. 跑者

safe [sef] adj. 安全
*safe + ty = **safety** [`seftɪ] n. 安全
*safe + guard = **safeguard** [`sef,gard] n. v. 防衛

sale / sell [sel / sɛl] n. 賣、銷售、拍賣
*sales + person = **salesperson** [`selz,pɚsn] n. 售貨員
*sales + man = **salesman** [`selzmən] n. 男售貨員
*sales + woman = **saleswoman** [`selz,wʊmən] n. 女售貨員

salt [sɔlt] n. 鹽
*salt + y = **salty** [`sɔltɪ] adj. 有鹽分的、鹹味濃的

save [sev] v. 救、挽救
*save - e + ing = **saving** [`sevɪŋ] n. 儲蓄、節儉 adj. 補償的、節儉的
*save - ve + lvation = **salvation** [sæl`veʃən] n. 拯救

say [se] v. 說、講
*es + say = **essay** [`ɛse] n. 散文

scare [skɛr] v. 驚嚇、恐懼
*scare - e + y = **scary** [`skɛrɪ] adj. 引起驚恐的
*scare + crow = **scarecrow** [`skɛr,kro] n. 稻草人

scene [sin] n. 景色、景象
*scene + ry = **scenery** [`sinərɪ] n. 風景
*scene - e + ic = **scenic** [`sinɪk] adj. 風景的、戲劇的

school [skul] n. 學校
*school - ol + lar = **scholar** [`skalɚ] n. 學者
*scholar + ship = **scholarship** [`skalɚ,ʃɪp] n. 學問、獎學金

second [`sɛkənd] adj. 第二
*second + ary = **secondary** [`sɛkən,dɛrɪ] adj. 第二的、附屬的

see [si] v. 看見、看到
*see - ee + aw = **saw** [sɔ] v. 看見(過去式) v. 鋸
*fore + see = **foresee** [for`si] v. 預視
*see + m = **seem** [sim] v. 看來好像、似乎
*see + saw = **seesaw** [`si,sɔ] n. 蹺蹺板

self [sɛlf] n. 自身、自己
*self + ish = **selfish** [`sɛlfɪʃ] adj. 自私的

sense [sɛns] n. v. 感官、感覺
*non + sense = **nonsense** [`nansɛns] n. 胡鬧 int. 胡說！廢話！
*sense - e + ation = **sensation** [sɛn`seʃən] n. 感覺
*sense - e + itivity = **sensitivity** [,sɛnsə`tɪvətɪ] n. 敏感
*sense - se + timent = **sentiment** [`sɛntəmənt] n. 感情、情緒
*sentiment + al = **sentimental** [,sɛntə`mɛnt!] adj. 情感的
*sense - e + ible = **sensible** [`sɛnsəb!] adj. 明智的、意識到的
*sensible - ble + tive = **sensitive** [`sɛnsətɪv] adj. 敏感的、靈敏的

serve [sɝv] v. 為...服務
*serve - e + ice = **service** [`sɝvɪs] n. 服務
*serve + r = **server** [`sɝvɚ] n. 侍者
*serve - e + ing = **serving** [`sɝvɪŋ] n. 服務、伺候
*serve - e + ant = **servant** [`sɝvənt] n. 僕人

set [sɛt] v. 放、置
*set + ting = **setting** [`sɛtɪŋ] n. 安置、設定
*out + set = **outset** [`aʊt,sɛt] n. 最初
*set + back = **setback** [`sɛt,bæk] n. 挫敗、逆流
*set + tle = **settle** [`sɛt!] v. 安頓、穩定
*settle + ment = **settlement** [`sɛt!mənt] n. 安頓、解決

seven [`sɛvn] n. 七 adj. 七的
*seven + teen = **seventeen** [,sɛvn`tin] n. 十七 adj. 十七的
*seven + ty = **seventy** [`sɛvntɪ] n. 七十 adj. 七十的

sharp [ʃarp] adj. 銳利的、尖的
*sharp + en = **sharpen** [`ʃarpn] v. 削尖、變銳利

shine [ʃaɪn] n. v. 光
*shine - e + y = **shiny** [`ʃaɪnɪ] adj. 發光的、晴朗的

shirt [ʃɝt] n. 襯衫
*T + shirt = **T-shirt** [`ti͵ʃɝt] n. T恤、短袖圓領汗衫

shop [ʃɑp] n 商店
*shop + lift = **shoplift** [`ʃɑp͵lɪft] v. 在商店內偷竊

short [ʃɔrt] adj. 短的、矮的
*short + en = **shorten** [`ʃɔrtn] v. 縮短
*short + ly = **shortly** [`ʃɔrtlɪ]
adv. 立刻、馬上、簡短地
*short + s = **shorts** [ʃɔrts] n. 運動短褲
*short + age = **shortage** [`ʃɔrtɪdʒ] n. 缺少
*short + coming = **shortcoming** [`ʃɔrt͵kʌmɪŋ]
n. 缺點

shut [ʃʌt] v. 關上、閉上
*shut + ter = **shutter** [`ʃʌtɚ]
n. 百葉窗、快門、關閉者

side [saɪd] n. 邊、面、側
*a + side = **aside** [ə`saɪd] adv. 在旁邊
*side + walk = **sidewalk** [`saɪd͵wɔk] n. 人行道
*re + side = **reside** [rɪ`zaɪd] v. 居住、屬於
*reside + nce = **residence** [`rɛzədəns]
n. 居住、住所
*reside + nt = **resident** [`rɛzədənt] n. 住民
adj. 居住的
*resident + ial = **residential** [͵rɛzə`dɛnʃəl]
adj. 居住的
*be + side = **beside** [bɪ`saɪd] prep. 在旁邊
*be + sides = **besides** [bɪ`saɪdz] adv. 此外、而且
prep. 在...之外

sight [saɪt] n. 視覺、視線
*in + sight = **insight** [`ɪn͵saɪt] n. 洞察力
*near + sighted = **nearsighted** [`nɪr`saɪtɪd]
adj. 近視的
*short + sighted = **shortsighted** [`ʃɔrt`saɪtɪd]
adj. 近視的
*sight + seeing = **sightseeing** [`saɪt͵siɪŋ] n. 觀光
adj. 觀光的

simple [`sɪmp!] adj. 簡單的
*simple - e + y = **simply** [`sɪmplɪ] adv. 簡單地
*simple - e + icity = **simplicity** [sɪm`plɪsətɪ] n. 簡單、簡樸
*simple - e + ify = **simplify** [`sɪmplə͵faɪ] v. 簡化、精簡

sing [sɪŋ] v. 唱歌
*sing + er = **singer** [`sɪŋɚ] n. 歌手

six [sɪks] n. 六
*six + teen = **sixteen** [`sɪks`tin] n. 十六 adj. 十六的
*six + ty = **sixty** [`sɪkstɪ] n. 六十 adj. 六十的

skill [`skɪl] n. 技術、技巧
*skill + ful = **skillful** [`skɪlfəl] adj. 熟練的
*skill + ed = **skilled** [skɪld] adj. 熟練的

skin [skɪn] n. 皮膚
*skin + ny = **skinny** [`skɪnɪ] adj. 皮膚的、極瘦的

sleep [slip] v. 睡覺
*sleep + y = **sleepy** [`slipɪ] adj. 想睡的
*a + sleep = **asleep** [ə`slip] adj. adv. 睡著的

small [smɔl] adj. 小的、小型的
*small + pox(水痘) = **smallpox** [`smɔl͵pɑks] n. 天花

smoke [smok] n. 煙
*smoke - ke + g = **smog** [smɑg] n. 煙霧 (smoke and fog)

snow [sno] n. 雪
*snow + y = **snowy** [snoɪ] adj. 下雪的、雪白的

soft [sɔft] adj. 柔軟的
*soft + ware = **software** [`sɔft͵wɛr] n. 軟體
*soft + en = **soften** [`sɔfn] v. 使變柔軟

some [sʌm] adj. 某一、某個
*some + one = **someone** [`sʌm͵wʌn] pron. 某些人
n. 重要的人
*some + thing = **something** [`sʌmθɪŋ] n. 某些事
n. 重要的人事
*some + times = **sometimes** [`sʌm͵taɪmz]
adv. 有時候
*some + body = **somebody** [`sʌm͵bɑdɪ] pron. 某人
n. 重要的人
*some + where = **somewhere** [`sʌm͵hwɛr]
adv. 某處 n. 某的地方
*some + day = **someday** [`sʌm͵de] adv. 將來有一天
*some + how = **somehow** [`sʌm͵haʊ] adv. 不知怎麼地、以某種方式
*some + time = **sometime** [`sʌm͵taɪm] adv. 某一時候 adj. 以前的
*some + what = **somewhat** [`sʌm͵hwɑt] adv. 有點
pron. 一點兒、某事

son [sʌn] n. 兒子
*grand + son = **grandson** [`grænd͵sʌn] n. 孫子

south [sauθ] n. 南方
*south + ern = **southern** [`sʌðɚn] adj. 南方的

space [spes] n. 空間、太空
*space - e + ious = **spacious** [`speʃəs] adj. 寬敞的
*space + craft = **spacecraft** [`spes͵kræft] n. 太空船
*space + ship = **spaceship** [`spes͵ʃɪp] n. 太空船

speak [spik] v. 說話、講話
*speak + er = **speaker** [`spikɚ] n. 演說者、喇叭
*loud + speaker = **loudspeaker** [`laʊd`spikɚ] n. 擴聲器、大聲公

special [`spɛʃəl] adj. 特別的、專門的
*special - al + fic = **specific** [spɪ`sɪfɪk] adj. 特殊的、明確的
*special - al + alist = **specialist** [`spɛʃəlɪst] n. 專家
*special - al + men = **specimen** [`spɛsəmən] n. 樣品、標本
*special + ize = **specialize** [`spɛʃəl͵aɪz] v. 專門、特殊化
*special + ty = **specialty** [`spɛʃəltɪ] n. 專業
*special - al + fy = **specify** [`spɛsə͵faɪ] v. 具體說明

spell [spɛl] v. 拼字、拼寫
*spell + ing = **spelling** [`spɛlɪŋ] n. 拼字、拼法

sport [sport] n. 運動
*sports + man = **sportsman** [`sportsmən] n. 運動員
*sportsman + ship = **sportsmanship** [`sportsmən͵ʃɪp] n. 運動家精神

stair [stɛr] n. 樓梯
*up + stairs = **upstairs** [`ʌp`stɛrz] adj. adv. 在樓上 n. 樓上

stand [stænd] v. 站立
*with + stand = **withstand** [wɪð`stænd] v. 抵抗、抵擋

state [stet] n. 狀況、州、國家、政府
*state + ment = **statement** [`stetmənt] n. 說明
*states + man = **statesman** [`stetsmən] n. 政治家

station [`steʃən] n. 車站
*station + ary = **stationary** [`steʃən͵ɛrɪ] adj. 靜止的

store [stor] n. 店鋪
*store - e + age = **storage** [`storɪdʒ] n. 貯藏、保管

sun [sʌn] n. 陽光
*sun + ny = **sunny** [`sʌnɪ] adj. 陽光的、快活的
*Sun + day = **Sunday** [`sʌnde] n. 星期天

super [`supɚ] adj. 超、超級
*super + market = **supermarket** [`supɚ͵markɪt] n. 超級市場
*super + ior = **superior** [sə`pɪrɪɚ] adj. 較高的、上級的 n. 上司
*superior + ity = **superiority** [sə͵pɪrɪ`ɔrətɪ] n. 優越
*super - er + reme = **supreme** [sə`prim] adj. 最高的、至上的
*super + ficial = **superficial** [`supɚ`fɪʃəl] adj. 表面的、膚淺的
*super + stition = **superstition** [͵supɚ`stɪʃən] n. 迷信
*superstition - n + us = **superstitious** [͵supɚ`stɪʃəs] adj. 迷信的
*super + vise = **supervise** [`supɚvaɪz] v. 監督
*supervise - e + ion = **supervision** [͵supɚ`vɪʒən] n. 監督
*supervise - e + or = **supervisor** [͵supɚ`vaɪzɚ] n. 監督人

sure [ʃur] adj. 確信的、一定的
*en + sure = **ensure** [ɪn`ʃʊr] v. 保證
*in + sure = **insure** [ɪn`ʃʊr] v. 保險

table [`teb!] n. 桌子
*table + t = **tablet** [`tæblɪt] n. 板、匾、藥片

tail [tel] n. 尾巴
*cock + tail = **cocktail** [`kɑk͵tel] n. 雞尾酒

talk [tɔk] v. 講話、談話
*talk + ative = **talkative** [`tɔkətɪv] adj. 喜歡說話的

taste [test] n. v. 味覺、品味
*taste - e + y = **tasty** [`testɪ] adj. 高雅的、大方的

teach [titʃ] v. 教、講授
*teach + er = **teacher** [`titʃɚ] n. 老師

tell [tɛl] v. 告訴、講述、說
*tell + er = **teller** [`tɛlɚ] n. 敘述者、出納員

thank [θæŋk] v. 感謝

*thank + ful = **thankful** [`θæŋkfəl] adj. 感激的

think [θɪŋk] v. 想、思索
*think - ink + ought = **thought** [θɔt] n. 想法、思維
*thought + ful = **thoughtful** [`θɔtfəl] adj. 深思的、細心的、體貼的

third [θɝd] adj. 第三的
*thir + teen = **thirteen** [`θɝtin] n. 十三 adj. 十三的
*thir + ty = **thirty** [`θɝtɪ] n. 三十 adj. 三十的

tire [taɪr] v. 疲倦
*tire + some = **tiresome** [`taɪrsəm] adj. 使人疲勞的、討厭的

together [tə`gɛðɚ] adv. 一起、共同、協力
*al + together = **altogether** [ˏɔltə`gɛðɚ] adv. 完全、全然、總之

trouble [`trʌb!] n. v. 煩惱、麻煩
*trouble + some = **troublesome** [`trʌb!səm] adj. 討厭的、麻煩的

try [traɪ] v. 試圖、努力
*try - y + ial = **trial** [`traɪəl] n. 試用、試驗

turn [tɝn] v. 轉動、旋轉
*over + turn = **overturn** [ˏovɚ`tɝn] v. 翻轉、顛覆

two [tu] adj. n. 二的、兩個的
*two - o + elve = **twelve** [twɛlv] n. 十二 adj. 十二的
*two - o + enty = **twenty** [`twɛntɪ] n. 二十 adj. 二十的
*two - o + ice = **twice** [twaɪs] adv. 兩次、兩倍

under [`ʌndɚ] prep. 在...下面、在...下方
*under + wear = **underwear** [`ʌndɚˏwɛr] n. 內衣
*under + pass(通過) = **underpass** [`ʌndɚˏpæs] n. 地下通道
*under + go = **undergo** [ˏʌndɚ`go] v. 經歷、遭受、接受治療
*under + mine(坑道) = **undermine** [ˏʌndɚ`maɪn] v. 挖地洞、挖牆腳、削弱基礎
*under + take = **undertake** [ˏʌndɚ`tek] v. 承擔、試圖
*under + neath = **underneath** [ˏʌndɚ`niθ] prep. 在...下面 adj. adv. 在下面 n. 下面

understand [ˏʌndɚ`stænd] v. 理解、懂
*mis + understand = **misunderstand** [`mɪsʌndɚ`stænd] v. 誤解
*understand + able = **understandable** [ˏʌndɚ`stændəb!] adj. 可理解的、能懂的

up [ʌp] adv. prep. 向上、往上
*up + per = **upper** [`ʌpɚ] adj. 較高的
*up + ward = **upward** [`ʌpwɚd] adj. adv. 向上的
*upward + s = **upwards** [`ʌpwɚdz] adv. 朝上
*up + on = **upon** [ə`pɑn] prep. 在...上面

use [juz] v. 用、使用
*use + ful = **useful** [`jusfəl] adj. 有用的
*use + d = **used** [juzd] adj. 舊的
*use + r = **user** [`juzɚ] n. 使用者
*use - e + age = **usage** [`jusɪdʒ] n. 用法、習慣
*ab + use = **abuse** [ə`bjus] n. 濫用、辱罵、虐待

vegetable [`vɛdʒətəb!] n. 蔬菜
*vegetable - ble + rian = **vegetarian** [ˏvɛdʒə`tɛrɪən] n. 素食主義者 adj. 吃素的
*vegetable - ble + tion = **vegetation** [ˏvɛdʒə`teʃən] n. 植物、植被

view [vju] n. 視力、視野
*view + er = **viewer** [`vjuɚ] n. 觀看者、觀眾
*pre + view = **preview** [`priˏvju] n. v. 預習、預覽、試映
*re + view = **review** [rɪ`vju] n. v. 評論、再檢查

visit [`vɪzɪt] v. 參觀、拜訪
*visit + or = **visitor** [`vɪzɪtɚ] n. 旅客、視察者、候鳥

voice [vɔɪs] n. 聲音
*voice - ice + cal = **vocal** [`vok!] adj. 聲音的、歌唱的

wait [wet] v. 等、等待
*wait + er = **waiter** [`wetɚ] n. 侍者、服務生(等在旁邊的人)
*wait + ress = **waitress** [`wetrɪs] n. 女侍、女服務生
*a + wait = **await** [ə`wet] v. 等待

war [wɔr] n. 戰爭
*war + fare = **warfare** [`wɔrˏfɛr] n. 戰爭、衝突
*tug(拉拖) + of + war = tug-of-war n. 拔河、拉鋸戰

warm [wɔrm] adj. 溫暖的、暖和的
*warm + th = **warmth** [wɔrmθ] n. 溫暖、親切

water [`wɔtɚ] n. 水

*water + fall = **waterfall** [`wɔtɚ,fɔl] n. 瀑布
*water + proof = **waterproof** [`wɔtɚ,pruf] n. 防水材料 adj. 不透水的
*water + tight(緊) = **watertight** [`wɔtɚ`taɪt] adj. 防水的、嚴密的

way [we] n. 通路、道路
*sub + way = **subway** [`sʌb,we] n. 地下鐵

weak [wik] adj. 弱的、虛弱的
*weak + en = **weaken** [`wikən] v. 變弱

week [wik] n. 週、一星期
*week + end(結束) = **weekend** [`wik`ɛnd] n. 周末
*week + day = **weekday** [`wik,de] n. 平日
*week + ly = **weekly** [`wiklɪ] adj. adv. 每周的 n. 周刊

weigh [we] v. 稱...的重量
*weigh + t = **weight** [wet] n. 重量

west [wɛst] n. 西方
*west + ern = **western** [`wɛstɚn] adj. 西邊的

whole [hol] adj. 全部的
*whole + sale = **wholesale** [`hol,sel] n. v. 批發 adj. adv. 整批的
*whole + some = **wholesome** [`holsəm] adj. 有益的、衛生的、安全的

who [hu] pron. 誰
*who + m = **whom** [hum] pron. 誰、什麼人(who受格)
*who + se = **whose** [huz] pron. 誰的、那個人的(who所有格)

wide [waɪd] adj. 寬闊的、寬鬆的
*wide + spread(延展) = **widespread** [`waɪd,sprɛd] adj. 廣泛的、普遍的

win [wɪn] v. 贏得、獲得
*win + ner = **winner** [`wɪnɚ] n. 得獎者、獲勝者

wind [waɪnd] n. 風
*wind + y = **windy** [`wɪndɪ] adj. 刮風的
*wind + shield(盾) = **windshield** [`wɪnd,ʃild] n. 擋風玻璃

with [wɪð] prep. 與...一起
*with + in = **within** [wɪ`ðɪn] prep. adv. 在內部 n. 內部
*with + out = **without** [wɪ`ðaʊt] prep. 沒有、在外部

wood [wud] n. 木頭、木柴
*wood + en = **wooden** [`wʊdn] adj. 木製的、呆板的
*wood + pecker = **woodpecker** [`wʊd,pɛkɚ] n. 啄木鳥

work [wɝk] v. n. 工作
*work + er = **worker** [`wɝkɚ] n. 工人
*work + shop = **workshop** [`wɝk,ʃɑp] n. 工場、研討會、工作坊

worse [wɝs] adj. 更壞的、更差的
*worse - e + t = **worst** [wɝst] adj. adv. 最差的、最壞的 n. 最壞的部分

write [raɪt] v. 寫下、書寫
*writ + er = **writer** [`raɪtɚ] n. 作家

yam [jæm] n. 山藥、馬鈴薯
*sweet + potato = **sweet** potato n. 地瓜、甘藷

year [jɪr] n. 年
*year + ly = **yearly** [`jɪrlɪ] adj. adv. 每年的 n. 年刊

young [jʌŋ] adj. 年輕的
*young + ster = **youngster** [`jʌŋstɚ] n. 小孩、年輕人、幼小動物

ability [ə`bɪlətɪ] n. 能力、能耐
*dis + ability = **disability** [dɪsə`bɪlətɪ] n. 無能、殘疾、限制

absence [`æbsns] n. 不在、缺席
*absence - ce + t = **absent** [`æbsnt] adj. 缺席的、缺少的
*absent + minded = **absent-minded** [`æbsnt`maɪndɪd] adj. 心不在焉的、健忘的

accept [ək`sɛpt] v. 接受、領受
*accept + able = **acceptable** [ək`sɛptəb!] adj. 可接受的
*accept + ance = **acceptance** [ək`sɛptəns] n. 接受、相信、歡迎

advance [əd`væns] v. 推進、提高
*advance + d = **advanced** [əd`vænst] adj. 先進的、向前的、高級的

apply [ə`plaɪ] v. 應用、實施
*apply - y + icable = **applicable** [`æplɪkəb!] adj. 可應用的、適當的

argue [`ɑrgju] v. 爭論、辯論
*argue - e + ment = **argument** [`ɑrgjəmənt] n. 爭論、論點

arrange [ə`rendʒ] v. 整理
*arrange + ment = **arrangement** [ə`rendʒmənt] n. 安排、協議、排列

attend [ə`tɛnd] v. 出席、參加
*attend + ance = **attendance** [ə`tɛndəns] n. 出席

bake [bek] v. 烘、烤
*bake + ry = **bakery** [`bekərɪ] n. 麵包店

basic [`besɪk] adj. 基礎的、基本的
*basic - c + s = **basis** [`besɪs] adj. 基礎、根據、主要部分

bean [bin] n. 豆子
*bean + curd = **bean curd** [bin kɝd] ph. 豆腐

belief [bɪ`lif] n. 相信、信任
*dis + belief = **disbelief** [ˏdɪsbə`lif] n. 懷疑、不相信

board [bord] n. 木板
*key(鍵) + board = **keyboard** [`kiˏbord] n. 鍵盤
*black + board = **blackboard** [`blækˏbord] n. 黑板
*card + board = **cardboard** [`kardˏbord] n. 卡紙板

bomb [bɑm] n. 炸彈
*bomb + ard = **bombard** [bɑm`bɑrd] v. 轟炸

brief [brif] adj. 簡略的 n. 簡報
*brief + case = **briefcase** [`brifˏkes] n. 公事包

broad [brɔd] adj. 寬的、廣闊的
*broad + en = **broaden** [`brɔdn] v. 變寬
*broad + cast(投) = **broadcast** [`brɔdˏkæst] n. v. 廣播

cash [kæʃ] n. 現金
*cash + ier = **cashier** [kæ`ʃɪr] n. 出納員

cave [kev] n. 洞穴、洞窟
*cave - e + ity = **cavity** [`kævətɪ] n. 洞穴、腔

cell [sɛl] n. 細胞、密室
*cell + ar = **cellar** [`sɛlɚ] n. 地下室、酒窖

change [tʃendʒ] v. n. 改變、更改
*change + able = **changeable** [`tʃendʒəb!] adj. 可改變的
*ex + change= **exchange** [ɪks`tʃendʒ] n. v. 交換、交易

character [`kærɪktɚ] n. 品質、人格
*character + istic = **characteristic** [ˏkærəktə`rɪstɪk] adj. 獨特的 n. 特徵
*character + ize = **characterize** [`kærəktəˏraɪz] v. 描繪...特性、具有...特徵

charge [tʃɑrdʒ] v. n. 索價
*dis + charge = discharge [dɪs`tʃɑrdʒ] n. v. 排出、釋放、免除

chemical [`kɛmɪk!] adj. 化學的
*chemical - cal + stry = **chemistry** [`kɛmɪstrɪ] n. 化學
*bio + chemistry = **biochemistry** [`baɪo`kɛmɪstrɪ] n. 生物化學
*chemical - cal + st = **chemist** [`kɛmɪst] n. 化學家

choice [tʃɔɪs] n. 選擇、抉擇
*choice - ice + ose= **choose** [tʃuz] v. 選擇、挑選

circle [`sɝk!] n. v. 圓、圓圈

*circle - le + ular = **circular** [ˋsɝkjələ] adj. 圓形的、循環的 n. 公告
*circular - r + te = **circulate** [ˋsɝkjəˏlet] v. 循環
*circulate - e + ion = **circulation** [ˏsɝkjəˋleʃən] n. 循環、流通
*circulate - late + mstance = **circumstance** [ˋsɝkəmˏstæns] n. 環境
*circle - le + uit = **circuit** [ˋsɝkɪt] n. v. 巡迴、環行

claim [klem] n. 要求
*ex + claim = **exclaim** [ɪksˋklem] v. 驚叫、大聲說出

classic [ˋklæsɪk] adj. 典型的、經典的
*classic + al = **classical** [ˋklæsɪk!] adj. 經典的、古典的

cloth [klɔθ] n. 布、織物、衣
*cloth + es = **clothes** [kloz] n. 衣服
*cloth + e = **clothe** [kloð] v. 為誰穿衣服、覆蓋
*cloth + ing = **clothing** [ˋkloðɪŋ] n. 衣服的總稱

roach [rotʃ] n. 蟑螂
*cock + roach = **cockroach** [ˋkɑkˏrotʃ] n. 蟑螂

collect [kəˋlɛkt] v. 收集、採集
*collect + ion = **collection** [kəˋlɛkʃən] n. 收藏品、收集、募捐
*collect + ive = **collective** [kəˋlɛktɪv] adj. 集體的、聚集的、共有的
*collect + or = **collector** [kəˋlɛktɚ] n. 收藏家

comfortable [ˋkʌmfɚtəb!] adj. 舒適的、舒服的
*comfortable - able = **comfort** [ˋkʌmfɚt] n. v. 安逸、安慰
*dis + comfort = **discomfort** [dɪsˋkʌmfɚt] n. v. 不舒適

company [ˋkʌmpənɪ] n. 公司、商號
*ac + company = **accompany** [əˋkʌmpənɪ] v. 陪同、伴隨
*company - y + ion = **companion** [kəmˋpænjən] n. 同伴
*companion + ship = **companionship** [kəmˋpænjənˏʃɪp] n. 友情

compare [kəmˋpɛr] v. n. 比較、對照
*compare - e + ison = **comparison** [kəmˋpærəsn] n. 比較、對照、比喻
*compare - e + able = **comparable** [ˋkɑmpərəb!] adj. 可比較的
*compare - e + ative = **comparative** [kəmˋpærətɪv] adj. 比較的

complain [kəmˋplen] v. 抱怨、發牢騷
*complain + t = **complaint** [kəmˋplent] n. 抱怨

complete [kəmˋplit] adj. v. 全部的、完成的
*ac + complish = **accomplish** [əˋkɑmplɪʃ] n. 完成
*complete - te + ment = **complement** [ˋkɑmpləmənt] n. 補充物

computer [kəmˋpjutɚ] n. 電腦
*computer - r = **compute** [kəmˋpjut] v. n. 計算
*computer + ize = **computerize** [kəmˋpjutəˏraɪz] v. 電腦化

congratulation [kənˏgrætʃəˋleʃən] n. 恭喜、祝賀
*congratulation - ion + e = **congratulate** [kənˋgrætʃəˏlet] v. 恭喜

consider [kənˋsɪdɚ] v. 考慮、細想
*consider + able = **considerable** [kənˋsɪdərəb!] adj. 相當大的、重要的
*consider + ation = **consideration** [kənsɪdəˋreʃən] n. 考慮、體貼、報酬
*consider + ate = **considerate** [kənˋsɪdərɪt] adj. 體貼的

contain [kənˋten] v. 包含、容納
*contain + er = **container** [kənˋtenɚ] n. 容器

control [kənˋtrol] v. 控制、支配、管理
*control + ler = **controller** [kənˋtrolɚ] n. 控制器、管理人、主計官

convenient [kənˋvinjənt] adj 合宜的、方便的
*convenient - t + ce = **convenience** [kənˋvinjəns] n. 方便、便利設施

conversation [ˏkɑnvɚˋseʃən] n. 會話、談話
*conversation - ation + e = **converse** [kənˋvɝs] v. 交談

copy [ˋkɑpɪ] n. v. 拷貝
*copy + right = **copyright** [ˋkɑpɪˏraɪt] n. 著作權 adj. 版權的

courage [ˏkɝɪdʒ] n. 膽量、勇氣
*courage + ous = **courageous** [kəˋredʒəs] adj. 勇敢的

*en + courage = **encourage** [ɪn`kɝɪdʒ] v. 鼓勵、促進
*encourage + ment = **encouragement** [ɪn`kɝɪdʒmənt] n. 鼓勵
*dis + courage = **discourage** [dɪs`kɝɪdʒ] v. 使洩氣、勸阻、防止
*discourage + ment = **discouragement** [dɪs`kɝɪdʒmənt] n. 沮喪、阻止

create [krɪ`et] v. 創造、創作
*create - e + ion = **creation** [krɪ`eʃən] n. 創作、宇宙
*create - e + ivity = **creativity** [ˌkrie`tɪvətɪ] n. 創造力

cross [krɔs] n. 十字形
*cross + ing = **crossing** [`krɔsɪŋ] n. 交叉、十字路口、渡口

cruel [`kruəl] adj. 殘忍的、殘酷的
*cruel + ty = **cruelty** [`kruəltɪ] n. 殘忍
*cruel - el + cial = **crucial** [`kruʃəl] adj. 嚴酷的、重要的

culture [`kʌltʃɚ] n. 文化
*culture - e + al = **cultural** [`kʌltʃərəl] adj. 文化的
*culture - ure + ivate = **cultivate** [`kʌltəˌvet] v. 種植、培養

curious [`kjurɪəs] adj. 好奇的、渴望知道的
*curious - us + sity = **curiosity** [ˌkjʊrɪ`ɑsətɪ] n. 好奇心

custom [`kʌstəm] n. 習俗、慣例
*custom + er = **customer** [`kʌstəmɚ] n. 消費者(習慣購買的人就是消費者)
*ac + custom = **accustom** [ə`kʌstəm] v. 使習慣於
*custom + s = **customs** [`kʌstəmz] n. 關稅
*custom + ary = **customary** [`kʌstəmˌɛrɪ] adj. 習慣的、習俗的

data [`detə] n. 資料、數據
*data - a + um = **datum** [`detəm] n. 數據、資料

deaf [dɛf] adj. 聾的
*deaf + en = **deafen** [`dɛfn] v. 使聽不見

decorate [`dɛkəˌret] v. 裝飾、修飾
*decorate - e + ion = **decoration** [ˌdɛkə`reʃən] n. 裝飾、裝飾品

dentist [`dɛntɪst] n. 牙醫
*dentist - ist + al = **dental** [`dɛnt!] adj. 牙齒的

deny [dɪ`naɪ] v. 否定、否認、拒絕
*deny - y + ial = **denial** [dɪ`naɪəl] n. 否定、拒絕

depend [dɪ`pɛnd] v. 相信、信賴
*depend + able = **dependable** [dɪ`pɛndəb!] adj. 可信任的
*depend + ent = **dependent** [dɪ`pɛndənt] adj. 依靠的、取決於的

describe [dɪ`skraɪb] v. 描寫、描繪
*describe - be + ption = **description** [dɪ`skrɪpʃən] n. 描寫、種類
*describe - be + ptive = **descriptive** [dɪ`skrɪptɪv] adj. 描寫的

design [dɪ`zaɪn] n. v. 設計、構思
*design + er = **designer** [dɪ`zaɪnɚ] n. 設計師
*design + ate = **designate** [`dɛzɪgˌnet] v. 標示、指定 adj. 選定的

desire [dɪ`zaɪr] v. n. 渴望、要求
*desire - e + able = **desirable** [dɪ`zaɪrəb!] adj. 值得嚮往的、有魅力的

detect [dɪ`tɛkt] v. 發現、察覺
*detect + ive = **detective** [dɪ`tɛktɪv] n. 偵探 adj. 偵探的

develop [dɪ`vɛləp] v. 成長、開發
*develop + ment = **development** [dɪ`vɛləpmənt] n. 發展、產物

direction [də`rɛkʃən] n. 方向、指導
*direct + or = **director** [də`rɛktɚ] n. 主管、導演、指揮

discuss [dɪ`skʌs] v. 討論、商談
*discuss + ion = **discussion** [dɪ`skʌʃən] n. 討論、商討

distance [`dɪstəns] n. 距離、路程
*distance - ce + t = **distant** [`dɪstənt] adj. 遠的、久遠的

divide [də`vaɪd] v. 劃分
*divi - de + sion = **division** [də`vɪʒən] n. 分開、區域、部分

doubt [daut] v. n. 懷疑、不相信
*doubt + ful = **doubtful** [`daʊtfəl] adj. 懷疑的
*un + doubt + edly = **undoubtedly** [ʌn`daʊtɪdlɪ] adv. 毫無疑問地、肯定地
*d + ubious = **dubious** [`djubɪəs] adj. 半信半疑的、曖昧的

dragon [`drægən] n. 龍
*dragon + fly(飛) = **dragonfly** [`drægən͵flaɪ] n. 蜻蜓

drama [`drɑmə] n. 戲劇、劇本
*drama + tic = **dramatic** [drə`mætɪk] adj. 戲劇的

dress [drɛs] n. 禮服 v. 給...穿衣服
*dress + er = **dresser** [`drɛsɚ] n. 衣櫥、碗櫥、服裝員
*dress + ing = **dressing** [`drɛsɪŋ] n. 打扮、佈置、醬料

drug [drʌg] n. 藥
*drug + store= **drugstore** [`drʌg͵stor] n. 藥局

earn [ɝn] v. 賺得、掙得
*earn + ings = **earnings** [`ɝnɪŋz] n. 收入、工資
*earn + est = **earnest** [`ɝnɪst] adj. 認真的、誠摯的、重要的 n. 認真

effect [ɪ`fɛkt] n. 效果、影響
*effect + ive = **effective** [ɪ`fɛktɪv] adj. 有效的

elder [`ɛldɚ] n. 長者、前輩
*elder + ly = **elderly** [`ɛldɚlɪ] adj. 年長的

elect [ɪ`lɛkt] v. 選舉、推選
*elect + ion = **election** [ɪ`lɛkʃən] n. 選舉、當選

element [`ɛləmənt] n. 元素
*element + ary = **elementary** [͵ɛlə`mɛntərɪ] adj. 元素的、基本的

emotion [ɪ`moʃən] n. 感情、情感
*emotion + al = **emotional** [ɪ`moʃən!] adj. 感情的

energy [`ɛnɚdʒɪ] n. 活力、幹勁
*energy - y + etic = **energetic** [͵ɛnɚ`dʒɛtɪk] adj. 精力旺盛的、積極的

enjoy [ɪn`dʒɔɪ] v. 欣賞、享受
*enjoy + ment = **enjoyment** [ɪn`dʒɔɪmənt] n. 樂趣、享受
*enjoy + able = **enjoyable** [ɪn`dʒɔɪəb!] adj. 快樂的

environment [ɪn`vaɪrənmənt] n. 環境、四周狀況
*environment + al = **environmental** [ɪn͵vaɪrən`mɛnt!] adj. 環境的

eraser [ɪ`resɚ] n. 板擦、橡皮擦
*eraser - r = **erase** [ɪ`res] v. 擦去

event [ɪ`vɛnt] n. 事件、大事
*event + ual = **eventual** [ɪ`vɛntʃʊəl] adj. 結果的

excellent [`ɛks!ənt] adj. 出色的、傑出的、優等的
*excellent - t + ce = **excellence** [`ɛks!əns] n. 優秀、優點
*excellence - lence = **excel** [ɪk`sɛl] v. 勝過

excite [ɪk`saɪt] v. 刺激、使興奮
*excite + ment = **excitement** [ɪk`saɪtmənt] n. 刺激、興奮

exist [ɪg`zɪst] v. 存在
*exist + ence = **existence** [ɪg`zɪstəns] n. 存在

expect [ɪk`spɛkt] v. 預計、預期
*expect + ation = **expectation** [͵ɛkspɛk`teʃən] n. 預期

expense [ɪk'spɛns] n. 費用
*expense - e + ive = **expensive** [ɪk`spɛnsɪv] adj. 高價的、昂貴的

experience [ɪk`spɪrɪəns] n. 經驗、體驗
*experience - ence + ment = **experiment** [ɪk`spɛrəmənt] n. v. 試驗
*experiment + al = **experimental** [ɪk͵spɛrə`mɛnt!] adj. 試驗性的

expert [`ɛkspɚt] n. 專家、能手
*expert + ise = **expertise** [͵ɛkspɚ`tiz] n. 專長

explain [ɪk`splen] v. 解釋、說明
*explain - in + nation = **explanation** [͵ɛksplə`neʃən] n. 解釋、說明

express [ɪk`sprɛs] v. 表達、陳述
*express + ion = **expression** [ɪk`sprɛʃən] n. 表達、表情
*express + ive = **expressive** [ɪk`sprɛsɪv] adj. 表達

brow [brau] n. 額頭、眉毛
*eye + brow = **eyebrow** [ˋaɪˏbraʊ] n. 眉毛

fail [fel] n. 不及格、失去作用
*fail + ure = **failure** [ˋfeljɚ] n. 失敗

fair [fɛr] adj. 公正的、公平的
*fair + ly = **fairly** [ˋfɛrlɪ] adv. 公平地、相當地

favor [ˋfevɚ] n. 偏愛、贊成
*favor + ite = **favorite** [ˋfevərɪt] adj. 特別喜愛的 n. 特別喜愛的人或物
*favor + able = **favorable** [ˋfevərəb!] adj. 討人喜歡的、有利的、贊同的

fit [fɪt] adj. v. 適合於、安適的
*out + fit = **outfit** [ˋaʊtˏfɪt] n. 全套裝備、全套服裝

flash [flæʃ] v. n. 使閃光、使閃爍
*flash + light = **flashlight** [ˋflæʃˏlaɪt] n. 手電筒、閃光燈

fool [ful] n. 蠢人、傻瓜、笨蛋
*fool + ish = **foolish** [ˋfulɪʃ] adj. 愚笨的、可笑的

form [fɔrm] n. 形狀、外形、形式
*form + ation = **formation** [fɔrˋmeʃən] n. 形成、構成
*formation - ion = **format** [ˋfɔrmæt] n. 格式、範本
*re + form = **reform** [ˏrɪˋfɔrm] n. v. 改革、改正

freezer [ˋfrizɚ] n. 冷藏箱、冰箱
*freezer - r = **freeze** [friz] v. 結冰、冷凍

fright [fraɪt] n. 驚嚇、恐怖
*fright + en = **frighten** [ˋfraɪtn] v. 使驚嚇

function [ˋfʌŋkʃən] n. 功能、作用
*function + al = **functional** [ˋfʌŋkʃən!] adj. 機能的、實用的

further [ˋfɝðɚ] adj. 更遠的、另外的
*further + more = **furthermore** [ˋfɝðɚˋmor] adv. 此外、而且

gather [ˋgæðɚ] v. 收集、使聚集
*gather + ing = **gathering** [ˋgæðərɪŋ] n. 集會、採集

generous [ˋdʒɛnərəs] adj. 慷慨的、大方的
*generous - us + sity = **generosity** [ˏdʒɛnəˋrɑsətɪ] n. 慷慨

gentle [ˋdʒɛnt!] adj. 溫和的、和善的
*gentle + man = **gentleman** [ˋdʒɛnt!mən] n. 紳士、先生

geography [ˋdʒɪˋɑgrəfɪ] n. 地理學、地形
*geography - y + ical = **geographical** [dʒɪəˋgræfɪk!] adj. 地理的

govern [ˋgʌvɚn] n. 統治、管理
*govern + ment = **government** [ˋgʌvɚnmənt] n. 政府、政體
*govern + or = **governor** [ˋgʌvɚnɚ] n. 統治者、州長、總督

grade [gred] n. 等級、級別
*up + grade = **upgrade** [ˋʌpˋgred] n. 升級 v. 提升
*de + grade = **degrade** [dɪˋgred] v. 降低、降級

grape [grep] n. 葡萄
*grape + fruit = **grapefruit** [ˋgrepˏfrut] n. 葡萄柚

greet [grit] v. 問候、迎接、招呼
*greet + ing = **greeting** [ˋgritɪŋ] n. 問候、迎接

guard [gɑrd] n. 哨兵、守衛
*guard + ian = **guardian** [ˋgɑrdɪən] n. 保護者、守護者、監護人

habit [ˋhæbɪt] n. 習慣
*habit + ful = **habitual** [həˋbɪtʃʊəl] adj. 習慣的

hall [hɔl] n. 會堂、大廳
*hall + way = **hallway** [ˋhɔlˏwe] n. 玄關、門廳

hamburger [ˋhæmbɝgɚ] n. 漢堡
*hamburger - ham = **burger** [ˋbɝgɚ] n. 漢堡

hang [hæŋ] v. 把…掛起
*hang + er = **hanger** [ˋhæŋɚ] n. 衣架、衣架

height [haɪt] n. 高度、海拔
*height + en = **heighten** [ˋhaɪtn] v. 增高

hero [ˋhɪro] n. 英雄、勇士
*hero + ine = **heroine** [ˋhɛroˏɪn] n. 女英雄
*hero + ic = **heroic** [hɪˋroɪk] adj. 英雄的

hippopotamus [ˏhɪpəˋpɑtəməs] n. 河馬

*hippopotamus - potamus = **hippo** [ˋhɪpo] n. 河馬

honest [ˋɑnɪst] adj. 誠實的、正直的
*honest + y = **honesty** [ˋɑnɪstɪ] n. 誠實、正直
*honest - est + or = **honor** [ˋɑnɚ] n. 榮譽、光榮 v. 增光、尊敬
*honor + ary = **honorary** [ˋɑnəˏrɛrɪ] adj. 名譽上的
*honor + able = **honorable** [ˋɑnərəb!] adj. 尊敬的、光榮的
*dis + honest = **dishonest** [dɪsˋɑnɪst] adj. 不誠實的、不正直的

honey [ˋhʌnɪ] n. 蜂蜜
*honey + moon = **honeymoon** [ˋhʌnɪˏmun] n. 蜜月

hospital [ˋhɑspɪt!] n. 醫院
*hospital - l + ble = **hospitable** [ˋhɑspɪtəb!] adj. 舒適的、好客的
*hospital + ity = **hospitality** [ˏhɑspɪˋtælətɪ] n. 好客
*hospital + ize = **hospitalize** [ˋhɑspɪt!ˏaɪz] v. 使住院治療

host [host] n. 主人
*host + ess = **hostess** [ˋhostɪs] n. 女主人

hotel [hoˋtɛl] n. 旅館、飯店
*hotel - tel + stel = **hostel** [ˋhɑst!] n. 旅社
*motor + hotel = **motel** [moˋtɛl] n. 汽車旅館

humid [ˋhjumɪd] adj. 潮濕的
*humid + ity = **humidity** [hjuˋmɪdətɪ] n. 濕氣

hunt [hʌnt] v. 追獵、獵取
*hunt + er = **hunter** [ˋhʌntɚ] n. 獵人

ignore [ɪgˋnor] v. 不理會、忽視
*ignore - e + ant = **ignorant** [ˋɪgnərənt] adj. 無知的、不知道的
*ignore - e + ance = **ignorance** [ˋɪgnərəns] n. 無知、愚昧

improve [ɪmˋpruv] v. 改進、改善
*improve + ment = **improvement** [ɪmˋpruvmənt] n. 改進、增進

include [ɪnˋklud] v. 包括、包含
*include - e + ing = **including** [ɪnˋkludɪŋ] prep. 包含
*include - de + sive = **inclusive** [ɪnˋklusɪv] adj. 包含的

increase [ɪnˋkris] v. 增大、增加
*de + (increase - in) = **decrease** [ˋdikris] n. 減少、減小

independence [ˏɪndɪˋpɛndəns] n. 獨立、自主
*independence - ce + t = **independent** [ˏɪndɪˋpɛndənt] adj. 獨立的、單獨的

indicate [ˋɪndəˏket] v. 指示、指出
*indicate - e + ion = **indication** [ˏɪndəˋkeʃən] n. 指示、徵兆

industry [ˋɪndəstrɪ] n. 工業、企業
*industry - y + ial = **industrial** [ɪnˋdʌstrɪəl] adj. 工業的
*industrty - y + ialize = **industrialize** [ɪnˋdʌstrɪəlˏaɪz] v. 使工業化

influence [ˋɪnfluəns] n. 影響、作用
*influence - ce + tial = **influential** [ˏɪnfluˋɛnʃəl] adj. 有影響的、有權勢的

insist [ɪnˋsɪst] v. 堅持
*insist + ence = **insistence** [ɪnˋsɪstəns] n. 堅持、強調

introduce [ˏɪntrəˋdjus] v. 介紹、引見
*introduce - e + tion = **introduction** [ˏɪntrəˋdʌkʃən] n. 介紹、傳入、引言

invent [ɪnˋvɛnt] v. 發明、創造
*invent + or = **inventor** [ɪnˋvɛntɚ] n. 發明家
*invent + ion = **invention** [ɪnˋvɛnʃən] n. 發明、創造

invitation [ˏɪnvəˋteʃən] n. 邀請
*invit - ation + e = **invite** [ɪnˋvaɪt] v. 邀請

knowledge [ˋnɑlɪdʒ] n. 知識、學問
*ac + knowledge = **acknowledge** [əkˋnɑlɪdʒ] v. 承認、告知收到(信件)
*acknowledge + ment = **acknowledgement** [əkˋnɑlɪdʒmənt] n. 承認、致謝、確認通知
*knowledge + able = **knowledgeable** [ˋnɑlɪdʒəb!] adj. 有知識的、博學的

lap [læp] n. 膝部、重疊部分
*over + lap = **overlap** [ˏovɚˋlæp] v. 部分重疊

lemon [ˋlɛmən] n. 檸檬
*lemon + ade = **lemonade** [ˏlɛmənˋed] n. 檸檬水

length [lɛŋθ] n. 長度
*length + en = **lengthen** [`lɛŋθən] v. 加長
*length + y = **lengthy** [`lɛŋθɪ] adj. 長的、冗長的

library [`laɪˏbrɛrɪ] n. 圖書館
*library - y + ian = **librarian** [laɪ`brɛrɪən] n. 圖書館員、圖書館長

limit [`lɪmɪt] n. 界線、限制
*limit + ation = **limitation** [ˏlɪmə`teʃən] n. 限制

liquid [`lɪkwɪd] n. 液體
*liquid - id + or = **liquor** [`lɪkɚ] n. 酒、含酒精飲料

locate [lo`ket] v. 把…設置在
*locate - e + ion = **location** [lo`keʃən] n. 地點、場所、位置

lock [lɑk] v. n. 鎖
*lock + er = **locker** [`lɑkɚ] n. 寄物櫃、衣物櫃
*un + lock = **unlock** [ʌn`lɑk] v. 開鎖、揭開
*b + lock = **block** [blɑk] v. 擋住、阻塞 n. 立方體、街區

lone [lon] adj. 孤單、寂寞
*lone + ly = **lonely** [`lonlɪ] adj. 寂寞的、孤獨的
*lone + some = **lonesome** [`lonsəm] adj. 寂寞的、荒涼的

lose [luz] v. 丟失、喪失
*lose + r = **loser** [`luzɚ] n. 失主、失敗者、魯蛇
*lose - e + s = **loss** [lɔs] n. 喪失、損失、失敗

magic [`mædʒɪk] n. 魔術
*magic + ian = **magician** [mə`dʒɪʃən] n. 魔術師、巫師
*magic + al = **magical** [`mædʒɪk!] adj. 魔術的

main [men] adj. 主要的、最重要的
*main + land = **mainland** [`menlənd] n. 大陸 adj. 大陸的
*main + stream = **mainstream** [`menˏstrim] n. 主流

maintain [men`ten] v. 維持、保持
*maintain - ain + enance = **maintenance** [`mentənəns] n. 維持、維修、主張、贍養費

male [mel] n. 男性
*fe + male = **female** [`fimel] adj. 女性的 n. 女人
*female - ale + inine = **feminine** [`fɛmənɪn] adj. 女性的 n. 陰性

mass [mæs] n. 團、塊
*mass + ive = **massive** [`mæsɪv] adj. 巨大的、大量的、結實的

measure [`mɛʒɚ] v. n. 測量、計量
*measure + ment = **measurement** [`mɛʒɚmənt] n. 測量、尺寸
*measure - e + able = **measurable** [`mɛʒərəb!] adj. 可測量的、重大的

medicine [`mɛdəsn] n. 藥、內服藥
*medicine - ine + al = **medical** [`mɛdɪk!] adj. 醫學的、內科的
*medical - l + tion = **medication** [ˏmɛdɪ`keʃən] n. 藥物、藥物治療

melon [`mɛlən] n. 瓜、甜瓜
*water + melon= **watermelon** [`wɔtɚˏmɛlən] n. 西瓜

member [`mɛmbɚ] n. 成員、會員
*member + ship = **membership** [`mɛmbɚˏʃɪp] n. 會員

memory [`mɛmərɪ] n. 記憶、記憶力
*memory - y + ize = **memorize** [`mɛməˏraɪz] v. 記住
*memory - y + able = **memorable** [`mɛmərəb!] adj. 值得懷念的
*memory - y + ial = **memorial** [mə`morɪəl] n. 紀念活動、紀念品 adj. 紀念的
*com + memory - y + ate = **commemorate** [kə`mɛməˏret] v. 慶祝、紀念

message [`mɛsɪdʒ] n. 訊息、消息
*message - age + enger = **messenger** [`mɛsndʒɚ] n. 使者、信差

meter [`mitɚ] n. 公尺
*kilo(千) + meter = **kilometer** [`kɪləˏmitɚ] n. 公里、km
*thermo + meter = **thermometer** [θɚ`mɑmətɚ] n. 溫度計

military [`mɪləˏtɛrɪ] adj. 軍人的、軍隊的
*military - ry + nt = **militant** [`mɪlətənt] adj. 好戰的、激進的 n. 激進份子

million [`mɪljən] n. 百萬元
*million + aire = **millionaire** [ˌmɪljən`ɛr] n. 百萬富翁

mix [mɪks] v. 使混和
*mix + ture = **mixture** [`mɪkstʃɚ] n. 混合、混合物

modern [`mɑdɚn] adj. 現代的、近代的
*modern + ize = **modernize** [`mɑdɚnˌaɪz] v. 現代化
*modern + ization = **modernization** [ˌmɑdɚnə`zeʃən] n. 現代化

monster [`mɑnstɚ] n. 怪物、妖怪
*monster - er + rous = **monstrous** [`mɑnstrəs] adj. 怪異的、可怕的

motion [`moʃən] n. 運動、移動
*motion - on + vate = **motivate** [`motəˌvet] v. 激發、刺激
*motivate - e + ion = **motivation** [ˌmotə`veʃən] n. 刺激
*motion + picture = **motion picture** [`moʃən`pɪktʃɚ] ph.電影

multiply [`mʌltəplaɪ] v. 相乘
*multiply - y + e = **multiple** [`mʌltəp!] adj. 多樣的、複合的

natural [`nætʃərəl] adj. 自然的
*natural + ist = **naturalist** [`nætʃərəlɪst] n. 自然主義者、博物學家

necessary [`nɛsəˌsɛrɪ] adj. 必要的、必需的
*necessary - ary + ity = **necessity** [nə`sɛsətɪ] n. 需要、必需品

neighbor [`nebɚ] n. 鄰居
*neighbor + hood = **neighborhood** [`nebɚˌhʊd] n. 鄰近地區、近鄰

net [nɛt] n. 網、網狀物
*net + work = **network** [`nɛtˌwɝk] n. 電視網、網路、網狀組織

novel [`nɑv!] v. 小說
*novel + ist = **novelist** [`nɑv!ɪst] n. 小說家

obey [ə`be] v. 服從、聽從
*obey - y + dience = **obedience** [ə`bidjəns] n. 服從
*obey - y + dient = **obedient** [ə`bidjənt] adj. 服從的

object [`ɑbdʒɪkt] n. 物體、目標
*object + ion = **objection** [əb`dʒɛkʃən] n. 反對、缺點、妨礙
*object + ive = **objective** [əb`dʒɛktɪv] n. 目標 adj. 客觀的、目標的

occur [ə`kɝ] v. 發生、出現
*occur + rence = **occurrence** [ə`kɝəns] n. 發生、事件

offer [`ɔfɚ] v. 給予、提供
*offer + ing = **offering** [`ɔfərɪŋ] n. 提供、貢獻、祭品、課程

operate [`ɑpəˌret] v. 運作、運轉
*operate - e + ion = **operation** [ˌɑpə`reʃən] n. 操作、經營、交易
*operation + nal = **operational** [ˌɑpə`reʃən!] adj. 操作上的、經營的
*operate - e + or = **operator** [`ɑpəˌretɚ] n. 操作者、司機、接線生

ordinary [`ɔrdnˌɛrɪ] adj. 通常的、平常的
*extra + ordinary = **extraordinary** [ɪk`strɔrdnˌɛrɪ] adj. 異常的、離奇的

organ [`ɔrgən] n. 器官
*organ + ic = **organic** [ɔr`gænɪk] adj. 器官的、有機的
*organ + ism = **organism** [`ɔrgənˌɪzəm] n. 生物、有機體

organize [`ɔrgəˌnaɪz] v. 組織、安排
*organize - e + ation = **organization** [ˌɔrgənə`zeʃən] n. 組織
*organize + r = **organizer** [`ɔrgəˌnaɪzɚ] n. 組織者

owl [aʊl] n. 貓頭鷹
*f + owl = **fowl** [faʊl] n. 家禽
*gr + owl = **growl** [graʊl] v. n. 嗥叫、咆哮

pack [pæk] n. 包、包裹
*pack + age = **package** [`pækɪdʒ] n. 包裹 v. 包裝
*pack + et = **packet** [`pækɪt] n. 小包 v. 打包
*un + pack = **unpack** [ʌn`pæk] v. 開箱
*back + pack = **backpack** [`bækˌpæk] n. 背包

pain [pen] n. 疼痛、痛苦
*pain + ful = **painful** [`penfəl] adj. 痛苦的、費力的

peace [pis] n. 和平
*peace + ful = **peaceful** [`pisfəl]
adj. 和平的、平靜的

perfect [`pɝfikt] adj. 完美的、理想的
*perfect + ion = **perfection** [pɚ`fɛkʃən] n. 完美

photo [`foto] n. 照片
*photo + graph = **photograph** [`fotə͵græf] n. 照片
v. 照相
*photograph + ic = **photographic** [͵fotə`græfik]
adj. 攝影的
*photograph + er = **photographer** [fə`tɑgrəfɚ]
n. 攝影師

pipe [paɪp] n. 導管、輸送管
*pipe + line = **pipeline** [`paɪp͵laɪn] n. 管線、渠道

pitch [pɪtʃ] n. 場地、投球、音調
*pitch + er = **pitcher** [`pɪtʃɚ] n. 投手、投擲者

pleasant [`plɛzənt] adj. 愉快的、舒適的
*pleasant - ant + ure = **pleasure** [`plɛʒɚ] n. 愉快
v. 高興

plus [plʌs] v. 加
*sur + plus = **surplus** [`sɝpləs] adj. 過剩、盈餘
adj. 過剩的

poem [`poɪm] n. 詩
*poem - m + t = **poet** [`poɪt] n. 詩人
*poem - m + tic = **poetic** [po`ɛtɪk] adj. 詩韻的

poison [`pɔɪzn] n. 毒藥
*poison + ous = **poisonous** [`pɔɪznəs] adj. 有毒的、惡意的

popular [`pɑpjəlɚ] adj. 受歡迎的
*popular - r + tion= **population** [͵pɑpjə`leʃən]
n. 人口
*popular - r + te = **populate** [`pɑpjə͵let] v. 居住於、移民於、殖民於
*popular + ity = **popularity** [͵pɑpjə`lærətɪ] n. 普及、流行

port [port] n. 港口
*ex + port = **export** [`ɛksport] n. 出口、輸出
*im + port = **import** [`ɪmport] n. 進口、輸入
*port + able = **portable** [`portəb!] adj. 可攜帶的
*port + er = **porter** [`portɚ] n. 搬運工

*trans + port = **transport** [`træns͵port] n. 運輸
*transport + ation = **transportation** [͵trænspɚ`teʃən]
n. 運輸

pose [poz] n. 樣子、姿勢
*dis + pose = **dispose** [dɪ`spoz] v. 配置、處理
*dispose - e + able = **disposable** [dɪ`spozəb!]
adj. 可任意處理的、一次使用性的
*dispose - e + al = **disposal** [dɪ`spoz!]
n. 處理、配置
*pose - e + ture = **posture** [`pɑstʃɚ] n. 姿勢、心情
v. 擺姿勢

post [post] n. 郵寄
*post + card = **postcard** [`post͵kɑrd] n. 明信片
*post + age = **postage** [`postɪdʒ] n. 郵資
*post + er = **poster** [`postɚ] n. 海報
*post + pone = **postpone** [post`pon] v. 延期

praise [prez] n. v. 表揚、稱讚
*praise - aise + ize = **prize** [praɪz] n. 獎賞、獎金
v. 重視、評估

pray [pre] v. 祈禱、祈求
*pray + er = **prayer** [prɛr] n. 禱告、懇求
*pray - ay + each = **preach** [pritʃ] v. 佈道
*pray - ay + iest = **priest** [prist] n. 牧師、神父

prefer [prɪ`fɝ] v. 寧可、更喜歡
*prefer + able = **preferable** [`prɛfərəb!] adj. 更好的
*prefer + ence = **preference** [`prɛfərəns] n. 偏愛、偏袒、優先權

present [`prɛznt] adj. 在場的 n. 禮物
*present - t + ce = **presence** [`prɛzns]
n. 出席、面前
*present + ation = **presentation** [͵prizɛn`teʃən]
n. 贈與、呈現、上演、介紹

president [`prɛzədənt] n. 總統、總裁
*president - nt = **preside** [prɪ`zaɪd] v. 主持
*president - t + cy = **presidency** [`prɛzədənsɪ]
n. 主席職位、任期、職權
*president + ial = **presidential** [`prɛzədɛnʃəl]
adj. 總裁的、總統的
*vice- + president = **vice-president** [vaɪs`prɛzədənt]
n. 副總統、副總裁

press [prɛs] v. 按、壓 n. 媒體
*sup + press = **suppress** [sə`prɛs] v. 鎮壓、抑制

*st + ress = **stress** [strɛs] n. 壓力、緊張 v. 強調
*press + ure = **pressure** [`prɛʃɚ]
n. 壓力、壓迫、擠壓

prince [prɪns] n. 王子
*prince + ss = **princess** [`prɪnsɪs] n. 公主

principal [`prɪnsəp!] adj. 主要的 n. 校長、資金
***principle** [`prɪnsəp!] n. 原理、原則、信條
(與principal發音相同，其字尾有le可想成"理"，與原"理"連結。)

prison [`prɪzn] n. 監獄
*prison + er = **prisoner** [`prɪznɚ] n. 犯人、俘虜
*im + prison = **imprison** [ɪm`prɪzn] v. 監禁、禁錮
*imprison + ment = **imprisonment** [ɪm`prɪznmənt]
n. 監禁

produce [prə`djus] v. 生產、製造
*produce + r = **producer** [prə`djusɚ] n. 製作人、生產者
*re + produce = **reproduce** [ˌriprə`djus]
v. 繁殖、複製

progress [`pragrɛs] v. 前進、行進
*progress + ive = **progressive** [prə`grɛsɪv] adj. 進步的、漸次的

project [prə`dʒɛkt] n. 計劃、企劃
*project + ion = **projection** [prə`dʒɛkʃən] n. 設計、預測、投影、投擲

promise [`pramɪs] n. v. 承諾、諾言
*com + promise = **compromise** [`kamprəˌmaɪz]
n. 妥協、和解 v. 妥協

pronounce [prə`nauns] v. 發...的音
*pronounce - ounce + unciation = **pronunciation**
[prəˌnʌnsɪ`eʃən] n. 發音

protect [prə`tɛkt] v. 保護、防護
*protect + ion = **protection** [prə`tɛkʃən] n. 保護
*protect + ive = **protective** [prə`tɛktɪv] adj. 保護的

punish [`pʌnɪʃ] v. 罰、懲罰
*punish + ment = **punishment** [`pʌnɪʃmənt] n. 懲罰

quality [`kwalətɪ] n. 品質
*quality - ty + fy = **qualify** [`kwaləˌfaɪ]
v. 使合格、限定

*qualify - y + ication = **qualification** [ˌkwaləfə`keʃən]
n. 證書、證照、取得資格

realize [`rɪəˌlaɪz] v. 領悟、了解
*realize - e + ation = **realization** [ˌrɪələ`zeʃən]
n. 領悟、真實

record [`rɛkɚd] n. 唱片、記錄
*record + er = **recorder** [rɪ`kɔrdɚ]
n. 紀錄者、錄音機

refrigerator [rɪ`frɪdʒəˌretɚ] n. 冰箱、冷凍庫
fridge [frɪdʒ] n. 冰箱

refuse [rɪ`fjuz] v. 拒絕、拒受
*refuse - e + al = **refusal** [rɪ`fjuz!] n. 拒絕、優先購買權
*refuse - se + te = **refute** [rɪ`fjut] v. 駁斥、反駁

regard [rɪ`gard] v. 把...看作、注重
*regard + ing = **regarding** [rɪ`gardɪŋ] prep. 關於
*dis + regard = **disregard** [ˌdɪsrɪ`gard] v. 不理會、漠視 n. 忽視、漠視
*regard + less = **regardless** [rɪ`gardlɪs] adj. 不注意的 adv. 不管如何地

region [`ridʒən] n. 地區、行政區域
*region + al = **regional** [`ridʒən!] adj. 區域的

regular [`rɛgjəlɚ] adj. 有規律的、固定的
*regular - r + te = **regulate** [`rɛgjəˌlet] v. 管理、控制、使規則化
*regulate - e + ion = **regulation** [ˌrɛgjə`leʃən]
n. 規章、管理 adj. 標準的、普通的

reject [rɪ`dʒɛkt] v. 拒絕、抵制
*reject + ion = **rejection** [rɪ`dʒɛkʃən] n. 拒絕、屏棄

relation [rɪ`leʃən] n. 關係、關聯
*relation + ship = **relationship** [rɪ`leʃən`ʃɪp]
n. 關係、親屬關係、戀愛關係

repeat [rɪ`pit] v. 重複
*repeat - at + tition = **repetition** [ˌrɛpɪ`tɪʃən] n. 重複

require [rɪ`kwaɪr] v. 需要
*require + ment = **requirement** [rɪ`kwaɪrmənt]
n. 需要、必需品

respect [rɪ`spɛkt] v. 敬重、尊敬
*respect + able = **respectable** [rɪ`spɛktəb!]
adj. 值得尊敬的、名聲好的 n. 可敬的人
*respect + ful = **respectful** [rɪ`spɛktfəl]
adj. 恭敬的、尊敬的
*respect + ive = **respective** [rɪ`spɛktɪv] adj. 各別的

restaurant [`rɛstərənt] n. 餐廳
*rest(休息) + room= **rest room** ph. 洗手間

rock [rɑk] n. 岩石
*rock + y = **rocky** [`rɑkɪ] adj. 岩石的

royal [`rɔɪəl] adj. 皇室的
*royal + ty = **royalty** [`rɔɪəltɪ] n. 皇族、版稅

satisfy [`sætɪs,faɪ] v. 使滿意、使滿足
*satisfy - y + actory = **satisfactory** [,sætɪs`fæktərɪ]
adj. 令人滿意的、良好的
*satisfy - y + action = **satisfaction** [,sætɪs`fækʃən]
n. 滿意、快樂

sauce [sɔs] n. 調味醬、醬汁
*sauce + r = **saucer** [`sɔsɚ] n. 茶托、淺碟子

science [`saɪəns] n. 科學
*scien - ce + tist = **scientist** [`saɪəntɪst] n. 科學家
*science - ce + tific = **scientific** [,saɪən`tɪfɪk]
adj. 科學的

search [sɝtʃ] v. 搜尋
*re + search = **research** [rɪ`sɝtʃ] n. v. 研究、調查
*research + er = **researcher** [ri`sɝtʃɚ] n. 調查員

secret [`sikrɪt] n. 秘密
*secret + ary= **secretary** [`sɛkrə,tɛrɪ] n. 秘書、機要

section [`sɛkʃən] n. 部分、片、塊
*inter + section = **intersection** [,ɪntɚ`sɛkʃən]
n. 十字路口、交岔
*section - ion + or = **sector** [`sɛktɚ] n. 部門、部分

select [sə`lɛkt] v. 選擇、挑選
*select + ion = **selection** [sə`lɛkʃən] n. 選擇
*select + ive = **selective** [sə`lɛktɪv] adj. 有選擇性的、淘汰的

separate [`sɛpə,ret] v. 分隔、分割
*separate - e + ion = **separation** [,sɛpə`reʃən]
n. 分開、分隔線

sign [saɪn] v. 簽名
*sign + nal = **signal** [`sɪgn!] n. 信號、標誌
v. 發出訊號 adj. 顯著的、訊號的
*sign + ature = **signature** [`sɪgnətʃɚ] n. 簽名
*sign + ificant = **significant** [sɪg`nɪfəkənt]
adj. 重大的、有意義的
*sign + ificance = **significance** [sɪg`nɪfəkəns]
n. 重要性、意義
*sign + ify = **signify** [`sɪgnə,faɪ] v. 表示

silence [`saɪləns] n. 無聲、寂靜
*silen - ce + t = **silent** [`saɪlənt] adj. 沈默的、無聲的

silk [sɪlk] n. 蠶絲、絲
*silk + worm = **silkworm** [`sɪlk,wɝm] n. 桑蠶

similar [`sɪmələ] adj. 相像的、類似的
*similar + ity = **similarity** [,sɪmə`lærətɪ] n. 類似、相似點

single [`sɪŋg!] adj. 單一的、孤單的、單身的
*single - le + ular = **singular** [`sɪŋgjələ] adj. 單數的
n. 單數

slender [`slɛndɚ] adj. 修長的、苗條的、纖細的
*slender - ender + im= **slim** [slɪm]
adj. 苗條的、纖細的 v. 減重、減肥

slide [slaɪd] v. 滑動
*slide - de + p = **slip** [slɪp] v. n. 滑落、溜走、洩漏
*slip + per = **slipper** [`slɪpɚ] n. 拖鞋(拖鞋很滑)
*slip + pery = **slippery** [`slɪpərɪ] adj. 滑的、不穩定的

social [`soʃəl] adj. 社會的、社交的
*social - l + ble = **sociable** [`soʃəb!] adj. 好交際的、社交性的、友善的
*social + ism = **socialism** [`soʃəl,ɪzəm] n. 社會主義
*social + ist = **socialist** [`soʃəlɪst] n. 社會主義者
*social + ize = **socialize** [`soʃə,laɪz] v. 社會化
*social - al + ology = **sociology** [,soʃɪ`ɑlədʒɪ]
n. 社會學
*social - al + ety = **society** [sə`saɪətɪ] n. 社會、社團、協會

solution [sə`luʃən] n. 解答、方法
*sol - ution + ve = **solve** [sɑlv] v. 解決、解答
*dis + solve = **dissolve** [dɪ`zɑlv]
v. 溶解、分解、驅散

source [sors] n. 根源、來源
*re + source = **resource** [rɪˋsors] n. 資源

soybean [sɔɪbin] n. 大豆
*soybean - bean = **soy** [sɔɪ] n. 醬油、大豆

spirit [ˋspɪrɪt] n. 精神、心靈
*spirit + ual = **spiritual** [ˋspɪrɪtʃʊəl] adj. 精神的、神聖的

spot [spɑt] n. 地點
*spot + light = **spotlight** [ˋspɑtˏlaɪt] n. 聚光燈

steam [stim] n. 蒸汽
*steam + er = **steamer** [ˋstimɚ] n. 汽船、蒸汽機

stick [stɪk] n. 枝條
*stick + y = **sticky** [ˋstɪkɪ] adj. 黏的、不靈活的、易卡住的

storm [stɔrm] n. 暴風雨
*storm + y = **stormy** [ˋstɔrmɪ] adj. 暴風雨的、狂暴的

straight [stret] adj. 筆直的、挺直的
*straight + en = **straighten** [ˋstretn] v. 弄直、改正
*straight + forward = **straightforward** [ˏstretˋfɔrwɚd] adj. adv. 一直向前的、正直的、簡單的

subject [ˋsʌbdʒɪkt] n. 主題
*subject + tive = **subjective** [səbˋdʒɛktɪv] adj. 主觀的

succeed [səkˋsid] v. 成功
*succeed - ed + ss = **success** [səkˋsɛs] n. 成功
*success + ful = **successful** [səkˋsɛsfəl] adj. 成功的

suit [sut] n. (一套)衣服 v. 適合
*suit + able = **suitable** [ˋsutəb!] adj. 合適的

supply [səˋplaɪ] v. n. 供給、提供
*supply - y + ement = **supplement** [ˋsʌpləmənt] n. 補充、附錄、補給品
*supply - ly + ort = **support** [səˋport] n. v. 支持、贊成、資助

survive [sɚˋvaɪv] v. 在...之後生存、從...中逃生
*survive - e + al = **survival** [sɚˋvaɪv!] n. 倖存、生存
*survival - al + or = **survivor** [sɚˋvaɪvɚ] n. 倖存者

symbol [ˋsɪmb!] n. 象徵、標誌
*symbol + ic = **symbolic** [sɪmˋbɑlɪk] adj. 象徵的、符號的
*symbol + ize = **symbolize** [ˋsɪmb!ˏaɪz] v. 象徵

teen [tin] n. 青少年
*teen + age = **teenage** [ˋtinˏedʒ] adj. 青少年的 n. 青少年時期
*teenage + r = **teenager** [ˋtinˏedʒɚ] n. 青少年

telephone [ˋtɛləˏfon] n. 電話
*telephone - tele = **phone** [fon] n. 電話 v. 打電話
*head + phone = **headphone** [ˋhɛdˏfon] n. 頭戴式耳機
*ear + phone = **earphone** [ˋɪrˏfon] n. 耳機、聽筒
*cell(音似：細) + phone = **cell-phone / cellphone / cellular phone** [ˋsɛlfon] n. 行動電話、手機(細小的電話就是手機)
*mobile(移動的) + phone = **mobile phone** ph. 行動電話

television [ˋtɛləˏvɪʒən] n. 電視、TV
*music + television = **music television** ph. 音樂電視頻道、MTV

term [tɝm] n. 期限
*term + inal = **terminal** [ˋtɝmən!] n. 終站、航空站、終點 v. 末端的、定期的、晚期的
*terminal - l + te = **terminate** [ˋtɝməˏnet] v. 終止

test [tɛst] n. 測試、考察
*con + test = **contest** [ˋkɑntɛst] n. 比賽、爭奪
*contest + ant = **contestant** [kənˋtɛstənt] n. 角逐者
*pro + test = **protest** [prəˋtɛst] v. 抗議

terrible [ˋtɛrəb!] adj. 恐怖的
*terrible - ble + fic = **terrific** [təˋrɪfɪk] adj. 可怕的、極度的
*terrific - ic + y = **terrify** [ˋtɛrəˏfaɪ] v. 使恐怖

text [tɛkst] n. 文字、本文
*text + book = **textbook** [ˋtɛkstˏbʊk] n. 教科書、課本
*con + text = **context** [ˋkɑntɛkst] n. 內文

theater [ˋθɪətɚ] n. 劇場、電影院
*theater - er + rical = **theatrical** [θɪˋætrɪk!] adj. 劇場的、戲劇性的、誇張的

thirsty [ˋθɝstɪ] adj. 口乾的、渴的

*thirsty - y = **thirst** [θɝst] n. v. 口渴、渴望

through [θru] prep. 穿過、通過
*through + out = **throughout** [θru`aʊt] prep. 遍佈、貫穿 adv. 處處、始終

tip [tɪp] n. 頂端、小費
*tip + toe = **tiptoe** [`tɪp͵to] n. 腳尖 v. 墊腳尖

title [`taɪt!] n. 標題、題目
*en + title = **entitle** [ɪn`taɪt!] v. 命名、給權利

tour [tur] n. 旅行
*tour + ism = **tourism** [`tʊrɪzəm] n. 旅遊、觀光
*tour + ist = **tourist** [`tʊrɪst] n. 旅人 adj. 觀光的
*tour + nament = **tournament** [`tɝnəmənt] n. 聯賽、錦標賽

trade [tred] n. 貿易、交易、商業
*trade + r = **trader** [`tredɚ] n. 商人、交易人
*trade + mark = **trademark** [`tred͵mɑrk] n. 商標

tradition [trə`dɪʃən] n. 傳統
*tradition + al = **traditional** [trə`dɪʃən!] adj. 傳統的、慣例的

travel [`træv!] n. v. 旅行
*travel + er = **traveler** [`trævlɚ] n. 旅客

treasure [`trɛʒɚ] n. 財富
*treasure - e + y = **treasury** [`trɛʒərɪ] n. 金庫、寶庫、資金、財政部(大寫)

treat [trit] v. 對待、看待、把...看作
*treat + ment = **treatment** [`tritmənt] n. 對待、處理、治療
*treat + y = **treaty** [`tritɪ] n. 約定、條約

trust [trʌst] v. 信任、信賴
*dis + trust = **distrust** [dɪs`trʌst] v. n. 不信任

truth [truθ] n. 實話、真相
*truth + ful = **truthful** [`truθfəl] adj. 誠實的、真實的

type [taɪp] v. 打字 n. 種類、字型
*type - e + ical = **typical** [`tɪpɪk!] adj. 典型的
*type + writer = **typewriter** [`taɪp͵raɪtɚ] n. 打字機
*type - e + ist = **typist** [`taɪpɪst] n. 打字員
*stereo(立體的) + type = **stereotype** [`stɛrɪə͵taɪp] n. 鉛版印刷、刻板模式

value [`vælju] n. 價格
*value - e + able = **valuable** [`væljʊəb!] adj. 有價值的、貴重的 n. 貴重物品
*in + valuable = **invaluable** [ɪn`væljəb!] adj. 無價的、非常貴重的
*de + value = **devalue** [di`vælju] v. 貶值

victory [`vɪktərɪ] n. 勝利
*victory - y = **victor** [`vɪktɚ] n. 勝利者
*victor + ious = **victorious** [vɪk`torɪəs] adj. 勝利的

video [`vɪdɪ͵o] n. 錄影帶
*video + tape = **videotape** [`vɪdɪo`tep] n. 錄影帶

village [`vɪlɪdʒ] n. 村莊、村民
*village - ge = **villa** [`vɪlə] n. 別墅

violin [͵vaɪə`lɪn] n. 小提琴
*violin + ist = **violinist** [͵vaɪə`lɪnɪst] n. 小提琴手

vote [vot] n. v. 選舉、投票
*vote + r = **voter** [`votɚ] n. 投票人
*de + vote = **devote** [dɪ`vot] v. 將...奉獻給
*devote - e + ion = **devotion** [dɪ`voʃən] n. 奉獻、熱愛

wake [wek] v. 醒來、喚醒
*wake + n = **waken** [`wekn] v. 醒來、喚醒
*a + wake= **awake** [ə`wek] v. 喚醒、醒來 adj. 清醒的、意識到的
*awake + n = **awaken** [ə`wekən] v. 醒來、喚醒、使意識到

wave [wev] n. 波浪 v. 揮舞
*micro(小) + wave = **microwave** [`maɪkro͵wev] n. 微波、微波爐

wed [wɛd] v. 娶、嫁、與...結婚
*newly + wed = **newlywed** [`njulɪ͵wɛd] n. 新婚者

wheel [hwil] n. 輪子、車輪
*wheel + chair = **wheelchair** [`hwil`tʃɛr] n. 輪椅

width [wɪdθ] n. 寬度、寬闊
*width - th + en = **widen** [`waɪdn] v. 加寬、擴大

wild [waɪld] adj. 野生的
*wild + erness = **wilderness** [`wɪldɚnɪs] n. 荒野
*wild + life = **wildlife** [`waɪld͵laɪf] n. 野生生物 adj. 野生的

will [wɪl] aux. 將
*will + ing = **willing** [`wɪlɪŋ] adj. 樂意的、心甘情願的

wise [waɪz] adj. 有智慧的、聰明的
*wise - e + dom = **wisdom** [`wɪzdəm] n. 智慧、學問、賢人

wonder [`wʌndɚ] n. 驚奇 v. 想知道
*wonder + ful = **wonderful** [`wʌndɚfəl] adj. 精彩的、驚人的

worth [wɝθ] adj. 有價值 n. 價值
*worth + while = **worthwhile** [`wɝθ`hwaɪl] adj. 值得做的、有真實價值的
*worth + y = **worthy** [`wɝðɪ] adj. 有價值的、可敬的、配得上的

yard [jɑrd] n. 院子
*court + yard = **courtyard** [`kort`jɑrd] n. 庭院、天井

youth [juθ] n. 青少年
*youth + ful = **youthful** [`juθfəl] adj. 年輕的

accident [ˋæksədənt] n. 事故、意外
*accident + al = **accidental** [ˏæksəˋdɛnt!] adj. 意外的、偶然的

account [əˋkaunt] n. 帳目、帳單
*account + able = **accountable** [əˋkaʊntəb!] adj. 可說明的、應負責任的
*account + ing = **accounting** [əˋkaʊntɪŋ] n. 會計、結帳、賬單

achieve [əˋtʃiv] v. 達到、完成
*achieve + ment = **achievement** [əˋtʃivmənt] n. 達成、成就

addition [əˋdɪʃən] n. 附加
*addition + al = **additional** [əˋdɪʃən!] adj. 附加的、額外的

admire [ədˋmaɪr] v. 欽佩、欣賞
*admire - e + able = **admirable** [ˋædmərəb!] adj. 值得讚揚的、極好的
*admire - e + ation = **admiration** [ˏædməˋreʃən] n. 讚美、欽佩
*admire - e + al = **admiral** [ˋædmərəl] n. 海軍上將

advantage [ədˋvæntɪdʒ] n. 有利條件、優點
*dis + advantage = **disadvantage** [ˏdɪsədˋvæntɪdʒ] n. 損失 v. 損害

adventure [ədˋvɛntʃɚ] n. 探險
*adventure - ad = **venture** [ˋvɛntʃɚ] v. n. 冒險

advertise [ˋædvɚˏtaɪz] v. 做廣告
*advertise + ment = **advertisement** [ˏædvɚˋtaɪzmənt] n. 廣告
*advertise - vertise = **ad** [æd] n. 廣告
*advertise + r = **advertiser** [ˋædvɚˏtaɪzɚ] n. 廣告主

advice [ədˋvaɪs] n. 勸告、忠告
*advice - ce + se = **advise** [ədˋvaɪz] v. 勸告、給顧問、建議
*advise + r = **adviser** [ədˋvaɪzɚ] n. 顧問、指導教授
*advise - e + or = **advisor** [ədˋvaɪzɚ] n. 顧問

affect [əˋfɛkt] v. 影響、對...發生作用
*affect + ion = **affection** [əˋfɛkʃən] n. 影響
*affect + ionate = **affectionate** [əˋfɛkʃənɪt] adj. 深情的

agriculture [ˋægrɪˏkʌltʃɚ] n. 農業、農耕
*agriculture - e + al = **agricultural** [ˏægrɪˋkʌltʃərəl] adj. 農業的

amaze [əˋmez] v. 使驚奇
*amaze + ment = **amazement** [əˋmezmənt] n. 驚奇、詫異

ambition [æmˋbɪʃən] n. 雄心、抱負
*ambition - n + us = **ambitious** [æmˋbɪʃəs] adj. 野心的

announce [əˋnauns] v. 宣佈、發佈
*announce + ment = **announcement** [əˋnaʊnsmənt] n. 宣告、通告

approve [əˋpruv] v. 贊成、同意
*approve - e + al = **approval** [əˋpruv!] n. 批准、贊同
*dis + approve = **disapprove** [ˏdɪsəˋpruv] v. 不贊成

assist [əˋsɪst] v. 幫助、協助
*assist + ent = **assistant** [əˋsɪstənt] n. 助理 adj. 輔助的
*assist + ance = **assistance** [əˋsɪstəns] n. 幫助

attract [əˋtrækt] v. 吸引
*attract + ive = **attractive** [əˋtræktɪv] adj. 有吸引力的
*attract + ion = **attraction** [əˋtrækʃən] n. 吸引力

author [ˋɔθɚ] n. 作者、作家
*author + ity = **authority** [əˋθɔrətɪ] n. 權力、官方、權威
*author + ize = **authorize** [ˋɔθəˏraɪz] v. 授權、認可

aware [əˋwɛr] adj. 知道的、察覺的
*be + ware = **beware** [bɪˋwɛr] v. 當心、注意

bare [bɛr] adj. 裸的 v. 裸露、揭露
*bare + ly = **barely** [ˋbɛrlɪ] adv. 僅僅、貧乏的

benefit [ˋbɛnəfɪt] n. 利益 v. 對...有益
*benefit - t + cial = **beneficial** [ˏbɛnəˋfɪʃəl] adj. 有益的

bless [blɛs] v. 為...祝福
*bless + ing = **blessing** [ˋblɛsɪŋ] n. 祝福、同意

bore [bor] v. 使厭煩、煩擾
*bore + dom = **boredom** [ˋbordəm] n. 無聊

breath [brɛθ] n. 呼吸、氣息
*breath + e = **breathe** [brið] v. 呼吸

bull [bul] n. 公牛
*bull + y = **bully** [ˋbʊlɪ] v. 霸凌(“不理”就是霸凌) adj. 霸道的 n. 惡霸

cab [kæb] n. 計程車
*taxi+ cab = **taxicab** [ˋtæksɪˌkæb] n. 計程車

capable [ˋkepəb!] adj. 有...的能力、能夠(做)...的
*capable - le + ility = **capability** [ˌkepəˋbɪlətɪ] n. 能力

capital [ˋkæpət!] adj. 首都、資本
*capital + ism = **capitalism** [ˋkæpət!ˌɪzəm] n. 資本主義
*capital + ist = **capitalist** [ˋkæpət!ɪst] n. 資本家、資本主義者

capture [ˋkæptʃɚ] v. n. 捕獲、俘虜
*capture - ure + ive = **captive** [ˋkæptɪv] n. 俘虜 adj. 受俘的、被迷住的
*capture - ure + ivity = **captivity** [kæpˋtɪvətɪ] n. 囚禁

celebrate [ˋsɛləˌbret] v. 慶祝
*celebrate - e + ion = **celebration** [ˌsɛləˋbreʃən] n. 慶祝
*celebrate - ate + ity = **celebrity** [sɪˋlɛbrətɪ] n. 名人、名聲

champion [ˋtʃæmpɪən] n. 冠軍
*champion + ship = **championship** [ˋtʃæmpɪənˌʃɪp] n. 冠軍、錦標賽

chat [tʃæt] v. 聊天
*chat + ter = **chatter** [ˋtʃætɚ] v. n. 喋喋不休、嘮叨

cheer [tʃɪr] v. 歡呼、喝采、高興
*cheer + ful = **cheerful** [ˋtʃɪrfəl] adj. 高興的

chill [tʃɪl] n. 寒冷 adj. 寒冷的
*chill + y = **chilly** [ˋtʃɪlɪ] adj. 寒冷的、冷淡的

civil [ˋsɪv!] adj. 市民的、彬彬有禮的、文明的
*civil + ize = **civilize** [ˋsɪvəˌlaɪz] v. 使開化、教化

clinic [ˋklɪnɪk] n. 診所、門診
*clinic + al = **clinical** [ˋklɪnɪk!] adj. 臨床的、科學的

colony [ˋkalənɪ] n. 殖民地
*colony - y + ial = **colonial** [kəˋlonjəl] adj. 殖民的

column [ˋkaləm] n. 專欄、圓柱
*column + ist = **columnist** [ˋkaləmɪst] n. 專欄作家

combine [kəmˋbaɪn] v. 使結合、使聯合
*combine - e + ation = **combination** [ˌkambəˋneʃən] n. 結合

command [kəˋmænd] v. n. 命令
*command + er = **commander** [kəˋmændɚ] n. 指揮官

commercial [kəˋmɝʃəl] adj. 商業的、商務的
*commercial - ial + e = **commerce** [ˋkamɝs] n. 商業、貿易

communicate [kəˋmjunəˌket] v. 傳遞、傳播、溝通
*communicate - e + ion = **communication** [kəˌmjunəˋkeʃən] n. 溝通、傳達、通訊
*communicate - nicate + te = **commute** [kəˋmjut] v. 交換、替代 n. 通勤
*commute + r = **commuter** [kəˋmjutɚ] n. 通勤者
*communicate - e + ive = **communicative** [kəˋmjunəˌketɪv] adj. 健談的

compete [kəmˋpit] v. 競爭、對抗、比賽
*compete - e + ition = **competition** [ˌkampəˋtɪʃən] n. 競爭、比賽
*compete - e + itive = **competitive** [kəmˋpɛtətɪv] adj. 競爭的
*compete - e + itor = **competitor** [kəmˋpɛtətɚ] n. 競爭者
*compete + nce = **competence** [ˋkampətəns] n. 能力、稱職
*compete + nt = **competent** [ˋkampətənt] adj. 有能力的、充足的

complex [ˋkamplɛks] adj. 複雜的
*complex + ity = **complexity** [kəmˋplɛksətɪ] n. 複雜性

concern [kənˋsɝn] v. n. 關於、關心、掛念
*concern + ing = **concerning** [kənˋsɝnɪŋ] prep. 關於

conclude [kənˋklud] v. 結束、斷定
*conclude - de + sion = **conclusion** [kənˋkluʒən] n. 結論

condition [kən`dɪʃən] n. 情況、狀態
*air + condition + er = **air-conditioner** [ɛrkən`dɪʃənɚ] n. 冷氣、空調

confident [`kɑnfədənt] adj. 確信的、有自信的
*confident - t + ce = **confidence** [`kɑnfədəns] n. 信心
*confident + ial = **confidential** [ˌkɑnfə`dɛnʃəl] adj. 信任的、機密的

confuse [kən`fjuz] v. 使困惑、混淆
*confuse - e + ion = **confusion** [kən`fjuʒən] n. 困惑、混亂、騷動

connect [kə`nɛkt] v. 連接、連結
*connect + ion = **connection** [kə`nɛkʃən] n. 連接、關係、親屬
*dis + connect = **disconnect** [ˌdɪskə`nɛkt] v. 使分離、切斷

continent [`kɑntənənt] n. 大陸、陸地
*continent + al = **continental** [ˌkɑntə`nɛnt!] adj. 洲的、大陸的

contract [`kɑntrækt] n. 契約、合同
*contract + or = **contractor** [`kɑntræktɚ] n. 立約者、承包商

coward [`kauɚd] n. 懦夫、膽怯者
*coward + ly = **cowardly** [`kaʊɚdlɪ] adj. adv. 膽小的

crash [kræʃ] v. n. 碰撞、倒下
*crash - sh + ter = **crater** [`kretɚ] n. 火山口、隕石坑

creative [krɪ`etɪv] adj. 創造的、有創造力
*creat + or = **creator** [krɪ`etɚ] n. 創造者

credit [`krɛdɪt] n. 信用、信賴
*credit - t + bility = **credibility** [ˌkrɛdə`bɪlətɪ] n. 確定性
*credit - t + ble = **credible** [`krɛdəb!] adj. 可靠的

current [`kɝənt] adj. 現在的 n. 趨勢
*current - t + cy = **currency** [`kɝənsɪ] n. 流通、貨幣

cycle [`saɪk!] n. 週期、循環、一圈
*re + cycle = **recycle** [ri`saɪk!] v. 循環利用

define [dɪ`faɪn] v. 解釋、給...下定義
*define - e + ition = **definition** [ˌdɛfə`nɪʃən] n. 定義
*define - e + ite = **definite** [`dɛfənɪt] adj. 明確的、限定的

democracy [dɪ`mɑkrəsɪ] n. 民主、民主主義
*democracy - cy + tic = **democratic** [ˌdɛmə`krætɪk] adj. 民主的
*democracy - cy + t = **democrat** [`dɛməˌkræt] n. 民主主義者

determine [dɪ`tɝmɪn] v. 決定
*determine - e + ation = **determination** [dɪˌtɝmə`neʃən] n. 堅定、決心

dialogue [`daɪəˌlɔg] n. 對話、交談
*dialogue - ogue + ect = **dialect** [`daɪəlɛkt] n. 方言 adj. 方言的

diligent [`dɪlədʒənt] adj. 勤勉的、勤奮的
*diligent - t + ce = **diligence** [`dɪlədʒəns] n. 勤勉

disappoint [ˌdɪsə`pɔɪnt] v. 使失望
*disappoint + ment = **disappointment** [ˌdɪsə`pɔɪntmənt] n. 失望

disco [`dɪsko] n. 小舞廳
*disco + theque = **discotheque** [ˌdɪskə`tɛk] n. 舞廳

disk / disc [dɪsk] n. 唱片、光碟
*compact(音似:拷貝) + disk= **compact disk** n. CD

dust [dʌst] n. 灰塵、塵土
*dust + y = **dusty** [`dʌstɪ] adj. 滿是灰塵的

edit [`ɛdɪt] v. 編輯、校訂
*edit + ion = **edition** [ɪ`dɪʃən] n. 版本
*edit + or = **editor** [`ɛdɪtɚ] n. 編輯者
*edit + orial = **editorial** [ˌɛdə`torɪəl] adj. 編輯的 n. 社論

educate [`ɛdʒəˌket] v. 教育
*educate - e + ional = **educational** [ˌɛdʒʊ`keʃən!] adj. 教育的

efficient [ɪ`fɪʃənt] adj. 效率高的、有能力的
*efficient - t + cy = **efficiency** [ɪ`fɪʃənsɪ] n. 效率

electric [ɪ`lɛktrɪk] adj. 電的、導電的、發電的
*electric + al = **electrical** [ɪ`lɛktrɪk!] adj. 電的
*electric + ity = **electricity** [ˌilɛk`trɪsətɪ] n. 電

*electric - ic + onic = **electronic** [ɪlɛk`tranɪk] adj. 電子的
*electric + ian = **electrician** [ˌilɛk`trɪʃən] n. 電工
*electric - ic + onics = **electronics** [ɪlɛk`tranɪks] n. 電子學
*electric - ic + on = **electron** [ɪ`lɛktran] n. 電子

emphasize [`ɛmfəˌsaɪz] v. 強調、著重
*emphasize - ze + s = **emphasis** [`ɛmfəsɪs] n. 強調
*emphasize - size + tic = **emphatic** [ɪm`fætɪk] adj. 強調的

employ [ɪm`plɔɪ] v. 雇用
*employ + ment = **employment** [ɪm`plɔɪmənt] n. 雇用、職業
*un + employment = **unemployment** [ˌʌnɪm`plɔɪmənt] n. 失業
*employ + ee = **employee** [ˌɛmplɔɪ`i] n. 雇員
*employ + er = **employer** [ɪm`plɔɪɚ] n. 雇主

engage [ɪn`gedʒ] v. 訂婚、從事、占用
*engage + ment = **engagement** [ɪn`gedʒmənt] n. 訂婚、僱用、交戰

engine [`ɛndʒən] n. 引擎
*engine + er = **engineer** [ˌɛndʒə`nɪr] n. 工程師
*engine + ering = **engineering** [ˌɛndʒə`nɪrɪŋ] n. 工程學

envy [`ɛnvɪ] n. 嫉妒、羨慕
*envy - y + ious = **envious** [`ɛnvɪəs] adj. 嫉妒的

exhibition [ˌɛksə`bɪʃən] n. 展覽
*exhibition - ion = **exhibit** [ɪg`zɪbɪt] v. 展示 n. 展覽會、展示品

explode [ɪk`splod] v. 使爆炸、使爆發
*explode - de + sion = **explosion** [ɪk`sploʒən] n. 爆發
*explosion - on + ve = **explosive** [ɪk`splosɪv] adj. 爆炸性的 n. 炸藥

faith [feθ] n. 信念、信任
*faith + fal = **faithful** [`feθfəl] adj. 忠誠的、可靠的

familiar [fə`mɪljɚ] adj. 熟悉的
*familiar + ity = **familiarity** [fəˌmɪlɪ`ærətɪ] n. 熟悉、親近

fans [fæn] n. 狂熱愛好者、粉絲
*fan + atic = **fanatic** [fə`nætɪk] n. 狂熱者 adj. 入迷的

fancy [`fænsɪ] n. 想像力、愛好
*fancy - cy + tastic = **fantastic** [fæn`tæstɪk] adj. 想像中的、古怪的、極棒的
*fancy - cy + tasy = **fantasy** [`fæntəsɪ] n. 幻想

fashion [`fæʃən] n. 流行、時尚
*fashion + able = **fashionable** [`fæʃənəb!] adj. 流行的

file [faɪl] n. 文件、卷宗
*pro + file = **profile** [`profaɪl] n. 簡介、輪廓

flame [flem] n. 火焰、火舌
*flame - me + re = **flare** [flɛr] v. 燃燒、閃耀 n. 火焰、照明彈

fold [fold] v. 摺疊、對摺
*un + fold = **unfold** [ʌn`fold] v. 攤開、顯露

folk [fok] n. 人們、家族成員 adj. 民間的、通俗的
*folk + lore = **folklore** [`fokˌlor] n. 民俗

forth [forθ] adv. 向前
*forth + coming = **forthcoming** [ˌforθ`kʌmɪŋ] adj. 將到來的、現有的

fortune [`fɔrtʃən] n. 財富、好運
*fortune - e + ate = **fortunate** [`fɔrtʃənɪt] adj. 幸運的
*mis + fortune = **misfortune** [mɪs`fɔrtʃən] n. 不幸、惡運

found [faund] v. 建立、建造
*found + ation = **foundation** [faʊn`deʃən] n. 建立、基礎、基金會
*found + er = **founder** [`faʊndɚ] n. 創立者 v. 崩潰、失敗

frequent [`frikwənt] adj. 時常的、頻繁的
*frequent - t + cy = **frequency** [`frikwənsɪ] n. 頻繁、頻率

frustrate [`frʌsˌtret] v. 挫敗、阻撓
*frustrate - e + ion = **frustration** [ˌfrʌs`treʃən] n. 挫折

furniture [`fɝnɪtʃɚ] n. 傢俱
*furniture - ture + sh= **furnish** [`fɝnɪʃ] v. 配置(傢俱)、供應

gang [gæŋ] n. 一幫、一群
*gang + ster = **gangster** [ˋgæŋstɚ] n. 歹徒

gas [gæs] n. 瓦斯
*gas + oline = **gasoline** [ˋgæsəˏlin] n. 汽油

global [ˋglob!] adj. 全球的
*global - al + e = **globe** [glob] n. 球狀物、地球、地球儀

glory [ˋglorɪ] n. 光榮、燦爛
*glory - y + ious = **glorious** [ˋglorɪəs] adj. 光榮的、壯麗的
*glory - ry + w = **glow** [glo] v. n. 發光、發熱

gradual [ˋgrædʒuəl] adj. 逐漸的、逐步的
*gradua - l + te = **graduate** [ˋgrædʒʊˏet] v. 畢業、取得資格、發展 n. 研究生
*graduate - e + ion = **graduation** [ˏgrædʒʊˋeʃən] n. 畢業
*under + graduate = **undergraduate** [ˏʌndɚˋgrædʒʊɪt] n. 大學生、大學肄業生

gram [græm] n. 克
*kilo(千) + gram = **kilogram** [ˋkɪləˏgræm] n. 公斤/kg

grocery [ˋgrosərɪ] n. 雜貨店
*grocery - y = **grocer** [ˋgrosɚ] n. 雜貨商

harm [hɑrm] v. 損傷、傷害
*harm + ful = **harmful** [ˋhɑrmfəl] adj. 有害的

hasty [ˋhestɪ] adj. 匆忙的、倉促的
*hasty - y + e = **haste** [hest] v. n. 急忙、緊急
*haste + n = **hasten** [ˋhesn] v. 加速

heaven [ˋhɛvən] n. 天堂
*heaven + ly = **heavenly** [ˋhɛvənlɪ] adj. 天空的、天堂的

hesitate [ˋhɛzəˏtet] v. 躊躇、猶豫
*hesitate - e + ion = **hesitation** [ˏhɛzəˋteʃən] n. 猶豫

horror [ˋhɑlo] n. 震驚、恐懼
*horror - or + ible = **horrible** [ˋhɔrəb!] adj. 恐怖的、糟糕的
*horror - or + ify = **horrify** [ˋhɔrəˏfaɪ] v. 使恐懼

identity [aɪˋdɛntətɪ] n. 身分、本身、特性
*identity - ty + fication = **identification** [aɪˏdɛntəfəˋkeʃən] n. 識別、身分證/ID
*identity - ty + fy = **identify** [aɪˋdɛntəˏfaɪ] v. 確認、識別
*identity - ty + cal = **identical** [aɪˋdɛntɪk!] adj. 完全相同的、雙胞胎的

image [ˋɪmɪdʒ] n. 影像、圖像
*image - e + ination = **imagination** [ɪˏmædʒəˋneʃən] n. 想像力
*image - e + inable = **imaginable** [ɪˋmædʒɪnəb!] adj. 可想像的
*image - e + inary = **imaginary** [ɪˋmædʒəˏnɛrɪ] adj. 想像中的、虛構的
*image - e + inative = **imaginative** [ɪˋmædʒəˏnetɪv] adj. 虛構的、富有想像力的

impress [ɪmˋprɛs] v. 給...極深的印象
*impress + ive = **impressive** [ɪmˋprɛsɪv] adj. 印象深刻的
*impress + ion = **impression** [ɪmˋprɛʃən] n. 印象

inform [ɪnˋfɔrm] v. 通知、告知
*inform + ation = **information** [ˏɪnfɚˋmeʃən] n. 消息、資訊
*inform + ative = **informative** [ɪnˋfɔrmətɪv] adj. 情報的

injure [ˋɪndʒɚ] v. 傷害、損害
*injure - e + y = **injury** [ˋɪndʒərɪ] n. 傷害、損傷

inspect [ɪnˋspɛkt] v. 檢查、審查
*inspect + or = **inspector** [ɪnˋspɛktɚ] n. 檢查員
*inspect + ion = **inspection** [ɪnˋspɛkʃən] n. 檢查、檢視

instruction [ɪnˋstrʌkʃən] n. 說明書、操作指南
*instruction - ion = **instruct** [ɪnˋstrʌkt] v. 指示、指導
*instruct + or = **instructor** [ɪnˋstrʌktɚ] n. 指導者、教練

interrupt [ˏɪntəˋrʌpt] v. 打斷講話
*interrupt + ion = **interruption** [ˏɪntəˋrʌpʃən] n. 阻礙、打擾、中止

investigate [ɪnˋvɛstəˏget] v. 調查、研究
*investigate - e + ion = **investigation** [ɪnˏvɛstəˋgeʃən] n. 研究、調查

jealous [ˋdʒɛləs] adj. 妒忌的
*jealous + y = **jealousy** [ˋdʒɛləsɪ] n. 妒忌

jewel [`dʒuəl] n. 寶石
*jewel + ry = **jewelry** [`dʒuəlrɪ] n. 首飾、寶石

journal [`dʒɝn!] n. 日報、期刊
*journal + ism = **journalism** [`dʒɝn!͵ɪzm] n. 新聞業、報章雜誌
*journal + ist = **journalist** [`dʒɝnəlɪst] n. 新聞工作者

justice [`dʒʌstɪs] n. 正義、公平
*justice - ce + fy = **justify** [`dʒʌstə͵faɪ] v. 證明無罪
*in + justice = **injustice** [ɪn`dʒʌstɪs] n. 不公正、不正義

leisure [`liʒɚ] n. 閒暇 adj. 空閒的
*leisure + ly = **leisurely** [`liʒɚlɪ] adj. adv. 悠閒的、慢慢的

liberal [`lɪbərəl] adj. 自由的、心胸寬闊的、開明的
*liber - al + ty = **liberty** [`lɪbɚtɪ] n. 自由
*liberal - l + te = **liberate** [`lɪbə͵ret] v. 解放
*liberate - e + ion = **liberation** [͵lɪbə`reʃən] n. 解放

load [lod] v. n. 裝載、載入
*down + load = **download** [`daʊn͵lod] v. 下載
*up + load = **upload** [ʌp`lod] v. 上傳

loose [lus] adj. 鬆散的
*loose + n = **loosen** [`lusn] v. 鬆開

magnet [`mægnɪt] n. 磁鐵
*magnet + ic = **magnetic** [mæg`nɛtɪk] adj. 磁鐵的、有吸引力的

major [`medʒɚ] adj. 主要的、主修的
*major + ity = **majority** [mə`dʒɔrətɪ] n. 大多數

manage [`mænɪdʒ] v. 管理、經營
*manage + ment = **management** [`mænɪdʒmənt] n. 管理、經營
*manage + able = **manageable** [`mænɪdʒəb!] adj. 可管理的、可控制的
*manage + r = **manager** [`mænɪdʒɚ] n. 經理

mathematics / math [͵mæθə`mætɪks / mæθ] n. 數學
*mathematics - s + al = **mathematical** [͵mæθə`mætɪk!] adj. 數學的

mature [mə`tjur] adj. 成熟的、成年人的
*mature - e + ity = **maturity** [mə`tjʊrətɪ] n. 成熟
*pre + mature = **premature** [͵primə`tjʊr] adj. 未成熟的

medium / media [`midɪəm / `midɪə] n. 媒介物、媒體
*medium - um + ate = **mediate** [`midɪ͵et] v. 居中調停 adj. 間接的

mental [`mɛnt!] adj. 精神的、心理的
*mental - al + ion = **mention** [`mɛnʃən] v. n. 提起
*mental + ity = **mentality** [mɛn`tælətɪ] n. 智力、精神力

merchant [`mɝtʃənt] n. 商人 adj. 商業的
*merchant - t + dise = **merchandise** [`mɝtʃən͵daɪz] n. 商品 v. 買賣

mess [mɛs] n. 骯髒、食堂
*mess + y = **messy** [`mɛsɪ] adj. 混亂的

might [maɪt] n. 力量、威力 aux. 可能、可以
*might + y = **mighty** [`maɪtɪ] adj. 強大的、有力量的 adv. 非常

mill [mɪl] n. 磨坊、麵粉廠
*mill + er = **miller** [`mɪlɚ] n. 磨坊工人

miner [`maɪnɚ] n. 礦工
*miner + al = **mineral** [`mɪnərəl] n. 礦物 adj. 礦物的

minor [`maɪnɚ] adj. 較小的、較少的
*minor + ity = **minority** [maɪ`nɔrətɪ] n. 少數
*minor - or + imal = **minimal** [`mɪnəməl] adj. 最小的
*minor - or + iature = **miniature** [`mɪnɪətʃɚ] n. 縮小物、縮圖 adj. 微型的
*minor - or + imize = **minimize** [`mɪnə͵maɪz] v. 縮到最小、低估

miracle [`mɪrək!] n. 奇蹟
*miracle - le + ulous = **miraculous** [mɪ`rækjələs] adj. 神奇的

misery [`mɪzərɪ] n. 痛苦、不幸
*misery - y + able = **miserable** [`mɪzərəb!] adj. 痛苦的

mission [`mɪʃən] n. 使命、任務
*com + mission = **commission** [kə`mɪʃən] n. 委員會、佣金、任務 v. 委任

*trans + mission = **transmission** [træns`mɪʃən] n. 傳送、傳播
*transmission - ssion + t = **transmit** [træns`mɪt] v. 傳送
*mission + ary = **missionary** [`mɪʃən,ɛrɪ] n. 傳教士 adj. 傳教的

mobile [`mobɪl] adj. 可動的、移動式的 n. 汽車
*mobile - e + ize = **mobilize** [`mob!,aɪz] v. 動員

moist [mɔɪst] adj. 潮濕的
*moist + ure = **moisture** [`mɔɪstʃɚ] n. 濕氣、水分

motor [`motɚ] n. 馬達、發動機
*motor + cycle = **motorcycle** [`motɚ,saɪk!] n. 摩托車

murder [`mɝdɚ] n. v. 謀殺、兇殺
*murder + er = **murderer** [`mɝdərɚ] n. 兇手

muscle [`mʌs!] n. 肌肉
*muscle - le + ular = **muscular** [`mʌskjəlɚ] adj. 肌肉的、健壯的

mystery [`mɪstərɪ] n. 神祕、祕密
*mystery - y + ious = **mysterious** [mɪs`tɪrɪəs] adj. 神祕的

navy [`nevɪ] n. 海軍
*navy - y + igate = **navigate** [`nævə,get] v. 航行、導航
*navigate - e + ion = **navigation** [,nævə`geʃən] n. 航行
*navy - y + al = **naval** [`nev!] adj. 海軍的

nerve [nɝv] n. 神經、焦躁
*nerve - e + ous = **nerveous** [`nɝvəs] adj. 神經的

normal [`nɔrm!] adj. 正常的
*ab + normal = **abnormal** [æb`nɔrm!] adj. 不正常的、異常的

observe [əb`zɝv] v. 看到、注意到
*observe - e + ation = **observation** [,ɑbzɝ`veʃən] n. 觀察
*observe + r = **observer** [əb`zɝvɚ] n. 觀察者

occasion [ə`keʒən] n. 場合、時機
*occasion + al = **occasional** [ə`keʒən!] adj. 偶爾的、臨時的

opposite [`ɑpəzɪt] adj. 相反的、對立的、在...對面
*opposite - it = **oppose** [ə`poz] v. 反對
*oppose - se + nent = **opponent** [ə`ponənt] n. 敵人、對手 adj. 對立的
*opposite - e + ion = **opposition** [,ɑpə`zɪʃən] n. 反對、對立

optimistic [,ɑptə`mɪstɪk] adj. 樂觀的
*optimistic - tic + m = **optimism** [`ɑptəmɪzəm] n. 樂觀主義、樂觀

origin [`ɔrədʒɪn] n. 起源、由來
*origin + al = **original** [ə`rɪdʒən!] adj. 原來的、原創的 n. 原作、原型
*ab + original = **aboriginal** [,æbə`rɪdʒən!] adj. 原始的、土著的
*aboriginal - al + e = **aborigine** [æbə`rɪdʒəni] n. 土著居民
*origin + ality = **originality** [ə,rɪdʒə`nælətɪ] n. 創造力
*origin + ate = **originate** [ə`rɪdʒə,net] v. 發源、引起

orphan [`ɔrfən] n. 孤兒
*orphan + age = **orphanage** [`ɔrfənɪdʒ] n. 孤兒院

participate [pɑr`tɪsə,pet] v. 參加 、參與
*participate - e + ion = **participation** [pɑr,tɪsə`peʃən] n. 參與、參加
*participate - te + nt = **participant** [pɑr`tɪsəpənt] n. 參與者 adj. 參與的

pave [pev] v. 鋪、築
*pave + ment = **pavement** [`pevmənt] n. 人行道

pea [pi] n. 豌豆
*pea + sant = **peasant** [`pɛznt] n. 農夫

peep [pip] v. n. 窺、偷看
*peep - p + k = **peek** [pik] v. n. 偷看

perform [pɚ`fɔrm] v. 履行、執行
*perform + ance = **performance** [pɚ`fɔrməns] n. 表演、成績
*perform + er = **performer** [pɚ`fɔrmɚ] n. 表演者、履行者

permit [pɚ`mɪt] v. 允許、許可
*permit - t + ssion = **permission** [pɚ`mɪʃən] n. 允許、許可證
*permit - t + ssible = **permissible** [pɚ`mɪsəb!] adj. 可允許的

persuade [pɚˋswed] v. 說服、勸服
*persuade - de + sion = **persuasion** [pɚˋsweʒən] n. 說服
*persuasion - on + ve = **persuasive** [pɚˋswesɪv] adj. 勸誘的、有說服力的

pest [pɛst] n. 害蟲
*pest + icide = **pesticide** [ˋpɛstɪˏsaɪd] n. 殺蟲劑

plenty [ˋplɛntɪ] n. 豐富、充足 adj. 很多的
*plenty - y + iful = **plentiful** [ˋplɛntɪfəl] adj. 豐富的、富裕的

politics [ˋpɑlətɪks] n. 政治
*politics - s + al = **political** [pəˋlɪtɪk!] adj. 政治的
*politics - s + ian = **politician** [ˏpɑləˋtɪʃən] n. 政治家

pollute [pəˋlut] v. 污染、弄髒
*pollute - e + ion = **pollution** [pəˋluʃən] n. 汙染
*pollute - e + ant = **pollutant** [pəˋlutənt] n. 汙染物 adj. 受污染的

prevent [prɪˋvɛnt] v. 防止、預防
*prevent + ion = **prevention** [prɪˋvɛnʃən] n. 預防
*prevent + ive = **preventive** [prɪˋvɛntɪv] adj. 預防的

process [ˋprɑsɛs] n. v. 過程、進程
*process - ss + ed = **proceed** [prəˋsid] v. 進行、著手
*proceed - ed + dure = **procedure** [prəˋsidʒɚ] n. 程序、步驟
*process + ion = **procession** [prəˋsɛʃən] n. 行列 v. 行進

product [ˋprɑdəkt] n. 產品
*product + ion = **production** [prəˋdʌkʃən] n. 生產、製作、產量
*product + ive = **productive** [prəˋdʌktɪv] adj. 生產的、豐饒的
*product + ivity = **productivity** [ˏprodʌkˋtɪvətɪ] n. 生產力

profit [ˋprɑfɪt] n. 利潤、盈利
*profit + able = **profitable** [ˋprɑfɪtəb!] adj. 有利的、有益的

promote [prəˋmot] v. 晉升、促進
*promote - e + ion = **promotion** [prəˋmoʃən] n. 提升、推銷

proper [ˋprɑpɚ] adj. 適合的、適當的
*proper + ty = **property** [ˋprɑpɚtɪ] n. 資產、特性
*proper - er + osal = **proposal** [prəˋpoz!] v. 提議、提案、求婚

pure [pjur] adj. 純淨的、潔淨的
*pure - e + ify = **purify** [ˋpjʊrəˏfaɪ] v. 淨化
*pure - e + ity = **purity** [ˋpjʊrətɪ] n. 純淨

quarrel [ˋkwɔrəl] n. v. 爭吵、不和
*quarrel + some = **quarrelsome** [ˋkwɔrəlsəm] adj. 喜歡爭吵的

quote [kwot] v. n. 引用、引述
*quote - e + ation = **quotation** [kwoˋteʃən] n. 引用、引文

rag [ræg] n. 破布、抹布
*rag + ged = **ragged** [ˋrægɪd] adj. 破舊的、襤褸的、粗糙的

recognize [ˋrɛkəgˏnaɪz] v. 認出、承認
*recognize - ze + tion = **recognition** [ˏrɛkəgˋnɪʃən] n. 識別、承認

reduce [rɪˋdjus] v. 減少、縮小
*reduce - e + tion = **reduction** [rɪˋdʌkʃən] n. 減少、下降

relax [rɪˋlæks] v. 放鬆
*relax + ation = **relaxation** [ˏrilæksˋeʃən] n. 放鬆

release [rɪˋlis] v. n .釋放、解放
*release - ease + ief = **relief** [rɪˋlif] n. 緩和、放鬆、救濟
*relief - f + ve = **relieve** [rɪˋliv] v. 緩和、救濟

rely [rɪˋlaɪ] v. 依靠、依賴
*rely - y + iable = **reliable** [rɪˋlaɪəb!] adj. 可靠的
*rely - y + iance = **reliance** [rɪˋlaɪəns] n. 信賴、依靠

religion [rɪˋlɪdʒən] n. 宗教
*religion - ion + ous = **religious** [rɪˋlɪdʒəs] adj. 宗教的

remain [rɪˋmen] v. 繼續存在、逗留
*remain + der = **remainder** [rɪˋmendɚ] n. 剩餘物 adj. 剩餘的

rent [rɛnt] n. v. 出租

*rent + al = **rental** [`rɛnt!] n. 租金、出租 adj. 出租的

represent [ˌrɛprɪ`zɛnt] v. 作為...的代表、陳述
*represent + ative = **representative** [rɛprɪ`zɛntətɪv] adj. 代表的 n. 代理人
*represent + ation = **representation** [ˌrɛprɪzɛn`teʃən] n. 代表、代理、陳述

reserve [rɪ`zɝv] v. n. 儲備、保存、保留
*reserve - e + ation = **reservation** [ˌrɛzɚ`veʃən] v. 保留、預定

resist [rɪ`zɪst] v. 抵抗、反抗
*resist + ance = **resistance** [rɪ`zɪstəns] n. 抵抗
*resist + ant = **resistant** [rɪ`zɪstənt] adj. 抵抗的 n. 抵抗者

respond [rɪ`spɑnd] v. 回答、作出反應
*respond - d + se = **response** [rɪ`spɑns] v. 答覆、反應
*respond - d + sibility = **responsibility** [rɪˌspɑnsə`bɪlətɪ] n. 責任、職責

restrict [rɪ`strɪkt] v. 限制、約束
*restrict + ion = **restriction** [rɪ`strɪkʃən] n. 限制

reveal [rɪ`vil] v. n. 揭幕、揭開
*reveal - al + lation = **revelation** [rɛv!`eʃən] n. 披露

rob [rɑb] v. 搶劫、劫掠
*rob + ber = **robber** [`rɑbɚ] n. 強盜
*rob + bery = **robbery** [`rɑbərɪ] n. 搶劫

romantic [rə`mæntɪk] adj. 浪漫的
*romantic - tic + ce = **romance** [ro`mæns] n. 羅曼史、愛情小說、浪漫、戀愛

rot [rɑt] v. n. 腐爛、腐壞
*rot + ten = **rotten** [`rɑtn] adj. 腐敗的

rough [rʌf] adj. 粗糙的、粗略的
*rough + ly = **roughly** [`rʌflɪ] adv. 粗糙地

routine [ru`tin] n. adj. 例行公事、日常工作
*routine - ine + e = **route** [rut] n. 途徑、路線

rug [rʌg] n. 小地毯
*rug + ged = **rugged** [`rʌgɪd] adj. 粗糙的、粗魯的

rust [rʌst] n. 鐵鏽 v. 生鏽
*rust + y = **rusty** [`rʌstɪ] adj. 生鏽的

scarce [skɛrs] adj. 缺乏的、不足的
*scarce + ly = **scarcely** [`skɛrslɪ] adv. 幾乎不

screw [skru] n. 螺絲釘 v. 擰
*screw + driver = **screwdriver** [`skruˌdraɪvɚ] n. 螺絲起子

security [sɪ`kjurətɪ] n. 安全、安全感
*security - ity + e = **secure** [sɪ`kjʊr] adj. 安全的、牢固的 v. 使安全、關緊、保證

sew [so] v. 縫合、縫上
*sew + er = **sewer** [`suɚ] n. 縫紉工、下水道

sex [sɛks] n. 性別、性
*sex + y = **sexy** [`sɛksɪ] adj. 性感的、色情的
*sex + ual = **sexual** [`sɛkʃʊəl] adj. 性的、性別的
*hetero + sexual = **heterosexual** [ˌhɛtərə`sɛkʃʊəl] n. 異性戀 adj. 異性戀的
*homo + sexual = **homosexual** [ˌhomə`sɛkʃʊəl] n. 同性戀 adj. 同性戀的

shade [ʃed] n. 陰涼處
*shade - e + ow = **shadow** [`ʃædo] n. 陰影
*shade - e + y = **shady** [`ʃedɪ] adj. 陰暗的、成蔭的

shame [ʃem] n. v. 羞恥、羞愧
*shame + ful = **shameful** [`ʃemfəl] adj. 可恥的
*a + shame + d = **ashamed** [ə`ʃemd] adj. 羞愧的、感到難為情的

shave [ʃev] v. 剃除毛髮、刮鬍子
*shave + r = **shaver** [`ʃevɚ] n. 理髮師

sincere [sɪn`sɪr] adj. 衷心的、真誠的
*sincere - e + ity = **sincerity** [sɪn`sɛrətɪ] n. 真實、純真

ski [ski] v. 滑雪
*ski - i + ate = **skate** [sket] n. 冰鞋 v. 溜冰
*ski + p = **skip** [skɪp] v. n. 跳躍、略過

slave [slev] n. 奴隸
*slave + ry = **slavery** [`slevərɪ] n. 奴役、奴隸制

solid [`sɑlɪd] adj. 固體的、結實的
*solid + arity = **solidarity** [ˌsɑlə`dærətɪ] n. 團結

sorrow [ˋsɑro] n. 悲痛、悲傷
*sorrow + ful = **sorrowful** [ˋsɑrəfəl] adj. 悲傷的

spice [spaɪs] n. 香料、調味品
*spice - e + y = **spicy** [ˋspaɪsɪ]
adj. 有香料的、辛辣的

spill [spɪl] v. 溢出、濺出
*spill - ll + t = **spit** [spɪt] v. 吐口水 n. 口水

spray [spre] n. 浪花、噴霧 v. 噴灑
*spray - ay + inkle = **sprinkle** [ˋsprɪŋk!] v. n. 灑

stable [ˋsteb!] adj. 穩定的、牢固的
*stable - le + ility = **stability** [stəˋbɪlətɪ] n. 穩定、堅定
*stability - ty + ze = **stabilize** [ˋsteb!ˏaɪz] v. 使穩定

sting [stɪŋ] v. 刺、螫、叮
*sting + y = **stingy** [ˋstɪndʒɪ] adj. 有刺的、吝嗇的

strategy [ˋstrætədʒɪ] n. 戰略、策略
*strategy - y + ic = **strategic** [strəˋtidʒɪk] adj. 戰略的

strength [strɛŋθ] n. 力量、力氣
*strength + en = **strengthen** [ˋstrɛŋθən] v. 加強

style [staɪl] n. 風格
*style - e + ish = **stylish** [ˋstaɪlɪʃ]
adj. 時髦的、流行的

substance [ˋsʌbstəns] n. 物質、實質
*substance - ce + tial = **substantial** [səbˋstænʃəl]
adj. 真實的、堅固的、有內容的

suburb [ˋsʌbɝb] n. 郊區
*suburb + an = **suburban** [səˋbɝbən] adj. 郊區的

suggest [səˋdʒɛst] v. 建議、提議
*suggest + ion = **suggestion** [səˋdʒɛstʃən] n. 建議、暗示

sum [sʌm] n. v. 總數、加總
*sum + mary = **summary** [ˋsʌmərɪ] adj. 概括的
n. 總結
*sum + mit = **summit** [ˋsʌmɪt] n. 頂峰、高峰會
*summary - y + ize = **summarize** [ˋsʌməˏraɪz]
v. 總結

suspect [səˋspɛkt] v. 疑有、察覺、懷疑
*suspect - ect + icious = **suspicious** [səˋspɪʃəs]
adj. 懷疑的
*suspicious - us + n = **suspicion** [səˋspɪʃən] n. 懷疑
*suspicion - n + us = **suspicious** [səˋspɪʃəs]
adj. 可疑的

system [ˋsɪstəm] n. 體系、系統
*system + atic = **systematic** [ˏsɪstəˋmætɪk]
adj. 有系統的

technic [ˋtɛknɪk] n. 技術、技巧
*technic + al = **technical** [ˋtɛknɪk!] adj. 技術的、工藝的
*technic - c + que = **technique** [tɛkˋnik] n. 技術
*technic - ic + ology = **technology** [tɛkˋnɑlədʒɪ]
n. 工藝、科技
*technic + ian = **technician** [tɛkˋnɪʃən] n. 技術人員
*technology - y + ical = **technological**
[tɛknəˋlɑdʒɪk!] adj. 技術的

temper [ˋtɛmpɚ] n. 情緒、性情
*temper + ature = **temperature** [ˋtɛmprətʃɚ]
n. 溫度、體溫
*temper + ament = **temperament** [ˋtɛmprəmənt]
n. 氣質、性情

tend [tɛnd] v. 走向、趨向、照料
*tend + ency = **tendency** [ˋtɛndənsɪ] n. 傾向、天份、趨勢

theory [ˋθiərɪ] n. 學說、理論
*theory - y + etical = **theoretical** [ˏθiəˋrɛtɪk!]
adj. 理論的

threat [θrɛt] n. 威脅、恐嚇
*threat + en = **threaten** [ˋθrɛtn] v. 威脅

tight [taɪt] adj. 緊的、牢固的
*tight + en = **tighten** [ˋtaɪtn] v. 使變緊

trace [tres] n. v. 跟蹤、追蹤
*trace - ce + il= **trail** [trel] n. 蹤跡、小徑
v. 跟蹤、拖曳

tremble [ˋtrɛmb!] 發抖、震顫
*tremble - ble + or = **tremor** [ˋtrɛmɚ] n. 顫抖、戰慄

tribe [traɪb] n. 部落、種族
*tribe - e + al = **tribal** [traɪb!] adj. 部落的

tropical [`trɑpɪk!] adj. 熱帶的
*tropical - al = **tropic** [`trɑpɪk] n. 熱帶、回歸線 adj. 熱帶的

tub [tʌb] n. 桶、木盆
bath + tub = **bathtub** [`bæθ,tʌb] n. 浴缸

union [`junjən] n. 結合、聯邦
*union - on + te = **unite** [ju`naɪt] v. 聯合
*union - on + ty = **unity** [`junətɪ] n. 統一、團結
*re + union = **reunion** [ri`junjən] n. 再聯合、重聚
*union - on + fy = **unify** [`junə,faɪ] v. 統一、聯合

universe [`junə,vɝs] n. 宇宙、全世界
*universe - e + al = **universal** [,junə`vɝs!] adj. 全體的、宇宙的、普遍的
*universe - e + ity = **university** [,junə`vɝsətɪ] n. 大學

vacant [`vekənt] adj. 空白的
*vacant - t + cy = **vacancy** [`vekənsɪ] n. 空白、空缺

vary [`vɛrɪ] v. 使不同、使多樣化
*vary - y + ious = **various** [`vɛrɪəs] adj. 各式各樣的
*vary - y + iety = **variety** [və`raɪətɪ] n. 多樣化、變化
*vary - y + iable = **variable** [`vɛrɪəb!] adj. 多變的
*vary - y + iation = **variation** [,vɛrɪ`eʃən] n. 變化、差別

victim [`vɪktɪm] n. 犧牲者、受害者
*victim + ize = **victimize** [`vɪktɪ,maɪz] v. 使犧牲

violence [`vaɪələns] n. 暴力
*violence - ce + t = **violent** [`vaɪələnt] adj. 猛烈的、極端的
*non + violent = **nonviolent** [,nɑn`vaɪələnt] adj. 非暴力的

vision [`vɪʒən] n. 視力、視覺
*vision - on + ble = **visible** [`vɪzəb!] adj. 可見的
*vision - ion + ual = **visual** [`vɪʒuəl] adj. 視覺的、光學的
*visual + ize = **visualize** [`vɪʒʊə,laɪz] v. 顯現、想像

wealth [wɛlθ] n. 財富、財產
*wealth + y = **wealthy** [`wɛlθɪ] adj. 富裕的

web [wɛb] n. 蜘蛛網、網狀物
*web + site = **website** [`wɛb,saɪt] n. 網站

zipper [`zɪpɚ] n. 拉鍊
*zipper - per = **zip** [zɪp] n. 拉鍊 v. 拉上拉鍊
*zip + code = **zip code** ph. 郵遞區號

Level 4

abstract [ˋæbstrækt] adj. 抽象的 n. 摘要
*abstract + ion = **abstraction** [æbˋstrækʃən]
n. 抽象、抽取

academic [ˌækəˋdɛmɪk] adj. 大學的、學院的
*academic - ic + y = **academy** [əˋkædəmɪ] n. 學院、大學

access [ˋæksɛs] n. v. 接近、進入
*access + ible = **accessible** [ækˋsɛsəb!] adj. 可到達的、易受影響的
*access + ory = **accessory** [ækˋsɛsərɪ] n. 附件、飾品 adj. 附加的、輔助的

accuse [əˋkjuz] v. 指控、控告
*accuse - e + ation = **accusation** [ˌækjəˋzeʃən]
n. 指控

acquaint [əˋkwent] v. 使認識、使熟悉
*acquaint + ance = **acquaintance** [əˋkwentəns]
n. 認識、熟人

acquire [əˋkwaɪr] v. 取得、獲得
*acquire - re + sition = **acquisition** [ˌækwəˋzɪʃən]
n. 獲得

adapt [əˋdæpt] v. 使適應、改編
*adapt + ation = **adaptation** [ˌædæpˋteʃən] n. 適合、改編

adjust [əˋdʒʌst] v. 調整、改變...以適應
*adjust + ment = **adjustment** [əˋdʒʌstmənt] n. 調整

agency [ˋedʒənsɪ] n. 經銷商、代理商
*agency - cy + t = **agent** [ˋedʒənt] n. 代理人、密探、仲介

aggressive [əˋgrɛsɪv] adj. 侵略的、好鬥的
*aggressive - ve + on = **aggression** [əˋgrɛʃən]
n. 侵略

alcohol [ˋælkəˌhɔl] n. 酒精、酒
*alcohol + ic = **alcoholic** [ˌælkəˋhɔlɪk] adj. 酒精的

allowance [əˋlauəns] n. 津貼、零用錢
*pocket(口袋) + money = **pocket money** ph. 零用錢(口袋的錢是零用錢)

amuse [əˋmjuz] v. 使歡樂、給...提供娛樂
*amuse + ment = **amusement** [əˋmjuzmənt]
n. 樂趣、娛樂

analysis [əˋnæləsɪs] n. 分析、解析
*analysis - sis + ze = **analyze** [ˋæn!ˌaɪz] v. 分析
*analysis - is + t = **analyst** [ˋæn!ɪst] n. 分析師
*analysis - sis + tical = **analytical** [ænəlˈɪtɪkəl]
adj. 分析的

anniversary [ˌænəˋvɝsərɪ] n. 週年紀念 adj. 週年紀念的
*anniversary - iversary + al = **annual** [ˋænjuəl]
adj. 每年的 n. 年鑑

annoy [əˋnɔɪ] v. 惹惱、使生氣
*annoy + ance = **annoyance** [əˋnɔɪəns]
n. 生氣、煩惱

anxiety [æŋˋzaɪətɪ] n. 焦慮、掛念
*anxiety - ety + ous = **anxious** [ˋæŋkʃəs] adj. 焦慮的、渴望的

apologize [əˋpɑləˌdʒaɪz] v. 道歉、認錯
*apologize - ize + y = **apology** [əˋpɑlədʒɪ] n. 道歉

appoint [əˋpɔɪnt] v. 任命、指派
*appoint + ment = **appointment** [əˋpɔɪntmənt]
n. 指派、約會、職位

arch [ɑrtʃ] n. 拱門、牌樓
*arch + itect = **architect** [ˋɑrkəˌtɛkt] n. 建築師
*architect + ure = **architecture** [ˋɑrkəˌtɛktʃɚ]
n. 建築學、建築物

artificial [ˌɑrtəˋfɪʃəl] adj. 人工的、人造的
*artificial - icial + act = **artifact** [ˋɑrtɪˌfækt]
n. 人工製品

assemble [əˋsɛmb!] v. 集合、召集
*assemble - e + y = **assembly** [əˋsɛmblɪ] n. 集合、與會者、配件

assign [əˋsaɪn] v. 分配、分派
*assign + ment = **assignment** [əˋsaɪnmənt]
n. 分派、任務

associate [əˋsoʃɪˌet] n. 夥伴、聯合 adj. 有關聯的
*associate - e + ion = **association** [əˌsosɪˋeʃən]
n. 協會、聯合、聯盟

assume [ə`sjum] v. 假定為、認為
*assume - e + ption = **assumption** [ə`sʌmpʃən]
n. 假定、承擔

assurance [ə`ʃurəns] n. 保證
*assure - e + ance = **assure** [ə`ʃʊr] v. 保證

atom [`ætəm] n. 原子
*atom + ic = **atomic** [ə`tɑmɪk] adj. 原子的

attach [ə`tætʃ] v. 裝上、貼上
*attach + ment = **attachment** [ə`tætʃmənt]
n. 連接、附屬物、附件

audio [`ɔdɪ,o] adj. 聽覺的、聲音的
*audio - o + torium = **auditorium** [,ɔdə`torɪəm]
n. 觀眾席、禮堂

biography [baɪ`ɑgrəfɪ] n. 傳記
*auto + biography = **autobiography** [,ɔtəbaɪ`ɑgrəfɪ]
n. 自傳

biology [baɪ`ɑlədʒɪ] n. 生物學
*biology - y + ical = **biological** [,baɪə`lɑdʒɪk!]
adj. 生物學的、生物的

bloom [blum] n. 花 v. 開花
*bloom - om + ssom = **blossom** [`blɑsəm]
n. 花、開花 v. 開花

calculate [`kælkjə,let] v. 計算
*calculate - e + ion = **calculation** [,kælkjə`leʃən]
n. 計算、推估
*calculate - e + or = **calculator** [`kælkjə,letɚ]
n. 計算機、計算者

catalogue / catalog [`kætəlɔg] n. 目錄
*catalogue - alogue + egory = **category** [`kætə,gorɪ]
n. 種類

charity [`tʃærətɪ] n. 慈悲、施捨
*charity - y + able = **charitable** [`tʃærətəb!]
adj. 慈善的、仁慈的

chorus [`korəs] n. 合唱團
*chorus - rus + ir = **choir** [kwaɪr] n. 唱詩班 v. 合唱、合奏
*chorus - us + d = **chord** [kɔrd] n. 和絃、和音

civilian [sɪ`vɪljən] n. 平民、百姓
*civilian - an + zation = **civilization** [,sɪv!ə`zeʃən]
n. 文明

clarify [`klærə,faɪ] v. 澄清、淨化
*clarify - fy + ty = **clarity** [`klærətɪ] n. 清晰

comedy [`kɑmədɪ] n. 喜劇
*com - edy + ic = **comic** [`kɑmɪk] adj. 喜劇的
n. 漫畫
*comedy - y + ian = **comedian** [kə`midɪən]
n. 喜劇演員

comment [`kɑmɛnt] n. v. 註釋、評註
*comment + ator = **commentator** [`kɑmən,tetɚ]
n. 評論員
*comment + ary = **commentary** [`kɑmən,tɛrɪ]
n. 註釋

commit [kə`mɪt] v. 犯罪、做錯事、承認
*commit + ment = **commitment** [kə`mɪtmənt]
n. 承諾、託付

complicate [`kɑmplə,ket] v. 使複雜化
*complicate - e + ion = **complication**
[,kɑmplə`keʃən] n. 複雜、糾紛

compose [kəm`poz] v. 組成、作(詩、曲)
*compose + r = **composer** [kəm`pozɚ] n. 作曲家
*compose - e + ition = **composition** [,kɑmpə`zɪʃən]
n. 作曲、構成、合成物
*compose - se + nent = **component** [kəm`ponənt]
n. 成分、要素 adj. 構成的、組成的

concentrate [`kɑnsɛn,tret] v. 集中、聚集
*concentrate - e + ion = **concentration**
[,kɑnsɛn`treʃən] n. 集中、專心

concept [`kɑnsɛpt] n. 概念、觀點
*concept + ion = **conception** [kən`sɛpʃən] n. 概念、設想

conductor [kən`dʌktɚ] n. 領導者、管理人
*conductor - or = **conduct** [kən`dʌkt] v. 引導、組織、指揮

conference [`kɑnfərəns] n. 會議、討論會
*conference - ence = **confer** [kən`fɝ] v. 協商、授予

confess [kən`fɛs] v. 坦白、供認
*confess + ion = **confession** [kən`fɛʃən] n. 坦白

congress [ˋkaŋgrəs] n. 會議、代表大會
*congress + man = **congressman** [ˋkaŋgrəsmən] n. 國會議員
*congress + woman = **congresswoman** [ˋkaŋgrəsˏwʊmən] n. 國會女議員

conquer [ˏkaŋkɚ] v. 攻克、攻取
*conquer - r + st = **conquest** [ˋkaŋkwɛst] n. 征服、佔領

conscience [ˋkanʃəns] n. 良心、道義心
*conscience - ce + tious = **conscientious** [ˏkanʃɪˋɛnʃəs] adj. 有良心的、認真的

consequence [ˋkansəˏkwɛns] n. 結果、後果
*consequence - ce + t = **consequent** [ˋkansəˏkwɛnt] adj. 隨之發生的 n. 結果

consist [kənˋsɪst] v. 組成、構成
*consist + ent = **consistent** [kənˋsɪstənt] adj. 一致的
*consist - ist + titute = **constitute** [ˋkanstəˏtjut] v. 構成、組成、設立
*constitute - e + ion = **constitution** [ˏkanstəˋtjuʃən] n. 憲法、組成
*constitution + al = **constitutional** [ˏkanstəˋtjuʃən!] adj. 憲法的、體質上的
*constitute - te + ent = **constituent** [kənˋstɪtʃʊənt] n. 構成要素、選民

construct [kənˋstrʌkt] v. 建造、構成
*construct + ion = **construction** [kənˋstrʌkʃən] n. 建造、建築物
*construct + ive = **constructive** [kənˋstrʌktɪv] adj. 建設性的

consult [kənˋsʌlt] v. 商量
*consult + ant = **consultant** [kənˋsʌltənt] n. 顧問
*consult + ation = **consultation** [ˏkansəlˋteʃən] n. 商討、會議

consume [kənˋsjum] v. 消耗、耗盡
*consume + r = **consumer** [kənˋsjumɚ] n. 消費者
*consume - e + ption = **consumption** [kənˋsʌmpʃən] n. 消耗、消費

content [kənˋtɛnt] adj. n. 內容、滿足
*content + ment = **contentment** [kənˋtɛntmənt] n. 滿足

contribute [kənˋtrɪbjut] v. 捐款、捐助
*contribute - e + ion = **contribution** [ˏkantrəˋbjuʃən] n. 貢獻、投稿

convention [kənˋvɛnʃən] n. 習俗、會議、大會
*convention + al = **conventional** [kənˋvɛnʃən!] adj. 傳統的、慣例的

cooperate [koˋapəˏret] v. 合作、協作
*cooperate - e + ion = **cooperation** [koˏapəˋreʃən] n. 合作
*cooperate - e + ive = **cooperative** [koˋapəˏretɪv] adj. 合作的

correspond [ˏkɔrɪˋspand] v. 符合、一致、通信
*correspond + ence = **correspondence** [ˏkɔrəˋspandəns] n. 一致、通信
*correspondence - ce + t = **correspondent** [ˏkɔrɪˋspandənt] adj. 一致的 n. 記者、對應物

courteous [ˋkɝtjəs] adj. 謙恭的、有禮的
*courteous - ous + sy = **courtesy** [ˋkɝtəsɪ] n. 禮貌

crack [kræk] v. 使爆裂、使破裂
*crack + er = **cracker** [ˋkrækɚ] n. 餅乾、鞭炮、胡桃鉗

craft [kræft] n. 工藝、手藝
*handi + craft = **handicraft** [ˋhændɪˏkræft] n. 手工藝、手工藝品

critic [ˋkrɪtɪk] n. 批評家、評論家
*critic + al = **critical** [ˋkrɪtɪk!] adj. 批評的、關鍵性的
*critic + ism = **criticism** [ˋkrɪtəˏsɪzəm] n. 評論、苛求
*critic + ize = **criticize** [ˋkrɪtɪˏsaɪz] v. 批評、評論
*critic - ic + erion = **criterion** [kraɪˋtɪrɪən] n. 準則

declare [dɪˋklɛr] v. 宣佈、聲明
*declare - e + ation = **declaration** [ˏdɛkləˋreʃən] n. 宣告、申報

defend [dɪˋfɛnd] v. 防禦、保衛
*defend - d + se = **defense** [dɪˋfɛns] n. 防禦
*defend - d + sible = **defensible** [dɪˋfɛnsəb!] adj. 可防禦的
*defend - d + sive = **defensive** [dɪˋfɛnsɪv] adj. 防禦的

delight [dɪˋlaɪt] n. 欣喜、高興
*delight + ful = **delightful** [dɪˋlaɪtfəl] adj. 令人高興的

demonstrate [`dɛmən͵stret] v. 論證、證明
*demonstrate - e + ion = **demonstration** [͵dɛmən`streʃən] n. 證明、示威

dense [dɛns] adj. 密集的、稠密的
*dense - e + ity = **density** [`dɛnsətɪ] n. 密集

depress [dɪ`prɛs] v. 使沮喪、使消沈
*depress + ion = **depression** [dɪ`prɛʃən] n. 沮喪

despite [dɪ`spaɪt] n. 怨恨 prep. 儘管
*despite - de = **spite** [spaɪt] n. 惡意 v. 刁難

destruction [dɪ`strʌkʃən] n. 破壞、毀滅
*destruction - on + ve = **destructive** [dɪ`strʌktɪv] adj. 破壞的

device [dɪ`vaɪs] n. 設備、儀器
*device - ce + se = **devise** [dɪ`vaɪz] v. 設計、發明

digest [daɪ`dʒɛst] v. 消化食物、領悟 n. 文摘
*digest + ion = **digestion** [də`dʒɛstʃən] n. 消化、吸收、領悟

diplomat [`dɪpləmæt] n. 外交官
*diplomat - t + cy = **diplomacy** [dɪ`ploməsɪ] n. 外交、交際
*diplomat + ic = **diplomatic** [͵dɪplə`mætɪk] adj. 外交的、圓滑的

disaster [dɪ`zæstɚ] n. 災害、災難
*disaster - er + rous = **disastrous** [dɪz`æstrəs] adj. 悲慘的、災難的

discipline [`dɪsəplɪn] n. 紀律、風紀
*discipline - e + ary = **disciplinary** [`dɪsəplɪn͵ɛrɪ] adj. 紀律的、訓練的

distinct [dɪ`stɪŋkt] adj. 明確的、難得的
*distinct + ion = **distinction** [dɪ`stɪŋkʃən] n. 分辨、差別、特徵
*distinct + ive = **distinctive** [dɪ`stɪŋktɪv] adj. 有特色的

distinguish [dɪ`stɪŋgwɪʃ] v. 區別、辨識
*distinguish + ed = **distinguished** [dɪ`stɪŋgwɪʃt] adj. 卓越的

distribute [dɪ`strɪbjut] v. 分發、分配
*distribute - e + ion = **distribution** [͵dɪstrə`bjuʃən] n. 分配、散布、銷售量

disturb [dɪs`tɝb] v. 妨礙、打擾
*disturb + ance = **disturbance** [dɪs`tɝbəns] n. 打擾、不安

dominant [`dɑmənənt] adj. 佔優勢的、支配的
*dominant - nt + te = **dominate** [`dɑmə͵net] v. 支配

dread [drɛd] v. n. 懼怕、擔心
*dread + ful = **dreadful** [`drɛdfəl] adj. 可怕的、糟糕的

economic [͵ikə`nɑmɪk] adj. 經濟上的、經濟學的
*economic + al = **economical** [͵ikə`nɑmɪk!] adj. 經濟的、節約的
*economic + s = **economics** [͵ikə`nɑmɪks] n. 經濟學、經濟
*economic - c + st = **economist** [i`kɑnəmɪst] n. 經濟學者、節儉的人
*economic - ic + y = **economy** [ɪ`kɑnəmɪ] n. 經濟、節約

embarrass [ɪm`bærəs] v. 使窘、使不好意思
*embarrass + ment = **embarrassment** [ɪm`bærəsmənt] n. 窘、難堪

endure [ɪn`djur] v. 忍耐、忍受
*endure - e + ance = **endurance** [ɪn`djʊrəns] n. 忍耐力、持久

entertain [͵ɛntɚ`ten] v. 使歡樂、款待
*entertain + ment = **entertainment** [͵ɛntɚ`tenmənt] n. 款待、娛樂

enthusiasm [ɪn`θjuzɪ͵æzəm] n. 熱情、熱忱
*enthusiasm - m + tiv = **enthusiastic** [ɪn͵θjuzɪ`æstɪk] adj. 熱情的

equip [ɪ`kwɪp] v. 裝備、配備
*equip + ment = **equipment** [ɪ`kwɪpmənt] n. 裝備

escalator [`ɛskə͵letɚ] n. 電扶梯
*escalator - or + e = **escalate** [`ɛskə͵let] v. 上升、升級

essential [ɪ`sɛnʃəl] adj. 必要的、本質的
*essential - tial + ce = **essence** [`ɛsns] n. 本質

establish [ə`stæblɪʃ] v. 建立、創辦
*establish + ment = **establishment** [ɪs`tæblɪʃmənt] n. 建立、機構

estimate [`ɛstə͵met] v. n. 估計、估量
*under + estimate = **underestimate** [`ʌndɚ`ɛstə͵met] v. 低估

evaluate [ɪ`vælju͵et] v. 估...的價
*evaluate - e + ion = **evaluation** [ɪ͵væljʊ`eʃən] n. 估價

evidence [`ɛvədəns] n. 證據、明顯
*evidence - ce + t = **evident** [`ɛvədənt] adj. 明顯的

exaggerate [ɪg`zædʒə͵ret] v. 誇張、對...言過其實
*exaggerate - e + ion = **exaggeration** [ɪg͵zædʒə`reʃən] n. 誇張

expand [ɪk`spænd] v. 擴展、擴大
*expand - d + sion = **expansion** [ɪk`spænʃən] n. 擴展

explore [ɪk`splor] v. 探測、探勘
*explore - e + ation= **exploration** [͵ɛksplə`reʃən] n. 探索、調查
*explore - re + it = **exploit** [ɪk`splɔɪt] v. 開發、運用、剝削

expose [ɪk`spoz] v. 使暴露於、揭露
*expose - e + ure = **exposure** [ɪk`spoʒɚ] v. 暴露、陳列、曝光

extend [ɪk`stɛnd] v. 伸長、擴展
*extend - d + sion = **extension** [ɪk`stɛnʃən] n. 伸長、延長、電話分機
*extend - d + sive = **extensive** [ɪk`stɛnsɪv] adj. 廣大的、大量的
*extend - d + t = **extent** [ɪk`stɛnt] n. 寬廣長度、程度、範圍

facility [fə`sɪlətɪ] n. 能力、設備、容易
*facility - y + ate = **facilitate** [fə`sɪlə͵tet] v. 使便利、促進

fertile [`fɝt!] adj. 多產的、繁殖力強的
*fertile - e + ity = **fertility** [fɝ`tɪlətɪ] n. 肥沃、豐富
*fertile - e + izer = **fertilizer** [`fɝtl͵aɪzɚ] n. 肥料

finance [faɪ`næns] n. 財政、金融
*finance - e + ial= **financial** [faɪ`nænʃəl] adj. 財政的

flee [fli] v. 逃走
*flee + t = **fleet** [flit] adj. 快速的 n. 艦隊

fluent [`fluənt] adj. 流利的、流暢的
*fluent - t + cy = **fluency** [`fluənsɪ] n. 流暢
*fluent - ent + id = **fluid** [`fluɪd] adj. 流動的 n. 流體

formula [`fɔrmjələ] n. 公式、奶粉、慣用語句、客套話
*formula + te = **formulate** [`fɔrmjə͵let] v. 公式化、規劃、配置

fragrance [`fregrəns] n. 芬芳、香氣
*fragrance - ce + t = **fragrant** [`fregrənt] adj. 香的

frame [frem] n. 架構、骨架
*frame + work = **framework** [`frem͵wɝk] n. 框架

fulfill [fʊl`fɪl] v. 執行、服從
*fulfill + ment = **fulfillment** [fʊl`fɪlmənt] n. 履行、完成

gene [dʒin] n. 基因、遺傳因子
*gene + tic = **genetic** [dʒə`nɛtɪk] adj. 基因的、起源的
*gene + tics = **genetics** [dʒə`nɛtɪks] n. 遺傳學

grace [gres] n. 優美、優雅
*grace + ful = **graceful** [`gresfəl] adj. 優雅的、懂禮貌的
*dis + grace = **disgrace** [dɪs`gres] n. v. 丟臉
*disgrace + ful = **disgraceful** [dɪs`gresfəl] adj. 不名譽的

grammar [`græmɚ] n. 文法
*grammar - r + tical = **grammatical** [grə`mætɪk!] adj. 文法的

grateful [`gretfəl] adj. 感謝的、感激的
*grateful - eful + itude = **gratitude** [`grætə͵tjud] n. 感謝

greasy [`grizɪ] adj. 油污的、油膩的
*greasy - y + e = **grease** [gris] n. 油脂 v. 塗油脂

grief [grif] n. 悲痛、不幸
*grief - f + ve = **grieve** [griv] v. 使悲傷

guilt [gɪlt] n. 有罪、內疚
*guilt + y = **guilty** [`gɪltɪ] adj. 內疚的

horizon [hə`raɪzn] n. 地平線
*horizon + tal = **horizontal** [͵hɑrə`zɑnt!] adj. 水平的 n. 水平線

illustrate [`ɪləstret] v. 說明、圖解
*illustrate - e + ion = **illustration** [ɪ͵lʌs`treʃən] n. 說明、圖解

imitate [`ɪmə͵tet] v. 模仿
*imitate - e + ion = **imitation** [͵ɪmə`teʃən] n. 模仿、仿製品

immigrant [`ɪməgrənt] n. 移民 adj. 移入的
*immigrant - nt + te = **immigrate** [`ɪmə͵gret] v. 遷入、遷移
*immigrate - e + ion = **immigration** [͵ɪmə`greʃən] n. 移居

incident [`ɪnsədnt] n. 事件、事變
*incident + al = **incidental** [͵ɪnsə`dɛnt!] adj. 附帶的、偶爾發生的 n. 附帶事件、雜項

infect [ɪn`fɛkt] v. 傳染、感染、污染
*infect + ion = **infection** [ɪn`fɛkʃən] n. 傳染、影響
*infect + ious = **infectious** [ɪn`fɛkʃəs] adj. 傳染的

initial [ɪ`nɪʃəl] adj. 開始的、最初的
*initial - l + te = **initiate** [ɪ`nɪʃɪt] v. 開始
*initial - l + tive = **initiative** [ɪ`nɪʃətɪv] adj. 初步的 n. 主動權

inspire [ɪn`spaɪr] v. 鼓舞、激勵
*inspire - e + ation = **inspiration** [͵ɪnspə`reʃən] n. 靈感、吸入

install [ɪn`stɔl] v. 任命、就職、設置
*install + ation = **installation** [͵ɪnstə`leʃən] n. 安裝、就職
*install + ment = **installment** [ɪn`stɔlmənt] n. 就職、分期付款

intellect [`ɪnt!͵ɛkt] n. 智力、才智
*intellect + ual = **intellectual** [͵ɪnt!`ɛktʃʊəl] adj. 智力的 n. 知識份子
*intellect - ect + igence = **intelligence** [ɪn`tɛlədʒəns] n. 智能、情報
*intellect - ect + igent = **intelligent** [ɪn`tɛlədʒənt] adj. 聰明的
*artificial + intelligence = **artificial intelligence** ph. 人工智慧/AI

intend [ɪn`tɛnd] v. 想要、打算
*intend - d + tion = **intention** [ɪn`tɛnʃən] n. 意圖
*intend - d + t = **intent** [ɪn`tɛnt] n. 目的、意圖 adj. 熱切的

intense [ɪn`tɛns] adj. 強烈的、熱情的
*intense - e + ify = **intensify** [ɪn`tɛnsə͵faɪ] v. 加強
*intense - e + ity = **intensity** [ɪn`tɛnsətɪ] n. 強度
*intense - e + ive = **intensive** [ɪn`tɛnsɪv] adj. 加強的、密集的

interact [͵ɪntə`rækt] v. 互相作用、互動
*interact + ion = **interaction** [͵ɪntə`rækʃən] n. 互動

interfere [͵ɪntɚ`fɪr] v. 妨礙、衝突、介入
*interfere + nce = **interference** [͵ɪntɚ`fɪrəns] n. 阻礙、干擾

interpret [ɪn`tɝprɪt] v. 解釋、說明、口譯
*interpret + ation = **interpretation** [ɪn͵tɝprɪ`teʃən] n. 解釋、翻譯
*interprete + r = **interpreter** [ɪn`tɝprɪtɚ] n. 口譯員

intimate [`ɪntəmɪt] adj. 親密的、熟悉的
*intimate - te + cy = **intimacy** [`ɪntəməsɪ] n. 親密

invade [ɪn`ved] v. 侵入、侵略
*invade - de + sion = **invasion** [ɪn`veʒən] n. 入侵

invest [ɪn`vɛst] v. 投資、耗費
*invest + ment = **investment** [ɪn`vɛstmənt] n. 投資、投入
*invest + igator = **investigator** [ɪn`vɛstə͵getɚ] n. 調查者

involve [ɪn`vɑlv] v. 使捲入、牽涉
*involve + ment = **involvement** [ɪn`vɑlvmənt] n. 連累

isolate [`aɪs!͵et] v. 使孤立、使脫離
*isolate - e + ion = **isolation** [͵aɪs!`eʃən] n. 孤立、脫離

lecture [`lɛktʃɚ] n. v. 授課、演講
*lecture + r = **lecturer** [`lɛktʃərɚ] n. 演講者、講師

legend [`lɛdʒənd] n. 傳說、傳奇故事
*legend + ary = **legendary** [`lɛdʒənd,ɛrɪ] adj. 傳奇的

literary [`lɪtə,rɛrɪ] adj. 文學的、文藝的
*literary - ry + ture = **literature** [`lɪtərətʃɚ] n. 文學、文獻
*literary - ry + cy = **literacy** [`lɪtərəsɪ] n. 讀寫能力、知識
*literary - ry + l = **literal** [`lɪtərəl] adj. 字面的、如實的
*literary - ry + te = **literate** [`lɪtərɪt] adj. 能讀寫的、有文化修養的 n. 能讀寫的人

logic [`lɑdʒɪk] n. 邏輯、推理
*logic + al = **logical** [`lɑdʒɪk!] adj. 邏輯的

loyal [`lɔɪəl] adj. 忠誠的、忠心的
*loyal + ty = **loyalty** [`lɔɪəltɪ] n. 忠心

luxury [`lʌkʃərɪ] n. 奢侈品、奢華
*luxury - y + ious = **luxurious** [lʌg`ʒʊrɪəs] adj. 奢侈的、豪華的

magnificent [mæg`nɪfəsənt] adj. 壯麗的、宏偉的
*magnificent - icent + y = **magnify** [`mægnə,faɪ] v. 放大、誇張
*magnificent - ficent + tude = **magnitude** [`mægnə,tjud] n. 巨大、重大

manual [`mænjuəl] adj. 手工的 n. 手冊
*manual - al + facture = **manufacture** [,mænjə`fæktʃɚ] v. 製造 n. 製造業、產品
*manufacture + r = **manufacturer** [,mænjə`fæktʃərɚ] n. 製造業者

margin [`mɑrdʒɪn] n. 邊緣
*margin + al = **marginal** [`mɑrdʒɪn!] adj. 頁邊的、欄外的、微小的

mechanic [mə`kænɪk] n. 機械工、修理工
*mechanic + al = **mechanical** [mə`kænɪk!] adj. 機械的
*mechanic + s = **mechanics** [mə`kænɪks] n. 力學、技術
*mechanic - c + sm = **mechanism** [`mɛkə,nɪzəm] n. 機械裝置、構造

minister [`mɪnɪstɚ] n. 部長、大臣
*minister - er + ry = **ministry** [`mɪnɪstrɪ] n. 部門、內閣、牧師

mischief [`mɪstʃɪf] n. 頑皮、淘氣
*mischief - f + vous = **mischievous** [`mɪstʃɪvəs] adj. 調皮的、有害的

modest [`mɑdɪst] adj. 謙虛的、審慎的、端莊的
*modest + y = **modesty** [`mɑdɪstɪ] n. 謙虛、端莊

mow [mo] v. 割
*mow + er = **mower** [`moɚ] n. 刈草者、除草機

negotiate [nɪ`goʃɪ,et] v. 談判、協商
*negotiate - e + ion = **negotiation** [nɪ,goʃɪ`eʃən] n. 談判

nuclear [`njuklɪɚ] adj. 核心的、核能的
*nuclear - ar + us = **nucleus** [`njuklɪəs] n. 原子核、中心

occupy [`ɑkjə,paɪ] v. 佔領、佔據
*occupy - y + ation = **occupation** [,ɑkjə`peʃən] n. 占領、占用、職業

offend [ə`fɛnd] v. 冒犯、觸怒
*offend - d + se = **offense** [ə`fɛns] n. 犯錯、進攻
*offense - e + ive = **offensive** [ə`fɛnsɪv] n. 進攻 adj. 犯錯的、冒犯的、進攻的

percent [pɚ`sɛnt] n. 百分比
*percent + age = **percentage** [pɚ`sɛntɪdʒ] n. 百分比

pessimistic [,pɛsə`mɪstɪk] adj. 悲觀的
*pessimistic - tic + m = **pessimism** [`pɛsəmɪzəm] n. 悲觀

philosopher [fə`lɑsəfɚ] n. 哲學家
*philosopher - er + ical = **philosophical** [,fɪlə`sɑfɪk!] adj. 哲學的
*philosopher - er + y = **philosophy** [fə`lɑsəfɪ] n. 哲學

physical [`fɪzɪk!] adj. 身體的、物質的
*physical - al + ian = **physician** [fɪ`zɪʃən] n. 內科醫師

physics [`fɪzɪks] n. 物理學
*physics - s + ist = **physicist** [`fɪzɪsɪst] n. 物理學家

possess [pə`zɛs] v. 擁有、持有

*possess + ion = **possession** [pə`zɛʃən] n. 擁有、財產

precise [prɪ`saɪs] adj. 精確的、準確的
*precise - e + ion = **precision** [prɪ`sɪʒən] n. 準確性

predict [prɪ`dɪkt] v. 預言、預料
*predict + ion = **prediction** [prɪ`dɪkʃən] n. 預言

pregnancy [`prɛgnənsɪ] n. 懷孕
*pregnancy - cy + t = **pregnant** [`prɛgnənt] adj. 懷孕的、有創造力的

preserve [prɪ`zɝv] v. 保存、保護
*preserve - e + ation = **preservation** [ˌprɛzɚ`veʃən] n. 保護

prime [praɪm] adj. 最初的、原始的
*prime - e + itive = **primitive** [`prɪmətɪv] adj. 原始的、粗糙的 n. 原始人

profession [prə`fɛʃən] n. 職業、專業
*profession + al = **professional** [prə`fɛʃən!] adj. 職業的、專業的 n. 職業選手、專家
*profession - ion + or = **professor** [prə`fɛsɚ] n. 教授
*profession - ession + iciency = **proficiency** [prə`fɪʃənsɪ] n. 精通

prominent [`prɑmənənt] adj. 突出的、卓越的
*prominent - nent + sing = **promising** [`prɑmɪsɪŋ] adj. 有前途的

prosper [`prɑspɚ] v. 繁榮、昌盛
*prosper + ity = **prosperity** [prɑs`pɛrətɪ] n. 興旺、成功
*prosper + ous = **prosperous** [`prɑspərəs] adj. 興旺的、富有的

psychology [saɪ`kɑlədʒɪ] n. 心理學
*psychology - y + ical = **psychological** [ˌsaɪkə`lɑdʒɪk!] adj. 心理學的
*psychology - y + ist = **psychologist** [saɪ`kɑlədʒɪst] n. 心理學家

publish [`pʌblɪʃ] v. 出版、頒布
*publish - sh + cation = publication[ˌpʌblɪ`keʃən] n. 出版、發表
*publish - sh + city = **publicity** [pʌb`lɪsətɪ] n. 出版品、名聲、公開場合
*publish + er = **publisher** [`pʌblɪʃɚ] n. 出版者

rage [redʒ] n. v. 狂怒、肆虐
*out + rage = **outrage** [`aʊtˌredʒ] n. 惡行 v. 施暴
*outrage + ous = **outrageous** [aʊt`redʒəs] adj. 粗暴的

recreation [ˌrɛkrɪ`eʃən] n. 消遣、娛樂
*recreation + al = **recreational** [ˌrɛkrɪ`eʃən!] adj. 娛樂的

refer [rɪ`fɝ] v. 認為...起於、提及
*refer + ence = **reference** [`rɛfərəns] n. 涉及、參考
*refer + ee = **referee** [ˌrɛfə`ri] n. 裁判員 v. 裁決

reflect [rɪ`flɛkt] v. 反映、表現
*reflect + ion = **reflection** [rɪ`flɛkʃən] n. 反映、深思
*reflect + ive = **reflective** [rɪ`flɛktɪv] adj. 反射的、沉思的

refugee [ˌrɛfju`dʒi] n. 難民、流亡者
*refugee - e = **refuge** [`rɛfjudʒ] n. 躲避、避難所 v. 避難

register [`rɛdʒɪstɚ] n. v. 登記、註冊
*register - er + ration = **registration** [ˌrɛdʒɪ`streʃən] n. 登記

remark [rɪ`mɑrk] v. n. 談到、評論
*remark + able = **remarkable** [rɪ`mɑrkəb!] adj. 值得注意的、卓越的

resemble [rɪ`zɛmb!] v. 像、類似
*resemble - e + ance = **resemblance** [rɪ`zɛmbləns] n. 相似

resign [rɪ`zaɪn] v. 放棄、辭去
*resign + ation = **resignation** [ˌrɛzɪg`neʃən] n. 辭職

resolution [ˌrɛzə`luʃən] n. 決心、決定、解析度
*resolution - ution + ve = **resolve** [rɪ`zɑlv] v. 解決 n. 決心
*resolution - ion + e = **resolute** [`rɛzəˌlut] adj. 堅決的

restore [rɪ`stor] v. 恢復
*restore - e + ation = **restoration** [ˌrɛstə`reʃən] n. 整修、復原

retire [rɪ`taɪr] v. 退休、退出
*retire + ment = **retirement** [rɪ`taɪrmənt] n. 退休

revise [rɪ`vaɪz] v. n. 修訂、校訂
*revise - e + ion = **revision** [rɪ`vɪʒən]
n. 修訂、修訂本

revolution [ˌrɛvə`luʃən] n. 革命
*revolution + ary = **revolutionary** [ˌrɛvə`luʃənˌɛrɪ]
adj. 革命的 n. 革命者
*revolution - ution + t = **revolt** [rɪ`volt] v. n. 反叛

rhyme [raɪm] 韻腳、押韻
*rhyme - me + thm = **rhythm** [`rɪðəm] n. 節奏、韻律
*rhythm + ic = **rhythmic** [`rɪðmɪk] adj. 有韻律的

sculpture [`skʌlptʃɚ] n. 雕刻品 v. 雕刻
*sculpture - ure + or = **sculptor** [`skʌlptɚ] n. 雕刻家

gull [gʌl] n. 海鷗
*sea + gull = **seagull** [`siˌgʌl] n. 海鷗

severe [sə`vɪr] adj. 嚴重的、劇烈的
*per + severe = **persevere** [ˌpɝsə`vɪr] v. 堅持
*persevere - e + ance = **perseverance**
[ˌpɝsə`vɪrəns] n. 毅力

sledge / sled [slɛdʒ / slɛd] n. 雪橇
*sledge - dge + igh = **sleigh** [sle] v. 駕雪橇 n. 雪橇

spark [spɑrk] n. 火花、閃耀 v. 點燃、發動
*spark + le = **sparkle** [`spɑrk!] v. 閃耀、發光
n. 火花、生氣

splendid [`splɛndɪd]
adj. 有光彩的、燦爛的、華麗的
*splendid - id + or = **splendor** [`splɛndɚ] n. 光彩、壯麗、顯赫

surgeon [`sɝdʒən] n. 外科醫生
*surgeon - on + ry = **surgery** [`sɝdʒərɪ] n. 外科

sympathy [`sɪmpəθɪ] n. 同情心
*sympathy - y + etic = **sympathetic** [ˌsɪmpə`θɛtɪk]
adj. 同情的、贊同的
*sympathy - y + ize = **sympathize** [`sɪmpəˌθaɪz]
v. 同情、憐憫

telegram [`tɛləˌgræm] n. 電報
*tele + graph = **telegraph** [`tɛləˌgræf] n. v. 電報

tense [tɛns] adj. 拉緊的、繃緊的
*tense - e + ion = **tension** [`tɛnʃən] n. 繃緊、緊張

tolerate [`tɑləˌret] v. 忍受
*tolerate - te + ble = **tolerable** [`tɑlərəb!]
adj. 可忍受的
*tolerate - te + nce = **tolerance** [`tɑlərəns] n. 寬容、忍耐力
*tolerate - te + nt = **tolerant** [`tɑlərənt] adj. 忍受的、寬容的

tragedy [`trædʒədɪ] n. 悲劇
*tragedy - edy + ic = **tragic** [`trædʒɪk] adj. 悲劇的

transfer [træns`fɝ] v. 轉換、調動
*transfer - er + orm = **transform** [træns`fɔrm]
v. 改變
*transform + ation = **transformation**
[ˌtrænsfɚ`meʃən] n. 變化

translate [træns`let] v. 翻譯、轉化
*translate - e + ion = **translation** [træns`leʃən]
n. 翻譯、轉變
*translate - e + or = **translator** [træns`letɚ] n. 譯者、翻譯機

triumph [`traɪəmf] n. v. 大勝利
*triumph + ant = **triumphant** [traɪ`ʌmfənt]
adj. 勝利的

urge [ɝdʒ] 催促、力勸
*urge + nt = **urgent** [`ɝdʒənt] adj. 緊急的
*urgent - t + cy = **urgency** [`ɝdʒənsɪ] n. 緊急

verb [vɝb] n. 動詞
*pro + verb = **proverb** [`prɑvɝb] n. 俗語、俗諺

violate [`vaɪəˌlet] v. 違反、違背
*violate - e + ion = **violation** [ˌvaɪə`leʃən] n. 違反

virgin [`vɝdʒɪn] n. 處女、未婚女子
*virgin - gin + tue = **virtue** [`vɝtʃu] n. 貞操、美德
*virtue - e + al = **virtual** [`vɝtʃʊəl] adj. 事實上的、虛擬的

vital [`vaɪt!] adj. 生命的、生氣勃勃的、重要的
*vital + ity = **vitality** [vaɪ`tælətɪ] n. 活力

volunteer [ˌvɑlən`tɪr] n. 自願者、義工
*volunteer - eer + ary = **voluntary** [`vɑlənˌtɛrɪ]
adj. 自願的 n. 志工

wit [wɪt] n. 機智、風趣
*wit + ty = **witty** [`wɪtɪ] adj. 機智的

abundant [əˋbʌndənt] adj. 充足的、富裕的
*abundant - t + ce = **abundance** [əˋbʌndəns] n. 豐沛、大量
*aboundant - ant = **abound** [əˋbaund] v. 豐富、充足

adolescent [ˌæd!ˋɛsnt] n. 青少年 adj. 青春期的
*adolescent - t + ce = **adolescence** [æd!ˋɛsns] n. 青春期

alien [ˋelɪən] adj. 外國的、外國人的 n. 外國人、外星人
*alien + ate = **alienate** [ˋeljənˏet] v. 疏遠

allergy [ˋæləˏdʒɪ] n. 過敏症、反感
*allergy - y + ic = **allergic** [əˋlɝdʒɪk] adj. 過敏的

ally [əˋlaɪ] n. 同盟國、盟友 v. 結盟
*ally - y + iance = **alliance** [əˋlaɪəns] n. 聯盟

alter [ˋɔltɚ] v. 改變
*alter + nate = **alternate** [ˋɔltɚnɪt] adj. 互相交換的 (即鍵盤上的alt鍵)
*alternate - e + ive = **alternative** [ɔlˋtɝnətɪv] adj. 可供選擇的 n. 選擇

ample [ˋæmp!] adj. 大量的、豐富的
*ample - e + ify = **amplify** [ˋæmpləˏfaɪ] v. 放大

applaud [əˋplɔd] v. 鼓掌、喝采、稱讚
*applaud - d + se = **applause** [əˋplɔz] n. 鼓掌、喝采、稱許

apt [æpt] adj. 恰如其份、聰明的、有...傾向的
*apt + itude = **aptitude** [ˋæptəˏtjud] n. 天賦、天資

astonish [əˋstɑnɪʃ] v. 使吃驚、使驚訝
*astonish + ment = **astonishment** [əˋstɑnɪʃmənt] n. 驚訝

astronaut [ˋæstrəˏnɔt] n. 太空人
*astronaut - aut + omer = **astronomer** [əˋstrɑnəmɚ] n. 天文學家
*astronaut - aut + omy = **astronomy** [əsˋtrɑnəmɪ] n. 天文學

bound [baund] n. 邊界 adj. 綑綁的 v. 跳躍、彈回
*bound + ary = **boundary** [ˋbaʊndrɪ] n. 邊界

boxer [ˋbɑksɚ] n. 拳擊手
*box + ing = **boxing** [ˋbɑksɪŋ] n. 拳擊

brace [bres] n. v. 支柱、括號
*em + brace = **embrace** [ɪmˋbres] v. n. 擁抱、包含

bulk [bʌlk] n. 體積、大量、大塊
*bulk + y = **bulky** [ˋbʌlkɪ] adj. 體積大的

bureau [ˋbjuro] n. 政府機構的局、司、署、處
*bureau + cracy = **bureaucracy** [bjʊˋrɑkrəsɪ] n. 官僚政治

caution [ˋkɔʃən] n. v. 小心、謹慎
*caution - n + us = **cautious** [ˋkɔʃəs] adj. 謹慎的
*pre + caution = **precaution** [prɪˋkɔʃən] n. 預防

Celsius [ˋsɛlsɪəs] adj. 百分度的、攝氏的
*centi(百) + grade(度) = **centigrade** [ˋsɛntəˏgred] n. adj. 百分比、攝氏、度C

chairperson / chairman [ˋtʃɛrˏpɝsn / ˋtʃɛrmən] n. 主席
*chair + woman = **chairwoman** [ˋtʃɛrˏwʊmən] n. 女主席

communist [ˋkɑmjuˏnɪst] n. 共產主義者 adj. 共產主義的
*communist - t + m = **communism** [ˋkɑmjʊˏnɪzəm] n. 共產主義

comprehend [ˌkɑmprɪˋhɛnd] v. 理解、領會、包含
*comprehend - d + sion = **comprehension** [ˌkɑmprɪˋhɛnʃən] n. 理解力
*comprehend - d + sive = **comprehensive** [ˌkɑmprɪˋhɛnsɪv] adj. 有理解力的、廣泛的

consent [kənˋsɛnt] v. n. 同意、贊成
*consent - t + sus = **consensus** [kənˋsɛnsəs] n. 一致

conserve [kənˋsɝv] v. 保存、節省
*conserve - e + ation = **conservation** [ˌkɑnsɚˋveʃən] n. 保存
*conserve - e + ative = **conservative** [kənˋsɝvətɪv] adj. 保守的、守舊的 n. 保守者

console [kənˋsol] n. 控制台 v. 安慰
*console - e + ation = **consolation** [ˌkɑnsəˋleʃən] n. 安慰

contemplate [ˋkɑntɛmˏplet] v. 思量、考慮、注視

*contemplate - e + ion = **contemplation** [ˌkɑntɛm`pleʃən] n. 沉思

convict [kən`vɪkt] v. 判決
*convict + ion = **conviction** [kən`vɪkʃən] n. 定罪、確信、說服力

corporation [ˌkɔrpə`reʃən] n. 法人、股份公司
*corporation - ion + e = **corporate** [`kɔrpərɪt] adj. 公司的、法人的
*corporate - orate + s = **corps** [kɔr] n. 兵團

corrupt [kə`rʌpt] adj. 腐敗的、貪污的
*corrupt + ion = **corruption** [kə`rʌpʃən] n. 腐敗、墮落、貪污

counsel [`kauns!] n. v. 商議、勸告
*counsel + or = **counselor** [`kaʊns!ɚ] n. 顧問、參事

delegate [`dɛləgɪt] v. 授權、指派
*delegate - e + ion = **delegation** [ˌdɛlə`geʃən] n. 代表、委任、代表團

destiny [`dɛstənɪ] n. 命運
*destiny - y + ed = **destined** [`dɛstɪnd] adj. 命中注定、預定的

discriminate [dɪ`skrɪməˌnet] v. 區別、辨別
*discriminate - e + ion = **discrimination** [dɪˌskrɪmə`neʃən] n. 辨別、歧視

dispense [dɪ`spɛns] v. 免除、分發
*in + dispensable = **indispensable** [ˌɪndɪs`pɛnsəb!] adj. 不可或缺的
*dispense - e + able = **dispensable** [dɪ`spɛnsəb!] adj. 可分配的、可寬恕的

document [`dɑkjəmənt] n. 公文、文件
*document + ary = **documentary** [ˌdɑkjə`mɛntərɪ] adj. 文件的、記錄的 n. 紀錄片

dwell [dwɛl] v. 居住、想、思索
*dwell + ing = **dwelling** [`dwɛlɪŋ] n. 住宅

erupt [ɪ`rʌpt] v. 噴出、爆發
*erupt + ion = **eruption** [ɪ`rʌpʃən] n. 爆發

eternal [ɪ`tɝn!] adj. 永久的、永恆的
*eternal - al + ity = **eternity** [ɪ`tɝnətɪ] n. 永恆

ethic [`ɛθɪk] adj. 倫理的、道德的 n. 倫理
*ethic + al = **ethical** [`ɛθɪk!] adj. 倫理的、道德的

exceed [ɪk`sid] v. 超過、勝過
*exceed - ed + ss = **excess** [ɪk`sɛs] n. 超越、過量
*excess + ive = **excessive** [ɪk`sɛsɪv] adj. 過分的

execute [`ɛksɪˌkjut] v. 實施、執行
*execute - e + ive = **executive** [ɪg`zɛkjʊtɪv] adj. 執行的 n. 執行者
*execute - e + ion = **execution** [ˌɛksɪ`kjuʃən] n. 執行、死刑

external [ɪk`stɝnəl] adj. 外面的、外部的
*exter - nal + ior = **exterior** [ɪk`stɪrɪɚ] adj. 外部的 n. 外部
*in + terior = **interior** [ɪn`tɪrɪɚ] adj. 內部的 n. 內部

fascinate [`fæsnˌet] v. 迷住、使神魂顛倒
*fascinate - e + ion = **fascination** [ˌfæsn`eʃən] n. 魅力

federal [`fɛdərəl] adj. 聯邦政府的、國家的
*federal - l + tion = **federation** [ˌfɛdə`reʃən] n. 聯邦

fiance [ˌfiən`se] n. 未婚夫
*fiance + e = **fiancee** [ˌfiən`se] n. 未婚妻

flick [flɪk] n. v. 輕打、輕彈
*flick + er = **flicker** [`flɪkɚ] v. n. 閃爍

gloom [glum] n. 黑暗、陰暗
*gloom + y = **gloomy** [`glumɪ] adj. 黑暗的、憂鬱的

hostile [`hɑstɪl] adj. 敵人的、敵意的
*hostile - e + ity = **hostility** [hɑs`tɪlətɪ] n. 敵意、戰爭

indignant [ɪn`dɪgnənt] adj. 憤怒的
*indignant + ion = **indignation** [ˌɪndɪg`neʃən] n. 憤怒

inquire [ɪn`kwaɪr] v. 訊問、調查
*inquire - e + y = **inquiry** [ɪn`kwaɪrɪ] n. 詢問、調查

institute [`ɪnstətjut] n. 學會、協會 v. 創立
*institute - e + ion = **institution** [ˌɪnstə`tjuʃən] n. 機構、制度

latitude [`lætəˌtjud] n. 緯度、自主權
*long + itude = **longitude** [`lɑndʒə`tjud] n. 經度

league [lig] n. 同盟、聯盟
*col + league = **colleague** [ˋkɑlig] n. 同事

legislation [ˏlɛdʒɪsˋleʃən] n. 制定法律、立法
*legislation - on + ve = **legislative** [ˋlɛdʒɪsˏletɪv] adj. 立法的 n. 立法機構
*legislation - ion + or = **legislator** [ˋlɛdʒɪsˏletɚ] n. 立法委員、國會議員
*legislation - ion + ure = **legislature** [ˋlɛdʒɪsˏletʃɚ] n. 立法機關
*legislation - slation + timate = **legitimate** [lɪˋdʒɪtəmɪt] adj. 合法的、正統的

majesty [ˋmædʒɪstɪ] n. 雄偉、壯麗
*majesty - y + ic = **majestic** [məˋdʒɛstɪk] adj. 雄偉的

marine [məˋrin] adj. 海的、海生的 n. 海軍陸戰隊、海運
*sub + marine = **submarine** [ˋsʌbməˏrin] n. 潛艇 adj. 海底的

marshal [ˋmɑrʃəl] n. 元帥、司儀 v. 引領、排列
*marshal - shal + tial = **martial** [ˋmɑrʃəl] adj. 戰爭的

migrant [ˋmaɪgrənt] adj. 移居的、流浪的 n. 移民、候鳥
*migrant - nt + te = **migrate** [ˋmaɪˏgret] v. 遷徙
*migrant + ion = **migration** [maɪˋgreʃən] n. 遷徙

mourn [morn] v. 哀痛、哀悼
*mourn + ful = **mournful** [ˋmornfəl] adj. 悲傷的

myth [mɪθ] n. 神話
*myth + ology = **mythology** [mɪˋθɑlədʒɪ] n. 神話

nominate [ˋnɑməˏnet] v. 提名、任命
*nominate - e + ion = **nomination** [ˏnɑməˋneʃən] n. 提名
*nominate - ate + ee = **nominee** [ˏnɑməˋni] n. 被提名人

orient [ˋorɪənt] n. 東方
*orient + al = **oriental** [ˏorɪˋɛnt!] adj. 東方的 n. 東方人

patriot [ˋpetrɪət] n. 愛國者
*patriot + ic = **patriotic** [ˏpetrɪˋɑtɪk] adj. 愛國的

peddler [ˋpɛdlɚ] n. 小販、兜售者
*peddler - r = **peddle** [ˋpɛd!] v. 叫賣

peril [ˋpɛrəl] n. 危險
*peril - l + sh = **perish** [ˋpɛrɪʃ] v. 消滅、毀棄

persist [pɚˋsɪst] v. 堅持、固執
*persist + ence = **persistence** [pɚˋsɪstəns] n. 堅持、持久
*persist + ent = **persistent** [pɚˋsɪstənt] adj. 執著的、持續的

prior [ˋpraɪɚ] adj. 先前的
*prior + ity = **priority** [praɪˋɔrətɪ] n. 優先權

prospect [ˋprɑspɛkt] n. 預期、景色 v. 探勘
*prospect + ive = **prospective** [prəˋspɛktɪv] adj. 預期的

province [ˋprɑvɪns] n. 省、州
*province - e + ial = **provincial** [prəˋvɪnʃəl] adj. 省的、鄉野的

recommend [ˏrɛkəˋmɛnd] v. 推薦、介紹、建議
*recommend + ation = **recommendation** [ˏrɛkəmɛnˋdeʃən] n. 推薦、推薦信

resent [rɪˋzɛnt] v. 憤慨、怨恨
*resent + ment = **resentment** [rɪˋzɛntmənt] n. 憤怒

revive [rɪˋvaɪv] v. 甦醒、復原
*revive - e + al = **revival** [rɪˋvaɪv!] n. 復甦

ridiculous [rɪˋdɪkjələs] adj. 可笑的、荒謬的
*ridiculous - ous + e = **ridicule** [ˋrɪdɪkjul] n. v. 嘲笑

rigid [ˋrɪdʒɪd] adj. 堅硬的
*rigid - id + orous = **rigorous** [ˋrɪgərəs] adj. 嚴格的、謹慎的

rival [ˋraɪv!] n. 競爭者、敵手 adj. 競爭的
*rival + ry = **rivalry** [ˋraɪv!rɪ] n. 競賽

slump [slʌmp] v. n. 倒下、陷落
*slump - p = **slum** [slʌm] n. 貧民窟

sneak [snik] v. 偷溜
*sneak + er = **sneaker** [ˋsnikɚ] n. 鬼祟的人
*sneak + y = **sneaky** [ˋsnikɪ] adj. 鬼鬼祟祟的

snore [snor] v. n. 打鼾
*snore - e + t = **snort** [snɔrt] n. v .噴鼻息

sole [sol] adj. 單獨的、唯一的 n. 鞋底
*sole - e + itary = **solitary** [ˋsɑlə͵tɛrɪ] adj. 獨自的、孤獨的 n. 隱士
*solitary - ary + ude = **solitude** [ˋsɑlə͵tjud] n. 孤獨
*sole - e + o = **solo** [ˋsolo] n. 獨奏、獨唱、單飛 adj. adv. 單獨的

sovereign [ˋsɑvrɪn] n. 君主、元首 adj. 最高的、至尊的
*sovereign + ty = **sovereignty** [ˋsɑvrɪntɪ] n. 君權、主權

spectacle [ˋspɛktək!] n. 奇觀、眼鏡
*spectacle - cle + tor = **spectator** [spɛkˋtetɚ] n. 觀眾、旁觀者
*spectacle - les + ular = **spectacular** [spɛkˋtækjəlɚ] adj. 壯觀的、驚人的 n. 奇觀

statistics [stəˋtɪstɪks] n. 統計、統計學
*statistic + al = **statistical** [stəˋtɪstɪk!] adj. 統計的

steward [ˋstjuwɚd] n. 男服務員
*steward + ess = **stewardess** [ˋstjuwɚdɪs] n. 女服務員

strain [stren] v. n. 拉緊、伸張
*re + strain = **restrain** [rɪˋstren] v. 抑制
*restrain + t = **restraint** [rɪˋstrent] n. 克制、控制

substitute [ˋsʌbstə͵tjut] n. 代替人、物、品 v. 代替
*substitute - e + ion = **substitution** [͵sʌbstəˋtjuʃən] n. 代替、代替品

tempt [tɛmpt] v. 引誘、誘惑、打動
*tempt + ation = **temptation** [tɛmpˋteʃən] n. 引誘

thrill [θrɪl] v. n. 興奮、激動
*thrill + er = **thriller** [ˋθrɪlɚ] n. 恐怖小說、驚悚電影、引起激動的人

tramp [træmp] v. n. 沈重地走、踩踏、流浪
*tramp + le = **trample** [ˋtræmp!] v. n. 踐踏

tyrant [ˋtaɪrənt] n. 暴君、專制君主
*tyrant - t + ny = **tyranny** [ˋtɪrənɪ] n. 暴政

vibrate [ˋvaɪbret] v. 顫動、共鳴
*vibrate - e + ion = **vibration** [vaɪˋbreʃən] n. 顫動

vigor [ˋvɪgɚ] n. 體力、精力、強健
*vigor + ous = **vigorous** [ˋvɪgərəs] adj. 精力充沛的

vine [vaɪn] n. 藤蔓
*vine + yard(庭院) = **vineyard** [ˋvɪnjɚd] n. 葡萄園

ware [wɛr] n. 製品、物品
*ware + house = **warehouse** [ˋwɛr͵haʊs] n. 倉庫

weird [wɪrd] adj. 怪誕的、神祕的
*weird + o = **weirdo** [ˋwɪrdo] n. 怪人、怪胎

widow [ˋwɪdo] n. 寡婦
*widow + er = **widower** [ˋwɪdoɚ] n. 鰥夫

Level 6

abbreviate [ə`brivɪ͵et] v. 縮短、縮寫
*abbreviate - e + ion = **abbreviation** [ə͵brivɪ`eʃən] n. 縮寫

accelerate [æk`sɛlə͵ret] v. 增速、促進
*accelerate - e + ion = **acceleration** [æk͵sɛlə`reʃən] n. 加速

accommodate [ə`kɑmə͵det] v. 提供住宿、容納、適應
*accommodate - e + ion = **accommodation** [ə͵kɑmə`deʃən] n. 住宿、和解、適應

accord [ə`kɔrd] v. n. 一致、調解
*accord + ance = **accordance** [ə`kɔrdəns] n. 依據
*accord + ingly = **accordingly** [ə`kɔrdɪŋlɪ] adv. 因此、照著

accumulate [ə`kjumjə͵let] v. 累積、積聚
*accumulate - e + ion = **accumulation** [ə͵kjumjə`leʃən] n. 累積

addiction [ə`dɪkʃən] n. 沈迷、成癮
*addiction - ion = **addict** [ə`dɪkt] v. 沈迷、成癮

administer [əd`mɪnəstɚ] v. 管理、掌管、執行
*administer - er + rate = **administrate** [əd`mɪnə͵stret] v. 管理、支配
*administer - er + ration = **administration** [əd͵mɪnə`streʃən] n. 管理、行政
*administer - er + rative = **administrative** [əd`mɪnə͵stretɪv] adj. 管理的、行政的
*administer - er + rator = **administrator** [əd`mɪnə͵stretɚ] n. 管理人

ambiguous [æm`bɪgjuəs] adj. 含糊不清的
*ambiguous - ous + ity = **ambiguity** [͵æmbɪ`gjuətɪ] n. 模稜兩可

anchorman [`æŋkɚ͵mæn] n. 電視主播
*anchor + woman = **anchorwoman** [`æŋkɚ͵wʊmən] n. 女主播

animate [`ænə͵met] v. 繪製動畫 、賦予生命、激勵
*animate - e + ion = **animation** [͵ænə`meʃən] n. 動畫、激勵

anticipate [æn`tɪsə͵pet] v. 預期、預料
*anticipate - e + ion = **anticipation** [æn͵tɪsə`peʃən] n. 預測

arctic [`ɑrktɪk] adj. 北極的 n. 北極圈
*ant + arctic = **antarctic** [æn`tɑrktɪk] n. 南極 adj. 南極的

assess [ə`sɛs] v. 估價、評價
*assess + ment = **assessment** [ə`sɛsmənt] n. 估價

attain [ə`ten] v. 達到、獲得 n. 成就
*attain + ment = **attainment** [ə`tenmənt] n. 達到、成就

besiege [bɪ`sidʒ] v. 圍攻、圍困
*besiege - be = **siege** [sidʒ] n. 圍攻

coincide [͵koɪn`saɪd] v. 同時發生、相符
*coincide + nce = **coincidence** [ko`ɪnsɪdəns] n. 巧合、符合

collide [kə`laɪd] v. 碰撞、相撞
*collide - de + sion = **collision** [kə`lɪʒən] n. 碰撞

compensate [`kɑmpən͵set] v. 補償、賠償
*compensate - e + ion = **compensation** [͵kɑmpən`seʃən] n. 補償

contradict [͵kɑntrə`dɪkt] v. 反駁、矛盾
*contradict + ion = **contradiction** [͵kɑntrə`dɪkʃən] n. 反駁、矛盾

controversial [͵kɑntrə`vɝʃəl] adj. 爭議的、可疑的
*controversial - ial + y = **controversy** [`kɑntrə͵vɝsɪ] n. 爭辯

coordinate [ko`ɔrdnet] v. 協調、同步 adj. 同等的
*coordinate - co + sub = **subordinate** [sə`bɔrdnɪt] adj. 下級的 n. 部下

crook [kruk] v. 彎曲
*crook + ed = **crooked** [`krʊkɪd] adj. 彎曲的、不正當的

cruise [kruz] v. n. 巡航、航遊
*cruise + r = **cruiser** [`kruzɚ] n. 遊艇、巡洋艦

crumble [`krʌmb!] v. 粉碎、弄碎
*crumble - le = **crumb** [krʌm] n. 碎屑 v. 弄碎

cumulate [`kjumjə͵let] v. 堆積、累積
*cumulate - e + ive = **cumulative** [`kjʊmjʊ͵letɪv] adj. 累積的、漸增的

curricular [kə`rɪkjələ-] adj. 課程的
*extra + curricular = **extracurricular** [ˌɛkstrəkə`rɪkjələ-] adj. 課外的

dedicate [`dɛdəˌket] v. 奉獻
*dedicate - e + ion = **dedication** [ˌdɛdə`keʃən] n. 奉獻

descend [dɪ`sɛnd] v. 下降、下傾
*descend + ant = **descendant** [dɪ`sɛndənt] n. 後代 adj. 下降的、祖傳的
*descend - d + t = **descent** [dɪ`sɛnt] n. 下傾、下坡、世系、遺傳

diagnosis [ˌdaɪəg`nosɪs] n. 診斷、調查
*diagnosis - is + e = **diagnose** [`daɪəgnoz] v. 診斷

dictate [`dɪktet] v. 口述、命令
*dictate - e + ion = **dictation** [dɪk`teʃən] n. 口述、命令
*dictate - e + or = **dictator** [`dɪkˌtetə-] n. 獨裁者、口述者

discreet [dɪ`skrit] adj. 謹慎的
*discreet - et + tion = **discretion** [dɪ`skrɛʃən] n. 謹慎、自主權
*discreet + ness = **discreetness** [dɪ`skritnəs] n. 謹慎、考慮周到

distraction [dɪ`strækʃən] n. 分心、困惑
*distraction - ion = **distract** [dɪ`strækt] v. 轉移、分心、困擾

diverse [daɪ`vɝs] adj. 各式各樣的、多變化的
*diverse - e + ify = **diversify** [daɪ`vɝsəˌfaɪ] v. 多樣化
*diverse - e + ion = **diversion** [daɪ`vɝʒən] n. 轉換、消遣
*diversion - di = **version** [`vɝʒən] n. 譯文、變體
*diverse - e + ity = **diversity** [daɪ`vɝsətɪ] n. 差異、多樣性
*diverse - se + t = **divert** [daɪ`vɝt] v. 轉移、轉向、娛樂

donate [`donet] n. v. 捐獻、捐贈
*donate - e + ion = **donation** [do`neʃən] n. 捐贈
*donate - ate + or = **donor** [`donə-] n. 捐贈者

eloquence [`ɛləkwəns] n. 雄辯、流利的口才
*eloquence - ce + t = **eloquent** [`ɛləkwənt] adj. 雄辯的

emigration [ˌɛmə`greʃən] n. 移居
*emigration - tion + nt = **emigrant** [`ɛməgrənt] adj. 移民的 n. 移民
*emigration - ion + e = **emigrate** [`ɛməˌgret] v. 移民

enhance [ɪn`hæns] v. 提高、加強
*enhance + ment = **enhancement** [ɪn`hænsmənt] n. 加強、提高

emotional quotient [ɪ`moʃən! `kwoʃənt] abbr. 情感商數 EQ
*emotional + intelligence(智力) = **emotional intelligence** ph. 情緒商數 EI
*intelligence(智商的) + quotient = **intelligence quotient** ph. 智力商數 IQ

evolution [ˌɛvə`luʃən] n. 發展、進化
*evolution - ution + ve = **evolve** [ɪ`vɑlv] v. 進化、開展

expire [ɪk`spaɪr] v. 期滿、終止、吐氣
*expire - e + ation = **expiration** [ˌɛkspə`reʃən] n. 期滿、吐氣、死亡

explicit [ɪk`splɪsɪt] adj. 詳盡的、清楚的、直率的
*im + plicit = **implicit** [ɪm`plɪsɪt] adj. 隱晦的、內含的
*implicit - it + ation = **implication** [ˌɪmplɪ`keʃən] n. 暗示、涉入

fragile [`frædʒəl] adj. 易碎的
*fragile - ile + ment = **fragment** [`frægmənt] n. 碎片

generate [`dʒɛnəˌret] v. 產生、造成
*generate - e + or = **generator** [`dʒɛnəˌretə-] n. 發電機
*generate - e + ion = **generation** [ˌdʒɛnə`reʃən] n. 世代、產生

graph [græf] n. 圖表、圖解
*graph + ic = **graphic** [`græfik] adj. 圖畫的、生動的

hacker ['hækə-] n. 駭客
*hack - er = **hack** [hæk] v. 入侵他人電腦、砍殺

harass [`hærəs] v. 煩惱、侵擾
*harass + ment = **harassment** [`hærəsmənt] n. 煩擾、侵擾

hypocrisy [hɪ`pɑkrəsɪ] n. 偽善、虛偽
*hypocrisy - sy + te = **hypocrite** [`hɪpəkrɪt] n. 偽君子

hysteria [hɪsˋtɪrɪə] n. 歇斯底里
*hysteria - a + cal = **hysterical** [hɪsˋtɛrɪk!] adj. 歇斯底里的

illuminate [ɪˋlumə͵net] v. 照亮、照射
*illuminate - minate + sion = **illusion** [ɪˋljuʒən] n. 幻象、錯覺

infer [ɪnˋfɝ] v. 推斷、推論
*infer + ence = **inference** [ˋɪnfərəns] n. 推論

ingenious [ɪnˋdʒinjəs] adj. 精巧的、巧妙的
*ingenious - ious + uity = **ingenuity** [͵ɪndʒəˋnuətɪ] n. 精巧、獨創性

inhabit [ɪnˋhæbɪt] v. 定居於、棲息於
*inhabit + ant = **inhabitant** [ɪnˋhæbətənt] n. 居民

inject [ɪnˋdʒɛkt] v. 注射、插入
*inject + ion = **injection** [ɪnˋdʒɛkʃən] n. 注射

innovation [͵ɪnəˋveʃən] n. 改革、創新
*innovation - on + ve = **innovative** [ˋɪno͵vetɪv] adj. 革新的

intact [ɪnˋtækt] adj. 原封不動的、未受損傷的
*intact - act + egrity = **integrity** [ɪnˋtɛgrətɪ] n. 完好、正直

integrate [ˋɪntə͵gret] v. 合併、融入
*integrate - e + ion = **integration** [͵ɪntəˋgreʃən] n. 融合

intervene [͵ɪntɚˋvin] v. 插進、介入、干涉
*intervene - e + tion = **intervention** [͵ɪntɚˋvɛnʃən] n. 介入

intrude [ɪnˋtrud] v. 侵入、闖入、打擾
*intrude + r = **intruder** [ɪnˋtrudɚ] n. 入侵者

ironic [aɪˋrɑnɪk] adj. 挖苦的、諷刺的
*ironic - ic + y = **irony** [ˋaɪrənɪ] n. 諷刺

irritate [ˋɪrə͵tet] v. 惱怒、刺激
*irritate - te + ble = **irritable** [ˋɪrətəb!] adj. 易怒的
*irritate - e + ion = **irritation** [͵ɪrəˋteʃən] n. 惱怒

meditate [ˋmɛdə͵tet] v. 冥想、沈思、計劃
*meditate - e + ion = **meditation** [͵mɛdəˋteʃən] n. 冥想、沉思

monotonous [məˋnɑtənəs] adj. 單調的、無聊的
*monotony - y + ous = **monotony** [məˋnɑtənɪ] n. 單調

morale [məˋræl] n. 士氣、道德
*morale - e + ity = **morality** [məˋrælətɪ] n. 道德

mouthpiece [ˋmauθ͵pis] n. 發言人、樂器吹嘴
*spokes + person = **spokesperson** [ˋspoks͵pɝsn] n. 發言人
*spokes + man = **spokesman** [ˋspoksmən] n. 發言人
*spokes + woman = **spokeswoman** [ˋspoks͵wʊmən] n. 女發言人

narrate [næˋret] v. 敘述
*narrate - e + ive = **narrative** [ˋnærətɪv] n. 敘述文、敘事 adj. 敘事的
*narrate - e + or = **narrator** [næˋretɚ] n. 敘述者、解說員

nourish [ˋnɝɪʃ] v. 養育、培育
*nourish + ment = **nourishment** [ˋnɝɪʃmənt] n. 食物、營養

oblige [əˋblaɪdʒ] v. 迫使、幫忙
*oblige - e + ation = **obligation** [͵ɑbləˋgeʃən] n. 義務、責任

oppress [əˋprɛs] v. 壓迫、壓制
*oppress + ion = **oppression** [əˋprɛʃən] n. 壓迫

option [ˋɑpʃən] n. 選擇
*option + al = **optional** [ˋɑpʃən!] adj. 可選擇的 n. 選修

pharmacy [ˋfɑrməsɪ] n. 藥房
*pharmacy - y + ist = **pharmacist** [ˋfɑrməsɪst] n. 藥劑師

piety [ˋpaɪətɪ] n. 虔誠、孝順
*piety - ety + ous = **pious** [ˋpaɪəs] adj. 虔誠的

poach [potʃ] v. 盜獵、侵占
*poach + er = **poacher** [ˋpotʃɚ] n. 盜獵者

precede [priˋsid] v. 在…之前發生、先於、高於
*precede + nt = **precedent** [ˋprɛsədənt] n. 先前、先例 adj. 先前的

prescribe [prɪ`skraɪb] v. 指定、開藥方
*prescribe - be + ption = **prescription** [prɪ`skrɪpʃən] n. 藥方、命令

prohibit [prə`hɪbɪt] v. 禁止
*prohibit + ion = **prohibition** [ˌproə`bɪʃən] n. 禁止

propel [prə`pɛl] v. 推進
*propel + ler = **propeller** [prə`pɛlɚ] n. 螺旋槳

prosecute [`prɑsɪˌkjut] v. 起訴、告發
*prosecute - e + ion = **prosecution** [ˌprɑsɪ`kjuʃən] n. 起訴

radiant [`redjənt] adj. 光芒四射的 n. 發光點
*radiant - nt + te = **radiate** [`redɪˌet] v. 散發、輻射 adj. 放射的
*radiate - e + ion = **radiation** [ˌredɪ`eʃən] n. 發光、輻射
*radiate - e + or = **radiator** [`redɪˌetɚ] n. 散熱器、暖房裝置

refine [rɪ`faɪn] v. 精煉、提煉
*refine + ment = **refinement** [rɪ`faɪnmənt] n. 提煉、優雅

rehearsal [rɪ`hɝs!] n. 排練、試演
*rehearsal - al + e = **rehearse** [rɪ`hɝs] v. 排演

rite [raɪt] n. 儀式、慣例
*rite - e + ual = **ritual** [`rɪtʃʊəl] adj. 儀式的 n. 儀式

rotate [`rotet] v. 旋轉、轉動、循環
*rotate - e + ion = **rotation** [ro`teʃən] n. 旋轉、循環

script [skrɪpt] n. 筆跡、手寫體、腳本
*trans + script = **transcript** [`trænˌskrɪpt] n. 抄本、副本

serene [sə`rin] adj. 安詳的、穩重的、晴朗的、平靜的
*serene - e + ity = **serenity** [sə`rɛnətɪ] n. 平靜、晴朗

sphere [sfɪr] n. 球體、行星、領域
*hemi + sphere = **hemisphere** [`hɛməsˌfɪr] n. 半球

spiral [`spaɪrəl] n. 螺旋 v. 盤旋 adj. 盤旋的
*spiral - al + e = **spire** [spaɪr] n. 尖塔

staple [`step!] n. 釘書針、主要、主題 adj. 主要的
*staple + er = **stapler** [`steplɚ] n. 釘書機

stimulus [`stɪmjələs] n. 刺激、刺激品
*stimulus - us + ate = **stimulate** [`stɪmjəˌlet] v. 刺激
*stimulate - e + ion = **stimulation** [ˌstɪmjə`leʃən] n. 刺激

subscribe [səb`skraɪb] v. 捐款、簽名、訂購、同意
*subscribe - be + ption = **subscription** [səb`skrɪpʃən] n. 捐款、同意、訂購

succession [sək`sɛʃən] n. 連續、接續、繼任
*succession - ion + ive = **successive** [sək`sɛsɪv] adj. 連續的、接替的
*succession - ion + or = **successor** [sək`sɛsɚ] n. 後繼者

suspense [sə`spɛns] n. 掛慮、擔心、未定、暫停
*suspense - e + ion = **suspension** [sə`spɛnʃən] n. 懸掛、中止

tact [tækt] n. 老練、機智
*tact + ic = **tactic** [`tæktɪk] n. 戰術

textile [`tɛkstaɪl] n. 紡織品 adj. 紡織的
*textile - ile + ure = **texture** [`tɛkstʃɚ] n. 組織、質地

therapy [`θɛrəpɪ] n. 治療、療法
*therapy - y + ist = **therapist** [`θɛrəpɪst] n. 治療師

thereafter [ðɛr`æftɚ] adv. 之後、此後
*there + by = **thereby** [ðɛr`baɪ] adv. 由此

thrift [θrɪft] n. 節儉、節約
*thrift + y = **thrifty** [`θrɪftɪ] adj. 節儉的

tranquil [`træŋkwɪl] adj. 平靜的、安靜的
*tranquil + izer = **tranquilizer** [`træŋkwɪˌlaɪzɚ] n. 鎮定劑

transit [`trænsɪt] n. v. 運輸、通過、轉變
*transit + ion = **transition** [træn`zɪʃən] n. 過渡、轉變
*transit - t + stor = **transistor** [træn`zɪstɚ] n. 電晶體
*mass(大量) + rapid(快速) + transit(運輸) = **mass rapid transit /** MRT abbr. 大眾捷運系統

utility [ju`tɪlətɪ] n. 效用、公共事業 adj. 實用的
*utility - ty + ze = **utilize** [`jut!ˌaɪz] v. 利用

valid [`vælɪd] adj. 有根據的、有效的

*valid + ity = **validity** [və`lɪdətɪ] n. 確實、正當

vend [vɛnd] v. 出售、販賣
*vend + or = **vendor** [`vɛndɚ] n. 小販、賣主

vice [vaɪs] n. 邪惡 adj. 副的
*vice - e + ious = **vicious** [`vɪʃəs] adj. 邪惡的

vocation [vo`keʃən] n. 職業、才能、使命
*vocation + al = **vocational** [vo`keʃən!] adj. 職業的

哈哈英單 7000：
諧音、圖像記憶單字書

作　　　者／周宗興

文字編輯／林欣怡
美術編輯／申朗創意
企畫選書人／廖可筠

總　編　輯／賈俊國
副總編輯／蘇士尹
行銷企畫／張莉滎・廖可筠

發　行　人／何飛鵬
出　　　版／布克文化出版事業部
115台北市南港區昆陽街16號4樓
電話：（02）2500-7008 傳真：（02）2502-7579
Email：sbooker.service@cite.com.tw
發　　　行／英屬蓋曼群島商家庭傳媒股份有限公司城邦分公司
115台北市南港區昆陽街16號8樓
書虫客服服務專線：（02）2500-7718；2500-7719
24小時傳真專線：（02）2500-1990；2500-1991
劃撥帳號：19863813；戶名：書虫股份有限公司
讀者服務信箱：service@readingclub.com.tw
香港發行所／城邦（香港）出版集團有限公司
香港九龍土瓜灣土瓜灣道86號順聯工業大廈6樓A室
電話：+852-2508-6231　　傳真：+852-2578-9337
Email：hkcite@biznetvigator.com
馬新發行所／城邦（馬新）出版集團 Cité (M) Sdn. Bhd.
41, Jalan Radin Anum, Bandar Baru Sri Petaling,
57000 Kuala Lumpur, Malaysia
電話：+603-9056-3833　　傳真：+603- 9057-6622
Email：services@cite.my
印　　　刷／韋懋實業有限公司
初　　　版／2015年（民104）10月
2024年（民113）7 月初版36刷
售　　　價／450元

城邦讀書花園
www.cite.com.tw
布克文化
WWW.SBOOKER.COM.TW